Vom gleichen Autor erschienen außerdem
als Heyne-Taschenbücher

Exodus · Band 566
Mila 18 · Band 882
Topas · Band 902
Die Berge standen auf · Band 919
Entscheidung in Berlin · Band 943
QB VII · Band 5068

LEON URIS

SCHLACHTRUF ODER URLAUB BIS ZUM WECKEN

Roman

WILHELM HEYNE VERLAG
MÜNCHEN

HEYNE-BUCH Nr. 597
im Wilhelm Heyne Verlag, München

Titel der amerikanischen Originalausgabe
BATTLE CRY
Deutsche Übersetzung von H. E. Gerlach

10. Auflage

Lizenzausgabe mit Genehmigung des Kindler-Verlages, München
Printed in Germany 1975
Umschlag: Atelier Heinrichs, München
Gesamtherstellung: Ebner, Ulm

ISBN 3-453-00077-3

ERSTER TEIL

Prolog

Man nennt mich Mac. Der Name tut nichts zur Sache. Man erkennt mich an den sechs Winkeln, drei nach oben und drei nach unten, und an den Narben. Dreißig Jahre beim US-Marine-Korps.

Ich bin auf dicken Pötten um das Kap der Guten Hoffnung gefahren und um Kap Hoorn, bei so grober See, daß das Vorschiff die halbe Zeit unter haushohen Brechern verschwunden war. Ich habe Wache geschoben vor der amerikanischen Gesandtschaft in Paris, London und Prag. Ich kenne jeden Dreckshafen und jede bessere Kneipe im Mittelmeer, und ich kenne jeden Winkel der Welt unter dem Kreuz des Südens so in- und auswendig wie die Einzelteile des Gewehrs. Ich habe hinter einem Maschinengewehr am Stacheldraht gesessen, mit dem das internationale Viertel gesichert war, als alle Welt dachte, überall wäre tiefster Frieden. Und daß den Japsen nicht zu trauen ist, das habe ich schon gewußt, als wir auf dem Yangtse Patrouille fuhren, zehn Jahre vor Pearl Harbour.

Ich kenne die Schönheit des Nordlichts, das über Island funkelt und glüht, und ich kenne die Flüsse und Sumpfwälder von Zentralamerika. Es gibt wenig Ecken, deren Monogramm ich nicht vom Himmel ablesen könnte: Zuckerhut oder Diamond-Head, die Hügel von Tinokiri oder die Wipfel der Palmen in irgendeinem üblen Winkel der Karibischen See.

Ja, ich kenne die nackten braunen Hügel von Korea genausogut, wie die Mariner sie 1871 kannten. Krieg in Korea ist für das Korps nichts Neues.

Doch nichts ist schlimmer, als wenn so ein alter Seebär anfängt, sein Garn zu spinnen. Außerdem gehört das gar nicht zu der Geschichte, die ich hier erzählen will.

Wenn ich so zurückdenke an diese dreißig Jahre, dann denke ich an Männer und an Mannschaften. Es mögen an die fünfzig Kommandos gewesen sein, zu denen ich gehört habe, und an die hundert Männer, die ich Käpt'n nannte. Aber sonderbar, nur einer davon war wirklich mein Käpt'n, und nur eine Crew war und bleibt für mich ›meine‹ Crew: Sam Huxley und das Bataillon, das er im Zweiten Weltkrieg führte, ›Huxleys Huren‹. Was an Huxleys Huren so Besonderes war? Verdammt schwer zu sagen. Sie waren der dollste Marinehaufen, der mir je vor Augen gekommen ist. Das heißt, richtige Mariner waren sie ja gar nicht, nicht mal richtige Männer. Bartlose Knäblein von achtzehn, neunzehn, zwanzig waren sie, die schon nach zwei Flaschen Bier blau wurden.

Vor dem Krieg gab es welche bei uns, die keine Ahnung hatten, daß es außer dem Korps vielleicht noch etwas anderes geben könnte; Kerle waren das, zäh wie Leder und stur wie die Panzer, Hartsäufer und Schläger, die nur an den Dienst und ihre Laufbahn dachten.

Dann kam der Krieg – und die Jungens. Tausende. Wir sollten Mariner aus ihnen machen. Dabei waren es Kinder, die besser zu Hause geblieben wären

– bei irgendeinem Unsinn, wie man ihn eben so treibt als Kindskopp von achtzehn Jahren. Wir hatten weiß Gott nicht gedacht, daß es mit denen jemals hinhauen würde. Und dann hat es verdammt hingehauen.

Wie soll man das erklären? Einer von den Milchbärten, die ich da bei meinem Haufen hatte, das war so ein richtiger Schreiberling. Ich wollte, ich hätte ihn jetzt bei mir, der könnte mir helfen. Er hatte eine Art, über alles zu reden, daß die Sache ganz einfach schien. Er konnte einem sagen, was Kampfgeist ist, und was eigentlich dahintersteckt, wenn irgendwo die Völker plötzlich in Bewegung geraten, und wie es dazu kommt, daß im amerikanischen Kongreß und in den Köpfen der Generale ganz sonderbare Vorstellungen entstehen, die für das Marine-Korps im Endeffekt manchmal genauso gefährlich waren wie irgendein Feind, der auf dich schießt. Von solchen Sachen verstand er viel mehr als ich.

Die meisten Geschichtsschreiber nennen es einfach ›esprit de corps‹ und damit basta. Andere denken, wir Mariner wären versessen auf Kriegsruhm und Auszeichnungen. Aber wenn man der Sache auf den Grund geht, dann waren meine Jungens genau nicht anders als alle andern. Es gab bei uns dieselben menschlichen Tugenden und Schwächen wie bei irgendeiner anderen Marine- oder Landeinheit.

Wir hatten unsere Feiglinge und unsere Helden. Und wir hatten Burschen, die verliebt waren und solches Heimweh hatten, daß sie fast dabei draufgingen.

Da war der Witzbold der Kompanie, und da war der vom Lande, der heimatlose Nomade, der mit dem religiösen Tick und der mit der höheren Berufung, und natürlich auch so einer aus Texas. Bei Huxleys Huren gab es leichtsinnige Spieler und einen filzigen Furier, es gab borniierte Offiziere, Hurenböcke, Säufer, Angeber und Stänkerer.

Und die Frauen dazu. Die einen, die warteten, und die andern, die nicht warteten.

Doch wie viele gab es vom Schlag eines Sam Huxley, Danny Forrester oder Max Shapiro? Und wie kommt es, daß diese Jungens, die lieben und hassen und sich fürchten genau wie jeder andere, ihr Leben in die Schanze schlagen? Wo kommt das her, daß sie lieber draufgehen als zurückgehen? Was ließ in den schwarzen Tagen von Guadalcanar, in der blutgetränkten Lagune von Tarawa und an der Red-Beach-Eins von Saipan die anfängliche Niederlage zum Sieg werden? Sie mußten durch eine höllische Knochenmühle, körperlich und geistig, und doch blieben sie einer für den anderen da, blieben sie Kameraden.

Für mich gilt jeder das gleiche, der im Krieg eine Knarre trägt, und die Uniform macht da gar keinen Unterschied. Aber wir von der Marine hatten doch in diesem Krieg die dickste Suppe auszulöffeln. Oder mußten etwa im Weltkrieg Nummer Zwei andere amerikanische Truppen so wie die Mariner gegen einen hoffnungslos überlegenen Gegner vorgehen, hinter sich die kalte See, vor sich ein mörderisches Feuer, und nichts als den eigenen Mumm und das bißchen nackte Haut, um durchzukommen? Soviel ich weiß, nur ein einzigesmal, bei Bastogne.

Das hier ist die Geschichte eines Bataillons, das einfach nicht kleinzukriegen war. Und es ist die Geschichte meiner Jungs, der Funker.

Nach Pearl Harbour mußte das Marine-Korps eine Reihe demütigender Schlappen einstecken, und mehr als eine von den guten alten Einheiten ging drauf bei der Verteidigung irgendeiner entlegenen Ecke, deren Namen damals in Amerika noch kein Mensch gehört hatte – wie zum Beispiel Wake Island. Wir mußten wieder ganz von vorn anfangen mit einer Handvoll stolzer, zäher, aber mangelhaft ausgerüsteter Regimenter, mit dem, was von der schwer angeschlagenen Armee übriggeblieben war. Es kamen die jungen Marschierer, die die Reihen der Alten verdoppelten und verdreifachten, und wir machten uns auf den schweren Weg zurück.

Als der Krieg ausbrach, das heißt, als er erklärt wurde, saß das Sechste Regiment des US-Marine-Korps inklusive meiner Wenigkeit in Island und amüsierte sich mit dem Nordlicht. Die Sechser waren eines der alten, ruhmbeladenen Regimenter, die seit Jahrzehnten Bananenkriege ausgefochten hatten. Das übrige Korps ist auf uns Sechser eifersüchtig, weil wir nun mal das beste Regiment sind. Als sie nichts Besseres zu tun hatten, haben sie sich einen unfeinen Namen für uns ausgedacht: sie nennen uns die ›Süßen Sechser‹. Die Geschichte, die sie dazu erzählen, ist natürlich vollkommen aus der Luft gegriffen: Auf einem der Schiffe, mit denen wir 1931 nach Schanghai gingen, hätten wir zehntausend Stangen Drops mitgehabt, aber nur zwei Stangen Seife.

Nach Amerikas Eintritt in den Zweiten Weltkrieg fuhren wir von Reykjavik los, ohne ihm eine Träne nachzuweinen. Denn das Wetter und die Weiber dort waren entschieden unter Null gewesen und der Whisky völlig ungenießbar. Wir hatten im Lager bei Baldurshagi gesessen, halb irre wie eine Horde eingesperrter Sträflinge und vollkommen blöde vor Stumpfsinn.

Nach der Rückkehr von Island wurde das Sechste Regiment vollkommen auseinandergerissen. Es gab für alle Mann Urlaub und Umkommandierung. Das Stammpersonal wurde verteilt über das ganze Korps, um als Kern zu dienen für Hunderte von neu aufzustellenden Einheiten. Tausende von Rekruten wurden durch die Marinelager geschleust, und die alten Aktiven wurden überall dringend gebraucht.

Ich machte erst mal vier Wochen lang blau, und dann wurde ich an die Westküste kommandiert, zusammen mit meinem alten Kumpel, Sergeant Burnside. Wir waren froh, daß wir bei den Sechsern bleiben und mit dabei helfen konnten, das Regiment wieder auf Kriegsstärke zu bringen. Ich wurde Bataillons-Nachrichtenführer, und Burnside, eins unter mir, bekam die Funker. Camp Eliot, ein paar Meilen außerhalb von San Diego, war, als wir hinkamen, eigentlich nur eine lange Straße, an der links und rechts riesige Baracken standen, und zunächst war kaum ein Mensch zu sehen. Das änderte sich aber bald.

Burny und ich freuten uns, als wir hörten, daß Captain Huxley Major geworden war und unser Bataillon übernehmen sollte. Huxley war ein verdammt feiner Kerl. Er war in Annapolis auf die Schule gegangen, hatte in der

Ohio-Mannschaft des All-American-Sportclub gespielt und war von einer unwahrscheinlichen Zähigkeit. Seine mageren fünfundachtzig Kilo trug er auf einem riesigen Knochengestell von etwas über einsneunzig. Den Mannschaften gegenüber konnte er ziemlich kühl und von oben herab sein; und doch gab es keinen bei uns, der ihn nicht prima fand. Er trieb seine Männer mächtig an, war aber selber immer vorneweg.

Burnside und ich liefen eifrig herbei, als der Lastwagen vor unserer Baracke hielt. Jetzt würden wir doch endlich mal unsere Neuen zu Gesicht bekommen. Bisher war außer uns beiden nur noch ein weiterer Nachrichtenmann da, eine reichlich schräge Type namens Joe Gomez, der sich vor einer Woche bei uns angefunden hatte.

Der Fahrer gab mir die Liste. Die Neuen luden ihre Seesäcke ab. Ich musterte sie mit kritischer Aufmerksamkeit. Mein Gesicht muß ziemlich lang geworden sein; das von Burnside war noch einige Zentimeter länger.

»Antreten! Ich verlese die Namen, und jeder meldet sich mit ›Hier‹!« Es war wirklich die scheckigste, traurigste Marine-Gruppe, die ich jemals auf so engem Raum hatte beisammen sehen müssen. »Antreten, hab' ich gesagt, verdammt noch mal, und mit ›Hier‹ melden.«

»Brown, Cyril!«

»Hier!« Erbarmung! Frisch von der Farm, ohne Schuh und Strümpfe.

»Forrester, Daniel!«

»Hier!« Sieht eigentlich ganz gut aus, nur schrecklich jung. Bestimmt ein Muttersöhnchen.

»Gray, Mortimer!«

»Jääh.« Ausgerechnet aus Texas. Himmelherrgottnochmal.

»Hodgkiss, Marion!«

»Hier!« So siehst du auch aus, mein Junge. Leutnant Keats wird Augen machen, wenn er diese Blütenlese zu Gesicht bekommt.

»Hookans, Andrew!«

»Hier!« Ein schwerfälliges Muskelpaket aus Schweden, ein Kleiderschrank mit zwei linken Füßen. Mann Gottes, was hatten die mir da bloß geschickt.

Bei dem nächsten Namen mußte ich zweimal hinsehen. Burnside glotzte verständnislos.

»Leuchtfeuer, Helles?« sagte ich schließlich versuchsweise.

»Uff, ich sein Indianer.« Hinter dem dicken Schweden kam eine dünne Stimme hervor, und dann kam er selber. Und da stand er vor meinen Augen, frisch aus dem Film ›Das Ende der Fährte‹. Eine magere, gekrümmte, platte Rothaut mit der typischen Büffelnase. Er grinste.

»Zvonski?«

»Zvonski, Constantin. Meine Freunde nennen mich —«

»Nicht verraten. Möcht ich lieber selber 'rauskriegen«, sagte ich höhnisch. Der Bursche konnte selbst mit einem Granatwerfer auf dem Rücken nicht mehr als hundertfünfzehn Pfund wiegen. Ein ausgesprochenes Federgewicht. Wie sollte der bloß ein schweres Nachrichtengerät tragen?

Ich sah sie mir alle an und wurde weich in den Knien. Burnside war blaß geworden. Huxley würde die Platze kriegen und Keats das große Kotzen, wenn diese Burschen erst mal ernstlich 'ran sollten.

Der Knabe mit Namen Hodgkiss trat aus dem Glied und langte nach zwei Köfferchen, die neben seinem Seesack standen. »Was haben Sie denn da?«

»Einen Plattenspieler und einige Platten.« Ich ging zu ihm hin und machte so ein Album mal auf. Ein bißchen schräge Musik, dachte ich, bringt doch immer Leben in die Bude. Aber das hier war ja einfach entsetzlich: Chopin, Tschaikowskij, Brahms, lauter solche Burschen.

»Bring sie in die Unterkunft, Mac, ich muß mich vollaufen lassen«, stöhnte Burnside.

»Na, Häuptling, was darf's denn sein – Eier im Bier?« Die Rothaut grinste.

Zu behaupten, daß die Neuen, die nach Camp Eliot kamen, anders gewesen wären als die saufenden und fluchenden Aktiven von vor dem Krieg, wäre eine geradezu unverschämte Übertreibung. Sie waren Babys, bartlose Babys von achtzehn und zwanzig. Jetzt war das Korps restlos im Eimer. Nachrichtenleute? – daß ich nicht lache! Eine schwindsüchtige Rothaut, ein Liebhaber klassischer Musik, ein Holzfäller mit fünf Daumen an jeder Hand, ein schwerfälliger Knabe aus Texas, der sich selber überall im Wege stand, ein Bauernjunge, ein windiges Federgewicht und das smarte Muttersöhnchen aus dem Fußballklub. Und zu alledem auch noch Joe Gomez, mit dem es bestimmt nur Schwierigkeiten geben würde.

Als Keats das erstemal mit ihnen im Gelände gewesen war, überlegte er ernstlich, ob er seinen Dienst quittieren oder sich versetzen lassen sollte. Huxley, der sich selten etwas anmerken ließ, war platt.

Ich setzte sie für die dreckigste, mistigste Arbeit ein, die zu finden war. Ganz entgegen meiner sonstigen Art wurde ich ausgesprochen bösartig. Sie mußten den Abfall wegkarren, die Latrinen ausleeren, den Fußboden bei den Offizieren scheuern, Entwässerungsgräben ausheben und überhaupt das ganze Camp sauberhalten.

Früher, verdammt noch mal, da waren Funker doch noch was. Sie gingen genausogut wie andere ihre Wache auf den dicken Pötten, sie waren geachtet. Aber die da, diese ausgefallenen Figuren, die man uns geschickt hatte, die kamen ja nicht einmal mit dem primitivsten Nachrichtengerät zurecht. Ich wollte zurück nach Island.

Es ist natürlich schwer zu sagen, wo so eine Marine-Story nun eigentlich genau anfangen und wo sie aufhören sollte. Jedenfalls, die Jungens waren nun mal da, und wir waren nicht besonders froh darüber. Wo sie herkamen, wie sie hierhergekommen waren, davon hatte ich keine Ahnung.

1. Kapitel

Das Dach des großen, grauen, unfreundlichen Pennsylvania-Bahnhofs in Baltimore wölbte sich hoch über eiligen Reisenden und kleinen Gruppen von Menschen, die in gedämpfter Unterhaltung in der Nähe der Sperre zum Bahnsteig drei warteten. Zu zweien, zu dreien, vieren und mehr umstanden sie junge Männer mit ernsten Gesichtern, während die Uhr weiterrückte. Hier riefen die Frau und das Kind, dort ein halbes Dutzend Altersgenossen einem von ihnen aufmunternd klingende Worte zu. In einer Ecke sprachen betagte Eltern und eine Reihe von Anverwandten leise auf einen finster dreinblickenden Jüngling ein.

Viele junge Frauen und Mädchen waren da, von denen einige weinten und alle mit den Tränen kämpften, während sie bei ihrem Mann, dem Geliebten oder ihrem Freund standen. Der hundertfältige Abschied vereinigte sich zu einem schwirrenden Dröhnen, das von den Wänden des alten Bahnhofs widerhallte.

Danny Forrester zog am Reißverschluß seiner grün-silbernen Klubjacke mit dem großen F und trat nervös von einem Bein aufs andere. Um ihn herum standen sein Vater, sein kleiner Bruder Bud, sein bester Freund Virgil und dessen Mädchen Sally.

»Tante, mein Bruder geht zur Marine!« rief der kleine Bud Forrester laut einer Dame zu, die vorbeikam.

»Sei doch still, Bud!« sagte Mister Forrester.

Kathleen Walker stand dicht neben Danny. Sie hielten sich fest bei den Händen. Er fühlte, wie ihre Handflächen feucht wurden, als ein Sergeant sich durch die Menge schob, zur Sperre ging und anfing, eine Liste durchzusehen.

»Tut mir so leid mit Mutter«, sagte Danny. »Zu schade, daß sie nicht mitkommen wollte.«

»Laß man, Junge, das kommt schon in Ordnung.«

»Mensch, Danny«, sagte Virgil, »am liebsten käme ich mit.«

»Das läßt du schön bleiben«, sagte Sally.

»Ich telefonierte vorhin mit Trainer Grimes. Er schien ein bißchen böse zu sein, daß du dich nicht von ihm verabschiedet hast.«

»Ach, weißt du, Virg, der wäre womöglich mit der ganzen Mannschaft und der halben Schule hier angerückt. Das wäre mir unangenehm gewesen. Ich werde ihm schreiben.«

»Hast du auch den Kuchen und die Brote nicht vergessen, die ich für dich zurechtgemacht habe?« fragte Sally.

»Liegen obenauf im Koffer, besten Dank, Sally.«

Henry Forrester holte aus seiner Brieftasche zehn Dollar. »Da, steck das ein.«

»Ich hab' doch schon zwanzig, Paps, das ist mehr als genug.«

»Nimm es lieber mit, besser ist besser.«

»Danke, Paps.«

»Hast du eigentlich eine Ahnung, wo ihr hinkommt?« fragte Virgil.

»Nicht die leiseste. Ich hab' heute schon tausend verschiedene Parolen gehört. Die Ausbildung soll prima sein. Wir kommen in ein Lager bei San Diego. Die ersten Wochen gibt's keinen Ausgang.«

»Wird bestimmt prima.«

»Und du schreibst uns sobald du kannst.«

»Klar, Paps.«

»Bring mir einen Japs mit, Danny, ja? Ich möchte gern so ein Schwert haben.«

»Ich glaube, Bud, es wird eine ganze Weile dauern, bis ich einen Japaner zu sehen bekomme. Sei inzwischen schön brav und tu, was Paps dir sagt – und schreib mir auch mal.«

Plötzlich klang lautes Schluchzen durch die Halle. Ein Sohn legte besänftigend den Arm um seine Mutter. Für eine Weile wurde es ungemütlich still. Danny und Kathy sahen sich verlegen von der Seite an.

»Du möchtest sicher einen Augenblick mit Kathy allein sein«, sagte Mister Forrester.

Danny ging mit ihr zu einer leeren Bank, aber keiner von beiden setzte sich. Sie senkte den Kopf, während er leise zu ihr sprach.

»Willst du es dir nicht doch noch anders überlegen, Kleines? Verstehen würde ich es.«

»Nein – nein.«

»Bange?«

»Ein bißchen.«

»Ich auch.«

»Küß mich, Danny.«

Er nahm sie in seine Arme. Der Lautsprecher brachte sie rauh und unerbittlich auf die Erde zurück.

»Achtung. Alle Marine-Freiwilligen sofort auf Bahnsteig drei sammeln.«

Alles atmete erleichtert auf, und die fünfzig zukünftigen Mariner mit ihrer Begleitung schoben sich, einer nach dem anderen, durch die Sperre und gingen die Treppe hinunter zu der Wagenreihe, die fauchend und zischend auf dem Gleis stand. Virgil ergriff Dannys Köfferchen. Danny legte den einen Arm um Kathy, den anderen um Bud; so trieben sie langsam im Strom der drängenden Menge.

»Antreten!« bellte der Sergeant.

Zum zehnten Male leierte er die Namen herunter: »Tatum ... Soffolus ... O'Neil ... Greenberg ... Weber ... Forrester ... Burke ... Burke, Thomas ... melden!«

»Hier!«

»Alles mal herhören! Soffolus übernimmt die Liste und ist für euch verantwortlich. Ihr bleibt zusammen und fahrt im ersten Wagen. Solltet ihr Lust haben, was kaputtzumachen, Schnaps zu trinken oder Krach zu schlagen, kommt die Militärpolizei. Wegtreten – ihr habt noch drei Minuten Zeit.«

Sie lösten sich aus der mangelhaften militärischen Formation und eilten zu der Menge, die sie in einem Bogen umschloß.

»Wird euch noch leid tun!« rief laut und höhnisch ein Seemann, der in der Nähe stand.

»Wird euch noch leid tun!« rief auch sein Kumpel neben ihm.

»Mach's gut, Danny«, sagte Virg und drückte ihm die Hand.

»Bleib gesund, Sohn, paß auf dich auf.«

»Tschüs, Paps – und mach dir keine Sorgen.«

Sally küßte Danny auf die Backe und trat zurück. Danny nahm Kathy noch einmal in die Arme – dann drehte er sich um. »Ich liebe dich, Danny«, hörte er ihre Stimme noch hinter sich, während er ging. Er stieg in den Zug, lief rasch zu einem Fensterplatz und ließ die Scheibe herunter. Virg hielt Bud zu ihm hinauf, er umarmte ihn, dann reichte er die Hände hinaus, die der Vater und der Freund ergriffen.

Mit einem Ruck setzte sich der Zug in Bewegung. Erst glitt er, von der mächtigen Maschine gezogen, langsam vorwärts, dann nahm er allmählich Tempo auf, bis der Bahnsteig erfüllt war von laufenden, rufenden, winkenden Menschen. Die jungen Männer im Zug preßten ihre Gesichter gegen die Scheiben. Schneller und schneller wurde die Fahrt, die draußen konnten schließlich nicht mehr mit, blieben atemlos stehen und winkten. Sie wurden kleiner und kleiner. Dann fuhr der Zug in einen dunklen Tunnel hinein, und alles war verschwunden.

Danny ließ sich auf den Sitz fallen und spürte, wie sich etwas in ihm zusammenzog. Er war allein. Mein Gott, warum hab' ich das bloß getan? Sein Herz schlug heftig. Er konnte nichts dagegen machen, daß ihm der kalte Schweiß ausbrach. Allein – warum hab' ich mich bloß freiwillig gemeldet – warum?

Sein Nachbar bot ihm eine Zigarette an. Danny dankte, dann stellte er sich vor.

»Forrester, Danny Forrester.«

»Jones, L. Q., fragen Sie mich bitte nicht nach meinem Vornamen. Den findet nämlich jeder wahnsinnig komisch. Ich bin aus Los Angeles und war gerade hier zu Besuch bei meinem Onkel, als der ¯ ؛g ausbrach ...« Danny hörte nicht mehr, was der andere sagte; denn der Zug brach jetzt wieder aus dem Tunnel hervor.

Er sah durch das Fenster. Draußen flogen Reihen von roten Ziegelhäusern mit weißen Marmorstufen vorbei, ein Häuserblock nach dem anderen. Jetzt eine breite Straße mit einem Grünstreifen in der Mitte, und da war das John-Hopkins-Krankenhaus. Er lehnte sich, müde vom langen Warten, Antreten und wieder Warten, zurück und schloß die Augen. »Ich bin ein Mariner – ich bin ein Mariner«, sagte er im Rhythmus der Räder immer wieder vor sich hin. Alles schien so unwirklich. Doch dann fiel ihm plötzlich ein: Kathy liebt mich.

Forest-Park-Gymnasium – wie fern lag das schon. Forest-Park-Gymnasium ...

Das Spiel war aus. Die tobenden, beifallrufenden Gymnasiasten hatten, das Lied ihrer Schule singend, den Städtischen Sportplatz von Baltimore verlassen.

Trainer Wilbur Grimes klopfte jedem noch einmal auf den Rücken, dann gingen die abgekämpften, niedergeschlagenen Spieler der Forest-Park-Mannschaft aus der wilden Unordnung des Umkleideraums hinaus in die kalte Novemberluft, wo ihre unentwegten Verehrer sie erwarteten.

Als Danny Forester eine halbe Stunde später vom Duschen kam, war alles leer. Nur der kleine Gerätewart kam noch einmal eilig durch den Raum, um nachzusehen, ob alles in Ordnung sei. Es roch nach Schweiß und Dampf.

Umgeworfene Bänke und weggeworfene Handtücher lagen wild durcheinander am Boden.

Danny ging zu seinem Kleiderfach, bückte sich und holte seine grün-silberne Jacke heraus. Die Tür ging auf, kalte Luft kam von draußen herein, und Wilbur Grimes betrat den Raum. Er schlug den Mantelkragen herunter und stellte eine umgefallene Bank auf. Dann holte er seine Pfeife heraus und stopfte sie.

»Eilig?«

»Nein, gar nicht, Mister Grimes.«

»Ich habe eine gute Nachricht für dich, Danny. Die Technische Hochschule von Georgia hat geschrieben. Du bekommst das Stipendium.«

»Ach –«

»Also, Junge, nun denk mal nicht mehr an das Spiel. Das ist doch vorbei. Die Jungens waren übrigens enttäuscht, daß du nicht mit Virg und den anderen 'rausgekommen bist.«

»Ich finde, es ist gar kein Grund zu besonderer Begeisterung. Wir haben verloren. Wir wollten doch die City-Mannschaft schlagen, um unserem Trainer Ehre zu machen. Es war unser letztes Spiel, und das wollten wir unbedingt gewinnen.«

Der Trainer lächelte. »Na, ich finde, wir haben uns sehr gut geschlagen. Wenn man so knapp verliert gegen eine Mannschaft, die seit fünf Jahren unbesiegt ist, dann ist das wirklich keine Schande. Und wenn ich noch zehn solche Jungs gehabt hätte wie dich, dann wären wir bestimmt mit denen fertig geworden.«

Danny, der vor seinem Fach hockte, sah nicht hoch bei dieser Anerkennung. Dabei war es das erstemal, daß der Trainer, dessen Lob oder Tadel sonst immer nur der ganzen Mannschaft gegolten hatte, ihm ein persönliches Lob spendete.

Trainer Grimes zog heftig an seiner Pfeife. »Jedenfalls könntest du dich ruhig ein bißchen mehr über das Stipendium freuen.«

»Ich weiß nicht«, sagte Danny. »Georgia ist so weit. Ich hatte schon gedacht, ob ich nicht vielleicht lieber nach Maryland gehen sollte.«

»Na, hör mal, Danny. Du warst doch Feuer und Flamme, deinen Ingenieur in Georgia zu machen. Und jetzt?«

Danny senkte den Kopf.

»Ist es, weil Virg kein Stipendium bekommen hat?«

»Ja.«

»Also doch. Ich hatte es mir fast schon gedacht.«

»Wir hatten abgemacht, daß wir zusammen studieren wollten.«

Der Trainer stand auf und trat nahe vor ihn hin. »Hör mal zu, mein Junge. Das war das letzte Spiel, das du für meine Mannschaft gespielt hast. Jetzt kann ich ja offen mit dir reden. Seit fünfzehn Jahren bin ich Trainer an dieser Schule. Ich hab' im Lauf der Jahre vielleicht mit tausend Jungens zu tun gehabt, aber ich kann ehrlich behaupten, daß ich in der ganzen Zeit höchstens ein halbes Dutzend gehabt habe, auf die ich mich so unbedingt verlassen konnte wie auf dich.«

»Das versteh ich aber nicht. Virg hat doch doppelt soviel Punkte gemacht. Drei Jahre lang war er der beste Mann des ganzen Teams.«

»Nichts gegen Virg, Danny, und nichts gegen irgendwelche Freundschaften und Abmachungen. Aber wenn einer zwei Yards schafft in einem Augenblick, wo wir sie unbedingt brauchen, der ist mir lieber als einer, der fünfzig Yards macht, wenn wir sie gar nicht nötig haben. Und ich schätze es besonders, wenn einer mit jedem Spiel besser wird und nie denselben Fehler ein zweitesmal macht.«

Er drehte sich um und begann, hin und her zu gehen. »Es gefällt mir, wenn sich jemand beim Sport in jedem Augenblick mit seiner ganzen Person einsetzt, weil er einfach gar nicht anders kann. Ich will dich natürlich nicht beeinflussen, Danny, aber es geht mir nun einmal gegen den Strich, daß du dir eine berufliche Chance entgehen lassen willst, wo du es dir doch so gewünscht hattest. Überleg es dir noch mal und gib mir Bescheid.«

»Besten Dank, Mister Grimes.« Danny stand auf und schloß seine Jacke.

»Und dann, Danny – ich werde natürlich niemals mit Virgil darüber reden. Aber ich bin sicher, auch er würde sagen: T. H. Georgia.«

Der Zug hielt in Philadelphia.

»Mach's gut – und bleib gesund.«

»Schreib mir bald.«

»Mach dir keine Sorgen, Liebstes, ich komme schon durch.«

»Bring mir 'n Japaner mit.«

»Adieu, Connie – Liebster.«

»Susan – Susan –«

»Alle Freiwilligen aus Philadelphia einsteigen in Wagen zwei und drei!«

Virgil Tucker steckte den Kopf zur Tür herein. »Hallo, Danny, komm endlich, wir warten. – Oh, entschuldigen Sie, Mister Grimes. Ich wußte nicht, daß Sie hier sind.«

Danny steckte die Hände in die Taschen, als er hinausging in die scharfe Kälte des sinkenden Abends. Kathleen Walker, Sally Davis und Dannys acht Jahre alter Bruder Bud standen wartend beim Wagen.

»Danny, Danny«, rief Bud, »prima Spiel, Danny.«

Virgil zuckte entschuldigend die Achseln. »Dein Vater ist mit meinen Leuten nach Hause gefahren und hat Bud dagelassen. Er wollte dich unbedingt sehen.« Er gab Danny die Autoschlüssel.

»Fahr du«, sagte Danny mit einem lächelnden Blick auf Kathy.

»Nee, du fährst«, sagte Virgil. »Das ist doch der Wagen von deinem Alten.«

Virgil und Sally setzten sich nach hinten und verlangten, daß Bud sich mit nach vorn setzen sollte.

»Immer diese Mädchen!« knurrte Bud verächtlich.

»Setz dich hin und halt den Schnabel, du Krabbe.« Der Wagen näherte sich in rascher Fahrt der Brücke an der 29. Straße. Sie fuhren am Druid-Hill-Park entlang und bogen bei der Liberty-Hights-Avenue ab in Richtung Forest-Park-Distrikt.

»Virg und Sally küssen sich, Virg und Sally küssen sich!«

»Danny, sag Bud, wenn er jetzt nicht still ist, bezieht er von mir Prügel.«

Sie hielten schließlich in der Fairfax-Straße vor einem Haus aus roten Ziegeln, mit einer Treppe aus weißem Marmor, das genauso aussah wie die fünfzig anderen Häuser im selben Block. Die Wohnungen des Mittelstandes von Baltimore hatten längst jede Spur von Individualität verloren. Sie waren nur etwas vergrößerte und verbesserte Ausgaben der rot-weißen Reihenhäuser, die sich kilometerlang durch die anderen Stadtviertel erstreckten.

Bud war hinten im Wagen eingeschlafen. Virgil, der bei Sallys Eltern zum Essen eingeladen war, war dort mit ihr ausgestiegen.

»Was hast du eigentlich«, fragte Danny, »böse?«

»Nein«, sagte Kathy, »wieso?«

»Du hast die ganze Zeit kein Wort mit mir gesprochen.«

Kathy schwieg einen Augenblick.

»Ich hab' manchmal Angst, daß du dir beim Spiel das Genick brichst.«

Danny lächelte, als wollte er sich über sie lustig machen. »Wirklich?« fragte er. Und nach einer Weile: »Mach ich übrigens gern, wenn du Angst um mich hast.«

»Hast du überhaupt Lust, heut abend tanzen zu gehen?«

»Der Siegerball«, brummte Danny. »Das gibt mir bestimmt den Rest. Jedesmal nach dem Spiel gegen City machen wir einen Siegerball – wir siegen bloß nie.«

»Dann komm doch mit zu uns, und wir hören Radio. Du siehst müde aus.«

»Ich dachte, du wolltest so wahnsinnig gern auf den Ball? Die letzten zwei Wochen hast du doch von nichts anderem mehr geredet.«

»Ja, natürlich, aber –«

»Am liebsten würde ich mich drücken, aber dann sagen die wieder, wir hätten wohl was Besseres vorgehabt.«

»Wir brauchen ja nicht so lange zu bleiben.«

»Großartig, und dann gehen wir mit Virg und Sally noch in die Eis-Bar.« Er nahm ihre Hand und sah auf seinen Klassenring, den sie am Finger trug.

»Ich hab' was drumgewickelt, damit er paßt.« Danny warf einen Blick nach hinten, und als er sah, daß Bud fest schlief, zog er Kathy an sich.

»Nicht hier, Danny, hier sieht uns doch die ganze Nachbarschaft.«

»Mir egal.«

»Komm, sei vernünftig.« Sie rückte von ihm fort und machte die Tür auf. »Also in einer Stunde.«

Sie tanzten ein paarmal in der festlich geschmückten Aula des Gymnasiums und verließen dann heimlich die Gesellschaft, wo man Danny unaufhörlich beglückwünscht und auf die Schulter geklopft hatte. Sie fuhren durch die Nacht, ihr weiches, helles Haar streifte seine Wange, er atmete den süßen, frischen Duft ihres Parfüms. Sie summte leise die Melodie des letzten Tanzes vor sich hin.

Wenn zwei sich lieben,
dann ist alles leichter.
Wenn zwei sich lieben,
dann wird nichts zu schwer ...

Er stellte den Motor ab und schaltete einen Sender mit Tanzmusik ein. Sie hielten am Druid-Lake-Reservoir, zwischen anderen Wagen, die dicht bei dicht am Seeufer parkten. Sie kam in seine Arme, und sie küßten sich. Sie zog die Beine unter sich auf den Sitz und lehnte sich eng an ihn. Wieder und wieder küßte er ihre Wange, sein Atem ging heftig.

»Ist dir kalt, Kleines?«

»Nein.« Sie entzog sich ihm und lehnte sich auf der anderen Seite gegen die Wagentür. »Ich hab' nur grad über was nachgedacht.«

»Worüber denn? Du bist schon die ganze Zeit so komisch.«

»Ich weiß nicht. Heute nachmittag auf dem Sportplatz, da mußte ich plötzlich denken – ach, ich weiß nicht, wie ich es sagen soll.«

»Was hast du denn?«

»Ich mußte daran denken, daß das für uns ein entscheidender Abschnitt wird. Bald wirst du nicht mehr hier sein – in ein paar Monaten gehst du aufs College. Und es war so schön.« Ihre Stimme schwankte.

»Ich habe auch schon oft darüber nachgedacht. Es scheint, wir alle müssen irgendwann mal erwachsen werden.«

»Es scheint wirklich so.«

»Du wirst mir ganz schrecklich fehlen. Aber in den Weihnachtsferien werden wir uns ja sehen und den ganzen Sommer über. Im Sommer werde ich hier arbeiten.«

»Du hast dich also für Georgia entschlossen?«

»Längst.«

»Gehst du gern nach Georgia?«

»Ja.«

»Hast du mit Virg darüber gesprochen?«

»Nein. Es fällt mir schwer, daß ich unsere Verabredung nicht einhalte, aber in Maryland krieg ich nie meinen Ingenieur, jedenfalls nicht den, den ich machen will.«

»Es wäre eigentlich ganz nett, wenn du nach Maryland gingst. Da geh ich nächstes Jahr auch hin.«

»Das ist es ja. In Georgia bin ich so schrecklich weit von dir weg.«

»Ich glaube, wenn du weg bist, werde ich mir die ganze Zeit entsetzliche Sorgen machen.«

»Weil ich Fußball spiele?«

»Und weil vielleicht ein anderes Mädchen dich mir wegnimmt.«

»Ich hab' doch dich, Kathy. Du wirst es schon noch begreifen, warum ich unbedingt Ingenieur werden will. Als Ingenieur kommt man überallhin, sieht die ganze Welt. Man baut Tunnel, Brücken, Staudämme. Das ist ein großartiger Beruf. Ein guter Ingenieur ist ein gemachter Mann.«

»Ich weiß, wie gern du es möchtest.«

»Kathy?«

»Ja?«

»Es fällt mir schwer, von dir fortzugehen. Versteh das doch.«

»Ich weiß.« Sie kam wieder in seine Arme, und er streichelte sie zärtlich.

»Wenn ich mir vorstelle, daß irgendein anderer dich anrührt – ich glaub, ich würde den Kerl umbringen.«

»Wirklich?«

»Ob es immer so mit uns bleiben wird, Kathy? Natürlich sollst du ausgehen und dich amüsieren.«

»Es würde mir keinen Spaß machen.«

»Doch, doch. Fünf Jahre sind eine schrecklich lange Zeit, und bevor die nicht herum sind, können wir ja gar keine Pläne machen. Ich habe – manchmal, da hab' ich dir so viel sagen wollen – ganz ernsthaft.«

»Es ist wirklich ein Problem, Danny. Ich wußte gar nicht, daß es so schwierige Fragen gibt.«

»Ich kann mir nicht vorstellen, daß irgend etwas noch schwieriger sein könnte.«

Bis zum frühen Morgen war die Belegschaft fast auf das Sechsfache angewachsen. Die ganze Nacht hindurch hatte der Zug immer wieder gehalten, während sich vor seinen stählernen Flanken Abschiedsszenen abspielten.

Morgengrauen in Buffalo; es hatte gefroren. Sie gingen durch den riesigen Bahnhof zum Restaurant, und das heiße Frühstück ließ Danny langsam wieder wach werden. Jetzt endlich fing die Sache an, ihm Spaß zu machen, und er freute sich auf die Weiterfahrt. In der vollen Sonne verschwand die anfängliche Lähmung, und die Erregung des kommenden Abenteuers ergriff ihn.

»Ich heiße Ted Dwyer, und das hier ist Robin Long.«

»Forrester, Danny Forrester, und dieser Knabe heißt L. Q. Jones. Keine Angst, er beißt nicht.«

»Setzt euch doch mit zu uns 'rüber, dann könnten wir ein kleines Spielchen machen.«

»Na prima. Diese endlose Fahrt den Eriesee entlang macht einen fertig. Nach Chicago kommen wir erst am späten Abend.«

»Der Zug ist ganz schön voll.«

»Hm – ja.«

Meile um Meile zog vor den Fenstern das Ufer des Sees entlang und nahm kein Ende. Allmählich ließ die Eintönigkeit der Landschaft alle Gespräche verstummen, und alle fingen an, unruhig zu werden.

Im Waschraum hatte ein lautes Großmaul namens Shannon O'Hearne angefangen zu würfeln. Der große, ungebärdige Ire hatte ein zahlreiches Gefolge um sich versammelt, dem er mächtig imponierte, und bald entwickelte sich das Würfeln zu einer ausgedehnten Sauferei. Diese Gesellschaft machte den Weg zum WC und zurück zu einem Hindernisrennen.

Die Eintönigkeit der Fahrt wurde unterbrochen durch das ebenso eintönige Anstehen zum Essen. Sie waren inzwischen fast vierhundert Mann im Zug,

17

die alle zur gleichen Zeit essen wollten – bis auf Shannon O'Hearne und sein Gefolge, die ihre Nahrung in flüssiger Form zu sich nahmen.

Schließlich verfing sich der Zug im Netz der Gleise, die gebündelt hineinführten nach Chicago. Steif und müde kletterten sie aus dem Wagen, froh über den Aufenthalt.

Henry Forrester saß bequem zwischen vielen Kissen in seinem Stuhl, die Füße auf die Sofakante gestellt. Bud lag auf dem Fußboden, vor sich die Witzseite der Sonntagszeitung. Die gemütliche Ruhe des Raumes wurde durchschnitten von der nervösen Stimme eines Fußballreporters.

»Danny«, rief Sarah Forrester aus der Küche, »du kannst schon losfahren und Kathy holen, wir essen in einer halben Stunde.«

»Okay, Mammi, in ein paar Minuten ist Halbzeit.«

»Bud!«

»Ja?«

»Fang schon an, den Tisch zu decken.«

Hallo, Fußballfreunde – hier ist Rush Holloway, euer alter Funkreporter. Ich spreche aus unserer Hauptstadt, wo an diesem wunderschönen Dezembernachmittag fünfunddreißigtausend Menschen das Griffith-Stadion bis zum letzten Platz füllen, um den Kampf zwischen den New Yorker ›Riesen‹ und den ›Rothäuten‹ von Washington mitzuerleben.

Das Geräusch im Hintergrund kommt von der Lautsprecheranlage. Sie suchen gerade nach Admiral Parks. In der letzten halben Stunde sind übrigens schon mehrere hohe Offiziere ausgerufen worden.

Soeben ist Mickey Parks auf dem Platz erschienen als Ersatz für Mittelstürmer Ki Aldrich. Mickey ist zufällig ein entfernter Verwandter von Admiral Parks. Steht hoch im Kurs bei den Anhängern der Rothäute ...

Wir unterbrechen unsere reguläre Sendung, um eine wichtige Nachricht durchzugeben: Flugzeuge japanischer Herkunft haben den amerikanischen Flottenstützpunkt Pearl Harbour angegriffen. Bleiben Sie auf dieser Welle ...

Der Rechtsaußen ist hinten im eigenen Strafraum.

»Hast du das gehört, Paps?«

»Hm – ja, wie? Ich glaub, ich hab' grad ein bißchen geduselt.«

Das Telefon klingelte. Bud sprang hin, dann gab er den Hörer seiner Mutter.

»Henry«, rief Frau Forrester, »wo ist Pearl Harbour?«

Henry Forrester klopfte leise bei seinem Sohn an die Tür, dann ging er hinein. Danny lag auf dem Bett und starrte an die Decke. Der Vater setzte sich auf die Bettkante.

Der Raum war dekoriert mit Abzeichen, Preisen und Fotos von Forest-Park und einem Dutzend anderer Schulmannschaften.

»Sag mal, mein Sohn, kommst du nicht zum Essen?«

»Ich hab' keinen Hunger.«

»Deine Mutter ist mächtig aufgeregt. Zigarette?«

»Nein, danke.«

»Findest du nicht, daß wir mal vernünftig darüber reden sollten?«

»Ich hab's doch versucht, aber Mammi fängt ja jedesmal an zu schreien.«

Henry Forrester ging langsam zur Kommode hinüber und betrachtete eingehend eine Trophäe, die dort an der Wand hing. Danny war die letzten zwanzig Meter bei einer Stafette gelaufen, nachdem er einen von seinen Rennschuhen verloren hatte.

»Wir könnten ja mal unter vier Augen reden. So viel Vertrauen kann ich wohl von dir erwarten.«

»Ich versteh es doch selbst nicht, Paps.«

»Ich traf gestern Wilbur Grimes. Er erzählte mir, daß du gleich im Februar anfangen kannst auf der TH in Georgia.«

»Ich finde es einfach nicht richtig. Ich gehe aufs College und spiele Fußball – und dabei ist Krieg.«

»Danny, du bist ja grad erst siebzehn. Euch wollen sie noch gar nicht haben. Wenn man euch braucht, wird man euch schon holen.«

»Dasselbe Thema haben wir schon hundertmal vorgehabt.«

»Jawohl, und wir müssen jetzt endlich damit zu Ende kommen. Deine Mutter hält das einfach nicht mehr aus, und ich seh mir das auch nicht mehr länger mit an. Außerdem geb ich dir keine Unterschrift, wenn du mir nicht einen vernünftigen Grund sagen kannst.«

»Wie du meinst.«

»Ich könnte es ja verstehen, wenn du dich hier etwa nicht wohl fühlen würdest oder wenn du dir einfach was in den Kopf gesetzt hättest. Du wolltest doch immer Ingenieur werden, schon als kleiner Junge. Jetzt hast du alles, was du wolltest, du hast ein Zuhause, hast Freunde, du darfst meinen Wagen fahren –«

»Ich bin ja auch ganz zufrieden, Paps.«

»Also, warum willst du dann zum Marine-Korps?«

»Frag mich doch nicht immerzu.«

»Und Virgil?«

»Er möchte auch – aber wo doch seine Mutter so krank ist.«

Henry Forrester drückte seine Zigarette aus. »Ich komme mir bei der ganzen Sache schon wie ein Idiot vor.«

»Mach dir nichts draus.«

»Ich finde, Danny, wir sollten jetzt lieber nicht streiten. Das haben wir oft genug getan. Ich fühle mich manchmal wie einer von den Vätern, die in ihrer eigenen Familie leben wie ein besserer Pensionär. Ich bin für dich und Bud niemals ein Kamerad gewesen, wie ihr ihn gebraucht hättet.«

»Aber Paps, es ist doch nicht deine Schuld, wenn das Geschäft dir einfach keine Zeit läßt für irgend etwas anderes.«

»Ich habe dich oft beneidet, Junge. Du bist genauso geworden, wie ich gern gewesen wäre. Ich glaube, ich bin wahrhaftig auf meinen eigenen Sohn eifersüchtig. Gebraucht hast du mich nie, schon als Dreikäsehoch hast du alles mit dir allein abgemacht.«

Er seufzte und brannte sich eine neue Zigarette an. »Und später wolltest du dann Fußball spielen. Mutter schloß dich in deinem Zimmer ein, und du sprangst aus dem Fenster. Ja, du hattest eben den Nerv, dich gegen sie durchzusetzen. Ich nie.«

»Was sagst du da?«

»Ich wollte ja, daß du Fußball spielst. Aber ich ergriff Partei für deine Mutter – wie immer. Ich glaube, im Grunde meines Herzens bin ich mächtig stolz, daß du zur Marine willst. Dabei ist es keine Kleinigkeit, einen Sohn herzugeben. Aber dies einemal, Junge – diesmal werde ich wohl auf deiner Seite mitspielen müssen.«

»Paps, ich – ich weiß gar nicht, was ich sagen soll.«

»Weiß Kathy schon davon?«

»Nein, Vater.«

»Dann solltest du jetzt vielleicht mal hingehen.«

2. Kapitel

Constantin Zvonski lag auf dem knarrenden Bett und sah dem Rauch seiner Zigarette nach, der an der Decke verschwand. Er konnte von da, wo er lag, auch das grelle Licht der Leuchtreklame sehen, deren Buchstaben aufleuchteten und verschwanden. ›Hotel‹, stand da, ›Zimmer von 1,50 Dollar an.‹ Bei jeder Bewegung, die er machte, ächzten die alten Federn der Matratze. In dem gelben Dämmerlicht, das im Zimmer herrschte, waren die Spinnweben und die verschlissene Tapete, auf der sich Staub und Schmutz vieler Jahre abgelagert hatten, nur undeutlich zu sehen.

Von der stillen Straße her hörte man Schritte, die hart vom Steinpflaster widerhallten. Er sprang zum Fenster und schob den schäbigen Vorhang zur Seite. Es mußte Susan sein.

Er zerdrückte nervös seine Zigarette, während das Geräusch verging. Gleich darauf hörte man, wie jemand rasch die Treppe heraufkam. Er schob den Riegel zurück und öffnete die Tür einen Spalt breit. Als sie am Ende der Treppe erschien, winkte er ihr zu. Sie kam herein, atemlos. Er schloß die Tür und riegelte ab.

Er nahm sie in seine Arme. Sie war frisch und kalt von der scharfen Januarluft.

»Liebes, du zitterst ja«, sagte er.

»Es ist kalt draußen – es wird gleich vorbei sein.«

»Nein, du hast doch was.«

Sie schob sich sanft von ihm fort und zog ihren Mantel aus, dann setzte sie sich auf den ungemütlichen Stuhl und legte ihre Hände vor ihr Gesicht.

»War wieder was mit deinem Alten?«

Sie nickte.

»Verdammt, kann er uns denn nicht mal in Ruhe lassen!«

»Es ist gleich wieder gut, Connie.«

Er brannte eine Zigarette an und gab sie ihr.

»War es schlimm?«

Sie zwang sich zur Ruhe, aber die Tränen traten ihr in die Augen, während

20

sie sprach. »Das Übliche. Er beschimpfte uns und drohte mir. Aber jetzt bin ich ja hier, jetzt ist alles gut.«

Connie knallte die Faust in seine offene Hand. »Er hat ja recht. Ich tauge ja nichts. Würde ich dir sonst zumuten, in so eine Spelunke zu kommen wie das hier? Er hat ganz recht. Wenn mit mir irgendwas los wäre . . .«

»Aber ich beklage mich ja gar nicht.«

»Das ist es ja. Ich wollte, du würdest dich beklagen. Nein, das wünsche ich mir natürlich nicht – ach, ich weiß auch nicht, was ich eigentlich will.«

Er wandte sich ab und lehnte sich gegen die Kommode. Susan trat hinter ihn, legte ihm die Arme von hinten über die Schultern und drückte ihre Wange gegen seinen Nacken.

»Gar keinen Kuß, Connie?«

Er drehte sich hastig herum und drückte sie an sich. »Ich liebe dich so, manchmal denke ich, es reißt mich auseinander.«

Sie küßten sich.

»Ich hab' dich auch lieb, Connie«, sagte Susan.

Sie ging zum Bett, streifte mit den Füßen ihre Schuhe ab und setzte sich, mit dem Rücken gegen das Kopfende gelehnt. Sie rauchte in tiefen Zügen. Er setzte sich auf die Bettkante, nahm ihre Hand und streichelte sie.

»Ich muß dir was erzählen, was Wichtiges. Sieh mal, Liebstes – wir haben ja schon hundertmal darüber geredet. Dein Alter Herr wird uns nie in Ruhe lassen, solange wir hier sind. Wir müssen weg aus Philadelphia.«

Er ging unruhig im Zimmer auf und ab und versuchte, die richtigen Worte zu finden. »Er will nichts von mir wissen, und vielleicht hat er recht. Schön, ich hab' ein Zeugnis von der Schule und so weiter – aber das war, ehe ich dich kannte, Liebes. Ich würde alles für dich tun – das weißt du.«

»Ja, Connie, ich weiß.«

»Ich hab' das Gymnasium zu Ende gemacht – na, und was nun? Auf keinem College gibt man ein Stipendium für einen Torwart, der noch nicht mal hundertdreißig Pfund wiegt. Ich – ich komme hier einfach nicht weiter. Ich finde keine vernünftige Beschäftigung – keine Möglichkeit, auch nur einen Cent zu verdienen. Und dein Alter beschimpft dich und macht dir die Hölle heiß. Ich ertrage das nicht mehr!«

»Reg dich doch nicht auf, Liebling.«

»Natürlich, ich bin ein blöder Pollacke – ein Nichtsnutz von achtzehn Jahren. Was kümmert's ihn, daß mein Alter in einer dreckigen Kohlenstadt im Krankenhaus an Tb gestorben ist? Ich bin ganz schön in den Arsch gekniffen.«

»Ich hab' es gar nicht gern, Connie, wenn du so was sagst.«

»Verzeih, Liebling.« Er lächelte und setzte sich wieder zu ihr. »Susan.« Er strich sanft mit der Hand über ihre Wange. »Susan – ich bin ganz verrückt nach dir, du bist für mich einfach das Leben.«

Sie küßte seine Hand und lächelte.

Er langte nach einem Aschbecher und gab ihr Feuer. »Wir müssen endlich Schluß damit machen, uns in solchen finsteren Spelunken zu treffen und uns zu verstecken. Du bist zu gut dafür – nein, laß mich ausreden. Ich hab' alles genau durchdacht, wie wir von hier wegkommen könnten. – Susan, ich hab' mich gestern freiwillig zum Marine-Korps gemeldet.«

»Du hast dich – was?«

»Sieh mal.« Er nahm sie bei den Schultern. »Ich weiß, daß wir nach Kalifornien kommen, nach Kalifornien, hörst du? Ich kann Geld dort verdienen. Ich werde jeden Cent beiseite legen, und dann werde ich eine Wohnung mieten und dich nachkommen lassen. Dort können wir einen richtigen Anfang machen, weg von deinem Alten und dieser beschissenen Stadt. Nur du und ich, Liebste, verheiratet, weit weg von hier in Kalifornien.« Er nahm seine Hände langsam von ihren Schultern. »Was ist los mit dir, Susan, du siehst aus, als würdest du dich gar nicht darüber freuen.«

»Ich weiß nicht, das kommt alles ein bißchen plötzlich.«

»Was denn – hast du keine Lust, nach Kalifornien zu gehen?«

»Ich muß nachdenken, Connie. Bitte, laß mich nachdenken.«

An und aus ging die Leuchtreklame, der Widerschein des grellen Lichts und der Schatten des späten Nachmittags wechselten im Raum. Nichts war zu hören, und man roch die verstaubte Muffigkeit des Zimmers.

»Zum Marine-Korps«, sagte sie langsam, »Marine-Korps.«

»Es ist die beste Lösung«, sagte er. »Zeit werde ich genug haben. Ich werde sparen, und Arbeit findet man dort auch.«

»Und deine Mutter? Und Wanda?«

Die Frage ließ ihn innerlich zusammenzucken. »Meine Mutter hat die notwendigen Papiere unterschrieben. Sie ist Kummer gewohnt. Sie ist mit allem einverstanden, wenn sie meint, es sei gut für uns. Und Wanda ist in einem Jahr mit der Schule fertig, bis dahin wird Onkel Ed dafür sorgen, daß sie nicht verhungern und ein Dach überm Kopf haben. Hier handelt es sich doch um uns, verdammt noch mal! Also – was ist nun?«

»Ich habe Angst, Connie.«

»Dazu ist doch gar kein Grund.«

»Ja, vielleicht – aber ich habe Angst. Solange du hier bist, wird mein Vater mir nichts tun. Jetzt gehst du fort – und dann bin ich allein. O Connie, alles mögliche kann passieren. Wenn du mich nun nicht nachkommen lassen kannst nach Kalifornien?«

»Ich hole dich! Es ist unsere einzige Chance. Hier gehe ich vor die Hunde. Ich halte das nicht mehr aus.«

Er umfaßte sie sanft und wiegte sie in seinen Armen, als wäre sie ein kleines Kind. »Wenn wir so weitermachen, würdest du mich eines Tages hassen. Und ich lebe doch nur für dich.«

Er legte den Mund auf ihre Wange, seine Hand strich sacht über ihr Haar. »Du bist ja so kalt, Liebstes.«

»Ich habe so Angst – es passiert bestimmt irgendwas ganz Schreckliches.«

»Nun sei aber vernünftig. Es gibt nichts, was uns auseinanderbringen könnte.«

»Nein – nichts«, wiederholte sie und lockerte sich in seiner Umarmung.

»Das ist für eine Weile heute das letztemal, Susan, daß wir zusammen sind.« Seine Finger suchten unsicher nach den Knöpfen ihrer Bluse, die er langsam öffnete.

Constantin Zvonski stand vor dem Harvey-Restaurant auf dem Bahnhof in Chicago. Sie hatten fünf Stunden Aufenthalt, da hier der Zug von der Rock-Island-Linie übernommen wurde. Er sah jüngere und ältere Männer zu zweien und dreien aus dem Bahnhof hinausgehen, auf der Suche nach dem nächsten Lokal oder Kino.

»Hallo«, sagte jemand dicht neben ihm, »hab' ich dich nicht schon irgendwo gesehen?«

Zvonski drehte sich herum und sah den jungen Mann an, der vor ihm stand. Er zog die Stirn nachdenklich in Falten. »Klar«, sagte er dann. »Dein Gesicht kommt mir verdammt bekannt vor. Kommst du auch aus Philadelphia?«

»Nein, ich bin aus Baltimore. Mensch, ich hab's. Hast du nicht fürs Central-Gymnasium gespielt?«

»Ich werd verrückt. Du bist der verdammte Läufer von der Baltimore-Mannschaft, der uns damals so zu schaffen gemacht hat. Mein Name ist Zvonski.«

»Richtig, der kleine Torwart mit dem komischen Namen. Wir hätten euch zu schaffen gemacht? Dabei wart ihr die ganze Zeit in unserem Strafraum.«

Der kleine Pole grinste von einem Ohr zum andern.

»Ich heiße Danny Forrester. Gehst du auch nach San Diego?«

»Na klar.«

»Wie war doch dein Name?«

»Nenn mich einfach Ski, oder wie du willst. Fein, daß ich dich hier treffe.«

»Da draußen warten drei Jungens auf mich, wir wollen zusammen irgendwo hingehen. Ein paar Straßen weiter soll hier 'ne ulkige Kneipe sein. Hast du Lust mitzukommen?«

»Wenn's euch recht ist.«

Ein paar Stunden später fuhr der Zug durch die Nacht, quer durch das flache Land von Illinois, mit zugezogenen Vorhängen. Aus dem Waschraum kam das Klappern der Würfel, Geschrei, das Klirren leerer Flaschen und der scharfe Geruch von Whisky. Es war gut, daß Constantin Zvonski so schmal war. Für zwei Leute war es mächtig eng in dem oberen Bett.

»Nun mach schon, Klein-Joe, leg vor.« Der Würfel knallte gegen die Wand.

»Ich werd dir zeigen von wegen Klein-Joe — erster Wurf gilt.« Danny versuchte, seine Beine auszustrecken, ohne Ski ins Gesicht zu treten. Der Zug machte eine Kurve, und Danny rollte gegen die Wand.

»Schläfst du?« fragte Ski.

»Wer soll denn schlafen bei dem Krach.«

»Ich kann auch nicht schlafen, ich bin zu aufgeregt.«

»Wie das wohl sein wird in San Diego?«

»Na, das werden wir ja bald erleben.«

»Sag mal, Danny, hast du ein Mädchen?«

»Ja.«

»Ich hab' auch eins.«

»Ich habe grade an sie gedacht.«

»Ich auch. Ich denke die ganze Zeit an mein Mädchen.«

»Ist 'n komisches Gefühl. Das ist überhaupt alles so sonderbar.«

»Ich weiß, was du meinst. Mir ist auch ziemlich komisch. Aber ich habe eigentlich nichts, wonach ich Heimweh haben könnte. Ich habe nur Susan.«

»Wer sagt denn, daß ich Heimweh habe?«

»Na ja, das vielleicht nicht, aber man ist jedenfalls allein.« Ski machte das Licht an und richtete sich auf. Er langte nach seiner Hose und holte seine Brieftasche heraus. »Hier hab' ich ein Bild von ihr.«

Danny stützte sich auf den Ellbogen. Es war kein besonders gutes Foto. Er sah sich das kleine, dunkelhaarige Mädchen mit Namen Susan Boccaccio an und ließ höflich einen gedehnten Pfiff ertönen.

»Hübsch, was?« fragte Ski strahlend.

»Verdammt hübsch.«

»Zeig mir doch mal ein Bild von deiner.«

Ski gab Dannys Kompliment zurück, dann machte er das Licht aus und legte sich wieder lang.

»Sobald wir mit diesem Ausbildungslager da fertig sind, lasse ich sie nachkommen. Wir haben alles abgemacht. Ich werde sparen, und dann heiraten wir. Willst du dein Mädchen auch heiraten?«

»Nee – so ist das nicht.«

»Ach so, bloß so Kinderkram, wie?«

»Ich finde, jetzt sollte man an so etwas überhaupt nicht denken. Wer weiß denn, was aus einem wird und was überhaupt passiert? Ich finde, ich habe gar nicht das Recht, Kathy so etwas zu fragen. Ich hab' schon gehört, wir kämen gleich auf ein Schiff, um Wake Island zurückzuerobern.«

»Dummes Zeug.«

»Ganz egal – Genaues weiß doch niemand.«

»Bei uns ist das anders, Danny. Wir – na ja, wir sind schon jetzt so gut wie verheiratet. Ich habe eigentlich nur Susan.«

»Ach so. Ja, ich verstehe.«

»Ich freue mich, Danny, daß wir uns getroffen haben. Hoffentlich bleiben wir zusammen.«

Weiter fuhr der Zug durch die Nacht. Der Lärm aus dem Waschraum wurde lauter. Jemand gab einer leeren Flasche einen Tritt, daß sie auf dem Gang zersplitterte. Ski zog den Vorhang beiseite und stieg in seine Hosen.

»Wohin?«

»Ich bin ganz durcheinander. Muß mal 'ne Zigarette rauchen gehen.«

Danny streckte seine verkrampften Beine aus. Für einen Augenblick lag er im Dunkeln und hörte auf das Klappern des Würfels, auf das faszinierende Geräusch der rollenden, klopfenden Räder. Doch dann verschwand das Geräusch, und er dachte wieder an sie, wie er schon tausendmal an sie gedacht hatte.

Es war herrlich, an sie zu denken. Er dachte auch daran, wie wunderbar es sein müßte, mit ihr zu schlafen. Aber wenn man ein Mädchen so liebte, wie er Kathy liebte – dann war das nicht das Richtige.

Ski kam mühsam auf das obere Bett heraufgekrochen, und Danny drückte sich wieder an die Wand.

»Himmel, wenn diese Burschen doch mal aufhören wollten mit ihrem Krach. Wer soll denn dabei schlafen?«

»Ja, ja –«

Marvin Walker lag auf dem Sofa, das Gesicht vergraben in ein Magazin. Sybil Walker saß im Stuhl bei der Lampe, ihren Stopfkorb vor sich. Kathy war in der Küche und machte Schularbeiten.

»Marvin.«

»Ja, Liebling, was ist?«

»Ich habe mit dir zu reden.«

Der kleine, rundliche Mann richtete sich auf, reckte sich und nahm seine Brille ab. »Was hast du auf dem Herzen, Sybil?«

»Meinst du nicht, Marvin, es wäre an der Zeit, daß wir uns Kathleen mal vornehmen und offen mit ihr reden?«

»Das ist deine Sache.«

»Ach nein, das meinte ich doch gar nicht.«

»Also, was meintest du denn dann?«

»Ich meine – das mit Kathy und Danny.«

»Ach, das schon wieder mal.«

»Du mußt nicht immer nur auf Dannys Seite sein.«

»Ich mag ihn nun mal.«

»Ich auch. Er ist ein netter Junge. Nur – meinst du nicht auch, daß Kathy noch zu jung ist, um sich zu binden?«

»Ach, ihr Frauensleute. Ihr macht immer aus einer Mücke einen Elefanten. Das ist eine Episode. Mir scheint, du hast ganz vergessen, wie es war, als du selber jung warst.«

»Sie könnte doch wenigstens mal mit anderen Jungens zusammenkommen. Man kann nie wissen, wie tief so was geht.«

»Also, hör mal. In ein bis zwei Monaten geht der Junge aufs College.«

»Das ist es ja. Ich möchte nicht, daß sie sich schon festlegt.«

»Ich denke, die beiden sind vernünftig genug, um sich darüber zu einigen.«

»Na ja, es ist nur – wo jetzt doch Krieg ist – wenn er nun fortgeht.«

»Er ist ja erst siebzehn. Die nehmen doch keine Kinder.«

Sybil Walker seufzte und beschäftigte sich wieder mit ihrem Stopfkorb. Es klingelte. Marvin machte den obersten Hosenknopf zu, streifte die Hosenträger über und ging zur Tür.

»Hallo, Danny.«

»Guten Abend, Mister Walker, hallo, Mrs. Walker.« Kathy war auf das Läuten hin bereits im Wohnzimmer erschienen.

»Ich weiß, Mister Walker, heute abend ist Schule. Aber es ist was Wichtiges, und ich wollte fragen, ob ich Kathy eben für ein paar Minuten sprechen könnte.«

»Stehen Sie doch nicht an der Tür, kommen Sie herein.«

»Hallo, Danny.«

»Hallo, Kathy. Komm mit heraus – ich muß dir was sagen.«

»Halten Sie das Kind nur nicht zu lange auf«, sagte Mrs. Walker.

»Nein, Madam«, sagte er und schloß die Tür von draußen.

»Netter Junge«, meinte Marvin sinnend. »Er ist ein wirklich netter Junge.«

Kathy machte den Mantel zu und ging mit Danny durch die Veranda zu der Hängebank. Er stieß sich sachte mit dem Fuß ab, und die Bank bewegte sich knarrend in ihren Angeln. Es war kalt, Kathy zog die Beine unter den Mantel.

»Was ist denn, Danny?« Ihr Atem stand als kleine weiße Wolke vor ihrem Mund.

»Ich – ich weiß nicht, womit ich anfangen soll.« Er wandte sich ihr zu und sah sie an. Sie war schön. Über ihren blauen Augen standen Falten. »Du gehst fort«, sagte sie, »nicht wahr?«

Er nickte.

»Du hast dich zum Marine-Korps gemeldet«, sagte sie mit leiser Stimme, daß es fast nicht zu hören war.

»Wieso weißt du denn das?«

Sie sah fort von ihm. »Ich glaube, ich habe es schon seit Pearl Harbour gewußt, und ich wußte auch, daß du zur Marine gehen würdest. Ich glaube, ich habe es schon geahnt, als das mit Wake Island bekanntgegeben wurde. Und ganz genau habe ich es dann, glaube ich, Neujahrsabend gewußt. Da küßtest du mich so – so, als ob du für lange, lange Zeit weggehen wolltest. Und da wußte ich, es würde nicht mehr lange dauern, bis du es mir sagtest.«

Die Bank stand still.

»Wann mußt du fort?«

»In ein paar Tagen.«

»Und wie wird es mit dem College – und überhaupt?«

»Alle anderen und alles andere muß jetzt eben erst mal warten.«

»Und wir?«

Er antwortete nicht.

»Mußt du, Danny?«

»Ja, ich muß.«

»Warum?«

»Frag mich nicht. Ich hab' mich selbst gefragt, warum, hundertmal. Es läßt mir einfach keine Ruhe. Kannst du das denn nicht verstehen?«

»Du mußt, weil du so bist, wie du bist. Ich glaube, du wärst nicht Danny, wenn du nicht gehen müßtest.«

»Kleines?«

»Ja?«

»Ich – ich wollte dich bitten, mir meinen Klassenring zurückzugeben.«

Ihr Gesicht wurde blaß, sie zog den Mantel enger um sich.

»Ich weiß nicht, wie lange ich fort sein werde. Vielleicht zwei oder drei Jahre. Es heißt, daß wir an die Westküste kommen.«

»Ja, aber – ich hatte gedacht, wir beide –«

»Ich mag dich damit nicht belasten, Kathy. Vielleicht war alles nur Kinderei. Es geht einfach nicht, daß wir jetzt Pläne machen oder uns gegenseitig irgendwas versprechen. Es kann alles mögliche passieren, und alles wird ganz anders – das wäre doch dann sehr schlimm für uns.«

»Für mich bleibt alles, wie es ist«, sagte sie leise.

Er setzte die Bank wieder sanft in Bewegung und blies in seine kalten Hände. Eine Zeitlang sagte keiner von beiden ein Wort. Nichts war zu hören als die Schritte eines Nachbarn, der müde die Steinstufen zu seiner Haustür hinaufging.

»Nun sag doch was, Kathy.«

Ihre Lippen zitterten. »Ich wußte ja, daß das einmal kommen würde. Ich wußte es.« Sie stand auf, ging zum Geländer und biß sich auf die Lippen, um die Tränen zurückzuhalten. Doch sie kamen.

»Bitte nicht weinen. Du weißt, ich vertrage das nicht.« Er nahm sie bei den Schultern. »Wir sind im Augenblick beide ziemlich durcheinander. Wir wollen doch jetzt nicht irgend etwas tun, was wir später beide bereuen. Du wirst sehen, das gibt sich, wenn ich erst fort bin – du wirst mit anderen Jungens zusammenkommen und –«

»Ich will keine anderen Jungens – ich will dich«, sagte sie schluchzend und drängte sich in seine Arme.

Er strich sacht über ihr helles Haar. »Was sollen wir denn jetzt bloß machen?«

»Nicht böse sein, Danny.«

»Böse – warum?«

»Weil ich weinen muß.«

»Nein, ich bin nicht böse.«

»Vielleicht sind wir wirklich noch zu jung – nur – ich möchte so gern weiter dein Mädchen bleiben.«

»Und was sagen deine Eltern dazu?«

»Das ist mir gleich, was die sagen.«

»Mein Gott – ich zittere ein bißchen.«

»Ich auch.«

»Wirst du mir immer schreiben?«

»Ja.«

»Sobald ich meine Adresse weiß, bekommst du sie.«

»Ich werde auf dich warten, Danny. Ganz gleich, wie lange es dauern wird.«

»Wenn du es dir vielleicht doch noch anders überlegen willst – wirklich, ich meine es ehrlich.«

Er wischte ihre Tränen fort, und sie versuchte zu lächeln.

»Ich glaube«, sagte er, »jetzt sind wir beinahe schon verlobt.«

Sie nickte.

»Ich habe oft nachts daran denken müssen, wie wunderbar du bist, Kathy. Ich habe mir immer vorgestellt, wie es sein würde, wenn ich dir eines Tages alles sagen könnte, was ich dir schon immer so gern sagen wollte. Aber immer wieder habe ich geschwiegen.«

»Ich habe auch schon oft daran gedacht, Danny.«
»Denken Mädchen denn an so was?«
»Hmm!«
»Wirklich? Ich meine – genauso, wie Jungens daran denken?«
»Ja.«
»Ich glaube, jetzt – jetzt könnte ich es dir sagen.«
»Sag es.«
»Ich liebe dich, Kathy.«
»Ich dich auch. Ich liebe dich ganz schrecklich, Danny.«

Morgen in Kansas, und neue Rekruten. Den ganzen Tag lang Fahrt durch ein endloses Weizenfeld. Gerüchte, dreckige Witze, Unterhaltungen und zunehmende Spannung. Anstehen in langen Reihen zum Essen. Der Zug brechend voll, achthundert junge und erwachsene Männer.

O'Hearne, der bei der letzten Flasche angelangt war, forderte jeden im Wagen persönlich auf, eine neue Sauferei zu finanzieren. Er hatte mäßigen Erfolg. Den Nachmittag füllte er mit einem Bericht seiner Erlebnisse als Boxer, Fußballspieler, Säufer und Veranstalter toller Orgien. Zweimal versuchte er, eine Schlägerei in Gang zu bringen, die Beteiligung war jedoch gering, und gegen Abend begann wieder das Würfeln.

Und wieder ein neuer Tag, kurzer Aufenthalt in El Paso. O'Hearne versuchte, ein schüchternes junges Mädchen, das vor Vaterlandsbegeisterung brannte, in den Wagen zu locken. Noch stundenlang hinter El Paso rechnete er aus, daß er ihre Dienste im Zug mindestens zweihundertmal zu je fünf Dollar verkauft haben könnte und daß er in San Diego einen Laden mit ihr hätte eröffnen können.

Arizona, heiß und stickig. O'Hearnes Meute ging dazu über, den Zug zu demolieren, bis in Douglas die MP zustieg. Und so ging es in die letzte Reisenacht.

Spannung auf dem Siedepunkt und große Sensation, als zwei Dampflokomotiven den Zug steil auf den Kamm des Sierra-Gebirges hinaufbugsierten. Wilde Aufregung, alles packte und machte sich fertig. Die Vermutungen und Gerüchte wurden noch wilder, als es jenseits der mexikanischen Grenze wieder hinunterging nach Tijuna, wo der Zug hielt und inspiziert wurde.

»Ob sie uns wohl mit Musik empfangen werden?«

»Bestimmt, schließlich sind wir ja das erste Bataillon aus dem Osten, das hierher zur Ausbildung kommt.«

»Hoffentlich haben sie meine blaue Ausgehuniform schon fertig. Ich will mir heute abend mal die Stadt ein bißchen ansehen.«

»Die ersten Wochen sollen wir doch überhaupt Ausgehverbot haben.«

»Keine Bange – heute nacht bin ich in San Diego.«

Draußen erschienen aufregend einige Palmen. Außerdem eine lange Reihe von Lastwagen und eine Horde von Sergeanten und Korporalen in grüner Uniform, die geschäftig mit Namenslisten herumliefen. Die grüne Farbe der Uniformen war ein erster Dämpfer für die Hochstimmung der neuen Rekruten.

»Alle Freiwilligen aus Philadelphia und Baltimore verladen ihr Gepäck auf Wagen achtundsechzig. Ich verlese die Namen, jeder, der aufgerufen wird, meldet sich mit ›Hier‹.«

Als die Wagenkolonne zum Stützpunkt des Marine-Korps rollte, wurden die Neuen von den Passanten begrüßt mit dem Ruf: »Euch wird's noch leid tun!«

Die Reisenden aus dem Osten, die mitten im Winter abgefahren waren, staunten über die Hitze des schwülen Sommertages. Vorbei an einem getarnten Flugfeld kamen sie auf das musterhaft aufgeräumte Gelände des Stützpunkts und rollten über einen ungeheuren Exerzierplatz, an dessen äußerstem Ende in einer Sandwüste eine isolierte Zeltstadt stand.

Sie kletterten von den Wagen, wurden erneut verlesen und meldeten sich mit »Hier«, unter einem Torbogen, über dem die Worte standen: *Marine-Korps-Ausbildungslager San Diego, Kalifornien.*

Und das Tor fiel hinter ihnen zu.

3. Kapitel

»Also Leute, wir haben heute noch allerhand vor, und ich möchte keinem von euch raten, hier aus der Reihe zu tanzen. Gepäck absetzen und folgen.« Sie liefen hinter dem Korporal her und kamen zur Messe.

Danny staunte. Solange er sich erinnern konnte, hatte er immer gehört, daß die Mariner sich ausschließlich von Schiffszwieback, Saubohnen und dergleichen ernährten. Hier sah er zu seiner Überraschung, wie die Eßgeschirre sich mit Braten, Kartoffeln, Gemüse, Soße und Eiscreme füllten und daß auf den langen, sauber gescheuerten Tischen Kannen mit Kaffee und Milch standen. Allerdings verlor sich gegen Ende der Schlange die Eiscreme mehr und mehr zugunsten der Kartoffeln.

Anschließend wurden sie aufgeteilt in Gruppen zu je sechzig Mann und zu der großen Empfangsbaracke geführt. L. Q., Danny und Ski waren nicht besonders erfreut, als sie feststellten, daß O'Hearne ausgerechnet zu ihrer Gruppe gekommen war. Ein durchdringender Pfiff ließ alle sich eilends in der Mitte des Raumes um einen Korporal sammeln, der dort zackig aufgebaut stand.

»Alles mal herhören, Leute. Keiner verläßt die Baracke. Komme wieder her, um euch zu holen, wenn es soweit ist. Der erste von euch, der mich sieht, wenn ich hereinkomme, brüllt ›Achtung‹!«

»Werden Sie unser Ausbilder sein?«

»Den lernt ihr morgen früh kennen.«

Sie hatten noch einen Haufen von Fragen, die sie gern an den Mann gebracht hätten. Doch der Korporal drehte sich kurz um und ging hinaus.

Danny sah auf seine Uhr; es war Viertel vor zehn. Er stahl sich nach draußen vor die Tür und zog den Reißverschluß seiner Jacke hoch. Die Luft war kühl, der Himmel wolkenlos und voller Sterne. Es erinnerte fast ein wenig an eine winterliche Januarnacht, wie sie in Baltimore war. Und dann bot sich ihm ein sonderbarer Anblick. Er sah sechzig kahlgeschorene junge

29

Männer, die in ihrem Unterzeug durch die Nacht rannten, hinter ihnen her ein Korporal, der mit lauter Stimme Verwünschungen ausstieß.

Es ging ihm allmählich auf, daß auch er seine Haare verlieren würde. Er erschrak heftig und fuhr sich mit der Hand durch seine Mähne. Die ganze Sache hier hatte überhaupt etwas von einem bösen Traum. Von weitem erkannte er den Korporal von vorhin, der auf der asphaltierten Lagerstraße herankam. Er rannte zurück in die Baracke und rief so laut er konnte: »Achtung!«

»Antreten und mitkommen. Zivilgepäck dalassen. Davon braucht ihr hier doch nichts mehr.«

Dannys Gruppe trat irgendwo in der Mitte der siebenhundertvierzig Rekruten an, die das neue Bataillon bildeten. Es ging ungefähr achthundert Meter im Laufschritt zum Revier, wo sie dann wieder etwas über eine Stunde stehen durften.

»Oberkörper frei machen!« Ein Mann ging die Reihe entlang und malte mit Farbe und Pinsel auf jede Brust eine Nummer, während ein zweiter Mann die Nummer zusammen mit dem Namen auf einer Liste eintrug.

Um Mitternacht waren sie bis zu den Eingangsstufen des Reviers vorgedrungen.

»Oh, oh«, sagte L. Q., »mein Papa hat mir immer gesagt, ich soll nicht fortlaufen von unserer Magnolienplantage – oh, oh!«

»Maul halten dahinten, verdammt noch mal!« Die Laune der Korporale verschlechterte sich von Minute zu Minute.

Schließlich kamen sie in das Revier hinein, und dann ging es sehr schnell: Blutentnahme aus dem Finger zur Feststellung der Blutgruppe; aus dem Arm für den Wassermann; Augen, Ohren und Nase; Herz- und Reflexuntersuchung. Anschließend Untersuchung auf Bruch, Messung des Blutdrucks, Gleichgewichtsprüfung und Brustkorbdurchleuchtung. Als der letzte von ihnen alles hinter sich hatte, wurde die gesamte Herde zum nächsten Gebäude getrieben.

»Jeder, der hereinkommt, zieht sich nackt aus.«

»Oh, oh«, jammerte Jones. »Oh, oh.«

Hier wurden sie erwartet von einem mit Injektionsspritzen bewaffneten Team. Zwei Spritzen in den rechten Arm, gegen Pocken und Tetanus, zwei weitere in den linken Arm und zum Abschluß eine extra große Spritze ins Gesäß.

Zwei Uhr dreißig morgens. Sie humpelten zurück zur Baracke und fielen in die Kojen. Danny versuchte zunächst, auf dem Rücken zu liegen, dann auf der rechten oder linken Seite. Doch er war überall verschwollen von stumpfen Nadeln und der höchst mangelhaften Injektionstechnik. Schließlich stellte er fest, daß er auf dem Bauch liegen konnte, ohne daß irgend etwas weh tat, und machte die Augen zu. Er war viel zu zerschlagen, um sich selbst zu bedauern.

»An Deck, 'raus aus den Kojen!« Das Licht ging an. Danny drehte sich herum. Da mußte sich jemand einen schlechten Witz erlaubt haben, er war ja eben erst eingeschlafen. Er versuchte mühsam, die Augen aufzubekommen,

30

alles tat ihm weh von den Einstichen. Es gelang ihm, so weit wach zu werden, daß er auf die Uhr sehen konnte: vier Uhr dreißig. Er hielt seine Uhr ans Ohr, und da er feststellte, daß sie noch ging, legte er sich wieder lang.

Ein schriller Pfiff drang unangenehm laut an sein Ohr. Das war also Ernst. Draußen war es noch dunkel, der Himmel noch immer übersät mit Sternen. Er gab sich einen Ruck, kletterte von der oberen Koje herunter und taumelte hinter den anderen her, die alle arg zerknittert und noch halb im Schlaf, fluchend und brummend zum Waschraum gingen. Hinter Jones stellte er sich an in der Schlange, die sechs Mann tief an einem der Becken wartete.

Auch durch das kalte Wasser wurden sie nicht richtig munter, eher schon durch einen neuerlichen lauten Pfiff. Noch mangelhaft bekleidet, traten sie in der Dunkelheit draußen vor der Baracke an. Es ging zum Frühstück, doch sie waren viel zu müde und zerschlagen, um zu essen. Sie schleppten sich zurück zur Baracke, packten ihre Sachen zusammen und traten dann wieder vor der Baracke an.

Sie standen da mit bleiernen Gliedern, in dumpfer Erwartung des Kommenden. Sie brauchten nicht lange zu warten. Es erschien ein Korporal, ein großer, ledriger, rothaariger Bursche, in makellos gebügelter Khaki-Uniform, Tropenhelm und draußen vor der Baracke an. Es ging zum Frühstück, doch sie Lederriemen am Ende.

»Stillgestanden!« donnerte er. Die aufgehende Sonne beleuchtete zögernd die kümmerlichen Gestalten der Rekruten. Das Gesicht des Korporals war voller Sommersprossen, seine Augen waren hart und blau. Er stemmte die Arme in die Hüften und schritt die Reihe entlang. Von der einen Hand baumelte ein Stock von fünfundsiebzig Zentimeter Länge herunter, mit einem Lederriemen am Ende.

»Ihr seid ab heute Zug Einsdreiundvierzig. Ich bin Korporal Whitlock. Ihr werdet den Tag verfluchen, an dem ihr mich kennengelernt habt.«

»He, Korporal! Wie wär's, wenn Sie uns noch ein bißchen schlafen lassen würden?«

»Wer war das?«

»Ich«, sagte Dwyer.

Die Umstehenden traten zurück, als der Korporal auf Dwyer zuging. Eine geschlagene Minute lang sah Whitlock ihn wortlos an, mit einem eisigen Blick. »Wie heißt du?«

»Ted Dwyer.«

»Schütze Theodor Dwyer, Herr Korporal«, verbesserte ihn Whitlock.

»Sch – Schütze – Theodor – Dwyer, Herr Korporal.«

»Haben Sie einen Kaugummi im Mund?«

»Jawohl, Herr –«

»Runterschlucken.«

Glubsch.

Der Korporal paradierte auf und ab vor den neuen Rekruten, die völlig versteinert dastanden.

»Ihr verdammten Yankees«, fauchte er schließlich. »Verdammter Yankee ist ein Wort aus meiner besonderen Bibel. Also, ihr Burschen, mein Name ist Whitlock, aber für euch heiße ich: Herr Korporal. Ihr seid ab heute keine

31

Menschen mehr, ihr Hurensöhne, und Mariner seid ihr schon gar nicht. Ihr seid Rekruten, Kohlköppe! Die minderwertigste, mistigste, übelste Art von Lebewesen, die man sich überhaupt vorstellen kann. Ich soll versuchen, in den nächsten drei Monaten aus euch Mariner zu machen. Ich habe nicht viel Hoffnung, daß mir das gelingt. Ihr verdammten Yankees seid der jämmerlichste Sauhaufen, den ich in meinem Leben zu Gesicht bekommen habe. Und denkt daran, ihr Himmelhunde – eure unsterbliche Seele, die mag meinetwegen unserem Herrn Jesus gehören, aber eure Knochen, die gehören jetzt mir.«

Die herzlichen Worte, mit denen der Ausbilder die Neuen beim Korps willkommen hieß, trafen sie wie ein Blitz aus heiterem Himmel. Sie waren plötzlich hellwach. Und der Tag kam herauf, als käme ein Gewitter von Coronado herüber, von jenseits der Bucht.

»Ich verlese jetzt die Liste, und jeder meldet sich mit ›Hier‹, wenn sein Name kommt, verdammt noch mal.«

Als er zu dem Namen O'Hearne gekommen war, war die Antwort ein leises, kaum vernehmbares Krächzen. Whitlock ging zu ihm hin und pflanzte sich vor dem stämmigen, kraushaarigen Iren auf.

»Was ist denn mit dir los – hat's dir die Sprache verschlagen, du Kohlkopp?«

»Kommt vom Saufen – bin heiser.« Er ließ einen Zigarettenstummel zu Boden fallen.

»Heb die Kippe auf, Kohlkopp.«

»Nennen Sie mich nicht Kohlkopp!«

O'Hearne ballte seine Hände zur Faust. Whitlock fuhr ihm mit seinem kleinen Stöckchen unter das Kinn. »Für Burschen, die nicht spuren wollen, haben wir hier besondere Behandlungsmethoden. Heb die Kippe auf.« Sachte schob er mit dem Stöckchen O'Hearnes Kinn in die Höhe. Shannon machte seine geballten Hände wieder auf und bückte sich. In dieser Stellung traf ihn eine Breitseite von Whitlocks Schuh, die ihn platt zu Boden gehen ließ. Shannon sprang auf und ging auf Whitlock los, doch dann riß er sich zurück und ging widerspruchslos auf seinen Platz in der Reihe. Der Korporal ließ eine weitere Tirade vom Stapel. Er schimpfte und fluchte zehn Minuten lang, wobei er sich in seinen Kraftausdrücken nur selten wiederholte. Er ließ vor den Rekruten ein Bild ihres künftigen Daseins entstehen: völlige Trennung von der Außenwelt – Verlust jeder Spur von Individualität – keine Süßigkeiten, kein Kaugummi, weder Zeitung noch Radio – keine Magazine. Sprechen durften sie nur, wenn sie gefragt wurden, und im Umkreis des Lagers hatten sie allen höheren Dienstgraden, vom Gefreiten an aufwärts, Gehorsam zu leisten, Ehrenbezeigungen zu erweisen und sie mit ›Herr‹ anzureden.

Es wurde ihnen mit jedem Wort, das sie hörten, immer klarer, in was für eine Falle sie gegangen und wie hoffnungslos sie darin gefangen waren. Noch niemals hatten sie bisher eine solche Ansammlung unflätiger Schimpfworte auf einmal vernommen. Das also war San Diego, das palmengeschmückte Paradies der Blaujacken.

Der Korporal führte sie zu der Unterkunft, die sie für die nächste Zeit beherbergen sollte. Eine Zeltstadt, die auf der einen Seite an einen kiesbestreuten Paradeplatz grenzte, während auf der anderen Seite sich eine weitgedehnte, von der Sonne ausgedörrte Sandwüste bis an die Bucht erstreckte. Danny, Ski und L. Q. Jones bezogen gemeinsam ein Zelt für drei Mann. Danach machten sie die Bekanntschaft des Zugführers, Sergeant Beller. Er war gleichfalls aus Texas und führte eine nicht weniger kräftige Sprache als der Korporal. Von Beller wurden sie nochmals reichlich zehn Minuten lang beschimpft und verflucht und anschließend in einen wirbelnden Wechsel von Eile und Langeweile gestürzt. Laufschritt marsch-marsch, dann wieder stehen und warten.

Sie faßten Seesäcke und gingen vorbei an einer Reihe von Tischen, die mit hohen Stapeln von Bekleidungsstücken vollgepackt waren. Man warf ihnen die Sachen an den Kopf, alle Beteiligten waren eilig und wütend, und die Rekruten konnten ihr rasch wachsendes Vokabular an Schimpfwörtern hier wesentlich bereichern.

Die Seesäcke füllten sich mit Unterzeug, Socken, Feldblusen, Koppeln, Knobelbechern und Schuhen für die Extra-Uniform, Halsbinden und dem übrigen Zubehör der Garderobe des Mariners. Die einzelnen Teile wurden hastig verpaßt, ohne Rücksicht auf die Größe des Empfängers.

Im Laufschritt zur nächsten Baracke. Bettzeug fassen, Munitionsgürtel, Zeltbahnen und weitere Feldausrüstung. Die Knie knickten ihnen ein unter der Last, während sie versuchten, weiter wie die Rennpferde durchs Gelände zu jagen. Nach dem Essen wieder ein schriller Pfiff. »Alles mal herhören. Dienstanzug ab heute: Knobelbecher, grüne Hose, Khakihemd, Feldbinde und Tropenhelm. Wir haben da ein Bügelzelt mit ein paar Bügeleisen, von denen ihr Himmelhunde gefälligst Gebrauch macht. Ich wünsche, daß ihr morgen beim Antreten einigermaßen nach was ausseht. Also, schmeißt euch in eure Uniform und packt eure Zivilklamotten weg — ich gebe euch zwei Minuten Zeit zum Umkleiden und eine Minute, euren zivilen Plünnen nachzuweinen — weggetreten!«

Sie verschwanden mit Kopfsprung in ihren Seesäcken. Als sie wieder auftauchten, boten sie einen Anblick, der sehr verschieden war von den Rekruten auf den Werbeplakaten. Alles war zu lang oder zu kurz, zu weit oder zu eng, die Stiefel hart wie Eisen. Die Helme saßen entweder hoch oben auf dem Kopf oder rutschten ihnen über die Ohren.

Schweigend schritt Whitlock die Front ab. Dann hob er seine Augen verzweifelt gen Himmel. »Mann Gottes!« schrie er wütend, und dann noch einmal: »Mann Gottes!«

»Der Helm wird grade aufgesetzt!« Er knallte O'Hearne die Faust aufs Haupt, daß ihm der verwegen richtig schräg aufgesetzte Helm über Augen und Ohren herunterrutschte. Durch die gesamte Front ging eine rasche Bewegung; jeder versuchte, seinen Tropenhelm in die Waagerechte zu bringen. »Ich gebe euch Zeit bis Punkt achtzehn Uhr, euren Dienstanzug in Ordnung zu bringen. Weggetreten!«

»Noch nie in meinem ganzen Leben habe ich genäht«, jammerte L. Q. und stach sich mit der Nadel in den Finger.

»Jetzt könnte ich meine Mutter wirklich gut gebrauchen«, sagte Ski.

»Ja, nun — ich weiß gar nicht, wie ich darauf komme —, aber ich habe das komische Gefühl, als ob mir die Sache hier nicht besonders gefallen würde.«

»Verdammt noch mal — zwei und einen halben Monat.«

»Wie findest du denn den Kerl aus Texas?«

»Oh, das ist ein prima Bursche. Ich weiß auch, wo ich das Gesicht schon mal gesehen habe. Auf der Post, da hing ein Steckbrief. Wo mag das Marine-Korps bloß diese Blüten auftreiben?«

Ein Pfiff. »Antreten! Ausrichten! Nun versucht endlich mal, wenigstens einigermaßen wie eine militärische Formation auszusehen. Wir gehen ins Kino.«

»Korporal Whitlock — Herr Korporal.«

Der Korporal schlug L. Q. den Helm über die Augen und fauchte ihn an: »Das heißt: Schütze Jones bittet, den Herrn Ausbilder sprechen zu dürfen, verstanden?«

»Schütze Jones bittet ergebenst, den Herrn Ausbilder sprechen zu dürfen, Majestät.«

»Im Glied wird zwar nicht gesprochen — aber los, was ist?«

»Habe ich Herrn Korporal richtig verstanden, daß wir ins Kino gehen?«

»Genau.«

»Ist es statthaft, Herr Korporal, daß einer lieber im Zelt bleiben möchte?«

»Kino gehört eigentlich auch zum Dienst. Es stärkt die Moral der Truppe. Wenn Sie aber lieber dableiben wollen, Schütze Jones, dann habe ich von mir aus nichts dagegen.«

»Oh, besten Dank, Herr Korporal, danke sehr.«

»Sergeant Beller«, rief Whitlock. Beller kam aus seinem Zelt hervor, klein, breit und stämmig wie ein Panzer. »Sergeant, Schütze Jones hat keine Lust, ins Kino zu gehen.«

»Stimmt das, Schütze Jones?«

»O nein, Herr, keineswegs. Ich freue mich sogar ganz besonders darauf, ins Kino zu gehen.«

»Waaas?« brüllte Whitlock, »wollen Sie etwa behaupten, ich hätte gelogen?«

»O nein, Herr. Die Sache ist vielmehr so, daß ich vorhin nicht ins Kino gehen wollte, aber jetzt möchte ich gern. Ich bitte um Entschuldigung.«

»Man bittet beim Korps nicht um Entschuldigung für etwas, was man gemacht hat.«

»O nein, Herr, ich bitte nicht um Entschuldigung.«

»Tjaaa, Korporal, wenn der Schütze Jones keine Lust hat, ins Kino zu gehen, dann hat er eben keine Lust.«

»Völlig richtig, Sergeant. Ich finde auch, dann soll er eben nicht gehen.«

»Genau das. Wir werden ihm statt dessen eine kleine Beschäftigung geben. — Sie wissen, wo der Strand ist?«

»Nein, Herr Sergeant.«

»Na, rund drei Kilometer — da lang.«

»Da lang, wirklich?«

»Da lang. Schütze Jones, nehmen Sie Ihren Wassereimer und noch einen zweiten dazu, und begeben Sie sich im Laufschritt ans Meer. Bringen Sie mir zwei Eimer Salzwasser. Aber voll bis zum Rand – sonst müssen Sie die beiden Eimer leertrinken.«

»Sehr wohl, mein Herr, zwei Eimer Salzwasser. Werden sofort serviert.«

Ein rascher Fußtritt beschleunigte seinen eiligen Abgang, und während der Zug sich im Laufschritt zum Kino begab, schoß Schütze Jones durch den Sand in die Nacht.

Durch den Lautsprecher kam das morgendliche Trompetensignal, anschließend ertönte die stets gleiche Grammophonplatte, das verhaßte Zeichen, daß es vier Uhr dreißig war. Fünfundvierzig Minuten Zeit für Waschen, Rasieren, Anziehen, Koje bauen, Baracke aufklaren und Antreten zum Appell. Durch die Dunkelheit zur Messe, Anstehen und Warten. Hier lernte Danny zum erstenmal, stehend zu schlafen, angelehnt an Ski.

»Eine beschissene Art von Krieg ist das hier.«

»Meine Leute schreiben mir, wie stolz sie auf mich sind. Die sollten mich jetzt mal sehen.«

»Hier«, sagte Korporal Whitlock, »das ist von jetzt an eure Bibel.«

In der Hand hielt er das ›Handbuch des Mariners‹. »Das andere Buch mag euch vielleicht eure Seele retten, das hier sorgt dafür, daß ihr eure heilen Knochen behaltet. Wenn irgendein Idiot unbedingt für sein Vaterland sterben will, dann mag er das meinetwegen tun, aber wir hier brauchen euch lebendig!«

Am nächsten Tag ging es zum Friseur. Je fünf traten aus der Front und gingen hinein zu den Stühlen, die sie drinnen erwarteten. Die Friseure arbeiteten ausschließlich mit einem einzigen Instrument, einem elektrischen Haarschneider.

»Gut gegen Läuse, und einer sieht aus wie der andere, ganz gleich, was du vorher warst. Wenn du wieder 'rauskommst, bist du oben ein Kohlkopp.«

Als die Männer wieder herauskamen, mußte der Ausbilder zum erstenmal lachen. Und die Geschorenen lachten über ihr eigenes Unglück. Alle sahen grotesk und lächerlich aus. Sie fühlten sich nackt und gebrandmarkt, als sie zurücktrotteten und sich in Reih und Glied aufstellten.

Der Unterschied zwischen den Schießbudenfiguren der Rekruten und dem Ausbilder, der wie aus dem Ei gepellt vor der Front stand, war überwältigend.

»Ihr habt noch viel zu lernen, ihr Burschen. Wenn ich euch so ansehe, habe ich den Eindruck, daß es ziemlich lange dauern wird, bis ihr was begreift. Zunächst mal müßt ihr lernen, richtig anzutreten und stillzustehen.«

Der Drill begann. Der Anfang war schwer. Immer wieder dasselbe, tausendmal wiederholt. Stunde um Stunde übten sie: ein Mariner in Habt-Acht-Stellung. Hacken zusammen, Füße auseinander in einem Winkel von fünfundvierzig Grad, Knie durchgedrückt, aber nicht verkrampft, Hüften in gleicher Höhe und etwas nach hinten, Bauch 'rein, Brust 'raus, aber nicht übertrieben, Hals lang, Kopf und Augen geradeaus, Arme an die Seite, Daumen an der Hosennaht, Handfläche nach innen, aber Finger locker nach unten.

»Jones!«

»Herr Korporal.«

»Was ist denn mit Ihnen los — denken Sie vielleicht, Sie wären ein preußischer General? Entspannen Sie sich, verdammt noch mal.«

»Entspannen, Herr Korporal, jawohl, Herr Korporal.«

»Forrester!«

»Herr Korporal.«

»Kommen Sie mal vor die Front. Da, seht euch das mal an. Dieser Kohlkopp scheint die Sache schon einigermaßen zu begreifen. Bei dem geht eine senkrechte Linie von der Kinnspitze nach unten. — Wieder eintreten! — Also los, Leute, noch mal versuchen.«

»Ich werd zur Schnecke«, knurrten die Ausbilder immer wieder im Lauf des Tages, während sie feststellten, was die Rekruten alles falsch machten. »Jones, wo, zum Teufel, ist eigentlich Ihr Brustkorb? Handfläche nach innen, verdammt noch mal — und machen Sie die Finger lang.«

Drei Tage lang Antreten, Stillstehen, Rühren, wieder Stillstehen, Wegtreten.

Siebenundfünfzig Kojen waren nach der morgendlichen Inspektion eingerissen und das Bettzeug vor das Zelt geworfen, da die Betten nicht vorschriftsmäßig gebaut waren. Seesäcke, die nicht haargenau im Winkel standen, waren umgestülpt und ihr Inhalt am Boden verstreut. Manche mußten neunmal hintereinander ihre Betten bauen, bis das Resultat die Ausbilder befriedigte.

Doch von Tag zu Tag wurde die Zahl der eingerissenen Betten geringer — dagegen wurde eines Morgens auf dem Antreteplatz ein Zigarettenstummel entdeckt. Der ganze Zug wurde im Laufschritt durch den knöcheltiefen Sand des Exerziergeländes gejagt, bis nach einer Stunde vier Mann vor Erschöpfung umfielen.

Liebe Kathy!

Es ist heute das erstemal seit unserer Ankunft hier, daß ich Zeit habe, an Dich zu schreiben. Meine Adresse findest Du hinten auf dem Umschlag. Wir werden hier ganz schön in Trab gehalten, und die Ausbilder sind ziemlich hartgesottene Burschen. Es wäre vergeblich, wenn ich versuchen wollte, Dir die Sache hier in allen Einzelheiten zu schildern.

Ich bin zusammen mit zwei wirklich netten Jungens, Ski und ein Witzbold namens L. Q. Jones. Liebstes, ich verstehe es von Tag zu Tag immer weniger, warum ich eigentlich hier bin. Wie lange wir hier bleiben und wo wir dann hinkommen, ahne ich nicht. Falls Du es Dir inzwischen anders überlegt haben solltest, dann sag es mir bitte gleich, damit die Sache nicht erst unnötig schwierig wird.

Daß man uns hier nicht zur Ruhe kommen läßt, hat auch sein Gutes — ich glaube, ich würde verrückt werden, wenn ich Zeit hätte, immerzu an Dich zu denken. —

»Stillgestanden! — Rührt euch! Stillgestanden! — rechts um — links um — rechts um — links um — ganze Abteilung kehrt —«

»Ich krieg das Hemd nicht an.«

»Warum denn nicht, L. Q.?«

»Hat mir keiner gesagt, daß zu einem Beutel Stärke ein Eimer Wasser gehört. Whitlock hängt mich auf.«

»Antreten! Ausrichten – verdammt noch mal! Los, los, Chernik, bißchen plötzlich. Ob ihr Himmelhunde das wohl jemals begreifen werdet?

Sperrt eure Ohren auf, ihr Vollidioten. Ich weiß zwar nicht, warum ich mir mit euch so viel Mühe mache, aber ich möchte doch mal sehen, ob man euch Kohlköppen nicht beibringen kann, zu marschieren. Also, ihr tretet immer mit dem linken Fuß an. Zeigen Sie auf Ihren linken Fuß, O'Hearne – falls Sie wissen, welcher das ist. So, vergeßt das nicht. Jeder Schritt hat immer die gleiche Länge. Fünfundsiebzig Zentimeter, keinen mehr und keinen weniger.« Pause.

»Vorwärts – maaaarsch! Mit dem linken Fuß, ihr Himmelhunde – links – links – links, zwei, drei, vier – links, rechts, links. Halt nach Zählen – eins – zwei!«

»Vorwärts –.« Mehrere hoben sich bereits auf die Zehenspitzen, um nur ja rechtzeitig anzutreten. »Wollt ihr wohl das Ausführungskommando abwarten«, brüllte der Ausbilder, »fallt auf euer Gesicht, ihr Vollidioten.«

Stunde um Stunde marschierte der Zug, begleitet vom Geschrei der Ausbilder, die ihre bisherigen Rekorde im Fluchen überboten.

»Laut mitzählen!« rief der Ausbilder.

»Eins – zwei – drei – vier«, brüllte der Zug.

»Lauter, ihr Hunde, lauter.«

»EINS – ZWEI – DREI – VIER!«

»Schon besser. So möchte ich das von jetzt ab immer hören – weiterzählen!«

»EINS! ZWEI! DREI! VIER!«

»Chernik, denken Sie nicht immer an Ihre Puppe. Bei der liegt jetzt vermutlich irgendein anderer Gauner in der Koje – links, zwei, drei, vier – links, zwei, drei vier.«

4. Kapitel

Am Ende der ersten Woche bewegten sich die kahlköpfigen Rekruten von Einsdreiundvierzig schon ganz passabel in Reih und Glied durchs Gelände. Einige versuchten zwar immer noch, sich beim Schwenken selbständig zu machen, aber sie hatten die Mehrheit gegen sich, und die Formation blieb geschlossen.

Am Ende dieser ersten Woche hatte auch jeder von ihnen auf seiner Stirn eine Schramme, die Spur der Schraube des Helms, den die Faust des Ausbilders über die Augen des Rekruten heruntergeschlagen hatte. Weitere nützliche Gedächtnisstützen waren Stöße in die Rippen und Stockschläge auf die Finger. Der Stock, den die Ausbilder bei sich führten, war ursprünglich dazu bestimmt, Abstände zu messen, hatte jedoch inzwischen beim Korps eine

37

andere Verwendung gefunden. Wo er nicht ausreichte, half der Stiefel des Korporals nach.

Zwischendurch gab es theoretischen Unterricht. Sanitätswesen, persönliche Hygiene, Geschlechtsverkehr in San Diego und hundert andere Dinge, über die ein Mariner genau Bescheid wissen muß. Das Handbuch wurde bis zum Zapfenstreich in der ›Freizeit‹ durchstudiert und Wort für Wort auswendig gelernt. In der Hauptsache aber war es Fußdienst, Drill und nochmals Drill.

Als Danny eine Stunde vor Zapfenstreich von Whitlocks Quartier zurückkam, fand er das Zelt angefüllt von Besuchern. Chernik, Dwyer und ein Dritter namens Milton Norton. Norton war ein außerordentlich ruhiger Mann, sehr eifrig bei der Sache und ein gut Teil älter als die andern, dabei aber sehr umgänglich und im ganzen Zug sehr beliebt.

»Na?« fragte Ski, als Danny hereinkam.

»Ging klar.«

»Junge, Junge – hat der Bursche doch tatsächlich die elf Hauptparagraphen der Marine-Dienstvorschrift und die Dienstränge und Abzeichen in einem Tag auswendig gelernt.«

»Seid doch mal ruhig«, sagte L. Q., »ich überleg mir gerade, wen von beiden ich mehr gefressen habe, Beller oder Whitlock.«

»Sag mal, Norton, was warst du eigentlich als Zivilist?«

»Ich habe Unterricht gegeben.«

»Hab' ich mir doch gleich gedacht, daß du was Besonderes bist.«

»Ich kann nicht finden, daß daran etwas Besonderes sein sollte«, antwortete Norton ruhig.

»Na ja, du bist aber doch anders als die übrigen Vögel hier, die frisch vom Gymnasium kommen. Wo warst du denn Lehrer?«

»Ich habe an der Universität von Pennsylvania unterrichtet.«

»Habt ihr das gehört, Leute – wir haben eine Leuchte der Wissenschaft bei uns im Zelt!«

»Ja, Mann Gottes, was machst du denn dann hier?«

»Genau dasselbe wie alle anderen – Grundausbildung.«

»Ja, aber – als Dozent der Universität –.«

»Ich wüßte nicht, was für ein Unterschied hier zwischen uns sein sollte«, sagte Norton lächelnd.

»Jetzt werd ich aber doch verrückt – meinst du wirklich?« L. Q. hielt seine grüne Uniformhose vor sich hin. »Noch eine Woche und sie paßt, wenn dieser Knabe aus Texas uns weiter so schleift wie bisher.«

»Hört mal, was ich letzte Nacht geträumt habe: Ich war in San Diego und lernte eine ganz prima Puppe kennen. Natürlich gingen wir zusammen ins Bett – und dann wachte ich auf und mußte wahnsinnig lachen.«

»Warum denn?«

»Haha – das Mädchen war Whitlocks Alte!«

»Hör mal, wie sprichst du denn von meinem besten Freund?«

»Ich träume bloß noch: links, zwei, drei vier – antreten, wegtreten.«

Während der Stunden des Exerzierens lösten sich Beller und Whitlock ab im Brüllen. Es schien, die beiden hatten Augen an den Füßen, auf dem Rücken und an den Händen. Die geringste Ungenauigkeit wurde sofort entdeckt.

»Ausrichten, verdammt noch mal! Steht nicht da wie ein Sauhaufen.«

»Denken Sie nicht schon wieder an das Weibsstück.«

»Wenn ich sage ›Augen rechts‹, dann wünsche ich zu hören, wie eure Augen ›Klick‹ machen.«

»Mann, halten Sie die Arme ruhig. Sie sind doch keine Möwe.«

»Bei ›Stillgestanden‹ muß das Leder knallen.«

»Sie haben falschen Schritt, verdammt noch mal.«

»Fallt auf das Gesicht, ihr Himmelhunde.«

»Haben Sie noch immer nicht den Unterschied zwischen Marschordnung und Linie begriffen? Mann Gottes!«

Aus dem Zug ertönte eine Stimme: »Schütze Jones bittet —«

»Im Glied wird nicht gesprochen — haben Sie das immer noch nicht gelernt?«

»Jawohl, Herr Korporal, aber ich habe einen unverschämten Druck auf der Blase.«

»Pinkeln Sie in die Hosen, Schütze Jones.«

»In die Hosen, Herr Korporal, jawoll, Herr Korporal.«

»Postempfang!«

Ein magisches, aufregendes Wort. Nachricht von zu Haus. Zum erstenmal diese Szene hungriger Erwartung, die sich tausendfältig wiederholen sollte. Selbst Whitlocks abfällige Bemerkungen über die Absender und Briefstempel der Nordstaaten konnten die glückliche Erregung nicht dämpfen, die in ihnen brannte.

Liebster Danny!

Dein Brief klang ein bißchen sonderbar. Ich weiß, daß diese Wochen im Ausbildungslager für Dich schwerer sind, als Du zugeben magst.

Trainer Grimes sagte, er hätte durchaus verstanden, daß Du ihn nicht mehr angerufen hast. Es hätte ihn auch gar nicht überrascht, daß Du Dich zur Marine gemeldet hättest. Er wird Dir selbst schreiben und Dir die Schulzeitung schicken (zu deren Redaktion ich jetzt gehöre).

Es ist sehr einsam hier, seit Du fort bist. Manchmal gerate ich ganz aus dem Häuschen, wenn das Telefon klingelt — alle sind sehr nett zu mir —

Und doch habe ich manchmal das Gefühl, daß Du mich gar nicht richtig liebst, wenn ich Deine Briefe lese. Ich denke immerzu an uns beide. Für mich wird sich nie etwas ändern, Danny.

Ich liebe Dich
K.

Er las ihren Brief noch einmal durch, bevor er sich über seine andere Post hermachte. Dann verbarg er sein Gesicht in seinen Händen.

Ich habe mir tausendmal gesagt, daß es nicht richtig ist und daß es nicht gutgehen kann. Aber wie wäre das, wenn ich jetzt nicht an sie denken könnte? So weit auseinander. Ich wußte, ich würde Sehnsucht nach ihr haben, aber ich habe nicht gedacht, daß es so sein würde.

»Gute Nachricht, Ski?«

»Ja – danke. Alles in Ordnung. Wir werden es schon schaffen.«

Danny nahm einen Briefbogen aus seiner Mappe. Der Briefkopf zeigte ein Marine-Emblem. Eine Weile spielte er unschlüssig mit seinem Füller, ehe er schrieb.

Liebe Kathy!

Es soll keinen Zweifel mehr zwischen uns geben. Ich liebe Dich, und ich liebe Dich mit jeder Stunde immer mehr. Der Gedanke, ich könnte Dich verlieren –

Er zerriß das Blatt und fing noch einmal an:

Liebe Kathy!

Nur noch neun Wochen, dann habe ich das Ausbildungslager hinter mir und bin . . .

Er verschloß den Brief und ging damit über die Lagerstraße zum Briefkasten. Sehr unzufrieden mit sich selbst und doch froh. Vom Exerziergelände her hörte er die fluchende Stimme eines Ausbilders. Er lächelte und dachte daran, daß Einsdreiundvierzig besser exerzierte als die andern Züge. Doch dieser Gedanke war nur ein geringer Trost, und er mußte wieder an Kathy denken. Dann drehte er sich um und rannte zurück zum Zelt, aus dem das Gelächter von L. Q. zu hören war.

Als er hereinkam, sah er Ski auf seiner Koje liegen. »He, Ski – 'raus aus der Koje. Du weißt, es ist verboten, sich vor Zapfenstreich hinzulegen. Möchtest du, daß Whitlock uns umbringt?«

»Ihm ist nicht gut.«

»Scheint, du hast Fieber, Ski.«

»Verdammter Mist – und heute abend ist Kino.«

»Ich muß doch mal mit Whitlock sprechen.«

»Guter Gedanke, Danny. Aber mach ihn nicht wild.«

Danny baute sich vor dem Zelt des Ausbilders auf und meldete.

»Rühren Sie, Forrester. Was ist?«

»Herr Korporal, Schütze Zvonski scheint krank zu sein.«

Whitlock kam mit zum Zelt, und Danny brüllte: »Achtung!«

»Schon gut, mein Sohn, bleib liegen.« Der Korporal beugte sich herunter und legte Ski die Hand auf die Stirn. »Bißchen Fieber, nichts Schlimmes. Bleib jetzt liegen, und wenn's morgen früh beim Wecken nicht besser ist, dann meldest du dich krank.«

»Besten Dank, Herr Korporal.«

Whitlock ging hinaus.

»Junge, Junge«, seufzte Jones erleichtert, »ich hatte bestimmt damit gerechnet, daß er uns durchs Gelände jagen würde. Was hast du ihm denn gesagt?«

»Na, ich hab' ihm einfach gesagt, wenn er meinen Kumpel heute abend nicht in der Koje läßt, so würde ich ihn zu Brei schlagen.«

Die Pfeife ertönte. »Heraustreten in Ausgehuniform.«

»Auf zur Stärkung unserer Moral.«

Das Trompetensignal um vier Uhr dreißig fand Ski fieberfrei. Im Waschraum fragte er Jones, der neben ihm stand: »Wie war denn der Film?«

»Ganz groß«, antwortete L. Q. »Wir marschierten zackig zum Standortkino. Mensch, da waren Leute, sogar Weiber. Ich habe sogar einen richtigen Mariner in blauer Uniform gesehen. Als ich den sah, da habe ich mir gesagt, wenn ich jemals einrücken sollte, dann nur zum Marine-Korps.«

»Na, und der Film?«

»Hieß ›An die Küste von Tripolis‹«, antwortete L. Q. und holte seinen Rasierapparat heraus. »Was soll ich dir sagen, der Held ist genauso ein Vollidiot wie Beller und Whitlock; er geht zum Korps, weil sein Alter Mariner war.«

»Aua, ein Film über die Mariner.«

»Jawoll – er kommt also ins Ausbildungslager, und als erstes sagt er seinem Ausbilder mal ganz gehörig die Meinung.«

»Genau wie in Wirklichkeit.«

»Nicht wahr? In der nächsten Szene schmust er mit 'ner Marine-Schwester. Er ist Schütze Arsch, und sie ist natürlich was Besseres.«

»Ganz naturgetreu. Schade, daß ich nicht mit war.«

»Na, schließlich bringt er aber alles wieder in Ordnung, indem er seinem Ausbilder das Leben rettet.«

»Wie kommt er denn auf diese Schnapsidee?«

»Nun unterbrich mich doch nicht dauernd – wie der Film zu Ende geht, da fängt der Krieg an, und alle Mann marschieren zum Hafen, um an Bord zu gehen. Die Musik spielt, die Leute schwingen Fahnen, und alles singt die Marine-Hymne. Und sie gehen an Bord, und was meinst du wohl, wer da steht und ihn erwartet?«

»Die Marine-Schwester.«

»Richtig – wie bist du denn darauf gekommen?«

»Genau wie in Wirklichkeit.«

Danny und Milton Norton gingen die lange Reihe der Waschbecken entlang und säuberten sie nach dem morgendlichen Ansturm.

»Hör mal, Professor«, sagte Danny.

Der bescheidene Norton betonte zwar immer, er sei nur Lektor, aber der Zug war nicht davon abzubringen, ihn zum Professor zu machen. Norton war beliebt, und gleichzeitig hatten alle Respekt vor ihm. Fast keiner der anderen hatte eine berufliche Karriere aufgegeben, um Soldat zu werden.

»Sag mal, Milton, weshalb bist du eigentlich Soldat geworden?«

»Komische Frage, Danny. Und warum fragst du gerade mich?«

»Ich weiß – der Krieg und das alles –, aber hättest du nicht auch einen Extra-Job kriegen können?«

»Doch, vielleicht.«

»Ich finde, du hättest es doch nicht nötig, diesen ganzen Kram hier mitzumachen. Du bist Wirtschaftswissenschaftler – du stellst doch was vor, verdammt noch mal.«

»Meinst du? Das wußte ich gar nicht.«

»Mach dich nicht über mich lustig, Professor. Es kommt mir tatsächlich direkt komisch vor, daß ich hier mit dir zusammen die Waschbecken schrubbe. Mann, du hast doch mehr Grips in deinem kleinen Finger als diese beiden Burschen aus Texas zusammen in ihren Schädeln.«

»Irrtum, Danny. Ich habe von den beiden schon viel gelernt.«

»Du bist ein Idealist, Milton. Einer von denen, denen es wirklich ernst ist, ohne daß sie viel darum herumreden.«

»Ideale sind eine gute Sache, Danny. Aber wenn wir in einer Stunde diesen Waschraum nicht sauber haben, dann wäre das schlecht.«

»Alle mal 'rumschließen! Feuer frei, wer rauchen will.« Der kleine, stämmige Sergeant sah in die Gesichter der schwitzenden Rekruten, die ihn im Halbkreis umstanden. »Das ist heute der wichtigste Tag in eurem ganzen Leben. Ihr Burschen bekommt heute ein Gewehr in die Hand. Das ist ab heute eure Braut. Denkt nicht mehr an die Puppe, die ihr zu Hause gelassen habt. Die neue Braut ist das zuverlässigste, treueste Weib von der Welt, wenn ihr sie richtig anfaßt. Die geht nicht gleich mit irgendeinem schrägen Heini übern Deich, wenn ihr sie mal für 'ne Stunde allein laßt. Wenn ihr aufpaßt, daß sie immer sauber ist, dann wird sie euch das Leben retten.«

Sie quittierten Bellers Rede mit höflichem Lachen. Der Feldwebel lächelte und fuhr fort: »Also, Jungens – Panzer, Artillerie, Flugzeuge und der ganze andere neumodische Kram, da ist nichts mit los. Das Gewehr hat bisher noch jeden Krieg gewonnen, seit damals, als wir bei Antietam euch verdammte Yankees aufs Haupt geschlagen haben, und es wird auch diesen Krieg gewinnen. Und die besten Schützen von der ganzen Welt, das sind die Mariner.« Er nahm seinen Tropenhelm ab und wischte sich den Schweiß von der Stirn. »Für gute Schützen gibt es beim Marine-Korps Extralöhnung, also gebt euch Mühe. Doch bevor ihr das erstemal mit dem Finger an den Drücker kommt, müßt ihr das Gewehr in allen seinen Teilen und jeden Teil bis ins kleinste Teilchen haargenau kennen. Holt eure Eimer, zieht euch Drillichzeug an – und in drei Minuten seid ihr wieder hier angetreten.«

»Herr Feldwebel.«

»Ja, Dwyer, was ist?«

»Was für 'ne Sorte Schießprügel kriegen wir denn? Springfields oder Garands?«

Das lederne Gesicht des Sergeanten bestand plötzlich nur noch aus Falten. »Wer von euch jemals sein Gewehr einen Schießprügel nennt, dem gnade Gott!«

Danny spürte eine sonderbare Erregung, als er zum erstenmal ein Gewehr in Händen hielt. Die Waffe gab ihm ein Gefühl der Stärke. Eingepackt und weggepackt hatte sie untätig in der Zeit zwischen zwei Kriegen gelegen und gewartet, gewartet auf die Hand eines Kriegers, die sie wieder so anfassen würde, wie sie angefaßt sein wollte.

Er nahm das dick eingefettete Gewehr und Bajonett und begab sich zum Waffen-Reinigungs-Platz. Korporale von der Waffenmeisterei spritzten zwischen den Tischen hin und her und verteilten Schraubenzieher, Bürsten und Behälter mit Benzin, während sie mit dröhnender Stimme Anweisungen erteilten, wie das Gewehr auseinanderzunehmen sei. Die Rekruten staken den ganzen Tag bis zu den Ellbogen in Benzin und bürsteten das Fett von den Metallteilen. Was zwanzig Jahre lang Zeit gehabt hatte, überall einzudringen, sollte nun an einem Tage wieder heraus. So schrubbten sie und schwitzten zu der Begleitmusik gräßlicher Verwünschungen, die Beller ausstieß.

Von nun an begann jeder Tag mit Gewehrexerzieren nach Zeiten. In genau festgelegten Tempi bewegten sie alle gleichmäßig ihre Gewehre, während Whitlock dazu zählte.

»Gewehr seitwärts führt – mit dem linken Arm zuerst – eins, zwei, drei, vier – Gewehr über, nach Zeiten – Gewehr beidarmig hoch und in den Nacken, nach Zeiten –.«

Sie exerzierten mit dem Gewehr, bis sie kein Gefühl mehr in den Armen hatten. Eine Minute Pause und dann das Ganze noch einmal von vorn, bis sie sich kaum noch auf den Beinen halten konnten und aus dem Glied schwankten. Wieder eine kurze Pause – und dann die nächste Übung. Wieder und immer wieder.

Eines Tages hatte Dwyer das Pech, daß ihm sein Gewehr hinfiel. Drei Stunden lang kniete er mitten auf dem Paradeplatz, küßte seine Waffe und erklärte dabei laut: »Ich liebe mein Gewehr – ich liebe mein Gewehr.«

Besonders beliebt als Strafe war ›Beidarmig hoch und in den Nacken‹. Jeden Tag sah man wenigstens ein Dutzend Rekruten, die vor ihrem Ausbilder standen, ihr Gewehr in die Luft reckten und hinter dem Kopf herunternahmen. Sie taumelten vor Erschöpfung, aber bemühten sich mit letzter Kraft, die schwerste aller Sünden zu vermeiden – das Gewehr fallen zu lassen ...

Der Direktor des Forest-Park-Gymnasiums bestieg das blumengeschmückte Podium und ging zum Rednerpult. Hinter ihm saßen die Abiturienten, die Jungens mit ihren schwarzen und die Mädchen mit ihren weißen Schulmützen. Vor ihnen saßen die schluchzenden Mütter und die Väter, die ihre Köpfe steif hielten. Der Direktor nahm seinen Klemmer von der Nase und hielt ihn bedeutsam in die Höhe, während er würdevoll und bedächtig in das Mikrophon sprach, das am Ende des langen Tisches aufgebaut war, auf dem die Abgangszeugnisse lagen.

Er sprach wortreich und ernsthaft über die Aufgabe, welche die abgehenden Schüler erwartete, und wandte sich dann dem Stuhl zu, auf dem keiner saß. »Er konnte nicht warten. Wir alle haben ihn gekannt, wir alle haben ihn geliebt. Eifrig in den Wissenschaften, hervorragend als Sportsmann, eine Zierde unserer Schule. Darf ich Mister Henry Forrester jetzt bitten, nach vorn zu kommen und das Diplom für seinen Sohn Danny in Empfang zu nehmen.«

Henry holte tief Luft. Kathy drückte ihm ermutigend die Hand. Als er durch den Gang nach vorn schritt, intonierte das Orchester die Hymne des Marine-Korps, und alle Anwesenden applaudierten. Dannys Mutter fuhr sich mit dem Taschentuch an die Augen.

Der Direktor ergriff Henry Forresters Hand. »Wir sind stolz auf Ihren Sohn, stolz. Unsere Herzen – unsere heißesten Segenswünsche sind in diesem Augenblick bei ihm, wo immer er sein mag.«

»Sag mal, Professor, wie fandst du das eigentlich, wie die auf dem Paradeplatz den Burschen fertiggemacht haben, der zwei Unterhemden geklaut hatte?«

»Man kann wirklich das Fürchten kriegen. Muß das arme Schwein mit kahlgeschorenem Kopf auf ein Podium steigen, und um ihn herum sind zehntausend Mann angetreten. Dreißig Tage Wasser und Brot – für zwei Unterhemden.«

»Das ist ja geradezu, als ob einer gelyncht würde.«

»Tradition«, sagte Norton nachdenklich bei der Erinnerung an die grausame Zeremonie.

»Darfst dich eben nicht erwischen lassen als Soldat.«

Aus O'Hearnes Zelt drang eine röhrende Stimme.

> *Schmeiß dich in dein rotes Mieder,*
> *Lauf die Straße auf und nieder,*
> *Bis morgen muß die Miet' herbei.*
> *Leg dich in das grüne Gras,*
> *Laß den Jungen ihren Spaß,*
> *Wer nicht fünf gibt, gibt halt zwei.*

»Wirklich ein lieber Junge, dieser O'Hearne.«

»Ich möcht ja dabeisein an dem Tag, wenn wir fertig sind. Er hat geschworen, daß er Beller und Whitlock aus dem Anzug stößt.«

»Wo ist eigentlich L. Q.?«

»Der ist mit Ski. Die waschen ihr Zeug, mit dem sie aufgefallen sind.«

L. Q. und Ski kamen mit ihren Wäscheeimern herein. »He, du Dickbauch, du ruinierst ja das ganze Zeug, wenn du es soviel schrubbst.«

L. Q. schob Chernik beiseite, ging schweigend zu seiner Koje und schmiß sich lang. Er war bleich.

»Nanu, Dicker, bist du krank?«

»Wehe, dreimal wehe«, jammerte der Dicke.

»Was ist denn los? Ich hab' gesehen, daß Beller dich nach dem Exerzieren vorhatte.«

»Ich – ich habe heute mein Gewehr ein Schießeisen genannt.«

Schlagartig verstummten alle Gespräche. Raubmord, das mochte noch angehen, aber das Gewehr ein Schießeisen nennen – der Himmel erbarme sich. Mitleidige Blicke trafen ihn, und er war nahe daran, in Tränen auszubrechen.

»Ich muß gleich zu Beller zum Rapport.«

»Nu weine man nicht, L. Q. Vielleicht wird er dich nur mit dem Eimer über dem Kopf ein bißchen durchs Gelände jagen.«

»Oder hundertmal ›Hoch und in den Nacken‹.«

»Oder im Laufschritt zum Strand.«

»Oder du mußt den Antreteplatz mit der Zahnbürste scheuern.«

»Oder ein paar Stunden in der Mittagshitze vor dem Springbrunnen strammstehen.«

Die tröstlichen Worte der Kameraden halfen wenig. Er schob los. Sie klopften ihm auf den Rücken und holten tief Luft, während er zu Beller ging.

»Schütze Jones meldet sich zum Rapport.«

Der massiv gebaute Sergeant sah flüchtig auf von dem Brief, den er gerade las. »Ist gut. Bleiben Sie stehen.« Er las den Brief betont langsam zu Ende und steckte ihn wieder in den Umschlag. »Wenn ich mich recht erinnere, hatten Sie heute beim Appell Ihr Gewehr ein Schießeisen genannt.«

»Jawohl, Herr Feldwebel.«

»Es ist aber kein Schießeisen, wie?«

»Nein, Herr Feldwebel – es ist ein US-Armee-Gewehr, Modell 1903, Kaliber dreißig, eine Mehrlade-Schnellfeuer-Waffe, Herr Feldwebel.«

»Wie kamen Sie dann dazu, es ein Schießeisen zu nennen?«

»Vergeßlichkeit, Herr Feldwebel.«

»Werden Sie sich von nun an besser erinnern?«

»Ganz gewiß, Herr Feldwebel, immer und ewig.«

»Ich denke, wir können Ihr Gedächtnis noch ein wenig unterstützen.«

»Ich bin davon überzeugt, Herr Feldwebel.«

Beller erhob sich und schnallte sein Dienstkoppel um. Er führte Jones vor das Zelt. Aus allen Zelten streckten sich neugierige Köpfe heraus.

»Schütze Jones, machen Sie Ihren Hosenlatz auf.«

»Jawohl, Herr Feldwebel.«

»Das da ist Ihr Schießeisen.«

»Jawohl, Herr Feldwebel.«

Er führte Jones in der ganzen Zeltstadt herum. Bei jeder Gasse blieb er stehen und pfiff, worauf jeweils ein Zug Rekruten aus den Zelten herausstürzte und Aufstellung nahm. Vor der Front stand Jones, hielt in der rechten Hand sein ›Schießeisen‹ und in der linken Hand das Gewehr, und sagte dabei:

Dies ist mein Gewehr,
Mein Schießeisen ist das;
Dies ist für den Ernst,
Und das ist für den Spaß.

Die Tage gingen dahin. Whitlock und Beller hatten mit der Zeit immer weniger zu beanstanden. Der Fußdienst und auch alles übrige klappte schon ganz gut. In dem Maße, wie die Fehler der Rekruten und das Gebrüll der Ausbilder abnahmen, wurde der Drill heftiger.

»Haut 'rein beim Schulterwechsel! Wer sein Gewehr dabei auseinanderbricht, dem kaufen wir ein neues.« Und die zarten Hände wurden allmählich schwielig und hart.

Sie fingen sogar an, sich ein bißchen was auf ihre Fähigkeiten einzubilden. Sie waren fest davon überzeugt, daß ihr Zug besser exerzierte als die andern. Doch Whitlock sorgte dafür, daß sie den Kopf nicht allzu hoch nahmen.

»Bei der Nahkampf-Ausbildung wünsche ich ein mörderisches Gebrüll zu hören. Schreit, daß der Gegner vor Schreck tot umfällt. Schlagt dem Burschen mit dem Gewehrkolben den Schädel ein – dann dreht das Gewehr herum und rennt ihm das Bajonett in den Bauch!«

Danny fand so ein Bajonett ziemlich widerwärtig. Er rannte mit blutrünstigem Geschrei auf die Strohpuppen los.

»Ducken Sie sich, Forrester, treffen Sie den Burschen am Hals, reißen Sie ihm die Schlagader auf!« Danny stülpte sich der Magen um, fast hätte er sich übergeben. »Sie müssen in Wut geraten, wenn Sie den Kerl vor sich haben – schreien Sie, Forrester, schreien Sie!«

Als fünf Wochen herum waren, machte Danny eines Tages eine sonderbare Entdeckung. Er sah L. Q. an, und L. Q. erinnerte ihn an jemanden, den er auf der Fahrt hierher im Zug kennengelernt hatte. Er holte den Spiegel aus seinem Seesack und musterte sich selbst. Tatsächlich, er hatte Haare auf dem Kopf, fast einen Zentimeter lang. Er mußte immer wieder mit der Hand darüberfahren. Und Ski, das Federgewicht, sah geradezu stämmig aus, keineswegs mehr eine halbe Portion. »Mann Gottes«, sagte er leise, »wir werden Mariner.«

5. Kapitel

Sechs Wochen waren herum. Die Rekruten bereiteten sich auf die letzte Phase der Grundausbildung vor. Sie gingen nach Camp Matthew, mehrere Stunden außerhalb von San Diego, wo die Schießplätze waren, um dort drei Wochen lang von ausgewählten Scharfschützen im Umgang mit Handfeuerwaffen ausgebildet zu werden.

Die feindliche Rivalität innerhalb des Zuges, die sich auf der einen Seite um Danny und auf der anderen um O'Hearne konzentrierte, nahm an Schärfe immer mehr zu. O'Hearnes Anhang war groß, denn den meisten imponierte er mächtig mit seiner großspurigen Art. In der eintönigen Isolierung des Barackenlebens ließ er immer wieder Berichte seiner wüsten Weibergeschichten, seiner Saufgelage und seiner Schlägereien vom Stapel. Fast alle zollten ihm lächelnd Beifall – bis auf Danny und dessen Freunde. O'Hearne, der nicht vertragen konnte, ignoriert zu werden, war wütend.

Er ging ganz planmäßig vor. Einen Streit anzufangen mit Norton oder Ski würde sein Ansehen nicht sonderlich vermehren. Mit Chernik mochte er sich nicht anlegen, und L. Q. zu reizen, war hoffnungslos; der würde sich doch nicht schlagen, sondern nur faule Witze machen. Und Dwyer lag mit schwerem Fieber im Revier. Blieb also nur noch Danny.

An einem regnerischen Nachmittag war es dann soweit. Beller und Whit-

46

lock hätten den Zug zwar mit dem größten Vergnügen durch den Schlamm marschieren lassen, doch es gab Mächte, vor denen selbst die allmächtigsten Ausbilder kapitulieren mußten: Es war verboten, bei Regen Fußdienst zu machen. Zum Ausgleich quälten sie den Zug sechs Stunden lang mit Zeug- und Waffenappellen und mit dem Herbeten der auswendig gelernten Abschnitte aus dem ›Handbuch des Mariners‹. Da ihnen schließlich gar nichts mehr einfiel, was sie hätten inspizieren können, überließen sie die Männer nach dem Mittagessen endlich sich selbst.

Alles war nervös durch den Regen, das Eingesperrtsein und die Anstrengung des Vormittags. O'Hearne gab eine mächtige Welle an, doch auch dadurch wurde es nicht besser. Er setzte sich auf die Koje neben Danny, der gerade dabei war, einen Brief zu schreiben.

»Sag mal, Danny, habe ich dir eigentlich schon erzählt, wie ich damals drei Mädchen im Bett hatte?«

»Als du das letztemal davon erzähltest, waren es sechs.«

Der große Ire lächelte und schlug Danny auf den Rücken, reichlich kräftig. »Du hast Fußball gespielt, wie ich höre.«

»Ein bißchen.«

»Ich auch, Bartram-Gymnasium. Stürmer und Verteidiger, genau wie Nagurski. Ich muß dir mal erzählen von dem Spiel gegen – verdammt, wie hieß jetzt die Mannschaft –, es ist ja auch egal, ich weiß jedenfalls noch, wie das Spiel stand.«

Es folgte die eingehende Schilderung, wie er den Angriff des gegnerischen Sturmes gestoppt und die Verteidigung überrannt hatte.

Ski, der auf der oberen Koje lag und still für sich in alten Briefen las, wurde durch O'Hearnes dröhnende Stimme schließlich doch aus seinen Gedanken geweckt.

»He, du«, rief er von oben, »der Läufer von der anderen Mannschaft muß eine ziemliche Flasche gewesen sein. Wenn ich höre, wie du an dem vorbeigegangen sein willst – ich hätte dir den Ball glatt vom Schuh genommen.«

O'Hearne winkte lässig ab.

»Ich hab' nämlich auch Fußball gespielt«, sagte Ski und setzte sich mit Schwung auf den Rand seiner Koje.

»Habt ihr gehört, Leute – er hat Fußball gespielt! Bei welchem Kindergarten denn?«

Ski war mit einem Satz unten. Alle kamen heran, in Erwartung einer Schlägerei.

»Ich habe für Central-Gymnasium gespielt.«

»Ach nee, Federgewicht – im Traum?«

»Ich war Torwächter.«

»Du willst Torwächter gewesen sein?«

»Das hörst du ja.«

»Na schön, Kleiner – dann tu doch mal, nur so zum Spaß, als ob du im Tor stehst, und ich greife an.«

Ski sah zu Danny hin, der ihm kurz zunickte und lächelte. O'Hearne stellte sich auf, als sei er ein Stürmer, der gerade angreift. Ski sah mit einem Blick, daß der Ire einen sehr schlechten Trainer gehabt haben mußte – falls es überhaupt stimmte, daß er Fußball gespielt hatte. Er stand viel zu hoch, das Gewicht war schlecht verteilt. Der Kleine krümmte sich und hielt sich verächtlich den Bauch.

»Mensch, mach Fliege«, knurrte O'Hearne und hob die Faust, um das Federgewicht zu Boden zu schlagen. Er kam nicht dazu. Ski streckte sich und schnellte wie abgeschossen mit dem ganzen Körper durch die Luft, und seine Schulter bohrte sich dem großen Iren gute fünfzehn Zentimeter tief in den Bauch. O'Hearne knallte gegen die Tür und sackte auf den Hintern, während die Umstehenden in schallendes Gelächter ausbrachen.

Er sprang auf, rot vor Wut, und schlug Ski die Faust in die Zähne. Im gleichen Augenblick war Danny hoch, unterlief ihn, und beide landeten kieloben in einer Doppelkoje, die unter der Wucht des Anpralls umkippte. Gerade hatte er sich aus Dannys Umklammerung frei gemacht, da erwischte er einen Kinnhaken von Chernik, und dann fiel etwas Schweres von oben auf ihn herunter – L. Q. Jones. Ski stürzte sich erneut in das Gemenge, und zu viert hatten sie O'Hearne sehr rasch sauber auf dem Rücken. Jetzt ließ der sanftmütige Milton Norton sich vernehmen.

»Shannon O'Hearne, du hast es nicht anders haben wollen. Laß dir das als Warnung dienen. Wenn du hier noch mal stänkerst, kommst du nicht so billig davon – klar?«

»Klar?« wiederholte Chernik, packte O'Hearne bei seinen kurzen Haaren und schlug ihm den Kopf auf den Fußboden.

»Klar«, ächzte O'Hearne. Mühsam erhob er sich, rot und zitternd. Einen Augenblick lang sah es aus, als ob er noch einmal anfangen wollte, dann ließ er die Arme sinken und schob ab.

»Achtung!«

»Das ist ja prächtig«, sagte Whitlock mit schneidender Stimme. »Kleine Schlägerei, wie?« Er schnappte sich die Sünder. »O'Hearne, Federgewicht, Chernik, Forrester, Norton, Jones – ihr meldet euch nachher bei mir.«

Sie gingen hin.

»Okay, rühren. Also Ski?«

»Es handelte sich um Fußball, Herr Korporal. Wir haben da etwas probiert.«

»Forrester?«

»Jawohl, Herr Korporal, das stimmt.«

»Norton?«

»Herr Korporal?«

»Sie wollen mir doch hoffentlich nicht erzählen, Norton, daß Sie auch Fußball gespielt haben?«

»Nein, Herr Korporal – aber auf der Universität habe ich bei jedem Spiel zugesehen. Der Trainer von Pennsylvania ist ein persönlicher Freund von mir, Herr Korporal – natürlich hat mich die Sache interessiert.«

»Ihr schwindelt ja alle miteinander. Ich brauche Sie gar nicht erst zu fragen, Jones, ich weiß schon – Sie haben Fußball gespielt!« Der sommersprossige Korporal wandte sich an O'Hearne. Wenn Shannon sie jetzt aufplatzen ließ, wanderten sie alle miteinander in den Bunker. Jetzt konnte er sich rächen. Die Aussicht, daß er sich diese Gelegenheit entgehen ließ, schien außerordentlich gering.

»Jawohl, Herr Korporal, es war wirklich Fußball. Wir sind dabei vielleicht ein wenig zu eifrig geworden.«

Alles atmete erleichtert auf. Whitlock knurrte und schickte sie hinaus.

»Sag mal, Tex«, sagte Beller, »du kaufst den Burschen dieses Märchen doch nicht etwa ab?«

»Scheinen ihm eine Abreibung verpaßt zu haben«, sagte Whitlock lächelnd. »Er hat's verdient.«

»Sollen wir sie nun alle einbuchten?«

»Warum — weil sie sich wie Mariner benommen haben? Vielleicht haben wir heute einen guten Soldaten dazubekommen. Solche Kampfhähne wie diesen O'Hearne könnten wir noch ein paar mehr gebrauchen. Ich will dir was sagen: Der Zug ist verdammt in Ordnung, der beste von allen, die ich bisher ausgebildet habe. Ich möchte wetten, daß die einen besseren Fußdienst machen als alle andern im Ausbildungslager.«

»Mensch, Whitlock, ich glaube, du mußt mal Luftwechsel haben, du wirst ja geradezu sentimental.«

»Warte nur, bis der Regen aufgehört hat«, sagte Whitlock. »Ich werde diese verdammten Yankees schleifen, daß ihnen der Arsch im Grundeis geht.«

Unterdessen waren die sechs ins Zelt zurückgekehrt. O'Hearne setzte sich auf seine Koje und brütete eine Zeitlang vor sich hin.

»O'Hearne«, sagte Norton schließlich, »das war verdammt anständig von dir.«

Danny streckte ihm die Hand hin. Shannon hob langsam den Kopf, dann stand er auf. Nach einer kurzen Pause griff er nach der Hand, die Danny ihm hinhielt. Und dann fingen sie alle miteinander plötzlich an zu lachen.

Ehe ein Rekrut den ersten Schuß abgeben durfte, lag er mehr als eine Woche in einem unbenutzten Schießstand und übte Anschläge. Hier wiederholte sich noch einmal die Monotonie des theoretischen Unterrichts und des Geländedrills. Jede Einzelheit wurde so lange eingehämmert, bis sie im Schlafe saß. Wenn der Rekrut dann endlich die ersten Schüsse auf die Scheibe schoß, wußte er, worauf es ankam, und seine Haltung war genauso einwandfrei wie die des Ausbilders.

Für gute Schützen bezahlte das Korps Extralöhne. Für Scharfschützen drei Dollar, für Experten fünf Dollar pro Monat. Bei einer monatlichen Löhnung von einundzwanzig Dollar bedeutete das ein kleines Vermögen.

Eines Tages mußte das Schießen unterbrochen werden, weil es regnete. Im Lauf des Nachmittags hatte der Regen aufgehört. L. Q. Jones näherte sich dem Zelt von Korporal Whitlock, trat ein und riß die Hacken zusammen.

»Schütze Jones bittet, den Herrn Ausbilder sprechen zu dürfen.«

»Rühren Sie — was ist?«

»Herr Korporal, es ist zu spät zum Schießen, aber noch hell. Mit dem Gewehrreinigen sind wir alle schon fertig und — da meinten ein paar von

49

uns, ich sollte doch mal mit Ihnen reden, weil ich der einzige wäre, der verrückt genug ist, Ihnen mit so einer komischen Bitte zu kommen.«

»Mann Gottes, Jones, nun kommen Sie endlich damit heraus, was Sie eigentlich wollen.«

»Wir hätten gern noch ein bißchen Zugexerzieren gemacht, Herr Korporal.«

»Waaas?«

»Sehen Sie, Herr Korporal – wir sind nun schon über zwei Wochen hier und haben die ganze Zeit keinen Fußdienst gemacht. Wir meinen, daß wir ganz gute Aussichten hätten, bei der Schlußbesichtigung als bester Zug abzuschneiden, und da hätten wir gern noch ein paar Sachen geübt, die nicht richtig klappen.«

»Jetzt soll mich aber doch – okay. Sag den Jungens, sie sollen 'raustreten.«

Es war dunkel. Danny, Ski und L. Q. lagen in ihren Kojen und rauchten eine letzte Zigarette.

»Nur noch eine Woche.«

»Ja, und dann sagt ein glücklicher Pollack dieser Gegend hier adieu.«

»Wie ging's denn beim Probeschießen?«

»Gut. Mensch, Danny, ich muß es einfach schaffen. Drei Dollar im Monat extra, damit wäre mir geholfen.«

»Und wie ging's bei dir, L. Q.?«

»Mein Bauch ist mir immer im Weg bei ›Kniend aufgelegt‹.«

»Ich muß wenigstens den Scharfschützen schaffen«, sagte Ski noch einmal.

»Du mußt versuchen, die Sache mit mehr Ruhe zu nehmen«, sagte Danny. »Du kannst nicht vernünftig schießen, wenn du dauernd nur daran denkst, wie du Susan nachkommen lassen kannst. Damit machst du dich ja ganz verrückt.«

»Aber ich muß sie herholen, Danny. Sie hat es zu schlimm zu Hause. Sie sagt nicht viel darüber, aber ich weiß Bescheid.«

»Wenn du Fahrkarten schießt, damit kannst du ihr auch nicht helfen.«

»Du hast ja recht, ich muß ruhiger werden. Es ist eben bloß so, Danny, daß ich mich nun mal schwer tue, mit allem, was ich mache.«

Danny drückte seine Zigarette auf dem Fußboden aus und nahm den Arm rasch wieder unter die Decke. »Eine Saukälte ist das hier.«

»Das kann man wohl sagen«, jammerte L. Q. »Ich müßte schon seit 'ner Stunde mal 'raus, aber ich habe einfach nicht den Mumm, aus dem Sack zu kriechen.«

Stille.

»Danny«, sagte Ski.

»Hm.«

»Weißt du was?«

»Was denn?«

»Ich bin wirklich froh, daß ich gerade mit dir und L. Q. zusammengekommen bin.«

»Schlaf jetzt, Mann.«

»Nee, wirklich. Wenn du mir nicht geholfen hättest, dann hätte ich das alles bestimmt nicht geschafft. Ich bin nun mal schwer von Begriff.«

L. Q. schmiß seine Decken weg und sprang zur Zeltöffnung. »Es geht nicht mehr, meine Backenzähne sind schon unter Wasser!« Er kam wieder herein, sprang in seine Koje und verkroch sich bibbernd unter der Decke.

Es verging eine Weile.

»Danny«, sagte Ski.

»Schläfst du denn immer noch nicht?«

»Was meinst du, was wird, wenn wir hier fertig sind?«

»Keine Ahnung.«

»Hast du schon irgendeinen bestimmten Plan für hinterher?«

»Vielleicht versuche ich es mal mit dem Test für die Funkerschule.«

»Funker — wie kommst du denn darauf?«

»Weiß auch nicht. Ist doch mal was anderes. Bißchen was Besonderes.«

»Am liebsten ginge ich zur Luftwaffe. Fünfzig Prozent höhere Löhnung. Dann könnte ich sie eher herkommen lassen.«

»Mensch, Ski, mach dich doch nicht ganz und gar verrückt.«

»Kann nichts dagegen machen, Danny. Es läßt mir einfach keine Ruhe, solange sie in dem Drecknest da ist.«

»Ich weiß ja, Ski.«

»Danny.«

»Hm?«

»Meinst du, ich könnte es schaffen, zu den Funkern zu kommen? Ich würde verdammt gern mit dir zusammenbleiben.«

»Na, dann probier's doch mal.«

»Ja, würde ich gern. Aber den Test, den schaff ich bestimmt nicht.«

Aus dem nächsten Zelt kam eine laute Stimme. »He, ihr Burschen, haltet endlich das Maul! Wir wollen schlafen.«

»Ja«, fiel eine andere Stimme ein, »habt ihr gar nichts davon gehört, ihr Kohlköppe, daß morgen Schießprüfung ist?«

»Ich glaube, die meinen uns«, sagte Danny. Sie krochen tiefer in ihre Schlafsäcke und zogen sich die Wolldecken über die Ohren. Danach wurde es still im Zelt.

Am nächsten Tag widerlegten sie Bellers düstere Prophezeiung, daß keiner von ihnen jemals lernen würde, geradeaus zu schießen. Sechsundachtzig Prozent der verdammten Yankees erfüllten die Schießbedingungen. Sechs von ihnen erreichten sogar den obersten Rang eines Schießexperten, darunter O'Hearne und Forrester.

Mit stolz erhobenen Häuptern, auf denen schon wieder eine Bürste von fast drei Zentimetern Länge wuchs, kamen sie von Camp Matthew zurück zum Stützpunkt des Marine-Korps, erfüllt von der Hochstimmung des Rekruten, der kurz vor der Beendigung seiner Ausbildung steht.

Die letzte Woche verging mit Abschlußprüfungen und Vorbereitungen für die verschiedenen Spezialausbildungen. Einige entschlossen sich, die vorgeschriebenen Teste zu machen, andere überließen die Entscheidung dem Zufall.

51

Es gab auch welche, wie Milton Norton, die sich freiwillig zum Pionier-bataillon meldeten, das gerade aufgestellt wurde.

Nervös, zappelig vor Aufregung, mit messerscharf gebügelten Hosen und auf Hochglanz gewienert, liefen sie herum, um die letzten Vorbereitungen für die Schlußbesichtigung zu treffen.

»Wenn man bloß wüßte, wo wir von hier aus hinkommen.«

»Das wirst du schon noch gewahr werden.«

»Kein Palaver da auf dem Achterdeck, ihr Männer. In ein paar Minuten geht's zum Antreten.«

»Kinder, wenn ich so denke — morgen früh wach ich auf, die Sonne scheint — ich sage zu mir: He, Jones, was bist du? Und dann antworte ich: Aber, mein Herr, Sie sprechen mit einem Soldaten der Vereinigten Staaten! Dieser Fettwanst ist kein Kohlkopp mehr!«

»Eigentlich doch jammerschade, daß das alles jetzt vorbei sein soll.«

»Na, das kann man nun auch wieder nicht sagen.«

Zum letztenmal ertönte Whitlocks Pfiff, und diesmal hörten sie ihn gern. Wie unzählige Male vorher stürzten sie aus dem Zelt und traten an. Zackig wie die Zinnsoldaten standen die Ausbilder da, an Bellers leuchtendhellem Koppel hing ein silberner Säbel. Er und Whitlock rannten aufgeregt die Reihen entlang, verbesserten hier den Sitz eines Uniformschlipses, steckten dort ein Schuhband weg, rückten ein Käppi in den vorschriftsmäßigen Winkel. Sie musterten ihre Schäflein kritisch von vorn nach hinten und von hinten nach vorn.

»Rührt euch. Ihr verdammten Yankees seid zum Ehrenzug bestimmt worden. Warum, das mag der Himmel wissen. Für den Vorbeimarsch am Schluß der Besichtigung treten wir hinter der Fahnenwache an. Tut mir einen Gefallen und kommt nicht daher wie eine Hammelherde. O'Hearne, Chernik — ihr wißt, wie ihr eure Standarten zu halten habt bei der Ehrenbezeigung?«

»Jawohl, Herr Feldwebel.«

»Und denkt daran — wenn ich ›Augen rechts‹ befehle, dann möchte ich hören, wie es ›Klick‹ macht!«

Sie marschierten über den weiten Paradeplatz wie ein Mann. Zum erstenmal spürten sie ganz, was der Name bedeutete, den sie von nun an tragen sollten. Als sie an dem Oberst vorbeikamen, der die Besichtigung abnahm, brüllte Beller: »Augen rechts!«, riß den Säbel heraus und salutierte. Die Kapelle intonierte die Hymne des Marine-Korps. Die Standarten des Bataillons senkten sich, und der Oberst legte grüßend die Hand an die Mütze. Sie waren stolz, und jedem von ihnen schlug mächtig das Herz unter der grünen Uniform. Jetzt waren sie Mariner. Sie hatten für diesen Namen bezahlt mit Schweiß, mit Demütigungen und auch mit einigen Tränen — und sie würden Mariner bleiben bis ans Ende ihrer Tage.

6. Kapitel

Nach der Rückkehr zu den Baracken brach die aufgestaute Freude durch. Das letzte Stück war verpackt, und sie waren bereit, das verhaßte Gelände des Rekrutenlagers zu verlassen. Alle lagen sich in den Armen und schlugen sich gegenseitig auf die Schultern – und dann plötzlich mächtige Spannung, als Beller und Whitlock hereinkamen mit den Listen der neuen Kommandos.

»Achtung!«

»Rührt euch, Jungens. Alles mal 'rumschließen«, sagte der Sergeant. »Ich weiß, daß ihr es verdammt eilig habt, von hier wegzukommen, je schneller, desto besser. Ich möchte euch aber doch noch zwei oder drei Worte sagen und, verdammt noch mal, sie sind ehrlich gemeint. Ihr Burschen seid der beste Rekrutenhaufen, mit dem ich jemals zu tun gehabt habe. Die Arbeit mit euch hat mir Spaß gemacht – wenn's vielleicht auch manchmal keine ganz reine Freude war. Wir tun ja hier beim Korps alle nur unsere Pflicht, aber ich hoffe, daß euch das, was ihr hier bei uns gelernt habt, eines Tages nützlich sein wird. Das ist eigentlich der ganze Dank, den ich und Whitlock uns davon erwarten. Also, Hals- und Beinbruch, Jungens – und falls einer von euch Burschen heute abend noch hier in der Gegend ist, dann kommt in die Kantine und trinkt auf meine Kosten ein Bier.«

Lärmender Beifall.

»Hattest du noch irgend etwas auf dem Herzen, Whitlock?«

»Also, Jungens, nennt mich einfach Tex.«

Für einen Augenblick richteten sich alle Blicke auf Shannon O'Hearne, den rachsüchtigen Teufel. Er kam nach vorn und streckte die Hand aus. »Schlag ein, Tex.«

Jetzt endlich befriedigte Beller ihre Neugierde. Der größte Teil des Zuges war zu einer Wachkompanie kommandiert. Norton zu den Pionieren. O'Hearne nach Camp Matthew als Schießausbilder. Chernik nach North-Island zur Fliegerei.

»Ja, und ihr drei – nun macht euch bloß nicht in die Hosen. Forrester, Jones und Ski – Funkerschule!«

Ein letztes allgemeines Abschiednehmen, Händeschütteln und Auf-die-Schulter-Klopfen; sie luden sich ihre Seesäcke auf den Rücken, verließen die Baracke und schritten in einen neuen Tag.

»Du wirst ja noch eine Weile hier sein, Professor. Ich besuche dich, sobald wir in unserem neuen Quartier klar sind.«

»Okay, Danny.«

»Die drei für die Funkerschule – dort drüben mit antreten«, rief ein Korporal.

Danny, Ski und L. Q. nahmen ihr Gepäck auf, das Gewehr und den Seesack und begaben sich zu der wartenden Gruppe. Danny setzte seinen Seesack ab und ging zu einem großen, kräftigen Burschen hin, der eine Brille auf der Nase hatte.

»Hallo«, sagte der Bebrillte freundlich.

»Mein Name ist Forrester. Das ist mein Kumpel Zvonski, nenne ihn einfach Ski. Und die alte Quasselstrippe da heißt L. Q. Jones.«

»Freut mich, freut mich. Ich heiße Marion Hodgkiss, und das ist Andy Hookans. Wir sind vom Zug Einsachtunddreißig.«

Sie schüttelten sich zur Begrüßung die Hand.

Der Korporal stellte an Hand seiner Liste fest, ob alles da war, sie luden ihr Gepäck wieder auf die Schulter und gingen die Lagerstraße entlang, vorbei an den Zelten, den Verwaltungsgebäuden und bis an die Grenze des Rekrutenlagers. Vor ihnen dehnte sich der Paradeplatz, eingesäumt von einer langen Reihe gelber Gebäude.

»Wo ist die Schule?«

»Ganz am anderen Ende des Paradeplatzes.«

»Natürlich, das mußte ja so sein.«

Ein neugebackener Rekrut mit frischgeschorener Platte kreuzte ihren Weg. Er hatte einen Eimer in der Hand und suchte nach Zigarettenstummeln. Er rammte L. Q. Jones.

»He, du Kohlkopp«, belferte L. Q.

Der Rekrut riß erschrocken die Hacken zusammen.

»Was fehlt dir denn, kannst du nicht die Augen aufmachen?«

»Verzeihung, Herr —«

»Man entschuldigt sich nicht beim Korps, verstanden?«

L. Q. schlug dem Rekruten den Tropenhelm über die Ohren. »Weitermachen!«

Sie trotteten über die endlose Fläche des Paradeplatzes und wechselten ihre Seesäcke von einer Schulter auf die andere.

»Warum hast du das eigentlich gemacht?« fragte Danny schließlich.

»Was denn?«

»Na, den Jungen da so anzurotzen.«

»Ich wollte nur mal sehen, wie man sich dabei fühlt. Ich muß sagen, war ein feines Gefühl — und dem Aussehen dieses Burschen nach zu urteilen, möchte ich behaupten, daß er es nie begreifen wird.«

Über dem letzten der Gebäude in der langen Reihe stand: NACHRICHTEN-SCHULE. Davor eine Reihe behelfsmäßiger Acht-Mann-Zelte.

»Also mal herhören, Jungens. Mein Name ist Korporal Farinsky. Ihr bleibt hier erst mal in diesen Zelten, bis die neue Klasse zusammen ist, ungefähr in einer Woche. Sucht euch eine freie Koje und richtet euch ein. Bringt eure Klamotten weg und kommt dann zum Löhnungsappell und zum Bettzeug-Fassen. Jeden zweiten Abend und jedes zweite Wochenende habt ihr Urlaub bis zum Wecken. Irgendwelche Fragen?«

»Jawohl, Herr Korporal. Was machen wir, bis der Unterricht beginnt?«

»Zunächst einmal, Mariner, nenn mich nicht Herr Korporal. Ihr seid keine Rekruten mehr. Für die nächsten Tage gibt es nur ein bißchen Revierreinigen. Wenn ihr euch vernünftig benehmt, habt ihr massenhaft freie Zeit. Ich möchte nur, wenn's mal was zu tun gibt, daß ihr dann auch da seid. So, und jetzt sucht euch eine freie Ecke und kommt in zehn Minuten zum Antreten.«

54

»Wie wär's, wenn wir versuchten, zusammen ein Zelt zu beziehen«, schlug Marion Danny vor.

»Fein.«

Zu fünft gingen sie in ein Zelt in der Mitte der Reihe. Im Zelt waren gerade erst drei Mann, die alle lang auf der Koje lagen. Einer von ihnen rauchte.

»Willkommen in unserer dürftigen Hütte«, sagte er. »Auf, ihr Schurken, wir haben Besuch.«

»Habt ihr Platz für fünf schmale Heringe?« fragte Danny.

»Aber sicher. Mein Name ist Brown, genannt Seesack. Dieses Subjekt, das da gerade auf die Füße zu kommen versucht, heißt Speedy Gray. Er ist aus Texas, aber er kann nichts dafür. Und dies ist Helles Leuchtfeuer, die Zierde des Stammes der Navajos.«

»Hau-hau, weißer Mann.«

»Das ist 'ne ganz tolle Marke«, sagte Brown.

Die nächsten Tage, während sie auf den Beginn des neuen Lehrgangs warteten, hatten sie wirklich fast nichts zu tun. Es fiel ihnen schwer, sich an die größere Freiheit und ihre neue Würde zu gewöhnen. Die Schrammen der Ausbildungszeit verheilten nicht so rasch. Unsicher gingen sie im Lager herum, ängstlich und neugierig wie die jungen Hunde. Danny hatte keine große Lust, das Lager zu verlassen. Er ging ins Kino, schrieb Briefe oder döste einfach vor sich hin. Er ging einen Abend in die Kantine und trank mit Beller das versprochene Bier, kam aber bald zum Zelt zurück. Das Bier schmeckte genauso bitter wie vor einem Jahr, als er es das letztemal probiert hatte. Einige Male besuchte er nach dem Abendessen Norton, der in einer Zeltstadt in der Nähe wohnte.

Eines Abends, ungefähr eine Woche nach dem Abschied vom Rekrutenlager, überfiel ihn das Gefühl der Verlassenheit. Dieses Gefühl war von Tag zu Tag schlimmer geworden. Nach dem Abendessen ging er unter die Dusche, zog seine Ausgeh-Uniform an und holte sich im Büro des Hauptfeldwebels eine Urlaubskarte.

»Wohin, Danny?« fragte Ski.

»In die Stadt. Kommst du mit?«

»Nee«, sagte das Federgewicht bekümmert, »ich muß doch meine Kröten sparen. Außerdem ist da ja doch nichts los. Die Jungens sagen alle, es wäre beschissen.«

»Ich halte es einfach nicht mehr aus. Ich muß mal was andres sehen als Soldaten. Drei Monate lang sind wir jetzt eingesperrt gewesen.«

»Soll ich dir was sagen, Danny?«

»Ja?«

»Ich hätte auch ein bißchen Angst davor, in die Stadt zu gehen.«

»Angst?«

»Na ja. Wir haben so lange keine Menschen gesehen, ich meine, andere Menschen – und Frauen. Und so eine Uniform, in einer fremden Stadt.«

»Ja, bißchen komisch ist es schon. Wie seh ich denn aus?«

»Na, traumhaft. Ich werde wach bleiben, dann kannst du mir erzählen, wie es war.«

Danny überquerte den Paradeplatz, ging an der endlosen Reihe gelber Gebäude entlang und die Straße zwischen Grünflächen und Palmen hinunter zum Hauptportal. Er übergab der Wache seine Urlaubskarte.

»Wo ist deine Feldnadel, Mariner?«

Danny erschrak, wurde rot und beförderte die Nadel aus seiner Tasche. Er steckte sie in seinen Schlips und passierte das Tor. Mit klopfendem Herzen stieg er in den Bus nach San Diego. Sie fuhren am Fliegerhorst vorbei, und ihn beschlich ein unbehagliches Gefühl. Es waren noch andere Mariner mit ihm im Bus, und doch kam es ihm vor, als wäre er ganz allein, nackt oder auffällig kostümiert, und alle würden ihn anstarren.

Er stieg aus. Als er die gleißende Hauptstraße hinunterging, wurde die unangenehme Empfindung noch stärker. Er fühlte einen Druck auf der Brust, genau wie vor dem Anstoß bei einem großen Fußballspiel. Er verstand es nicht. Wovor hatte er eigentlich solche Angst?

Blinkende, blendende Lichter. Schlepper. Gedämpftes Licht und leise Musik aus den hundert Bars. Die Masse der weißen Matrosenmützen, auf und ab wogend wie ein Meer. Die Betrunkenen, der Lärm, das Gewühl. Das alles vermischte sich zu einer Sinfonie, deren Dissonanz ihm einen Schwindel erregte.

Ein neugebackener Mariner ist leicht zu erkennen, heißt es. Er hat diesen starren Rekrutenblick. Man verstand sich auf diesen Blick in San Diego und war daran reich geworden. Die Geschäftemacher, die ihn förmlich mit Gewalt in die Seitenstraßen schleppten, hatten geölte Zungen und geöffnete Hände. Eilig kehrte er um.

Er durchschritt das Tor, unzufrieden mit sich selbst, angewidert von San Diego. Er ging den gleichen Weg zurück über den Paradeplatz, der jetzt im Dunkeln lag, und fühlte sich verlassen und verwirrt wie noch nie. Baltimore, dachte er – sie war den Bahnsteig entlanggelaufen und hatte gewinkt, und dann war der Zug schneller gefahren, und sie war stehengeblieben – er biß die Zähne zusammen.

Vor dem Zelt blieb er einen Augenblick stehen und holte tief Luft. Dann ging er hinein und lächelte den Kameraden zu. Sie saßen um die Koje von L. Q. und pokerten.

»Na, schon zurück? Wie war's denn in San Diego?«

»Oh – ganz nett – ganz nett. Kann man da noch mitmachen?«

»Nur frisch herbei, Gevatter. Euer Geld stinkt nicht.«

Danny fühlte sich geradezu erleichtert, als der Lehrgang 34 endlich beieinander war und in die Baracke der Nachrichtenschule zog. Es machte die Unruhe erträglicher. Der Kursus war nicht besonders schwierig, doch Danny fand es faszinierend. Die Tage waren ausgefüllt, und die Abende verbrachte er größtenteils damit, Ski und dem Indianer zu helfen, für die der neue Stoff eine mächtig harte Nuß zu sein schien.

Die Ausbilder waren auch hier Fachleute, die als Funker genauso hervorragende Spezialisten waren wie die Scharfschützen von Camp Matthew. Alte, erfahrene Hasen, die ihren Code im Schlaf entschlüsseln, verschlüsseln und senden konnten.

Von den Neuen wurde nur eine mäßige Sendegeschwindigkeit verlangt. Sie lernten einen einfachen Code von achtzehn Worten und mußten rund zweiundzwanzig Worte Klartext senden können. Wo hohe Geschwindigkeiten gefordert wurden, auf Schiffen und bei großen Funkstationen an Land, da hatte man alte Aktive. Bei dem rasch sich vergrößernden Korps brauchte man jetzt in erster Linie Nachrichtenleute für den Fronteinsatz.

Ereignisreiche Tage, einsame Nächte. Zigaretten und Poker. Männer, die allein sind, brauchen Ablenkung von der Arbeit und dem stundenlangen Reden über die Frauen, über zu Hause. Kathy war für ihn ein Rätsel, das er nicht lösen konnte. War es Liebe, oder waren es nur die Umstände? War es richtig, sie halten zu wollen? Seine Briefe waren fast ebenso nüchtern wie ihre Briefe zärtlich. Er wagte nicht, von dem Hunger in seinem Herzen zu reden – aus Furcht, sie zu verlieren. Der Gedanke an diese Möglichkeit verschloß ihm den Mund. Seine Mutter, sein Vater, das Elternhaus und die Freunde, das alles war fern und nebelhaft. Nur Kathy war in seinen Gedanken ganz nahe und lebendig. Ob es vielleicht übertrieben war, jemanden so zu lieben? Zapfenstreich – Männer ohne Frauen krochen in ihre leeren Betten und lagen wach im Dunkeln.

Sonntag nachmittag. Danny ging zurück in die verlassene Baracke. Ein paar Mariner lagen faul in der Sonne, auf den Muskeln ihrer nackten Oberkörper spielte das Licht.

Der große Raum war leer. In der hintersten Ecke war Marion mit seinem Plattenspieler beschäftigt. Die Musik machte die Leere noch unerträglicher. Danny zerdrückte die elfte oder zwölfte Kippe, legte sich auf die Koje und starrte an die Decke, ohne etwas zu sehen. Melancholie sickerte ihm durch alle Poren, die Einsamkeit überfiel ihn wie ein heftiger körperlicher Schmerz. Er hätte schreien können. Er sprang auf, ging zu seinem Spind und machte sich ausgehfertig. Den heißen Paradeplatz entlang, der verlassen in der Sonne brütete, zu den Zelten des Pionier-Bataillons. Gott sei Dank, Norton war da – und allein.

»Hallo, Danny.«

»Hallo, Professor. Prima, daß ich dich hier erwische.« Er setzte sich auf eine der Kojen, wischte sich den Schweiß vom Gesicht und holte eine Zigarette heraus.

»Fällt dir irgend etwas auf?« fragte Norton und hielt ihm stolz seinen linken Arm vor die Nase.

»Mensch, ich werd verrückt – der erste Winkel.«

»Was sagst du nun. Ist das vielleicht keine Promotion?«

»Von Rechts wegen solltest du Offizier sein, Professor.«

»Na, und du? Willst du an Land?«

»Ja – in der verdammten Baracke krieg ich das Kotzen.«

»Sorgen, Kleiner?« sagte Norton lächelnd.

Danny schwieg eine Weile, dann stieß er hervor: »Mensch, Norton, ich weiß nicht, was mit mir los ist. Ich – ich fühle mich so verdammt einsam.«

Norton legte ihm den Arm um die Schulter. »Das ist hier nun mal ein einsames Geschäft, Danny.«

»Hast du auch solche Zustände?«

»Manchmal denke ich, es reißt mich auseinander, Danny.«

»Herrgott, für dich muß es ja auch besonders schwer sein. Wo du eine Frau hast –.«

»Es ist schwer für jeden von uns.«

»Das Komische ist, Nort, ich hab' so was nie gekannt. Und da auf dem Lehrgang bin ich mit netten Jungens zusammen. Ich hab' dir ja erzählt, von dem Indianer und von Andy und Marion – ich kann mir gar keine bessere Crew denken.«

»Zu Hause alles in Ordnung?«

»Ja – klar. Gestern hat sie mir ein neues Foto geschickt. Da.«

Norton betrachtete aufmerksam das junge Mädchen auf dem Bild. Helles, langes Haar, das bis auf die Schulter fiel, und lachende Augen. Eine Haut wie Elfenbein, ein junger Körper, weich, zart und fest. »Sie ist schön, Danny. Kein Wunder, daß du dir hier einsam vorkommst.«

»Sag mal, Norton, kann man in meinem Alter – ich meine, können ein Junge von achtzehn und ein Mädchen von siebzehn sich lieben? Richtig lieben, so wie du deine Frau?«

»Tja, Danny, was soll ich dazu sagen? Wie alt muß man sein, um das durchzumachen, was du jetzt durchmachst? Schließlich bist du alt genug, hier zu sein und eine grüne Uniform zu tragen.«

»Und Kathy?«

»Mir scheint, im Krieg werden die Menschen schneller erwachsen. Ein Trick der Natur – Kompensation.«

»Ich hab' versucht, damit fertig zu werden, Nort. Ich glaube, das Leben hätte für mich keinen Wert, wenn ich sie jemals verlieren sollte.«

»Weißt du, Danny, manchmal kommt es mir vor, als wären wir alle eine verrückte Horde wilder Tiere. Wahrscheinlich denken alle andern genau dasselbe. Wir müssen einfach versuchen, weiterzuleben und zu lieben, zu hassen, zu fühlen, zu riechen und zu schmecken, ganz gleich, ob Krieg ist oder nicht.«

»Professor?«

»Könnte ich für heute mal deinen Ausweis haben?«

»Wozu denn?«

»Ich möchte mir einen ansaufen.«

Norton machte seine Zigarette aus. »Meinst du, daß es dadurch besser wird?«

»Ich muß irgendwas anstellen, um nicht durchzudrehen. Bitte halte mir jetzt keinen Vortrag.«

»Bist du schon mal betrunken gewesen?«

»Nein.«

»Hast du überhaupt schon mal was getrunken?«

58

»Ich hab' einmal eine Flasche Bier getrunken.«

»Ach, zum Teufel. Da – nimm meine Karte.«

Danny versuchte, möglichst gleichgültig auszusehen, als er durch die Tür der Bar ging, die etwas abseits lag und einen ganz vernünftigen Eindruck machte. Er pflanzte zwischen zwei Matrosen seinen Fuß auf die Stange und starrte in den Spiegel hinter der Theke.

»Was soll's denn sein, Mariner?«

»Was habt ihr denn?«

»Hmm – zeigen Sie doch mal Ihren Ausweis.«

Er warf die Karte lässig über die Bar, und der Mixer sah geflissentlich darüber hinweg, daß der junge Mann vor ihm wenig Ähnlichkeit mit dem Bild von Milton Norton hatte.

»Mixen Sie mir irgend etwas – einen – einen Tom Collins«, sagte Danny, dem dieser Name gerade einfiel. »Einen doppelten Tom Collins.«

Er war überrascht – es schmeckte wie Zitronenlimonade. Ganz anders als die üble Fahne, die er bei den Kumpels gerochen hatte, wenn sie vom Weekend-Urlaub zurückkamen. Er trank das Glas mit drei, vier raschen Schlucken leer. »Nachschub«, sagte er.

»Nimm ihn lieber sachte, mein Sohn«, sagte der Mixer warnend.

»Wer gute Ratschläge zu vergeben hat«, sagte Danny, »der sollte sie nicht verschenken, sondern verkaufen.« Er studierte die Auswahl des Musikautomaten und warf eine Münze ein. Durch die sonntägliche Stille des Lokals ertönte das Kratzen einer alten Nadel und die Stimme Frank Sinatras, der einen Lieblingsschlager von ihm und Kathy sang:

> *Niemals werd ich wieder lächeln*
> *Bis du wieder bei mir bist . . .*

Er kippte den zweiten hinunter und spürte nichts. Vielleicht konnte er auch so enorm viel vertragen wie die andern, die sich in der Baracke immer wieder stundenlang dieser besonderen Fähigkeit rühmten. Er beschleunigte das Tempo. Nach dem sechsten stand er immer noch genau wie zu Anfang an der Theke und steckte Münzen in die Jukebox.

»W – wo ist hier für ›Männer‹?«

»Dort hinten, rechts.«

Verdammt noch eins, dachte er, ist ja doch komisch, wenn man versucht, was zu sagen. Scheint irgendwie schwer, es 'rauszukriegen. Als er den Fuß von der Stange nahm, ging er leicht in die Knie. Er griff rasch mit der Hand nach der Theke und suchte mit der andern in seiner Tasche nach einer Zigarette. Mit ziemlicher Mühe gelang es ihm schließlich, eine Zigarette zu erwischen und anzubrennen. Dann machte er sich behutsam auf den Weg. »He, Mariner!«

Er drehte sich langsam herum. »Sie haben Geld liegenlassen.«

»So – ja natürlich – ich Trottel.« Das war ja wohl wirklich saublöd, zu sagen: ich Trottel. »Geben Sie mir lieber noch einen. So einen wie der da«, sagte er und zeigte auf das Glas eines Soldaten.

»Das ist ein Singapur-Sling, mein Sohn. Würde ich nicht raten, den jetzt hintendrauf zu setzen.«

»Geben Sie mir einen Singapur-Sling.« Schwankend erklomm er einen Barhocker. Teufel auch, ich bin nicht betrunken. Ich weiß genau, wer ich bin. Danny Forrester, US-Marine-Korps, Stammrolle 359 195. Nein, nicht betrunken. Ich weiß genau, was anliegt – hab' ja kaum was getrunken. Was ist denn das für ein Idiot, der mich da so anglotzt – ach so, da ist der Spiegel, bin ich selber. Ich geh jetzt vielleicht doch besser mal auf die ›Männer‹.

Nimm dich zusammen, Danny Forrester, sieh nicht aus wie einer von den besoffenen Burschen, die dir immer so widerwärtig waren. Sachte, mein Junge, schmeiß den Stuhl nicht um. Und den Tisch da läßt du auch stehen, mach lieber 'nen kleinen Bogen drum – komisch, man hat gar nicht das Gefühl, als ob man geht – das ist wie auf einer Wolke – da ist ja die Tür. ›Adam‹ steht da. Wer ist hier betrunken, ich kann doch lesen. Adam heißt Männer, ich bin nicht betrunken.

Er hielt den Kopf unter das kalte Wasser und besah sich sein Gesicht im Spiegel. O weh, du Schuft – mir scheint, du bist besoffen. So also ist das. Er schüttelte den Kopf und lachte. So müßte Mutter mich jetzt mal sehen. Er lachte schallend. Er schob die Tür auf und versuchte, einen Plan für den Rückweg zu machen. Der ganze Raum war ein einziges Hindernis-Gelände, und alle Hindernisse befanden sich außerdem in schwingender Bewegung. Er ließ sich in den ersten erreichbaren Stuhl sinken, der beinahe mit ihm umgeschlagen wäre.

»Ich glaube, Mariner, es ist besser, wenn Sie jetzt gehen.«

»Halt's Maul.«

»Sachte, mein Junge, mach keinen Ärger hier.«

Aus weiter Ferne drangen Stimmen an sein Ohr. Verdammt, wo bin ich hier eigentlich? Mein Gott, mir wird übel. Sprecht lauter, ihr Burschen – ich kann ja nichts verstehen.

»Es ist wohl am besten, Joe, Sie rufen die Militärpolizei.«

»Ach, laßt ihn doch. Er tut ja keinem was. Er wird schon wieder zu sich kommen.«

»Hat er denn keinen Kameraden bei sich gehabt?«

»Laßt ihn doch sitzen.«

»He, Mariner! Aufwachen!«

»Mir – mir ist so schlecht.« Er sank mit dem Kopf auf den Tisch, sein neues Käppi fiel zu Boden.

»Holt die Militärpolizei.«

»Nicht nötig. Ich kümmere mich schon um ihn.«

»Sind Sie bekannt mit ihm, Fräulein?«

»N – nja.«

»Hör mal, Burnside, mir scheint, die Dame will den Jungen da fleddern.«

»Was sagst du dazu, McQuade? Da sitzen wir nun monatelang in dem trübsinnigen Island, und kaum sind wir hier, da müssen wir so was erleben. Komm, wir wollen uns die Dame doch mal etwas näher ansehen.«

»Hören Sie mal, Sie, lassen Sie gefälligst Ihre Finger davon.«

»Nun werft euch bloß nicht so in die Heldenbrust, Jungens. Das ist ja noch ein halbes Kind. Er tut mir einfach leid. Wollt ihr wirklich, daß die Militärpolizei ihn mitnimmt?«

»Okay –«

Meine Liebe gehört
Für immer nur dir.
Das Leben ist leer,
Seit du nicht mehr bei mir . . .

7. Kapitel

Ein Choral! Da singen welche einen Choral. Ich bin tot – ich bin im Himmel.

Du Fels der Ewigkeiten,
Du Abgrund aller Zeiten,
Verlieren will ich mich in dir . . .

Danny versuchte krampfhaft, die Augen aufzumachen. Er befand sich in einem großen, hohen Raum, erfüllt von Gesang. Er zwang sich, das verschwommene Bild schärfer ins Auge zu fassen. Ganz hinten, in weiter, weiter Ferne, erkannte er die Umrisse männlicher und weiblicher Heilsarmeemitglieder, die mit Gesangbüchern in den Händen dastanden. »Herr Jesus«, seufzte er, »da bin ich, hole mich.«

»Nun, Mariner, wie geht es Ihnen?« Er bekam den Duft eines sehr angenehmen Parfüms in die Nase. Da mußte jemand ganz in seiner Nähe sein.

»Wie geht es Ihnen?« Es war eine sanfte, süße Stimme. Ein Engel.

Er rieb sich die Augen. Sie war groß, sehr dunkel, schätzungsweise dreißig. Er musterte sie von den Schuhen aufwärts, bemerkte die kostbare Gepflegtheit ihrer Kleidung – und ihre Figur. Klasse, dachte er, ausgesprochen Klasse. Tiptop von Kopf bis Fuß, gut gewachsen, zauberhaft.

»Wer sind Sie?« brachte er schließlich mühsam heraus.

»Mrs. Yarborough. Sie sind hier in der Kantine der Heilsarmee.«

Seine Kehle war trocken, und er hatte einen entsetzlichen Geschmack im Mund. Er setzte sich aufrecht auf den Stuhl, sah sich im Raume um und versuchte, sich zu erinnern, was geschehen war, bevor er in den Himmel gekommen war.

»Sag mir, Schwester im Herrn, wie bin ich hierhergekommen?«

»Ich habe Sie hergebracht.«

»Wieso eigentlich?«

»Ich kam zufällig in die Bar, weil ich Durst auf etwas Kaltes hatte. Ich sah Sie, und die Art und Weise, wie Sie diese doppelten Cocktails in sich hineinschütteten, begann mich zu faszinieren. Ich wollte gern sehen, was geschehen würde, wenn Sie den Fuß von der Stange nehmen.«

»Warum?«

»Sie taten mir leid – nur so eine plötzliche Regung.«

»Und wer hat mich geschlagen?«

Sie lachte. »Niemand, Sie sind hingefallen.«

»Sagen Sie doch denen da hinten bitte, sie möchten aufhören mit dem Gesinge. Ich bin schon erlöst.«

»Wie wär's denn mit einer Tasse schwarzen Kaffee?«

»Kaffee – ich würde sofort kotzen – Verzeihung – ich meine – mein Magen ist etwas durcheinander.«

Sie setzte sich auf einen Stuhl neben ihn. »Sie haben sich aber auch mächtig die Nase begossen.«

»Mach ich immer so. Ist ein Abwasch.«

»Hat es denn geholfen?«

»Das nächstemal werde ich's mit Beten versuchen. Ist billiger und einfacher.«

»Wie alt sind Sie?«

»Vierundzwanzig.«

»Wie alt?«

»Achtzehn.«

Sie sah zu, wie er versuchte, wieder klar zu werden. Es tat ihm leid, er gab es zu, und es ging ihm schon wieder besser. Also kein dringender Grund für weitere Unterhaltung.

»Nun seien Sie hübsch artig, dann verspreche ich Ihnen auch, daß ich Kathy nichts verraten werde«, sagte sie und stand auf, um zu gehen.

»Ach du liebe Güte! War von der auch die Rede?«

»Das kann man wohl sagen.«

»Ach bitte, Mrs. –«

»Yarborough.«

»Nur einen Augenblick.«

»Und?«

»Ich möchte mich gern bei Ihnen bedanken. Ich muß ja in einem schönen Zustand gewesen sein. Es war wirklich sehr nett von Ihnen. Ich hätte sonst alle möglichen Scherereien kriegen können.«

Es war das erstemal seit Monaten, daß er wieder mit einer Frau sprach. Endlich einmal eine Stimme, die nicht grob war, nicht fluchte oder kommandierte. Er hatte fast vergessen, daß es solche Stimmen gab.

»Mrs. Yarborough?«

»Ja?«

»Ich finde, Sie haben Anspruch darauf, die ganze Geschichte zu hören, die zu meinem Fehltritt führte.«

»Solche Geschichten höre ich den ganzen Tag.«

»Wenn Sie mir nicht zuhören – dann gehe ich und betrinke mich.«

Sie lachte. »Das sollten Sie lieber nicht tun, Mariner.«

Er ergriff ihre Hand. Sie fühlte sich wunderbar an, weich und sanft. »Ich bin ein Waisenkind, Mrs. Yarborough.«

»Oh.«

»Ja, als ich vier Jahre alt war, kam meine Mutter bei einem Brand ums Leben – als sie versuchte, mich zu retten. Mein Vater zog mich auf, so gut er konnte, aber – wissen Sie, der Alkohol. Und dann hat er mich geschlagen – ich war noch ganz klein. Wenn er wieder nüchtern war, tat es ihm leid – ich – verzeihen Sie bitte.«

»Aber nein, erzählen Sie doch weiter«, sagte sie und setzte sich wieder neben ihn.

»Mit vierzehn bin ich von zu Hause ausgerissen. Bin getrampt, war im Lager, habe mich durchgeschlagen, wie es grad kam. Bis ich Kathy kennenlernte.« Er hatte ihre Hand nicht losgelassen, während er sprach.

»Und dann?«

»Werden Sie auch zuhören, wenn ich Ihnen erzähle, wie es wirklich war?«

»Ach, das alles war also Schwindel? – Ich werde nie wieder einem Mariner glauben.«

»Mrs. Yarborough – könnten Sie nicht ein Stück mit mir spazierengehen? Ich hoffe, daß ich an der Luft wieder richtig klar werde. Bitte erzählen Sie mir jetzt nicht, wie schrecklich viel Sie zu tun haben. Begleiten Sie mich zur Bus-Haltestelle beim Rot-Kreuz-Klub, dort steige ich ein und verschwinde für immer aus Ihrem Leben. Wirklich, ich möchte nur mal mit jemandem reden können – mit einem Mädchen. Bitte, ja?«

Es war purer Unsinn, sagte sie sich. Schon in der Bar hätte sie ihn seinem Schicksal überlassen sollen. Was ihr zunächst Spaß gemacht hatte, schien jetzt Ernst zu werden. Für einen Augenblick war sie entschlossen, seinen verrückten Vorschlag abzulehnen und ihn wegzuschicken. »Wirklich, Danny –.« Sie sah ihn an, und das war ein Fehler. Seine Augen bettelten, wie unzählige Augenpaare in der Kantine bettelten: um ein Gespräch, einen Augenblick der Nähe.

Er nahm ihren Arm und führte sie quer durch den Raum nach draußen, vorbei an den Sängern, die inzwischen dazu übergegangen waren zu beten. Auf der obersten Stufe blieb sie stehen und sah ihn an. Er sah wirklich gut aus, wie er da stand. »Ich hole nur eben meine Tasche.«

Er holte tief Luft, als sie hinaustraten auf die abendliche Straße, die frische Luft hätte ihn fast umgeworfen.

»Na, wie fühlen Sie sich jetzt?« fragte sie.

Er ging zunächst einigermaßen unsicher, doch dann hatte sie Mühe, gleichen Schritt mit ihm zu halten. Vernon Yarborough machte kleinere Schritte, mit ihm ging es sich leichter.

»Ich hatte ein Gefühl, als rissen sich gerade zwei Burschen von je zweihundert Pfund über mir um den Ball.«

»Sind Sie Fußballspieler?«

»Ich war auf dem Gymnasium. Da ist gestern übrigens was Komisches passiert. Ich bekam einen Brief vom Studentenausschuß der TH Georgia, worin man mir mitteilt, daß mein Gesuch um ein Stipendium bewilligt ist. Meine Kumpels hier sind fast gestorben vor Lachen.«

Elaine lachte. Er nahm völlig selbstverständlich ihren Arm und führte sie über die Straße. »Als Mädchen habe ich mal für einen Fußballspieler geschwärmt«, sagte sie.

»Der war aber bestimmt nicht so gut wie ich.«

»Er sah viel besser aus als Sie. Alle Mädchen in meiner Klasse waren verrückt nach ihm. Ich auch, aber ich hab' mir natürlich nichts anmerken lassen.«

»Natürlich nicht«, sagte Danny.

»Wieso sagen Sie ›natürlich nicht‹ – in so einem Ton?«

»Ich weiß nicht. Sie machen nicht den Eindruck, als ob Sie irgendeiner spontanen Regung nachgeben würden. Ich glaube, Sie überlegen sich immer sehr genau, was Sie tun.«

»Zum Beispiel?«

»Na, im Augenblick überlegen Sie sich vermutlich, was es eigentlich soll, daß Sie jetzt hier mit mir gehen.«

Nach einer kleinen Weile fragte Danny: »Übrigens, Mrs. Yarborough, wie war doch Ihr Vorname?«

»Elaine.«

»Die Blonde, die Schöne, die Lilienweiße.«

»Wie komisch.«

»Was ist denn daran komisch? Das ist Tennyson – mußten wir in der Schule lesen. Entsetzlich langweilig.«

»Ich weiß. Es ist nur so schrecklich lang her, seit mir das jemand gesagt hat.«

Sie schoben sich durch eine Gruppe von Matrosen, die dicht gedrängt den Weg versperrten. Sie hielt sich fest an seinem Arm. Er ist stark, dachte sie. Auch Vernon war stark, aber auf eine andere Art. Vernon, das war Sicherheit.

»Wie kamen Sie eigentlich dazu, Elaine, mir aus der Patsche zu helfen?«

»Oh, vielleicht erinnerten Sie mich an meinen kleinen Bruder.«

»Wetten, daß Sie gar keinen kleinen Bruder haben?«

»Getroffen – raten Sie weiter.«

»Hm – Sie sind ein großes Tier da in der Kantine – wahrscheinlich Vorsitzende eines Komitees. Ihr Mann ist Offizier, ich würde sagen, Seeoffizier.«

»Wie kommen Sie darauf?«

»Na ja, das gewisse Etwas.«

»Wollen Sie damit sagen, ich sei ein Snob?«

»Nein, nur diese verdammte Unnahbarkeit.«

»Machen Sie weiter, Sie sind wirklich ein sehr interessanter junger Mann.«

»Wie Sie wünschen. Also, ich würde sagen: nicht aktiv, sondern Reserveoffizier. Ihr Mann ist vermutlich Syndikus, oder auch Bankmann.«

»Nein – so gut sind Sie nun doch wieder nicht – er ist nämlich Wirtschaftsprüfer.«

»Das ist dieselbe Kategorie, Mann mit Magengeschwür.«

»Stimmt.«

Die Sache wurde ihr fast ein bißchen unbehaglich, doch er fuhr fort: »Vermutlich gehören Sie zu einer bestimmten Clique, mustergültige Hausfrau und Gattin, mit Dienstmädchen und gesellschaftlichen Ambitionen.«

»Stimmt.«

»Das hatten Sie schon mal gesagt. Nein, hören Sie, Sie waren so riesig nett zu mir, und zum Dank bin ich unhöflich.«

64

»Ich muß offenbar irgendein bestimmtes Erkennungszeichen an mir tragen.«

»Nein, das sieht man in Ihren Augen, an der Art, wie Sie angezogen sind, wie Sie gehen, wie Sie Ihre Worte wählen. Dahinter steckt ein ganz bestimmtes Training.«

Training, sagte sie zu sich selbst, er hat ja so recht. Fünf waren wir zu Haus, fünf Töchter – vier davon heirateten Männer ohne Geld und lebten armselig in unglücklichen Ehen. Ich allein hatte die Energie, aus der Misere auszubrechen und das zu erreichen, was ich mir vorgenommen hatte. Ich habe mich darauf trainiert, Vernon Yarborough zu heiraten und seine Frau zu sein. Bei uns zu Haus mochte man ihn nicht; er war anders als die anderen Schwiegersöhne, saß nicht in Hemdsärmeln auf der Veranda, um Bier zu trinken und über Baseball zu reden. Ich habe mich bewußt geformt und angepaßt – den Leuten aus seinem Klub, seinen Eltern. Ich habe gelernt, zu den Besitzenden zu gehören. Jeden Schritt in meinem Leben habe ich genau berechnet.

Sie wechselte das Thema. »Erzählen Sie doch, Danny. Sie wollten also auf die TH, sagten Sie vorhin, und dann kam der Krieg –.«

Sie gingen die Hauptstraße hinunter und bogen schließlich in eine leere, ruhige Seitenstraße ein. Während sie gemächlich dahinschlenderten, erzählte er ihr von Baltimore, von Kathy, von der Schule und von seinem Wunsch, Ingenieur zu werden.

»Komisch«, sagte er, »wie rasch man mit jemandem bekannt werden kann. Ich habe Sie grad erst kennengelernt, und schon müssen Sie sich meine ganze Lebensgeschichte anhören. Zigarette?«

»Danke.«

»Sehen Sie mal, Elaine – da!«

»Was denn?«

»Da drüben. Eine künstliche Eisbahn. Wollen wir Schlittschuh laufen?«

»Du lieber Gott, nein.«

»Warum denn nicht?«

»Ich bin jahrelang nicht Schlittschuh gelaufen.«

»So sind Sie – nur keiner plötzlichen Regung folgen!«

»Ich denke, gerade heute habe ich das bereits zur Genüge getan. Übrigens, da Sie schon mal dabei sind, mich schlechtzumachen – sagen Sie mir doch auch noch, warum ich Ihrer Meinung nach hier in San Diego bin?«

»Ganz einfach – Sie sind hier, weil sich das so gut macht.«

»Bitte deutlicher – was wollen Sie damit sagen?«

»Ich möchte nicht gern unhöflich sein.«

»Ich möchte jetzt wissen, was Sie damit sagen wollten.«

»Also gut. Es macht natürlich auf alle Leute in Ihrer Clique einen sehr guten Eindruck, alles zu verlassen und hier in einer fremden Stadt als treusorgende Gattin am Hafen zu stehen und auf ein zurückkehrendes Schiff zu warten. Vermutlich waren es ähnliche Gründe, die Ihren Mann bewogen haben, Reserveoffizier zu werden. Ich möchte wetten, daß er sich ganz genau überlegt hat, was das Vorteilhafteste für ihn ist. Ich weiß wirklich nicht, was eigentlich in mich gefahren ist – habe ich Sie verletzt?«

Ja, es saß. Sie war nicht dumm. Eine kluge Hausfrau und Gastgeberin, ein guter Manager ihres ehrgeizigen Gemahls. Respektiert in der Gesellschaft. Und hier kam dieser Junge, den sie seit ein paar Stunden kannte, und zog sie nackt aus. Warum schlug sie ihm nicht einfach ins Gesicht und ließ ihn stehen?

Und dann wieder dieses seltsame, fast schmerzende Ziehen in den Kniekehlen. Das erregende Abenteuer, neben ihm zu gehen. Seine herausfordernde Frechheit, seine Beherrschtheit, seine jugendliche Selbstsicherheit.

Es war, als ob plötzlich eine Tür aufginge, die viele Jahre lang verschlossen war. Sie war wieder das junge, unbekümmerte Mädchen aus dem südlichen Vorort von Chicago. Und sie erschrak. Sie fühlte sich plötzlich sehr müde. Einen Augenblick lang wünschte sie, sie könnte den Kopf an seine Schulter legen.

»Danny.«

»Ja?«

»Wir müssen umkehren. Wir sind zu weit gegangen.«

»Ja, natürlich. Aber wissen Sie was, an der übernächsten Ecke, da ist ein Rummelplatz.«

»Nein, ich muß jetzt wirklich zurück.«

»Ein paar Groschen hab' ich grade noch. Sie müssen nämlich wissen, ich bin ganz groß darin, mit dem Ball nach Flaschen zu werfen. Da kann man eine Puppe gewinnen. Irgendwas schenken muß ich Ihnen auf alle Fälle.«

Er führte sie zum Rummelplatz mit den blinkenden Lichtern, den Ausrufern, dem wogenden Gedränge weißer Matrosenmützen und grüner Uniformen.

»Immer 'ran, Leute, das muß jeder mal probiert haben. Ah, da haben wir ja einen von der Marine. Recht so, mein Junge, hier können Sie was gewinnen für die kleine Dame. Drei Wurf für einen Fünfziger.«

»Halten Sie mal meine Jacke.«

Er holte aus und schleuderte den Ball auf die Pyramide der eisernen Flaschen. Zwanzig Zentimeter zu weit nach links.

»Nanu, das ist mir ja noch nie passiert.«

Sie warf den Kopf zurück und lachte. Dreimal warf er drei Bälle, und eine Flasche war schließlich so freundlich, herunterzufallen.

»Schwindel«, flüsterte er ihr ins Ohr, »die haben einen Magneten eingebaut.«

»Halten Sie mal«, sagte Elaine und gab ihm seine Jacke zurück.

»So ist's richtig, kommen Sie, meine Dame, zeigen Sie ihm mal, was 'ne Harke ist.«

Sie warf und sprang mit beiden Beinen in die Luft. »Ein Gewinn!« rief sie laut.

»Jawohl, Herrschaften, hier kann jeder was gewinnen. Auch Sie da hinten, Matrose – probieren Sie Ihr Glück –.«

Elaine klemmte sich ihre Puppe unter den Arm und ging, noch immer lachend, mit ihm weiter.

»Ich habe nämlich auch mal Baseball gespielt. Vor zehn Jahren war ich der Star in unserer Damenmannschaft.«

»Interessant, interessant.«

»Ich möchte ein Paar Wiener.«

»Ich bin völlig pleite.«

»Geht auf meine Kappe. – Oh, sehen Sie doch mal, da drüben.«

»Was denn?«

»Ein Riesenrad. Ach nein, lieber nicht – es ist doch sehr hoch.«

»Kommen Sie«, sagte Danny.

Sie schwebten hoch in die Luft und sahen von oben herunter auf San Diego, diese sonderbare, verrückte Stadt. Sie hielt sich ängstlich am Geländer fest und rückte dicht an ihn heran. »Kriechen Sie bloß nicht in mich 'rein«, sagte er, »ich habe genau solche Angst wie Sie.«

»Ich bin jahrelang nicht mehr so vergnügt gewesen.«

»Was sagten Sie?«

»Ich sagte – es verschlägt einem ordentlich den Atem hier oben.«

Das Rad hielt mit einem Ruck. Sie schwebten hoch über der Menge. Die Schaukel, in der sie saßen, schwang vor und zurück. Sie schnappte nach Luft, und er legte den Arm um sie. Es schien ihm, er könnte die Hand ausstrecken und einen Stern vom Himmel pflücken. Um sie herum war Stille, sie waren weit fort von allem. Ein verrückter Tag, der in den Wolken endete. Er legte auch den andern Arm um sie, und sie hob ihm ihr Gesicht entgegen. Das Riesenrad näherte sich langsam wieder der Erde. Er küßte sie, und alles begann sich um sie herum zu drehen. Ihre Finger gruben sich in seinen Arm. Sie schob ihn von sich fort. Er zog sie von neuem an sich und küßte sie. Die aufflammenden und verlöschenden Lichter – das dumpfe Stimmengewirr der Menge unten auf der Erde – jetzt lauter und jetzt wieder leiser, ließ sie schwindeln. Und dann stand das Rad plötzlich still.

Schweigend gingen sie nebeneinander her. Das Meer der Lichter und Geräusche erreichte sie nicht. Sie blieb stehen und drehte sich zu ihm herum. Sie war sehr blaß.

»Ich – ich hab' mir schon immer mal gewünscht, ein Mädchen auf dem Riesenrad zu küssen.«

»Gute Nacht, Danny.«

»Ich fand es sehr schön. Sie auch?«

Sie hatte Angst – vor sich selbst.

»Ich habe da übrigens gesehen, auf einem Anschlag in der Kantine – nächsten Freitag veranstaltet man einen Ausflug auf Heuwagen. Ich habe Urlaub bis zum Wecken am Freitag – es steht Ihnen bestimmt sehr gut, wenn Sie Slacks anhaben.«

»Ich möchte Sie nicht wiedersehen, Danny.«

»Ich bringe Sie noch zur Kantine.«

»Nein – bitte nicht.«

»Also dann – bis Freitag.« Sie wandte sich hastig um und verschwand in

67

der Dunkelheit. Danny holte den letzten Groschen aus seiner Tasche und warf ihn in die Luft. Klingend fiel er auf die Straße und rollte davon. Danny ging pfeifend weiter.

Elaine Yarborough sah gut aus in Slacks. Vernon Yarboroughs Frau war sehr darauf bedacht, ihre Figur bei jeder Gelegenheit vorteilhaft zur Geltung zu bringen.

Aufgeregt lief sie die Reihe der mit Heu beladenen Lastwagen entlang. Männer und Mädchen kletterten lachend auf die Wagen, das Startgeräusch der Motoren erfüllte die Luft. Sie sah auf ihre Uhr und seufzte verzagt.

»Hallo, Elaine!« Sie fuhr herum. Er stand vor ihr. »Beinahe hätte ich es nicht mehr geschafft.« Sie sahen sich an, mit einem langen, brennenden Blick. Er nahm sie bei der Hand und führte sie zu dem letzten Wagen. Ihre Hand zitterte. Rasch und leicht nahm er sie in die Arme, hob sie behutsam auf den Wagen hinauf und sprang hinterher. Sie lagerten sich im Heu, er hielt sie in seinen Armen.

Die Küste bei La Jolla. Lagerfeuer, Lieder, Wiener Würstchen, die nach Seetang schmeckten. Wellen, die an den Strand schlugen, und ein Himmel voller Sterne. Sie gingen am Wasser entlang. Es war kühl, und sie wickelte sich in seine grüne Uniformjacke, die ihr viel zu weit war. Den ganzen Abend über sprachen sie kaum ein Wort miteinander.

Später hielt ihr Wagen vor ihrer Wohnung im Hof des Hotels, in dem die Frauen der Offiziere wohnten. Danny schloß den Wagen ab und ging hinter ihr her zur Tür. Sie schloß auf und machte Licht im Wohnzimmer. Danny sah sich um. Der Raum war typisch Elaine, mußte er denken, wahrscheinlich eine Miniaturausgabe ihres Hauses in Arlington. Kostbar, steif und kühl, genau nach den Vorschriften der Clique, des Kreises der Auserwählten. Ein Bücherbord mit einer Reihe von Büchern, sorgfältig ausgesucht, in teuren Einbänden. Danny nahm eins der Bücher heraus und schlug es auf. Wie er erwartet hatte, fand er auf der Innenseite eine geschmackvolle Graphik: *Exlibris Vernon Yarborough*. Höchstwahrscheinlich nie gelesen.

»Es war ein wunderschöner Abend«, sagte sie. »Soll ich Ihnen einen Cocktail mixen?«

»Ich habe mir eine Fastenzeit auferlegt«, sagte er in Erinnerung an seine kürzliche Begegnung mit König Alkohol. Er blätterte in dem Buch. »›Cyrano‹. Ich habe einen Freund, Marion Hodgkiss. Der liest die ganze Zeit. Er hat mir so viel von diesem Buch erzählt, bis ich es auch gelesen habe. Er behauptet, Cyrano sei das Schönste, was in unserer Zeit geschrieben worden ist.«

»Ich mag es sehr – habe es jahrelang nicht mehr in der Hand gehabt.«

»Ich hatte mal einen Lehrer, der Bursche las uns Shakespeare vor. So was können Sie sich gar nicht vorstellen. Er brachte es fertig, daß vierzig Jungens dasaßen und völlig hingerissen zuhörten. Ein guter Lehrer ist wie ein guter Arzt, glaube ich. Ich weiß übrigens nicht, wieso ich gerade jetzt an ihn denken muß.«

Er entdeckte eine große Fotografie, die oben auf dem Bücherbord stand. Ein

Offizier in Uniform, makellos und untadelig. Glattrasiert, gepflegt – steif, ernsthaft und ehrgeizig. Er nahm das Bild und drehte es zur Wand herum.

»Was soll das? Finden Sie das besonders witzig?«

»Ich mag nicht, daß er mich anglotzt, wenn ich Sie vielleicht grad küsse.«

»Danny!«

»Verzeihen Sie.«

»Danny«, sagte sie leise, »woran denken Sie?«

»Ich glaube nicht, daß es Sie besonders interessieren würde.«

»Erzählen Sie doch.«

»Ich dachte gerade, wie ich mir das Leben mit meiner Frau immer ausgemalt hatte. Ich stellte mir vor, daß ich irgendwo was bauen würde – vielleicht einen Tunnel, oder eine Autostraße hoch in den Bergen. Etwa in Alaska, oder auch in den Anden. Ich stellte mir vor, wie ich aus dem Schnee und der Kälte zurückkomme in eine kleine, warme Hütte. Durchaus nicht elegant, aber behaglich, wie nur eine Frau einen Raum machen kann, mit einem großen Kaminfeuer, und sie steht da in Jeans und einem dicken Wollhemd – ich nehme sie in die Arme und sage: Haben wir nicht ein großartiges Leben? Fehlt uns irgendwas von dem, was für die andern so wichtig ist, daß sie sich die Hacken danach abrennen? Nächstes Jahr werden wir in China sein, danach gehen wir nach Mexiko – uns gehört die Welt, und wir können kommen und gehen, ganz wie es uns beliebt. Keinerlei gesellschaftliche Verpflichtungen, für die man sich doch nur sinnlos abschuftet. Vielleicht bauen wir uns nach ein paar Jahren mal ein kleines Häuschen in Baltimore, nehmen Urlaub und kriegen Kinder, und wenn sie krabbeln können, geht's wieder hinaus.

Entschuldigen Sie, Elaine, ich habe Sie gelangweilt – aber das Lagerfeuer hat mich sentimental gestimmt.«

»Aber nein, es klingt schön. Das Mädchen ist zu beneiden.«

»Der Krieg ist noch nicht zu Ende.«

»Ich glaube, ich habe eine ganze Heufuhre hinten auf dem Rücken«, sagte sie. »Sie haben doch nichts dagegen, wenn ich mich eben umziehe?«

»Bitte, bitte.«

Sie unterhielten sich weiter durch die angelehnte Tür. Auch ihn stachen einige Halme unter dem Hemd. Er zog seine Feldbluse, das Hemd und Unterhemd aus und entfernte das Heu von seiner Haut.

Elaine Yarborough erschien in der Tür, im dünnen, hellen Morgenrock, der wie eine weiche Wolke bis auf den Fußboden floß. Das offene, schwarze Haar fiel über ihre gebräunten Schultern. Er starrte sie an, seine Finger schlossen sich um das Hemd, das er in den Händen hielt. Quer durch den Raum hörten sie beide die heftigen Atemzüge des andern. Sie kam auf ihn zu, er sah die Spitzen ihrer Brüste unter der dünnen Seide.

»Mir war ein bißchen Heu unter das Hemd gekommen – ich – ich –«

Sie hob den Arm, berührte mit ihren Fingern seine nackte Schulter und strich sanft über seine Brust. Das Hemd fiel ihm aus den Händen, und er umarmte sie.

»Du bist stark, Liebster.«

»Nichts sagen, bitte.«

69

Er hob sie vom Boden und trug sie zur Tür des Schlafzimmers, die er mit dem Fuß aufstieß. Er ließ sie ganz sacht auf das Bett gleiten, legte sich neben sie und preßte sie an sich. Sie riß sich den Morgenrock herunter und faßte nach seinem Gürtel.

Ihre Nägel gruben sich in sein Fleisch. »O Danny«, stammelte sie. »Danny – Danny – Danny –«

8. Kapitel

Die Morsezeichen wurden in den nächsten Wochen in Dannys Ohren zu einem unerträglichen Gewimmer. Was er im Anfang mit Leichtigkeit gelernt hatte, wurde schwierig und mühsam. Er lebte wie in einem Nebel. Ein unwiderstehlicher Sog trieb ihn zu ihr, während gleichzeitig ein ständiges Gefühl der Schuld ihm zur Flucht riet. Es war nicht richtig, für keinen von beiden. Er wußte es genau. Und doch zog er sich jeden Abend seine Ausgehuniform an und ging durch das Hauptportal zu dem Wagen, in dem sie ihn erwartete. Und jede zweite Nacht lag Ski in Dannys Koje, damit dessen nächtliche Abwesenheit nicht auffiel.

Ski äußerte sich nicht zu der ganzen Geschichte. Innerlich war er wütend auf Danny, daß er nicht die Kraft oder den Willen hatte, Kathy treu zu bleiben, so wie er Susan treu blieb. Aber schließlich waren sie Kumpels, und so überließ er Danny seine Urlaubskarte und deckte seine unerlaubte Abwesenheit, ohne ein Wort darüber zu verlieren.

Mein lieber Sohn!

Ich verstehe ja, daß Du sehr wenig Zeit hast, und ich hatte Dir ja versprochen, daß ich keine unnötigen Anforderungen an Dich stellen wollte. Aber wir sind nun schon zwei Wochen lang ohne eine Nachricht von Dir. Bist Du krank, oder seid ihr irgendwo anders hingekommen?

Da muß doch irgend etwas dahinterstecken, Junge. Ich will Dir nicht in den Ohren liegen, aber Du mußt schließlich wissen, wie sehr wir auf Deine Briefe warten.

Warum rufst Du uns nicht mal an, R-Gespräch natürlich. Du bist doch ungefähr gegen sechs Uhr frei – das wäre hier bei uns neun Uhr. Freitag abend werden wir alle hier sein und auf Deinen Anruf warten.

Wenn Du irgendeine Schwierigkeit hast, dann sag mir doch was –

Danny kam langsam hoch, gähnte und reckte sich. Sie lag zusammengerollt unter der Decke und blinzelte mit einem Auge.

»Verflucht!« sagte er, »höchste Eisenbahn. Elaine, aufwachen!«

»Stör mich nicht, ich schlafe heute den ganzen Tag.«

»Den Teufel tust du. Du mußt mich zum Stützpunkt fahren.«

»Oh, muß ich wirklich?« jammerte sie. Sie rollte sich auf den Rücken und sah zu ihm hin. »Komm her zu mir, Dannylein«, sagte sie leise und hielt ihre Bettdecke auf.

»Du sollst mich nicht Dannylein nennen.«

70

»Komm zu Mammi.« Er kroch zu ihr und legte seine Wange an ihre Brust.

»Du sollst mich nicht Dannylein nennen.«

»Ich ärgere dich aber doch so gern.«

Danny warf die Decke beiseite, rollte sie auf den Bauch und gab ihr eins hintendrauf. »Los, Weib, steh auf und mach Frühstück.« Er schob sie aus dem Bett auf den Fußboden.

Sie stand auf, griff rasch nach der Decke und nahm sie um. »Laß das, Danny.«

»Was denn?«

»Du sollst mich nicht ansehen.«

»Warum denn nicht?«

»Es ist mir peinlich.«

»Du lieber Gott, wenn ich so gebaut wäre wie du, würde ich splitternackt den Broadway hinuntergehen.«

»Danny, hör augenblicklich auf mit diesem Unsinn.«

»Beeil dich, bitte. Ich komme sonst zu spät zum Wecken.«

Er kam in die Baracke und ging zu seinem Spind. Die anderen waren gerade dabei, sich gemächlich anzuziehen.

»Oho«, schrie L. Q. Jones, »der große Danny Forrester! Achtung, Achtung, die Morgensendung für die Marine bringt Ihnen jetzt das neueste Kapitel der aufregenden Abenteuer unseres Helden Danny Forrester, des SUPERMARINERS.«

»Sehr witzig, wirklich verdammt witzig«, sagte Danny, warf das Handtuch über und ging wütend zum Waschraum. Hinter sich hörte er Gelächter.

»Was ist denn los mit dir, Danny, hast du Hämorrhoiden?« fragte Andy Hookans, der sich am nächsten Becken wusch.

»Nee — ich sehe nur keinen Anlaß, blöde Witze zu machen.«

»Du kannst es ihnen schließlich nicht übelnehmen, wenn sie eifersüchtig sind. Der Wagen ist prima. Außerdem hast du sie um ihren Spaß gebracht. Seit einer Woche schon haben sie dir deine Bettücher zusammengenäht, und du bist die ganze Zeit nie vorm Wecken gekommen.«

Danny seifte sich ein und sagte nichts.

»Nun mach dir nichts draus, das sind ja nur Kindereien.«

»Vielleicht sollte ich L. Q. mal aufs Maul schlagen, damit er den Rand hält.«

»Na, auf L. Q. würde ich an deiner Stelle lieber nicht sauer sein. Er hat für dich beim Appell geantwortet.«

»Wieso denn? Appell ist doch erst in zwanzig Minuten.«

»Heute nacht war eine Übung — Fliegeralarm. Als dein Name kam, hatte der Sergeant ein scharfes Auge auf Ski. Na, und da hat L. Q. für dich geantwortet.«

»So ist das. Na ja, Andy, ich glaub, ich hab's ein bißchen toll getrieben.«

»Vielleicht wäre es besser, Danny, wenn du's allmählich wieder sachter angehen läßt«, sagte Hookans. Der große Schwede machte ein ernstes Gesicht.

»Es wäre doch jammerschade, wenn sie dich aus dem Lehrgang 'rausschmeißen würden.«

»Nett von dir – ach, hol's der Teufel.« Er hatte sich geschnitten.

»Denk wenigstens beim Unterricht nicht dran.«

»Geht nicht.«

»Ich glaube, du machst dir da ganz unnötige Gedanken. Wenn du es nicht wärst, dann wäre es eben ein anderer.«

»Nein, sie ist nicht so.«

»Natürlich, weiß schon. Keine von ihnen ist so. Aber doch müssen sie's alle haben.«

»Wirklich, Andy, das möcht ich miterleben, wenn es dich erst mal erwischt.«

»Da kannst du lange warten. Das Mädchen, das den alten Andy schwach macht, das muß erst noch geboren werden.«

Sergeant Hale saß an einem Tisch vorn im Unterrichtsraum. Er hatte den Kopf auf den Arm gestützt und sah gelangweilt in das Buch vor sich. Seine rechte Hand betätigte die Morsetaste, mit der er Punkte und Striche in die Kopfhörer der dreißig angehenden Funker sendete, die an den Tischen vor ihm saßen.

ASPFK KMTJW URITF LZOCC KPZXG HNMKI LOQEI TXCOV DERAP NOWSS DEBZO.

Er sendete in einem Tempo, das mindestens fünfzehn Worte unter seiner gewohnten Geschwindigkeit lag, und hatte Mühe, bei dieser monotonen Beschäftigung die Augen offenzuhalten. Während er die Sendetaste betätigte, füllte sich der Raum fast gleichzeitig mit dem Geklapper von dreißig Schreibmaschinen.

Der Sergeant gähnte. »So, und jetzt nehmen wir mal Zahlen, sechs Worte in der Minute.«

20034 38765 23477 88196 – ein Klingelzeichen, Ende des Unterrichts für diesen Tag. Alle seufzten erleichtert auf, nahmen die Kopfhörer ab, rieben sich die Ohren und schüttelten die Köpfe, um die Punkte und Striche loszuwerden. Sie standen auf und reckten sich.

»Zvonski und Leuchtfeuer melden sich nach dem Abendessen wieder bei mir. Ihr beiden werdet diese Woche jeden Abend eine Extrastunde haben, damit ihr nachkommt.«

»So ein Mist«, sagte der Indianer, »und in San Diego wartet eine hübsche Squaw auf mich, Sergeant.«

»Wenn du diesen Code nicht lernst, Leuchtfeuer, schicke ich dich in die ewigen Jagdgründe.«

Danny schlug Ski auf den Rücken. »Bei dir ist es ja nicht schlimm, du gehst ja sowieso nirgendwohin.« Sie verließen das Unterrichtsgebäude. Auf dem Weg zur Baracke schloß Marion Hodgkiss sich ihnen an.

»Dabei kann ich lesen, was er sendet«, sagte Ski. »Aber wenn ich es dann hinschreiben will, wird es verkehrt. Wenn die mich bloß nicht 'rausschmeißen aus dem Lehrgang.«

»Mann Gottes«, sagte Danny, »mach dich bloß nicht verrückt. Wir gehen heute abend nicht ins Kino und üben noch ein bißchen nach Zapfenstreich im Waschraum.«

»Ich helf dir auch gern, wenn du magst«, sagte Marion.

Ski warf seine Bücher auf die Koje und legte sich lang. »Ich muß einfach ruhiger werden, wenn ich die Kopfhörer aufhabe.«

»Ich hol dich nachher ab, wenn du deine Stunde nachgesessen hast. Ich muß was in der Kantine kaufen – und außerdem wollte ich mal in Baltimore anrufen.«

»Mann, willst du denn deine ganze Löhnung verpulvern?«

»Mein Alter hat mir geschrieben, ich soll ein R-Gespräch machen.«

Helles Leuchtfeuer und Ski kamen langsam aus dem Lehrgangsgebäude heraus, vor dem Danny und Marion standen und auf sie warteten.

»Kinder, mir ist ganz schwindelig im Kopf.«

»Nu komm schon, wir haben hier schon 'ne Weile auf euch gewartet.«

»Ich will verdammt sein, wenn ich begreife, warum der weiße Mann es sich so schwer macht, eine Nachricht zu übermitteln. Ich muß doch mal mit Major Bolger reden – ich werde ihm zeigen, wieviel einfacher das mit Rauchsignalen zu machen ist«, sagte der Indianer.

»Wir gehen in die Kantine – kommst du mit?« fragte Marion.

»Nein, ich geh ins Kino. Da gibt es heute einen Film mit Cowboys und Indianern.« Leuchtfeuer verneigte sich bis zur Erde. »Ich sehe euch Bleichgesichter wieder beim Licht der aufgehenden Sonne.«

»Der Bursche tötet mir den Nerv«, sagte Ski. »Dauernd muß er den Indianer spielen.«

Eilig gingen sie im Gleichschritt durch den Bogengang. Sie hielten den rechten Arm frei, um sofort grüßen zu können, wenn ihnen ein Offizier begegnete. In der Kantine fanden sie drei freie Stühle bei der Soda-Quelle.

»Bestellt schon mal für mich mit. Ich gehe eben mein Ferngespräch anmelden«, sagte Danny und ging in die nächste Telefonzelle. Er kam zurück. »Es wird ein paar Minuten dauern, bis Baltimore kommt.«

Plötzlich ging ein leises Murmeln durch den Raum. Aller Augen wandten sich einem großen, dürren Mann zu, der hereingekommen war und zum Verkaufstisch ging. Seine scharfen grauen Augen blickten aufmerksam um sich.

»Das ist Colonel Coleman, der Boß von den Stoßtruppleuten«, flüsterte Danny.

»Er soll gerade ein neues Bataillon aufstellen, habe ich gehört«, sagte Marion ebenso leise.

»Kinder, hoffentlich sieht er nicht zu uns her. Mit den Burschen will ich nichts zu tun haben.«

»Das kannst du nun auch wieder nicht sagen.«

»Gut, daß Leuchtfeuer nicht mitgekommen ist«, meinte Marion. »Den hätte sich der Colonel bestimmt als Pfadfinder ergriffen.«

»Die Männer vom Stoßtrupp müssen auf dem Fußboden schlafen, wird erzählt. Die kriegen kein Bettzeug.«

»Gestern nacht kam ich gegen eins aus der Stadt zurück, da waren sie beim Exerzieren. Ausgang gibt es für die auch nicht.«

»Mann, wenn einer von denen auf mich zukommt, dann geh ich beiseite. Hast du mal die Messer gesehen, die sie haben, und die Schlingen, mit denen sie die Leute erwürgen?«

»Da muß einer ja wahnsinnig sein, wenn er sich dazu freiwillig meldet.«
Das Telefon klingelte. Danny ging in die Zelle.

»Hallo – ja, Forrester.«

»Ihre Anmeldung nach Baltimore. Bitte melden.« Er zog die Tür hinter sich zu.

»Hallo – hallo, Junge. Danny, hörst du mich?«

»Ja, Paps.«

»Geht's dir gut, Junge? Hast du irgendwas?«

»Nein, Paps, ich habe nur wenig Zeit gehabt. Ich schreib heute noch.«

»Und du bist wirklich ganz in Ordnung?«

»Ja, Vater.«

»Wir haben Bud erlaubt aufzubleiben. Er hängt hier an meinem Arm.«

»Hallo, Bud.«

»Danny – Danny – Danny!«

»Na, du Rübe – benimmst du dich auch ordentlich?«

»Danny, ich hab' das Käppi bekommen, das du geschickt hast. Das trage ich jetzt immer. Und schick mir bald ein japanisches Schwert. Ich hab' unserem Lehrer erzählt, ich würde eins mitbringen in die Schule.«

»Ich werd mir Mühe geben.«

»Hallo, Junge. Nein, Bud, jetzt ist es genug – na gut, ein Wort noch.«

»Danny – gute Nacht.«

»Gute Nacht, Bud – und sei nicht so frech.«

»Hallo, mein Sohn – hier ist Mutter.«

»Hallo, Mammi.«

»Behandeln sie euch auch gut, Junge? Ich bin im Vorstand der Kriegsmütter-Vereinigung. Lassen sie euch auch nicht im Regen exerzieren? Man hört so schreckliche Sachen darüber, wie sie unsere Kinder behandeln.«

»Alles okay, Mammi. Mach dir keine Sorgen. Mir tut keiner was.«

»Hast du sehr viel abgenommen, Danny?«

»Nein, zugenommen.«

»Du fehlst uns sehr, Danny – du mußt öfter schreiben.«

»Ja, Mammi.«

»Ich küsse dich, mein Kind.«

»Gute Nacht, Mammi.«

»Hallo, Danny – ich wollte nur noch mal fragen – es ist also alles okay bei dir?«

»Ja, Paps.«

»Ganz bestimmt?«

»Ja, Vater.«

»Bekommt ihr nicht bald mal Urlaub?«

»Ich glaube, ich muß erst mal den Lehrgang zu Ende machen und bei einer regulären Einheit sein, Paps.«

»Also Kopf hoch, mein Junge, wir denken alle an dich.«

»Ja.«

»Ich hab' noch 'ne kleine Überraschung für dich –.« Da war ein Geräusch, als wenn Leute sich bewegten, und ganz entfernt konnte er hören, wie eine Tür zugemacht wurde.

»Hallo – Danny?« Sein Herz schlug heftig.

»Kathy«, flüsterte er.

»Ich – ich – bist du gesund?« Er machte die Augen zu und biß sich auf die Lippen. »Ich habe so lange keinen Brief von dir gehabt.«

»Kathy – ich liebe dich, Kathy.«

»O Danny, ich hab' so schreckliche Sehnsucht nach dir.«

»Ja, weißt du – Liebes – da war so ein kleines Problem – aber jetzt ist es vorbei.«

»Es ist doch alles zwischen uns wie es war, Danny, ja?«

»Ja, Kathy, ja. Du – ich muß dir das endlich mal sagen – ich liebe dich so sehr, wie man einen Menschen nur lieben kann – und ich möchte, daß du das ganz genau weißt.«

»O Danny, ich liebe dich auch – sehr.«

»Ihre Zeit ist um. Bitte läuten Sie ab, wenn Sie fertig sind.«

»Bleib gesund, Danny.«

»Liebes, mach dir keine Sorgen.«

»Nein – jetzt nicht mehr. Sag es noch mal, Danny.«

»Ich liebe dich, Kathy.«

»Gute Nacht, Liebster.«

»Gute Nacht –«

Ski war an die Tür der Zelle gekommen und hatte durch das kleine Fenster hineingesehen. Er sah, wie Dannys Augen einen weichen Ausdruck bekamen, während er leise in die Telefonmuschel sprach.

Danny kam aus der Zelle heraus. Eine Weile stand er schweigend, dann kam er zurück zu dem Freund.

»Warum rufst du nicht mal Susan an?«

»Was würde das denn kosten?«

»Ungefähr drei Dollar.«

»Ich würde gern, aber – ich muß doch sparen.«

»Kann ich dir doch pumpen.«

»Nein.«

»Hör mal zu, Ski. Wir sind doch Kameraden, ja?«

»Klar.«

»Warum soll ich dann nicht an meinen Alten schreiben, wie ich dir vorgeschlagen habe.«

»Nein.«

»Es wäre ja nur geliehen. Susan kann doch arbeiten, wenn sie hier ist, dann kannst du es doch zurückzahlen.«

»Ich möchte es nicht. Es eilt ja nicht so.«

»Ich kann das nicht mehr mit ansehen, Ski, wie du dich auffrißt. Nie gehst du in die Stadt, immer sitzt du nur da und denkst dauernd daran. Und meinst du, es macht mir Spaß, wenn ich sehen muß, wie du für andere Burschen Schuhe putzt und Hemden plättest, nur um ein paar Groschen zusammenzukriegen?«

»Hör schon auf.«

»Okay, ist schließlich deine Sache.«

»Sei nicht böse. Ich mag nun mal keine Almosen.«

Marion kam atemlos auf sie zu. »Ski, Ski! Eben haben sie es im Radio gesagt: Das Gesetz über den Wehrsold ist durch — mit rückwirkender Gültigkeit!«

»Was hab' ich dir gesagt, Danny, was hab' ich gesagt. Jetzt kann ich Susan herkommen lassen.«

»Ich muß es gleich L. Q. erzählen«, sagte Marion und rannte weiter.

»Mann, fünfundvierzig Dollar im Monat. Wir sind Millionäre!«

Sie grüßten einen vorbeikommenden Offizier.

»Rechne doch mal aus, Danny, wieviel das rückwirkend ausmacht.«

»Warte mal —.«

»Danny — Ski!« Sie drehten sich um, es war Milton Norton.

»Mensch, Professor, hast du schon gehört, daß das Gesetz über den Wehrsold durch ist?«

»Große Sache, was? Ich habe euch überall gesucht. Wollte euch auf Wiedersehen sagen. Die Pioniere gehen in See.«

»Tatsache?«

»Ja. Wir haben eben Bescheid bekommen. Wir liegen in Marschbereitschaft.«

»Das kann tagelang dauern«, sagte Danny.

»Das glaube ich nicht.«

»Mit Urlaub sieht's da schlecht aus.«

»Das glaube ich auch«, sagte Norton. »Ja, Danny, so ist das nun mal.«

»Also, Professor«, sagte Ski, »Hals- und Beinbruch — und gib es den Burschen.« Er hielt ihm die Hand hin.

»Ski.«

»Ja.«

»Ich hatte dir doch vorgeschlagen, daß Susan bei meiner Frau wohnen kann. Das Angebot behält Gültigkeit.«

»Ich denke, in ein paar Monaten habe ich genug zusammen, um sie herkommen zu lassen. Besten Dank jedenfalls.«

»Los, Nort. Ich lad euch ein auf ein Eiscreme-Soda.«

»Das ist ein Wort.«

»Ohne mich«, sagte Ski. »Ich muß noch die Nase ins Buch stecken. Also nochmals alles Gute, Professor.«

Danny und Nort fanden eine leere Nische, wo sie ungestört sprechen konnten. Danny stocherte geistesabwesend in seinem Glas.

»Drückt dich was, Danny?«

»Ach, Mensch, du hast jetzt genug eigene Sorgen.«

»Was ist es denn, Junge?«

»Nort, ich habe heute abend mit Kathy telefoniert. Eigentlich war ich ganz froh, wie es in den letzten Wochen lief. Ich dachte schon, ich wäre dabei, über die Sache mit Kathy wegzukommen. Ich wollte nicht gern noch mal in so einen Zustand geraten wie an dem Sonntag, wo ich mir deinen Personalausweis geliehen hatte. Aber als ich jetzt ihre Stimme wieder hörte, da war mir plötzlich klar, daß ich mir nur was vorgemacht hatte. Ich liebe sie viel zu sehr, als daß ich jemals aufhören könnte, sie zu lieben.«

»Ich verstehe«, sagte Norton leise.

»Es ist stärker als ich, Nort.«

»Ich freu mich, Danny.«

»Ja, aber die Sache mit Elaine, die macht mir zu schaffen.«

»Wieso?«

»Siehst du, ich könnte es ja verstehen, wenn sie jemand wäre, der heute mit dem ins Bett geht und morgen mit einem andern. Aber verdammt, Nort, jeder Mann könnte von Glück sagen, der so eine wie Elaine zur Frau bekommt. Sie kommt aus kleinen Verhältnissen, sie hat Geld geheiratet. Gewiß, sie ist ziemlich kalt und berechnend — aber sie ist gescheit, und außerdem hat sie alles, was eine Frau sich nur wünschen kann —, ist reich, sieht gut aus, stellt was vor in der Gesellschaft.«

»Und was hat das mit Kathy zu tun?«

»Sehr viel. Siehst du — es könnte ja genausogut Kathy sein, oder —«

»Oder meine Frau?«

»Ja.«

Norton zog an seiner Zigarette. »Ja, natürlich. Theoretisch schon. Aber begreifst du denn eigentlich gar nicht, wie das mit Elaine ist?«

»Vielleicht nicht so richtig.«

»Es kommt ja gar nicht darauf an, wieviel Geld ihr Mann verdient, auf was für eine Schule sie gegangen ist oder was für Freunde sie hat. Denk doch an die vielen Mädchen, die auf dem College waren und dann in einen Puff gehen. Elaine Yarboroughs gibt es Tausende. Sie ist eingesperrt gewesen, gefangen in einem Kreis lähmender Langeweile. Unbewußt oder bewußt will sie heraus — und nun kommt der Krieg. Eine Frau wie Elaine Yarborough bricht aus aus der Stagnation ihrer bisherigen Umgebung und kommt nach San Diego, in diese chaotische, hysterische Stadt. Für einen Augenblick hat sie das Gefühl, frei zu sein — und schon erscheint der Märchenprinz.«

»Meinst du damit vielleicht mich?«

»Also schön, sagen wir meinetwegen: ein junger, gutaussehender Liebhaber. Und plötzlich stürmen all die ungelebten Jahre auf sie ein. Für einen flammenden Augenblick vergißt sie die Jahre des Scheinlebens und ist sie selbst. — Das ist eine alte Geschichte, mein Junge. Und mach dir keine Sorgen, sie wird zurückgehen zu Vernon Yarborough. Der luxuriöse Rahmen ist ihr schon zu sehr Bedürfnis geworden.«

Danny rührte mit dem Strohhalm in seinem Cocktail, daß die Eisstücke gegen das Glas klirrten. Er starrte aus dem Fenster der kleinen Bar auf dem Dach des großen Hotels hinunter auf San Diego.

»Eigentlich sollte ich mit dir böse sein, Danny«, sagte Elaine. »Ich habe gestern abend über eine Stunde mit dem Wagen vor dem Tor auf dich gewartet.«

»Ich rief bei dir an, aber du warst schon fort. Es war mir unmöglich, Stadturlaub zu bekommen.« Er starrte weiter durch das Fenster.

»Hast du irgend etwas?«

Er antwortete nicht. Sie griff nervös nach einer Zigarette und sah ihn lange und aufmerksam an.

»Warum bist du gestern nicht gekommen?«

»Ich mußte arbeiten – außerdem hatte ich auch kein Geld.«

»Du weißt doch, daß das ganz unwichtig ist.«

»Für mich nicht.«

»Danny?«

»Ja.«

»Es ist aus zwischen uns, ja?« fragte sie leise. Er drehte sich zu ihr herum, sah in ihre ängstlichen Augen und nickte. Sie zerdrückte die Zigarette und biß sich auf die Lippe. »Eigentlich ist es ja nur logisch. Danny Forrester, aus dem All-American-Club. Ich wußte, daß du eines guten Tages deiner Wege gehen würdest.« Er trank sein Glas aus und setzte es langsam wieder auf den Tisch. »Ist es die Kleine – Kathy?«

»Ja.«

»Und was würdest du sagen, wenn ich dir jetzt mitteilen würde, daß ich ein Kind von dir erwarte?«

»Nein, Elaine, so was passiert dir nicht. Wir wußten beide, daß es nicht ewig dauern würde. Mach es bitte nicht unnötig schwer, ja?«

»Aber nein, mein Lieber.«

»Ja, dann wäre eigentlich gar nicht mehr so sehr viel zu sagen.«

»Du hältst mich vermutlich für einen Wanderpokal, Danny, nicht wahr?«

»Nein, Elaine.«

»Streng dich nicht unnötig an, höflich zu sein.«

»Ich meinte es ehrlich.«

»Weißt du eigentlich, was ich mir vorgenommen hatte, wenn du mir eines Tages diese Mitteilung machen würdest? Ich wollte um dich kämpfen, Danny. Ich wollte dir eine Szene machen. Es war mir alles ganz gleichgültig geworden – Vernon, unser Haus in Arlington – alles. Ich wollte das Mädchen sein, in der Hütte in den Anden, mit dir –.«

»Elaine –«

»Könntest du dir mich vorstellen in einer verschneiten Hütte in den Bergen? Nein, ich glaube, das können wir beide nicht. Ich – ich werde nach Arlington zurückgehen und warten. Fort von dieser verrückten Stadt.«

»Möchtest du noch etwas trinken? Der Ober sieht zu uns her.«

»Nein.«

Er trommelte nervös mit den Fingern auf der Tischplatte.

»Und, Danny, heute abend – Abschied?«

Er schüttelte den Kopf. Sie wandte sich ab, holte ein Taschentuch heraus und hielt es sich vor die Augen. »Vielleicht sollte ich jetzt irgendwo hingehen und mich betrinken. Da könnte dann auch jemand kommen, dem ich leid tue – irgendein anderer Mariner.«

Sie fühlte seine starke junge Hand auf ihrer Schulter, und obwohl sie so verzweifelt war, ließ der Druck dieser Hand einen süßen Schauer durch sie hindurchgehen. Sie wischte sich die Tränen fort und sah auf. Er war nicht mehr da.

ZWEITER TEIL

Prolog

Nach einigen Wochen ließ uns Major Huxley zu sich kommen, uns, die alten Aktiven. Es war aber auch Zeit.

Burnside, Keats und ich hatten uns zunächst doch ein bißchen mehr von den neuen Nachrichtenleuten versprochen. Wenn überhaupt ein paar Speckstücke in der Suppe waren, meinten wir, dann würden wir sie schon erwischen. Wir waren mächtig neugierig, als es hieß, der Lehrgang vierunddreißig hätte den Kursus in der Nachrichtenschule beendet und einige davon würden zu uns kommen. Der einzige Funker, den wir bisher hatten, war Joe Gomez, der schräge Bursche.

Um so bitterer war unsere Enttäuschung, als die Neuen dann ankamen. Mariner konnte man sie wirklich nicht nennen und Funker schon gar nicht. Wir Alten sahen uns vor eine praktisch unlösbare Aufgabe gestellt. Keiner von ihnen konnte auch nur annähernd mit meiner Geschwindigkeit senden oder empfangen, und dabei war es mit meiner Kunst auch nicht mehr so weit her.

Das hatte man uns geschickt: einen Burschen aus Texas, der das Maul nicht aufkriegte, einen ungehobelten Schweden, das Muttersöhnchen Forrester, das Federgewicht, den Witzbold L. Q., Marion Hodgkiss mit seiner hochgestochenen Musik, den Farmer Seesack und diese Rothaut. Ein toller Haufen! Burnside wurde eine ganze Woche lang nicht mehr nüchtern, und unser Nachrichtenoffizier, Leutnant Keats, wollte sich versetzen lassen. Sogar Sam Huxley machte kein Hehl aus seiner Enttäuschung, nachdem die ersten einsatzmäßigen Übungen eine glatte Katastrophe gewesen waren.

»Ihr denkt wahrscheinlich genau dasselbe wie ich«, sagte er. »Wie, in drei Teufels Namen, sollen wir mit diesen halben Portionen den Krieg gewinnen?«

Wir ließen ein zustimmendes Gemurmel hören. »Sie sehen nicht aus wie Mariner, sie benehmen sich nicht wie Mariner.« Ganz unsere Meinung.

»Aber ihr dürft das eine nicht vergessen: sie sind hier bei uns, weil sie hier sein wollen – genau wie ihr und ich. Das Korps, wie wir es einmal gekannt haben, das gibt es nicht mehr und wird es nie wieder geben. Darüber wollen wir uns ganz klar sein. Das Korps wächst, es wird größer von Minute zu Minute. Ich sehe im Geiste bereits drei oder sogar vier Marine-Divisionen, ehe der Krieg zu Ende ist.«

Diese Vermutung schien ungeheuerlich. Das würde ja bedeuten, daß das Marine-Korps eine Stärke von mehr als hunderttausend Mann erreichte!

»Die Aufgabe, die vor uns liegt, bedeutet eine Menge Arbeit. Ich denke, jeder von euch kennt mich gut genug, um zu wissen: wenn ich Arbeit sage, dann meine ich auch Arbeit. Ihr alten Aktiven müßt mir dabei helfen. Staucht die Burschen zusammen, nehmt sie mit in eine Kneipe, zeigt ihnen, wie ein Puff von innen aussieht. Macht Mariner aus ihnen!

Jeder von uns hat Kameraden gehabt, die bei Wake-Island, auf den Philippinen, in Schanghai ins Gras beißen mußten. Wir denken nicht gern daran zurück, was das Korps durchmachen mußte. Wir schätzen es nicht, zu verlieren. Aber seid euch darüber klar, Leute, es ist ein weiter Weg, bis wir die Schlappe wieder wettgemacht haben, und wir brauchen die Neuen auf diesem Weg.

Ja – noch eins. Das bleibt aber unter uns, verstanden? Wir werden auch einige neue Offiziere bekommen, die gleichfalls ziemlich – na, sagen wir, unerfahren sind. Gehen Sie denen ein bißchen an die Hand.«

1. Kapitel

Ich brauchte nicht lange, um zu entdecken, daß Joe Gomez der größte Gauner im ganzen Marine-Korps war. Man mußte mit ihm umgehen wie mit einer heißen Kartoffel. Der Schönheitsfleck, den er auf seinem Charakter hatte, war gut und gern eine Seemeile im Durchmesser.

Eines Tages hatten wir in scharfem Tempo fünfzehn Kilometer heruntergerissen, mit allen Klamotten, wie im Einsatz. Zu meiner Überraschung war keiner von den Jungens in die Knie gegangen. Nach dem Abendessen lag alles lang in den Kojen, pennte oder schrieb Briefe.

In der hintersten Ecke lag Marion Hodgkiss auf seiner Koje, still für sich, vertieft in ein Buch von einem Burschen namens Plato. Speedy Gray, der Texas-Boy, putzte mit Hingabe seine Feldspange, wobei er gefühlvoll und traurig sang:

> *Schreib mir doch ein liebes Briefchen,*
> *Denn ich sehn mich so nach dir.*
> *Als Adresse schreibst du einfach*
> *Staatsgefängnis Zelle vier.*

Also dieser Hodgkiss, das war eine ganz besondere Marke. So was wie den hatte ich bei uns noch nicht erlebt. Er machte seine Sache sehr ordentlich, aber er war das einzige lebend eingefangene Exemplar eines Mariners, der nicht rauchte, trank, spielte, fluchte und auch nicht hinter den Mädchen her war. Wenn die Urlaubskarten ausgegeben wurden und die andern vor Ungeduld kaum noch zu halten waren, dann lag dieser Hodgkiss auf seiner Koje, schmökerte in den Büchern und spielte auf seinem Plattenspieler klassische Musik. Zwischen lauter Burschen, die nichts anderes im Kopf haben als die Weiber und dauernd davon reden, ist es gar nicht so einfach, sich auf solche Sachen zu konzentrieren. Aber Marion imponierte ihnen allen. Bei jeder Art von Meinungsverschiedenheit erwies er sich als wandelndes Lexikon, ganz gleich, ob es sich darum handelte, wieviel Einwohner Kalamazco 1896 besaß oder wieviel Haare der Mensch auf dem Kopf hat. Marion wußte einfach alles. Und er war so freundlich, höflich und gesittet, wie es Joe Gomez nicht war.

Joe, der gerade L. Q. Jones ein Unterhemd geklaut und es einem andern gegeben hatte, damit er ihm seine Schuhe putzte, näherte sich Marions Koje, auf der Suche nach einer neuen Untat.

81

»He, du.«

Marion sah nicht auf von seinem Buch.

»He, Schwester Mary, ich spreche mit dir.«

»Was ist?«

»Stimmt es, daß du in der Schule geboxt hast?«

»Ja, ein bißchen.«

»Ich bin gerade dabei, es zu lernen. Komm mit, wir machen ein paar Sparring-Runden.«

»Ich möchte lieber nicht, der Marsch hat mich angestrengt.«

»Ach, du hast wohl Schiß, Schwester Mary, wie?«

Marion legte bedächtig ein Lesezeichen in sein Buch, legte das Buch in seinen Seesack, nahm seine Brille ab und verwahrte sie sorgfältig in seiner Tasche. »Gehen wir«, sagte er. Joe grinste uns zu und ging mit ihm hinaus. Wir anderen ließen alles stehen und liegen und kamen hinterher.

Ich schnürte Schwester Mary die Handschuhe zu und flüsterte ihm dabei ins Ohr: »Dieser Bursche da ist Berufsboxer gewesen. Das beste ist, du läßt dich nach dem ersten Schlag einfach auf die Matte fallen, verstanden? Niemand wird sagen, du wärst feige.« Marion starrte auf die Ringmatte, taub für meine Ratschläge. Immerhin hatte er, das sahen wir, ganz schöne Muskelpakete mitbekommen, und seine Schultern waren von der Breite eines mittleren Panzers.

»Mach's nicht zu schlimm mit mir, Schwester Mary«, rief Gomez aus seiner Ecke des Rings herüber.

»Dieser Schuft«, stieß ich zwischen den Zähnen hervor.

Wir drängten uns dicht an den erhöhten Ring heran, als L. Q. rief: »Ring frei!« Das mußte ja furchtbar werden. Es wurde furchtbar. Joe Gomez war Weltmeister über zwei Runden im Halbschwergewicht. Seine blitzschnelle Linke traf Marion hundertmal aus hundert verschiedenen Richtungen. Der breitschultrige Privatgelehrte rückte hinter Gomez her mit der Wendigkeit eines schwangeren Elefanten. Er schlug wild durch die Luft, ohne auch nur in die Nähe von Joes Körper zu kommen. Er steckte Haken, Schwinger, Gerade ein, doch er blieb im Kommen. Seine Rippen wurden rot, und sein Gesicht bekam Ähnlichkeit mit einem Stück roher Leber. Ich betete ein Ave Maria und fragte mich bloß, was ihn eigentlich noch auf den Beinen hielt. Gegen das Ende der Runde kam Joes Linke langsamer, und Marions Schläge kamen schon näher an den Gegner heran.

Der Inhalt einer ganzen Schnapsfabrik begann durch Joes Poren zu sickern. Gong!

Ich wischte Marion das Blut vom Gesicht. Er saß in seiner Ecke und starrte schweigend zu Boden. Joe lehnte heftig atmend an den Seilen. »Ich denke, das reicht erst mal für heute, Kleiner. Mach mir doch mal die Handschuhe auf, Danny.«

Marion Hodgkiss stand auf und ging zu Gomez hinüber. »Ich bin grad erst warm geworden. Wir wollen weitermachen.«

Über das Gesicht von Joe huschte ein Lächeln. »Hör mal, bisher war die Sache Spaß. Ich möchte dir nicht weh tun. Es ist genug.«

»Schiß?« fragte Schwester Mary sanft.

Gomez war platt. Aus den Augenwinkeln schielte er nach uns andern, die wir um den Ring standen. Er leckte sich mit der Zunge den Schweiß von der Oberlippe. »Okay, Kleiner«, sagte er in einem Ton, der nichts Gutes versprach, »also los.«

Wir drängten uns dicht an die Seile. »Ring frei«, sagte Jones mit banger Stimme.

Joe Gomez kam langsam in die Mitte des Ringes, schweißglänzend wie ein Panther, der zum Sprung ansetzt. Er versammelte alles, was der Whisky ihm an Muskelkraft gelassen hatte, und schoß seine Rechte ab. Sie traf Schwester Mary mit einem scharfen, kurzen Knall auf den Mund. Joe ließ die Arme sinken, auf seinem Gesicht erschien das Lächeln des Siegers, und er trat zurück, um Platz für Marion zu machen, wenn er fiel.

Marion Hodgkiss blieb nicht nur auf den Füßen, sondern holte ganz von unten einen Uppercut hoch, der genügt hätte, einen Panzerkreuzer zu versenken. Gomez wurde fünfzehn Zentimeter in die Luft gehoben und landete als hilfloses Häuflein am Boden. Wir sprangen in den Ring, schlugen Marion auf den Rücken, küßten sein verschwollenes Gesicht und brachten ihn im Triumph zurück in die Baracke. Joe ließen wir einfach liegen, wo er lag.

Eine Viertelstunde später war Gomez zu den Lebenden zurückgekehrt. Wir saßen noch immer um Marions Koje herum; Marion tat, als ob nichts gewesen wäre und vertiefte sich in seinen Plato. Als wir Joe hereinschleichen sahen, rückten wir beiseite. Marion blätterte eine Seite in seinem Buch um und setzte sich die Brille zurecht.

»Hallo, Kleiner.« Keine Antwort. »He, Kleiner, das war ein Glückstreffer, darüber bist du dir doch wohl klar.« Marion zog das Taschentuch heraus und putzte sich die Nase. »Aber deshalb keine Feindschaft — komm, wollen uns die Hand geben.«

Schwester Mary legte zum zweitenmal das Buch hin und stand auf. Joe streckte ihm die Hand hin. Marion holte aus und stieß die Faust fast bis zum Ellbogen in Joes Därme. Gomez hielt sich wimmernd den Bauch und sank zu Boden.

»Verdammt, was soll denn das jetzt?« schrie er wütend.

Marion beugte sich zu ihm und half ihm auf seine schwankenden Füße. »Tut mir leid, Gomez, aber ich pflege niemals einer Klapperschlange die Hand zu geben, ehe ich nicht völlig sicher bin, daß sie kein Gift mehr in ihrem Zahn hat.«

Gomez legte die Stirn in Falten bei dem Versuch, den Sinn dieser Bemerkung zu ergründen. Mary kehrte zu seinem Buch zurück, und Joe setzte sich zu ihm auf den Rand der Koje.

»Was liest du da?«

»Plato.«

»Was, so ein dickes Buch über den Hund von Micky-Maus?« Gomez entblößte lächelnd seine weißen Zähne. »Hör mal, Kleiner, du bist'n netter Kerl. Und was hältst du von Joe?«

»Ich finde, du bist das suspekteste Subjekt, das je lebte.«

»Und was bedeutet das?«

»Daß du ein Mistvieh bist.«

Joe Gomez umarmte Marion stürmisch. »Junge, Junge, du hast wirklich Nerven, so mit dem alten Joe zu sprechen. Wir beide wollen Freunde sein, ja?«

Schwester Mary blätterte eine Seite um.

Die Politik und der Krieg bringen die sonderbarsten Freundschaften zustande. So hatte es also mit diesen beiden angefangen. Der übelste Gauner unter der Sonne und dieser Bursche, der alle Aussicht zu haben schien, ein Heiliger zu werden, wurden unzertrennliche Kumpels. Wir waren alle froh darüber, da Marion ein wachsames Auge auf Joe hatte und aufpaßte, daß er nicht an unsere Seesäcke ging. Wenn es Löhnung gab, nahm Hodgkiss das Geld von Gomez in Verwahrung und beglich dessen Schulden. Die beiden gingen auch zusammen in die Stadt. Während Joe sich die Nase begoß, saß Mary meist in einer ungestörten Ecke, beschäftigt mit klassischer Literatur. Wenn es dann soweit war, daß Joe Streit anfangen wollte, erschien Marion auf der Bildfläche, beschwichtigte die Wogen und beförderte seinen Schützling hinaus.

Mehr als einmal sahen wir Joe mit hängendem Kopf nach Haus schleichen.

»Was hast du denn, Joe?«

»Ich hab' Pech gehabt«, konnte er dann bekümmert antworten.

»Wieso?«

»Ich hab' mir von dem Indianer ein Käppi gepumpt und habe vergessen, es ihm zurückzugeben, und Marion hat mich dabei erwischt.« Es war schwer, nicht zu lachen. »Mary hat mir die Leviten gelesen, er hat mich richtig fertiggemacht. Eine Woche lang keinen Stadturlaub, und am Sonntag muß ich in die Kirche.«

Ich hatte meine Runde mit Leutnant Keats beendet und kam zurück ins Zelt. Schwester Mary, der wachhabender Korporal war, saß auf dem Rand der Koje, so nah wie möglich unter der schwachen Birne, die in der Mitte des Zeltes hing, und las die *Saturday Review of Literature*.

»Eine Lausekälte in dieser Steppe, da friert einem glatt der Hintern ein«, sagte ich und blies in die Hände. Ich kniete mich hin und drehte den Docht des Petroleumöfchens in die Höhe.

»Da ist heißer Kaffee, Mac.«

Ich goß meinen Becher voll, nahm einen langen Schluck und leckte mir die Lippen. »Hör mal, Mary, es ist drei Uhr. Willst du nicht lieber pennen?«

Er warf die Zeitung auf den Fußboden, gähnte und nahm mir die Tasse ab. »Ich hatte gar nicht gemerkt, daß es schon so spät war.«

»Marion.«

»Ja, Mac.«

»Es geht mich ja eigentlich nichts an, aber ich hätte dich gern mal was gefragt.«

»Was denn?«

84

»Na ja, was das eigentlich soll mit all den Büchern.«

»Den Büchern?«

»Ja, den Büchern.«

Draußen pfiff der kalte Wind, er rüttelte an unserm Zelt und ließ die Leinwand schlagen. Marion schnallte das Dienstkoppel ab, entlud die Pistole und legte sie auf eine unbenutzte Koje.

»Mac, irgendwann mal werde ich selber Bücher schreiben. Du hältst das wahrscheinlich für eine ziemlich verrückte Idee.«

»Wieso denn? Nichts ist verrückt, was sich einer vornimmt. Hast du Talent?«

»Ich weiß es nicht, Mac.«

»Du hast da so was wie 'ne fixe Idee. Etwas, worauf du ganz versessen bist und woran du immer denken mußt. Ich hab' dir das sofort angesehen. Weißt du, wenn man so lange wie ich mit allen möglichen Menschen zu tun gehabt hat, dann kann man den Leuten geradezu von der Stirn ablesen, was sie denken.«

Marion sah mich einen Augenblick prüfend an, doch dann schien er Zutrauen zu mir zu fassen. Ich legte mich lang und beobachtete die seltsamen Lichter und Schatten, die durch die sachten Schwingungen der Lampe entstanden, die von der Mitte des Zeltes herunterhing.

»Ich bin aus einer Kleinstadt«, sagte Marion. »Mein Alter ist pensionierter Eisenbahner. Man könnte sagen, daß ich noch nie wirklich etwas erlebt habe«, sagte er stockend.

»Und hast du schon immer den Wunsch gehabt, Bücher zu schreiben?«

»Ja. Es ist nur – wenn ich es versuche, oder manchmal sogar beim Sprechen, dann verheddere ich mich. Ich erlebe immer großartige Sachen, über die man schreiben könnte. Aber ich finde irgendwie nicht den richtigen Anfang. Es ist, wie Andy erzählt, wenn die Stämme sich stauen. Es liegt an einem bestimmten Stamm – wenn man den loskriegt, dann kommt alles in Bewegung und treibt den Fluß hinunter. Man muß den Bootshaken nehmen und diesen Stamm, auf den es ankommt, in Gang bringen. Du wirst wahrscheinlich nicht verstehen, was ich meine.«

»Vielleicht doch.«

»Du siehst, was für ein Versager ich bin. Ich kann nicht einmal reden, ohne dabei zu stottern.« Er setzte sich hin, errötend vor Scham über seine Offenherzigkeit.

»Hast du ein Mädchen, Marion?«

»Nein.«

»Schon mal mit einer Frau im Bett gewesen?«

»Nein.«

»Hör mal zu, mein Junge. Ich habe nichts von Plato gelesen, dieses Zeug ist mir ein bißchen zu hoch. Aber das ist ja alles ganz egal, jedenfalls finde ich, du solltest – ach, verdammt, es ist spät. Laß uns lieber pennen.«

2. Kapitel

Joe Gomez hatte schwer geladen. Schwester Mary beförderte ihn zur Kneipe hinaus und dirigierte ihn möglichst unauffällig durch eine Seitenstraße zur Bushaltestelle. Als der Bus nach Camp Eliot kam, legte er Gomez quer über die hintere Bank und überließ ihn dann seinem Schicksal.

Er ließ das Verkehrszentrum hinter sich und ging vorbei an den Docks, bis er zu der Fähre kam, die nach Coronado hinüberfuhr. Er löste ein Billett und ging an Bord. Er stieg die Treppe vom unteren Deck, wo die Autos standen, nach oben und fand einen leeren Platz am Geländer. Die Fähre ließ einen heiseren Pfiff ertönen und löste sich sacht vom Kai. Marion Hodgkiss stellte einen Fuß auf das Geländer, lockerte seinen Uniform-Schlips, schnallte das Ausgeh-Koppel ab und steckte es durch die eine Schulterklappe. Er schaute hinunter auf das Wasser, das sich leise bewegte und dumpf gegen die Bordwand der Fähre schlug, die gemächlich nach Coronado-Island stampfte.

Es war still und dunkel da draußen, man konnte seinen eigenen Gedanken nachhängen. Hier, wo man nichts mehr sah und hörte von der schwitzenden, fluchenden, grölenden, randalierenden Horde in Khaki, Blau und Grün. Nichts mehr von der Stadt, die von einem Fieber befallen war. Auf deren Hauptstraße man dieser uniformierten Horde gepanschten Whisky und schwüle Musik für teures Geld verkaufte, als Medizin gegen Einsamkeit. Wo man sich um irgendeine abgetakelte Nutte riß, und wo dann ein Mann die Augen zumachte und sich einzubilden versuchte, es sei eine andere. Wo in den Flugzeugfabriken Tag und Nacht die Lampen brannten und eine fieberhafte Produktion beleuchteten – und wo ›Out of bounds‹ an Etablissements stand, in denen man nur die gespickten Brieftaschen der Offiziere schätzte. Aber auch das Summen des Generators und das unaufhörliche Gewimmer der Punkte und Striche aus den Kopfhörern hatte man hier endlich einmal nicht mehr in den Ohren.

Hier draußen, dachte er, ist es gut. Nur das gemütliche, altmodische Boot, ein freundlicher Mond und das Wasser – hier kam man doch mal zum Nachdenken.

»Könnten Sie mir wohl Feuer geben, Mariner?«

Korporal Hodgkiss sah auf. Am Geländer lehnte ein Mädchen, rothaarig. Lange, flammende Locken und seltsam leblose Augen, von einem sehr blassen Blau, mit dunklen, aber weichen Rändern darunter. Sie hatte die zarte, weiße Haut der Rothaarigen. Die schönste Frau, die er jemals gesehen hatte. Eilfertig suchte er nach den Streichhölzern, die er für Joe bei sich trug. Sie setzte sich auf den Platz neben ihm und zog an ihrer Zigarette, deren Glut ihr Gesicht in der Dunkelheit aufleuchten ließ.

»Besten Dank, Mariner.« Das Stampfen der Maschine schien plötzlich lauter zu werden. »Ich habe Sie schon oft hier auf der Fähre gesehen«, sagte sie. Das Herz des Korporals schlug heftig. Er wollte etwas sagen, aber wagte es nicht, aus Furcht, sich dabei zu verheddern.

»Halten Sie mich bitte nicht für aufdringlich, aber ich war doch neugierig geworden. Ich fahre fast jede Nacht nach Coronado hinüber, und Sie gehören schon irgendwie dazu.«

»Es ist so schön ruhig hier draußen, man kann ungestört denken«, sagte er.

»Kummer?«

»Nein, eigentlich nicht.«

»Sie denken wahrscheinlich an Ihr Mädchen.«

»Ich habe kein Mädchen.«

Sie lächelte. »Keiner hat ein Mädchen zu Hause, wenn er hier in San Diego mit einer Frau spricht.«

»Ich bin keiner von diesen hungrigen Burschen, die sonstwas anstellen, nur um mal ein paar Minuten mit einem Mädchen zusammen sein zu können, falls Sie das meinen. Nein, ich mag es einfach hier draußen. Hier hat man doch mal Ruhe – vor der Rattenjagd.«

»Ich glaube fast, Sie haben wirklich kein Mädchen.«

»Das habe ich Ihnen doch gesagt.«

»Aber, aber – fressen Sie mich nur nicht gleich auf. Ich wollte weiter nichts von Ihnen als ein Streichholz.«

Marion wurde rot. »Seien Sie mir bitte nicht böse, wenn ich das eben ein bißchen unnötig laut gesagt habe. Ich bin ja vielleicht ein komischer Kerl, aber in der Stadt reizt mich eigentlich nichts. Hier gefällt es mir besser.«

Die Rothaarige drückte ihre Zigarette auf dem Geländer aus, warf sie über Bord und sah ihr nach, wie sie durch die Luft wirbelte und ins Wasser fiel.

»Woran denken Sie denn, wenn Sie hier sitzen, Mariner?«

»Ich denke daran, wie gern ich über alles schreiben würde, was ich hier sehe und erlebe. Über den Krieg, diese Stadt, meine Kameraden – vielleicht denken Sie jetzt, bei mir wäre eine Schraube locker.« Er wußte eigentlich nicht, weshalb er das gesagt hatte, es schien aber ganz selbstverständlich herausgekommen zu sein.

»Wie alt sind Sie?«

»Neunzehn.«

»Nanu – ein Soldat, der vollkommen ehrlich ist. So was gibt's doch gar nicht. Sie hätten mindestens fünfundzwanzig sagen sollen, um mir zu imponieren.«

»Ist es denn ein Verbrechen, neunzehn Jahre alt zu sein?« Die Fähre knirschte gegen den Kai. Sie stand auf. Sie hatte sich schon zum Gehen gewandt, als Marion hastig aufsprang. »Ich – ich heiße Marion, Marion Hodgkiss – Sie sagten, daß Sie – daß Sie häufig mit dieser Flhre fahren – und da wollte ich – vielleicht könnten wir uns mal wiedersehen?«

»Vielleicht.« Sie wandte sich um und ging. Er folgte ihr mit den Augen, bis sie in der Dunkelheit von Coronado verschwand.

Korporal Hodgkiss sah zum fünftenmal auf seine Uhr, als die Fähre in San Diego festmachte. Es war null Uhr dreißig. Doch dann begann sein Gesicht von einem Ohr zum andern zu strahlen – das schlanke Mädchen mit den roten Haaren kam den Laufsteg herauf.

»Hallo, Rae.«

»Hallo, Marion.«

»Sie sehen müde aus«, sagte er. »Ich hole Ihnen einen Kaffee.«

»Nett von Ihnen. Ich bin ganz zerschlagen.«

»Ich habe zwei Plätze oben am Geländer belegt.« Sie warf ihre flammenden Locken über die Schulter zurück und holte eine Zigarette aus ihrer Handtasche. Marion griff danach, brannte sie an und gab sie ihr zurück.

»Rae.«

»Ja?«

»Ich – hm – ich habe was mitgebracht. Vielleicht – vielleicht macht es Ihnen Spaß, dachte ich.«

»Ja?«

»Es ist ein Buch. Ich wollte Ihnen etwas daraus vorlesen. Mögen Sie?«

»Was ist es denn?«

Marion war ein bißchen verlegen. »Sonette von Shakespeare.«

»Shakespeare?«

»Ja, Shakespeare.«

»Aber das versteh ich doch gar nicht.«

»Vielleicht, wenn Ihnen das recht wäre, könnte ich es Ihnen ja ein bißchen erklären.«

Rae streckte sich behaglich aus und legte den Kopf zurück. Sie schloß die Augen und zog an ihrer Zigarette. Marion schlug das Buch auf.

Sie wurden hart 'rangenommen in den nächsten Wochen. Sie mußten lernen, daß jeder Soldat zunächst einmal ein Mann mit einem Gewehr ist und daß er außerdem alles beherrschen muß, was in einem Bataillon von ihm verlangt werden kann. Sie mußten zwischen und unter Stacheldrahtverhauen hindurchkriechen, sie lernten, ihre Funkgeräte mit größter Schnelligkeit abzubauen und aufzubauen, sie lernten aber auch, wie man Blasen an den Füßen behandelt, wie man sich im Gelände tarnt, wie man sich nach der Karte orientiert und wie man eine Telefonleitung legt, sie wurden ausgebildet an allen Waffen einschließlich Granatwerfern, sie mußten sich im Gelände unter Feuerschutz mit scharfer Munition vorarbeiten, bekamen Unterricht in Gefechtstaktik, Judo, Nahkampftechnik und Messerwerfen.

Sie mußten vom Drei-Meter-Brett mit vollem Gepäck ins Wasser springen, und sie mußten in ein Zelt mit Tränengas und durften nicht eher wieder heraus, bis sie das Lied des Marine-Korps zu Ende gesungen hatten. Wenn sie nicht lernten, dann marschierten sie.

Und unaufhörlich tönte es in ihren Ohren: »Tempo, Tempo! Für Lahmärsche ist kein Platz im Marine-Korps! Hei di hi für Semper Fi!« Und sie antworteten darauf mit dem Wahlspruch des Marine-Korps: »Semper Fidelis!«

Die Inspektion am Samstag! Jeder stand nervös bei seiner Koje und sah zum hundertsten Male nach, ob alles in Ordnung war, entfernte hier ein Stäubchen oder Hälmchen, strich dort eine winzige Falte glatt.

»Achtung!« brüllte Pucchi, unser Spieß. Man hörte die Hacken zusammenknallen, als Major Huxley mit seinem Stab hereinkam. Pucchi ging mit

88

seinem Buch und einem Bleistift hinter ihm her, um die Beanstandungen des Majors zu notieren, der mit Röntgenblicken nach Fehlern suchte.

Er ging langsam von Mann zu Mann, musterte jeden von Kopf bis Fuß, und dann die Koje. Mit seinen weißen Handschuhen fuhr er über alle Kanten auf der Suche nach Staub. »Machen Sie Ihren Seesack auf, Korporal«, sagte er zu Hodgkiss. »Sehr gut, Korporal.«

»Danke, Herr Major.«

»Ziehen Sie Ihre Hosen hoch«, befahl er Zvonski. »Ihre Socken sind nicht vorschriftsmäßig eingerollt, Mariner.«

»Jawohl, Herr Major.«

»Lassen Sie sich von Ihrem Sergeanten zeigen, wie es gemacht werden muß.«

»Jawohl, Herr Major.«

Nichts rührte sich, während der Major langsam den Gang hinunterschritt. Huxleys Falkenaugen musterten kritisch jede Ecke und jeden Winkel. Nach einigen Minuten, die wie Stunden schienen, ging er wieder zur Tür. »Im großen und ganzen sehr gut, Sergeant Pucchi. Achten Sie auf die einzelnen Punkte, die ich beanstandet habe.« Er drehte sich um und ging hinaus. Alles atmete erleichtert auf, und die Spannung löste sich beim ersten Zug aus der Zigarette, die jeder sofort anbrannte.

Ein Pfiff. »Antreten zum Gewehr-Appell.« Feldbluse an, Koppel um und Käppi auf. Jeder überprüfte noch einmal den Anzug des andern, rückte den Uniform-Schlips zurecht, setzte das Käppi im richtigen Winkel in die Stirn oder bürstete noch ein letztes Fusselchen von der Jacke.

Jeder warf noch einen letzten prüfenden Blick auf sein Gewehr und begab sich dann zum Antreteplatz – mit vorsichtigen Schritten, damit nur ja kein Staub auf die spiegelblank gewienerten Stiefel kam.

Ich hab' mal ein Buch gelesen, darin schrieb irgendein Idiot, die Mariner würden für einen Urlaub von zehn Stunden vorher eine Woche lang ihre Klamotten wienern, oder so ähnlich. Wenn ich zurückdenke an meine Jahre beim Korps, dann muß ich sagen, daß diese Behauptung eigentlich noch viel zu schwach ist. Wie sie aussehen, wenn sie losgingen, und wie sie dann aussahen, wenn sie wiederkamen, das waren natürlich zwei ganz verschiedene Sachen.

Jedesmal, wenn ich irgendwo einem vom Marine-Korps begegnet bin, habe ich diesen ganz bestimmten Eindruck gehabt. Es war so was ganz Spezielles in seiner Aufmachung und seiner Haltung, als ob er ganz genau wüßte, daß es eben was Besonderes ist, wenn man zum Marine-Korps gehört.

»Okay, Leute! Erhebt euch von euren lahmen Ärschen und stellt euch auf eure Kackstelzen! Es geht weiter!«

Sie erhoben sich mühsam und verfluchten den Tag, an dem sie zum Korps gekommen waren. Die ersten dreißig Kilometer wurden ihnen immer verdammt sauer. Ich sah, wie ihnen der Schweiß in die Augen lief und durch ihr Drillichzeug sickerte, während sie die Karre mit den Nachrichtengeräten vorwärts zogen. Die Gewehre hingen ihnen wie Bleigewichte um den Hals. Die schweren Helme erzeugten mit der Zeit einen unerträglichen Schmerz im Genick, die Zunge schwoll an vor Durst, da sie auf dem Marsch nichts trinken durften, die Tragriemen schnitten wie Messer in die Haut, und die Munitionsgürtel hingen wie schwere Gewichte an ihnen, die sie zu Boden zogen.

L. Q. Jones zog Seite an Seite mit Danny an der Karre. »Also ich komme da auf diese Meldestelle für Freiwillige«, sagte er keuchend, »besoffen natürlich. Der Sergeant holt ein Metermaß, nimmt meine Maße und ruft sie einem Korporal zu, der alles genau aufschreibt.«

Seesack Brown und Andy Hookans kamen von der andern Straßenseite herüber. »Jawohl, mein Herr, sagte dieser Schuft, wenn Sie nach San Diego kommen, Mister Jones, wird Ihre blaue Uniform für Sie bereitliegen. Ich gebe Ihre Maße noch heute telegrafisch durch. Sie brauchen nur Ihren Namen zu sagen, wenn Sie angekommen sind – und jetzt, Mister Jones, brauchen Sie nur noch hier zu unterschreiben.«

Man konnte nicht anders, wenn man L. Q. so reden hörte, man mußte einfach lachen. »Ich kann euch verraten, Leute, wenn ich den Burschen jemals zu fassen kriege, dem reiß ich das Arschloch bis zum Maul auf. Blaue Ausgeh-Uniform. Haha, daß ich nicht lache.«

»He, ihr Burschen«, brüllte ich, »hört auf mit dem Gequatsche und macht gefälligst vernünftige Marschordnung!« L. Q. Jones fing an zu singen:

> Der Sergeant, der Sergeant,
> Das ist der Schlimmste von allen.
> Er holt dich morgens aus aem Kahn,
> Kaum daß die Trompeten erschallen.
> Links herum und rechts herum
> Und Augen geradeaus,
> Und wenn du nicht mehr japsen kannst,
> Jagt er dich im Laufschritt nach Haus.

Danach fiel der ganze Zug ein und sang im Chor:

> Oh, hidy, tidy, Christ almighty,
> Who in the hell are we,
> Zim, zam, GOD DAMM,
> The fighting Sixth Marines!

Es ging mir mächtig gegen den Strich, das zugeben zu müssen, aber die Jungens machten sich. Tatsächlich, sie hatten schon beinahe etwas von Marinern an sich.

»Aufhören mit dem Gesinge«, brüllte ich, »und richtet euch gefälligst aus!«

Fast fünf Stunden lang waren sie hinübergefahren und wieder zurück. Marion hatte vorgelesen, erklärt und erzählt. Und immer wieder hatte er Rae ansehen müssen.

Am Horizont erschien das erste schwache Licht eines neuen Tages. »Es ist beinahe Morgen, Marion«, sagte sie und sah ihn an, müde und behaglich. »Müssen Sie nicht zurück?«

»Es eilt nicht«, antwortete er, »Urlaub bis zum Wecken. Heute am Freitag – da ist Revierreinigen, Vorbereitung für die Inspektion am Samstag, wenn der alte Huxley mit seinen weißen Handschuhen kommt und nach Staub sucht.«

»Sam Huxley?«

»Stimmt – wieso wußten Sie den Vornamen?«

»Ich habe von ihm gehört.«

»Rae.«

»Ja, Marion?«

»Sagen Sie, Rae – könnten wir uns nicht, wenn ich das nächstemal Stadturlaub habe, in San Diego treffen und zusammen essen gehen und hinterher ins Kino?«

Sie schien verlegen. »Ich bin gern hier auf der Fähre, genau wie Sie. Wollen wir uns nicht einfach weiter so wie bisher hier treffen und – oh, jetzt hab' ich Ihnen weh getan.«

»Ich habe nur gedacht – na ja, wir kennen uns nun doch schon über einen Monat, und ich hatte mir eingebildet, daß Sie mich ganz gut leiden mögen.«

»Ich mag Sie gern, Marion. Sehr gern sogar.«

»Aber ich bin eben nur ein netter, kleiner Junge, nicht wahr?«

»Seien Sie doch nicht komisch, Marion. Denken Sie vielleicht, ich würde hier bis fünf Uhr morgens mit Ihnen sitzen, wenn ich – nein, im Ernst. Marion, Sie haben doch selbst gesagt, die Stadt sei Ihnen zuwider. Ist es nicht besser, wenn wir uns auch in Zukunft nur hier treffen?«

»Na schön, wenn Sie unbedingt die große Unbekannte spielen wollen.«

»Ich bin gern mit Ihnen zusammen, wirklich. Ich freue mich immer, wenn ich Sie sehe – hier auf der Fähre.« Ächzend schob die Fähre sich an den Kai.

»Ja, dann werde ich mich mal davonmachen.«

»Sehe ich Sie morgen abend?« rief sie hinter ihm her.

Er sah im Weggehen über die Schulter zurück. »Vielleicht.«

Ich marschierte mit den Jungens an den letzten Baracken vorbei in die Sanddünen, wo die Landungsübungen stattfanden. Die Vorrichtung bestand aus einer zehn Meter hohen Bretterwand, die eine Schiffswand vorstellen sollte. Von oben hing ein Kletternetz aus schweren Seilen herunter auf ein Sturmboot, das unten im Sand eingebuddelt war. Schwitzend zogen die Jungens die Karre, deren Räder einsanken unter dem Gewicht der Nachrichtengeräte.

»Wenn wir hier schuften sollen wie die Mulis, dann können sie uns wenigstens den entsprechenden Dienstgrad geben. Wie ich höre, haben diese Viecher mindestens den Rang eines Korporals.«

»Quatsch nicht, Dicker, zieh lieber.«

»Okay, ihr Büffel, setzt euer Gerümpel ab und macht's euch bequem«, rief ich. »Wenn ihr schon nichts anderes lernen wollt bei uns, dann lernt wenigstens, wie man an so einem Kletternetz hinauf- und herunterkommt, und wie man aus dem Sturmboot an Land springt.« Sie sahen die Zehnmeterwand

91

hinauf und machten bedenkliche Gesichter. »Das hier ist ein Kinderspiel. Wartet erst mal, bis ihr auf dem Kletternetz an einem richtigen Schiff hängt, bei grober See.«

»Ich möchte zurück in die Reservation, ich nicht lieben Krieg von weißem Mann.«

»Es kommt dabei ganz besonders auf Teamwork an. Ein einziger, der im Netz nicht klarkommt, kann das Landungsmanöver für alle andern vermasseln.«

Ich sprang in das Sturmboot hinein. »Wir wollen die Sache mal von hinten anfangen. Andy, hör auf mit dem Unsinn und paß lieber auf!« Sie kamen um das Boot herum. »Um aus dieser hochmodernen Erfindung herauszukommen, legt man beide Hände an das Geländer, so, und dann springt man mit einem Satz davon weg und an Land, so.« Ich sprang ab, fiel hin und hatte die Schnauze voll Sand. Die Burschen brüllten vor Lachen.

»Bitte noch mal«, sagte L. Q.

»Da gibt's nichts zu lachen, du Dussel. Wenn eure Hosen naß werden, so tut es nicht weiter weh, aber wenn ihr nicht ordentlich wegkommt vom Boot und das Boot euch dann auf das Bein haut, das tut verdammt weh. So, nehmt das Gerät und die Karre – wir üben jetzt An-Land-Gehen und gefechtsmäßig am Strand hocharbeiten.«

Ich übte mit ihnen und schliff sie, bis ihnen die Knie weich wurden. »Los, ihr Himmelhunde, bewegt euch! Für Lahmärsche ist kein Platz im Marine-Korps!«

Korporal Hodgkiss ging aufgeregt auf dem Promenadendeck der Coronado-Fähre umher. Endlich sah er sie, wie sie in einer Ecke der kleinen Kajüte saß und einsam für sich eine Tasse Kaffee trank.

»Hallo, Rae!« Die Rothaarige drehte rasch den Kopf nach seiner Stimme, lächelte und sah dann wieder fort.

»Eigentlich sollte ich kein Wort mit Ihnen reden. Sie haben mich versetzt.«

»Ich weiß.« Er nahm sie am Arm und führte sie nach draußen. »Zwei Wochen lang, Marion«, sagte sie, »finden Sie nicht –«

»Ich möchte Ihnen etwas zeigen.« Er führte sie halb mit Gewalt zu einem Stuhl an Deck, auf den sie sich setzen mußte.

»Was soll das eigentlich?«

»Da – sehen Sie mal.«

»Was ist es denn?«

»Machen Sie auf, und dann schlagen Sie auf, erste Seite –.«

Sie öffnete den großen Umschlag, holte eine Zeitschrift heraus und las langsam, fast Buchstabe für Buchstabe, in dem schwachen Licht: »Mister Branshlys Lebensabend. Kurzgeschichte von Korporal Marion Hodgkiss, USMCR – oh, Marion!«

Er war mit einem Satz neben ihr. »Ich wollte Sie nicht eher wiedersehen, ehe ich es nicht fertig hatte. Es spielt in San Diego, der verrückten Stadt – und es handelt von einem Bankmann, der sich zur Ruhe gesetzt hat und nach San Diego kommt, um hier sein Leben zu beschließen und in der Sonne zu sterben. Doch dann kommt der Krieg und bringt sein geruhsames, unproblematisches Dasein völlig durcheinander – und schließlich wacht er auf und –«

»Es klingt wundervoll, Darling.«

»Rae – Sie haben zu mir –« Er riß sich das Käppi vom Kopf und preßte es in der Hand zusammen. »Als ich das letztemal von Ihnen wegging, Rae, war ich böse mit Ihnen. Und dann auf einmal –«

»Marion, bitte –«

»Lassen Sie mich ausreden, Rae. Ich bin nicht oft so mutig. Alles, was sich in mir angesammelt hatte, schien sich plötzlich zu lösen. Ich fing an zu schreiben. Und es wurde mir klar, daß ich es konnte, weil ich zu Ihnen so sprechen konnte, wie ich noch nie zu jemandem gesprochen hatte – weil ich zu jemandem sprechen konnte, der mir zuhörte, der sich für das interessierte, was in mir vorging.« Er schlug mit dem Käppi gegen sein Knie. »Na ja, Sie wissen schon, was ich meine.« Er hob den Kopf und suchte ihren Blick.

»Ich hatte fast gewünscht, Sie würden nicht wiederkommen«, sagte sie leise. »Ich wollte das nicht.«

»Und Sie sind gar nicht glücklich darüber? Was haben Sie, Rae, sagen Sie es mir – bitte.«

Ihre Augen schimmerten feucht. »Doch, Marion, ich bin glücklich, sehr glücklich, wirklich. Wollen Sie es mir vorlesen?«

Er lockerte seinen Uniform-Schlips, schnallte das Koppel ab und steckte es durch die eine Schulterklappe. »Mister Branshlys Lebensabend, Kurzgeschichte von Korporal Marion Hodgkiss.«

3. Kapitel

Ich kam nach dem Frühstück in die Baracke zurück. Alles war fieberhaft beschäftigt mit den Vorbereitungen für den ersten Marsch, bei dem wir draußen biwakieren würden.

Danny Forrester kam auf mich zu. »Die Karre ist fertig, Mac«, sagte er, »wir haben alle Geräte verladen.«

»Hast du den Telefon-Heinis gesagt, daß sie ihr Gerümpel auf Karre zwei verladen sollen? Wenn die ihre verdammte Schalttafel und ihre Leitungsdrähte bei uns mit drauf haben, dann wird unsere Fuhre vorderlastig.«

»Dafür hab' ich gesorgt. Sie versuchten zwar, eine große Rolle mit schwerem Leitungsdraht bei uns mit draufzuschmuggeln, aber ich hab' sie wieder 'runtergeschmissen.«

Ich ging zu den Jungens und inspizierte das Marschgepäck. Bei Joe Gomez machte ich sicherheitshalber einmal auf. »Genau das hatte ich mir doch gedacht, Gomez – ausgestopft mit Packpapier. Los, zeig mir mal deine Patronentaschen.«

»Ach, du liebe Güte«, sagte er mit kläglicher Stimme. Ich machte eine der Patronentaschen auf. Sie war leer.

»Das Zeug ist dir wohl zu schwer, Gomez?«

»Hör mal, Mac, die hatte ich 'rausgenommen, um sie für den Appell zu reinigen, und da muß ich doch vergessen haben, sie wieder 'reinzutun.«

93

»Und sauber waren sie beim Appell auch nicht. Los, tu sie wieder 'rein, aber etwas plötzlich. Bildest du dir vielleicht ein, das wird ein Konfirmanden-Ausflug?« Ich machte seinen Seesack auf, holte die fünfundvierzig Schuß Munition heraus, die er dort versteckt hatte, und warf sie auf seine Koje. »Die gehen mit, verstanden?«

Als ich schon gehen wollte, fiel mir noch etwas ein. »Zeig mir mal deine Feldflasche.«

»Meine was?«

»Aufstehen.« Er stand auf, ich hakte seine Feldflasche ab und schraubte sie auf. »Rotwein!«

»Wie bitte?«

»Rotwein«, wiederholte ich und goß ihm den Wein vorn über sein Hemd. »Nach den ersten paar Kilometern wirst du bei den andern um Wasser betteln.«

»Da muß mir einer einen Streich gespielt haben, Mac. Ich hab' sie grad vorhin mit Wasser gefüllt.«

»Gomez, Sie werden auf dem Marsch direkt vor mir gehen. Sie werden den Gerätekarren ziehen, von hier bis Rose-Canyon und zurück. Sparen Sie sich die Mühe, mich zu bitten, Sie ablösen zu lassen – Sie werden nicht abgelöst. Und jedesmal, wenn das TBY-Gerät benutzt wird, dann werden Sie den Generator betätigen. Außerdem, merken Sie sich das, werden Sie vier Stunden Wache schieben bei der Regimentsvermittlung.«

»Sabotage!« rief er. »Ich werde den Burschen schon erwischen, der mir da den Rotwein eingefüllt hat.«

Ich ging weiter. Seesack Brown versuchte vergeblich, mit seinem Achtergepäck klarzukommen. Dieses Achtergepäck ist eine teuflische Erfindung für die Funker, die außer ihrem Marschgepäck auch noch das große, unhandliche TBY-Gerät tragen müssen. Deshalb hängt bei ihnen das Marschgepäck an Riemen über dem Hintern. Dadurch bleibt auf dem Rücken Platz für das Gerät, aber beim Gehen schlägt einem das Marschgepäck dauernd gegen den Achtersteven. Beim TBY-Gerät müssen auf dem Marsch immer zwei Mann zusammenarbeiten. Einer trägt das Gerät, der andere geht hinter ihm her und funkt.

Andy Hookans war gerade dabei, eine ganze Büchse Fußpuder in seine Knobelbecher zu schütten. »Sieh lieber zu«, sagte ich, »daß du zur HW-Kompanie kommst, und zwar im Eiltempo.« Ich schickte auch die andern Funker zu den Kompanien los und ging dann nach draußen, um die Gerätekarre noch einmal zu überprüfen.

Marion Hodgkiss und das Federgewicht, die zusammen das Gerät des Bataillons-Gefechtsstandes bedienten, trotteten mühsam zum Antreteplatz. Von Ski war nicht mehr viel zu sehen, so beladen war er: Stahlhelm, Gewehr, Funkgerät, zwei Feldflaschen voll Wasser, Buschmesser, Verbandpäckchen und zweihundertzwanzig Schuß Munition. Sein Achtergepäck, mit Spaten, Regenumhang und Zeltplane obenauf, hing fast bis zum Boden. Er sah nicht sehr glücklich aus.

Ich sah auf die Uhr. »Okay, Marion, nimm schon mal Verbindung auf mit den Kompanien, Welle vierundfünfzig.« Er drehte Ski herum, machte das Gerät klar und stülpte sich die Kopfhörer und das Mikrophon über.

»Fresno White an Easy, Fresno White an Easy – hören Sie mich?«

»Easy an Fresno White, fünf und fünf, Ende«, antwortete die breite Stimme von Speedy Gray.

»Fox an Fresno White, fünf und fünf, Ende«, meldete sich Danny Forrester.

»George an Fresno White, fünf und fünf, Ende. Und jetzt hören Sie die bezaubernde Stimme von Lamont Quincy Jones, dem Sinatra des Marine-Korps! Er singt für Sie das Lied –«

»Fresno White an Jones, Fresno White an Jones. Eines schönen Tages wird irgend jemand mithören, was für militärische Meldungen du da verzapfst, und dann kannst du dich für den Rest des Feldzugs mit dem Blechnapf amüsieren. Ende.« Ich ging zu Marion hinüber. »Na, macht der Dicke schon wieder Unsinn?«

»Nein, wir haben nur probiert, wie die Verständigung ist«, log er. Er nahm Probeverbindung auf zu Andy, der sich von der HW-Kompanie meldete. Das Gerät von Andy war nicht mehr viel wert, und die Verständigung war mäßig, aber jedenfalls so gut, wie sie unter diesen Umständen überhaupt sein konnte.

Ein schriller Pfiff aus Pucchis Pfeife, und die Männer der Stabskompanie stürzten aus der Baracke zum Antreteplatz. »Antreten!«

Leutnant Bryce, der neue Kompaniechef, kam um die Baracke herum.

»Stillgestanden!« brüllte Pucchi. Die Hacken knallten zusammen. Pucchi machte Bryce eine Ehrenbezeigung. Bryce machte Pucchi eine Ehrenbezeigung.

»Lassen Sie melden«, befahl Bryce.

Erneut Ehrenbezeigung, danach Front zu uns.

»Funktrupp vollzählig zur Stelle«, meldete ich und baute ein zackiges Männchen.

»Bn 2 vollzählig zur Stelle«, brüllte Sergeant Paris, Chef des Fernsprechtrupps.

»Sanitäter mit einem Mann vollzählig zur Stelle«, sagte Maat Pedro Rojas und grüßte mit der typisch müden Lässigkeit des Matrosen.

»Bn 4 und Feldküche vollzählig zur Stelle«, sagte Sergeant Herman, der Furier, beliebtester Mann der ganzen Einheit. Der Hauptfeldwebel nahm wieder Front zu Leutnant Bryce. »Alles vollzählig zur Stelle, Herr Leutnant.« Beide erwiesen sich gegenseitig erneut eine Ehrenbezeigung.

»Rührt euch.« Wir traten von einem Bein aufs andere bei dem Versuch, die Last etwas erträglicher zu machen – und so standen wir und warteten fünfzehn geschlagene Minuten. »Verdammt noch mal«, brummte das Federgewicht, dem das schwere Gerät auf das Kreuz drückte, »kann denn niemand den Huxley am Arsch lecken, damit er endlich wach wird?«

»Man kann etwas richtig machen, und man kann es auch machen wie beim Marine-Korps.«

»Ich nicht mögen Krieg von weißem Mann. Roter Mann reist mit leichtem Gepäck.«

»George an Fresno White. Das verdammte Funkgerät wird allmählich lästig

– sag dem verdammten Major, er soll endlich anfangen mit dem verdammten Marsch, ehe mir mein verdammtes Kreuz auseinanderbricht.«

»HW an Fresno White – dito.«

Es vergingen nochmals fünfzehn Minuten, dann kamen eilig auf der Lagerstraße die Jeeps angebraust und machten scharf halt, als sie bei uns waren.

»Aha, der Krieg kann beginnen. Die hohen Herrschaften sind angelangt.«

Major Huxley und die Herren seines Stabes entstiegen den Jeeps. Immerhin, mußte ich denken, wenn man schon mal Offiziere brauchte, um einen Krieg zu führen, dann waren die Offiziere, die wir beim Korps hatten, noch immer bei weitem die besten.

Die Zeremonie des Meldens und der Ehrenbezeigungen wurde noch einmal auf höherer Ebene durchgespielt. Dann kam Nachrichtenoffizier Keats herüber zu Marion. »Melder!« rief er. Korporal Banks kam angetrabt und überreichte ihm einen Meldeblock. Keats schrieb eine Meldung aus, die er Schwester Mary überreichte. Mary nahm sein Mikrophon an den Mund.

»Fresno White an alle Kompanien. Fertigmachen zum Abrücken. Kompanie George übernimmt die Spitze. Ende.«

»Verstanden – war auch höchste Zeit – Ende.«

Gleich darauf kamen die Männer der Kompanie George vorbei, bepackt wie die Lasttesel, daß nur noch die Knobelbecher zu sehen waren. »Zweiter Zug übernimmt die Vorhut!« brüllte der Kompaniechef. Die Männer des zweiten Zuges wetzten im Laufschritt an der übrigen Kompanie vorbei nach vorn und schwärmten aus.

»Fresno White an Fox – abrücken, Ende.«

»Fox an Fresno White, verstanden, Ende.«

Fox kam vorbei, in geöffneter Marschordnung. Die Männer mit den Gewehren gingen vorübergeneigt, jeder Muskel gespannt, im Rhythmus des Marsches. Sie waren noch jung, diese Männer mit Gewehren, junge Burschen von achtzehn, neunzehn und zwanzig. Die Mariner des Zweiten Weltkrieges.

Dann kamen die schweren Waffen, die HW-Kompanie, die zu jedem Bataillon gehörte. Sie hatten Acht-Zentimeter-Mörser, gefährlich aussehende schwere Maschinengewehre und eine Gerätekarre mit Telefonleitungen für die Befehlsübermittlung an die Granatwerfer. Es waren kräftige Burschen, und das mußten sie auch sein, denn sie hatten die Läufe der Maschinengewehre zu schleppen, die Gürtel und die Kisten mit der Munition, die Bodenplatten und die Rohre der Granatwerfer.

Major Huxley gab Bryce ein Zeichen.

»Links um. Vorwärts, marsch!« Wir traten an und zogen über den Exerzierplatz.

»Fresno White an Easy«, rief Marion, »Nachhut formieren. Ende.«

»Verstanden. Ende.«

»Fresno White an alle Kompanien. Flankensicherung formieren. Ende.«

Die Füße von achthundert Männern, Huxleys Huren, bewegten sich in langsamem Marschtritt zum Portal, durch das man auf die Hauptstraße kam. Das Tor öffnete sich weit, die Vorhut marschierte hindurch.

Draußen hielten Posten der Militärpolizei den Strom der Fahrzeuge auf der Hauptverkehrsstraße auf, um die endlose Marschkolonne passieren zu lassen. Wir formierten uns in Reihen zu beiden Seiten der Straße, und das Lagertor schloß sich hinter der Nachhut. Das Bataillon war auf dem Marsch.

Joe Gomez sah mit einem Blick voller Hoffnung zu mir her, als ich zum erstenmal die Männer an den Gerätekarren ablösen ließ. Ich blieb unerbittlich. Auf diesem Marsch wollte ich es ihm endlich einmal zeigen, das hatte ich mir geschworen.

Wir verließen die Autobahn und bogen ab auf eine üble Straße, auf der sich schon Tausende von Marinern vor uns die Knochen lahmgelaufen hatten, ehe sie nach dreißig Kilometern endlich in der waldigen Schlucht des Rose-Canyon angelangt waren. Wir waren bald eingehüllt in eine Wolke von Staub. Dann kam der Schweiß dazu, der ewige Schweiß, der sich mit dem Staub vermischte und sich als dicke Lehmkruste auf die Gesichter legte. Der erste Kilometer ist immer der schlimmste. Da ist man noch frisch und munter, man spürt das Gewicht, die Muskeln schmerzen, bis man dann allmählich stumpf und unempfindlich wird.

Ich sah auf die Uhr. Die ersten sechsundvierzig Minuten hatten wir hinter uns. Wir machten rund vier Kilometer in der Stunde. Eine verdammt gute Zeit für ein Bataillon, das gefechtsmäßig mit allem Gerät marschiert. Huxley hatte sich offenbar vorgenommen, auf diesem Marsch festzustellen, wer von den Jungens ein Revierkandidat und wer ein Mariner war. Besonders leid tat mir die Nachhut, die wahrscheinlich Laufschritt machen mußte, um dranzubleiben.

Ich sah hinüber zu Ziltch, dem Burschen des Majors. Ziltch war knapp einsfünfundsechzig und mußte jedesmal drei Schritte machen, wenn Huxley, die lange Latte, einen machte. Er verehrte Huxley glühend – es war kein schlechtes Vorbild, das er sich da gewählt hatte. Es war ein sonderbares Verhältnis, das zwischen ihnen bestand, eigentlich nicht wie zwischen einem Major und einem Schützen, eher wie zwischen Vater und Sohn. Huxley hatte keine Kinder.

Marion nahm dem Federgewicht das TBY-Gerät ab und hängte es sich auf den Rücken. Ski hätte beinahe den Boden unter den Füßen verloren, als er plötzlich fünfzig Pfund leichter wurde. Marion schwankte einen Augenblick und nahm dann wieder Gleichschritt auf. Ski nahm die Kopfhörer, die Marion naßgeschwitzt hatte, wischte sie trocken und setzte sie auf seinen eigenen schweißtriefenden Kopf.

Schwester Mary war ein großartiger Mann. Unsere Funksprechverbindung war die beste des ganzen Regiments. In die uralten, klapprigen Geräte, die praktisch längst unbrauchbar waren, schien geradezu neues Leben zu kommen, sobald er sie in der Hand hatte. Jedenfalls klappte die Verbindung zwischen den einzelnen Kompanien irgendwie immer, wenn er das Gerät des Bataillons-Gefechtsstands bediente.

Korporal Banks kam mit einer Meldung. Ski gab die frohe Botschaft weiter. »Fresno White an alle Kompanien – Marschpause!«

»Wegtreten!« rief ich. »Nachrichtenverbindung herstellen – Burnside, mach das TBX-Gerät klar und nimm Verbindung zum Regiment auf. Hodgkiss, du kommst mit und hilfst mir die Fliegertücher auslegen! Macht zu, Jungens! Gomez, los, 'ran an den Generator!«

Beim Auslegen der Erkennungszeichen für die Flieger kam ich mit Marion in die Nähe der Offiziere, die sich im Halbkreis um Huxley gelagert hatten. Ski kam hinter uns her, auf der Suche nach mir.

»He, Mac – HW ist nicht mehr zu hören. Andy hat das Gerät zweiundfünfzig. Wahrscheinlich Wackelkontakt.«

»Das hat mir grad noch gefehlt.« Ich ging zu Keats und baute Männchen. »Fliegertücher sind ausgelegt, Herr Leutnant. Wir haben keine Verbindung zur HW-Kompanie.«

»Dann müßt ihr eben das Ersatzgerät nehmen«, sagte Keats unwillig.

»Das taugt genausowenig.«

»Verdammter Mist.« Keats wandte sich an Huxley. »Major, die Funksprechverbindung zu HW ist ausgefallen.«

»Können Sie nicht winken?«

»Macht sich sehr schlecht, Herr Major, wenn die Truppe marschiert.«

»Dann müssen Sie es eben mit zwei Meldern machen«, sagte der Major ärgerlich.

»Major Huxley«, sagte Keats, »bei diesen TBY-Geräten ist es schade um das Material, aus dem sie gemacht sind. Die hat mal irgendein verdammter Seemann konstruiert, und auf dem Wasser sind sie vielleicht verwendbar. Aber sobald man an einem Baumstamm vorbeikommt, ist damit nichts mehr zu kriegen. Meiner Meinung nach wäre es das beste, wir würden diese Dinger auf dem Achtersteven der Navy vollends kaputtschlagen, mit Verlaub.«

Huxley erhob sich und sah den wütenden Nachrichtenoffizier scharf an. Leutnant Keats, ein alter Zwölfender, pflegte seine Meinung gut englisch zu äußern, und der Major schätzte diese Ausdrucksweise – gelegentlich.

»Herr Keats«, sagte er, »wollen Sie damit sagen, daß Sie sich nicht in der Lage sehen, mit dem Gerät zu arbeiten, das uns gegenwärtig zur Verfügung steht?«

»Herr Major – unsere gesamte Ausrüstung befindet sich in einem Zustand, den man bereits im Bürgerkrieg als überholt abgelehnt hätte. Meine Männer schleppen sich mit zentnerschweren verrosteten Kabeltrommeln ab, während die Army Leitungsspulen hat, die nur zehn Pfund wiegen.«

Die übrigen Offiziere hielten sich in sicherem Abstand. Ich spülte mir den Mund mit einem Schluck Wasser, um ein bißchen von dem Sand loszuwerden, den ich auf dem Marsch geschluckt hatte, spuckte in die Gegend, hängte meine Feldflasche wieder ans Koppel und trat möglichst unauffällig ein wenig näher.

»Herr Keats! Die US-Army hat außerdem Garand-Gewehre, während wir noch immer das Gewehr 03 aus dem Ersten Weltkrieg haben. Bei der Army fliegen sie die P 38, und wir haben die F 4 F. Ich möchte Sie bitten, Herr Keats, sich für alle künftigen Gemütswallungen folgendes einzuprägen: Das Marine-Korps hat es bisher noch immer verstanden, mit dem Material auszukommen, das wir von der Navy geerbt haben; wir sind damit sogar verdammt gut klargekommen. Und so lange, bis wir vielleicht eines Tages diesen Krieg auf dem grandiosen Niveau der Army führen können, solange werden wir dafür sorgen, daß die Ausbildung und die Leistungsfähigkeit jedes einzelnen Mannes die Mängel unserer Ausrüstung wettmachen. Wir werden auch noch aus dem letzten Stückchen dieser Ausrüstung eine hundertprozentige Leistung herausholen. Ist das klar, Herr Keats?«

»Jawohl, Herr Major.«

»Sie sind Nachrichtenoffizier – sorgen Sie dafür, daß die Nachrichtenverbindung klappt!«

»Jawohl, Herr Major.«

Leutnant Bryce, der Kompaniechef, näherte sich Huxley. »Ergebenst um Verzeihung, Herr Major – dürfte ich Herrn Major vielleicht einen Vorschlag unterbreiten?«

»Nein!« Huxley ließ ihn stehen und stampfte wütend davon.

Keats wandte sich mir zu. »Sie sind der Führer des Funktrupps – funken Sie!«

Mach's halblang, Jack Keats, dachte ich. Und laut sagte ich: »Jawohl, Herr Leutnant.«

»Stabskompanie – auf! Kommt hoch von euren lahmen Ärschen und stellt euch auf eure Kackstelzen!«

»Fresno White an alle Kompanien. Antreten. Easy übernimmt die Spitze, George die Nachhut. Ende.«

Von neuem in eine Wolke von Staub. Eine zweite kurze Pause und ein zweiter Schluck aus der Feldflasche. Eine dritte Rast und zwei oder drei durstige Schlucke. Huxley hielt seine Huren in Trab, er duldete nicht die geringste Nachlässigkeit in der langen Marschkolonne. Man spürt immer weniger, es wird immer leichter – noch fünf Kilometer, und du gehst wie auf einer Wolke.

Ab und zu kamen wir an einem vorbei, der nicht mehr weiterkonnte, der als Häufchen Elend am Rand der Straße hockte. Sie schämten sich, schüttelten bekümmert den Kopf, und ihr Blick bat um Verzeihung. Huxleys Augen waren kalt und unerbittlich, ich konnte aus seinem Blick ablesen, was er dachte:

Für Lahmärsche ist kein Platz beim Marine-Korps. Laßt euch versetzen zur Bäckereikompanie – aber bei mir müssen auch die Köche und die Bäcker laufen können, so wahr ich Sam Huxley heiße. Das kommt noch ganz anders, mein Junge.

Weiter und weiter marschierten wir, bis die Sonne allmählich matter wurde und die stechende Hitze nachließ.

»Rose-Canyon!«

»Los, Jungens, tot umfallen könnt ihr später! Macht das TBX klar und nehmt Verbindung auf zum Regiment! Telefontrupp, Leitungen legen zu den Kompanien! Bißchen plötzlich, verdammt noch mal!« Von Ausruhen war noch lange keine Rede, auf dem Bataillons-Gefechtsstand wurde es lebhaft wie in einem Ameisenhaufen. Meldungen und Befehle.

Endlich konnten wir uns hinhocken und eine letzte Zigarette vor dem Zapfenstreich anstecken. Die Luft war kalt. Jeder wickelte sich so eng er konnte in seine Decken und rückte nahe heran an seinen Zeltgenossen. Der Boden war hart, durch die dünnen Unterlagen drückten die Steine.

»Danny?«

»Schlaf endlich.«

»Ich hab' mir grad überlegt, ich will morgen versuchen, ob sie mich bei der Fallschirmtruppe nehmen. Fünfzig Prozent höhere Löhnung. Zweihundert Dollar habe ich fast schon zusammen. In einem Monat könnte ich's geschafft haben. Dann kann ich sie herkommen lassen.«

»Du willst zur Fallschirmtruppe? Du bist wohl ganz und gar verrückt geworden.«

»Der Entschluß ist mir verdammt nicht leicht geworden. Ich geh nicht gern weg von euch. Aber ich brauche die Moneten.« Totenstille senkte sich über die Zelte. Müde Männer, viel zu müde, um auch nur an den langen Marsch zurückzudenken, fielen in einen bleiernen Schlaf. Nichts war zu hören außer einem gelegentlichen Schnarcher oder einem kurzen geflüsterten Wort.

Andy Hookans nahm die Kopfhörer um und machte seine Eintragung in das Wachbuch. Ich mag die Jungens, dachte er. Ich bin gern bei dieser Einheit. Für mich ist das hier alles leichter, Bäume fällen ist ein gutes Training. Aber bis der Krieg zu Ende ist, werden wir alle ganz schön zähe sein. Nur San Diego, das mag ich nicht. Die Weiber sind da genauso wenig wert wie alle andern, geldgierig und geil. Vielleicht bin ich ungerecht. Einige von den Jungens haben ja Mädchen, die sie wirklich lieben. Vielleicht treffe ich eines Tages auch mal eine, die ich wirklich leiden mag – verflucht, daß ich auch ausgerechnet diese Frühwache erwischen mußte. Der Mann mit der Trompete kam und stellte sich neben dem Zelt des Bataillons-Gefechtsstandes auf. Er setzte das Instrument an die Lippen. Der Ton des Weckrufs drang durch die nächtliche stille Luft und brach sich hallend an den Wänden des Tals.

»Weggetreten!«

Wir traten einen Schritt zurück, riefen »Aye, aye, Sir«, und verschwanden in die Baracken.

»Los, Jungens, wir wollen das Gerümpel in die Funkbude verstauen, ehe ihr hier anfangt, mit offenen Augen zu schlafen.«

Wir hatten einen Marsch von fünfundsechzig Kilometern hinter uns, mit schwerem Gepäck. Alles fiel erschöpft auf die Kojen und versuchte, wieder so weit zu Kräften zu kommen, um zu duschen und die verdreckten Klamotten zu säubern.

Sergeant Pucchi kam herein und pfiff. »Herhören, Leute. In einer Stunde ist Baracken-Musterung.«

»Musterung? Ich denke, die fällt aus nach dem Marsch?«

»Außerdem«, fügte Pucchi hinzu, »ist heute abend Ausgangssperre. Der Major fand, ihr hättet zuviel gequatscht auf dem Marsch.«

»Jetzt leckt mich aber am Arsch.«

»Dieser Himmelhund, dieser Huxley!«

»Los, los«, brüllte ich, »ihr habt ja gehört, was der Spieß gesagt hat. Fangt schon endlich an mit Gewehrreinigen, und zwar ein bißchen plötzlich, verdammt noch mal. Kommt hoch, ihr Schlappsäcke.«

4. Kapitel

Ski kam niedergeschlagen in die Baracke zurück, ging zu Danny und hockte sich neben ihm auf die Koje.

»Na, Ski, wie ging's denn?«

»Haben mich nicht genommen. Ich bin zu klein für die Fallschirmtruppe, haben sie gesagt. Ich bin eben nur ein Federgewicht.«

»Zu dumm. Das heißt, eigentlich – ach, Mensch, Ski, ist doch prima, daß sie dich nicht genommen haben. Jetzt kannst du doch bei uns bleiben.«

»War schon Postausgabe?«

»Ja«, sagte Danny zögernd.

»Nichts für mich?«

»Nein.« Ski stand auf und wandte sich ab.

»Da ist bestimmt irgendwas los. Ich hab' jetzt schon zwei Wochen lang keinen Brief mehr bekommen.«

»Sieh doch nicht gleich Gespenster, Ski. Da steckt sicher ihr Alter dahinter.«

»Er kann ihr doch nicht die Finger zerbrechen, verdammt noch mal.«

»Reg dich nicht unnötig auf, Ski. Mach dich lieber fertig, wir haben gleich Judo-Unterricht.«

Ski ging zu seiner Koje. »Verflucht, wo ist denn mein Zeug?«

»Hier war heute früh großer Umbau, als ob du fort warst!«, sagte Andy Hookans. »Es sind ein paar Neue von den Kraftfahrern zu uns in die Baracke gekommen. Ich hab' dein Zeug hier mit 'rübergebracht, du kannst die obere Koje in meinem Doppeldecker haben.«

»Ich hatte aber eine untere Koje, verflucht noch mal«, sagte Ski wütend. »Und jetzt hast du mein Zeug nach oben gelegt! Nimm deinen Mist da weg!«

»Sachte, Ski, du weckst ja die Nachbarn«, sagte Andy lächelnd.

»Du sollst deinen Mist da wegnehmen, hab' ich gesagt!«

Danny kam rasch zu ihnen herüber. »Du kannst meine Koje nehmen, Ski. Ich habe eine untere«, sagte er.

»Nein, ich will die hier haben. Dieser unverschämte Bursche denkt, er kann mit mir machen, was er will.«

»Was ist denn mit dem los?« fragte Andy.

»Ihm ist nicht gut«, sagte Danny.

»Wenn du nicht sofort dein Zeug da wegnimmst, dann hau ich dir den Saft aus den Rippen!« Ski sah drohend zu dem riesigen Holzfäller auf.

»Komm, Kleiner, ich werd mich doch nicht an dir vergreifen.«

»Feiger Hund!«

»He, Danny, sag ihm, er soll das lassen. Ich möchte ihm nicht gern was tun.«

101

»Sei vernünftig, Ski«, sagte Danny und nahm ihn bei den Schultern. »Wenn du Andy eine langst, schlägt er dich tot – außerdem mußt du dich dann vorher erst mit mir anlegen.«

Der kleine Bursche kam allmählich wieder zu sich und streckte Andy die Hand hin. »Tut mir leid, Andy, ich war nur – sei mir nicht böse.« Er drehte sich um und ging hinaus.

»Mann, der war ja wirklich vom wilden Affen gebissen«, sagte Andy.

»Es ist wegen des Mädchens, Andy. Er hat zwei Wochen lang nichts von ihr gehört. Das macht ihn völlig fertig.«

»Armes Schwein«, sagte Andy mitleidig. Er nahm seine Matratze, legte sie auf den Fußboden und holte Skis Bettzeug nach unten. »Die Weiber taugen alle nichts – ich glaube, ich mag sowieso lieber oben liegen.«

Es war zehn Uhr. Joe Gomez saß bei einer Flasche Fliegentöter, einem Gin von zweifelhafter Kriegsqualität. Schwester Mary warf einen Blick auf die Uhr und vertiefte sich dann wieder in sein Buch. Joe griff über den Tisch hinüber und zupfte Marion am Hemdsärmel.

»Hör mal, Marion«, sagte er, »kannst du nicht mal für einen Augenblick das Buch hinlegen?«

»Was willst du denn?«

»Ich hab' doch gestern abend beim Pokern fünfzig Dollar gewonnen – hast du die eingesteckt?«

Marion zog sein kleines Notizbuch heraus. »Davon gehen dreißig Dollar und fünfzehn Cents ab für die Schulden, die du hast.«

Gomez goß sich einen Doppelten hinter die Binde und fuhr sich mit dem Ärmel über die Lippen. »Weißt du, ich habe da die Adresse von einem Puff – und sieh mal, alter Kumpel – heilige Mutter Gottes, halt mir jetzt bitte keine Moralpredigt, ich möchte da gern mal hin, hm?«

Marion haute wütend das Buch auf den Tisch und machte eine Bemerkung, die mit dem Satan zusammenhing.

»Nun komm schon, Marion, sei ein guter Kumpel. Bin ich nicht jetzt zwei Sonntage hintereinander in die Kirche gegangen? Und ich habe mir schon einen ganzen Monat lang nichts von den Jungens organisiert.«

»Das stimmt.«

»Und diese Mädchen sind phänomenal – Mann Gottes, es kann nicht jeder so sein wie du. Wir andern sind nur schwache Menschen. Nun komm schon, Marion, sei nicht immer so verdammt knausrig.«

»Ich werde dir doch nicht die fünfzig Dollar geben, Joe, daß du sie dir dann abnehmen läßt.«

»Ich brauche ja nur zehn Dollar, nur ein lausiges Zehnerchen.«

»Soweit ich mich auf diese Preise verstehe, scheinen mir zehn Dollar zuviel.«

»Tja, Marion, wir sind hier in San Diego, und es ist Krieg. Mädchen sind Mangelware.«

Marion betrachtete nachdenklich den flehenden Joe, und er wog im Geist das Pro und Kontra menschlicher Schwäche. Schließlich entschied er sich dafür, diese Runde noch mal an den Teufel gehen zu lassen. »Ich gehe mit, verstanden? Sonst kommst du ja doch nicht wieder.«

Gomez schüttelte Marion enthusiastisch die Hand. »Du bist doch wirklich eine mitfühlende Seele. Komm, laß uns an Land schießen.«

Sie fanden das Etablissement. Joe klopfte leise. Es vergingen ungefähr dreißig Sekunden, dann öffnete sich die Tür einen Spalt breit. »Wir kommen von Moe«, flüsterte Joe. Es wurde aufgemacht, sie traten eilig ein und wurden von einer Madame mit grell bemalter Fassade in einen düster möblierten, schummrig erleuchteten Empfangssalon geführt.

»Ja, ihr kleinen Süßen«, sagte sie hold, »es arbeitet heute nur eine von meinen Damen. Ihr werdet euch also ein paar Minuten gedulden müssen. Wer möchte denn zuerst?«

Marion hatte sich in einen Plüschsessel neben der Stehlampe niedergelassen und war bereits dabei, sich in den ›Untergang Roms‹ von Gibbon zu vertiefen.

»Heute nur ich, Mutti«, sagte Joe. Die Madame beugte sich über Marion, wobei ihm ihre dreireihige Perlenkette gegen das Gesicht schlug. »Und wie ist es denn mit dir, Kleiner? Das Mädchen wird dir bestimmt gefallen.« Schwester Marys Antwort bestand lediglich in einem bösartigen Grunzen. Die Madame sah Joe an, der die Schultern hochzog.

»So ist der immer, das ist 'ne ganz ausgefallene Type«, erklärte er ihr, während sie ihn zu einer Tür am Ende des Flurs führte.

Marion kämpfte sich mühsam durch einige Seiten seines Buches. Er sah immer wieder auf die Uhr und versuchte seine Ohren vor den gedämpften Geräuschen dieser Örtlichkeit zu verschließen. Ein Lichtschein fiel ins Zimmer, hinter ihm mußte sich die Tür geöffnet haben. Er hielt das Buch dicht vor das Gesicht und blätterte rasch eine Seite um, und dann noch eine, ungelesen.

Joe hatte den Arm um das Mädchen gelegt, das mit einem Kimono bekleidet war, und gab ihr einen freundlichen Klaps hintendrauf. »Gib der Kleinen einen Zehner, Marion.«

Marion holte eine Zehndollarnote aus seiner Brieftasche und stand auf. Sein Blick begegnete dem der Prostituierten. Sie hatte seltsam leblose, traurige Augen, von einem sehr blassen Blau – er sah ihr flammendrotes Haar und ihren schmalen, zitternden Körper. Er nahm die Lampe vom Tisch und hielt sie hoch – ihm schwindelte. Er hörte in der entstehenden Stille das Ticken einer Uhr in der Diele – und wankte hinaus.

Die kalte Nachtluft schlug an seine feuchten Augen. Ziellos irrte er durch die Straßen, bis er schließlich nicht mehr weiterkonnte. Er setzte sich auf den Rinnstein und weinte.

Es goß in Strömen. Ich war mit den Jungens in der Funkbude. Sie saßen an den Morsetasten und übten. »Okay«, sagte ich, »ihr könnte Pause machen.« Sie standen auf, streckten sich, nahmen die Kopfhörer ab und steckten sich eine ins Gesicht.

»Sei kein Unmensch, Mac, laß uns Schluß machen«, brummte L. Q. »Ich werd noch ganz verrückt an der verdammten Taste.«

»Der alte Huxley ist geladen«, sagte ich, »und ich kann's ihm nicht verdenken. Ihr Burschen habt euch bei der Funkübung neulich angestellt wie die chinesischen Heizer. Ich kann euch sagen, ihr Kohlköppe, wie das früher beim Korps war, da wärt ihr nicht zehn Minuten lang Funker gewesen.«

»Ach ja«, sagte Andy, »erzähl uns doch mal wieder ein bißchen davon, was für prächtige Burschen ihr alle gewesen seid beim Korps – früüüher!«

»Ja, wir von früüüher«, nahm Jones das Garn auf, »da kann ich euch jungen Marschierern was von erzählen. Ich hab' beim Korps mehr Seesäcke verschlissen als ihr Socken.«

»Sag mal, Mac«, sagte Danny, »was ist eigentlich mit Schwester Mary los? Den scheint wirklich der wilde Affe gebissen zu haben.«

»Irgend jemand muß dem mal ganz gehörig Bescheid stoßen«, sagte Andy. »Das geht sonst nicht gut mit ihm.«

»Stimmt es, daß er strafversetzt werden soll zur Artillerie?« fragte L. Q.

Gomez sprang wütend hoch. »Hör auf mit dem Quatsch!«

Ich brachte sie von diesem Gesprächsthema ab. »Los, macht euch wieder an eure Tasten. Ich haue jetzt ab, aber ich bitte mir aus, daß sich keiner von euch vor Punkt fünf Uhr hier verdrückt.« An der Tür drehte ich mich noch einmal um. »Forrester, du kommst in fünfzehn Minuten in die Baracke, löst Marion ab und führst diese Revier-Kandidaten zum Backen und Banken.«

In der ausgestorbenen Baracke lag der Korporal vom Dienst, Marion Hodgkiss, in einer Ecke auf seiner Koje und starrte zur Decke. Der Plattenspieler spielte eins von seinen klassischen Stücken. Ich schüttelte das Wasser von meinem Regenumhang und kreuzte sachte bei ihm auf.

»Verdammt nettes Stück – wie heißt es denn?«

»Hab' ich dir schon hundertmal erzählt«, sagte er mit ausdrucksloser Stimme. »Brahms, erste Sinfonie, letzter Satz.«

»Natürlich, Brahms – verdammt nettes Stück, wirklich.«

Ich ging langsam um seine Koje herum. »Und ein Regen ist das, Junge, Junge, ein Regen.« Die Platte war zu Ende, die Nadel drehte sich weiter in sinnlosen Kreisen. Ich langte 'rüber und stellte ab.

»Laß das – hab' dich nicht darum gebeten.«

»Hör mal zu, Marion, du wirst noch durchdrehen, wenn du so weitermachst. Es ist schon die Rede davon, daß du womöglich zur Artillerie versetzt werden sollst.«

Er biß die Zähne zusammen und sah zum Fenster hinaus. Der Wind peitschte den Regen gegen die Scheibe. »Ich bin übrigens zufällig mal nachts nach Coronado hinübergefahren, und –«

»Kümmere dich gefälligst um deinen eigenen Mist!«

Wenn Schwester Mary sich so ausdrückte, dann bestand durchaus die Möglichkeit, sich einen angesplitterten Kieferknochen einzuhandeln. Ich drehte kurz bei.

»Mac«, sagte Marion leise.

»Ja?«

104

»Sei mir nicht böse, Mac. Ich – ich bin –«

»Komm, Junge, zieh dir dein Regenzeug an und komm mit in die Kantine. Wir müssen mal vernünftig miteinander reden. Hier kommen in ein paar Minuten die andern wieder her.«

»Und mein Dienst?«

»Den übernimmt Forrester.«

Er stülpte sich den Regenumhang über, knöpfte ihn zu und setzte den Schutzhelm auf. Wir gingen langsam über die vom Regen aufgeweichte Straße.

Wir kamen in die Kantine, ich ging zur Theke hin. »Zwei Bier.«

»Für mich ein Coca Cola.«

»Ein Bier und ein Cola.«

Wir nahmen die Flaschen und suchten uns einen freien Tisch. Am Ende der Theke saßen McQuade und Burnside, vor sich eine Batterie geleerter Bierflaschen. McQuade war umgeben von mehreren Jungens der Kompanie Fox. Sein dicker Bierbauch quoll unter seinem Koppel hervor. Er lehnte über die Theke und rief mit grölender Stimme nach neuem Bier.

»Hallo, Mac!« brüllte er, als er mich sah.

»Hallo, Mac!« rief ich zurück.

»Dieser junge Marschierer hier ist neun Biere hinter mir zurück.«

»Zehn Flaschen Bier hier vor meinen Platz!« rief Burnside.

»Den Tag möchte ich erleben, wo diese aufgeschwemmte Micky-Maus den alten Burnside unter den Tisch säuft.«

McQuade warf sein großes rotes Gesicht nach hinten und lachte schallend. Sie waren beide wandelnde Bierfässer und versuchten seit sechs Jahren, sich gegenseitig unter den Tisch zu trinken.

McQuade wandte sich seinen Jungens zu. »Ich habe in meinem Leben mehr Schiffsmaste gesehen als dieser Bursche da Telefonstangen«, bellte er, während Burnside die dritte Flasche in sich hineingoß. »Hab' ich euch schon mal erzählt, wie wir damals den Yangtse hinaufgefahren sind? Der Fluß machte so verteufelte Windungen, daß die Wache vom Achterdeck mit der Wache vom Vorschiff Karten spielen konnte.« Er setzte eine Flasche an die Lippen und trank sie leer.

Burnside fing an zu singen:

> *Ein Faß Bier, ein Faß Bier,*
> *Ein Faß Bier für uns vier.*
> *Und wie gut, daß wir hier*
> *Heut nicht mehr sind als vier;*
> *Denn ein Fäßchen, das reicht grad für einen –*

»Nun, Marion, wollen wir nicht ein bißchen klönen?« fragte ich Hodgkiss.

»Ich würde gern mal eine Geschichte schreiben über Burnside und McQuade.«

»Ja, das sind zwei tolle Typen.«

»Mac«, sagte er, »ich begreife nicht, wie das eigentlich mit diesen Frauen ist.«

»Mit den Nutten? – ich meine, den Prostituierten?« Er nickte. »Tja, Marion, was soll ich dir da sagen? Als wir damals einunddreißig in Schanghai waren, da hatten sie dort eine Menge Mädchen aus Weißrußland. Ich kannte mehrere Jungens bei uns, die welche von denen geheiratet haben.«

»Kann denn so eine – weißt du, Mac – sie hat mir nichts von sich erzählt, und ich hab' sie auch nicht gefragt – ich dachte immer, sie wären roh und gefühllos, so werden sie jedenfalls in den Büchern beschrieben.«

»Sie sind auch nicht anders als andere Frauen. Es gibt solche und solche, genau wie bei den Marinern.«

»Sie ist so nett und freundlich und so aufgeschlossen für alles. Und dann – Mac, ich krieg das nicht zusammen. Sie ist so wunderbar – und warum tut sie dann so was? Mac – was würdest du denn machen, wenn du an meiner Stelle wärst?«

»Das ist eine Frage, Marion, die nur du allein richtig beantworten kannst.« Ich steckte mir eine an und dachte angestrengt nach. »Das ist 'ne komische Sorte Frauen, ich hab' viele kennengelernt. Jede von ihnen hat ihre besondere Geschichte, und meistens haben sie's nicht leicht gehabt. Und die Männer, die kennen sie zur Genüge. Vielleicht ist das der Grund, daß sich Rae in dich verliebt hat. Du warst für sie was ganz Neues.« Ich nahm einen Schluck von meinem Bier und strengte mich mächtig an, um die richtigen Worte zu finden. »Wenn einer wirklich nett zu ihnen ist, an dem hängen sie wie ein Hund. Da gibt es für solche Mädchen dann auch keinen andern. Für den haben sie eine Zärtlichkeit, nach der wahrscheinlich jeder von uns sucht; aber die wenigsten haben das Glück, sie zu finden. Man muß allerdings auch dafür bezahlen, man muß verdammt großzügig sein und alle möglichen üblen Vorstellungen überwinden können –« Ich fing an zu stocken und kam nicht mehr recht weiter.

»Du hast mit ihr gesprochen, Mac«, sagte er.

»Rae ist eine großartige Person – und sie liebt dich.«

»Erinnerst du dich noch an unser Gespräch, nachts im Wachzelt?« Ich nickte. Marion holte einen Brief aus der Tasche. Er war von der Zeitschrift, die seine Kurzgeschichte gedruckt hatte; man wollte mehr von ihm haben.

»Ich weiß nicht, Mac, wie es eigentlich angefangen hat. Zunächst waren es nur ein paar Worte. Sie kam auf die Fähre, müde, und dann sprachen wir, hauptsächlich über mich und über das Schreiben – und dann war es, als ob auf einmal alles herauskam, was ich immer mit mir herumgetragen hatte. Zu ihr konnte ich reden, ohne jede Hemmung – und ich konnte plötzlich Dinge sagen, die ich vorher nie hatte sagen können. Sie machte die Augen zu und hörte sich an, was ich so meinte und dachte, und dann sprachen wir darüber. Es war alles ganz selbstverständlich – sie schien zu begreifen, daß mir etwas ganz Bestimmtes vorschwebte und daß ich versuchte, es zu erreichen. Und das war schön.«

»Doch – das kann ich mir schon vorstellen.«

»Und dann hab' ich ihr vorgelesen, Mac – manchmal die ganze Nacht.« Ich sah durchs Fenster, der Regen begann nachzulassen.

»Rae ist für mich mehr als eine Frau. Sie ist nicht schlecht, das weiß ich bestimmt. Sie ist wunderbar – freundlich und zärtlich. Ohne sie könnte ich nicht schreiben.«

»Hast du dir deine Fragen nicht alle selbst beantwortet, Marion?«

Er versuchte zu lächeln. »Ich glaube, Mac, alles andere ist ganz unwichtig.«

»Könntest du mir nicht einen kleinen Gefallen tun, Marion? Mach doch endlich mal bei der Funkerei deinen Kram so, wie man das von dir erwartet.«

»Das geht jetzt wieder in Ordnung, Mac – und ich dank dir auch schön.«

Von der Theke her tönte grölender Gesang von zehn besoffenen Marinern:

> *As we go marching,*
> *And the band begins to PLAY,*
> *You can hear them shouting,*
> *The raggedy assed Marines are on parade.*

Genau null Uhr dreißig rannte Korporal Hodgkiss die Laufplanke zur Fähre hinauf. Er nahm sie in seine Arme und hielt sie so fest, daß sie fast in Stücke brach. Sie schmiegte sich an ihn, zitternd wie ein verängstigtes kleines Kind.

»Marion, Marion – laß mich nicht wieder allein.«

»Ich liebe dich, Rae.«

»Sieh mal«, sagte sie und machte ihre Handtasche auf, »ich habe ein Geschenk für dich.« Sie gab ihm ein paar Socken. »Selbst gestrickt. Sie sind nicht besonders schön geworden, es sind die ersten, die ich gestrickt habe. Ich wußte ja nicht, welche Schuhgröße du hast. Hoffentlich passen sie.«

Später ging Rae voraus in ihr Zimmer. Er kam zögernd hinterher. Rae machte Licht, schloß die Tür und warf ihren Mantel auf das Sofa. Er stand da, mit dem Rücken gegen die Tür, und drehte verlegen sein Käppi in den Händen.

»Was hast du denn, Marion?«

»Ich – ich bin noch nie – so, mit einem Mädchen –.« Sie lächelte, fuhr ihm zärtlich über die Wange und ging vor ihm weg ins Zimmer.

»Zieh deine Jacke aus und mach dir's bequem. Ich koch uns einen Kaffee.«

Er setzte sich in einen Lehnstuhl und langte nach einem Buch, das er auf einem Bord liegen sah; es waren die ›Sonette aus dem Portugiesischen‹. Sie setzte sich zu ihm auf die Armlehne. »Ich hoffte, daß du zurückkommen würdest«, sagte sie. »Ich wollte dich bitten, mir daraus vorzulesen.« Sie küßte ihn auf die Stirn und ging zur Küche. Er folgte ihr mit den Augen, als sie hinausging.

Rae verließ San Diego am nächsten Morgen. Sie fuhr zu Marions Eltern.

Geliebte Rae!

Ich bin so froh, daß du meine Leute leiden magst. Sie haben mir geschrieben, und sie sind von dir genauso begeistert wie ich. Es war doch gut, daß du gleich gefahren bist, sicher war unser Entschluß richtig. Einer von den Jungens hat seine Frau nach San Diego kommen lassen, und da es jetzt jeden Tag so weit sein kann, daß wir fortkommen, ist ihr Leben eine einzige Aufregung. Jeden Tag wartet die Frau, ob er wohl abends noch mal kommt, und ist darüber schon halb wahnsinnig geworden. So haben wir doch die unge-

trübte Erinnerung. Ich kann es immer noch nicht ganz fassen, daß du mir gehörst. Ich schreibe eine Masse, immerzu, in jeder freien Minute. Was werden wir alles tun, eines Tages, und was werden wir alles zusammen sehen — wir werden sehr glücklich sein.

Rae, Liebling — was du da in deinem letzten Brief schreibst, daran sollst du nicht mehr denken. Es ist unwichtig. Die Vergangenheit ist vergangen, und die Zukunft gehört uns. Du bist die meine, und ich liebe dich.

Marion

5. Kapitel

Das Revierreinigen und die Stubenmusterung fielen aus, da wir in der Nacht vorher eine Geländeübung gemacht hatten. Die ganze Nacht waren wir auf dem Bauch durch das Unterholz gekrochen und hatten ›Einsickern in vom Feind besetztes Gelände‹ geübt, um die Ohren und die Augen in der Dunkelheit zu schärfen. Die Jungens mußten fix 'ran. Es war unbedingt erforderlich, die Funksprüche kurz und schnell durchzugeben, da das Brummen des Generators bei der absoluten Lautlosigkeit sogar die Toten erwecken konnte, und nach jeder Durchgabe mußten wir schleunigst Stellungswechsel vornehmen, damit der ›Feind‹ uns nicht schnappte. Nachdem wir acht Stunden lang kreuz und quer durch die Nacht gekrochen waren, kamen wir todmüde in die Baracke zurück.

»So ein verdammtes Pech«, seufzte L. Q. Jones. »Da habe ich nun übers Wochenende Landurlaub, das Mädchen wartet auf mich in El Cajon, und ich kann vor Müdigkeit nicht hinten und nicht vorne von der Matratze hoch.«

»Großki Schitski — wie das bei der russischen Marine heißt«, sagte Helles Leuchtfeuer schadenfroh.

»Sie erwartet mich mit dem Wagen am Hauptportal. Verflucht, könntest du nicht hingehen, alte Rothaut, und ihr erzählen, ich säße im Bunker oder so was Ähnliches?«

»Sag mal, L. Q., hast du das Mädchen eigentlich immer noch nicht umgelegt?«

»Heute nacht oder nie, schätze ich. Ihr Alter hat doch diese Farm da, und jetzt ist er verreist, und ich bin übers Wochenende dort eingeladen — und jetzt kann ich einfach nicht hochkommen.« Er erhob sich ächzend. »Aber ich muß ja schließlich was dafür tun, die Moral an der Heimatfront hochzuhalten.« Er schob los zum Waschraum.

Nancy East rückte zur Seite und überließ L. Q. das Steuer. L. Q. Jones war ein reichlich müder junger Mann, als sie in El Cajon ankamen. Nancy, die von der Natur einigermaßen stiefmütterlich bedacht war, sah sehr genau, in was für einem körperlichen Zustand L. Q. sich befand. Sie hatte sich ein mörderisches Tagesprogramm ausgedacht, mit der tröstlichen Aussicht auf eine Belohnung im Laufe des späteren Abends. Sie hatte die feste Absicht, ihn in einen solchen Zustand geistiger und körperlicher Erschöpfung zu bringen, daß an keinen Widerstand mehr zu denken war. Dann wollte sie mit der Unterstützung ihrer Mutter zum entscheidenden Angriff ansetzen und sich einen Ehemann erobern. Es war ein abgekartetes Spiel.

L. Q. hatte kaum seine grünen Uniformhosen aus- und Shorts angezogen, da drückte ihm Nancy auch schon einen Tennisschläger in die Hand. Sie gewann den ersten Satz und fing an zu sticheln. Nun ist es zwar ganz in Ordnung, einen Burschen, der müde ist und keine rechte Lust zum Spielen hat, ein bißchen auf Touren zu bringen. Aber sie behauptete außerdem, sein Spiel sei typisch für das gesamte Marine-Korps, und das war unfair. L. Q. wurde sehr böse. Er nahm die letzte Kraft zusammen, die jeder gute Mariner immer noch in Reserve hat, entfaltete sich zu einem Ein-Mann-Tornado, riß mit heftigen Schmetterbällen in den nächsten zwei Sätzen den Sieg an sich und rettete die Ehre des Korps.

Noch ehe er sich auf seinen wohlverdienten Lorbeeren ausruhen konnte, befand er sich bereits im Sattel eines wild aussehenden Untiers, das ihn die nächsten zwei Stunden über Felder und Hügel jagte. L. Q. haßte Pferde.

Allmählich kam auch noch der Hunger dazu. Nancy hatte sich romantischerweise in den Kopf gesetzt, den Lunch als Picknick in einer sechs Kilometer entfernten Jagdhütte einzunehmen. Des rauhen Farmers Töchterlein ging munteren Schrittes voran, während der arme Jones einen großen Korb mit Eßzeug und die Thermosflasche schleppen mußte. Und weil nun einmal Frühling war, bestand Nancy darauf, daß er sie im Wald haschen sollte. L. Q. war nicht eigentlich das, was man einen Sprinter nennt. Er erwischte sie nie.

Bevor es zum Dinner ging, rundete die junge Amazone das sportliche Programm ab durch eine Partie Handball und ein anschließendes Wettschwimmen. Zum erstenmal war L. Q. seinem Schöpfer dankbar dafür, daß er so dick war – er wäre sonst unweigerlich untergegangen.

Als es endlich zum Essen ging, sank er völlig erschöpft in seinen Stuhl. Nancy und ihre Mutter ließen kleine fünfzehn Gänge aufmarschieren, angefangen von fünf Zentimeter dicken Steaks mit Pilzen bis zu einem ungeheuren Pudding. Das Essen war traumhaft, und L. Q. war der Mann danach, ihm Ehre zu erweisen. Nancy – so behauptete ihre Mutter – hatte die ganzen Herrlichkeiten in einem müßigen Augenblick mit ihren eigenen Händchen gezaubert. L. Q. kam gar nicht dazu, sich klarzumachen, daß sie ja seit seiner Ankunft keine einzige unbeschäftigte Minute gehabt hatte.

Nachdem das Schwein gemästet war, sollte es nun abgestochen werden. Er hatte zu viel von all den Köstlichkeiten verschlungen, um noch irgendwelchen Widerstand zu leisten. Er saß wie ein geprellter Frosch in seinem Stuhl und hörte dem Strom der Rede zu, der ohne Unterbrechung von den Lippen von Mrs. East rann. Doch dann ging ihm allmählich ein Licht auf. Ich bin in die Falle gegangen, dachte er. Wo ist die Tür? Aber nein, er würde sie nicht lebend erreichen, er konnte sich nicht mehr bewegen.

Es schien L. Q., als ob Mutter und Tochter ihn ansahen wie zwei Katzen, die sich schon die Schnauzen lecken beim Gedanken an die wohlschmeckende, dicke, kleine Maus, die sie gefangen haben. Er schickte ein stummes Gebet gen Himmel.

»Sie wissen ja vielleicht«, sagte Mrs. East mit freundlichem Lächeln, »daß Mister East und ich im vorigen Krieg geheiratet haben. Er war Hauptmann – aber«, fügte sie rasch hinzu, »heute verdient ein gewöhnlicher Soldat ja beinahe genauso viel wie damals ein Hauptmann.« Sie nickte L. Q., in dessen Augen die blanke Angst stand, holdselig zu.

Nach vielen Stunden angenehmer Unterhaltung, die Mrs. East fast ganz allein bestritt, entschuldigte sich die Mutter und ging zu Bett.

L. Q. fiel halbtot in sein Bett. In dem Bruchteil der Sekunde zwischen Wachen und Schlafen klopfte es leise an seine Tür. Nancy East kam herein, angetan nur mit einem dünnen, mit Spitzen besetzten Nachtgewand. L. Q. sah prüfend um sich, ob irgendwo an den Wänden oder an der Decke Mikrophone oder Alarmvorrichtungen eingebaut seien. Doch dann fand er, daß sie eigentlich gar nicht so übel aussah, jedenfalls im Halbdunkel. Also!

»Ich habe dir noch eine Decke gebracht«, sagte sie, »es wird kalt.« Sie setzte sich vorsichtig auf die Kante seines Bettes, und der Geruch von Chanel Nr. 5 drang in seine Nüstern. Was kann ein Mann in solcher Lage tun? Er zog sie zu sich herunter und küßte sie.

»Nein, jetzt muß ich aber wirklich gehen.«

»Bleib doch noch eine Minute«, bat er.

Sie gab ihm zärtliche Küsse, doch dann rückte sie plötzlich von ihm fort.

»Was hast du denn?«

»Du bist genauso wie alle andern Mariner.«

»Ich? Wie ein Mariner? Aber Kleine, ich bin doch ganz verrückt nach dir!«

Sie küßte ihn wieder und rückte wieder von ihm fort. L. Q. blies heftig durch die Nase. »Sag mir, daß du mich liebst, L. Q.«

»Teufel auch, ich liebe dich«, sagte er grimmig.

»Kannst du das nicht ein bißchen netter sagen?«

»Ich bin verrückt nach dir.«

»Wie toll?«

(Kopf hoch, mein Junge, sie kommt dir schon entgegen.)

»Ganz toll«, sagte er und nahm sie in die Arme.

»Nein! Du bist ja doch wie die andern.«

Es entstand ein langes, langes Schweigen. Sie schmiegte sich in seine Arme. Er rührte keinen Finger. Es gibt Augenblicke, da muß ein Mann hart sein können.

Schließlich gab Nancy East nach. »Ich bin dein«, flüsterte sie.

L. Q. antwortete mit einem langen, lauten Schnarcher. Er war eingeschlafen.

Es war kurz vor Mitternacht, als ich in die Baracke zurückkam. Für den nächsten Tag war wieder so eine besondere Huxley-Tour zu erwarten. Deshalb hatte ich kurzerhand Schluß gemacht mit der Biersauferei und es McQuade und Burnside überlassen, die Sache unter sich auszumachen.

Als ich in den Waschraum kam, sah ich hinten am Ende der langen Reihe der Waschbecken Ski stehen. Ich ging zu ihm hin, doch er drehte mir den Rücken zu. Ich fand, er benahm sich sonderbar.

»Hast du irgendwas, Ski?« fragte ich.

»Nein«, sagte er auffällig leise, immer noch mit dem Rücken zu mir, und ließ rasch eine kleine Flasche in seiner Hosentasche verschwinden.

»Fehlt dir bestimmt nichts?«

»Laß mich in Ruhe, ja?« Seine Stimme war merkwürdig unsicher und erregt. Ich ging näher zu ihm heran.

»Was hast du da in der Flasche?«

»Laß mich in Ruh.«

»Was du in der Flasche hast, will ich wissen.«

»Das geht dich einen Dreck an«, zischte er wütend und wollte an mir vorbei. Ich nahm ihn bei den Schultern und drehte ihn herum. Ehe ich noch ein Wort sagen konnte, ging er wie eine Wildkatze auf mich los. Ich hatte den Bauch voller Bier, und er verpaßte mir einen unter die Gürtellinie. Ich ging zu Boden. Als er sich davonmachen wollte, schnappte ich ihn am Bein und brachte ihn zu Fall.

Er sprang auf, aber ich war auch wieder hoch. Ich wollte es nicht so schlimm mit ihm machen, doch er fiel mich an wie ein Keiler. Ich langte ihm mit der Rechten eine zwischen die Zähne, das machte ihm aber gar nichts, er schlug weiter auf mich ein. Ich kam mit dem Rücken gegen die Tür zu stehen und erwischte einen Aufwärtshaken gegen das Kinn, daß ich mit dem Kopf an die Wand knallte. Mir wurde ordentlich schwach. Schließlich hatte ich ihn in einer Ecke und verpaßte ihm eine Unterleibsmassage. Zwei – drei – vier – fünf – sechs – immer in den Bauch, mit aller Kraft. Allmählich wurde Ski weich in den Knien. Ich schlug ihm ins Gesicht, an die Nase – und noch einen in die Zähne. Er blutete wie eine angestochene Sau. Er biß die Zähne aufeinander und ging wieder auf mich los – aber ich ließ ihn nicht mehr aus der Ecke 'raus.

»Hör auf!« brüllte ich und schlug ihm in das blutverschmierte Gesicht. »Nun hör doch endlich auf.« Ski schwankte und hielt sich an meiner Jacke fest, versuchte aber noch immer, nach mir zu schlagen. »Laß das!« sagte ich und schlug ihm gegen das Kinn. Er drehte sich zur Seite, sackte auf Hände und Knie und schüttelte den Kopf. Ich drehte ihm den Arm auf den Rücken und griff in seine Tasche; er versuchte, sich loszumachen. »Halt still, oder ich brech dir den Arm«, drohte ich. Ski machte sich noch einmal steif und versuchte loszukommen; dann, als ich die Flasche gefunden hatte, gab er nach. Ich ließ ihn los. Er fiel gegen die Wand, legte die Hände vor sein blutendes Gesicht und stöhnte.

»Wo hast du das Zeug her?«

Andy kam herein. »Mann Gottes, Mac, bist du wahnsinnig geworden? Das kostet dir den Hals.«

»Dieses Bürschchen wollte sich das Leben nehmen«, sagte ich, völlig außer Atem. Mir war ganz flau im Magen. »Los, hol Danny und Marion her, so schnell wie möglich. Aber mach keinen Krach – damit keiner von den andern aufwacht.«

Sie kamen in ihrem Unterzeug angerannt, hinter ihnen Andy.

»Marion, stell dich da an die Tür und laß keinen 'rein. Und du, Forrester, gib mir mal dein Unterhemd.« Danny zog es aus, ich ging an ein Waschbecken und steckte es in das kalte Wasser. Ich faßte Ski, der leise vor sich hin wimmerte, bei den Haaren, hob seinen Kopf hoch und wischte ihm vorsichtig das Blut vom Gesicht.

»Ich habe ihm eine Flasche mit Schlaftabletten aus der Tasche geholt. Muß er im Revier geklaut haben.«

»O Gott«, sagte Danny leise.

»Wring das Ding aus und mach's wieder naß. Tut mir leid, daß ich ihn so vermöbeln mußte, aber dieser Teufel war nicht zu halten.«

Ski kam allmählich wieder zu sich. Sein Kopf sank kraftlos auf die Brust, und er starrte mit glasigen Augen zu Boden. Danny kniete zu ihm nieder.

»Ski, ich bin es, Danny – hörst du mich?«

Er nickte.

»Warum wolltest du das tun?«

Er hob langsam den Kopf und sah uns an. Die Tränen traten ihm in die Augen, er versuchte, den Mund zu öffnen und zu sprechen. Seine Lippen verzogen sich, er brachte nur ein Stöhnen heraus. Dann sah er wieder zu Boden und schüttelte langsam den Kopf.

»War es wegen Susan?«

Er nickte.

»Hat sie dir geschrieben?«

Er nickte wieder.

Danny durchsuchte Skis Taschen und holte einen Brief heraus. Er stand auf und ging damit unter die Lampe. Seine Hand zitterte. Wir rührten uns nicht. In der Stille hörten wir die unregelmäßigen Atemzüge von Ski, der am Boden lag. Danny kniff die Lippen zusammen und schloß für einen Augenblick die Augen, dann starrte er auf Ski hinunter.

»Was ist denn?« fragte Andy schließlich.

»Sie erwartet ein Kind – von einem andern. Die beiden wollen heiraten – der Rest – Entschuldigungen.«

Wir standen wie versteinert. Zu sagen war dazu ja auch nichts.

»Die verdammten Weiber«, sagte Andy böse. »Taugen alle nichts.«

»Mach's halblang, Andy.«

»Das konnte ja nicht gut gehen, verdammt noch mal. Na, und jetzt hat er's.«

»Davon wird's auch nicht besser, Andy«, sagte ich und beugte mich zu dem Federgewicht. »Hör mal, Ski, wir meinen es gut mit dir, wir sind deine Kameraden, das weißt du doch.«

»Ja.«

»Wenn wir dich ins Revier bringen, dann schicken sie dich in die Klappskiste. Aber du willst doch bei uns bleiben, nicht wahr?«

Er nickte.

»Und du wirst das nicht noch mal versuchen – versprichst du uns das?«

»Nein«, sagte er mühsam, »ich versuch das bestimmt nicht noch mal.«

»So, und jetzt legst du dich schlafen.« Ich half ihm auf die Füße. »Sei mir nicht böse, daß ich dir so eine heftige Abreibung verpassen mußte.«

»War nicht deine Schuld, Mac«, murmelte er und ging langsam in die Baracke.

»Ich denke, es ist besser, wenn wir noch ein bißchen auf ihn aufpassen«, sagte Andy. »Ich werde die ersten zwei Stunden bei ihm wachen.«

»Ich übernehme die nächste Wache«, sagte Marion.

»Geht ihr mal lieber in eure Kojen«, sagte Danny. »Ich kann jetzt sowieso nicht schlafen.«

Am nächsten Abend rief mich Pucchi, unser Spieß, ins Geschäftszimmer.

»Sag mal, Mac, was ist da eigentlich los? Das Federgewicht war grad bei mir und hat sich das ganze Geld auszahlen lassen, das er hier bei uns stehen hatte. Ist es endlich soweit, daß er sein Mädchen herkommen lassen kann?«

»Was?«

»Ja, fast dreihundert Dollar. Übrigens, hat der einen Zusammenstoß mit einem Panzer gehabt? Seine Fassade war ja ganz hübsch zugerichtet.«

»Er hat gestern einen Brief bekommen, Pucchi – das Mädchen kriegt ein Kind von einem andern.«

»Tut mir leid um den netten Kerl. Auf die Weiber ist halt kein Verlaß. Ich dachte nur, mußt doch mal fragen. Ich fand das Ganze ein bißchen merkwürdig. Er hat auch Urlaub bis zum Wecken. Ist das erstemal, glaube ich, daß er einen Urlaubsschein haben wollte.«

»Pucchi«, sagte ich, »du mußt mir einen Urlaubsschein geben.«

»Geht nicht, Mac, du hast erst gestern einen gehabt.«

»Hör mal zu, Pucchi – wenn der jetzt in dem Zustand mit den ganzen Piepen an Land schießt – das nimmt kein gutes Ende.«

»Das ist ein Fall für Kaplan Peterson.«

»Nun mach schon.«

»Mann Gottes, Mac, du weißt doch, wie verdammt genau der Bryce mir auf die Finger sieht. Ich fahre ohne Kahn auf der Scheiße, wenn ich dir heute schon wieder einen Urlaubsschein gebe.«

»Besten Dank auch, Pucchi«, sagte ich, »da sieht man, was ein richtiger Kumpel ist. Erinnerst du dich eigentlich noch an die Geschichte in Reykjavik, als du dich mit dem Hauptmann angelegt hattest und die gesamte Polizei von Island dir auf den Leib rückte? Damals hattest du nichts dagegen, daß ich dir einen Gefallen tat. Die Narbe, wo ich damals die Bierflasche auf den Schädel bekam, die hab' ich heute noch.«

»Was willst du eigentlich noch alles von mir haben für die kleine Schramme? Reitest schon ein Jahr lang darauf herum.«

»Hab' ich dich schon um irgend etwas gebeten?«

»Mann, Mac, nun werd bloß nicht komisch.«

»Sag mal, Pucchi – und wenn das nun einer von deinen Jungens wäre?«

Pucchi griff in seinen Schreibtisch, holte einen Urlaubsschein heraus und drehte sich auf seinem Stuhl zu seiner Schreibmaschine herum.

»Damit sind wir jetzt aber quitt, du alter Gauner. Und tu mir den einen Gefallen, laß dich nicht von der MP schnappen – sonst können wir uns beide einen Monat lang bei Kuchen und Wein amüsieren.«

113

»Da du schon dabei bist«, sagte ich, »schreib doch auch gleich Urlaubsscheine für Schwester Mary, Andy und Danny. Es könnte sein, daß ich Hilfe brauche.«

Wir gingen hinter dem Federgewicht her zum Hauptausgang. Draußen warteten drei Busse, um dem ersten Ansturm der Mariner gerecht zu werden, die in die Stadt hinein wollten. Ski stieg in den ersten, wir nahmen den zweiten.

Fünfundvierzig Minuten später landeten wir in San Diego. Ski steuerte auf die erste beste Kneipe los. Wir folgten ihm in sicherem Abstand. Bei den ersten drei Kneipen kam er nicht hinein, da man ihn nach seinem Ausweis fragte. Er hatte noch nicht das vorgeschriebene Alter.

Er bog vom Broadway ab in eine Seitenstraße. Wir hielten den Atem an, als er ausgerechnet auf den ›Blauen Drachen‹ zusteuerte – das übelste Nepplokal in dieser Stadt der Nepplokale. Er war inzwischen offenbar bereits schlauer geworden; er drückte dem Türhüter einen Geldschein in die Hand und wurde eingelassen.

Ich versammelte meine Jungens zu einer Lagebesprechung.

»Wir gehen unauffällig 'rein und setzen uns in eine Nische«, sagte ich.

»Geht nicht«, sagte Marion. »Wir sind alle noch keine einundzwanzig.«

»Richtig«, sagte ich. »Also, ich gehe 'rein und ihr bliebt hier stehen. Haltet die Augen offen, diese Kneipe hat zwei oder drei Ausgänge.«

Ich überquerte die Straße und betrat den ›Blauen Drachen‹. Es war eine wüste, verräucherte Kneipe, voll besetzt von Hafenarbeitern und Soldaten. In einer Ecke saßen auf einem kleinen Podium drei Neger, die einen brühheißen Jazz fabrizierten. Ich visierte durch den dichten Nebel und sah Ski, der auf einem Barhocker an der Theke saß, vor sich einen Zwanzig-Dollar-Schein. Ich suchte mir einen Platz an einem der Tische, von dem aus ich Ski beobachten konnte, ohne gleich von ihm gesehen zu werden.

»Wenn das Glas leer ist, dann stellen Sie mir immer einen neuen hin, und wenn der Zwanziger zu Ende ist, dann geben Sie einfach ein kleines Tönchen von sich. Wo der herkam, da sind noch mehr.«

Der Mann hinter der Theke, ein magerer Bursche mit einem Gesicht voller Narben, betrachtete Ski prüfend und sah dann zu dem Mann an der Tür, der bedeutsam die Augenbrauen hochzog, um anzudeuten, der kleine Mariner sei schwer bei Kasse.

»Geht in Ordnung, Mariner«, sagte er und knallte ein schmieriges Glas auf die Theke. »Trink aus.«

Ich peilte hinüber, um zu sehen, was er trank. Whisky pur, an sich also nicht weiter gefährlich.

Das Federgewicht hatte vermutlich nie besonders viel vertragen, und wenn, dann war er jetzt jedenfalls viel zu lange aus dem Training. Ich bestellte mir ein Bier und trank vorsichtig ein paar Schlucke, während Ski rasch hintereinander drei Whiskys hinunterschüttete. Er schüttelte sich und mußte husten.

Ein besoffener Seemann fiel quer über meinen Tisch. Ich wollte ihn grad hinunterstoßen, als ich es mir anders überlegte. Vorerst sollte es keinen Streit geben. Ich nahm mein Glas und setzte mich an einen andern Tisch.

»He, Nachschub!« sagte Ski.

Der Bursche mit den Narben goß ihm den nächsten ein, und Ski kippte ihn weg. Das war jetzt schon der fünfte in rascher Folge. Er war offenbar entschlossen, sich möglichst rasch sinnlos zu besaufen. Ich sah, wie auf seiner Stirn kleine Schweißtropfen erschienen. Er lockerte seinen Uniform-Schlips, die Luft schien ihm knapp zu werden. Er schüttete den nächsten hinunter.

Als der Hocker neben ihm frei wurde, winkte der dürre Bursche hinter der Theke mit den Augen. Im nächsten Augenblick kreuzte eine schlampige Nutte auf und ging neben Ski in Stellung.

»Hallo, Kleiner«, sagte sie. So, nun würde es ja bald losgehen. Ich peilte Lage, wie man am schnellsten nach draußen kommen konnte. Ski drehte langsam den Kopf zu ihr herum. Er schwankte schon ein bißchen.

»So allein, Mariner?«

»Ja, ich bin allein – ganz allein.«

»Gibst du einen für mich aus, Kleiner?«

»Na klar – wir haben's ja.« Er langte mit der Hand über die Theke, um dem Mann einiges Kleingeld von seinem gewechselten Zwanziger zuzuschieben. Doch da war nichts mehr. Er holte seine Brieftasche heraus, blätterte aus dem dicken Bündel den nächsten Geldschein und legte ihn vor sich hin. »Einen für die Dame und einen für mich – für mich einen doppelten!«

Der Doppelte ließ seine Augen gefährlich flackern, und dann begann sein Blick sich allmählich zu vernebeln. »Bist du Susan?«

»Susan?«

»Ja, Susan – du siehst aber gar nicht aus wie Susan«, sagte er.

»Möchtest du denn, daß ich Susan bin, Mariner?«

»Sei doch mal Susan, ja? Könnten Sie nicht mal Susan sein?«

»Aber sicher, Mariner, mach ich. Ich mach alles für dich, mein Süßer. Wie heißt du denn?«

»Ski – Ski, das Federgewicht – und du bist Susan?«

»Na klar, Ski, ich bin Susan – prost.«

»Warum nennst du mich denn dann nicht Connie, wenn du Susan bist? Sie nennt mich immer Connie – immerzu, Connie, sagt sie.«

Ich sah, wie eine Träne über seine Backe rollte. Obwohl er völlig besoffen war, fiel es ihm doch verdammt schwer, sich einzubilden, diese schlampige Nutte sei das Mädchen, das er liebte.

Die drei Neger ließen einen Hot vom Stapel, lautes Gelächter und heisere Schreie brachen durch den Raum. Mir wurde übel bei dem Gedanken, daß diese stinkenden Aasgeier sich mästen wollten an dem Unglück und der Verlassenheit eines solchen Kindes, das sich verlaufen hat. Am liebsten hätte ich die ganze Bude zu Bruch geschlagen. Ich trank mein Bier aus und machte mich klar zum Start.

»Magst du nicht austrinken, Connie, und dann gehen wir zu mir?«

Ski lehnte sich so weit zu ihr hinüber, daß er fast auf ihr draufhing. »Du – wir gehn irgendwohin – nur wir beide –, und dann machen wir das Licht aus, und ich stell mir vor, du bist Susan – wirst du auch ganz lieb zu mir sein und Connie zu mir sagen?«

»Aber sicher — nun trink schon aus.« Sie nickte dem Burschen hinter der Theke zu, der Skis Glas unauffällig nach hinten nahm. Ich sah, wie er ein weißliches Pulver hineintat, ehe er es wieder vor Ski hinstellte.

»Die Tour kennen wir«, sagte ich. »Nehmen Sie gefälligst Ihre Flossen von dem Jungen. Komm, Ski, wir gehen heim.«

»Was erlauben Sie sich eigentlich«, schrie sie mich an — die Lautstärke war offenbar das Signal für den Rausschmeißer.

»Regen Sie sich nicht künstlich auf, ich nehme ihn mit — ihn und sein Geld.«

Jetzt griff der hagere Bursche mit dem vernarbten Gesicht ein. »Moment mal, Mariner! So können Sie hier bei uns aber nicht mit 'ner Dame reden!«

Ich machte eine rasche Wendung, doch da spürte ich schon, wie mir ein harter Gegenstand auf den Schädel krachte. Saubere Arbeit, mußte ich denken. Ich war benommen, aber noch bei Besinnung. Kräftige Hände ergriffen mich und beförderten mich quer durch den Raum. Ich versuchte, den Nebel weg-zuschieben, der sich über mein Gehirn senkte, doch ich hörte nur noch den wilden Rhythmus der Neger-Combo. Dann wußte ich nichts mehr — es war, als schwebte ich auf einer Wolke.

Das nächste, was ich bemerkte, war, daß mir jemand mit der Hand ins Gesicht schlug. Es war Danny, der sich über mich beugte. »Komm zu dir, Mac.«

»Verdammt! Zum hintern Ausgang, schnell!«

Schwester Mary rannte raus, dann kam er zurück. »Ich konnte grad noch sehen, wie sie in einem Taxi abhauten. Ski war völlig hinüber«, sagte er.

Ich erhob mich schwankend. »Verdammt noch mal, da hab' ich doch Mist gebaut. Moment, ich muß mal eben scharf nachdenken.« Alles um mich drehte sich, ich versuchte krampfhaft, wieder klar zu werden.

»Andy«, sagte ich, »du siehst am ältesten aus. Nimm meinen Ausweis und geh 'rein. Nimm dir den Mann hinter der Theke auf die Seite. Den mageren Burschen ganz hinten. Du mußt aus ihm herauskriegen, wo sie mit Ski hin sind.«

Andy verlor keine unnütze Zeit. Wir verdrückten uns in den Schatten, während er zum Eingang des ›Blauen Drachen‹ ging. Wir standen regungslos und warteten, ungefähr zehn Minuten. Dann kam er wieder herausgeschossen. »Los, Leute, Hotel ›Zum Goldenen Anker‹.«

»Okay«, sagte ich, »den Puff kenn ich von früher. Da an der Ecke steht ein Taxi.«

Wir rollten in rascher Fahrt zum Hafenviertel.

»Sag mal, Andy«, fragte Marion, »wie hast du das eigentlich herausbe-kommen?«

»War einfach«, sagte Andy und rieb seine zerschundenen Knöchel, »ganz einfach. Wer Geschäfte mit Nutten macht, der handelt auch mit geklauten Uhren. Ich bin mit ihm nach hinten gegangen, in den Raum, wo sie die Kästen mit dem Bier stapeln. Er dachte, ich hätte irgendeine heiße Ware, die ich ihm zeigen wollte.«

»Guter Einfall«, sagte Marion nachdenklich.

»Wird er jetzt auch nicht beim ›Goldenen Anker‹ aufkreuzen, um die Bande zu warnen?« fragte Danny.

»Nee, der wird für die nächste Zeit überhaupt nicht aufkreuzen.«

»Du hast den Kerl doch hoffentlich nicht kaltgemacht?«

»Nee, nur mal eben kurz fertiggemacht. Wenn er wieder zu sich kommt, dann kann er nicht 'raus da hinten.« Andy warf einen Schlüssel durch das Fenster des Taxis. »Und wenn er an die Tür bummert, das hört bei dem Krach in der Kneipe auch keiner.«

Wenige Minuten später stürmten wir in den Vorraum des drittklassigen Hotels. Niemand war da außer dem Nachtportier, der vor Schreck vom Stuhl fiel. Ich stellte ihn gegen die Wand und setzte ihm den Drehstuhl auf die Brust. »Ganz schnell, Freundchen — so ein kleiner Mariner und 'ne Dunkelhaarige?«

Der Portier begann vor Angst zu zittern.

»Welches Zimmer — oder sollen wir erst unsre Koppel losmachen?«

»Ich möchte keinen Ärger haben, Mariner, ich mach hier ja nur meine Arbeit.«

»Wenn du nicht schleunigst ein Tönchen von dir gibst, mein Junge, dann sagst du in zwei Minuten keinen Mucks mehr.«

»Zimmer zweihundertzwanzig, erster Flur hinten rechts. Jungens, ich hab' Frau und Kinder.«

»Du setzt dich hier mit her«, sagte ich zu Marion, »und leistest diesem Herrn ein bißchen Gesellschaft. Wenn irgend jemand kommt, dann gib Hals.«

Wir rannten die Treppe hinauf, peilten die Lage und schnallten unsre Koppel von der Taille. Wir rollten sie um die Faust, daß ungefähr ein Stück von zehn Zentimetern frei herunterhing, mit der schweren Schnalle am Ende. Wir schlichen den schwach erleuchteten Flur entlang, bis wir vor der Tür zu Nummer 220 standen.

Andy schob uns beiseite. Er nahm einen Anlauf und sprang mit den Füßen voraus in fliegendem schwedischem Stil gegen die Tür. Die Tür gab nach, und als Danny unmittelbar danach mit der Schulter dagegen stieß, sprang sie auf.

Ski lag besinnungslos auf dem Bett. Vor ihm stand ein Mann, der Zuhälter der Nutte, und zählte die Geldscheine aus Skis Brieftasche. Das Weib lehnte an der Kommode, in der Hand ein Schnapsglas.

»Aufpassen!« Ein Stuhl traf Andys Schädel und brachte ihn auf die Knie. Das Weib machte einen Satz zur Tür, aber Danny griff sie und warf sie heftig zu Boden. Sie begann zu wimmern.

»Vorsicht, Mac — der Kerl hat ein Messer!«

Ich ging langsam auf den Mann zu, der in der einen Hand ein Messer hielt und die andere Hand um das Bündel mit den Geldscheinen geschlossen hatte. Die Klinge fiel polternd zu Boden.

Der Louis versuchte, langsam wieder auf die Beine zu kommen. »Was ich immer sage, Danny, die meisten machen es falsch, wenn sie jemanden mit einem Messer angreifen wollen.« Ich machte den Burschen kurz fertig und nahm das Geld an mich.

117

Andy war inzwischen wieder hoch. Das Weib kroch winselnd um uns herum.

»Gnade, Mariner!« rief sie mit ausländischem Akzent.

»Gnade – von wegen!« fauchte Andy. »Steh auf, du Luder!«

Andys Gesicht hatte einen Ausdruck, der uns nicht gefiel. *Totschlagen* stand quer darüber geschrieben. Wir hielten ihn zurück. »Laß gut sein, alter Schwede, für heute nacht reicht's. Wir wollen machen, daß wir weiterkommen.«

Ich griff mir das Weib und klatschte sie gegen die Wand. Sie ging in die Knie und rutschte auf den Boden. »Wenn ich deine Visage noch mal hier in dieser Stadt sehe, mein Täubchen, dann kommst du nicht so billig davon.«

Marion kam hereingestürzt. »Die MP kommt! Ihr habt aber auch einen ganz schönen Krach gemacht.«

Andy lud sich den bewußtlosen Ski auf seinen breiten Rücken, und wir retirierten eilig zur Feuerleiter, da helle Pfiffe uns darüber belehrten, daß der Arm des Gesetzes angelangt war.

»Armes Schwein«, sagte Andy, als er mir den bewußtlosen Ski durchs Fenster reichte.

6. Kapitel

Der Aufbau des neuen Bataillons ging langsam und mühsam vor sich, verzögert durch lästige Mißverständnisse. Doch allmählich überwanden die alten Aktiven ihr Mißtrauen gegenüber den Neuen, und gelegentlich spürte man schon, wie das Klima sich erwärmte.

Endgültig war das Eis dann gebrochen, als die Nachrichten vom 7. August 1942 durchkamen. Der erste Schritt auf dem weiten Weg zum Comeback war erfolgt. Die erste Division des Marine-Korps mit den ihr angegliederten Einheiten war auf einer der Salomon-Inseln gelandet, auf Guadalcanar. Wir waren alle mächtig stolz, daß man für die erste amerikanische Offensive dieses Krieges das Marine-Korps gewählt hatte.

Wir waren in der Baracke, als es durchkam. Erst im Radio, und dann in den Zeitungen, die wir dem Zeitungsjungen aus der Hand rissen. Danny lag auf seiner Koje. Sein Gesicht hatte einen merkwürdig gequälten Ausdruck, als ob er sich mit Gewalt das Heulen verkneifen müßte. Die Zeitung, die er in der Hand hielt, fiel zu Boden, und er ging rasch nach draußen. Ich nahm die Zeitung. Die Namenliste stand auf der ersten Seite. Eine kurze Spalte, links unten. Dort hatte er es gesehen:

ERSTE VERLUSTMELDUNG VON DEN KAMPFHANDLUNGEN BEI DEN SALOMON-INSELN

8. August 1942 (AP) Funkmeldung der Ersten Marine-Division aus Guadalcanar: Die Kämpfe bei Guadalcanar verliefen verhältnismäßig ohne Verluste, doch begegneten die angegliederten Einheiten, die an der anderen Seite des Skylark-Kanals auf den Inseln Tulagi, Gavutu und Tanembogo landeten,

*heftigem Widerstand. Das Oberkommando der Navy veröffentlicht die fol-
gende Namensliste der ersten amerikanischen Verluste:*

GEFALLEN

*Aarons, Jacob, Cpl., Newbury, Conn.
Burns, Joseph, Pvt., San Francisco, Calif.
Martinelli, Gino, Cpl., Monterey, Calif.
Nix, James B., Lt., Little Rock, Ark.
Norton, Milton, Pfc., Philadelphia, Penna ...*

Auch ich las die Liste und wußte Bescheid. Das Marine-Korps hatte sich nicht geändert. Und auch der Krieg war immer noch Krieg und forderte seine Opfer, heute genauso wie immer.

Ich ließ die Jungens um meine Koje herumkommen. »Ich war eben beim Spieß. Hier ist die Urlaubsquote, nach der ihr mich schon dauernd gelöchert habt. Vier Mann vom Funktrupp können fahren.«

In dem Gemurmel, mit dem sie meine Eröffnung quittierten, äußerte sich eine ganz besondere Art von Aufregung. »Ihr seid neun. Burnside und ich zählen nicht mit. Es wird umschichtig gefahren, je zwei Mann. Zwei Wochen. Wir müssen die Plätze auslosen.«

»Moment mal«, sagte Andy. »Mich brauchst du nicht mitzuzählen. Ich – ich wüßte doch nicht, wo ich hinfahren sollte. Für mich ist das also nicht wichtig.«

»Bei mir derselbe Fall«, sagte Ski. Die beiden schoben ab.

»Okay«, sagte ich. »Ich mache also sieben Lose, von eins bis sieben. Niedrig gewinnt. Nummer eins und zwei fahren diesen Samstag.«

Ich faltete die Zettel zusammen, tat sie in mein Käppi und schüttelte die Lose durcheinander. Ich mochte die Geschichte nicht, mir taten die Jungens leid, die nicht fahren konnten. Voller Spannung griffen sie nach den Losen, dann saßen sie und wagten kaum, sie aufzumachen.

Helles Leuchtfeuer begann zu strahlen. »Ich kehre heim in die Reservation«, sagte er und holte tief Luft.

»Nummer eins«, sagte L. Q.

»Iowa, teure Heimat, da bin ich«, erklärte Seesack.

»Ein Treffer«, meldete Speedy Gray.

»Nummer sechs«, sagte Joe Gomez, zuckte die Achseln und ging seiner Wege. »Macht nichts, ich hätte meinen Urlaubsplatz sowieso verkauft.«

Marion und Danny versuchten tapfer zu lächeln. »Die glückliche Sieben«, sagte Danny. »Wir beiden sind wohl die Dummen«, sagte er zu Marion. Marion ging mit zu Dannys Koje, und Danny machte sich daran, sein Gewehr zu reinigen.

Einen Augenblick später kam L. Q. Jones bei den beiden angeschoben. »He, Big Dan und Mary.«

»Was ist?«

»Wollt ihr beiden Burschen euch nicht um meinen Urlaubsplatz schlagen?

Ich bin doch aus Los Angeles und komme sowieso fast jedes Wochenende nach Hause.«

»Nee«, sagte Danny, »das würd ich nicht fertigbringen, für dich in Urlaub zu fahren.«

»Ich habe schon mit Mac, Pucchi und Keats gesprochen – die haben gesagt, das geht in Ordnung.«

Danny sah Marion an.

»Hör mal, Danny«, sagte Marion, »du wirst mir das vielleicht nicht glauben, aber ich möchte erst wieder nach Hause, wenn alles vorbei ist. Ehrlich.«

»Ich – ich weiß gar nicht, was ich sagen soll.«

»Fang lieber an, deinen Kram zusammenzupacken«, sagte Marion.

»Ja – aber –«

»Sag einfach: Die Dicken sind doch Gemütsmenschen«, sagte L. Q. und schlug ihm auf die Schulter.

In Philadelphia fuhr Danny vom Flugplatz zum Bahnhof, kaufte eine Fahrkarte nach Baltimore und gab sein Gepäck in die Aufbewahrung. Dann nahm er ein Taxi.

»Wo soll's denn hingehen, Soldat?«

»Ich bin Mariner!« schnauzte Danny.

»Entschuldigung! Ihr Jungs seid aber komisch. Ist doch alles dasselbe – ein Land und ein Krieg.«

»Universitätsweg 350«, sagte Danny.

An der Haustür fand er zwischen anderen Schildern das Schild mit dem Namen: *Mr. and Mrs. Norton Milton.* An der Klingel steckte ein Zettel: *Außer Betrieb.* Er schob die schwere Tür auf und ging die Treppe mit dem dunklen Läufer und dem schweren Mahagonigeländer hinauf zum dritten Stock.

Vor der Wohnungstür zögerte er einen Augenblick. Was soll, was kann ich ihr sagen? Er zog die Handschuhe aus und klopfte. Er mußte lange warten. Dann wurde die Tür langsam geöffnet. Vor ihm stand eine zarte Frau mit blassem Gesicht. Sie war einfach, aber geschmackvoll gekleidet, eine wunderbare Ruhe ging von ihr aus. Siebenundzwanzig oder achtundzwanzig, dachte Danny.

»Ja, bitte?« sagte sie freundlich.

»Mrs. Norton?«

»Ja.«

»Mein Name ist Forrester, Danny Forrester. Ich war mit Ihrem Mann befreundet.«

»Wollen Sie nicht hereinkommen?«

Der Raum, in den sie ihn führte, war unordentlich, aber von einer gemütlichen, geschmackvollen Unordnung. Dieser Raum hatte Stil, er war wie Milton Norton. Da war ein großer Ledersessel, mit der Leselampe daneben, ein Schreibtisch, überhäuft mit Schriftstücken, und Bücherborde, deren Büchern man ansah, daß sie viel gelesen waren. In einer Nische stand ein Bett ohne Kopf- und Fußende, mit einer Decke darauf und bunten Kissen, um tagsüber als Couch zu dienen. Ein freundlicher, behaglicher Raum.

»Wollen Sie sich nicht setzen?«

»Ich kann nur einen Augenblick bleiben, Mrs. Norton. Ich komme von der Westküste auf Urlaub und muß weiter nach Baltimore.«

»Nett, daß Sie sich die Zeit genommen haben, bei mir hereinzusehen. Nennen Sie mich doch Gib. So nennen mich alle Freunde von Milt. Ich koche uns eben einen Kaffee.«

Während sie in der Küche war, trat Danny an den Schreibtisch, auf dem ein Foto von Norton in Uniform stand. Er sah nicht besonders gut aus in Uniform, sie hing wie ein Sack um ihn herum, und er trug sein Käppi, als ob er einen Korb auf dem Kopf balancierte.

»Der Kuchen ist zwar schon zwei Tage alt, aber ich habe gehört, daß ihr Jungens von der Marine gußeiserne Mägen habt.« Danny lächelte. Seine innere Spannung lockerte sich. »Sie sind also Danny. Er hat mir von Ihnen geschrieben. Er hielt viel von Ihnen.«

»Ich mochte den Professor sehr gern – ich meine, Nort. Alle mochten ihn gern, Gib. Er hatte etwas so Ausgeglichenes in seinem ganzen Wesen – es war fast, wenn man mit ihm sprach, als ob man mit seinem Vater sprechen würde.«

Sie brannte sich eine Zigarette an. »Ja, Danny, so war er. Es ging hier bei uns meist zu wie in einem Tollhaus, fast jeden Abend kam ein Dutzend junger Leute angerückt. Alle Menschen fühlten sich zu Hause bei ihm, besonders junge Menschen.«

»Er – er war ein großartiger Kerl.«

Sie lächelte ein tapferes Lächeln. Sie sprach von Milton, als sei er eben in diesem Augenblick in der Universität, und gleich würde sie seinen Schritt auf der Treppe hören, hinter ihm Stimmen und das Gelächter der Studenten, die ihn begleitet hatten.

Sie war wunderbar, dachte Danny. Sie war genau wie Nort. Die beiden bildeten eine Einheit. Er fühlte eine innere Wärme durch sich hindurchgehen.

Als er etwas später die Treppe wieder hinunterging, verschwand plötzlich das Gefühl der Wärme, und ein kalter Schauder faßte ihn an. Er hatte sie allein gelassen. Sie war allein in ihrem Zimmer. Nie wieder würde sie Miltons sanfte Stimme hören. Nie wieder seinen Schritt und die Stimmen der Studenten. Dunkle Nächte warteten auf sie, dunkle, kalte Nächte, in denen sie wach lag und sich fürchtete einzuschlafen, und Tage, an denen sie erwachte und nach ihm verlangte. Doch er war nicht da. Und er würde nie wiederkommen.

Die Haustür schloß sich hinter ihm, und Danny entfernte sich eilig. Am liebsten hätte er sich in ein Flugzeug gesetzt und wäre zurückgeflogen nach San Diego. Er wollte Kathy nicht sehen – nein, dieses Schicksal sollte ihr erspart bleiben. Eine schreckliche Vorstellung: Mac stand dort im Wohnzimmer und erzählte Kathy, was für ein feiner Kerl dieser Danny gewesen war.

Irgendwann am nächsten Tag war es dann schließlich doch so weit, daß seine Familie sich hinreichend davon überzeugt hatte, daß er wohl und gesund war. Man erlaubte †hm, sich zu beurlauben. Er holte den Wagen aus der Garage und startete nervös, um zu Kathy zu fahren.

Der Abend war heiß und schwül, das typische Wetter der Ostküste. Als er in die Straße einbog, in der sie wohnte, ergriff ihn eine seltsame Erregung. Die Nächte, in denen er von ihr geträumt, die Tage, da er auf sie gewartet hatte, die endlosen Stunden der Sehnsucht — bald würden sie beendet sein. Er fuhr an den Bürgersteig heran und stellte den Motor ab. Das Haus fand er wieder, wie es in seiner Vorstellung gelebt hatte. Alles andere in Baltimore — die Nordstraße, das Garrison-Junior-Gymnasium, der Druid-Hill-Park —, alles war kleiner geworden, sah ganz anders aus. War er wirklich nur sieben Monate fort gewesen?

Er holte tief Luft und ging die Treppe zur Veranda hinauf. Er läutete. Bis auf ein schwaches Licht im Flur war das ganze Haus dunkel. Er läutete noch einmal, länger. Niemand zu Hause. Er sah auf die Uhr. Vielleicht ist sie ausgegangen, mit einem andern? Dummes Zeug.

Er ging über die Veranda zu der Hängebank, setzte sich und brannte eine neue Zigarette an. Die feuchte Hitze war unerträglich. Er nahm das Käppi ab, legte es vorsichtig neben sich auf die Bank und machte die oberen Knöpfe seiner Uniformbluse auf. Er stieß sich sacht mit dem Fuß ab, daß die Bank leise knarrend hin und her schwang. Es vergingen einige Augenblicke, endlos wie Stunden. Ein Auto kam durch die stille Straße, er sprang auf — es fuhr vorbei. Er wartete. Es war schon fast zehn.

Dann kam aus der Dunkelheit, von da, wohin das Licht der Straßenbeleuchtung nicht reichte, das leise Geräusch von Schritten. Es waren Kathys Schritte. Sie näherten sich und wurden lauter im Rhythmus seines heftig schlagenden Herzens. Er stand auf und sah sie kommen. Er begann zu zittern — er konnte sie sehen — es war kein Traum. Er wollte zu ihr, sie in die Arme nehmen und hochheben. Doch er war unfähig, sich zu bewegen, er stand da wie ein Holzklotz, sprachlos und überwältigt.

Er sah, wie sie vorbeiging und die Stufen zur Haustür hinaufstieg. Doch dann, als hätte eine Stimme durch die Nacht nach ihr gerufen, wandte sie sich zu ihm herum. Sie sahen sich an, schweigend.

»Danny«, sagte sie schließlich leise.

»Kathy.«

»Danny — Danny.« Und sie standen und sahen sich an wie gebannt. »Ich — wir hatten dich erst am Dienstag erwartet. Warum hast du nicht angerufen?«

»Ich erwischte ein Flugzeug. Ich wollte dich überraschen.«

»Ich war grad bei Sally. Ich — ich —«

Und wieder ein Schweigen, wortlos und lastend. Jedes Wort, das spürten sie, würde ihnen auf den Lippen ersterben.

»Möchtest du — wollen wir ein Stück fahren?« brachte er schließlich mühsam heraus.

»Ja — ich will nur schnell einen Zettel schreiben, wo ich bin.«

Der Wagen fand wie von allein den alten Weg durch die vertrauten Straßen zum Druid-Hill-Park. Der Motor brummte lauter, als Danny den zweiten Gang einschaltete. Aus dem Lautsprecher kam eine undeutliche Stimme. Der warme Wind rauschte in den Bäumen, ein schmaler Mond kam hinter einer Wolke hervor und warf einen schwachen, gelben Schein auf die Windschutzscheibe.

Der Wagen hielt, Danny schaltete das Radio ab.

Sie küßten sich, scheu und zärtlich. Ihre Wangen preßten sich aneinander, er fühlte ihre Tränen auf seiner Haut.

Es nützt nichts. Es hat keinen Sinn, noch denken zu wollen. Ich kann nichts mehr tun – nichts sagen – nichts mehr. Ich liebe ihn.

Er hielt sie fester in seinen Armen, wortlos. Nur ihren Namen sagte er immer wieder.

Warum kann ich nichts sagen? Warum kann ich dir nicht sagen, wie ich an diesen Augenblick gedacht habe, immer wieder, bis ich fast verrückt wurde? Kann es denn wirklich sein, daß du dich jetzt so nach mir sehnst, wie ich mich nach dir gesehnt habe? Warum wehrst du dich nicht? Halt mich zurück, Kathy, bremse mich – ich will dir doch nicht weh tun.

Er legte den Arm über ihre Schulter. Sie schloß die Augen, als seine Hand ihre Brust berührte. »Danny – Danny – ich liebe dich. Bitte, Liebster –«

Für einen Augenblick schreckten sie zurück, schwindelnd am Abgrund. Doch dann ertrank jedes Denken in der steigenden Flut.

Großer Gott, dagegen ist man machtlos –

Seine Hand fuhr über ihre Hüfte, ihren Oberschenkel.

»Kathy –«

»Ja, Liebster, ja.«

Er machte sich steif. Sie konnte fühlen, wie sich seine Muskeln spannten. Er biß die Zähne zusammen und schüttelte den Kopf. Er saß kerzengerade, seine Hände umklammerten das Steuerrad. Er stellte das Radio an.

Der Schweiß brach ihm aus. Es dauerte eine Weile, bis er wieder normal atmen konnte. Dann hatte er sich wieder in der Gewalt. Er holte eine Zigarette heraus. »Verzeih mir, Kathy, ich wollte nicht – so weit gehen.«

Sie rückte von ihm fort und lehnte sich auf der andern Seite gegen die Tür. Ihre Augen waren dunkel. »Du denkst wahrscheinlich, ich wäre noch zu jung und – zu dumm.«

»Aber Kathy, was redest du denn da. Weißt du denn nicht, was ich für dich empfinde? Es war falsch von mir. Ich könnte mich selber ins Gesicht schlagen.« Er zog heftig an seiner Zigarette. »Wir müssen eben in Zukunft besser aufpassen, Kathy. Es tut mir leid.«

»Mir nicht«, sagte sie leise.

Er sah sie erstaunt an. »Als du damals fortfuhrst«, sagte sie, »war ich mir über mein eigenes Gefühl nicht richtig klar. Ich glaube, ich dachte nur an mich. Ich wollte dich einfach nicht verlieren. Vielleicht machte ich mir auch nur was vor, ich weiß nicht. Aber als du dann nicht mehr da warst, da spürte ich etwas in mir, was ich vorher nie gekannt hatte, was mir keine Ruhe mehr ließ. Ich konnte an nichts anderes denken als an dich – ich hatte nur den einen

123

Wunsch, du möchtest zurückkommen. Vielleicht – vielleicht sind wir noch schrecklich jung und wissen noch nicht, was Liebe ist. Ich weiß nur das eine – wenn man für jemanden das fühlt, was ich für dich fühle –, wenn man ihn dann nicht liebt, dann hat noch nie irgendein Mädchen jemanden geliebt.«

Sie sah von ihm fort. Er hätte sie gern in seine Arme genommen, doch er wagte nicht, sie anzurühren.

»Verstehst du das denn nicht? Wir haben kein Recht, Kathy, es wäre nicht richtig – ich liebe dich viel zu sehr, um irgend etwas zu tun, was für dich nicht richtig wäre.«

Sie wandte ihm ihr Gesicht wieder zu und richtete sich auf. Er hatte sie noch nie so gesehen, wie sie in diesem Augenblick aussah. Sie schien von einer wilden Entschlossenheit, die in völligem Gegensatz stand zu ihrer sonstigen Ruhe und Sanftheit. Und als sie jetzt zu sprechen begann, war ihre Stimme nicht die eines Mädchens, sondern einer Frau – diese Stimme war reif und selbstbewußt. »Ich möchte dir etwas sagen. Es fällt mir schwer, aber ich muß. Als du fortgingst, wußten wir beide nicht genau, was daraus werden würde. Doch wir begannen, uns zu lieben – du liebst mich doch, Danny, nicht wahr?«

»Ja, Kathy.«

»Ich habe lange darüber nachgedacht, wie es sein würde, wenn du eines Tages zurückkommst. Was würde dann geschehen? Ich war entschlossen, schon seit langem, wenn du zurückkommen würdest – dann – dann wollte ich dir ganz gehören.«

Ihre Worte trafen ihn, er war überrascht und erschüttert, und er bewunderte sie.

»Was denkst du nun von mir, Danny?«

»Ich denke, daß du das wunderbarste Mädchen bist, das je gelebt hat. Wenn es anders wäre, Kathy, wenn kein Krieg wäre – verstehst du das denn nicht?«

»Nein! Ich weiß nur, daß wir uns lieben und daß du in zwei Wochen nicht mehr bei mir sein wirst. Und dann werde ich in meinem Bett liegen und nicht schlafen können und mich fragen, ob es so richtig war – und warten.«

»Es geht nicht, Kathy, ich möchte fair sein dir gegenüber.«

»Dann sei bitte fair. Ich habe ein Recht darauf, daß du mich liebst. Ich möchte doch weiter nichts, als dich glücklich machen.«

»Kathy, Kathy – ich bin ganz durcheinander.«

»Mein Gott«, sagte sie schluchzend, »ich weiß gar nicht, wie ich das alles sagen konnte. Es ist doch nur, weil ich dich so schrecklich liebhabe.«

»Wir dürfen uns nicht treiben lassen, verdammt noch mal. Es ist nicht richtig. Denkst du denn, ich hätte keine Sehnsucht nach dir?«

»Und was wollen wir jetzt machen? Zwei Wochen lang gegenseitig Verstecken spielen?«

Er lehnte sich zurück und versuchte nachzudenken. Sie wollte ihm gehören. Wovon er im Lager geträumt hatte, bis er fast den Verstand darüber verlor, das hatte sie ihm offen angeboten. Er hatte sich danach gesehnt. Und nun? Das war ja alles ganz verrückt. »Und wenn du dann vielleicht ein Kind bekommst?«

»Du liebst mich, Danny – genauso wie ich dich?«

»Ja, Liebste.«

»Warum wollen wir dann nicht heiraten – gleich morgen.«

»Nein, nein, nein!« Warum fuhr er nicht zurück nach San Diego? Warum mußte er sie ansehen, sie anfassen? »Ich hab' doch nichts, bin nichts – was kann ich dir denn bieten?«

»Zwei Wochen«, sagte sie. »Das ist eine Menge, das ist sehr viel.«

Er faßte sie heftig bei den Schultern. »Kathy«, sagte er, »vielleicht auch zwei Jahre, drei Jahre oder vier Jahre. Überleg doch! Vielleicht auch für immer – vergiß das nicht, vielleicht komme ich nie wieder.«

»Macht nichts. Heute bist du hier – und ich liebe dich.«

»Hast du schon mal eine Frau gesehen, deren Mann gefallen ist? Aber ich, grad gestern. Das ist keine Kleinigkeit. Möchtest du vielleicht dein ganzes weiteres Leben vertrauern – nur wegen zwei lausigen Wochen?«

»Und wenn du nun fortfährst, Danny, so, wie es jetzt ist – und dann kommst du nie mehr wieder – was dann? Dann werde ich mir mein Leben lang Vorwürfe machen und mir sagen müssen: Wir hatten zwei Wochen, ich hätte ihn lieben können, ihn glücklich machen können, zwei Wochen lang. Schenk mir diese zwei Wochen, Danny. O Gott, was ist denn richtig und was ist falsch? Ich weiß nicht, ich weiß überhaupt nichts mehr.«

»Sieh mich nicht so an, Kathy, ich hab' doch diesen verdammten Krieg nicht angefangen.«

Eine unübersteigbare Mauer, rundherum. Zwei Wochen – und dann Jahre – vielleicht für immer. Und er mußte wieder fort. Warum?

Sie schwiegen. Sie waren beide ermattet von der vorhergegangenen Spannung. Er zog sie sanft an sich und fühlte ihre Wärme. Seine Lippen berührten ihre Wangen. Sie hielten sich in den Armen, mit geschlossenen Augen. Er war auch nur ein Mensch, und dagegen war er machtlos.

»Deine Eltern werden ein furchtbares Geschrei anfangen.«

»Das macht nichts.«

»Bist du dir eigentlich klar darüber – du willst meine Frau werden?«

»Ja, Danny.«

»Komische Vorstellung, was?«

»Wir werden es nicht bereuen, Danny.«

»Es ist vollkommen verrückt.«

»Nicht verrückter als alles andere. Wir wollen uns jetzt gegenseitig etwas versprechen. Wir wollen die Tage nicht zählen. Wir wollen genauso sein, als ob du für immer hier sein würdest. Wir wollen an nichts denken als an uns beide.«

»Diese zwei Wochen werden die Zeit unseres Lebens sein, Kathy.«

»Wir wollen es versuchen.«

»Kathy?«

»Ja, Liebster.«

»Wo wir jetzt doch entschlossen sind – ich meine, bist du einverstanden, wenn wir irgendwohin fahren – in ein Motel?«

»Ja, Danny.«

Sie schmiegte ihren Kopf an seine Schulter, während sie in rascher Fahrt durch die Hanover-Straße zum Hafen fuhren und dann aus der Stadt hinaus in die Stille des Annapolis-Boulevard.

»Mrs. Forrester«, flüsterte er, »es klingt so sonderbar.«

»Es klingt wunderbar.«

»Weißt du das genau, Kleines?«

»Weiß denn irgend jemand irgend etwas genau? Ich weiß nur, wie mir in diesem Augenblick ums Herz ist.«

Sie bogen beim Burnie-Tal nach links ab und fuhren an der Chesapeake-Bucht entlang, und bald hatten sie die Stadt weiter hinter sich gelassen. Sie hielten an, als sie zu einem Schild kamen, auf dem die Worte aufleuchteten und verschwanden: AUTO – STOP, ZIMMER FREI.

»Einen Augenblick, ich bin gleich wieder da«, sagte Danny. Er ging durch das laute Lokal zum Empfangsbüro.

Das flackernde Licht und der Lärm ließen Kathy auf ihrem Sitz erstarren. Sie verstand sich plötzlich selbst nicht mehr. Eine einsame Straße, ein lautes, volles Lokal – laute Stimmen – lärmende Musik –.

Danny kam zurück mit einem kleinen, alten, kahlköpfigen Mann, der in seinen Pantoffeln vor ihnen her die Auffahrt entlangschlurfte. In der Mitte der nebeneinanderliegenden Zimmer blieb er stehen und steckte den Schlüssel in die Tür. »Das ist ein ziemliches Risiko für mich, junger Mann. Die Militär-Polizei ist verdammt scharf mit solchen Sachen.«

Das klang alles so billig, wie der gräßliche alte Kerl das sagte, dachte Kathy. Ziemliches Risiko. Solche Sachen. Was denkt der wohl, was für eine ich bin? Ihre Hände wurden feucht. Die Tür ging auf. Danny knipste das Licht an und machte die Tür hinter sich zu.

Das Zimmer war kalt, muffig und schäbig. Die Leuchtreklame warf ein flackerndes rotes Licht herein, an und aus, an und aus. Die Scheinwerfer der Wagen, die auf der Autobahn vorbeisausten, fuhren blendend über die Wand. Durch die dünnen Wände hörte man aus dem Lokal das laute Geplärr des Musikautomaten:

> In das kleine Kabarett
> gehn die Männer gern.
> Um sich Jenny anzusehen –

Die Monate brennender Erwartung, der leidenschaftliche Ausbruch vorhin im Park, die strömende Flut der angestauten Worte – wo war das jetzt? Sie sah zu dem großen, braungebrannten Mann hin, der in der Mitte des Zimmers stand. Er stand sehr gerade und trug eine grüne Uniform. Nein, das war ja gar nicht Danny. Danny trug eine grünsilberne Klubjacke, er hielt sich nachlässig. Er war auch nicht so dunkel – seine Haut war hell.

Er brannte eine Zigarette an. Nein, nein, das war nicht Danny – Danny rauchte nicht. Er war jung, und in seinen Augen spielte ein Schalk. Das da war ein Mann, und seine Augen waren ernst und gefährlich.

Was habe ich getan, was habe ich gesagt? Dieser Raum – dieses scheußliche Zimmer.

Und die Männer schrein wie wild:
Jenny, mach dich frei,
Sei doch nicht so zugeknöpft –

Ich möchte nach Haus. Ich möchte zu meiner Mutter – o Gott, er kommt auf mich zu, er will mich auf das Bett haben. Sie wurde steif und starr vor Angst.

»Schon gut, Kathy, ich verstehe. Komm, ich fahr dich nach Haus.«

Ihr war, als sei sie betrunken. Alles war völlig unwirklich. Eine Wagentür schlug zu, ein Motor brummte. Die Stimmen und die Musik wurden leiser und blieben zurück.

Jenny, unerreichter Stern,
Einmal fällst auch du –

Sie fuhren zurück über die dunkle Straße. Die Hitze war noch immer unerträglich. Sie drehte das Fenster herunter, um etwas Kühlung zu bekommen. Allmählich kam sie wieder zu sich. Doch sie wagte nicht, ihn anzusehen.

Die Fahrbahn näherte sich jetzt der Küste. Stumm standen die Sterne am wolkenlosen Himmel, der Mond verbarg sich hinter einer Reihe von Zypressen. Und da war das Meer, das sanft gegen den Strand schlug, auf dem das Mondlicht silbern glänzte.

»Danny«, sagte sie leise und jämmerlich.

Er antwortete nicht.

»Ich schäme mich, ich schäme mich so schrecklich.« Tränen stürzten aus ihren Augen. Er verringerte die Fahrt und hielt an. Er saß schweigend und ließ sie sich ausweinen.

»Es war nicht sehr schön«, sagte er, »sei mir nicht böse. Wir hätten niemals – vielleicht ist es sehr gut, daß es so gekommen ist.«

»Ich weiß nicht, was mit mir los war, ich weiß es nicht.«

»Du brauchst doch nichts zu erklären.« Seine Stimme klang traurig und müde. Er gab ihr sein Taschentuch, sie wischte sich die Tränen ab, putzte sich die Nase und seufzte erleichtert.

»Verzeih mir, Danny.«

»Usch.«

»Du siehst übrigens wunderbar aus in Uniform – das habe ich dir noch gar nicht gesagt.«

Er sagte nichts. Der Sturz aus dem Himmel war zu heftig gewesen.

»Jetzt geht es mir schon wieder besser«, sagte sie.

Er ließ den Motor anspringen, doch da fühlte er ihre Hand auf der seinen. »Bitte noch nicht – nur einen Augenblick noch.«

»Wir wollen lieber nicht noch einmal anfangen, Kathy.«

»Es war so unheimlich«, flüsterte sie, »du warst mir plötzlich ganz fremd. Komisch, ich habe mir nie vorgestellt, wie du in Uniform aussiehst. Wenn ich an dich dachte, dann sahst du immer aus wie in der Schule, wenn ich dir auf dem Flur begegnete. Übrigens rauchst du schrecklich viel.«

»Ich habe vermutlich allerlei schlechte Gewohnheiten aufgelesen. Ich habe mich wohl ziemlich verändert.«

»Nein, eigentlich doch nicht. – Danny, weißt du noch, wie wir hier mal mit Sally und Virg hergefahren sind und nachts gebadet haben, im Mondschein – mein Gott, das war ja grad erst letzten Sommer. Komm, wir gehen ein Stück den Strand entlang, es ist so wunderbar.« Sie stand schon draußen, ehe er protestieren konnte. Sie schritten über den Sand, und sie bückte sich, streifte ihre Schuhe ab und lachte.

»Ich geh so gern barfuß im Sand.«

»Was für ein Unsinn.«

»Es ist herrlich. Zieh dir doch auch die Schuhe aus.«

»Benimm dich doch nicht so kindisch.«

»Weißt du, an wen mich deine Stimme erinnert?«

»Nein – an wen denn?«

»An Danny.«

Komisch, dachte er, zum erstenmal seit gestern abend hat sie wieder Ähnlichkeit mit Kathy. Erst war sie eine leidenschaftliche Frau und dann ein ängstliches kleines Mädchen. Jetzt ist sie Kathy.

Sie lief durch den Sand und stieß kleine entzückte Schreie aus. Und plötzlich gab es keinen Krieg mehr und kein Marine-Korps. Er war wieder Danny Forrester, und sie war sein Mädchen – genau wie damals.

»Kathy, wenn du jetzt nicht gleich herkommst, dann fahre ich los und laß dich hier sitzen.«

»O je – hat der große Fußballstar Angst, er könnte ein bißchen Sand zwischen seine süßen, kleinen Zehen bekommen?«

»Quatsch.« Er setzte sich in den Sand, zog die Schuhe aus und lief zu ihr hin.

»Ich gehe ins Wasser«, rief sie. Sie lief am Wasser entlang, wo der Sand hart war, und hinterließ kleine komische Fußspuren. Eine kleine Welle spülte über ihre Füße, und sie sprang zurück. »Es ist kalt.« Sie zog den Rock hoch und watete hinein. Danny saß am Strand und sah ihr zu.

»Es ist herrlich«, rief sie, »komm doch 'rein.«

»Unsinn.«

»Feigling.«

»Komm 'raus – ich hab' keine Lust, die ganze Nacht hier zu sitzen.« Er krempelte seine Hosen hoch, rannte zum Wasser und sprang zurück, als der erste Spritzer ihn erreichte. Kathy sah sich um und lachte.

»Na, ist das Wasser zu kalt für den berühmten Sportsmann?«

»Du unverschämte Kröte.« Er watete zu ihr hin. Sie machte mit dem Fuß einen Spritzer und bespritzte ihn von oben bis unten. »Meine Uniform! Du, ich schlag dich tot!«

»Dazu mußt du mich erst mal kriegen.«

Sie rannte lachend den Strand hinauf. Sie lief hin und her und sank schließlich atemlos in den Sand.

»So«, sagte er, »und jetzt wirst du Sand essen.« Sie wand sich und versuchte loszukommen. »Danny – nicht! Nein – laß das – bitte, lieber Onkel!« sagte sie lachend. Er legte sie auf den Rücken und hielt sie fest. »Und jetzt eine ordentliche Handvoll Sand – schönen, nassen Sand.«

»Danny – laß das.«

Dann trafen sich ihre Augen. Sie verharrten bewegungslos. Langsam lockerte er seinen Griff. Jedes Wort war jetzt überflüssig. Der Strand lag schweigend – jeder hörte den heftigen Atem des andern. Er fragte mit den Augen und las in ihren Augen die Antwort.

Danny ging zum Wagen, holte eine Decke heraus und ging zurück zu der Stelle, wo sie lag. Er kniete sich neben sie in den Sand und sah sie an. Im matten Licht der Sterne glänzte ihre Haut wie Samt, ihr langes Haar umgab ihren Kopf wie Wellen. Ein Windhauch strich vorbei. Sie seufzte und bewegte sich sacht im Schlaf. Er beugte sich über sie und rührte sie an, um sich zu überzeugen, daß dies Wirklichkeit sei. Dann breitete er behutsam die Decke über sie.

Ihre Augen öffneten sich einen Spalt. »Danny«, flüsterte sie.

»Ja, Liebste.«

Sie atmete tief, schloß die Augen und breitete die Arme nach ihm aus. Sie zog ihn an sich.

»O Kathy – Kathy.«

»Liebster.«

»Da unten am Strand ist eine kleine, unbewohnte Hütte.«

»Ja, Danny.«

»Ich fahre nur eben den Wagen von der Straße weg.«

Das erste Frühlicht erschien in dem Fenster ohne Scheiben. Ihr Kopf lag auf seiner Brust. Er streckte den Arm aus und zog mit dem Finger die anmutigen Linien ihres langen Rückens nach. Wie wunderbar ihre Haut sich anfühlte.

»Kathy«, sagte er leise.

Sie lächelte und schlang ihre Arme um ihn. »Es ist schon fast hell, Kathy. Ich glaube, wir müssen gehen.«

Sie kam auf ihre Knie, beugte sich über ihn und küßte ihn auf den Mund. »Du bist schön. Ich muß dich immerzu ansehen.«

Sie wurde rot.

»Stört es dich?«

»Nicht, wenn es dich glücklich macht, Liebster.«

Er lehnte sich gegen die Wand. Sie lag in seinen Armen. Er sah sich um in dem verwahrlosten Raum. »Sieht eigentlich gar nicht nach Hochzeit aus. Keine Kirche, keine Blumen, keine Geschenke. Du hast dir was Schönes eingehandelt.«

Sie nahm seine Hand, küßte sie und legte sie auf ihre Brust. »Ich hab' doch dich. Und eine schönere Hochzeitsnacht hat kein Mädchen gehabt.«

»Kathy?«

»Ja?«

»Hab' ich dir weh getan?«

»Nicht sehr. Ich – ich hatte mit Doktor Abrams gesprochen. Er hat mir alles mögliche erzählt, was man wissen muß. Findest du mich sehr schamlos?«

»Oh, du Biest – du hast mich ordentlich 'reingelegt.«

»Ich wußte, was ich wollte. Ach, Danny, ich bin ja so glücklich. Und du hast so viel Geduld mit mir gehabt. – Darf ich dir jetzt einmal was sagen?«

»Na?«

»Ich hab' schrecklichen Hunger.«

Sie zogen sich an, wenn auch ungern, und gingen langsam zum Wagen. Sie schmiegte sich in seinen freien Arm und machte die Augen zu, während er fuhr.

»Ich möchte dich glücklich machen«, sagte sie.

»Sei still, Weib.«

»Bin ich eine gute Geliebte, Danny?«

»Was redest du denn da?«

»Bin ich ein bißchen gut? Ich möchte es gern sein – für dich.«

»Willst du wohl gleich still sein?«

»Sag doch – ich möchte es gern wissen.«

»Na, ich schätze, daß du im Puff drei Dollar bringen würdest.«

»Danny!«

»Verzeih, das hätte ich nicht sagen sollen. Man sieht doch auf den ersten Blick, daß du mindestens ein Fünf-Dollar-Stück bist.«

»Danny?«

»Was denn nun schon wieder?«

»Bin ich so gut wie das Mädchen in San Diego?«

Beinah wäre er mit dem Wagen gegen einen Telegrafenmast gefahren. Kathy lächelte unschuldig wie ein kleines Kätzchen. »Ich habe es genau gewußt. Ich wußte, was los war, als du damals nicht schriebst. Es macht mir nichts mehr – jetzt habe ich dich ja.«

»Es wird kein anderes Mädchen mehr geben, Kathy, nie mehr – nur dich.«

Bei einem Autobahn-Schnellimbiß am Stadtrand machten sie halt, tranken Kaffee und aßen brutzelndheiße Eier auf Speck. Dann fuhren sie in die Stadt hinein. Aus dem Zauber der Nacht wurde die harte Wirklichkeit des Tages, der nächsten Stunden.

»Kathy.«

»Ja, Liebster?«

»Es wird hart auf hart gehen.«

»Ich weiß.«

»Bist du bange?«

»Halt dich an mich.«

»Sie können nichts mehr dagegen machen, Danny.«

Zu Haus bei Kathy waren die vier Eltern versammelt. Sybil Walker saß da und schluchzte, Martha Forrester desgleichen. Die Männer standen, steif und sehr aufrecht. Sie hatten die ganze Nacht kein Auge zugetan. Als die beiden hereinkamen, entstand ein elektrisch geladenes Schweigen.

»Kind, Kathy – du lebst! Und du bist gesund?«

»Ja, Mutter.«

»Oh, Gott sei Dank«, rief Frau Forrester. »Wir dachten schon, ihr hättet einen Unfall gehabt.«

Danach erneutes Schweigen, während sie sich ihre Kinder genauer ansahen.

»Wo, zum Teufel, habt ihr euch eigentlich herumgetrieben?« polterte Marvin Walker schließlich los.

»Mein Gott, Kathy, wie siehst du bloß aus!«

»Wir werden alles erklären«, sagte Danny ruhig.

»Das möcht ich mir verdammt auch ausgebeten haben, daß ihr alles erklärt!« Die beiden, die sich noch immer fest an der Hand hielten, traten einen Schritt zurück. »Wir sind hier bald wahnsinnig geworden.«

»Kind, Kind – was hast du getan?« rief Frau Walker, die sich inzwischen davon überzeugt hatte, daß ihre Tochter lebte und gesund war.

»Ich glaube, Marvin, daß wir dieser Sache sehr viel besser auf den Grund kommen, wenn wir vielleicht alle etwas leiser reden würden«, schlug Henry Forrester vor.

»Leiser reden? Ich denke nicht daran! Es handelt sich schließlich um meine Tochter, Henry – vergiß das bitte nicht. Meine Tochter!«

»Kathleen, du – hast doch nicht?«

Keine Antwort.

»Schmach und Schande«, rief Martha Forrester wehklagend. »Oh, Danny, wie konntest du!«

»Du Lump!« Kathys Vater schwoll rot an vor Wut und fuchtelte Danny mit der geballten Faust vor der Nase herum.

»Was hast du getan, Sohn?«

»Nun hört doch mal – seid doch mal einen Augenblick still, alle miteinander«, sagte Kathy. »Mutter, begreifst du denn nicht – ich liebe ihn – bitte, Vater.«

»Geh in dein Zimmer, Kathleen!«

»Nein!«

»Ich werde dir eine Lektion erteilen, mein Fräulein, die du nie wieder vergißt. Und was dich angeht, Danny, so werde ich den Fall der Militärbehörde mitteilen!«

»Kathleen, wie konntest du uns das antun?«

»Jetzt ist es aber genug, verdammt noch mal!« sagte Danny endlich. »Wir lieben uns. Wir wollen heiraten.«

»Heiraten! Du Taugenichts! Und du – dafür habe ich dich also großgezogen, daß du dich nachts 'rumtreibst!«

»Danny, sie verstehen uns ja doch nicht – sie wollen auch gar nichts hören.«

Es wurde still im Raum. Man hörte nur noch Dannys hysterische Mutter krampfhaft schluchzen.

»Marvin, Sybil – wir sollten vielleicht etwas ruhiger werden und die ganze Sache wie normale Menschen durchsprechen. Die beiden meinen es offenbar ernst. Herrgott, Martha – hör auf mit dieser idiotischen Heulerei oder geh 'raus.«

»Was erlaubst du dir, so mit mir zu reden.«

»Schweig. Dein sterbender Schwan zieht bei mir nicht mehr, den hab' ich schon zu oft gesehen. Dein Sohn hat sich da was eingebrockt. Entweder versuchst du zu helfen, oder du verschwindest!« Sie sank in den Stuhl zurück, aschfahl.

»Und du, mein Sohn, was hast du dazu zu sagen?« fragte Henry, schon wesentlich ruhiger.

»Nichts«, antwortete Kathy. »Er hat weder etwas zu erklären, noch für irgend etwas um Entschuldigung zu bitten.«

»Ja, Vater, so ist es.«

»Du – du empfindest gar keine Reue?« fragte Sybil.

Kathy schüttelte den Kopf. »Wir haben nichts getan, was wir zu bereuen hätten.«

»Du hast ganz recht gehabt, Sybil. Du hattest mir ja schon vor langer Zeit gesagt, daß ich eingreifen sollte – ich wollte nicht hören. Es ist wohl besser, Henry, wenn du mit deinem Sohn unser Haus verläßt.«

»Dann bleibe ich auch nicht hier«, sagte Kathy und klammerte sich an Danny, »nimm mich mit.«

»Bist du entschlossen, Kathy?«

»Ja«, flüsterte sie.

»Rechnet bitte nicht mit meiner Hilfe«, sagte Henry.

»Wir brauchen deine Hilfe nicht«, antwortete Danny.

Kathy ging zu ihrer Mutter und kniete nieder. »Ich liebe ihn, Mutter. Ich liebe ihn schon schrecklich lange. Ich – ich möchte dir nicht weh tun, aber begreifst du denn nicht, wie es um uns steht?« Sie stand auf und sah ihren Vater bittend an.

»Hinaus«, sagte er.

»Ich bin gleich wieder da, Danny.« Sie lief eilig nach oben.

Dannys Augen waren finster und grimmig. »Besten Dank auch«, sagte er mit höhnischer Stimme, »ihr seid wirklich großartige Leute. Aber uns kann die ganze Welt gestohlen bleiben – wir werden auch allein fertig werden.«

»Marvin«, rief Frau Walker weinend, »laß sie nicht fort.«

»Die bluffen nur, Sybil. Laß sie doch gehen. Die kommt schon wieder – auf den Knien wird sie angerutscht kommen. Er hat ja keinen roten Heller.«

Danny ging zum Telefon. »Western Union, bitte – ich möchte ein Telegramm aufgeben an First Sergeant Pucchi, Stabskompanie, Zweites Bataillon, Sechstes Regiment – Camp Eliot, Kalifornien – jawohl, stimmt. Dringend. Inhalt: Bitte zweihundert Dollar, die ich bei der Kompanie stehen habe, telegrafisch überweisen an Western Union, Baltimore. Bitte außerdem, Mac, weitere zweihundert beim Trupp aufzutreiben und Wohnung oder Zimmer in der Stadt zu mieten. Besorgt Job für meine Frau bei North American – Unterschrift: Danny.« Er warf einen Geldschein auf den Tisch beim Telefon. »Da – für die Gebühren.«

Kathy kam wieder herunter mit einem Koffer und einem Mantel über dem Arm.

»Sohn, Sohn –«, sagte Henry Forrester bittend.

»Fertig, Liebling?«

»Ja, Danny«, sagte sie tapfer.

»Kathleen! Nein! Geh nicht fort!«

Sie ging zur Tür, dann drehte sie sich noch einmal um.

»Was ist dein letztes Wort, Mutter?« sagte sie mit kühler Entschlossenheit.

»Ja, ja — wenn du nur bleibst.«

»Vater?«

Marvin Walkers gebeugter Rücken wurde noch ein wenig krummer. »Du bekommst deinen Willen, Kathleen — Gott helfe uns.«

Henry ging zu ihr und legte den Arm um sie. »Herzlich willkommen in der Familie, Mrs. Forrester — Teufel auch, ich freue mich!«

»Danke, Papa«, sagte sie.

Die Trauung fand in einer leeren Kirche ohne Blumen statt; nur Dannys Vater und Sally Davis waren dabei. Den Rest seines Urlaubs verbrachten sie in einer kleinen Wohnung, die ihnen eine unverheiratete Tante von Kathy zur Verfügung gestellt hatte.

Sie klammerten sich verzweifelt an den Augenblick, sie bewegten sich durch die äußere Welt und versuchten, den Aufruhr in ihrem Innern dadurch zu betäuben. Doch jeder neue Morgen traf sie mit seinem Licht wie mit einem Schwert. Nur noch sechs Tage — nur noch fünf Tage — nur noch vier Tage.

Unerbittlich rann der Sand im Stundenglas.

7. Kapitel

Ich schlief und hielt dabei ein Auge offen — ein alter Marine-Trick. Ich hatte schon viele vom Urlaub zurückkommen sehen. Manchmal dauerte es eine Woche und manchmal einen Monat, bis sie sich wieder eingewöhnt hatten. Es gab auch welche, bei denen wurde es nie wieder ganz so, wie es vorher gewesen war. Es war eine große Hilfe, wenn gleich bei der Ankunft jemand da war, mit dem sie reden konnten. Ich blieb deshalb immer wach, wenn einer von meinen Jungens fällig war.

Es war ein großer, schlanker, gutaussehender Mariner, der in dieser Nacht die Hauptwache von Camp Eliot passierte. Er ging langsam die lange, schwach beleuchtete Straße entlang, ein wenig schief unter dem Gewicht seines Gepäcks, vorbei an den schweigenden Baracken. Dann machte er die Tür zu unserer Baracke auf und blieb einen Augenblick auf der Schwelle stehen. Dort schnarchte einer, hier wälzte sich ein ruheloser Schläfer auf die andere Seite. Von draußen hörte man den Schritt der Wache. Er ging langsam zu seiner Koje und setzte sich. Sein Bett war leer. Und leer war es auch in ihm. Er steckte sich eine Zigarette an und saß. Saß einfach da.

»Hallo, Danny«, flüsterte ich.

»He, Mac.«

»Guten Urlaub gehabt?«

»Danke.«

»Heda, ihr, hört auf mit eurem Gequatsche! Kann man denn nicht mal schlafen in diesem verdammten Puff?«

133

»Komm mit nach draußen, da können wir 'n kleinen Klönschnack halten. Ich kann doch nicht schlafen.« Das war gelogen. Ich wollte mit ihm reden.

Ich ging mit Danny in den Waschraum und schlug ihm auf die Schulter. »Morgen dreißig Kilometer – und du bist wieder wie neu.«

»Na klar.«

»Sonst alles in Ordnung?«

»Bestens. Haben die Jungens ihr Geld wieder bekommen?«

»Ja.«

»Tut mir leid, daß ich euch so viel Mühe gemacht habe, Mac.«

»Nicht der Rede wert.«

»Mac, ich habe geheiratet.«

»Die kleine Blonde?«

»Ja.«

»Mensch, das ist ja großartig.«

»Doch, ja.«

»Nun geh bloß nicht mit so 'ner Leichenbittermiene 'rum, Danny.«

»Mach dir keine Sorgen, Mac. Morgen bin ich wieder okay. Ich hab' bloß noch keine rechte Lust, jetzt gleich schlafen zu gehen.«

»Teufel, das hätt ich beinah vergessen. Da ist ein Brief für dich gekommen.«

»Ein Brief? Komisch, ich bin ja grad erst gestern abend weggefahren.«

»Der ist schon vor mehreren Tagen gekommen.« Ich übergab ihm den Luftpost-Eilbrief. Seine Miene verdüsterte sich.

»Von ihrem Vater. Steht bestimmt nichts Gutes drin – der Alte hat mich schwer im Salz.«

Er riß den Umschlag auf. Danny war so nervös, daß er nicht lesen konnte, und so las ich ihm den Brief vor.

Lieber Danny!

Ich weiß nicht recht, was ich sagen und wo ich anfangen soll. Ich möchte gern, daß Du diesen Brief vorfindest, wenn Du ins Lager zurückkommst, weil ich mir vorstellen kann, daß Dir dann nicht besonders rosig zumute ist.

Zunächst einmal – ich habe nicht die Absicht, mich für mein Verhalten an dem Morgen, als Du mit Kathleen bei uns ankamst, zu entschuldigen. Ich möchte annehmen, daß Du Dich auch nicht sehr viel anders benommen hättest, wenn Du in meiner Lage gewesen wärst. Kathy ist nun mal unser einziges Kind, und vielleicht sind wir allzu ängstlich mit ihr gewesen. Wir haben versucht, ihr alles zu geben, was in unserer Macht stand, und wir wollten sie beschützen vor den Gefahren des Lebens. Daß es nun so kam, war für uns, milde ausgedrückt, ein Schock. Der Schock war allzu heftig, als daß wir hätten erkennen können, daß Kathy sich in den letzten sieben Monaten aus einem Schulmädchen zu einer erwachsenen jungen Frau entwickelt hatte. Ich hätte es sehen und ihr beistehen müssen in ihren Nöten, aber es wußte ja niemand, was geschehen würde, wenn Du zurückkamst.

Ich bin nicht so verbohrt, daß ich nicht versuchen würde, eine Sache zu überschlafen und am nächsten Tag ruhig darüber nachzudenken. Sybil und ich haben lange darüber geredet. Man muß den Tatsachen ins Gesicht sehen. Meine Tochter liebt Dich, und ihr Glück ist für mich noch immer das Wichtigste von allem.

Danny, als der Krieg ausbrach, da dachte ich, ich wäre fein 'raus. Ich war verdammt egoistisch. Ich freute mich, daß ich keine Söhne hatte, die in den Krieg mußten, und ich war beruhigt bei dem Gedanken, daß ich den Tag nicht erleben würde, an dem etwa feindliche Bomben auf Baltimore fallen könnten. Ich hatte weiter nichts zu tun, als Kriegsanleihe zu zeichnen und Blut zu spenden, das war ja nicht weiter schlimm. Ja, ich war froh darüber, daß der Krieg mir nichts würde anhaben können. Wie töricht war ich. Dem Krieg kann niemand entgehen, keiner von uns. Und jetzt befinde ich mich im Krieg, genauso wie meine Tochter. Ihr jungen Menschen lebt Euer eigenes Leben, und die Entscheidungen, die Ihr treffen müßt, kann Euch niemand abnehmen.

Du und Kathleen, Ihr beiden habt allerhand vor Euch. Ich denke, daß Ihr Euch darüber klar seid. Aber ich glaube, daß Ihr beide das Zeug dazu habt, damit fertig zu werden. Ich habe Dich immer gern gemocht und habe auch gegen meinen Schwiegersohn nichts einzuwenden. Nur über seine Methoden ließe sich streiten.

Du hast jetzt eine Menge zu tragen. Du mußt in den Krieg und die Sache ausfechten für die alten Krüppel, wie ich einer bin. Ich kann dabei für dich weiter nichts tun, als Dir die innere Beruhigung zu geben, Deine Frau in Frieden und Sicherheit zu wissen, und zu wissen, daß unsere Gedanken überall bei Dir sind.

Sybil will dieser Tage mit Kathleen in die Stadt, um einen Haufen unnützer Sachen zu kaufen, wie Frauen sie sich wünschen. Sozusagen ein nachträgliches Hochzeitsgeschenk.

Ich hoffe, Du redest ihr diese Idee aus, nicht weiter auf die Schule gehen zu wollen. Ich weiß, daß Du da genau derselben Ansicht bist wie ich. Ob sie aufs College soll, das ist wieder eine andere Frage. Das hat ja aber auch noch Zeit bis nächstes Jahr. Ich möchte mich auf keine Weise in Eure Ehe einmischen, aber vielleicht darf ich Dich bitten, ihr zu diesem einen Punkt in meinem Sinne zu schreiben. Sie ist ein ziemlicher Dickkopf, wie Du vermutlich weißt. Hat sie von ihrer Mutter.

Ja, lieber Sohn, ich würde mich freuen, wenn Du mir gelegentlich ein paar Worte schreiben würdest, ganz privat von Mann zu Mann. Und wenn Du mal knapp bei Kasse sein solltest – ich weiß doch, wie das ist, wenn man Soldat ist –, dann klopfe bitte jederzeit ganz ungeniert bei mir auf den Busch.

»Jetzt bin ich aber platt«, sagte Danny. »Ich denke, Mac, ich werde mal ein bißchen an der Matratze horchen. Kann nicht schaden, noch 'ne Stunde zu pennen vorm Wecken.« Er faltete den Brief zusammen und ging in die Baracke.

Danny hatte sich rasch wieder eingewöhnt. Die Erinnerung an seinen Urlaub verstaute er ganz hinten in einem Winkel seines Herzens und holte sie nur gelegentlich hervor, wenn er mal allein war.

135

So ganz allmählich entwickelte sich der Trupp zu einem guten Nachrichtenteam. Nicht so gut, wie wir früher waren, bewahre – ich konnte immer noch mit den Füßen schneller morsen als sie mit den Händen. Aber sie hatten sich doch immerhin soweit gemacht, daß sie aus unserer altertümlichen Ausrüstung 'rausholten, was 'rauszuholen war. Danny und Marion waren mit Abstand die besten von der Bande. Sie waren natürlich keine Blitzfunker, aber man konnte sich auf sie verlassen.

Bald nach Dannys Rückkehr begann das mühsame und langwierige Geschäft, alles klarzumachen zum Verladen. Keiner von uns hatte es besonders eilig, wegzukommen; und doch waren wir alle froh, als durchsickerte, daß wir vorgesehen waren für baldigen Export. Je schneller daran, desto schneller davon.

Es war uns allen klar, daß für das Sechste Regiment des Marine-Korps irgendwas ganz Besonderes bevorstand. Schließlich waren die Sechser ja nicht irgendeine Einheit; seit Jahrzehnten schon waren sie immer mit dabeigewesen, wenn irgendwo eine extra heiße Suppe gekocht wurde.

Wir fingen an, den gesamten Kram, der dazu gehört, wenn eine Truppe nach Übersee geht, in Kisten zu verpacken. Auf jede Kiste kam ein weißes Viereck mit der Nummer 2/6. Das zweite Bataillon hatte immer die Farbe Weiß. Außerdem pinselten wir auf jede einzelne Kiste die mysteriösen Worte *Spooner* und *Bobo*. *Spooner* war der Deckname für unseren Bestimmungsort und *Bobo* für unser Schiff.

Bald türmten sich im Lager Berge von Kisten mit *Spooner Bobo* und, für die anderen Bataillone mit *Spooner Lolo* und *Spooner Mumu*. Dann begann das Verladen und Verstauen.

In ihrer Fähigkeit, sich um die Arbeit zu drücken, machten die Neuen der Tradition des Marine-Korps alle Ehre. Es war eine ausreichende Tagesbeschäftigung, die Jungens aus ihren Druckposten aufzustöbern, wenn es sich um die Einteilung zu Arbeitskommandos handelte. Sie verfielen auf die haarsträubendsten Ausreden und die raffiniertesten Verstecke, und in diesem Punkt standen sie den Alten um nichts nach. Die Jungens von meinem Zug waren besonders sauer, da sie die gesamte Arbeit für die Stabskompanie machen mußten. Der Stab brauchte sich am Verladen nicht zu beteiligen, die Feldküche auch nicht, die übrigen Trupps taten sehr wenig.

Burnside und ich waren nahe daran, die Platze zu kriegen. Jedesmal, wenn ein Lastwagen kam und beladen werden sollte, war natürlich weit und breit kein Schwanz zu finden. Schließlich legten wir den ganzen Trupp in ein Achterzelt, und Burnside und ich standen abwechselnd die ganze Zeit davor Wache.

Joe Gomez, der alte Halunke, schaffte es irgendwie, durch die Latten zu gehen. Er kaufte in San Diego siebzig Liter Rotwein und kam auf einem ›entliehenen‹ Jeep damit ins Lager zurück. Drei Tage und Nächte schwankte der Trupp mit schwerer Schlagseite zwischen den Kisten umher. Als das Zeug zur Neige ging, schummelte sich Joe erneut in die Stadt und kam, trotz aller Kontrollen der Lagerwache, mit einer neuen Ladung von dem üblen, billigen Zeug zurück. Die Burschen kamen durch die Sauferei allmählich in einen

136

unbeschreiblichen Zustand. Schwester Mary war der einzige, der noch in der Lage war, ein Arbeitskommando zu organisieren.

Die ganze Nacht, in den Pausen, bis der nächste Lastwagen kam, lagen sie im Arbeitszelt auf den seit Tagen ungebauten Kojen und soffen Rotwein. Sie mochten nicht mal mehr essen. Ein Glas Wasser am Morgen, um den mordsmäßigen Brand zu löschen, und sie waren wieder blau. Ich war froh, als endlich die letzte Kiste auf dem Wagen war und abfuhr zum Hafen.

Ein Löhnungsappell kam genau zur rechten Zeit. Wir bekamen Urlaub bis zum Wecken, um in gutem, altem Marinerstil Abschied zu nehmen. Das Bataillon schwärmte aus und ließ sich vollaufen.

Dann wankten wir zurück ins Lager und warteten. Es ging noch immer nicht los. Wir feierten am nächsten Abend nochmals Abschied – saßen wieder einen Tag und warteten – feierten wieder abends Abschied. Am Ende der Woche hatte niemand mehr Geld. Im ganzen Bataillon war kein roter Heller mehr aufzutreiben. Wir fingen an, nach Haus zu telegrafieren um Geld für ›unbedingt notwendige Anschaffungen‹ – worunter natürlich ein letzter Ringelpiez mit Anfassen zu verstehen war.

Wir fühlten uns geradezu erleichtert, als wir schließlich in Bussen und Lastwagen zum Hafen fuhren, wo uns all die Kisten mit *Spooner Bobo* begrüßten. Sie mußten aufs Schiff gebracht und verstaut werden. Das dauerte wieder einige Tage, und der Ärger mit den Arbeitskommandos fing von vorne an. Der einzige Unterschied war, daß die Burschen sich hier noch besser drücken konnten.

Ich war beim Korps schon so oft mit einem Schiff auf die Reise gegangen, daß ich nicht mehr hätte sagen können, wie oft, und keiner von den Truppentransportern war ein Luxusdampfer. Aber *Bobo* war der übelste, mistigste, dreckigste Kahn, den ich je gesehen hatte. Ich versuchte, meine heftige Abneigung gegen diesen schwimmenden Sarg von der Handelsmarine mir nicht anmerken zu lassen, doch das war nicht einfach. Wir hatten nun schon über eine Woche lang heftig getankt; als wir *Bobo* sahen, da bekamen wir wirklich Lust, uns mal ernstlich zu besaufen.

Andy, Speedy, L. Q., Seesack und Danny enterten die erste Kneipe am Broadway, fest entschlossen, sich von Lokal zu Lokal bis ans andere Ende der langen Straße durchzusaufen. Ich hatte eigentlich die Absicht, ein bißchen auf sie aufzupassen, geriet aber zwischen Burnside und McQuade, die mal wieder um die Wette soffen, und mir war ganz danach zumute, beide unter den Tisch zu trinken. So verlor ich in der zweiten Kneipe die Jungens aus den Augen und konnte nur hoffen, daß ich sie am nächsten Morgen auf dem Schiff alle wieder antreffen würde.

Die Krieger in Grün saßen mit leicht verglasten Augen um einen Tisch in einer Bar in Cresent-City, einem Vorort von San Diego. Keiner von ihnen war mehr in der Lage, zusammenhängend zu erzählen, wie sie dorthin gekommen waren. Ein gedämpftes Licht warf leichte Schatten auf die Wände des Etablissements. An der Jazz-Orgel bemühte sich eine schlaftrunkene Dame, den Raum mit einschmeichelnden Melodien zu füllen.

»Zu schade, daß die alte Mary nicht dabei ist.«

»Ja, zu schade.«

»Schade, ja.«

»Wir wollen einen trinken auf unsre alte Schwester Mary.«

»Sehr gute Idee.«

»Gute Idee, ja.«

»He, Andy – weißt du eigentlich noch, was anliegt?«

»Ja, das ist jetzt die dreiundzwanzigste Runde für mich. Und für euch Schnuckelchen die achtzehnte.«

»He, L. Q. – fängst du schon wieder an zu heulen?«

»Ich möcht ja nicht – aber ich muß – ich muß –«

»Nun heul bloß nicht, L. Q. Wenn du weinst, muß ich auch weinen, Kumpel«, sagte Andy unter Tränen.

»Ihr alten Burschen, L. Q., Danny, euch darf kein Japs was tun, da paß ich auf. Ihr seid die besten Kumpels, die ich jemals gehabt habe. Wir halten zusammen, jawohl.«

»Mensch, Seesack, du brauchst doch nicht gleich zu heulen, bloß weil wir heulen.«

»Weiß auch nicht, warum ich heule – ich habe euch ja so lieb.«

»He, Andy, warum heulst du eigentlich?«

»Ist das vielleicht verboten?«

Von den andern Tischen wandten sich die Köpfe den fünf kräftigen Burschen in Marine-Uniform zu, die so laut waren und so traurig; teils waren die Leute verärgert, manche hatten Mitleid, und einige lachten.

Gegen drei Uhr morgens fand ich sie dann wieder. Sie exerzierten mitten auf dem Broadway. Zum Glück war keine MP in der Nähe. Speedy Gray saß auf dem Randstein und kommandierte mit lauter Stimme, während die andern vier mit heftiger Schlagseite über die Fahrbahn schwankten. Sie erinnerten an eine Gruppe Rekruten in den allerersten Tagen der Ausbildung, jeder haute ab in einer andern Richtung.

»He, ihr Burschen«, rief ich, »tut mir den einen Gefallen und verschwindet von der Straße.«

»Hallo, Mac! Links, zwei, drei, vier – links – links –«

»Verdammt noch mal, kommt gefälligst her, ehe die MP euch alle miteinander einbuchtet.«

Das Volk, das noch unterwegs war, blieb stehen und sah sich dieses Schauspiel militärischer Präzision an. Ein Zivilist neben mir beschloß, mir an die Seite zu treten.

»Habt ihr nicht gehört, was euer Sergeant gesagt hat?« rief er laut.

»Macht nichts«, sagte ich ärgerlich, »wenn die Jungens exerzieren wollen, dann sollen sie exerzieren.«

»Ich wollte Ihnen ja nur helfen«, sagte der Zivilist.

»Das hier ist eine rein militärische Angelegenheit, verstanden?«

Speedy hatte sich mit Hilfe eines Laternenpfahls wieder erhoben, an dem er sich festhielt, während er sich vornüber zu dem Mann neigte. »Uns hat kein verdammter Zivilist irgendwas zu sagen«, sagte er und schnipste mit einem Finger den Schlips des Mannes in die Höhe.

»Lassen Sie den Unsinn«, sagte der Mann wütend.

Speedy zog ihm den Hut über die Augen und drehte ihn herum. Andy, der sich aus der Formation davongeschlichen hatte, feuerte ihn mir mit einem Kinnhaken in die Arme, der arme Bursche war k. o. Ich legte ihn behutsam auf den Bürgersteig.

»Verdammt, Jungens, jetzt wollen wir aber sehen, daß wir Boden gewinnen.«

Wir rannten ein ganzes Stück die Straße hinunter, dann mußten wir unser Tempo verringern, da Seesack, der erklärte, keinen Schritt mehr gehen zu wollen, abgeschleppt werden mußte. Schließlich setzten wir uns in die Halle des Lincoln Hotels, um zu verpusten.

»Warum hast du eigentlich dem Zivilisten eins vor den Latz geknallt?« fragte ich Andy.

»Daß man sich auch nie einen Spaß erlauben kann, wenn du dabei bist, Mac«, sagte er.

»Kommt, Kinder, wir gehen in irgend 'ne Kneipe und machen Kleinholz«, schlug Speedy vor. »Nun hör endlich auf zu heulen, L. Q.«

»Die Lokale sind alle geschlossen«, sagte ich. »Jetzt kommt ihr mit mir zum Schiff.«

Mein Vorschlag gefiel ihnen gar nicht. Danny erhob sich aus seinem Sessel und sah sich in der Halle um. Am Ende einer Reihe von Telefonzellen saß in der Vermittlung die Telefonistin, die Nachtdienst hatte.

»Moment mal, Jungens, Moment mal. Ich – ich ruf jetzt Kathy an. Los, kommt mit – ihr müßt alle meiner Süßen guten Tag sagen.« Er begab sich schwankend zu der Telefonistin. »Hallo, Fräulein«, sagte er, »verbinden Sie mich doch mal mit Kathy.«

»Wissen Sie die Nummer, Mariner?«

»Kathy in Baltimore –«

»Und der Nachname?«

»Kathy Walker – ich meine, Forrester. Die Nummer ist Liberty 6056 oder 5065. Ihr Alter heißt Marvin, Marvin Walker.« Er langte in seine Brieftasche – sie war leer. »Melden Sie's an als R-Gespräch. Marvin is'n guter Freund von mir.«

»Hallo«, meldete sich eine verschlafene Stimme.

»Hier kommt ein R-Gespräch für Sie aus San Diego. Wollen Sie es annehmen?«

»Welcher verdammte Idiot ruft denn da um fünf Uhr morgens – sagten Sie San Diego? Ja, bitte, natürlich.«

»Hier ist Ihr Gespräch. Der Teilnehmer hat angenommen.«

»Nun drängelt doch nicht so, ihr Burschen. Hallo, Marvin!«

»Danny!«

»He, Marvin, alter Kumpel. Reich mir mal mein Eheweib.«

»Du bist ja betrunken.«

»Stimmt auffallend.«

139

»Paps, wer ist denn da?«

»Dein Herr Gemahl, und zwar stockbesoffen. Es hört sich an, als ob das gesamte Marine-Korps mit in der Zelle wäre.«

»Danny, Liebster!«

»He!«

»Danny — Danny!«

»Hör mal zu, Süße. Du kennst doch die Burschen alle, hab' dir doch von allen geschrieben, ja? Sie sind fast alle hier und möchten dir gern guten Tag sagen — nun drängelt doch nicht so, verdammt noch mal.«

»Hallo, Mädchen, hier ist Seesack.«

»Hallo, Seesack.«

»Immer nur einer aufs Mal.«

»Hallo, Kathy, ich seh mir immerzu das Foto von euch an. Sie sind wirklich ein hübsches Mädchen.«

»Wer sind Sie denn?«

»Ich bin Speedy, Madam.«

»Oh, der aus Texas, hallo.«

»Los, Andy, sag auch was.«

»Ich mag nicht.«

»Liebling, der alte Andy ist ein Weiberfeind, und L. Q. heult gerade. Es macht dir sicher keinen Spaß, mit L. Q. zu reden, wenn er weint.«

Ich schob sie alle aus der Zelle und machte die Tür hinter mir zu. »Hallo, Kathy, hier spricht Mac, Dannys Sergeant.«

»Hallo Mac.« Nur zwei Worte — und ich verstand Dannys Sehnsucht. Es war die Stimme eines Engels.

»Hör mal, Süße — die Jungens sind so ein bißchen — blau. Ich hab' ihnen gesagt, sie sollten das lassen.«

»Ja, natürlich.«

»Kathy.«

»Ja, Mac.«

»Ihr Mann ist ein netter Bursche. Wir mögen ihn alle gern.«

»Ihr — ihr kommt bald fort?«

»Ja.«

»Oh.«

»Hören Sie mal zu, Kathy — machen Sie sich keine Sorgen.«

»Passen Sie ein bißchen auf ihn auf, ja?«

»Ich werd mir Mühe geben.«

Ich schob Danny wieder in die Zelle und flüsterte ihm ins Ohr: »Sag noch irgendwas Nettes, du Trottel.« In seinem alkoholisch vernebelten Gehirn schien ein schwaches Licht zu dämmern.

»Kleines, bist du mir auch nicht böse?«

»Aber nein, Liebster, natürlich nicht.«

»Kathy — ich — ich liebe dich.«

»Ich liebe dich auch, Darling.«

»Leb wohl, Kathy.«

»Leb wohl, Danny. Macht's gut, ihr alle.«

140

DRITTER TEIL

Prolog

Die Reise auf einem Truppentransporter ist nie eine besonders komfortable Angelegenheit, falls man nicht zufällig Offizier ist. Ich war schon auf vielen Schiffen dieser Art unterwegs gewesen, aber noch nie auf einem, das auch nur annähernd so übel gewesen wäre wie unser *Bobo*. Ob der Mann, der diesen Frachter umgebaut hatte zum Transporter, sich dazu eines Reißbretts bedient hatte, schien mir außerordentlich fraglich. Die Quartiere hatte jedenfalls ein ausgesprochener Sadist entworfen. Vier Löcher, zwei im Vorschiff und zwei achtern, jedes zwei Deck tief. Segeltuch-Kojen, sechs oder sieben übereinander, ungefähr genauso weit auseinander wie die Pfannkuchen auf einer Platte. Man mußte flach auf dem Rücken oder auf dem Bauch liegen. Wenn man sich auf die Seite drehen wollte, stieß man schon oben an.

Beleuchtung praktisch gleich Null, die Ventilation ein Witz — soweit man das noch witzig nennen konnte. Die Gänge zwischen den Kojen waren so eng, daß man seitlich über die Seesäcke und das Gepäck am Boden klettern mußte, um zu dem kümmerlichen Stückchen Segeltuch zu kommen, auf dem man schlafen sollte. Jedes Fleckchen unter Deck war vollgepackt mit Kisten. Es war grauenhaft, sogar für einen alten Fahrensmann wie mich.

Eines Morgens sahen wir dann endlich grüne Hügel am Horizont aufsteigen. Die schreckliche Fahrt war zu Ende. Unser verhaßter *Bobo* glitt mählich in eine Bucht hinein, und staunend betrachteten wir die schwingenden Hügel, die freundlichen, hellen Häuser, den stillen Frieden und die Schönheit der Landschaft. Wir hatten unser *Spooner* erreicht: Neuseeland.

Rund viertausend Amerikaner waren in Neuseeland, das Land gehörte uns. Es ernährte uns mit Beefsteaks, Eiern und Eiscreme und gab uns so viel Milch, wie wir mit aller Gewalt trinken konnten. Und die Menschen öffneten uns ihre Häuser.

Das war das Großartige, wenn man Mariner war. Man landete an einer unbekannten Küste, man spürte fremde Erde unter den Füßen. Man marschierte den Lambdon Kai entlang, im Gleichschritt mit den Kameraden, mit scharfen Bügelfalten in der grünen Uniform und spiegelnd gewienertem Lederzeug — und die Leute blieben stehen und sahen uns freundlich nach. Die Nase schmeckte den sonderbaren Geruch einer fremden Küche, den neuen, wunderbaren Duft englischen Biers und Tabaks; die Leute sprachen so sonderbar und hatten auch ganz anderes Geld, und die Kaufleute waren so ehrlich, daß sie den Marinern, die der anderen Währung gegenüber völlig ratlos waren, doch immer richtig 'rausgaben. Das Land mit seinen Hügeln war schön, der Sommer mild, und die altmodischen viktorianischen Häuser stimmten so gut überein mit der geruhsamen Art des ganzen Landes. Wir fühlten uns sauwohl in Neuseeland, so wohl, wie man sich fühlen kann, wenn man sechstausend Meilen von zu Hause entfernt ist. Und meine Jungens waren gut trainiert und zäh. Nicht nur Huxleys Huren – das gesamte Sechste Regiment war zäh wie Sohlenleder.

Meine Jungens entwickelten sich ganz ernstlich zu Funkern, und sie erreichten genau die gleichen hohen Geschwindigkeiten wie die alten Hasen von früher. Unsere Funksprechverbindung klappte so einwandfrei, daß das ganze Regiment Bauklötze staunte. Marion war unübertrefflich. Wenn ich ihnen doch bloß hätte abgewöhnen können, dauernd ihre unflätigen Witze mitzufunken; das würde bestimmt eines Tages noch ein schlimmes Ende nehmen, wenn da zufällig mal einer mithörte.

Unsere Haut wurde mit der Zeit gelb vom Atebrin, das wir jeden Tag schlucken mußten, aber ich paßte scharf auf, daß die Burschen es auch wirklich nahmen. Ich hatte vor zehn Jahren Malaria gehabt, in Manila, und damals war ich verdammt froh, daß ich Atebrin schlucken konnte, ganz egal, ob man davon gelb wurde oder nicht.

1. Kapitel

Unsere Ankunft hatte sich wie ein Lauffeuer in ganz Wellington herumgesprochen, und in den Straßen standen die Menschen dicht bei dicht und zeigten freundlich lächelnde Gesichter, als die Sechser vorbeimarschierten.

»Hallo, Ami«, rief ein Mädchen aus dem Fenster eines Büros.

»Hallo, Süße – schreib deinen Namen und die Telefonnummer auf einen Zettel und schmeiß ihn 'runter – ich rufe dich dann mal an.«

»Ist gut, Ami – ich hab' auch noch ein paar nette Freundinnen.«

»Seid ihr vom Fünften Marine-Regiment?«

»Nee, wir sind die Sechser.«

»Ihr habt aber dasselbe Abzeichen auf der Schulter.«

»Die Fünfer haben sich nur von unsern Lorbeeren was abgeschnitten«, riefen wir zurück – dabei kämpften die Fünfer damals gerade bei Guadalcanar für die Freiheit Neuseelands. O ja, sie freuten sich, daß wir gekommen waren. Japan hatte seine Fänge bedrohlich nach ihrem Lande ausgestreckt. Neuseeland hatte jeden Mann und jede Frau aufgeboten, um das Land bis zum bitteren Ende zu verteidigen. Ihre eigenen Söhne waren schon seit langer Zeit im Krieg, fern von der Heimat, im Mittleren Osten.

Dann waren eines Tages die Jungens vom Fünften Marine-Regiment angekommen und nach Guadalcanar gegangen. Und jetzt waren wir gekommen, und die Neuseeländer atmeten erleichtert auf. Wir waren eine Bande eingebildeter, überheblicher Yankees – aber sie waren heilfroh, daß wir da waren.

Und wir waren erst froh, nach dieser Fahrt auf *Bobo*, daß wir nun bei ihnen waren!

»Antreten, verdammt noch mal – marsch, marsch!«

Wir rückten ab zu unserm ersten Fußmarsch in Neuseeland. Einen knappen Kilometer bis zum Ausgang des Lagers, dann drei Kilometer die Autobahn entlang und dann rechts ab auf eine staubige Straße, die sich reichlich sechs Kilometer lang in vielen Windungen allmählich in die Höhe schraubte. Wir nannten sie die Straße nach Klein-Burma. Von oben, aus rund fünfhundert Meter Höhe, hatte man einen weiten Blick über das wellige Land mit den kleinen, verstreuten Gehöften und auf den Ozean dahinter.

Dann ging es weiter im Schweinsgalopp über die Hügel, durch Schluchten und Rinnen. Wir kletterten über den Koppeldraht, folgten den Spuren der Schafe, rutschten aus und setzten uns in Lämmerschiet. Dann durch den Wald, und dann nochmals in langsamen Windungen hinter Camp McKey und Paekakaraki, das wir tief unter uns sahen, in die Höhe. Schließlich auf dem Hintern und den Brustwarzen einen mörderischen Steilhang hinunter und zurück ins Lager. Jeden zweiten Tag machten wir dieselbe Tour in umgekehrter Reihenfolge.

Die Klein-Burma-Tour war nicht länger als zwanzig bis vierundzwanzig Kilometer, je nachdem, welchen Weg wir nahmen, aber ich fand, es war die übelste Strecke, die ich je gelaufen war. Es war im November, das bedeutete also in Neuseeland mitten im Sommer, und es war heiß. Der langsame Anstieg bis hinauf nach Klein-Burma war einfach mörderisch, er holte den Saft aus den Beinen, die Klamotten hingen wie Bleigewichte an einem und wurden mit jedem Schritt schwerer. Dann kam der Schweiß dazu, das unaufhörliche Schwitzen, bis man keinen trockenen Faden mehr am Leibe hatte – und die Jungens fingen an zu meutern und zu fluchen. Schwitzende Füße sind nicht schön, wenn man Blasen hat.

Wenn wir den höchsten Punkt erreicht hatten, machten wir meist eine kurze Pause und aßen unsere C-Rationen. Mit dem Wassertrinken mußte man vorsichtig sein. Es war ein weiter Weg zurück bis zum Lager, und für Lahmärsche hatten wir bei uns keinen Platz. Wer schwitzt und zuviel trinkt, muß kotzen und kann nicht marschieren.

Der Anstieg war schon übel genug, der Abstieg war bei weitem übler. Abwärts stauchte einen das Gewicht bei jedem Schritt zusammen. Sechs Kilometer lang mußten die Beine wie Bremsen arbeiten. Man wurde weich und die Beine fühlten sich an, als ob sie langsam zu Mus würden.

Wir mußten Salzpillen schlucken. Ich habe nie begreifen können, wie eine kleine Pille zehn Gallonen Schweiß ersetzen konnte. Langsam im Mund zergehen lassen! Wenn man sie auf einmal schluckt, muß man kotzen. Und Vorsicht mit dem Wasser! Salz macht durstig, und wenn man zuviel Wasser trinkt, geht man auf wie eine Ziehharmonika.

Wenn wir mit der gesamten Ausrüstung marschierten, zogen wir an den verdammten Gerätekarren, bis uns die Hände abfielen. Wir stemmten uns mit dem ganzen Körper dagegen, damit sie nicht wieder den Abhang hinunterrollten. Das TBY-Gerät auf dem Buckel machte noch mal fünfundvierzig Pfund extra. Man mußte die Absätze mit aller Gewalt in die Erde bohren, um nicht mit Schußfahrt zu Tal zu gehen.

Wenn wir nur mit Marschgepäck unterwegs waren, zog Burnside in einem mörderischen Tempo los. Das war geradezu ein Tick bei ihm. Der Kasten Bier, den er am Tage vorher ausgetrunken hatte, sickerte ihm aus jeder Pore, bis es aussah, als ob er gleich wegschwimmen würde. Wenn wir am Lagerausgang angekommen waren, brüllte er: »Laufschritt!« Wir rannten hundert

Meter, gingen die nächsten hundert Meter im Eilschritt und rannten wieder hundert Meter – bis wir am Fuß von Klein-Burma angelangt waren.

Einmal marschierten wir vom Lager schlankweg bis auf den Gipfel, ohne jede Unterbrechung. Und genauso auch wieder nach unten, den ganzen Weg bis zum Lager und hinein bis zum Paradeplatz.

Das war ein Fressen für den alten Huxley. Das Gelände entsprach genau seinen Wünschen und Absichten, und er trieb uns an, wie er konnte. Allmählich war es dann so weit, daß wir unterwegs andere Einheiten überholten, die schlappgemacht hatten. »Ihr Lahmärsche«, riefen unsere Jungens, während wir an ihnen vorbeibrausten.

Und wenn die andern uns sahen, dann riefen sie: »Da kommen Huxleys Huren!«

»Achtung!«

»Stabskompanie vollzählig angetreten!«

»Danke. Lassen Sie rühren.«

Leutnant Bryce entfaltete das Schriftstück und verlas die übliche Botschaft des Kommandeurs zum Geburtstag des Marine-Korps. Es war darin die Rede von Ruhm, Pflicht und Ehre, es wurde erinnert an die großen Leistungen des Korps in der Vergangenheit und an die Aufgabe, die vor uns lag. Traditionsgemäß gab es einen Ruhetag, und außerdem gab es für jeden zwei Flaschen Bier. Nach einem schallenden ›Semper Fidelis‹ durften wir wegtreten – und traten ein in unser hundertsiebenundsechzigstes Lebensjahr.

»Melde mich als Interessent für dein Bier, Mary.«

»Zwei ganze Flaschen – die sind ja geradezu leichtsinnig geworden.«

»Nu meckre nicht, du Bursche, hast du denn gar kein Gefühl für Tradition?«

»Mä – ä – ä – ä – ä«, meckerte Speedy Gray aus der Reihe, die zum Backen und Banken ging.

»Mä – ä – ä – ä«, nahm Seesack den Ruf auf.

»Mä – ä – ä – ä«, machte L. Q.

»Mä – ä – ä – ä«, beschloß Leuchtfeuer die Kundgebung.

Gemeint war mit diesen übereinstimmenden Rufen Sergeant Burnside, der bei seinen Eilmärschen die Hügel hinauf mehr Ähnlichkeit mit einer Bergziege hatte als mit einem Menschen. Burnside, der weiter vorn in der Reihe stand, hatte sich beim letzten Ton rasch umgedreht, und die vier Meuterer sahen unschuldig in die Luft.

Als sie sich eine Stunde später fertigmachten für den üblichen Marsch, kam Burnside zu ihnen ins Zelt.

»Ich glaube«, sagte er, »ich habe euch beim Marschieren doch ein bißchen zuviel zugemutet.« Sie sahen ihn an und ahnten nichts Gutes.

»Wirklich«, sagte er, »es bereitet mir Kummer, daß ihr mich für eine Bergziege haltet.«

»Ach, Burnside, so schlimm war das ja nicht gemeint.«

»Nee, wir mögen doch so gern marschieren.«

»Nein, ehrlich«, sagte Burnside und hielt beteuernd seine Hände hoch. »Ich

144

möchte euch gern eine kleine Ruhepause gönnen. Ihr vier braucht heute nicht zu marschieren. Übrigens kam ich heute morgen zufällig mit dem Koch ins Gespräch —«

»Oh — oh.«

»Mir scheint, wir sollen Töppe scheuern.«

»Aber, Jungens, denkt ihr denn, der alte Burnside würde euch so was zumuten? Diese ekligen, schmierigen Kochtöpfe auskratzen? Das könnt ihr doch im Ernst nicht von mir denken.«

»Was, du willst uns heute tatsächlich freigeben?«

»Also, das ist wirklich mal ein netter Zug von Burnside.«

»Ja — der Koch sagte mir, daß der Sickerrost unten im Gully verstopft zu sein scheint. Und da hab' ich ihm gesagt, daß ihr vier euch ein Vergnügen daraus machen würdet, den Gully leer zu schöpfen und den Rost zu reinigen. So ein Tag im Gully ist doch vielleicht mal 'ne ganz erholsame Abwechslung. Und weil ich an euch doch was gutzumachen habe, werde ich euch sogar gestatten, die Gerätekarre zu benutzen, um das Zeug, was ihr da rausholt, ins Gelände zu fahren. Ich möchte euch nur herzlich darum bitten, Jungens, die Karre gründlich zu reinigen, wenn ihr damit fertig seid.«

Er ging zum Zeltausgang und drehte sich noch einmal um, ehe er hinausging. »Wir andern werden inzwischen ganz gemütlich nach Klein-Burma hinaufspazieren, uns im Wald an einen Bach legen und zum Spaß so ein bißchen auf dem TBX klimpern.« Damit ging er.

»Der Gully, verdammt noch mal!«

»Weißer Mann bringt mich ins Unglück. Das Tuch sei zerschnitten zwischen dir und mir.«

»So ist's richtig, du verdammter Verräter, schieb's nur mir in die Schuhe.«

»Mann, Mann — der Schiet stinkt schlimmer als Limburger«, sagte Speedy bekümmert.

Sie zogen mit langen Gesichtern zu dem Gully hinter der Küchenbaracke, mit Wäscheklammern auf der Nase. Die Anlage war ehrwürdigen Alters, ein tiefes Loch, wo der gesamte Müll und Abfall des Lagers hineingeschüttet wurde. Ganz unten, fast fünf Meter tief, saß am Grund der Grube ein eiserner Rost. Meist genügte es, von oben mit einer Stange hineinzustoßen, wenn sich etwas festgesetzt hatte. Diesmal aber war er so verstopft, daß sich der Modder fast zwei Meter hoch über dem Rost angesammelt hatte.

Sie hoben den Holzdeckel ab, der die Grube nach oben abschloß. Der Gestank, der ihnen entgegenströmte, war so verheerend, daß sie zurücktaumelten. Doch dann gingen sie todesmutig wieder heran und peilten nach unten.

»Wir wollen losen, wer von uns da hineinsteigt.«

»Ich bin zu dick, Jungens«, sagte Seesack lächelnd, »ich werde höchstens helfen können, den Schiet wegzukarren, den einer von euch da unten 'rausholt.«

»So ein verdammter Mist«, rief Speedy.

Aller Augen wandten sich L. Q. Jones zu. »Seht mich doch nicht so an,

Kumpels — außerdem habt ihr doch immer behauptet, ich sei ein völliger Versager.«

»Du hast dieses Ding ausgeheckt mit dem Gemecker, L. Q.«

»Aber so seid doch demokratisch, Genossen. Laßt uns doch mal vernünftig darüber reden.«

»Aber sicher, L. Q., ganz demokratisch«, sagte Speedy. »Wir stimmen ab — ich stimme für Jones.«

»Uff«, sagte Leuchtfeuer.

»Somit bist du also einstimmig gewählt«, sagte Seesack und überreichte L. Q. einen Taucheranzug und eine Gasmaske.

Liebe Mama!

Leider darf ich Dir nicht erzählen, wo ich inzwischen gelandet bin. Es ist schön hier, und für mich ist alles neu — See, Land und Leute —

»Gefreiter Jones — haben Sie diesen Brief geschrieben?«

»Jawohl, Herr —«

»Es ist gut, Schütze Jones, Sie können gehen.«

2. Kapitel

Andy Hookans ging auf dem Bahnhof von Wellington herum und wußte nicht recht, was er anfangen sollte. Der Urlauberzug zurück zum Lager war ihm vor der Nase weggefahren, und bis zum nächsten war es fast eine Stunde. Er ging nach draußen und hielt die Nase in die Luft. Auf der andern Straßenseite sah er ein Schild: *Erfrischungsraum der Heilsarmee für Angehörige der Wehrmacht.* Er ging hinein und setzte sich auf einen Stuhl am Ende der langen Theke.

»Was darf ich Ihnen bringen?«

»Einen Kaffee, bitte.«

Der große Schwede musterte sie von oben bis unten, während sie ihm den Kaffee einschenkte. Nicht übel, wirklich gar nicht übel. Groß, schlank, aber auch nicht zu mager — helle Haut, wie fast alle Mädchen hier —, kurzes Haar von einem dunklen Blond. Sie reichte ihm die Tasse über die Theke hinüber.

»Sonst noch irgendeinen Wunsch?« fragte sie lächelnd.

»Ja.«

»Bitte?«

»Unterhalten Sie sich ein bißchen mit mir.«

»Das geht leider nicht. Fraternisieren im Dienst ist verboten.«

»Na, ich habe aber nicht den Eindruck, als ob heute abend hier besonders viel los wäre.«

»Das wird sich gleich ändern. Kurz bevor der Urlauberzug geht, kommen sie alle und wollen schnell noch eine Tasse Kaffee haben.«

»Ach, so ist das? Übrigens, ich heiße Andy.«

Sie wollte gehen.

»Mir fällt grad ein, ich hätt gern so einen Krapfen, oder wie ihr die Dinger da nennt.«

»Den hätten Sie sich ja genausogut selber nehmen können.«

»Hübsche Gegend übrigens hier bei euch.«

»Freut mich, daß unser Land Ihnen gefällt – aber in Amerika ist natürlich alles viel schöner.«

»Nein, ehrlich, ich finde euer Land genauso schön.«

»Finden Sie?« sagte sie erstaunt. »Ich muß sagen, Sie sind wirklich eine seltene Ausnahme.«

»So ist es – Sie haben mir nur noch keine Gelegenheit gegeben, Sie davon zu überzeugen.«

»Wir freuen uns, wenn ihr euch hier bei uns wohl fühlt. Wir sind so dankbar, daß ihr hier seid, wo die Japaner uns so auf der Pelle hocken und unsere Jungens weit weg sind.«

»Sind Sie oft hier?«

»Ich habe zweimal in der Woche hier Dienst. Aber, wie gesagt: Fraternisieren verboten.«

»Fraternisieren verboten, Andy«, verbesserte er.

»Da ist ein neuer Gast, entschuldigen Sie mich bitte.«

»Aber bleiben Sie nicht zu lange weg. Ich muß Ihnen doch noch erzählen, was für ein erstaunlicher Knabe ich bin.«

Er sah ihr nach, wie sie an das andere Ende der Theke ging. Andy war kein Freund von solchen Anbahnungen. Aber es ging ja nun mal nicht anders. Sie gefiel ihm gut, und die Zeit war knapp. Also, jetzt oder nie. Während sie weiter ihren Verpflichtungen nachging, gelang es ihm immerhin, ab und zu ein paar Worte mit ihr zu wechseln.

»Und von wo sind Sie in Amerika?«

»Washington.«

»Ach, aus der Hauptstadt?«

»Nein, aus dem Staat Washington, das ist wieder was anderes.«

»Na, hören Sie mal, ich bin ja schließlich in die Schule gegangen. ›Washington liegt im Westen der Vereinigten Staaten und produziert große Mengen von Bauholz‹«, leierte sie herunter.

»Und die Hälfte davon habe ich mit der Axt geschlagen, ehe ich Soldat wurde.«

»Ach, wie interessant. Sie haben wirklich in den Wäldern gelebt und Bäume gefällt?«

»Gefällt und den Fluß hinunter geflößt.« (So ist's richtig, lehn dich nur über die Theke und werd mal ein bißchen warm.) »Eigentlich heiße ich Franklin, nenne mich aber aus Bescheidenheit Hookans.« (Wie nett du aussiehst, wenn du lächelst.) »Wie war übrigens Ihr Name?«

»Pat, Pat Rogers.«

»Ich kannte mal ein Mädchen, das hieß auch Pat.« (Sie war ein ausgesprochenes Miststück.) »Ein verdammt hübsches Mädchen. Sozusagen meine erste große Liebe.« (Es gab kaum einen Mann in der ganzen Stadt, der nicht mit ihr geschlafen hatte.)

»Ja, Pats gibt es überall. Die Welt ist klein«, sagte sie. (Gut pariert.)

»Sagen Sie mal, Pat – im Interesse des guten Einvernehmens zwischen den

Alliierten und zur Hebung meiner Moral – könnten wir uns nicht irgendwann mal treffen?« (Drauf und dran, Junge.)

»Das wird leider kaum gehen.« (Ach, Liebling, nun mach's dem alten Andy doch nicht so schwer.)

»Ich bin noch nie mit jemandem ausgewesen, seit ich hier bin, ich bin in so was ziemlich schwerfällig. Ich fände es wirklich sehr nett, wenn wir einen Abend mal ins Kino und zum Tanzen gehen könnten. Vielleicht könnt ich dabei das Heimweh, das mich plagt, ein bißchen vergessen.« (Und am liebsten würde ich natürlich mit dir mal ins Bett gehen.)

»Ich danke Ihnen schön für die Einladung, Andy, aber ich fürchte, ich werde diesen Teil des Kriegseinsatzes andern überlassen müssen. War nett, mal ein paar Worte mit Ihnen zu reden.« (Junge, Junge, das war ja ziemlich deutlich. Jetzt mache ich auf ganz geknickt, und dann hau ich ab.) Er lächelte betrübt und sah sie an wie ein junger Hund, den man auf frischer Tat ertappt hat und der Mitleid zu erwecken versucht. Sie seufzte, zog bedauernd die Schultern hoch und ging wieder an ihre Arbeit. Ein Schwarm von Marinern strömte herein, von denen jeder noch rasch eine Tasse Kaffee haben wollte. Er pflanzte die Ellbogen auf die Theke, stützte das Kinn in die Hände und machte traurige Augen. Und dann sah er den Ring an ihrer Hand. Sie war verheiratet! Er setzte das Käppi auf, erhob sich und ging zum Ausgang. Als er am Ende der Theke war, kam sie auf ihn zu.

»Andy.«

»Ja?«

»Hoffentlich halten Sie mich nicht für allzu launenhaft; es ist nun mal das Vorrecht der Frauen, inkonsequent zu sein. Ich bin schon schrecklich lange nicht mehr ausgewesen – ich hätte eigentlich doch große Lust, mal ins Kino zu gehen und wieder zu tanzen.«

(Ich bin bereits im Bilde, mein Mädchen. Willst du mir vielleicht erzählen, daß du dich verzehrst vor Sehnsucht nach deinem Alten, der irgendwo in Afrika im Dreck liegt? Ich wette, du bist seit gestern abend mit keinem Mann mehr ausgewesen.) »Na, prima. Sagen Sie nur, wo wir hingehen wollen. Am Donnerstag hab' ich Urlaub bis zum Wecken. Ich könnte gegen sechs in der Stadt sein, würde Ihnen das passen?«

»Da müßte ich meinen Dienst mit jemandem tauschen, aber das wird sich schon machen lassen.« (Ich bin überzeugt, daß sich das machen lassen wird – der alte Andy geht gern mit verheirateten Weibern schlafen, die braucht man wenigstens nicht erst anzulernen.)

»Und wo kann ich Sie abholen?«

»Ich wohne im Frauenheim der Heilsarmee. Das ist am Nelson-Platz, ein Stück oberhalb vom Lambdon Kai.« (Frauenheim der Heilsarmee? Na, macht nichts, man kann ja immer in irgendeinem Hotel ein Zimmer nehmen.)

»Dann also bis Donnerstag, Pat, und besten Dank.« (Und alles Weitere erzähle ich dir dann im Bett, mein Häschen.)

»Das ist mir scheißegal, verstanden?« Ski schwankte heftig und fiel mit dem Kopf vornüber auf die Theke.

»Wenn du so weitermachst, Ski, dann wirst du eines Tages noch strafversetzt zu den Musikern.«

»Das ist mir alles ganz scheißegal, kommt jetzt doch nicht mehr drauf an.«

»Kommst du jetzt endlich mit, oder mußt du erst 'ne Abreibung haben?« fragte Danny.

»Du bist mein Freund, Danny. Du verläßt mich nicht – auch wenn sie jetzt nichts mehr von mir wissen will.«

»Nun fang doch nicht immer wieder davon an. Du machst dich noch vollkommen fertig damit, wenn du dauernd nur daran denkst.«

»Ist mir alles ganz scheißegal.«

»Zweimal hast du schon im Bau gesessen. Noch einmal, und Huxley läßt dich strafversetzen.«

Ein paar Wochen nach unserer Ankunft in Neuseeland wurde mir klar, daß ich meine bisherigen Ansichten über die ›Neuen‹ gründlich ändern mußte.

Burnside und McQuade hatten sich am Abend vorher mal wieder mächtig vollaufen lassen. Der alte Schnelläufer war ein bißchen unsicher auf den Beinen. Als wir die Hälfte der Klein-Burma-Rennstrecke hinter uns hatten, ließ Burny Pause machen und haute sich am Rand des Weges schweißüberströmt unter einen Baum ins Gras.

»Los, Burnside, komm hoch mit deinem lahmen Hintern! Wie sollen wir denn den Rekord von Bn 2 jemals schlagen, wenn du nach sechs Kilometern schon schlappmachst.«

»Nu komm schon, Burny, wir verpassen sonst noch den Urlauberzug heute abend.«

Und da wurde es mir plötzlich klar: Die Jungens waren alle miteinander allmählich so fit geworden, daß sie auch mit schwerem Gepäck jedes Tempo durchhielten. Wenn wir eine kurze Rast machten, hielten sie es nicht einmal mehr für nötig, ihr Gepäck erst vom Buckel zu nehmen. Und die Feldflaschen kamen fast genauso voll zurück, wie sie zu Anfang des Marsches gewesen waren. Die Jungens waren durchtrainiert. Der alte Huxley hatte erreicht, was er wollte.

Wir kletterten die Hügel 'rauf und 'runter, und wir trainierten jede Art von Nachrichtenübermittlung. Wir funkten und telefonierten, winkten und blinkten, übten mit Fliegertüchern, Signalraketen und Leuchtspurmunition. Wir verschlüsselten, morsten und entschlüsselten, bis uns der Schädel brummte. Wir bauten die schweren TBX-Geräte auf und wieder ab, bis jeder es mit verbundenen Augen konnte.

Wenn der Dienst zu Ende war, rannten die Jungens zum Duschraum und spülten sich mit dem eiskalten Wasser den Schweiß ab. Dann rannten sie zum Urlauberzug. Abends soffen sie in Wellington oder stiegen mit irgendeiner Blitzbraut in die Betten, und dann rannten sie wieder zum Urlauberzug, der um Mitternacht in Wellington abfuhr. Von Paekakaraki, wo der Zug morgens gegen zwei Uhr hielt, hatten sie reichlich drei Kilometer zu Fuß bis zum Lager. So gegen drei Uhr morgens fielen sie dann todmüde in die Koje. Um sechs wieder hoch, und wieder mit Gepäck 'rauf nach Klein-Burm - und am nächsten Abend wieder in die Stadt.

Pat war ausgelassen und heiter, als sie den Weg zum Frauenheim der Heilsarmee hinaufgingen.

»Hab' mich großartig amüsiert, Andy. Ich freu mich, daß ich damals nicht konsequent geblieben bin.«

»Ich auch. Wir müssen es möglichst bald wiederholen.«

»Gern, wenn Sie mögen.«

Sie kamen an das Tor, von dem der Weg hinaufführte zu der großen, umgebauten Villa, in der sich das Wohnheim der Heilsarmee befand. Andy öffnete das Gartentor, nahm ihren Arm und ging mit ihr zum Haus. Vor dem Eingang blieb sie stehen, drehte sich um und hielt ihm die Hand hin.

»Gute Nacht, Andy. Es war wirklich ein schöner Abend.«

Er zog sie an sich und küßte sie. Sie machte sich hastig los. »Nein, bitte nicht«, sagte sie.

»Stellen Sie sich doch nicht unnötig an, Pat.«

»Wie bitte?«

Er wollte sie von neuem an sich ziehen, doch sie stieß ihn zurück. »Bitte lassen Sie das.«

Er ließ die Arme sinken und sah sie mit einem zynischen Lächeln an. »Sie sind auch nicht anders wie die andern«, sagte er. »Erst tut ihr so unnahbar. ›Nein, wirklich, ich bin seit Jahren nicht mehr mit einem Mann aus gewesen.‹ — Daß ich nicht lache!«

»Es ist wohl besser, Sie gehen jetzt, Andy.«

»Was haben Sie denn bisher mit den Marinern hier getrieben? Haben Sie immer nur dagesessen und Tränen vergossen um Ihren Mann, der irgendwo in Nordafrika schwitzt?«

Sie zog die Schultern nach vorn. »Mein Mann ist vor zwei Jahren auf Kreta gefallen«, sagte sie. Dann drehte sie sich um und ging rasch ins Haus.

Ein friedlicher Sonntag, so friedlich wie das Land, Neuseeland. Das Zweite Bataillon hatte Lagerdienst. Nach dem morgendlichen Backen und Banken und dem anschließenden Feldgottesdienst kehrten die Leute gemächlich zurück zu den Zelten. Danny schnürte seine Marschstiefel zu und steckte sich ein paar Schuß scharfe Munition ein.

»Was hast du vor, Danny?« fragte Andy.

»Ich gehe auf die Jagd. Auf dem letzten Marsch unterhielt ich mich mit einem Farmer, und er erzählte mir, daß es da bei ihm Wildschweine gäbe.«

»Ach, herrje, wie weit ist denn das?«

»Na, so ungefähr fünfzehn Kilometer.«

»Mann Gottes, die ganze Woche lang latschen wir durchs Gelände. Und jetzt willst du an dem einzigen freien Tag auch noch da 'raustippeln?«

»Ich fühle mich nicht wohl, wenn ich nicht laufen kann.«

»Du bist wirklich total verrückt geworden — wart 'nen Augenblick, ich komm mit.«

150

Sie gingen zum Zeltausgang. »Na, wie ist es, Ski — keine Lust, mitzukommen?« Ski starrte teilnahmslos an die Zeltdecke und antwortete nicht.

»Der Ski gefällt mir gar nicht«, sagte Andy, als sie draußen waren. »Ich mach mir ordentlich Gedanken um den armen Kerl.«

»Ich auch«, sagte Danny. »Aber ich glaube, da kann nur die Zeit helfen.«

»Die verdammten Weiber«, sagte Andy. Und nach einer Weile: »Sag mal, Danny —«

»Na?«

»Hast du eigentlich schon mal jemanden um Entschuldigung gebeten?«

»Blödsinnige Frage — natürlich.«

»Schon oft?«

»Sicher.«

»Ich meine, hat dir schon mal irgendwas so richtig leid getan, und dann bist du hingegangen und hast gesagt, daß es dir leid tut?«

»Na klar.«

»Auch schon mal zu einem Mädchen?«

»Nanu, das wird ja direkt eine Vernehmung dritten Grades.«

»Na ja, ich wollt bloß mal fragen.«

Andy Hookans kam in den Erfrischungsraum der Heilsarmee und sah sich um, ob Pat Rogers da war. Er entdeckte sie an ihrem gewohnten Platz am Ende der Theke. Er wartete, bis die Luft rein war, dann ging er zu ihr hin und setzte sich auf einen Stuhl in ihrer Nähe. Als sie ihn sah, wandte sie sich ab. Er wurde rot.

»Hören Sie, Pat«, sagte er, »ich muß mit Ihnen sprechen, bitte, nur eine Minute.«

»Bitte, gehen Sie. Ich möchte Sie nicht mehr sehen und nichts mehr mit Ihnen zu tun haben.«

»Ich bin hergekommen, weil ich Ihnen was sagen muß. Wenn Sie nicht gutwillig bereit sind, mich anzuhören, dann springe ich über die Theke und ziehe Sie an den Haaren nach draußen.«

»Fangen Sie hier bitte keine Szene an.«

»In zehn Sekunden komme ich zu Ihnen hinüber. Bitte, hören Sie mich zwei Minuten an. Das ist alles, was ich möchte.«

Von den Tischen begannen sich schon Köpfe zu ihnen herumzudrehen. Sie stieß einen ärgerlichen Seufzer aus. »Ich komme nur mit, weil ich hier keine Szene haben möchte. Aber ich habe keine Lust, mich noch einmal über Sie zu ärgern, lassen Sie sich das gesagt sein.«

Sie ging mit ihm nach draußen auf die Straße, unter das Licht einer kleinen Laterne. Andy suchte nach Worten, sein Gesicht war rot und seine Stimme unsicher. Er versuchte, sie anzusehen. »Pat — ich habe in meinem ganzen Leben noch nie jemanden um Verzeihung gebeten. Ich habe mich nie für irgend etwas entschuldigt.« Sie sah von ihm fort.

»Aber Ihnen möchte ich jetzt gern sagen, daß es mir leid tut. Mir hat nie irgendwas leid getan, noch nie — aber diesmal hab' ich ein schlechtes

151

Gewissen, und ich hatte keine Ruhe, bis ich es Ihnen gesagt hatte.« Es entstand ein langes Schweigen. »Ja«, sagte er leise, »das war eigentlich alles.«

»Nett von Ihnen, daß Sie mir das gesagt haben, Andy, und ich weiß, daß es Ihnen nicht leichtgefallen ist. Jeder von uns kann mal einen Fehler machen.«

»Sie werden wohl kaum Lust haben, noch mal wieder mit mir auszugehen, und ich kann Ihnen das auch gar nicht verdenken – aber Sie würden mir eine Freude machen, wenn Sie das hier annehmen wollten.« Er überreichte ihr ein kleines Kästchen. »Fassen Sie das bitte nicht falsch auf – ich – wollte Ihnen nur gern zeigen – na ja, Sie wissen schon, was ich meine.«

»Ich habe Ihnen gern verziehen, aber ein Geschenk von Ihnen kann ich nicht annehmen.«

»Nehmen Sie es bitte, machen Sie mir die Freude. Ich will Sie dann auch bestimmt in Ruhe lassen.«

Sie öffnete das nett verpackte Kästchen und entdeckte ein Paar kleine, mit Geschmack ausgesuchte Ohrringe. »Oh, wie hübsch.«

»Werden Sie sie vielleicht auch manchmal tragen?«

»Doch, ich werde sie tragen – wie lieb von Ihnen, Andy.«

Er gab ihr die Hand. »Besten Dank auch – also, dann will ich wieder in den Wind schießen.« Er eilte davon und haderte ein bißchen mit sich selber. Schließlich war es das erstemal, daß er beschämt war und es offen zugegeben hatte.

»Andy«, rief Pat ihm nach.

Er blieb stehen und sah sich um. »Ja?«

»Wollen Sie nicht hereinkommen und eine Tasse Kaffee trinken? Mein Dienst ist bald zu Ende, dann könnten Sie mich doch nach Hause begleiten?«

3. Kapitel

Marion Hodgkiss war ein glücklicher Mariner. Jedesmal, wenn die Post ausgegeben wurde, war ein Brief oder ein Päckchen von Rae dabei. Meistens Bücher und Sachen, die sie gestrickt hatte, mehr, als er je tragen konnte.

Und wir waren stolz auf Marion. Schließlich konnte nicht jede Einheit mit einem Schriftsteller aufwarten. Jede dienstfreie Minute saß er in Pucchis Büro und quetschte sich Geschichten aus dem Schädel, und die Zeitschriften zu Hause rissen sich darum. Und ganz besonders stolz waren wir, als er eine Versetzung zur Propaganda-Kompanie ablehnte, weil er lieber bei uns bleiben wollte.

Zwischen Marion und Joe Gomez schien alles völlig unverändert. Und doch wurde ich das Gefühl nicht los, daß Gomez im Grunde seiner schwarzen Seele auf Rache sann. Es schwante mir, daß es mit den beiden noch mal ernstlichen Stunk geben würde, ehe der Krieg zu Ende war.

L. Q. Jones band sich seinen Uniform-Schlips und rannte aufgeregt zu Speedy Grays Koje. Der Texas-Boy war dabei, seine Ausgehschuhe auf Hochglanz zu bringen, mit der unerschütterlichen Ruhe und Hingabe, wie nur er das konnte. Dabei sang er mit tiefer Rührung:

> *Sä satten in een Ruderboot,*
> *Sä däen man blots so sitten,*
> *Sei hädd sin'n Grooten inne Hand,*
> *Hei fatt eer an eer Lütten.*

»Los Speedy, nun mach schon zu. Wir verpassen noch den Urlauberzug.«

»Man immer suttje, min Söhn. Die beiden Hyänen laufen uns schon nicht weg.«

»Sag mal, Speedy – trefft ihr euch wieder mit den beiden Fregatten vom letztenmal?«

»Jäää.«

»Nu fangt nicht schon wieder an, über die alte Olga zu lästern«, sagte L. Q., »das hat allmählich schon 'n Bart.«

»Mann«, sagte Seesack, »die Weiber hier fallen mir langsam auf den Wecker. Bei dem Mädchen, das ich neulich aufgetan hatte, hab' ich fast 'ne Stunde gebraucht, bis ich diesen verdammten knielangen Wollschlüpfer 'runterhatte.«

»Und wie die Dinger kratzen.«

»Also, ich gäbe was drum, mal wieder auf ein paar nette Seidenschlüpfer zu stoßen. Bei den mittelalterlichen Apparaten, die die Mädchen hier tragen, kann ein Mann ja gar nicht richtig zur Entfaltung kommen.«

»Benehmt euch, ihr Schweine«, sagte Danny, »da hängt das Bild von meiner Frau.«

»Und warum gehst du denn diesmal nicht mit, alter Häuptling?«

»Das letztemal waren wir bis über die Sperrstunde geblieben. Wir mußten uns heimlich durch die ganze Stadt schleichen, bis wir schließlich am Bahnhof waren, und dann mußten wir bis nach Paekakaraki in einem Viehwagen fahren, und der Wagen war voller Schafe.«

»Speedy – kommst du jetzt oder nicht?«

»Immer mit der Ruhe.«

»Na jedenfalls«, sagte Leuchtfeuer, »eine halbe Stunde vor dem Wecken waren wir dann glücklich in Paekak, und es goß in Strömen. Und wie wir im Laufschritt über den Paradeplatz wollen – wem rennen wir in die Arme? Dem Spieß!«

»Ja, ich erinnere mich«, sagte Andy, »L. Q. ist naß bis auf die Haut. Schöner Morgen heute, sagte er zu Pucchi, dachte mir, mußt doch eben mal einen kleinen Spaziergang in die Berge machen.«

»Ja, und Pucchi schnuppert an L. Q. und sagt: Schafe! Also, L. Q., das hätte ich wirklich nicht von Ihnen gedacht.«

»Sag mal, L. Q., wo hast du die beiden Museumsstücke denn eigentlich aufgetrieben?«

»Vielleicht nimmst du besser die Bataillonsfahne mit – kannst du Olga ja dann übers Gesicht legen.«

»Lästert nur«, sagte L. Q., rot vor Ärger. »Ich gebe zu, sie sind nicht mehr so ganz frisch. Aber während ihr Trottel in irgendeiner doofen Kneipe hockt und lauwarmes englisches Bier sauft, sitzt L. Q. Jones bei schottischem Whisky und Soda mit Eisstücken, richtigen Eisstücken. Olga ist das einzige Mädchen von ganz Neuseeland, das einen Eisschrank hat, und ihr Alter ist schwer bei Kasse. Verdammt noch mal, Speedy, kommst du nun endlich?«

»Sachte, sachte – einen Künstler darf man nicht drängeln.«

Sie waren angekommen bei dem Zaun, hinter dem der Weg hinaufführte zum Frauenwohnheim der Heilsarmee. Andy öffnete die Gartenpforte.

»Ich hab' eigentlich noch gar keine Lust, ins Haus zu gehen«, sagte Pat. »Wollen wir noch ein Stück hinauf?«

Sie gingen den steilen Fußweg hinauf. Oben blieben sie stehen, lehnten sich an die Brüstung und sahen hinunter auf die verdunkelte, schlafende Stadt. In der Ferne sah man undeutlich die Umrisse der Schiffe, die sich im Hafen drängten.

Andy brannte zwei Zigaretten an und gab Pat eine davon. Er half ihr auf die Betonmauer hinauf. Sie stellte die Beine auf die Brüstung und lehnte sich gegen einen Lichtpfeiler.

»In einem Film, den ich mal gesehen habe, brannte der Held auch immer zwei Zigaretten an«, sagte Pat. »Seitdem habe ich mir immer gewünscht, daß das mal einer für mich tun würde.«

Sie rauchten beide, schweigend und zufrieden.

»Bei uns in Amerika war viel die Rede von totalem Kriegseinsatz«, sagte Andy. »Jetzt weiß ich, was das bedeutet.«

»Ja, Andy, es war nicht schön – Kreta, Griechenland, und jetzt Nordafrika. Als das mit Kreta passierte, da waren jeden Tag die Zeitungen voll von den Namen der Gefallenen – wochenlang.«

»Sagen Sie, Pat – was für ein Mensch war eigentlich Ihr Mann?«

»Don? Oh, eigentlich gar nichts Besonderes. Er hieß auch Rogers, wir waren um ein paar Ecken miteinander verwandt. Wir waren grad erst sechs Monate verheiratet, als er fort mußte.«

»Ich hätte nicht danach fragen sollen. Entschuldigen Sie. Reden wir lieber von was anderem.«

»Es gefällt Ihnen hier in Neuseeland?«

»Ja, sehr. Mir gefällt die bedächtige Art, wie die Menschen hier leben, wie sie sich alles genau überlegen und nichts überhasten. Und daß es weder ganz reiche noch ganz arme Leute hier gibt. Jeder gilt genausoviel wie der andere, sogar die Maoris.«

»Ja, auf die Maoris lassen wir nichts kommen. Schließlich gehörte das Land, in dem wir leben, ja ihnen.«

Andy nahm einen letzten Zug aus seiner Zigarette, drückte sie aus, krümelte den Tabak heraus und drehte das Papier zu einer kleinen Kugel zusammen.

»Pat.«

»Ja?«

»Was halten Sie eigentlich von mir?«

Sie lachte. »Wenn ich an unseren ersten Abend denke, dann muß ich sagen, daß Sie sich in den letzten drei Wochen sehr gebessert haben.«

»Ist das Ihr Ernst?«

»Doch, ich bin froh, daß ich es mir noch mal anders überlegt hatte.«

»Ich hätte Sie nämlich gern mal was gefragt. Aber Sie dürfen es mir nicht übelnehmen. Und fassen Sie es bitte nicht etwa falsch auf.«

»Du lieber Himmel, was kommt denn nun?«

»Na ja, also – nächste Woche feiern wir unseren American Thanksgiving Day – da krieg ich ein paar Tage Urlaub. Könnten wir nicht zusammen irgendwohin fahren – natürlich jeder sein Zimmer für sich und so – wie? Ich fände es nur so schön, mal wegzukommen vom Lager, von Wellington und vom Marine-Korps, mal irgendwohin zu fahren für ein paar Tage, vielleicht nach South Island.«

»Doch, es könnte eigentlich sehr nett werden, Andy.«

»Sie hätten also Lust? Ich meine, ehrlich?«

»Ich hab' schon mal so gedacht«, sagte sie. »Ich hab' in letzter Zeit schreckliches Heimweh gehabt. Ich bin schon über ein Jahr nicht mehr zu Hause gewesen. Meine Leute haben eine Farm, in der Nähe von Masterton.«

»Was, wirklich? Sie sind vom Lande?«

»Ja, und im Grunde glaube ich, daß ich auch dahin gehöre. Ich bin damals weggegangen, als Don gefallen war – ich konnte irgendwie nicht damit fertig werden. Ich wollte fort und mit mir allein sein, wissen Sie. Und dann kam die Nachricht, daß Timmy gefallen war, mein Bruder – ja, da mochte ich erst recht nicht wieder zurück. Das Schlimme ist nur, Andy, man kann in Neuseeland nicht so besonders weit vor irgend etwas davonlaufen.«

»Pat, die ganze Welt ist nicht groß genug, um vor so was davonzulaufen.«

»Ja, Andy, das könnte nett werden. Ich möchte meine Leute wieder besuchen, und vielleicht wäre es leichter, wenn Sie dabei wären. Ob Tony und Ariki noch in Form sind?«

»Wer ist denn das?«

»Unsere Reitpferde. Ariki ist ein Maori-Name, das ist mein Pferd. Tony war das Pferd von meinem Bruder – Timmy schwärmte nämlich für Tom Mix. Aber, du lieber Gott, das wird kein besonders erholsamer Urlaub für Sie werden, Andy, wenn Sie die gesamte Sippschaft der Rogers über sich ergehen lassen müssen.«

Er hob sie vorsichtig wieder herunter.

»Nein, Pat, ganz im Gegenteil, das klingt alles ganz großartig – beinahe wie –«

»Wie was?«

»Ach, nichts.«

»Darf man es nicht wissen?«

»Ich wollte sagen – es klingt beinahe, als ob man nach Hause fahren würde.«

Andy war mächtig aufgeregt, als der Zug in Masterton einfuhr. Er stieg aus und sah sich nervös auf dem kleinen Bahnhof mit dem langen Güterschuppen um. Dann sah er Pat eilig auf sich zukommen und begann zu strahlen. Sie trug dicke Drillichhosen, Reitstiefel und einen weiten, groben Pullover, vermutlich einen von ihrem Vater. Sie hatte frische Farben und sah wunderbar aus.

»Ich sehe entsetzlich aus«, sagte sie. »Hatte keine Zeit mehr, mich umzuziehen. Kommen Sie, ich habe das Postauto warten lassen. Mister Adams ist schon ganz aus dem Häuschen.« Sie nahm ihn bei der Hand und führte ihn zu einem Ungetüm von Wagen, der vor dem Bahnhof parkte. Mister Adams, der bejahrte Postmeister der Königlichen Post, zog seine riesige Taschenuhr hervor, die er mit höchst bedenklicher Miene betrachtete. Dann drehte er sich zu ihnen herum und zeigte auf das amtliche Abzeichen an seiner Dienstmütze.

»Genau vierzehn Minuten und zweiundzwanzig Sekunden Verspätung, Mrs. Rogers. Ich bin sicher, das ganze Tal wird in heller Entrüstung sein.«

»Kümmern Sie sich nicht um ihn, Andy. Mister Adams hat schon, seit ich vier Jahre alt war, seine Uhr herausgeholt und mit mir geschimpft.«

Andy warf seinen Rucksack oben in das Gepäcknetz und verankerte ihn zwischen zwei großen Kisten.

»Steigen Sie ein, wir wollen keine Zeit mehr verlieren. Mein Name ist Adams, Postvorsteher.«

»Hookans, Andy Hookans.« Sie schüttelten sich die Hände. Pat und Andy kletterten über eine Masse von Kisten, Kästen und Bündeln und fanden hinten im Wagen ein freies Plätzchen, in der Nähe von zwei Drahtkörben mit Hühnern. Mister Adams nahm Platz hinter dem Steuerrad und beschäftigte sich eingehend mit den verschiedenen Instrumenten am Armaturenbrett, die er so genau prüfte, als ob es sich darum handelte, ein Flugzeug durch eine bedrohliche Wolkenwand zu steuern. Nachdem er noch ein letztesmal auf seine Uhr gesehen und bekümmert geseufzt hatte, setzte sich die königliche Postkutsche in Bewegung und rollte durch die Straßen von Masterton. In den Laubengängen zu seiten der Straße, die von starken hölzernen Pfeilern getragen wurden, gingen Menschen mit dem raschen, aufrechten Gang der Neuseeländer. Es waren nur wenige motorisierte Fahrzeuge zu sehen, dafür um so mehr Fahrräder.

Sie fuhren aus der Stadt hinaus und auf einer gutgebauten, asphaltierten Autostraße in das Land hinein. Meile um Meile fuhren sie vorbei an Farmen und an Schafherden, an grünen, schwingenden Hügeln und kleinen, sanften Anhöhen mit malerischen Baumgruppen. Bei jeder Farm hielt Mister Adams an und überreichte den Frauen, die ihn am Hoftor erwarteten, die Post und das Bündel mit den Einkäufen, die er in der Stadt für sie erledigt hatte. Mit amtlicher Würde und Wichtigkeit unterbrach er den Strom der weiblichen Rede durch einen bedeutsamen Blick auf seinen ehrwürdigen Chronometer. Die Königliche Post durfte sich nicht verspäten.

Bei einem kleinen Schulhaus stieg eine Gruppe lärmender, lachender, sommersprossiger Kinder zu. Pat rückte nahe an Andy heran, um Platz für sie zu machen. Durch die Maschen des Drahtes stoben die Hühnerfedern und wirbelten um sie herum; eine plötzliche Biegung der Straße überschüttete sie mit einer Sturzflut von Kindern und Gepäckstücken. Sie hielten. Da war ein

mächtiges Balkentor und eine Einfahrt mit zwei breiten Sandspuren, eingegraben von den Rädern, die jahrelang darübergefahren waren. Zwei- bis
dreihundert Meter von der Einfahrt entfernt stand ein stattliches, zwei-
stöckiges Wohnhaus, mit Schindeln gedeckt, dessen Fachwerkwände im
Schmuck eines néuen weißen Anstrichs glänzten. An der einen Seite führte ein
breiter Kamin aus groben Feldsteinen in die Höhe, und an den Fenstern sah
man Gardinen, die von weiblicher Hand in zierliche Falten gelegt waren.

Quer über den Weg wanderte eine einsame Gans, aus der Ferne hörte man
Geblök von Schafen. Neben einer Baumgruppe sah man einen Schuppen mit
Pferdegeschirr, Pflügen und landwirtschaftlichem Gerät. Und über allem der
Duft von frischem Heu.

Hinter dem Stallgebäude standen in einem umzäunten Auslauf schwere
Ackergäule, die sich ausruhten von ihrer Arbeit. Andy faßte zögernd nach
dem Riegel. Auf dem hölzernen Bogen über dem Tor stand in großen Buchstaben: Enoch Rogers. Das Hoftor öffnete sich knarrend.

»Gefällt es Ihnen?« fragte Pat.

»O ja«, sagte er leise, »o ja.«

Sie ritten im Galopp über die Koppel und brachten die Pferde nahe bei der
Stelle zum Stehen, wo Enoch Rogers gerade dabei war, den Zaun auszube-
ssern. Andy sprang ab und half Pat aus dem Sattel. Er klopfte Tony auf den
Hals. »Braver Kerl, Tony. Wär ja auch noch schöner, wenn wir uns von dem
Mädchen hätten schlagen lassen.«

»Es scheint, er mag Sie, Andy«, sagte Enoch, der von der Arbeit aufsah.
»Er hat es sonst nicht besonders gern, wenn ein Fremder ihn reitet.«

Enoch Rogers war ein hagerer, starkknochiger Mann von einsachtzig oder
mehr. Sein Gesicht war rauh und faltig, hatte aber immer noch·den offenen,
freundlichen Ausdruck der Neuseeländer. Auf seiner dichten Mähne, die schon
grau zu werden begann, saß ein großer Strohhut mit ausgefasertem Rand. Er
holte ein Taschentuch aus seinem Overall und wischte sich den Schweiß vom
Gesicht.

»Na, Patty, hast du ihn überall 'rumgeführt?« Er schob die gebogene Pfeife,
die er nie aus dem Mund nahm, auf die andere Seite.

»Sie hat mich herumgejagt, bis ich keine Haut mehr hintendrauf hatte«,
sagte er. »Ich bin kein sonderlich geübter Reiter.«

»Ihr macht Eure Sache recht gut, junger Mann.«

»Besten Dank, Herr.«

»Patty hat mir erzählt, Ihr hättet in den Wäldern gearbeitet?«

»Ja, Herr.«

»Ach, wirklich? Kommen Sie, junger Mann. Ich möchte Ihnen etwas
zeigen.« Er steckte die Drahtzange und den Hammer in seine Tasche, bückte
sich und stieg zwischen zwei Drähten des Zaunes hindurch. Andy legte die
Hand auf einen Pfahl der Umzäunung und sprang hinüber.

»So machte Timmy das auch immer«, sagte Enoch. »Kommst du mit,
Patty?«

»Nein, ich werde Mama in der Küche helfen«, sagte sie, stieg auf Ariki und nahm Tony beim Zügel. »Ich nehme ihn mit zum Stall, Andy.« Sie ritt davon.

»Sie kann es nicht haben, wenn man davon spricht«, sagte Enoch. »Und ich kann es ihr wahrhaftig auch nicht verdenken, nach allem, was das arme Ding durchgemacht hat. Aber sie hängt an der Scholle, wie wir Rogers alle, weiß ich. Dieses Davonlaufen nach Wellington beweist noch gar nichts.«

Sie gingen ein paar hundert Meter die Fenne entlang und dann einen steilen Abhang hinunter zu einem kleinen Bach, der eilig durch den Wiesengrund floß. Die alte Planke, die hinüberführte, bog sich ächzend unter dem Gewicht der beiden Männer. Drüben kamen sie an ein Wäldchen von drei oder vier Morgen, hinter dem sich eine offene Anhöhe erhob, die sie hinanstiegen. Von oben sah man meilenweit in das stille Land, das sich zu ihren Füßen breitete.

»Dieses Land kaufte ich für meinen Sohn Timmy«, sagte Enoch und brannte sich die Pfeife an. »Ich denke, es gehört jetzt Patty. Ich habe auch ein paar ausgesuchte Widder und Mutterschafe für die Zucht und einen vollständigen Satz Werkzeug und Gerät dafür bereitgestellt.«

Andy wußte nicht, wie ihm geschah. Vom Rande der Anhöhe sah er auf in den Himmel, über den seltsam geformte Wolken in Scharen trieben. Und plötzlich war ihm – wie ein Mann es wohl fühlt, der an einem Hügel steht und nach oben sieht –, als bewege sich die Erde und fahre auf in den Himmel, als sei alles gut, jetzt und für immer. Wie in einem Traum folgte er Enoch, der ihn wieder hinunter zu den Bäumen führte.

Eingehauen in den Stamm einer kleinen Eiche sah er eine verrostete Axt, von Moos überwachsen. »Diese Axt schlug mein Sohn hier in den Stamm, als er fortging«, sagte Enoch bedächtig. »Er sagte mir, eines Tages werde er wiederkommen und dieses Land urbar machen.«

Andy langte mit der unwillkürlichen Bewegung des Holzfällers nach dem Schaft. »Ich fürchte, sie geht nicht mehr heraus«, sagte Enoch.

Andy schloß seine großen Hände fest um den Griff und zog. Es ächzte im Holz, und die Axt kam heraus. Enoch trat zurück, während Andy prüfend mit den Fingern über die Schneide fuhr, in die Hände spuckte und ausholte. Er schlug in starken, gleichmäßigen Schlägen, der Klang der Axt drang hinaus, lief die Hügel entlang und tönte wie die Musik, die er oft gehört hatte in den Wäldern des Nordens. Ein Stöhnen im Stamm, Andy stemmte sich mit seinem Gewicht dagegen, und krachend stürzte die Eiche zu Boden. Er richtete sich auf und wischte sich mit dem Ärmel seiner Uniformbluse den Schweiß vom Gesicht.

»Ein paar gute Hände habt Ihr da, junger Mann«, sagte Enoch. »So einer wie Ihr wird eines Tages dieses Land hier roden.«

Andy hieb die Axt in den Stumpf, drehte sich um und ging zurück zum Haus.

Mrs. Rogers setzte die Schüssel, auf der sich die gebratenen Hähnchen türmten, vor Andy auf den Tisch. »Patty hat mir erzählt, Sie äßen gern Hähnchen in dieser Form, und ich könnte mir denken, daß unser ewiges Hammelfleisch euch Jungens allmählich über ist.«

»Aber, Mrs. Rogers, Sie hätten sich wirklich nicht soviel Mühe machen sollen«, sagte Andy und langte sich eine Keule.

»Hoffentlich ist es auch richtig geworden. Ich habe es noch nie so gemacht. Du liebe Güte, ich mußte wenigstens fünf Leute anrufen, bis mir jemand das richtige Rezept sagen konnte.«

»Mrs. Rogers«, sagte Enoch, »könntest du uns wohl etwas Bier holen?«

»Mister Rogers«, sagte seine Frau, »ich werde mich nicht noch einmal diesem Kabinett nähern. Erst heute morgen ist wieder eine von den Flaschen explodiert. Das ist ja gefährlich für Leib und Seele.«

»Ach Weib«, sagte er und erhob sich.

Die Tür sprang auf, sechs Menschen drangen ein. Ein Mann, unverkennbar aus der Sippe der Rogers, sein kugelrundes Weib und ihre vier kugelrunden Kinder.

»Onkel Ben!« rief Pat.

»Patty, Mädchen — wir haben uns ja eine halbe Ewigkeit nicht mehr gesehen.«

Mrs. Rogers beugte sich zu Andy. »Wappnen Sie sich, junger Mann, dies hier wird ein ordentlicher Großangriff.«

»Na, Patty, wo ist er denn, der amerikanische Mariner, den du hier versteckt hältst?«

Mrs. Rogers schaukelte hin und her in ihrem alten, wackligen Schaukelstuhl. Enoch hob den großen Bierkrug an die Lippen, hängte die Pfeife in den anderen Mundwinkel und sah in die Flammen des offenen Kaminfeuers.

»Sie taten mir ordentlich leid, Andy, daß Sie diesen Überfall der gesamten Sippe über sich ergehen lassen mußten«, sagte Mrs. Rogers. »Aber Patty war so lange fort gewesen, und es ist nicht viel los hier bei uns, da benutzt man so einen Anlaß gern, um einmal zueinanderzukommen.«

»Ich fand sie alle ganz prächtig«, sagte Andy. »Hoffentlich mochten sie mich.«

»Ho, alle mußten sie sich natürlich den Burschen mal ansehen, den Patty sich da geangelt hatte.«

»Papa!«

»Und noch dazu einen amerikanischen Mariner.«

»Jetzt hör aber auf, Mister Rogers, du machst den armen Jungen noch ganz verlegen.«

»Nichts da, Mrs. Rogers. Als ich Dugger und Ben erzählte, wie er einen Baum fällt, da hörten sie genau zu, jawohl.«

Das Feuer im Kamin brannte allmählich nieder. Der Schaukelstuhl stand still. Enoch stand auf, trat zu seiner Frau und legte ihr zärtlich die Hand auf die Schulter. »Komm, Alte, ich denke, wir gehen und lassen die jungen Leute noch einen Augenblick allein, ehe das Holz ganz heruntergebrannt ist.« Sie gingen zur Tür und sagten gute Nacht.

»Armer Andy«, sagte Pat. »Sie haben sich gut gehalten. Aber ich hatte Sie ja gewarnt.«

»Ihre Eltern sind großartige Leute, Pat. Ich beneide Sie.«

»Machen Sie sich nichts draus, was die beiden reden. Sie möchten mich gern wieder unter die Haube bringen, ehe ich endgültig ein altes, unverheiratetes Mädchen werde.«

Er setzte sich neben sie auf das Schaffell am Boden. Sie lehnte sich schläfrig an ihn. Er strich ihr über die Wange und hob ihr Gesicht zu sich. Sie schlang die Arme um seinen Hals, ihre Lippen trafen sich.

»Liebster«, flüsterte sie.

»Pat, Liebste.«

Sie rückte von ihm ab, er ließ sie los. »Nein, nein«, sagte sie. Er erhob sich und half ihr auf.

»Nicht böse sein, Andy, bitte.«

»Schon gut, ich verstehe. Gute Nacht, Pat.«

Ich ging zu Andy, der schon in seiner Koje lag, und stieß ihn in die Rippen. »He, du Döskopp, steh auf und komm in die Funkbude«, sagte ich.

Andy stieg in seine Knobelbecher und kam mit. Ich machte das Licht an und setzte mich auf die Bank neben der Morsetaste. Ganz automatisch legte Andy seinen Finger auf die Taste und fing an zu morsen: ·—— ·— — ·—· —— —· ··—· ··· Ich sah hin und las: Pat Rogers.

»Was liegt denn an?« fragte Andy.

»Du hast dich bei der letzten Funkübung angestellt wie ein chinesischer Heizer.«

»Kleine Fische.«

»Und letzte Woche hast du auch den ganzen Text vermasselt. Keats hat Zustände, und mir reicht's allmählich auch.«

»Mensch, Mac, mach's halblang.«

»Von wegen halblang. Seit du neulich die paar Tage Urlaub gehabt hast, ist mit dir nichts mehr anzufangen. Was ist eigentlich mit dir los?«

Andy knurrte irgend etwas Unverständliches vor sich hin. Er schien aufgeregt und wollte mir nicht Rede stehen. Aber ich war eisern entschlossen, der Sache auf den Grund zu gehen. Er war nicht der beste Funker der Welt, aber man hatte sich bisher auf ihn verlassen können.

»Ich hab' ein Mädchen«, brachte er endlich heraus.

»Na und? Das haben wir schließlich alle.«

»Bei mir liegt der Fall anders.«

»Kenne ich – der Fall liegt immer anders.«

»Ach, verdammt, was soll man überhaupt darüber reden!«

»Sag mal, Andy, wo drückt's dich eigentlich?«

»Du – du sprichst nicht darüber?«

»Soweit solltest du mich eigentlich kennen.«

»Mac – ich bin ganz verrückt nach dem Mädchen. Ich dachte, ich wäre kein so verdammter Idiot, aber . . .«

»Sag mal, Andy, wie kommt es eigentlich, daß du die Weiber so gefressen hast?«

Er stand auf, ging zum Fenster und brannte sich umständlich eine Zigarette an. »Das ist eine lange Geschichte – und außerdem nicht besonders interessant.«

»Vielleicht würde es dir guttun, wenn du dir die Sache mal von der Leber redest.«

Er setzte sich wieder hin und spielte nervös mit der Taste. Er schien mit sich zu kämpfen, ob er mir davon erzählen sollte oder nicht.

»Mein Alter starb, als ich drei Jahre alt war«, sagte er dann leise. »Er versuchte, Stämme in Gang zu bringen, die sich auf dem Fluß gestaut hatten – dabei kam er um.« Er biß die Zähne aufeinander und sah von mir fort. »Als ich vier Jahre alt war, holte mich die Wohlfahrt von meiner Alten weg. Sie fanden mich und meinen kleinen Bruder in einer üblen Spelunke – wir beide waren zwei Tage lang eingesperrt gewesen –, wir hatten nichts zu essen bekommen, mein Bruder hatte tagelang in derselben Windel gelegen – und die Alte fanden sie besoffen – sie ging mit jedem Holzfäller in die Betten.«

»Du brauchst nicht weiterzureden.«

»Der Vorschlag kam von dir, Mac. Ich riß aus von meiner Pflegestelle und ging in die Lager der Holzfäller. Damals war ich zwölf. Ich schrubbte Fußböden, räumte die Kojen auf, half beim Essen. Als zwölfjähriger Knirps hörte ich den Männern zu, wie sie über die Weiber sprachen und ihre dreckigen Witze machten. Als ich sechzehn war, fing ich an, als Holzfäller zu arbeiten, und einmal im Monat kam ich aus dem Wald in die Stadt, soff und schlief mit irgendeiner Hure – mit so einer, wie meine Mutter gewesen war.«

Und dann brach es aus ihm heraus, was er jahrelang mit sich herumgetragen und was ihn innerlich vergiftet hatte.

»Sie stellten sich an, als ob sie ganz verrückt nach dir wären – und dabei dachten sie an nichts anderes, als wie sie dich neppen könnten und dir die paar Moneten abknöpfen, für die du dich abgerackert hattest. Sie legten sich auf den Rücken und sagten dir, was für ein süßer Junge du wärst und verdrehten die Augen – die verdammten Heuchlerinnen!« brüllte er. Dann wurde er etwas ruhiger. »Mein kleiner Bruder hatte es nicht so gut. Er war ein mageres Kerlchen und mußte bei den Pflegeeltern bleiben – aber verdammt noch mal, Mac, der Junge hatte ein Köpfchen wie Schwester Mary. Helle war der, kann ich dir sagen – wollte immer nur lesen und was Neues lernen. Ich sparte, damit er auf die Schule gehen konnte.«

Andy ließ die Arme sinken, er sah auf einmal sehr müde aus. Seine Stimme schwankte. »Er war ein guter Junge, hielt sich ordentlich. Ich paßte auf ihn auf, so gut ich konnte. Und dann geriet er an ein Mädchen – eine richtige Schlampe. Irgendeiner machte ihr ein Kind, und sie nagelte meinen Bruder fest. Er mußte sie heiraten. So ein Junge, mit so einem Köpfchen. Lebt mit dieser Schlampe, arbeitet für sie, für dreißig Dollar in der Woche in irgend so einem Käseladen. Er ist grad erst achtzehn, Mac –«

Eine üble Geschichte. Ich konnte verstehen, wie ihm ums Herz war. »Na – und?« fragte ich. »Was für einen Vers machst du dir darauf?«

»Gar keinen, Mac. Es reimt sich einfach nicht.«

»Sag mal, Andy, was glaubst du eigentlich, wer du bist? Denkst du vielleicht, du bist der liebe Gott? Man kann doch nicht einfach so daherkommen und jedes weibliche Wesen für eine Sau halten.«

»Nein«, entgegnete er rasch, »das tu ich ja auch gar nicht. Von ihr denke ich so was nicht. Sie ist nicht so, Mac.«

»Wenn du das Mädchen liebst, dann leg die Karten offen auf den Tisch. Geh den Weg zu Ende – oder geh deiner Wege.«

»Ich möchte ihr so gern sagen, was ich für sie fühle, ehrlich. Aber ich kann es einfach nicht.«

»Und warum nicht, zum Teufel?«

»Ich habe Angst, enttäuscht zu werden – das ist es! Ski hatte doch ein nettes Mädchen, nicht wahr? Und sie liebte ihn, oder etwa nicht? Wahrhaftig, Mac, ich möchte sie lieben können – das bedeutet für mich mehr, als mit ihr ins Bett zu gehen. Aber so was dauert ja doch nicht, nicht jahrelang, so was nicht. Irgendwann ist so was doch immer zu Ende.«

»Glaubst du, du könntest mit dieser Ansicht zu Danny kommen oder zu Marion? Sie könnten nicht leben, ohne an die Liebe ihrer Frauen zu glauben. Man kann nicht sein Leben lang mißtrauisch und verbittert herumlaufen. Du mußt dem Leben vertrauen, Andy.«

»Ich habe Angst, Mac.«

»Und Pat?«

»Wieso weißt du ihren Namen?«

Ich zeigte auf die Morsetaste. »Ich kann doch lesen.«

»Sie hat ihren Mann und ihren Bruder im Krieg verloren. Sie hat auch Angst, genau wie ich, nur auf andre Weise. Mac, ist dir eigentlich schon mal ähnlich ums Herz gewesen?«

»Nein«, sagte ich, »eigentlich nicht. Ich hab' 'ne Menge nette Mädchen gekannt. Aber ich glaube, so ein alter Fahrensmann wie ich, der ist verheiratet mit dem Korps. Ab und zu kriege ich ja auch einmal Sehnsucht nach der Pfeife und den Pantoffeln – vielleicht, wenn ich noch ein paar Jahre älter geworden bin oder wenn der Krieg vorbei ist –«

Andy fing wieder an zu sprechen. Seine Stimme klang, als sei er ganz wo anders. »Ihr Vater hat eine Farm, außerhalb von Masterton. Du kannst dir nicht denken, was das für Menschen sind. Komisch, Mac, als ich von der Straße aus auf das Tor zuging, war mir, als ob ich das alles schon immer gekannt hätte; jeder Baum und jedes Gebäude. Es war, als ob eine Stimme zu mir sagen würde: Wo bist du gewesen, Andy, wir haben auf dich gewartet –.«

4. Kapitel

Die Zeit rückte näher, daß wir zum Einsatz kommen sollten, und wir verzehnfachten unser Nahkampf-Training. Täglich wurden wir mehrere Stunden lang darin ausgebildet, wie man am raschesten und sichersten seinen Gegner tötet, mit dem Gewehr, der Pistole, einem Messer oder einem Bajonett – oder notfalls auch mit einem Knüppel oder einem Stein. Sämtliche Nachrichtenübungen im Gelände wurden kombiniert mit Überfällen aus dem Hinterhalt,

162

um unsere Reaktionsfähigkeit zu steigern und uns zu dauernder Wachsamkeit zu erziehen. Es wurde eine Gruppe ausgesucht, die die Aufgabe hatte, das Bataillon jederzeit unerwartet anzugreifen: beim Essenholen, beim Waschen, nachts in der Koje – überall mußte man auf einen plötzlichen Überfall gefaßt sein. Und wir lernten, uns zu verteidigen: durch Schläge mit dem Handrücken, Stöße mit den Ellbogen oder Knien, oder auch mit dem Kopf. Alles wurde geübt, und wir lernten, jeden Augenblick auf der Hut zu sein.

18. Dezember 1942: CAMP MCKAY AN ALLE
BATAILLONS-KOMMANDEURE
In Anbetracht der Tatsache, daß das Sechste Regiment unmittelbar vor dem Einsatz steht, macht der Regiments-Intendant darauf aufmerksam, daß sich im Hafen von Wellington, Schuppen sechs, noch mehrere tausend Kisten mit amerikanischem Bier befinden. Offiziere und Mannschaften können beliebige Mengen besagten Bieres käuflich erwerben, da es wünschenswert ist, daß der Vorrat bis zum Abmarsch des Regiments geräumt ist.

Man konnte bald nicht mehr bei uns ins Zelt, da sich überall die Bierkisten türmten. Wir hatten jedes freie Eckchen ausgenutzt, bis wir keinen Platz und kein Geld mehr hatten. Wir saßen herum, leerten Flasche um Flasche und sprachen von dem, wovon Männer reden, wenn sie trinken: von den Weibern und – von den Weibern.

Marion kam ins Zelt, kletterte mühsam zwischen den Bierkisten zu seiner Koje, legte sein Manuskript hin und langte sich sein Gewehr, um es zu reinigen.

L. Q. Jones machte Speedy Gray und Andy, die bereits neben Marion in Stellung gegangen waren, ein Zeichen.

»Wir haben grad miteinander über was geredet«, sagte Speedy.

»Wird kaum was besonders Geistreiches gewesen sein«, sagte Marion, während er die Drahtbürste durch den Lauf seines Gewehres zog.

»Ich konnte es nicht mit anhören, daß sie dich schlechtmachten«, sagte L. Q. »Ich habe mich für deinen guten Ruf geopfert und meinen letzten Shilling, mit dem ich nach Wellington wollte, auf dich gewettet.«

»Ich und Speedy haben mit L. Q. gewettet, daß du es nicht fertigbringen würdest, eine Flasche Bier zu trinken«, erklärte Andy.

»Du hast dein Geld verloren, L. Q.«, sagte Marion. »Du weißt doch, ich trinke nicht.«

»Los, L. Q., bezahle«, sagte Speedy. »Dieser Bursche ist so wertlos wie die Titten an einem Keiler.«

L. Q. holte seine Brieftasche heraus, sein Gesicht zeigte bitterste Enttäuschung. »Der Schuft vergißt die Nacht, wie er damals in San Diego Süßholz geraspelt hat und der alte L. Q. beim Appell für ihn den Kopf hingehalten hat. Daran denkt der schlechte Mensch nicht«, murrte er und überreichte Andy eine Zehnshillingnote. »Und Olga wird jetzt denken, ich sei ihr untreu geworden.«

»Nach allem, was ich über Olga gehört habe, wäre das das Beste, was dir passieren könnte«, sagte Marion.

»Das war zuviel«, sagte Jones entrüstet. »Damit ist unsre Freundschaft endgültig geplatzt, pfffft! Hast du gehört – pfft!« Er fiel auf seine Koje und schimpfte vor sich hin.

Marion legte das Gewehr aus der Hand und seufzte. »Also los, her mit der Flasche.«

»Mensch, Kumpel, alter Makker!«

»Das tue ich nur für dich, L. Q., hoffentlich bist du dir darüber im klaren.«

Ich langte eine Flasche hoch, öffnete sie mit meinem Koppelschloß und hielt sie Marion unter die Nase. Er sah nicht besonders glücklich aus. Wir drängten uns so dicht um ihn, daß wir beinahe auf ihn draufgefallen wären. Er nahm einen kleinen Schluck und verzog schmerzlich das Gesicht.

»Das schafft der nie.«

»Sei brav, Mary, blamier mich nicht.«

Marion hielt den Atem an, schloß die Augen und hob die Flasche in die Höhe. Die Hälfte lief ihm aus dem Mund und floß vorn über sein Hemd. L. Q. brach in ein Triumphgeheul aus, als die Flasche sich zusehends leerte. Marion warf die leere Flasche auf die Erde, heftig nach Luft schnappend. Andy und Speedy setzten die Komödie fort, indem sie ihren Wettverlust an L. Q. auszahlten.

»Hör mal zu, L. Q.«, sagte Speedy, »nur eine Klapperschlange würde einem Mann nicht die Chance geben, sein Geld zurückzugewinnen.«

»Niemand soll sagen dürfen, L. Q. Jones wäre eine Klapperschlange. Ich setze ein Pfund Sterling auf Korporal Hodgkiss, meinen besten Freund.«

Ich schob Marion die nächste Flasche zwischen die Lippen, ehe er protestieren konnte. »Ihr steckt ja alle unter einer Decke!« rief er wütend. Er leerte die zweite Flasche mit wesentlich geringerem Widerwillen, leckte sich die Lippen und schleuderte die leere Flasche übermütig in die Ecke.

»Hört mal zu, Jungens«, sagte L. Q. »Ich habe mich entschlossen, euch eine Chance zu geben. Ich wette um die gesamte Summe, daß Mary nicht in der Lage ist, eine Flasche Bier auf einen Zug auszutrinken.«

»Angenommen«, sagte Marion großspurig. Die nächsten vier Flaschen folgten ziemlich schnell. Wir waren alle außerordentlich befriedigt – jetzt würden wir doch endlich mal Marion besoffen kriegen.

»Achtung!« rief Andy, als Major Huxley sich bückte, um beim Zelteingang nicht oben anzustoßen. Wir alle fuhren hoch und bauten Männchen, mit Ausnahme von Danny, der Huxley auffing, als dieser gerade über eine Bierkiste stolperte.

Ehe ich es verhindern konnte, schwankte Marion, der inzwischen stinkbesoffen war, auf Sam Huxley zu.

»Mensch, das ist ja mein alter Kumpel, die lange Latte – was suchst du denn hier? Willst wohl mal 'nen wohltätigen Besuch bei den Armen machen, was?« Beinahe wäre Huxley rückwärts aus dem Zelt gefallen. Doch er bewahrte Haltung und betrachtete staunend das schwankende Genie.

»Nun sieh mich bloß nicht so an, als ob du der Heilige Geist persönlich wärst – wir sind beide bloß Menschen, und ich hätte mich ganz gern mal über so'n paar Sachen mit dir unterhalten, verstehst du?« Er ließ einen lauten Rülpser fahren, direkt in Huxleys Gesicht.

»Hodgkiss, Sie sind ja total betrunken!«

»Außerordentlich treffend bemerkt – aber erzähl mir bloß nicht, daß du auf Grund solcher Geistesblitze Major geworden bist.« Er legte Huxley die Hände auf die Schultern. »Hör mal zu, alter Knabe«, sagte er mit schwerer Zunge und glasigen Augen, »du treibst es ein bißchen zu toll mit der Marschiererei – ganz im Ernst, alter Knabe. Weißt du, wie man uns nennt? Huxleys Huren – das ist bei Gott kein feiner Name.« Er fiel gegen den Major, der ihn sich mit festem Griff auf Armeslänge vom Leibe hielt.

»Mir scheint, dieser Mann ist das Opfer einer bösartigen Verschwörung«, sagte Huxley.

»Wenn man ehrlich sein wollte, Herr Major, so könnte man vielleicht sagen, daß wir ein oder zwei Flaschen für ihn aufgemacht haben«, sagte Speedy.

»Hmmm.«

»Ich werde ein Buch schreiben, in dem ich alles über diesen Sauhaufen hier erzählen werde!« erklärte Marion, der an Huxleys Armen hin und her schwankte, mit erhobenem Zeigefinger. Und dann versammelte er sich plötzlich als friedliches Häufchen am Boden.

Huxley hob den Blick zur Decke und rief erschüttert aus: »Schwester Mary!« Dann sah er uns mit einem vernichtenden Blick an. »Wenn jemals ein Sterbenswörtchen von dem, was sich hier ereignet hat, dieses Zelt verläßt, degradiere ich euch alle zu Schützen und setze diesen Burschen da für den Rest des Feldzuges auf Wasser und Brot!«

»Wir schweigen wie das Grab«, gelobte Andy.

»So wahr wir alle Ehrenmänner sind«, sagte Speedy mit einer tiefen Verbeugung.

»Amen, Ehrwürden«, sagte Huxley. »Und wenn dieser da wieder nüchtern ist, dann schickt ihn zu mir. Die Propaganda-Abteilung möchte eine Geschichte von ihm haben, worin die besonderen Qualitäten der Führung zum Ausdruck kommen.«

Huxley stampfte hinaus – und wir atmeten erleichtert auf. Andy und Seesack hoben Marion vom Boden und legten die Bierleiche auf die Koje.

»Fix und fertig.«

»Endlich hat auch Schwester Mary das Ziel der Klasse erreicht.«

»He, Mac, er kotzt.«

»Na, dann laß ihn doch kotzen.«

»Aber er kotzt auf seine Koje.«

»Dann werd ich ihn mit Kölnisch Wasser besprengen.«

Wir setzten uns an die nächste Kiste und öffneten eine Flasche nach der anderen mit unseren Koppelschlössern. Nach einer Weile kam Burnside hereingestolpert und brüllte: »Ich habe McQuade geschlagen! Jawohl! Achtundzwanzig Flaschen gegen dreiundzwanzig!« Wir hoben ihn behutsam von der Stelle, wo er zu Boden gesunken war, und warfen ihn auf eine Koje.

»Ich muß euch mal was sagen, Leute«, sagte ich, »das hier ist der beste

Haufen vom ganzen Marine-Korps. Ihr Jungens seid genau wie meine eigenen Kinder – verstanden?«

»Wißt ihr was?« sagte L. Q. mit schwerer Zunge. »Wir hier sollten zusammenhalten, auch noch, wenn wir den Krieg siegreich beendet haben.«

»Jäää.«

»Ganz meine Meinung.«

»Wir sollten uns gegenseitig versprechen, daß wir uns nach dem Krieg treffen.«

»Was meinst du dazu, Mac?«

»Klarer Fall.«

»Wir wollen es schriftlich festlegen, L. Q., und wer diese Abmachung nicht einhält, der ist ein dreckiger Schuft.«

L. Q. nahm ein Blatt aus seinem Briefblock und setzte sich auf seine Koje. Wir andern klemmten uns neben ihn, bewaffnet mit Bierflaschen.

»Und wann wollen wir uns treffen?«

»Ein Jahr nach Kriegsende – auf den Tag genau nach einem Jahr.«

»Seid ihr alle einverstanden?«

»Okay.«

L. Q. fing an zu schreiben, wir andern sahen ihm rülpsend über die Schulter.

22. Dezember 1942. Dies ist eine unverbrüchliche Abmachung. Hiermit geloben wir, daß wir uns ein Jahr nach Kriegsende treffen wollen in . . .

L. Q. schrieb weiter, daß jeder von uns verpflichtet sei, zu diesem Treffen ein bestimmtes Tier mitzubringen, das den Staat repräsentierte, in dem er wohnte: einen Eber für den Staat Iowa, eine Schildkröte aus Maryland, einen Steppenwolf, einen Puma, einen Stier für Joe, den Spanier. Burnside sollte eine Ziege mitbringen und ich eine Bulldogge.

Das Dokument schloß mit den Worten: *Sollte einer von uns nicht erscheinen können, weil er gefallen ist, so werden wir sein Angedenken ehren, indem wir uns besaufen. Wer diese Abmachung nicht einhält, der ist ein dreckiger Schuft, bei seiner Ehre.*

Wir schrieben uns jeder den Text ab und reichten die Blätter herum zum Unterschreiben.

»Und jetzt wollen wir das Dokument mit unserem Blut besiegeln«, sagte L. Q.

Wir ritzten uns mit Joes Stilett in die Finger und setzten unser Blut neben unsere Unterschrift. Dann schüttelten wir uns die Hände, während uns die Tränen über das Gesicht liefen, gelobten uns ewige Kameradschaft in diesem heiligen Augenblick – und öffneten die nächste Flasche Bier.

5. Kapitel

Wohin würden wir kommen, wenn es jetzt auf die Reise ging? Wir spürten den kalten Griff der harten Wirklichkeit. Die ›Unheiligen Vier‹ lagen am Kai im Hafen von Wellington und warteten auf die Sechser. Es waren Schiffe, deren Namen den Marinern teuer waren: *Jackson, Adams, Hayes und Cresent*

City. Diese vier hatten die ersten Truppen nach Guadalcanar gebracht. Und sie hatten die japanischen Flieger vom Himmel geholt wie die Tontauben.

Die letzte Flasche Bier war geleert, der letzte Kater überstanden. Wenn es ans Verladen geht, dann ist es vorbei mit der Ruhe. Man kann es dann kaum noch erwarten, daß es endlich an Bord geht, so schnell wie möglich, damit man das komische Gefühl im Magen los wird. Schließlich waren wir ja nicht hier, um die schöne Aussicht zu genießen und uns mit den Weibern zu amüsieren, und wir waren ja auch nicht etwa deshalb zum Marine-Korps gegangen.

Es war natürlich mal wieder verdammt schwer, die Jungens zu den Arbeitskommandos zusammenzukriegen. Sie hatten diesmal das Zelt mit allen möglichen Alarmvorrichtungen gesichert, und sobald man nur von außen an die Zelttür faßte, machten sie sich nach hinten oder durch die Seiten davon.

Endlich war es dann soweit, daß wir über den Laufsteg an Bord des Truppentransporters *Jackson* gingen. Wir salutierten vor der Wache und der Schiffsflagge und machten uns auf den Weg zu unserer Unterkunft. Nach dem Dreckdampfer, unserem *Bobo*, war dies hier eine großartige Überraschung.

»Nu sieh dir das mal an! Die Navy fährt wirklich Erster Klasse.«

»Das ist allerdings was anderes als damals.«

»Hör mal, Mac, Seesack ist seekrank.«

»Nanu – wir sind ja noch fest am Kai.«

»Er wurde seekrank, als er den Laufsteg heraufkam, genau wie letztesmal.«

»So ein Farmer braucht doch tatsächlich nur ein Schiff zu sehen, und schon kotzt er.«

»Mann, was sagst du zu so einer Matratze!«

Wir hatten uns bald eingerichtet und warteten nur noch darauf, bis alle Schiffe ihre Ladung übernommen hatten, um dann rasch und plötzlich in See zu stechen:

Der Weihnachtsgottesdienst wurde abgehalten in einem Schuppen im Hafen von Wellington. Wir sangen ein paar Choräle, und nachdem dann auch noch Marinepfarrer Peterson und Pater McKale ihre Gebete gesprochen hatten, bekamen wir alle miteinander ganz fürchterlich das arme Tier – die Weihnachtskrankheit des Mariners. Ich wünschte, ich könnte aufwachen und feststellen, Weihnachten sei gewesen. Keiner mochte was sagen, alle saßen herum und ließen die Köpfe hängen, jeder allein mit sich und seinen Gedanken. Danny las in einem alten Brief, Marion sah sehnsüchtig auf das Bild des Mädchens mit den roten Haaren, und sogar Ski vertiefte sich trotz aller Bitterkeit in das Bild von Susan, das schon undeutlich zu werden begann. Das Denken war nicht gut, es konnte einen unfähig machen zu handeln. Aber was sollte man Heiligabend sonst schon anfangen?

Die Schiffsküche zauberte ein großartiges Menü, mit Truthahn und allem, was dazu gehört, aber davon wurde es auch nicht viel besser. Wonach uns hungerte, war etwas anderes. So ein alter Fahrensmann wie ich, der wurde natürlich nicht etwa krank vor Heimweh. Ich hoffte nur, daß man den Männern Landurlaub geben würde, damit ich mich auch vollaufen lassen konnte.

Sie fanden eine leere Bank im Botanischen Garten. Andy brannte zwei Zigaretten an und gab Pat eine davon.

»Sieht eigentlich gar nicht nach Weihnachten aus, nicht wahr?«

»Nein«, sagte Andy, »bei uns zu Hause liegt jetzt Schnee.«

»Und was meinen Sie, wo es jetzt hingeht?«

»Keine Ahnung.«

»Es war nett, euch Amerikaner hier bei uns zu haben.«

»Pat.«

»Ja.«

»Sagen Sie — freut es Sie eigentlich, daß Sie mich kennengelernt haben?«

»Ich — ich weiß nicht, Andy.«

Sie dachte zurück, an frühere Abschiede, von ihrem Bruder und von ihrem Mann. Auch damals hatte sie adieu gesagt, und nun hatte sie Angst.

»Ich meine«, sagte sie, »ich mag Sie gern, sehr gern sogar. Vielleicht ist das der Grund, weshalb ich mich nicht darüber freuen kann, daß wir uns kennengelernt haben.« Sie machte sich steif, um ihn nicht merken zu lassen, daß sie zitterte.

»Pat — sehen Sie, ich weiß nicht, wie ich es richtig sagen soll — aber ich möchte gern, daß Sie wissen, wie froh ich darüber bin, daß ich nach Neuseeland gekommen bin und daß ich Sie getroffen habe. Ich bin ein bißchen durcheinander — vielleicht ist es ganz gut, daß wir jetzt hier weggehen —, vielleicht kann ich mit mir selber ins reine kommen.«

»Sie haben recht, Andy, es ist so besser für uns beide«, sagte sie. Und nach einer Weile: »Was meinen Sie — ob Sie wohl jemals wieder nach Neuseeland kommen?«

»Ich weiß nicht — vielleicht. Beim Marine-Korps kann man so was nie vorher wissen.«

»Nein, Andy, das ist ja alles dummes Zeug. Wir wissen beide, daß Sie nicht wiederkommen werden. Der Krieg — der verdammte Krieg.«

»Pat, Mädchen — was haben Sie?«

Sie schloß die Augen. »Ach, nichts — es ist gleich wieder besser.«

»Würden Sie mir einen besonderen Gefallen tun?«

»Gern.«

»Ja, sehen Sie — es ist ja weiter nichts, als daß wir uns beide ganz gut leiden mögen, ich weiß. Aber könnten Sie mir nicht trotzdem einmal schreiben? So richtig regelmäßig, wissen Sie? Ich hab' noch nie von irgendeinem Mädchen regelmäßig Briefe bekommen, so wie die andern Jungens — da braucht gar nichts Besonderes drinzustehen, aber Sie könnten mir doch irgendwas erzählen, von der Farm und Ihren Leuten zu Hause, und wie es Ihnen selber geht. Ich fände das wirklich sehr schön, solche Briefe zu bekommen.«

»Ja, Andy«, sagte sie leise, »ich werde Ihnen schreiben, gern, wenn Sie das wollen.«

»Und ich werde Ihnen auch schreiben, Pat, und irgendwann —«

»Nein, Andy, nicht irgendwann. Kein Irgendwann mehr für mich.«

»Du lieber Gott – schon gleich Mitternacht. Ich muß los, Pat, ob ich Sie wohl bitten darf, mich zum Hafen zu begleiten?«

Sie nickte. Sie gingen langsam und schweigend durch die stillen Straßen und hinunter zu der Sperre bei der Hafenwache.

»Ich bin sehr froh, Pat, daß ich Sie kennengelernt habe, und heimlich hoffe ich auch, daß ich hierher zurückkomme. Vielleicht können wir –« Er brach ab. »Leb wohl, Pat.«

Er küßte sie auf die Wange. Für einen Augenblick schloß er sie fest in seine Arme, dann trat er zurück.

Er durchschritt die Sperre und ging zum Schiff. Sie hörte seine Schritte, die von den leeren Schuppen widerhallten, während seine Gestalt allmählich in der Dunkelheit verschwand.

Ihre Hände umklammerten die Stäbe des Gitters. »Leb wohl, Liebster«, rief sie schluchzend.

Nach der üblen Tour auf unserm damaligen *Bobo* war die Reise mit der *Jackson* eine wahre Pracht. Die Unterkünfte waren gut, die Küche hervorragend. Es gab Frischwasser-Duschen, ein seltener Luxus, und alles an Bord war picksauber und tipptopp in Ordnung. Man sah, daß die Besatzung wirklich stolz war auf ihr Schiff und daß sie es liebte wie eine Braut.

Zwischen den Matrosen der *Jackson* und den Männern des Marine-Korps bestand herzliche Sympathie. Sie hatten eine Aufgabe, die keinen sonderlichen Ruhm einbrachte: Sie beförderten die kämpfende Truppe an die Front. Doch sie fühlten sich beteiligt an dem Risiko und waren sich klar darüber, daß sie das Leben der ihnen anvertrauten Männer zu verteidigen hatten. Die Leistung der ›Unheiligen Vier‹ war großartig. Sie waren die Pioniere der amerikanischen Truppentransporter im Zweiten Weltkrieg und hatten zahllose Luftangriffe erfolgreich abgewiesen. Für das Marine-Korps hatten sie eine ganz besondere Zuneigung. Und auch wir fühlten uns sicher in ihrem Schutz, und kein Mariner sprach jemals von den ›Unheiligen Vier‹ ohne ein Gefühl tiefer Dankbarkeit.

Ich konnte mir kaum etwas Besseres denken, als auf einem guten Schiff unterwegs zu sein. In früheren Zeiten verbrachte man ja beim Marine-Korps einen großen Teil seines Dienstes auf See. Es war so schön und friedlich, wenn man abends nach dem Backen und Banken an der Reling stand und sein Pfeifchen schmökte. Oft vergaß ich dabei für einen Augenblick völlig, wohin die Reise ging. Doch dann kreuzten meist bald meine Jungens bei mir auf, ich sah mich um und sah die Blaujacken an den 37-mm-Flakgeschützen stehen – und befand mich wieder auf der Erde.

Abends, wenn wir unter Deck im Raum eingeschlossen waren, fingen wir an zu pokern – das Spiel, das eigentlich keinen Anfang hatte und kein Ende. Die Spieler mochten wechseln und auch der Ort, wo sie spielten; doch das Spiel blieb dasselbe, der Poker ging weiter in alle Ewigkeit.

»Land!« Ich sprang hoch von der Koje und rannte nach oben. Es war ein brühheißer Morgen. Unsere Transporter gingen auf allerkleinste Fahrt herunter und glitten langsam auf eine Insel zu, die mit ausgedörrten, braunen Hügeln wie ausgestorben vor uns lag. Kein Laut war zu hören. Wir trieben langsam vorbei an Schiffen, die leblos und unbemannt vor Anker lagen, zu Dutzenden. Einige von ihnen waren verrostet und füllten sich mit Wasser, wie Totenschiffe. Wir manövrierten vorsichtig zwischen ihnen hindurch und näherten uns dem Land, auf dem nichts Lebendes zu entdecken war. Ein leichter Nebel machte die Sicht diesig. Die schweigenden Geisterschiffe, und dahinter die sonderbaren dürren Rippen des Landes – es sah aus, als wären wir am Ende der Welt angelangt.

»Wo sind wir denn hier?« fragte ich.

»Neu-Kaledonien. Wir kommen gleich in den Hafen von Numea. Sieht komisch aus, was?«

»Wie eine Teufelsinsel, möchte man sagen.«

Wir fuhren durch die Einfahrt, die mit Minen und U-Bootsnetzen versperrt war, hinein in den Hafen. Und dann sah ich es: die amerikanische Flotte! Schlachtschiffe, Flugzeugträger, Kreuzer, Zerstörer, alle lagen sie hier vor Anker. Hier also hielten sie sich verborgen.

Je mehr sich unser Geleitzug auf der Fahrt nach Norden dem Äquator näherte, um so heißer wurde es. Im Raum unter Deck hielt man es nur noch halb nackt aus. Der Geleitzug pflügte langsam und gleichmäßig in einer leichten Dünung, unablässig ging das leise Stampfen der Maschine durch das Schiff.

Nichts unterbrach diese Monotonie außer den gedämpften Stimmen und Bewegungen der Pokerspieler. Ich saß untätig herum und wartete darauf, daß einer der Spieler seinen letzten Nickel verlor und ein Platz in der Pokerrunde frei wurde. Da entdeckte ich plötzlich Keats, der am Schott stand und mir heimlich Zeichen machte.

Ich ging zu ihm hin. »Was gibt's, Jack?« fragte ich. Ich redete ihn immer mit seinem Vornamen an, wenn uns keiner hörte. Keats ging mit mir in eine dunkle Ecke, er tat mächtig geheimnisvoll. Nachdem er sich umgesehen hatte, ob uns auch keiner beobachtete, griff er in sein Hemd und holte eine Flasche heraus.

»Da, Mac – für den Funktrupp. Glückliches neues Jahr.«

»Whisky, echter schottischer Whisky! Mein Gott, ich hatte ganz vergessen, daß wir heute nacht ins neue Jahr gehen – 1943 –, besten Dank, Jack.«

»Glückliches neues Jahr, Mac. Hoffentlich merkt der Kapitän nicht, daß ich ihm die Buddel geklaut habe.«

Ich ging zu meinen Jungens, purrte sie hoch und legte warnend den Finger an den Mund. Sergeant Seymour – vom Intelligence, der in Neu-Kaledonien an Bord gekommen war – war trotzdem sofort munter und sprang wie eine Katze auf die Beine. Also forderte ich ihn auf mitzukommen. Wir verdrückten uns möglichst unauffällig in den Waschraum und machten die Tür hinter uns zu. Dann holte ich die Flasche heraus.

»Von Keats«, sagte ich. »Prosit Neujahr, Leute.«

»Neujahr?«

170

»Und was ist das da?«

»Schottischer Whisky.«

»Mann, ich werd verrückt.«

Ich ließ die Flasche herumgehen. Es waren für jeden von uns drei kleine Schlucke. Doch wir waren alle hellwach.

»Silvester«, sagte L. Q. »Da war ich sonst um diese Zeit mit einem hübschen Mädchen im Wagen von meinem Alten unterwegs zu irgendeiner Party.«

»So ähnlich sah das bei mir auch aus«, sagte Danny.

»Die Neujahrsnacht verbringt man am besten in einem Puff«, sagte Joe Gomez. »Da sind die Mädchen guter Laune und meist ziemlich blau, man kann allerhand mit ihnen anstellen und braucht nicht mal was zu bezahlen.«

Marion bekam ein rotes Gesicht. Joe hielt die Klappe und sah aus, als täte es ihm leid.

»Wir feiern es, wie sich's gerade trifft«, sagte Burnside. »Mal in Singapur, mal in Reykjavik oder in Rio – ein Mariner ist überall zu Hause.«

»Ich feierte Silvester am liebsten in einer Bar, so richtig schön laut und alles blau«, sagte Seymour und hielt die Flasche hoch, in der noch ein letzter Schluck war. »Dieses Zeug habe ich immer getrunken. Aber man sollte es langsam trinken, mit Verstand. Ein guter Whisky ist zu schade, um ihn einfach so hinter die Binde zu gießen.«

Wir sahen zu dem dürren Mann mit dem hageren Gesicht hin. Es ließ sich schwer sagen, wie alt er eigentlich war. Es ließ sich überhaupt schwer irgend etwas über ihn sagen.

»Sie sind doch der Mann vom Intelligence«, sagte L. Q., »Sie waren dabei – bei Guadalcanar?«

»Ja«, sagte er, fast flüsternd, »ich war dabei.«

»War 'ne ziemlich üble Kiste, was?«

»Übel?« sagte er und legte die Flasche aus der Hand. »Ja, es war übel.«

»Erzählen Sie.«

»Okay – wenn ihr es hören wollt.« Seine Augen wurden schmal. Die *Jackson* beschleunigte ihre Fahrt, durch den Rumpf des Schiffes lief ein leises, gleichmäßiges Zittern. Seymour begann zu erzählen. Es war ein langer, schrecklicher Bericht, der Bericht von der ersten Landung amerikanischer Truppen. Der schlimme Beginn: eine Handvoll todesmutiger Männer, die ein paar Quadratmeter Land, einen winzigen Brückenkopf, verteidigten gegen die Macht des japanischen Reiches. Er erzählte von den fanatischen Anstrengungen der Japaner, die Männer des Marine-Korps zurückzuwerfen in die See. Von den gigantischen Angriffen der japanischen Luftflotte, denen das Marine-Korps nur ein paar kümmerliche Flugzeuge entgegenzusetzen hatte, Flugzeuge, die hoffnungslos unterlegen waren, in jeder Weise – bis auf den Kampfgeist der Piloten. Und er erzählte davon, wie die Japaner im Rücken der amerikanischen Front neue Truppen landeten, Tausende von frischen Soldaten.

»Wir schlugen zurück, wo wir konnten. Wir schickten kleine Kampfgruppen vor, die in die feindlichen Stellungen einbrachen. Es mochten fünfzig

Mann sein, die vorgingen, und vielleicht fünf davon kamen zurück. Wir kämpften bei Nacht, meist im Dschungel, an den Flußufern, mit dem Bajonett und mit den Fäusten. Aus der Dunkelheit schrien die Japaner nach unserm Blut. Und wer das Glück hatte, daß er keinen verplättet bekam, den legte die Malaria um oder die Gelbsucht.«

Seymour warf die Zigarette fort und trat sie aus. Seine Augen bekamen einen sonderbaren Ausdruck. »Ich habe sie gesehen, die Jungens von der Ersten Marine-Division, wie sie dort am Fluß im Grase lagen mit über vierzig Fieber, so geschwächt durch die Ruhr, daß sie nicht mehr stehen konnten. Aber sie blieben auf ihrem Posten und hielten die Stellung, solange sie den Finger noch krumm machen konnten.«

Und dann erzählte er uns, wie endlich Hilfe kam: das 164. Regiment der amerikanischen Nationalgarde, das genauso kämpfte wie die Mariner. Und wie endlich die amerikanische Flotte, die bis dahin vorsichtig auf hoher See gewartet hatte, herankam und die japanische Flotte in ihrem Schlupfwinkel überrumpelte.

Es blieb eine Weile still in dem von Zigarettenrauch erfüllten Waschraum, als Seymour mit seinem Bericht zu Ende war. Dann fragte Andy: »Und wie sieht es jetzt dort aus?«

»Seht euch die Karte an. Ihr habt fünfzig Kilometer vor euch. Es ist ein übles Gelände, gespickt mit Japanern, und diese Burschen sind schwer auszurotten. Das wird kein Blitzkrieg, mein Junge.«

6. Kapitel

Wir standen dicht gedrängt auf dem Landungsboot, das sachte der Küste zutuckerte. Die ›Unheiligen Vier‹ lagen auf Reede vor Anker. Wir reckten uns die Hälse aus, um einen ersten Blick auf die Insel vor uns zu tun. Die Gegend sah aus wie auf einem Prospekt eines Reisebüros, das Reklame macht für das Paradies der Südsee: ein leuchtendgelber, sauberer Sandstrand und lange Reihen wehender Palmen, kilometerweit, vor einem Gelände mit Hügeln und Schluchten, und darüber im Hintergrund der zackige Kamm des Gebirges.

»Verdammt hübsche Gegend hier, was?«

»Ob die uns wohl mit Musik empfangen?«

Als wir näher herankamen, sahen wir viele Kilometer entfernt sonderbare Pünktchen, die flüchtige rote Striche durch die Luft zogen.

»Was war das, Mac?«

»MG-Leuchtspurmunition.« Das rötliche Aufblitzen wiederholte sich.

»Scheint die Front zu sein da hinten.«

Das Boot lief knirschend auf den Sand, die Landungsrampe fiel. Wir platzten vor Neugier und rannten schnurstracks auf einen Mariner zu, der einsam an der Küste stand. Sein Gesicht war gelb vom Atebrinschlucken und eingefallen durch Unterernährung.

»Sagen Sie, Herr Nachbar, wie heißt eigentlich diese Stadt hier?«

»Sie befinden sich auf dem Canale grande, mein Herr«, antwortete er. »Verzeihung übrigens, wie war doch der Name der Einheit?«

»Sechstes Marine-Regiment.«

Der Mariner drehte sich um und rief einigen Kameraden, die weiter hinten herankamen, zu: »He, Fietje – sag mal der Kapelle, sie soll einen Tusch blasen. Die ›Süßen Sechser‹ sind endlich eingetrudelt.« Damit ging er seiner Wege.

»Dieser Empfang war nicht besonders herzlich. Wo mag hier wohl die nächste Kneipe sein?«

»Kommt, Jungens – antreten, marsch marsch.«

Wir marschierten an den Kokospalmen entlang bis in die Nähe von Kokum. Überall standen diese Bäume, säuberlich in Reihen gepflanzt, so weit das Auge sehen konnte.

Ich hatte natürlich mal wieder meine liebe Not damit, jemanden dazu 'ranzukriegen, unsere gesamten Klamotten an Land zu schaffen und das Lager aufzuschlagen. Meine Jungens schmissen ihr Bündel hin und hauten ab, um irgendwelche Scheißhausparolen aufzuschnappen. Es dauerte nicht lange, bis die Gegend von Eingeborenen wimmelte, die genauso neugierig waren wie die Mariner. Sie waren lang, dünn und mächtig schwarz. Bekleidet waren sie mit nichts als einem kleinen Lendenschurz, und auf den Armen und auf der Brust trugen sie ausgiebige blaue Tätowierungen. Sie hatten Ringe in den Ohren, ihre Zähne waren spitz zugeschliffen. Sie machten einen sonderbaren und unangenehmen Eindruck. Sie begannen mit uns Handel zu treiben. Für eine Zigarette erstiegen sie in affenartiger Geschwindigkeit eine hohe Palme und warfen ein Dutzend Kokosnüsse herunter. Für ein paar Pennys rannten sie mit unserer schmutzigen Wäsche zum Fluß.

Speedy übergab einem besonders abschreckend aussehenden Burschen mehrere Feldblusen und erklärte ihm, sie müßten gewaschen werden. Der Eingeborene hielt die Hand hin, und Speedy ließ ein neuseeländisches Sixpencestück hineinfallen. Der Eingeborene warf einen Blick auf die Münze, spuckte aus und gab sie zurück.

»Scheint nicht beliebt hier, diese Währung.«

»Merikanisch«, sagte der Eingeborene, »nix Britisch.«

»Es scheint«, sagte Marion, »daß sie von ihren früheren Ausbeutern nichts mehr wissen wollen.«

Im Laufe der nächsten Stunden war dann so allmählich alles 'rangeschafft und das Lager aufgeschlagen – und die Parolen begannen zu wuchern.

»Heute abend sollen von Rabaul aus hunderttausend Japaner hier landen.«

»Ich habe gehört, daß jeder Mariner, der auf Guadalcanar kämpft, von Henry Ford ein neues Auto geschenkt bekommt.«

Es war großartig und aufregend, an Land zu gehen in Lunga auf Guadalcanar – der Insel, wo der erste Schlag fiel. Ja, hier war es, wir befanden uns an der Stelle, wo Geschichte gemacht worden war. Das Denken ertrank in tausend Fragen und wilden Erzählungen.

Die Dunkelheit fand das Lager noch immer in aufgeregter Geschwätzigkeit. Sie konnten nicht aufhören, von all dem zu reden, was sie gehört hatten, von den Entdeckungen, die sie in dem seltsamen neuen Land gemacht hatten, und zahllose Fragen brannten ihnen auf den Lippen. Doch der Tag war lang gewesen und anstrengend, und bald breitete sich eine Stille aus, unter der die Unruhe flackerte.

L. Q. Jones nahm sein Gewehr und ging auf Wache. Es war sehr dunkel und sehr still. Von der Küste drang das Geräusch der Brandung – wie weit mag es wohl bis zur Front sein, dachte er. Ob hier in der Nähe Japaner sind? Diese Stille – direkt unheimlich. Was war das? Nur Burnside, der schnarchte.

Er sah auf das Leuchtzifferblatt seiner Uhr. Noch drei Stunden. Er schlug nach einem Moskito, dann faßte er in seinen Helm, holte das Mückennetz heraus und hängte es um. Ein Moskito stach ihn durch die Feldbluse hindurch – und dann ein Dutzend Moskitos. Nichts zu hören, geht einem geradezu auf die Nerven.

Noch zwei Stunden und fünfzig Minuten. Da – was war das? Da bewegte sich doch was. L. Q. schmiß sich auf den Bauch und kroch langsam und vorsichtig auf das Geräusch zu. Vielleicht ist es besser, ich stehe auf und schreie – Vorsicht, mein Junge, die Burschen sind heimtückisch. Erst genau untersuchen, dann schreien. Er langte mit der Hand rasch ins Dunkle und packte das Ding, das sich da bewegte.

Andy sprang auf. In der einen Hand hielt er ein gezücktes Messer, mit der anderen packte er L. Q. an der Gurgel. Sie starrten sich an.

»Was soll das, du Idiot«, sagte Andy, »laß meinen großen Zeh los.«

L. Q. zitterte. Er lächelte verlegen und murmelte eine Entschuldigung. Beide seufzten erleichtert auf und sagten: »Ich dachte, du wärst ein Japaner.«

Noch zwei Stunden. Unverantwortlich, daß die einen hier so allein Wache schieben ließen. Was war das? Verdammt, jetzt hatte sich aber wirklich was bewegt. Er sprang hinter einen Baum und nahm das Gewehr herunter. Auf einem Weg, der zum Lager führte, sah er die schwachen Umrisse einer menschlichen Gestalt. Klein, dünn – ein Japaner!

»Halt«, rief er, »Parole?«

»Parole?«

»Ich zähle bis drei.«

»Mensch, sachte, ich bin Mariner.«

»Eins –«

»Es war irgendeine Stadt. Dayton – Boston – Baltimore – Florida –«

»Zwei –«

»Nicht schießen! Ich bin Mariner – San Diego – Albany – Chicago –«

»Drei.« *PÄNG!*

Helles Leuchtfeuer warf sich auf die Erde. »Philadelphia! Endlich hab' ich's. Philadelphia war die Parole!«

Der Schuß brachte das ganze Lager auf die Beine, und im Bruchteil einer Sekunde war eine wilde Schießerei im Gang. *Teng – tack – tack – tack – TENG PAU!* Gewehrschüsse peitschten durch die Luft, Handgranaten detonierten, alles stürzte kopflos und ziellos in die Dunkelheit und schoß aus allen Rohren in alle Richtungen.

»Philadelphia!« Sam Huxley kam aus seinem Zelt herausgeschossen und pfiff. Das Geschieße hörte ebenso plötzlich auf, wie es angefangen hatte. »Was, zum Teufel, ist denn in euch gefahren? Ihr benehmt euch ja wie eine Horde Rekruten, die es nicht abwarten können, an den Drücker zu kommen. Die Front ist fünfzehn Kilometer von hier entfernt. Bryce! Sehen Sie nach, ob jemand verletzt ist. Und ihr andern legt euch gefälligst schlafen, verdammt noch mal.«

Der kleine, schmächtige General mit den grauen Schläfen stolzierte auf und ab vor der großen Landkarte, in der Hand einen Zeigestock. General Pritchard, Brigadekommandeur der Army, hatte gegenwärtig das Oberkommando über alle auf Guadalcanar eingesetzten Streitkräfte. Seine Erscheinung hatte etwas Väterliches. Vor ihm stand und saß eine Versammlung von Majoren, Oberstleutnanten und Obersten, teils Zigaretten, teils Zigarre, teils Pfeife rauchend. Pritchard legte den Zeigestock auf den Kartentisch, rieb sich die Augen und richtete den Blick auf sein Auditorium.

»Ich bin außerordentlich begierig auf den Beginn dieser Unternehmung.« Er wandte sich der kleinen Gruppe von Offizieren des Marine-Korps zu, die sich etwas abseits in der Nähe des Zeltausganges hielten. »Die kombinierte Division — ein Verband aus Army und Marine-Korps — wird hierbei von ganz besonderem Wert sein. Ich darf erwähnen, daß auch das Pentagon und das Oberkommando der Navy außerordentlich interessiert sind. Die geplante Unternehmung stellt die erste wirkliche Offensive dieses Krieges dar. Vieles dabei ist, wie ich bereits sagte, völlig neuartig und hat sozusagen experimentellen Charakter. Die daraus gewonnenen Erfahrungen werden großen Einfluß auf alle künftigen Operationen haben. Schiffsartillerie zur Unterstützung der angreifenden Landtruppe, Flammenwerfer, Feuerunterstützung und Nahaufklärung der Luftwaffe — um nur einige der neuen Gesichtspunkte zu erwähnen.« Er griff erneut nach dem Zeigestock und drehte ihn nervös in der Hand. »Noch irgendwelche Fragen? Gut. Ich danke Ihnen, meine Herren. Alle weiteren Einzelheiten werden Ihnen durch Funkspruch übermittelt. Der Angriff beginnt am Zehnten, sechs Uhr fünfundzwanzig. Hals- und Beinbruch.«

Die versammelten Offiziere erhoben sich geräuschvoll, verließen einer nach dem andern das Zelt und gingen zu ihren Jeeps. Sam Huxley blieb neben dem Eingang stehen, bis alle draußen waren mit Ausnahme des Generals und seines Adjutanten. Dann rückte er seinen Helm zurecht und näherte sich dem Tisch, an dem Pritchard Platz genommen hatte. Der General sah von der Karte auf, die er gerade mit seiner Lupe studierte.

»Ja?«

»Major Huxley, Zweites Bataillon, Sechstes Marine-Regiment.«

»Was gibt's, Huxley?«

»Darf ich Herrn General um einige Minuten Gehör bitten?«

»Irgend etwas nicht klar, Major?«

»Alles völlig klar, Herr General.«

»Also, worum handelt es sich?«

»Herr General — ist es erlaubt, einen Vorschlag zu machen?«

Pritchard legte das Vergrößerungsglas aus der Hand, kippte mit seinem Feldstühlchen nach hinten und schaukelte gemächlich auf zwei Stuhlbeinen hin und her. »Setzen Sie sich, Major. Ein vernünftiger Vorschlag findet bei mir immer ein offenes Ohr.«

Huxley blieb stehen. Er holte tief Luft und stützte die Hände auf den Kartentisch. »Herr General – lassen Sie das Sechste Marine-Regiment aus dem Spiel.«

Beinahe wäre der General hintenübergefallen. Er griff nach der Tischkante und setzte den Stuhl wieder fest auf vier Beine. »Waaas?«

»Ich möchte Sie bitten, Herr General, bei der geplanten Unternehmung das Sechste Marine-Regiment nicht mit einzusetzen.«

»Wohin versteigen Sie sich, Huxley! Das ist eine Sache, die sich dem Urteil eines Majors entzieht.« Huxley schien einen Augenblick unschlüssig. Dann fragte er: »Darf ich offen reden, Herr General?«

Pritchard trommelte mit seinen kurzen Fingern auf dem Generalstabsblatt, sah auf den großen, hageren Mann, der vor ihm stand, und sagte: »In Gottes Namen, Huxley, sagen Sie, was Sie auf dem Herzen haben.«

Huxley ballte die Hände. »Herr General«, stieß er hervor, »das Sechste Marine-Regiment ist für eine derartige Unternehmung zu schade.«

»Wie bitte?«

»Herr General, Ihnen unterstehen sämtliche Streitkräfte in diesem Operationsgebiet hier. Sie kennen die Gesamtsituation. Man plant neue Angriffe auf entferntere Inseln in den Salomonen.«

»Und was hat das mit –«

»Ich bitte Sie, Herr General, setzen Sie uns ein für die Landung auf einer der anderen Inseln. Kennen Sie die Geschichte unseres Regiments? Wir sind eine Einheit, die gewohnt ist zu stürmen. Wir haben unsere Männer durch eine harte Schule gehen lassen. Sie sind durchtrainiert. Wir verdienen eine lohnendere Aufgabe.«

»Mit anderen Worten, Huxley, für die Drecksarbeit sind die Landser gut genug. Für euch Mariner fällt dabei zuwenig Ruhm ab, wie? Sie möchten lieber etwas weniger Schlamm und etwas mehr Blut.«

Huxley lief dunkelrot an vor Wut. Er brachte kein Wort heraus.

»Ich weiß, Huxley, was Sie sagen wollen. Sie halten sich für zu gut, um Seite an Seite mit uns zu kämpfen. Sie denken, Ihr Regiment sei mindestens soviel wert wie meine Division. Stimmt's?«

»Genau! Hier herum sind tausend Inseln. Wenn es der Army Spaß macht, sich wochenlang mit einer einzigen Insel abzugeben, meinetwegen. Aber dann geht dieser Krieg nie zu Ende, noch dazu, wenn man die wenigen wirklich leistungsfähigen Einheiten auf solche Weise vergeudet. Wir sind Kämpfer, wir wollen einen Brückenkopf erobern.«

»Ich möchte vorschlagen, daß wir die Entscheidung darüber, wie lange dieser Krieg dauern soll, Washington überlassen.«

»Dann darf ich jetzt wohl gehen, Herr General.«

»Nein! Setzen Sie sich endlich, verdammt noch mal!« Der kleine General erhob sich zur vollen Höhe seiner hundertachtundsechzig Zentimeter und marschierte auf und ab vor dem Stuhl, auf dem Huxley saß. »Ich habe verdammt viel Geduld mit Ihnen gehabt, Huxley. Sie würden vermutlich einem Ihrer eigenen Offiziere gegenüber nicht so nachsichtig sein. Krieg ist ein übles Geschäft, Major, und besonders übel ist es natürlich für euch Mariner dabei, daß ihr Befehle von der Army entgegennehmen sollt.

Ich werde mich nie und nimmer von euren Ansichten, wie dieser Krieg geführt werden sollte, überzeugen lassen. Wir werden den geplanten Angriff bis nach Esperance vortreiben, und wir werden dies langsam und unter Vermeidung unnötiger Verluste tun. Wir werden keinen einzigen Mann einsetzen, um irgend etwas zu erreichen, was wir genausogut auch durch Artillerie erreichen können – und wenn die Artillerie einen Monat brauchen sollte, um in Stellung zu gehen. Ich werde mir von keinem blutdürstigen Mariner vorschreiben lassen, wie ich meinen Feldzug führen soll. Ich mache Sie nochmals ausdrücklich darauf aufmerksam, Major: Ich wünsche nicht, daß die Marine ein Wettrennen hier veranstaltet. Sie werden im gleichen Tempo vorgehen wie die Army, und Sie werden dafür sorgen, daß die Flanke intakt bleibt. So, jetzt dürfen Sie sich wieder zu Ihrer Einheit begeben.«

»Man sollte diesen Mann vor ein Kriegsgericht stellen«, sagte der Adjutant, als Huxley gegangen war.

»Dann wäre die Hölle los«, sagte Pritchard, »und jede Möglichkeit einer vernünftigen Zusammenarbeit mit der Navy wäre endgültig aus und vorbei. Dem Himmel sei Dank, daß wir nur ein Regiment vom Marine-Korps auf dem Hals haben.«

»Jedenfalls haben die Männer, die solche Offiziere zu Vorgesetzten haben, mein tiefstes Mitgefühl«, sagte der Adjutant.

»Ich weiß nicht«, sagte der General, »ich weiß nicht. Es sind sonderbare Burschen. Sie und ich werden nie dahinterkommen, was sie eigentlich antreibt. Aber wenn ich irgendwo im Dreck liegen und um mein Leben kämpfen würde und hätte die Wahl, wen ich dabei rechts und links von mir haben sollte, dann würde ich nach ein paar Marinern rufen. Vermutlich ist es mit diesen Burschen ähnlich wie mit den Weibern: Es ist *mit* ihnen nicht auszuhalten, und der Himmel weiß, daß man *ohne* sie erst recht nicht auskommen kann.«

»Na, wie war's denn, Sam?« fragte Major Wellman, der Bataillonsintendant, ein ruhiger, tüchtiger Mann, der sich meist im Hintergrund hielt.

»Wir treten an am Zehnten«, antwortete Huxley, der versuchte, sich von seinem Zusammenstoß mit der Army nichts anmerken zu lassen. »Unser Zweites und Achtes Regiment hält die rechte Flanke an der Küste, während die Army im Innern in Stellung geht.« Wellman trat an die Karte und brannte sich seine Pfeife an. Huxley berichtete weiter.

»Sie rechnen drei Tage, bis die Army die Ausgangsstellung erreicht hat.«

»Drei Tage?« Wellman zuckte die Achseln. »Was setzen sie ein, ein Regiment?«

»Eine Division.«

»Was, eine Division?«

177

»Ja, eine Division.« Wellman legte die Stirn in Falten. »Die Army rückt vor bis an den Fuß der Bergkette. Am Dreizehnten lösen wir das Zweite und Achte Regiment ab und tragen den Angriff vor bis an den Kokumbona-Fluß – das sind ungefähr fünfzehn Kilometer.«

»Wie steht's mit den Japanern?«

»Eingebuddelt, in Höhlen und Bunkern. Zähe und kampfbegierige Burschen. Wird 'ne Weile dauern.«

»Liebliche Aussichten. Schwere Waffen?«

»Einige 10,8-cm. – Pistolen-Fietje heißen sie bei unseren Jungens. Die ganze Gegend gespickt mit Baumschützen und MG-Nestern.«

»Was meint Intelligence?«

»Irgendwas zwischen zwei- und zehntausend, genau wissen sie es auch nicht. Das meiste davon konzentriert an der Küste, also in unserm Abschnitt.«

»Wie lange wird es dauern, Sam?«

»Keine Ahnung. Vielleicht eine Woche, vielleicht einen Monat, vielleicht auch noch länger.«

Wir hatten die Gasmasken weggeworfen und benutzten die Behälter, um ein weiteres Paar Socken und Verpflegung unterzubringen. Wir marschierten von Kokum in Richtung auf Lunga-Point auf der Straße, die an der endlosen Kokospflanzung entlanglief. Der Tag war heiß, und der Weg, den wir vor uns hatten, war weit. Trotzdem lief es munteres, übermütiges Geschwätz die Marschreihe auf und ab. Huxley ging wie üblich an der Spitze der Stabskompanie, hinter ihm seine Ordonnanz, der kleine Ziltch. Als wir an den Lagern der Army vorbeimarschierten und die Landser an die Straße herankamen, um zu gaffen, machten wir den Nacken steif und sahen geringschätzig auf sie herab.

Die Neugier wuchs, die Spannung verstärkte sich, reichlicher strömte in der tropischen Hitze der Schweiß, als wir uns der Front näherten. Und dann sahen wir sie – die Männer vom Zweiten und Achten Marine-Regiment, die von da vorn zurückkamen. Die meisten von ihnen waren halbe Kinder, genau wie unsere Jungens, doch die uns jetzt entgegenkamen, waren alte Männer. Ausgehungerte, magere, müde alte Männer. Als die Lastwagen an uns vorbeifuhren, sahen wir die Augen, die blutunterlaufen tief in ihren Höhlen lagen, und die dreckigen, verfilzten Bärte. Sie sprachen nicht viel, hoben nur müde die Hand und winkten uns zu, oder zwangen sich zu einem Zuruf.

»Na, sind die ›Süßen Sechser‹ auch angelangt?«

»Ja, ihr könnt jetzt beruhigt nach Hause gehen, jetzt kommen wir!«

»Es macht euch doch hoffentlich nichts aus, wenn ihr auf dem schmutzigen Fußboden schlafen müßt?«

»Wie sieht's denn aus da vorne, gibt's da 'ne Wehrmachtskantine mit ein paar netten Mädchen?«

»Wirst du schon merken, Süßer.«

»Wo sind wir hier eigentlich? Scheint nicht weit von Hollywood zu sein, die Achter machen ja immer noch auf Filmstar.«

»Hätte nie gedacht, daß ich mich mal freuen würde, die ›Sechser‹ zu sehen, aber ihr seid tatsächlich eine Augenweide. Seht euch das bloß mal an, diese frisch gewaschenen, glattrasierten Amis.«

Lastwagen an Lastwagen rollte vorbei, mit Männern, in deren bleichen Gesichtern das Entsetzen stand und das Nichts. Allmählich wurden wir müde, erschöpft und verschwitzt. Wir wären gern an den Strand gegangen, um uns zu waschen – aber es würde jetzt lange dauern bis zum nächsten Bad.

Es wurde kühler und begann zu regnen. Der letzte Kilometer – schau dich nicht um, damit du nicht siehst, wie du selbst in einem Monat aussehen wirst. Schau nach vorn, auf die grasbewachsenen Hänge, den Dschungel, die Höhlen. Schau nach vorn – hinter dir ist nichts mehr.

7. Kapitel

19. Januar 1943.

Wie lange lagen wir schon im Dreck? Erst sechs Tage? Wir staken bis zum Hintern im Schlamm. Es wurde Abend, gleich würde wieder der Regen einsetzen und die Erde noch weiter aufweichen. Wir versanken in diesem Hohlweg fast bis zu den Knien. Die Hänge waren matschig und glitschig, die Luft war schwer und verpestet vom Gestank toter Japaner. Man konnte sie einen Kilometer weit riechen. Unsere Bärte fingen munter an zu sprießen, es war nur vor Schlamm nichts davon zu sehen. Der Schlamm klebte so dick auf uns von oben bis unten, daß die dreckige Kruste nicht nur aussah wie der befohlene Dienstanzug, sondern geradezu auf uns saß wie eine Haut.

Wir rückten langsam vor, die Funkerei war gleich Null. Wir benutzten nur ein Gerät, ein TBX, für die Verbindung zum Regiment. Der Deckname für das Regiment war Topeka, wir waren Topeka White. Infolge des Schneckentempos und auf Grund des Geländes wurde die Nachrichtenverbindung fast ausschließlich vom Fernsprechtrupp aufrechterhalten. Meine Jungens mußten herhalten als Packesel. Sie halfen den Fernsprech-Leuten, wenn es nötig war. Meist aber machten sie mehrmals am Tag den Weg zum Nachschublager an der Küste, zwei Kilometer über glatte Felsenkämme. Zurück in glühender Sonne mit Zwanzig-Liter-Kanistern voll Wasser, die sie fluchend bis in die vorderste Linie schleppten. Sie beluden sich mit schweren Munitionskästen, mit Marschverpflegung, eisernen Rationen, mit diesem komischen Konfekt, das wie ein Abführmittel schmeckte, aber so viel Vitamine enthielt, wie ein Mann für einen Tag brauchte. Hin und her machten sie den üblen Weg zum Nachschublager, humpelnd und kriechend, wie eine Reihe von Ameisen; völlig erschöpft kamen sie zurück und machten sich von neuem auf.

Wenn es dunkel wurde, krochen sie in die Löcher, die sie sich in den Schlamm gegraben hatten, um zu schlafen, bis sie auf Wache gehen mußten – soweit von Schlaf die Rede sein konnte bei all dem Ungeziefer und den Schwärmen von Insekten, bei der teuflischen Musik der Moskitos, die sirrend herabschwebten und ins Fleisch bissen. Doch selbst wenn sie stachen und unser Blut tranken – wir waren zu müde, um den Arm zu heben und nach ihnen zu schlagen. Wir hatten noch keinen Japaner zu Gesicht bekommen, jedenfalls keinen lebenden; nur die toten, mit ihrem entsetzlichen Gestank. Doch auch lebende waren da. Man konnte sie spüren, überall, sie belauerten dich aus den Wipfeln der Bäume, aus dem Unterholz, sie verfolgten jede deiner Bewegungen.

Wir gingen vor in unsere neue Stellung und warteten auf den Regen, der den Boden noch weiter aufweichen würde.

»Okay, Leute – eingraben.«

»Wo sollen wir uns denn eigentlich noch eingraben – wir stecken ja schon drin.«

»Da am Hang, du Trottel, wo's trocken ist.«

Leutnant Bryce kam zu Ski, der am Boden kniete und hackte, während Danny schaufelte.

»Ski«, sagte Bryce.

»Ja.«

»Wenn Sie fertig sind mit Ihrem Loch, machen Sie eins für mich.« Er rollte eine Gummimatratze auf, die er unter dem Arm trug. »Machen Sie das Loch für mich so, daß dies da hineinpaßt.«

Zvonski stand auf. »Buddeln Sie sich Ihr Loch gefälligst selber, Leutnant. Ich habe heute schon elf Stunden lang Wasserkanister geschleppt.«

»Reden Sie mich nicht mit meinem Dienstgrad an«, zischte Bryce nervös. »Hier vorn gibt es keine Dienstgrade. Wollen Sie vielleicht, daß ein Baumschütze Sie hört?«

»Genau das.«

»Ich bringe Sie vors Kriegsgericht.«

»Das werden Sie schön bleibenlassen. Sam hat gesagt, daß jeder sein Loch selbst zu buddeln hat. Also fangen Sie gefälligst an zu graben – aber nicht so nahe hier bei uns.« Bryce drehte sich um und ging. Ski ging hinüber zu Leutnant Keats. »Bryce hat sich aus dem Revier eine Matratze organisiert, Jack«, sagte er.

»Dieser verdammte – kümmern Sie sich nicht um Sachen, die Sie nichts angehen, Ski«, antwortete er und ging hinter Bryce her.

Ein Artilleriegeschoß zwitscherte über unsere Köpfe hinweg. Es schlug ein auf dem jenseitigen Hang und explodierte.

»Sag mal, findest du nicht, daß die Zehnte noch reichlich spät schießt?«

»Wahrscheinlich nur ein Probeschuß.«

Wieder schlug ein Geschoß ein, diesmal ungefähr zweihundert Meter vor uns auf dem Kamm.

»Die verdammten Idioten, wissen die denn nicht, daß wir hier sind?«

Huxley kam zur Vermittlung gerannt. »Verbinden Sie mich sofort mit dem Geschützführer. Die schießen ja zu kurz.«

Der nächste Schuß schickte uns alle der Länge nach in den Schlamm. Er landete auf unserer Seite des Hügels. »Hallo«, brüllte Huxley in den Apparat, während das nächste Geschoß uns schon beinahe auf den Rücken fiel, »hier ist Topeka White. Ihr kommt mit eurem Feuer genau in unsere Stellung.«

»Verzeihung, Herr Major«, sagte die Stimme am anderen Ende des Drahtes, »wir haben seit heute morgen keinen Schuß mehr abgegeben.«

»Verdammte Scheiße!« rief Huxley. »Volle Deckung – das ist Pistolen-Fietje!«

Wir spritzten auseinander, doch die Geschosse der Japaner fanden uns. Wir krochen tief in den Schlamm, hinter Bäume und Felsblöcke. Unsere Löcher hatten wir ja noch nicht gegraben. *Sssss – Wumm! Wumm! WUMM!* Krachend schlugen die Geschosse ein, die Erde bebte, Schlamm und Sprengstücke spritzten uns um die Ohren.

Andy und Ski entdeckten am Hang vor sich eine schmale Höhle, sie stürzten darauf zu und hinein. Sie hockten sich auf ihre Helme und drückten sich mit dem Rücken gegen die Wand. Da, ihnen gegenüber, saß ein japanischer Soldat. Er war tot. Seine Augenhöhlen waren leer, ausgefressen von den Maden, die zu Tausenden durch seinen Körper krochen. Der Gestank war mörderisch. »Ich haue ab«, sagte Ski.

Andy riß ihn zurück. »Hiergeblieben, Ski. Da draußen ist die Hölle los. Wenn dir übel ist, dann nimm den Kopf 'runter und kotze.« Eine neuerliche heftige Erschütterung ließ den Japaner zur Seite fallen. Er brach in der Mitte auseinander. Ski nahm den Kopf tiefer und übergab sich.

L. Q. Jones hockte sich in der Mitte eines Gestrüps auf die Erde und sah auf seine Uhr. Noch eine ganze Stunde. Sein Kopf fiel vornüber, mühsam riß er seine Augen wieder auf. Nichts da, mein Junge – in einer Stunde kannst du schlafen – nur noch eine Stunde. Verdammt, wie das sticht – ich krieg meine Augen nicht mehr auf – nicht einschlafen, zum Teufel!

Wenn nur dieses dauernde Schwitzen nicht wäre und dieser üble Schüttelfrost. Wahrscheinlich friere ich, weil ich so naß bin. Noch achtundfünfzig Minuten. Nicht hinsetzen – bleib auf deinen Knien, das ist besser. Auf den Knien kann man nicht schlafen – wenn man einduselt, fällt man um und wacht auf. Wenn doch bloß diese Krämpfe im Gedärm aufhören wollten. Neunmal habe ich nun schon geschissen. Sein Gewehr fiel zu Boden, er riß wieder die Augen auf. Ich darf doch nicht einschlafen, darf nicht, verdammt noch mal – wo hier überall Japaner sitzen – muß doch aufpassen, daß die Jungens nicht im Schlaf überrumpelt werden – ich hab' doch Wache – ich muß wachen – wie lange denn noch – noch zweiundfünfzig Minuten. Hoffentlich geht Dannys Uhr richtig – o Gott.

Vierzig Minuten noch – Mariechen hat ein Lämmchen – sein Fell war weiß wie Schnee – nein, es war schwarz wie Schlamm – und außerdem hatte das Lämmchen Durchfall, und Mariechen wußte gar nichts davon. Das muß ich den Jungens unbedingt erzählen. Ich muß –

»Halt, wer da.«

»Mariner.«

»Parole?«

»Lola.«

»Wer bist du denn?«

»Forrester.«

»Was willst du denn hier? Du kommst eine halbe Stunde zu früh.«

»Ich fand, du warst ein bißchen wacklig heute auf den Beinen, wie du da mit dem Munitionskasten den Abhang 'runterfielst.«

»Ich bin okay, Danny – komm in einer halben Stunde wieder.«

»Nun hau schon ab und leg dich schlafen. Ich kann sowieso nicht schlafen.«

»Bist du sicher?«

»Ja.«

»Ich denke, ich geh vielleicht doch noch mal zum Revier, ich muß dauernd scheißen.«

»Ich auch«, sagte Danny, »heute schon einundzwanzigmal.«

L. Q. schaffte es irgendwie, das Bataillonsrevier zu erreichen, das drei Kilometer weiter hinten lag. Petro Rojas drehte die trübe Funzel höher, als L. Q. bei ihm hereingestolpert kam.

»Mann, L. Q., wie siehst du denn aus?«

»Ich – ich hab' die Scheißeritis.«

»Du hast noch ein bißchen mehr als das, mein guter Mann.«

Er steckte L. Q. ein Thermometer in den Mund, rieb ihm die Stirn mit kühlem, scharfem Alkohol ab und legte ihm eine Wolldecke um die Schultern. Er las die Temperatur ab und schrieb einen Krankenschein aus.

»Was soll der Blödsinn, Pedro?«

»Dich hat's erwischt.«

»Malaria?«

»Ja.«

»Du bist wahnsinnig.«

»Okay, dann bin ich eben wahnsinnig – jedenfalls gehst du jetzt nach hinten ins Lazarett.«

L. Q. erhob sich schwankend. »Willst du vielleicht, daß die Jungens denken, ich hätte Schiß?«

»Mir egal, was sie denken, du bist ein kranker Mann.«

»Pedro«, sagte L. Q. flehend, »schick mich nicht nach hinten. Gib mir ein paar Chinintabletten, ich komm schon drüber weg.«

»Kommt überhaupt nicht in Frage.«

L. Q. umklammerte die Schultern des Sanitäters, die Tränen liefen ihm über die Backen. »Schick mich nicht weg, Pedro«, sagte er weinend, »ich kann die Jungens nicht allein lassen. Wir schuften da vorne, daß uns der Arsch mit Grundeis geht – wenn ich ausfalle, müssen die andern noch mehr schleppen –«

Pedro nahm L. Q.s Hände von seinem Arm und führte ihn zu einem Feldbett. »Hier – davon nimmst du jetzt drei und dann drei alle vier Stunden.«

»Und du schickst mich nicht nach hinten, Pedro, nicht wahr?«

»Okay. Dann bleibst du wenigstens heute nacht hier. Morgen früh kannst du zu deiner Einheit zurück.«

»Ruf Mac an, Pedro. Sag ihm, daß ich hier bin – und daß ich morgen früh wieder zurück bin.« Er schluckte die drei Tabletten, fiel auf die Koje und sank in einen unruhigen, fiebrigen Schlaf.

Pedro deckte ihn zu und schraubte die Lampe wieder herunter. Komische Burschen, diese Mariner, mußte er denken. Merkten die denn gar nicht, wenn sie ernstlich krank sind? Ach, hol's der Teufel. Wenn er Huxley heimlich Chinintabletten geben konnte, warum sollte dann L. Q. keine haben? Aber warum mußten sie alle dem armen Pedro die Hölle heiß machen? Das war heute nun schon der fünfte Mann.

23. Januar 1943.

Huxleys Bataillon befand sich jetzt in der Mitte der Verbindungslinie zwischen der Army im Innern und dem Marine-Korps an der Küste. Unser Bataillons-Gefechtsstand war inmitten eines hufeisenförmigen Höhenzuges mit dürren, steinigen Hängen. Der Gefechtsstand, der meist etwas weiter hinten lag, war diesmal vorgeschoben und stellte im Augenblick den vordersten Punkt unserer Stellung in Richtung auf den Kokumbona-Fluß dar, unser Ziel für den nächsten Tag. Unsere Schützenkompanien waren auseinandergezogen auf einem Hang, der sich einige fünfzig Meter hinter der hufeisenförmigen Ausbuchtung erstreckte, in der wir unseren Gefechtsstand hatten. In der Senke jenseits der Höhe führte ein kleiner Fluß zum Meer hin. Am andern Ufer war ein Dschungel, in dem vermutlich allerhand Japaner saßen. Unser Gefechtsstand lag außerordentlich günstig. Wir konnten von oben aus das feindliche Gelände übersehen, ohne selbst eingesehen zu werden.

Gegen Abend brummten einige Aufklärer über das Waldgelände vor uns, um Aufnahmen zu machen, und draußen vor der Küste ging ein Zerstörer vor Anker, um uns notfalls mit seinen Geschützen Feuerunterstützung zu geben. Wir installierten unsere Funksprechgeräte und gruben uns in dem steinigen Boden ein.

Dann teilte ich meinem Trupp die frohe Botschaft mit. »Heute abend dürft ihr die Schuhe ausziehen.«

»Mann, das ist ja gerade, als ob du Geld von zu Hause kriegst, ohne danach geschrieben zu haben.«

Als die Knobelbecher herunterkamen, verbreitete sich ein grauenhafter Geruch über dem Biwak. Wir hatten unsere Füße über eine Woche nicht gesehen. Als ich meine Socken ausziehen wollte, lösten sie sich in ihre Bestandteile auf. Ich kratzte ein Stückchen von der zentimeterdicken, harten Schlammkruste ab und sah zwischen meine Zehen. Wie ich mir schon gedacht hatte, weil es so verdammt weh tat — grünlicher Schimmelpilz wucherte zwischen ihnen.

»Nicht abkratzen, Mac«, sagte Pedro warnend. »Ich komme gleich und schmier dir was drauf.«

Immerhin wurden wir die Pilze los, die uns aus den Ohren wuchsen; aber bis die Füße heil waren, das würde lange dauern. Und lange würde es auch dauern, bis wir die Ruhr überwunden haben würden, die uns abmagern ließ und das letzte bißchen Saft und Kraft aus uns herauslaugte, bis wir uns oft nur noch durch den bloßen Willen aufrecht hielten. Oder die Malaria, die allmählich immer stärker um sich griff. Es war nur gut, daß wir unter den verfilzten Stoppeln und den Schichten aus hart gewordenem Schweiß und Schlamm unsere Gesichter gegenseitig nicht sehen konnten.

Wir feierten das Wiedersehen mit unseren Füßen, indem wir jeder unseren

183

Helm halb voll Wasser gossen und Nuttenwäsche machten. Es war sehr erfrischend. Burnside und ich schimpften nicht einmal – wie sonst immer – über diese Verschwendung.

»Die Zähne würde ich mir ja auch gern noch mal putzen, ehe ich sterbe.«

»Wenn ich so denke – da habe ich mich doch mit meiner alten Dame immer gestritten, weil sie behauptete, der Mensch müßte einmal in der Woche ein Bad nehmen.«

Wir machten es uns rund um unsere Schützenlöcher gemütlich und klönten.

»Der alte Arthur soll in Washington berichtet haben, daß es auf Guadalcanar keinerlei japanischen Widerstand mehr gäbe. Hat irgend so ein Etappenheini über Kurzwelle gehört.«

»Riesig nett vom alten Arthur, dafür kriegt er bestimmt wieder einen neuen Orden.«

»Hat einer der Herren zufällig eine Zigarette?«

»Du verwechselst wohl unseren Gefechtsstand mit einer Wehrmachtskantine.«

»Ich hab' noch eine«, sagte ich. »Hat jemand ein Streichholz?«

»Nee, bin Nichtraucher geworden. Halte das Rauchen für gesundheitsschädlich.«

Als die Zigarette brannte, machte sie die Runde. Jeder nahm einen tiefen Zug, während die anderen genau aufpaßten. Als sie zu mir zurückkam, mußte ich eine Nadel durch das letzte Ende stecken, um mir nicht die Finger zu verbrennen.

»Jetzt möchte ich in einem schönen, sauberen Bett liegen, mit einem netten Mädchen neben mir.«

»Hör auf, das ist kein Thema für diese Gegend.«

»Ich hab' gehört, die Malaria macht einen impotent.«

»Na, das möcht ich aber doch mal feststellen.«

»Laß man lieber – wenn du es schaffen würdest, könntest du hier ja doch nichts damit anfangen.«

Andy kam heraus mit einem verschmierten und zerdrückten Spiel Karten. Jede einzelne Karte war dermaßen verbeult und verbogen, daß auch der Dümmste von hinten sehen konnte, welche es war. Er teilte aus.

»Der alte ehrliche Poker, ihr Herren. Fünf Karten pro Nase.«

»Hmm«, sagte L. Q., »ich eröffne.«

»Sachte, L. Q.«, sagte Danny. »Du schuldest mir bereits sechs Millionen dreihunderttausendvierhundertsechs Dollar und siebenundfünfzig Cent.«

Leuchtfeuer kam aufgeregt angerannt. »Warmes Essen!« rief er.

»Warmes Essen?«

»Mama mia.«

»Jetzt wird doch der Hund in der Pfanne verrückt – warmes Essen!«

Alles stürzte wie wild zu den Schützenlöchern, um das Eßgerät zu holen, und bald saßen wir wieder beisammen, versammelt zu unserer ersten warmen Mahlzeit seit neun Tagen. Dosenfleisch, Trockenkartoffeln, Pfirsiche und heißer Kaffee – richtiger heißer Kaffee mit Sahne und Zucker.

»Pfirsiche! Wo haben die bloß die Pfirsiche her?«

»Die soll der Koch organisiert haben bei der Army.«

»Ein Hoch auf die Army.«

»Ein Hoch auf unsern Koch.«

»Jetzt paßt mal auf, Jungens, wie ich das mache«, sagte L. Q. Er fischte mit der Gabel ein Stück Fleisch heraus, hielt es hoch, entfernte mit einer raschen Bewegung den Fliegenschwarm, der darauf saß, schob den Bissen in den Mund und spuckte dann eine einzelne Fliege aus.

»Nun seht euch diesen schlauen Sack an, der betreibt die Sache ganz wissenschaftlich.«

»Wenn ich Glück habe«, sagte L. Q. stolz, »schaffe ich es sogar ohne eine einzige Fliege.«

Andy schlug nach einem Moskito. »Es macht mir nichts aus, meinen Fraß mit den Fliegen zu teilen, aber der Teufel soll mich holen, wenn ich einem von diesen widerlichen fetten Moskitos was abgebe.«

»Kinder, habt ihr das gehört – da ist doch neulich so ein Moskito auf unserm Flugplatz gelandet, und sie haben ihm ein paar hundert Liter Treibstoff eingefüllt, ehe sie merkten, daß es gar keine Fliegende Festung war.«

»Das ist noch gar nichts«, sagte Seesack. »Zwei von diesen Burschen landeten letzte Nacht auf meiner Hand. Sagt der eine zum andern: Verdammt, schon wieder Blutgruppe Null. Komm, wir suchen uns einen mit Blutgruppe A!«

»O du Schuft, das müssen ja die zwei gewesen sein, die dann zu mir gekommen sind.«

Tack, tack – tack – tack, tack, tack. – Oben am Rand der Höhe spritzte der Dreck hoch.

»Scheiße!«

»Diese verdammten, elenden, stinkenden Hurensöhne – ich hab' meinen Kaffee noch nicht getrunken.«

»Die müssen gerochen haben, daß es bei uns was Warmes zu essen gibt.«

Wir spritzten auseinander zu den Schützenlöchern, griffen unsere Gewehre und rannten nach oben.

Danny und Ski hatten ihre Löcher weiter hinten an dem einen Ende des Hufeisens, wo einzelne, weit auseinandergezogene Posten die Verbindung zu der benachbarten Schützenkompanie herstellten. Sie holten ihre Gewehre, drehten bei und kamen hinter uns andern her. Plötzlich blieb Ski stehen.

»Da«, sagte er.

»Was ist?« fragte Danny.

»Dort – da kommt einer durchs Gras.«

»Diese gerissenen Hunde – locken uns da nach oben, damit dieser Bursche unbemerkt hinter unserm Rücken durchkommt.«

Sie warfen sich hin und warteten unbeweglich. Hundert Meter vor ihnen kam eine gebückte Figur, ein einzelner Mann, in raschen Sprüngen durch das hohe Gras auf sie zu. Danny spürte ein sonderbares Zittern in seinem Körper – das da vorn war ein lebendiger Japaner, nicht tot und verwest. Er bewegte sich, er kam auf ihn und Ski zu. Der Schweiß lief ihm in die Augen, während der Mann sich mit vorsichtigen Bewegungen näherte – zwei Arme, zwei

Beine — warum will er mich töten? Vielleicht hat er ein Mädchen zu Hause, ein Mädchen wie Kathy. Ich fühle keinen Haß gegen ihn.

Sie hoben ihre Gewehre — fünfzehn Meter — klar über Kimme und Korn — einfach, ganz einfache Sache — wie eine Ente auf dem Wasser, Herzschuß — jetzt braucht bloß noch das Gewehr zu versagen —

Tack! Tack! Tack!

»Dem hast du einen verplättet«, sagte Ski. »Hast du gesehen, wie der Bursche umfiel?«

Danny sprang auf und pflanzte sein Bajonett auf das Gewehr. »Bleib im Anschlag«, sagte er zu Ski, »für alle Fälle.«

Rasch und sichernd sprang er durch das kniehohe Gras zu der Stelle, wo der Japaner am Boden lag. Blut strömte aus seinem Mund. Danny schauderte. Der Japaner hatte die Augen offen, seine Hand machte eine letzte schwache Bewegung. Danny rannte ihm das Bajonett in den Bauch. Ein Stöhnen, ein wildes Zucken — es schien Danny, als ob das Gedärm des Japaners sich um das Bajonett zusammenkrampfte. Er wollte es wieder herausziehen, es saß fest. Er drückte ab, blutige Fetzen spritzten ihm entgegen. Die Augen standen noch immer offen. Er drehte das verschmierte Gewehr um und stieß sinnlos mit dem Kolben zu — bis da keine Augen mehr waren, kein Gesicht und kein Kopf.

Er wankte zurück zu Ski, setzte sich hin und wischte das Bajonett mit einem Zipfel seiner Feldbluse ab.

Das Feuer auf dem Kamm brach ab. Andy kam zu Danny.

»Das da gehört vermutlich dir«, sagte er und gab ihm eine japanische Kriegsflagge. »Hatte er in seinem Helm. Hast du prima hingekriegt.«

Danny starrte auf die Trophäe. Er sagte nichts.

»Was ist denn mit dem los?«

»Laß ihn in Ruhe«, sagte Ski.

8. Kapitel

»Wieso ist es heute früh eigentlich nicht weitergegangen, Mac?«

»Die Army ist noch nicht nach.«

»Wieso — sind die vielleicht auf einen Baumschützen gestoßen?«

Nein, kein Traum. Ungläubige, zitternde Hände rissen die Umschläge auf. »Postempfang!«

Stille. Ich konnte ihnen jedes Wort, das in den Briefen stand, an den Augen ablesen. Ein schlammverklebter Mund begann zu lächeln, ein Kopf nickte, während sie hastig zu Ende lasen, um dann wieder von vorn anzufangen.

Lieber L. Q.!

Wir haben unseren Wagen aufgebockt. Wir sind nicht traurig darüber, wenn es nur dazu beiträgt, daß Du eher wieder nach Hause kommst.

Lieber Sohn!

Mutter und ich haben es uns überlegt. Wir möchten uns gern ein kleines Haus in der Stadt kaufen und uns zur Ruhe setzen. Dreißig Jahre haben wir

nun hier draußen geschuftet, das reicht. Du kannst also, wenn Du zurückkommst, die Farm übernehmen.

Lieber Andy!
Wir haben erfahren, wo Ihr jetzt steckt. Glauben Sie mir, wir sind mit
unseren Gedanken bei Euch und verfolgen jede Eurer Bewegungen.
Ich bin inzwischen zweimal zu Haus bei meinen Leuten gewesen. Es fällt
mir jetzt nicht mehr so schwer hinzufahren. Man hört nicht auf zu hoffen.
Wir haben hier jetzt ziemlich heißes Wetter, Hochsommer — Wellington
ist tagsüber wie ausgestorben.

Mein innigstgeliebter Sam!
Ich habe mich hinter Colonel Daner gesteckt und weiß, wo Euer Regiment
ist. Bitte, Liebster, sei nicht unnötig bravourös. Ich weiß, Deine Jungens
werden kämpfen wie Helden.

Danny, mein Sohn!
Es war diesmal gar nicht weihnachtlich hier in Baltimore. Wir haben wahrscheinlich keine Ahnung, was Ihr jetzt wirklich durchmachen müßt.

Liebster Marion!
Ich habe eine Stellung als Verkäuferin in einer staatlichen Verkaufsstelle.
Die Arbeit macht mir viel Freude. Deine Leute waren zauberhaft zu mir —
Ich liebe dich innig,   Deine Rae

Lieber Connie!
Es fällt mir schwer, Dir das schreiben zu müssen, aber wir machen uns alle
große Sorgen wegen Mutter. Es geht rasch mit ihr zu Ende. Der Arzt sagt, daß
sie noch leben könnte, wenn sie den Willen dazu hätte —
Es war ja Weihnachten immer recht knapp bei uns, aber wir waren doch
wenigstens zusammen.
Ich habe einen Freund, er ist neunundzwanzig, Soldat — ich muß Schluß
machen mit der Schule und mir eine Arbeit suchen. Onkel Eddy kann ja auch
nur für das Allernotwendigste sorgen, und mit den Krankenhaus-Rechnungen
und wo Du jetzt nicht mehr da bist, ist es nicht mehr schön. Susan ist nicht
mehr in Philadelphia. Niemand scheint zu wissen, wo sie hin ist. Es ist mir
auch ziemlich gleichgültig, nach allem, was sie Dir angetan hat —
                                                     Deine Schwester Wanda

»Mensch, guck mal, Seesack hat Zigaretten geschickt bekommen.«
    »Halt's Maul, du Trottel.«
    »Zigaretten!«
    »Okay, drängelt bloß nicht so. Zwei Päckchen behalt ich für mich, den Rest
könnt ihr euch teilen.«
    »Was hast du denn da?«
    »Einen Kuchen!«
    »Steinhart.«
    »Immer noch besser als die D-Ration. Nimm mal das Buschmesser und
verteile ihn.«

»Kaugummi!«

»Wahrhaftig?«

»Seht euch das an – einen Schlips, handgestrickt.«

»Was machst'n damit?«

»Was soll ich damit machen – den trage ich.«

»Hier?«

»Na klar – der schickste Mann vom ganzen Regiment.«

Als die Fernsprechverbindung zu Topeka klar war, baute ich unser Funkgerät für die Nacht ab. Ich machte auf dem anderen TBX eine Kontrollverbindung zu dem Zerstörer und machte dann auch diesen Kanal dicht.

Sergeant Barry, der Führer des Fernsprechtrupps, kam bei mir 'ran.

»Kannst du mir einen Mann abgeben, Mac?«

»Wofür?«

»Die Leitung zur HW-Kompanie ist gestört. Cassidy soll losgehen und die Störung suchen, und ich brauche einen Mann, der ihn sichert.«

»Seesack!«

»Jäää.«

»Geh mal mit Cassidy, die Störung in der Strippe zur HW suchen – und hör endlich auf, dauernd diese Tabaksoße auf den Fußboden zu spucken. Das ist unhygienisch.«

»Wird gemacht«, sagte Seesack und schoß einen langen, dunkelbraunen Strahl aus dem Mundwinkel. Er holte sein Gewehr und hängte sich ein paar Handgranaten an die Hosenträger.

»Ihr müßt euch ein bißchen beeilen«, sagte Barry zu Cassidy, »damit ihr wieder hier seid, ehe es dunkel ist. Parole ist Lonely.«

»Das ist die idiotische Leitung, die auf dem Abhang vor uns liegt«, sagte ich, »also Vorsicht.«

»Wie, zum Teufel, kann denn die Strippe vor unseren Stellungen liegen?« fragte Seesack.

»Tja, das ist nicht so ganz einfach, aber wir haben's geschafft. Also, Roter, ich bin am Klappenschrank. Du machst alle paar hundert Meter einen Kontrollanruf.«

Cassidy, ein untersetzter, rothaariger Ire, klemmte sich eine Zigarette zwischen die Lippen, nahm das Kabel auf und ging über den Kamm hinüber. Seesack folgte ihm mit einigen Schritten Abstand und musterte mit wachsamen Blicken jedes Gebüsch und jeden Baum, an dem sie vorbeikamen. Sie folgten dem weißmarkierten Telefonkabel von Topeka White und hatten bald die HKL des Bataillons hinter sich gelassen.

»So ein Blödsinn«, sagte Seesack. »Wie ist das überhaupt möglich, daß die Strippe hier vorne liegt?«

»Wir waren aus Versehen zu weit nach vorn gekommen und mußten dann wieder hinter den Kamm zurück – aber da war die Leitung schon verlegt«, erklärte Cassidy.

»Junge, ist das eine Ruhe hier.«

Cassidy machte einen Kontrollruf. Topeka White meldete sich, aber die

188

HW-Kompanie war nicht zu erreichen. Sie gingen weiter, bis sie an das Flüßchen unten kamen. Sie machten einen neuen Kontrollruf und gingen dann auf ein kleines Wäldchen zu. Ein Stück stromab lag auf der anderen Seite der ausgedehnte Dschungel, der voll saß von Japanern.

Cassidy rannte die Leitung entlang und ließ das Kabel durch seine Finger gleiten. »Ich hab' das unbestimmte Gefühl, daß wir hier nicht allein sind, Alter«, sagte Seesack. Ein erneuter Kontrollruf – noch immer keine HW-Kompanie.

»Cassidy – da.« Seesack zeigte auf das Kabel vor ihnen. »Sauber durchgeschnitten.«

»Die müssen sich heimlich aus dem Dschungel da herübergeschlichen haben.«

Sie waren jetzt ganz nah bei der kleinen Baumgruppe. Cassidy fand das andere Ende und flocht die Drähte auseinander, um einen Spleiß zu machen.

Tack! Teng!

»Volle Deckung – Baumschütze.«

Seesack haute sich hinter einen Baum. Cassidy kam mit einem Sprung hinterher.

»Kannst du sehen, wo der Bursche sitzt?«

»Nee.«

»Ich werd mal eben das Kabel herholen, damit ich es hier in Ruhe spleißen kann«, sagte Cassidy. Er stand auf, aber nach dem ersten Schritt fiel er auf die Knie.

»Was ist los, Roter?«

»Muß mir den Fuß verknackst haben, wie ich mich vorhin hier hingehauen habe.« Seesack zog ihn rasch wieder hinter den Baum und schnürte ihm den Stiefel auf.

»Tut's weh?«

»Teuflisch.«

»Der Knöchel ist gebrochen. Da, nimm mal mein Gewehr und behalt die Gegend da drüben im Auge.«

»Wo gehst du denn hin?«

»Will das Kabel herholen und spleißen.« Seesack sprang hinter dem Baum hervor. *Tack – teng! Tack – tack* – tack, tack, tack. Er schnappte den Leitungsdraht und kam atemlos wieder bei Cassidy angekrochen. »Verdammte Knallerei«, sagte er schnaufend. »Hast du sehen können, von wo die Burschen schießen?« Sie spähten beide hinüber zum Dschungel am andern Ufer. Nichts war zu sehen und zu hören.

»Sag mal, Roter, wie macht man das eigentlich mit dem Ding da?«

Der Ire biß die Zähne aufeinander. »Mußt – eine Klemme an jeden Draht klemmen und dann – da in den Apparat stöpseln –.«

»Ist der Fuß schlimm?«

»Er wird langsam dick.«

Seesack machte einen Kontrollanruf zum Bataillons-Gefechtsstand und dann zur HW-Kompanie. Die Störung war beseitigt. »Bleib mal einen Augenblick am Apparat, Seesack, Sam möchte dich sprechen.«

»Hallo, Seesack – hier spricht Sam Huxley.«

»Hallo, Sam, wie geht's?«

»Wo war die Störung?«

»Bei der kleinen Baumgruppe direkt am Fluß. Die Burschen müssen von drüben 'rübergekommen sein und das Kabel durchgeschnitten haben. Solange wir hier sind, können sie keinen Unfug mehr machen – das hier ist die einzige Stelle, wo sie das Kabel so nah vor der Nase haben. Verdammter Blödsinn, die Leitung so weit hier vorne zu verlegen – sobald es dunkel wird, schneiden sie den Draht bestimmt wieder durch. Es wäre am besten, ihr legt eine andere Leitung zur HW hinüber.«

Huxley besprach sich kurz mit Keats und Barry. »Hallo, Seesack – wir können keine andere Leitung legen. Es wird bereits dunkel, und zwischen uns und der HW ist eine Schlucht, die vermutlich gespickt ist mit Japanern.«

»So ein Mist«, sagte Seesack, »und dazu hab' ich hier auch noch einen Verletzten.«

»Was ist los?«

»Cassidy hat sich den Knöchel gebrochen. Sieht aus, als ob der Knochen gleich durch die Pelle platzen wollte. Der arme Bursche ist in einem gottsjämmerlichen Zustand.«

In Huxleys Kopf jagten sich die Gedanken. Die Leitung mußte unbedingt offenbleiben. Es war nicht möglich, vor dem Angriff noch eine andere zu legen, weder jetzt noch morgen früh. Dieses Kabel war die einzige Möglichkeit, das Feuer der Granatwerfer zu dirigieren, die den Angriff durch eine Feuerwalze vom Fluß zum Dschungel vorbereiten sollten. Beim Morgengrauen würden die Marine-Artillerie und die Rohre des Zerstörers den Dschungel auseinanderreißen, und Flugzeuge von Henderson-Field sollten einen Bombenteppich legen. Die beiden Jungens lagen unmittelbar an der Grenze des Zielgeländes.

Huxley kniff die Augen zusammen und biß die Zähne aufeinander. Er fühlte im Nacken den Atem der Männer, die hinter ihm standen. »Könnt ihr verhindern, daß die Leitung erneut gestört wird?« fragte er Seesack mit rauher Stimme.

»Aber gewiß doch, Sam – wenn sie uns nicht vorher die Gurgel durchschneiden.«

Huxley faßte seinen Entschluß; alles Weitere ergab sich mit rascher Konsequenz. Die Uhrzeit wurde genau verglichen, Seesack bekam die Anweisung, alle halbe Stunden einen Kontrollanruf zu machen. »Ihr bleibt, wo ihr seid, so lange wie irgend möglich. Um fünf Uhr achtundfünfzig haut ihr ab. Dann habt ihr noch zwei Minuten.«

»Wir schaffen es unmöglich den Hang 'rauf, Sam. Wir werden versuchen müssen, den Fluß entlang an die Küste zu kommen.«

»Hals- und Beinbruch.«

»Danke, Sam – und sagen Sie Speedy noch 'n schönen Gruß.«

Huxley legte den Hörer hin, wandte sich um und sah die Männer an, in deren Gesichtern ängstliche Erwartung stand. »Sie sitzen in der Patsche«, sagte er, »aber sie können die Leitung zu den Granatwerfern offenhalten – glotzt mich doch nicht so an, verdammt noch mal. Wir haben keine andere Möglichkeit.«

»Was macht der Fuß?« fragte Seesack flüsternd.

»Ich hab' gar kein Gefühl mehr drin«, antwortete Cassidy. »Wenn ich bloß 'ne Zigarette rauchen könnte.«

Seesack spuckte aus. »Magst du ein Stück Kautabak?«

»Nee, davon muß ich kotzen.«

»Mächtig ruhig, was? Sag mal, Roter, wo bist du eigentlich her?«

»Detroit.«

»Versuch mal, bißchen zu schlafen — ich bin hellwach.«

»Ich kann nicht. Was meinst du, ob die versuchen werden, uns zu schnappen.«

»Kann man bei denen nie wissen. — Ich bin in Iowa zu Hause. Der beste Boden, den du dir denken kannst. Mein Alter hat 'ne Farm da, hundertsechzig Morgen — nach dem Krieg will er sich zur Ruhe setzen, dann soll ich die Farm übernehmen —.«

»Oooooh!«

»Was hast du denn?«

»Nichts. Ich habe nur eben versucht, mein Bein zu bewegen.«

Sie hockten sich hin, Rücken gegen Rücken, das Gewehr im Schoß.

»Hundertsechzig Morgen, jawoll, mein Herr —«

»Unverschämt ruhig, was?«

Es war drei Stunden später. »Ist vielleicht besser, wenn wir jetzt mal 'ne Weile nicht anrufen. Da drüben sind sie schon ziemlich aufmerksam auf uns geworden«, sagte Seesack und legte den Hörer hin. Er half Cassidy, sich flach auf den Bauch zu legen. Sie starrten in die Dunkelheit vor ihnen. Es knackte und raschelte im Dschungel am anderen Ufer.

»Nicht schießen, auch wenn sie über den Fluß kommen«, flüsterte Seesack. »Ich werd versuchen, mir die Burschen zu schnappen.«

Eine schrille Stimme schrie durch die Nacht: »Mariner, du sterben.«

»Hunde.«

»Ruhig, Roter.«

»Diese gottverdammten —« Seesack hielt Cassidy den Mund mit der Hand zu. »Ganz ruhig — die wollen ja bloß, daß man die Nerven verliert und schießt.«

»Dreckiger Mariner, du sterben, Mariner, du sterben — Scheißmariner, dreckiger Feigling — Mariner, du sterben!«

»Mensch, ich werde diesen Hurensöhnen —«

Seesack packte Cassidy, der vor Schmerz halb wahnsinnig war, und drückte ihn flach auf den Boden. »Jetzt liegst du still, verdammt noch mal, oder ich weck dich ein in sauer.«

»Schon gut, ich bin schon wieder okay — sei mir nicht böse.«

»MARINER — DU STERBEN!«

191

Marion klammerte die Hand um sein Gewehr. Er biß die Zähne aufeinander, um nicht zu heulen. Er konnte nicht hören, was Seesack und Cassidy unten am Fluß sich zuflüsterten, aber andere Stimmen riefen laut aus der Dunkelheit unter ihm. »Hilf mir, Kumpel – ich bin ein Mariner – ich bin ein Mariner – hilf mir – die Japaner haben mich geschnappt – Hilfe – Hiiiiilfe!« Marion zitterte.

»Halt, wer da?«

»Mariner.«

»Parole?«

»Lonely«, sagte Joe.

»Was willst du denn hier, Joe?«

»Diese Burschen machen mich verrückt mit ihrem Gewimmer.«

»Denkst du vielleicht, mich nicht? Geh auf deinen Posten.«

»Ich kann nicht – allein sein.«

»Hau ab, zum Teufel«, zischte Marion. Joe kroch davon. Marion ging langsam und vorsichtig durch das hohe Gras. Oben am Kamm sah er undeutlich jemanden flach am Boden liegen. Er ging darauf zu. »Joe, wenn du jetzt nicht sofort auf deinen –«

In diesem Augenblick sprang der Japaner. Im Dunkeln blitzte die Klinge eines Messers. Marion ging zu Boden, den Japaner über sich. Er langte verzweifelt mit der Hand nach oben, wehrte den Stoß ab und rollte sich zur Seite. Der Japaner war wie eine Katze sofort wieder über ihm. Marion riß das Knie hoch und stieß es dem Japaner zwischen die Beine. Stöhnend fiel dieser zur Seite, für den Bruchteil einer Sekunde. Marion nutzte seinen Vorteil und sprang auf. Sie wälzten sich auf dem felsigen Boden. Der Japaner zitterte vor Anstrengung, langsam näherte sich sein Messer Marions Kehle. Marion krallte dem Gegner die Hand ins Gesicht – das Messer fiel zu Boden, der Japaner verkrampfte die Augen und stieß verzweifelt mit den Füßen um sich, Marion stöhnte, mit letzter Anspannung verstärkte er seinen mörderischen Griff, drückte und stieß mit den Fingern, wieder und wieder – bis der Körper unter ihm schlaff wurde und er einen Toten losließ.

Taumelnd kam er bei der Vermittlung an. »Laßt mich ablösen – Japaner – hat mich überfallen.« Er brach in die Knie.

»Du blutest an der Schulter.«

»Messer – nur ein Messer –«

»Leuchtfeuer, bring ihn zum Arzt, schnell.«

Doktor Kyser wusch das Blut ab und bot Marion einen Schluck Cognac an. »Mordsschwein gehabt, Mary. Der Bursche hat Sie eben nur geritzt.« Marion zwang sich zu einem matten Lächeln. Der Arzt sah auf die Hand, die noch immer fest geschlossen war. »Zeig doch mal deine Hand, mein Junge.«

»Ach, das –«

»Machen Sie die Hand auf.«

Zwei Sanitäter waren nötig, um Marions verkrampfte Finger gewaltsam zu öffnen. Er starrte fassungslos auf seine Hand, an der blutige Fetzen klebten. »Abwaschen«, schrie er, »sofort abwaschen.«

9. Kapitel

25. Januar 1943.

Sergeant Barry beugte sich über mich. Ich war mit einem Satz auf den Beinen. Alle standen dicht gedrängt um den Klappenschrank herum.

»Ich war wohl eben mal eingepennt«, sagte ich. »Irgendwas Neues?«

»Sie haben sich die letzten vier Male nicht gemeldet.«

Ich sah auf meine Uhr. »Es muß gleich hell werden, das Artilleriefeuer soll in fünf Minuten anfangen.«

Ein Feuerbeobachter des Zerstörers und der von der Marine-Artillerie gingen nach oben zum Kamm. Huxley kam eilig daher, in seinem Kielwasser Ziltch. »Was liegt an?« fragte er.

»Die Leitung zur HW ist klar – aber wir können Seesack nicht kriegen.«

»Versuch's noch mal, sobald das Feuer eröffnet ist. Ist der Beobachter von der HW oben?«

»Jawohl, und auch die beiden andern.«

»Ist bei der Beobachtungsstelle ein Telefon?«

»Ja.«

»Ich geh jetzt zu den Beobachtern. Ungefähr zwei Minuten, bevor wir springen, rufe ich Sie an. Wenn Seesack sich meldet, so sagen Sie ihm, daß er genau fünf Uhr achtundfünfzig wie ein geölter Blitz abhauen soll.« Huxley und Ziltch verschwanden nach oben zum Kamm.

BLOMM! BLOMM! WSSSSSS – WUMM! BLOMM! BLOMM! WUMM!

»Hier Beobachtungsstelle – Zehnte Marine liegt im Ziel. Zerstörer muß zweihundert Meter vorverlegen, liegen jetzt in der Mitte des Flusses.«

»Verstanden«, sagte ich. »Ran an den Generator, L. Q.«

BLOMM! BLOMM! Rauch begann jenseits des Kammes hochzusteigen. Der Generator wimmerte. Ich legte die Hand auf die Morsetaste. In den Kopfhörern begann das Geräusch der Punkte und Striche: Gefechtsstation Zerstörer an Topeka White.

BLOMM! BLOMM!

»Gib ihm Gas, L. Q.« Topeka White an Gefechtsstation Zerstörer – zweihundert Meter vorverlegen –

Die Einschläge der Schiffsgeschütze wanderten nach vorn in den Dschungel.

»Hier Topeka White – Brown melden! Bist du da, Seesack?«

»Wie geht's, Alter?« kam eine schwache Stimme durch den Draht.

»Er ist da, er ist da!«

»Brüllt nicht so – sagt lieber den Idioten, sie sollen aufhören, auf mich zu schießen – die liegen mindestens zweihundert Meter zu kurz.«

»Schon geschehen – sie verlegen. Alles in Ordnung?«

»Aber sicher.«

»Wie geht's Cassidy?«

»Durchwachsen – wir haben uns heute nacht vier Japaner geschnappt – und ihr solltet bloß mal unsere Kollektion an Reiseandenken sehen.«

»Bleib mal am Apparat – hallo, Beobachtungsstelle – hier spricht Topeka White – sagt Sam, daß Cassidy und Brown noch leben.«

»Hallo, Topeka White – hier spricht Sam. Ruft Henderson-Field an und sagt ihnen, sie sollen die Luftunterstützung abblasen. Wir können es nicht riskieren, die beiden jetzt noch zu verlieren. Der Zerstörer und die Artillerie sind genau im Ziel. Rufen Sie durch zur HW und sagen Sie, daß sie einen Feuerüberfall mit allen MGs machen sollen, unmittelbar bevor wir stürmen – so, und jetzt geben Sie mir mal Seesack – hallo, Seesack?«

»Hallo, Sam, wie geht's?«

»Tut gut, deine Stimme zu hören, mein Sohn.«

»Tut gut, mit jemandem zu reden, Sam.«

»Wie sieht's aus da unten?«

»Sieht aus, als ob sie den Dschungel in Stücke reißen – ganz schöner Krach.«

»Schafft ihr es, hier heraufzukommen?«

»Kaum. Ich muß Cassidy auf den Buckel nehmen – in zwei Minuten schaff ich das nie.«

»Okay – dann geht in den Fluß und haut ab in Richtung Küste, sobald die Artillerie aufhört – wie 'ne wildgewordene Ente. Topeka Blue hat Anweisung, auf euch aufzupassen. Macht's gut.«

»Tschüs, so lang.«

»Hallo, Sam – hier Topeka White – wir haben Henderson-Field am Apparat.«

»Hier Einsatzleitung.«

»Hier Huxley, Topeka White – bitte blasen Sie die Luftunterstützung ab. Einige von unseren Leuten sitzen im Zielgelände fest.«

»Verstanden.«

BLOMM! BLOMM! BLOMM! BLOMM! Artilleriegeschosse orgelten in den Dschungel, schlugen krachend ein und sprengten die Bäume aus der Erde. Das Gedröhn wurde dumpfer mit jeder Salve. Wir spritzten nach oben zum Kamm. Der Dschungel unter uns rauchte und krachte von Einschlägen. Der Zeitpunkt X rückte näher. Über den Hang verteilt lagen die Gewehrschützen und warteten auf den Befehl zu stürmen.

So unvermittelt, wie es eingesetzt hatte, verstummte das Feuer der Geschütze, man hörte in der plötzlichen Stille, wie der qualmende Dschungel keuchte. Ich betete ein leises Ave Maria. – Der Sekundenzeiger rückte vor auf fünf Uhr achtundfünfzig.

Da unten, weit vor uns, kam Seesack aus einer kleinen Baumgruppe, in der rechten Hand das Gewehr, über der linken Schulter Cassidy. Er trottete mühsam, mit unsicheren Schritten, auf den Fluß zu, an dessen Ufer er stolperte und hinfiel. Er erhob sich gebückt, ging bis zur Brust ins Wasser und schoß davon in der Mitte des Flusses, der direkt unter uns entlangfloß. *Tack! Tack! Tack-tack-tack –*

»Verdammte Scheiße, jetzt erwischt es sie doch noch!«

»Los, Seesack, gib Gas!«

Strauchelnd unter seiner Last kämpfte er sich den Fluß hinunter, ausweichend vor den prasselnden Feuergarben aus dem schwelenden Dschungel. Wir feuerten ihn von oben an mit unseren Rufen.

»Er ist 'rum um die Ecke – er hat's geschafft!«

Huxley griff nach dem Hörer. »Gebt mir die HW-Kompanie.«

»Hier HW.«

»Hier Huxley – los, gebt den Brüdern Zunder!«

Leise zischend stiegen die Geschosse der Granatwerfer über uns in die Höhe und schlugen krachend unten auf den Fluß. Der Kamm begann Feuer zu speien. Rote Striche fuhren kreuz und quer durch die Luft, die Maschinengewehre streuten ihre Geschoßgarben durch die Wipfel der Bäume unter uns. Huxley übergab den Hörer dem Beobachter der HW, der den Feuervorhang langsam vorrücken ließ an den Rand des Dschungels.

Sechs Uhr null!

Der Dschungel erbebte. Das MG-Feuer brach ab. Nur die Granatwerfer zischten und krachten weiter. Der Führer der George-Kompanie sprang auf. Er legte die linke Hand an den Mund und zeigte mit der rechten nach unten in die Schlucht. »Los, Jungens – hier oben wachsen keine Lorbeeren. Mir nach!«

Und den ganzen Hang entlang sprangen Huxleys Huren auf mit ihren Gewehren. Aus dem Dschungel antworteten die Japaner mit wütendem Feuer.

Wir stürmten vom Kamm hinunter in die Schlucht, im Laufen schießend, mit wilden Schreien. Der Angriff rollte. Wir brachen über den Fluß und drangen ein in den Dschungel, die Schreie wurden dumpfer und verstummten.

26. Januar 1943.

Wir lagen an der Küste. Seesack und Cassidy waren und blieben verschwunden. Die Chance, daß sie noch am Leben waren, war verschwindend gering. Wir hatten den Kokumbona überschritten, ungefähr die Hälfte der Strecke war geschafft. Die Army im Innern hielt den Fuß des Gebirges mit eisernem Griff umklammert, die Japaner konnten nicht mehr heraus. Noch fünfzehn Kilometer bis zum Tassafaronga-Point, und wir würden den Gegner in der Zange haben.

»Ich glaube, es hat keinen Zweck, noch zu hoffen.«

»Sag das nicht. Wie leicht kann man sich hier im Dschungel verlaufen.«

»Die armen Schweine.«

»Es ist noch nicht aller Tage Abend.«

Speedy Gray stand auf und reckte sich. »Ja, dann werd ich mich mal ans MG legen – zwei Stunden Wache.«

»Herrje«, sagte Leuchtfeuer, »ich muß schon wieder scheißen.«

»Die gute alte Ruhr.«

»Wir Indianer sind an Regelmäßigkeit gewöhnt«, sagte er und rannte zum Schnellmachefix-Graben.

»Ich brauche zwei Freiwillige, Andy und Danny«, sagte ich, »die ein Loch graben für die Offiziere.«

»Wir haben doch grad gestern eins gegraben.«

»Ja, aber sie brauchen ein neues – das von gestern ist voll.«

»Da sieht man doch mal wieder, wo die größten Arschlöcher sitzen«, brummte Andy und langte nach seinem Spaten.

Speedy ging zu dem kleinen Gehölz unten am Strand und sprang in das MG-Loch. »Parole ist Lilac«, sagte er.

»Sieh nach, ob das MG in Ordnung ist«, sagte der Mann, den er ablöste.

Der strohblonde Texasboy mit den Sommersprossen hockte sich hinter das Maschinengewehr. Er schwenkte den Lauf im Bogen herum und sah über Kimme und Korn. Man konnte von hier aus den Strand in seiner ganzen Breite bestreichen.

Die Sonne sank und wurde zu einem riesigen Feuerball. Das Wasser des Skylark-Kanals verfärbte sich rötlich. Ein schöner, stiller Abend, fast wie zu Haus in Texas. Er mußte denken, daß er eigentlich ganz gern eines Tages mal wieder hierherfahren würde, um einfach am Strand zu liegen und einen solchen Abend zu erleben. Er wurde in seinen Gedanken gestört durch einen Moskito, der auf seiner Stirn landete, um zu tanken. Er sah auf seine Uhr und lehnte sich bequem zurück.

Er sah, wie sich hinten am Strand etwas bewegte. Er schwang den Lauf des MGs darauf zu und kniff die Augen zusammen, um besser zu sehen. Tatsächlich, da bewegte sich was! Er lud zweimal durch. Die Gestalt näherte sich langsam und schwankend. Die untergehende Sonne machte die Sicht schwierig. Speedy blinzelte und wartete. Das da vorn kam näher.

»Halt, wer da«, rief er. Keine Antwort. »Halt, hab' ich gesagt, wer da?«

»Blöde Frage – Mariner!« krächzte eine heisere Stimme unten vom Strand.

»Parole?«

»Nu hör schon auf, den Landser zu spielen, Speedy – ich bin's, dein alter Kumpel, Seesack.«

»Seesack!« Speedy rannte los, schneller als er sich je in seinem Leben bewegt hatte. »Seesack, alter Scheißkerl – wir dachten, du wärst tot.« Er nahm ihm den bewußtlosen Cassidy ab und packte ihn sich auf die Schulter, dann griff er nach Seesacks Hand und preßte sie.

»Brich mir nicht die Knochen, du Arschloch«, krächzte Seesack und sank in die Knie, völlig erschöpft. Speedy half ihm wieder auf und schleppte ihn zum Bataillons-Gefechtsstand. »Der Farmer ist wieder da«, brüllte er, so laut er konnte, »der alte Seesack hat es geschafft!«

»Ruf das Revier an – die sollen sofort mit dem Jeep herkommen.«

»Doktor, Doktor – schickt Kyser her, schnell.«

»Seesack!«

»Hört auf, mich abzuknutschen, ihr blöden Heinis.«

»Seesack ist wieder da!«

Sie legten die beiden auf die Tragbahren. Speedy hielt noch immer Seesacks Hand.

»Macht Platz, verdammt noch mal, macht doch mal Platz, die Jungens kriegen ja gar keine Luft.«

Doktor Kyser und Huxley beugten sich über Seesack, der kaum noch spre-

196

chen konnte. Der Arzt betrachtete aufmerksam die blutunterlaufenen Augen und das geschwollene Gesicht.

»Wasser«, flüsterte Seesack.

»Nicht zuviel, mein Junge – erst mal nur die Lippen naß machen.«

»Hat jemand ein Stück Kaugummi?«

»Hier, Seesack.«

»He, Doktor – ich bin okay. Kümmert euch mal lieber um Cassidy. Er wurde wild und ging auf mich los – da mußte ich ihn mal eben kurz in sauer einwecken. Hab' ihn zwei Tage lang auf dem Buckel geschleppt – sein Bein ist in einem üblen Zustand.«

Der Arzt sah auf das Bein. Es war dick geschwollen und dunkel verfärbt. »Los, rasch auf den Krankenwagen«, rief er. »Und ruft an beim Lazarett, sie sollen alles vorbereiten für die Operation – beeilt euch, verdammt noch mal.«

Der Arzt richtete sich auf und sah Sam Huxley an. In Huxleys Augen stand eine Frage. Kyser schüttelte den Kopf.

10. Kapitel

28. Januar 1943.

Der Jeep des Majors hielt kreischend. Huxley sprang heraus und kam in den Gefechtsstand gerannt. »Diese Leute hier sofort zu mir.« Er drückte Ziltch einen Zettel in die Hand.

Paris, McQuade, Pedro Rojas und ich kamen gleichzeitig vor dem Zelt an.

»Wo ist denn dieser Zuckerarsch, der Burnside?« rief McQuade mit dröhnender Stimme.

»Im Revier«, sagte ich. »Den hat die Malaria übel erwischt.«

»So ein Mist. Ich hätte den Burschen so gern fertiggemacht.«

»Es ist vielleicht besser, wenn wir jetzt 'reingehen und uns melden«, sagte Paris. »Die lange Latte schien es mächtig eilig zu haben.«

»Nun auf einmal – wo wir hier schon seit vier Tagen herumsitzen.«

Wir gingen ins Zelt und meldeten uns. Huxley sah hoch von seiner Karte. »Ich habe Keats, Kyser und LeForce gesagt, sie sollten mir vier Leute schicken, nicht die Truppführer!«

»Ich weiß, Sam«, sagte ich, »aber meine Jungens sind ziemlich marode, und –«

»Hm, ja«, nahm Paris den Faden auf, »meine Leute sind auch ein bißchen erschöpft –«

»Was ist eigentlich los mit euch – wollt ihr euch in die Heldenbrust schmeißen? Soll ich vielleicht auf einen Schlag meine sämtlichen Truppführer verlieren? Ist dieser Spähtrupp etwa zu gefährlich für eure Lämmchen? Na schön, wir haben sowieso keine Zeit mehr, jetzt noch was dran zu ändern. Wen haben Sie außerdem mit, Mac?«

»Forrester und Zvonski, das Federgewicht.«

»Und Sie, McQuade?«

»Eine SMG-Gruppe, Rackley als Pfadfinder, zwei Mann zur Unterstützung der Funker und zwei Gewehrschützen.«

197

»Lassen Sie die Leute 'reinkommen. Wo bleibt Harper?«

»Er mußte grad mal scheißen«, sagte McQuade. Im gleichen Augenblick kam der untersetzte kleine Mann aus den Südstaaten auch schon herein, zusammen mit den anderen. Leutnant Harper von der Kompanie Fox meldete sich bei Huxley, heftig einen Kaugummi kauend.

»Nehmen Sie das Zeug aus dem Mund«, sagte Huxley. Harper klebte sich den Kaugummi hinters Ohr, und wir versammelten uns um die Karte. »Folgendermaßen ist die Lage«, sagte Huxley. »Hier ist der Ring, den die Army um das Gebirgsmassiv geschlossen hat. Wir liegen im Augenblick hier.« Er legte den Finger auf eine Stelle ungefähr zehn Kilometer vom Tassafaronga-Point entfernt. »Hier in diesem Gebiet haben die Japaner ihre gesamten Kräfte zusammengezogen. Jede Nacht schleusen sie einen Teil mit U-Booten hinaus.«

»Hab' ich mir doch gedacht, daß wir zu langsam vorrücken, um sie zu schnappen«, sagte Harper.

»An uns hat das nicht gelegen«, sagte Huxley bissig. »Wir müssen jetzt möglichst schnell vor und den Stöpsel auf die Flasche setzen, ehe sie sich alle davonmachen. Wir wissen ziemlich genau, wo sie sich versteckt halten, aber wir haben keine Ahnung, wie stark sie sind und was für Waffen sie haben. Euer Spähtrupp hat die Aufgabe, die Lage zu peilen. Stellt fest, wo sie sich genau befinden, wie viele es sind und was sie haben – besonders an schweren Waffen.«

Harper und Paris nickten bestätigend. »Da, seht euch das an«, sagte Huxley und schob uns Fotos der Luftaufklärung zu. »Mac.«

»Ja.«

»Wenn ihr in die Nähe der Japaner kommt, teilt ihr euch in zwei Gruppen. Die eine bleibt hinten und nimmt mit dem TBX die Verbindung zu uns auf. Die andere Gruppe geht vor und beobachtet. Gebt dieser Gruppe einen Mann mit einem TBY-Gerät mit, der das Ergebnis durchgibt an die Gruppe, die hinten bleibt. Die geben es dann weiter an uns, und ihr macht euch schleunigst aus dem Staub. Morgen früh greifen wir an.«

Ich nickte.

»Und, Männer, daß ihr euch klar seid: Wir brauchen das Ergebnis eures Spähtrupps für den Einsatz der Luftwaffe und der Artillerie. Seht also zu, daß ihr mit heiler Haut zurückkommt und vermeidet nach Möglichkeit jede Feindberührung. Zurückzu geht ihr die Küste lang. Wir werden dort auf euch aufpassen. Parole für heute nacht ist Laughing Luck. Noch irgendwelche Fragen? Okay. Wertsachen können hier abgegeben werden. Legt eure Ringe, Schnallen und überhaupt alles, was glänzt, ab. Meldet euch beim Furier und faßt Tarnausrüstung, zusätzliche Feldflaschen, Munition – und schmiert euch die Gesichter schwarz ein. Ihr geht in vierzig Minuten los. Hals- und Beinbruch.«

Wir packten unsere Wertsachen auf den Tisch und gingen.

Der Pfadfinder, ein magerer, zäher Bursche aus Tennessee, hob die Hand. Wir warfen uns zwischen die Büsche, schnaufend, klatschnaß geschwitzt und nach Luft schnappend. Wir reisten mit leichtem Gepäck, aber wir hatten jeglichen Weg und Steg sorgsam vermieden, und der Gang durch den dichten Dschungel war anstrengend gewesen. Es war eine knuffige Hitze, und durch die dicke schwarze Schmiere, die wir auf den Gesichtern hatten, schien es noch heißer. Die schweigende Spannung verstärkte sich, als wir ein Gelände erreichten, in dem offenbar noch vor kurzer Zeit japanische Truppen gelagert hatten. Die Träger der Funkgeräte hatten alle paar Minuten gewechselt, damit die Gruppe möglichst schnell vorwärts kam.

Ich machte mir die Lippen naß und sah mich um. Vom Feind noch nichts zu sehen. Aber wir mußten jetzt bei jedem Schritt darauf gefaßt sein, von einem Baumschützen erwischt zu werden. Harper und sein Pfadfinder hatten ihren Weg gut gewählt, bisher hatten wir jeden Zusammenstoß vermieden.

Pfadfinder Rackley, drei Munitionsgurte über den mageren Schultern, tauchte wieder vor uns auf. Er winkte uns zu sich heran, wir krochen hin und knieten uns um Harpers Karte. Der Pfadfinder berichtete flüsternd: »Ungefähr zweihundert Meter vor uns ist eine Höhe, dahinter geht's steil 'runter. Dann kommt ein offenes Feld mit hohem Gras und großen Felsblöcken. Dahinter ist ein Wald mit Höhlen, da wimmelt's nur so von Japanern.«

»Kann man sie von der Höhe aus sehen?«

»Nee – jedenfalls nicht genau genug. Wir müssen näher 'ran über das Feld und uns da hinter einen von den Felsblöcken legen.«

Harper dachte angestrengt nach, der Gummi in seinem Mund machte heftige Sprünge. »Wir gehen jetzt vor bis zu der Höhe und teilen uns dort in zwei Gruppen. Paris, McQuade, das SMG und ein Funker mit einem TBY gehen mit mir weiter vor. Sobald wir über den Feind Bescheid wissen, funken wir es euch nach oben auf die Höhe. Sie, Mac, machen da oben das TBX-Gerät klar und nehmen Verbindung auf zu Topeka White.«

»Verstanden.«

»Jemand noch eine Frage? Okay – dann gehen wir jetzt vor auf die Höhe.«

Rackley nahm sein Gewehr und ging voraus, wir andern folgten kriechend. Vom Kamm der Höhe sahen wir über das freie Feld hinüber zum Dschungel, wo der Rest der japanischen Streitkräfte auf Guadalcanar sich konzentriert hatte. Der Abhang vor uns war felsig und glatt, es würde verdammt schwierig sein, da 'runter und wieder 'rauf zu kommen. Wir gingen in Stellung, wobei wir uns rasch und stumm durch Zeichen verständigten. Ich setzte das große Gerät etwas weiter hinten auf, Danny und Ski machten die TBY-Geräte klar, verlängerten die Antenne und machten eine kurze Probeverbindung. Ich wies Danny an, mit Harpers Spähtrupp vorzugehen, Ski sollte hinten bei mir bleiben, um die Meldungen von vorn durchzugeben zu unserem Bataillons-Gefechtsstand.

Rackley kroch auf dem Bauch zum Kamm und sprang über die Kante. Er verlor auf dem glatten Fels sofort den Halt und rutschte den halben Hang hinunter. Harper sah ihm von der Kante aus nach, wie er unten ankam und sich von Block zu Block über das freie Feld vorarbeitete, bis er nahe an das japanische Lager 'rangekommen war. Rackley hob die Hand und winkte.

»Okay, Funker«, sagte Harper flüsternd, »'rüber und 'runter.«

199

Danny kroch auf allen vieren zum Kamm. Ski schnappte ihn am Bein und hielt ihn fest. Ich kroch rasch zu den beiden hinüber, um zu sehen, was da eigentlich los war. Ski sah mir wortlos in die Augen. Dann flüsterte er: »Behalt Danny hier oben, ich gehe« – und verschwand hinterm Kamm.

»Verdammt, Mac, ich sollte doch gehen.«

»Besser so«, sagte ich. »Er wollte es. Bleib mit ihm in Verbindung.«

Harper, Paris, McQuade und Rackley lagen vorn hinter einem hohen Felsblock. »Sag dem Funker, er soll seine Antenne 'runternehmen.« Rackley kroch rasch zu Ski zurück. »Wie viele sind es Ihrer Meinung nach, Paris?«

»Ich würde sagen, ungefähr sechshundert – was, McQuade?«

»Ja, mindestens – das wimmelt ja da vorn wie in einem Ameisenhaufen.«

»Ich sehe vierzehn MGs und zwei Kaliber 10,8. Das da drüben scheint ein Colonel zu sein – offenbar der Oberschte hier.«

»Sieht aus, als ob sie sich alle an Reisschnaps besoffen hätten.«

»Scheinen zu ahnen, daß ihr Stündlein geschlagen hat.«

Harper öffnete die Karte, Paris zeichnete ein Kreuz ein. »Genau auf M 7 – und jetzt wollen wir uns hier schleunigst verdrücken.«

Sie krochen zurück zu Ski. »Haben Sie Verbindung mit Mac?« Ski nickte. »Wie macht man das, wenn man sprechen will?«

»Da auf den Knopf drücken. Sagen Sie mir, wenn Sie hören wollen.«

»Hallo Kamm – hier spricht Harper.«

»Hallo Harper – hier ist der Kamm. Bitte sprechen.«

»Sechshundert Japaner, fünfzehn Maschinengewehre, ungefähr ein Dutzend Granatwerfer, zwei Pistolen-Fietjes, der Rest Gewehre, massenhaft Munition. Ein Colonel, offenbar der höchste anwesende Dienstgrad. Lager in völliger Unordnung, keinerlei Sicherung gegen Überraschungsangriff. Leute scheinen alle ziemlich blau. Position genau M 7.« Danny wiederholte die Meldung.

»Okay«, sagte Harper. »Geben Sie das weiter an Topeka White und macht euch fertig zum Abrücken. Bleiben Sie mit uns in Verbindung, bis wir wieder oben sind.«

Heftiger Regen hatte eingesetzt. »Trifft sich gut«, sagte Harper. »Funker – Sie mit Ihrem Gerät gehen zuerst.«

Ski kam gebückt hinter seinem Felsblock hervor und ging los. *Tack! Tack! Tack!* Er fiel hin und rollte zurück hinter den Stein, mit vor Schmerz verzerrtem Gesicht.

»Volle Deckung!« befahl Harper. »Wir sind erkannt.«

Sofort war bei den Japanern alles auf den Beinen, wildes Geschrei erfüllte den Dschungel.

»Nicht eher schießen, als bis wir sie direkt vor der Nase haben.« Eine japanische Schützenkette brach angreifend aus dem Dschungel hervor, geführt von einem Offizier, der seinen blanken Säbel schwang.

»Banzai! Banzai!«

Schwitzend, die Hand am Abzug, starrten die Mariner über Kimme und Korn auf die anrückende Horde. »Gebt ihnen Zunder!« rief Harper.

»Banzai!«

Ein gesammelter Feuerstoß brach hinter dem Felsen hervor, die Angriffswelle der Japaner blieb im Hagel der Geschosse liegen. Doch die nächste Welle erhob sich und kam mit wilden Schreien heran.

»Nur gezielte Schüsse abgeben!« rief Harper.

»BANZAI!«

Wieder ein Feuerstoß – fluchend wischten sich die Mariner den Schweiß von der Stirn.

Kurz darauf kam Pedro Rojas, der Sani, bei ihnen angekrochen. Er blutete an der Schulter.

»Kümmern Sie sich mal um Ski, den hat's erwischt.«

Pedro rollte das Federgewicht herum auf den Rücken. Der Regen pladderte auf das Gesicht, das im Schmerz erstarrt war. Pedro riß die Uniformhose über dem Einschuß auf. »Heilige Mutter Gottes«, flüsterte er und bekreuzigte sich rasch.

»Wo hat's ihn denn erwischt?«

»Genau ins Knie.«

»Hier ist der Kamm – was treibt ihr Burschen da eigentlich, spielt ihr vielleicht Poker?«

»Hier Harper. Wir fahren Scheiße. Jedenfalls denke ich, die greifen so bald nicht wieder an.«

»Hier ist der Kamm. Wenn ihr einzeln zurückgeht, können wir euch Feuerschutz geben.«

»Hier Harper. Geht nicht – Funker ist verwundet – wir sitzen fest.«

Er wandte sich an McQuade. »Was meinen Sie, Mac?«

»Da 'rauf kriegen wir den nie. Jetzt bei der Nässe ist der Hang glatt wie Glas.«

»Das beste ist«, sagte Rackley, »wir warten hier die Dunkelheit ab. Die Japaner haben kein besonders gutes Schußfeld, wenn wir uns flach hinlegen, können sie uns nicht erwischen.«

Der Kaugummi in Harpers Mund fuhr heftig hin und her. Harper sah von einem zum andern und schließlich zu Ski hin. »Einer muß hierbleiben und den Rückzug der andern sichern. MG-Schütze, geben Sie mir den Apparat mal her. Und die Handgranaten brauch ich auch alle.«

»Nein, Harper – Ihre Aufgabe ist es, den Spähtrupp zurückzubringen«, sagte McQuade. »Ich bleibe.«

»Befehl«, sagte Harper, »keine Widerrede.«

»So hören Sie doch, Harper –«

»Ihr hört jetzt gefälligst beide auf, hier den Marinehelden zu spielen, und macht euch schleunigst aus dem Staub«, sagte Ski vom Boden aus. Er war totenbleich, hatte aber die Augen wieder offen. Harper und Mac sahen Pedro an. Pedro beugte sich über Ski. »Du hast einen Knieschuß.«

»Meinst du vielleicht, ich merke das nicht, du Arschloch.«

Pedro fiel vornüber auf seine Hände und schüttelte den Kopf.

»Was ist los, Pedro?« fragte McQuade.

»Nur ein Streifschuß – als ich vorhin hier 'runterkam – tu mir doch mal bißchen Sulfa drauf und mach einen Druckverband – ist nicht weiter schlimm.« McQuade setzte ihn mit dem Rücken gegen den Felsen und machte sich an die Arbeit.

Rackley peilte durch den strömenden Regen nach vorn. »Diese Hurensöhne saufen sich mit Reisschnaps neuen Mut an, um uns noch mal anzugreifen«, sagte er.

Paris und Harper beugten sich zu Pedro und fragten leise: »Was meinst du – kann Ski sie aufhalten?«

»Er muß entsetzliche Schmerzen haben – er ist ein feiner Kerl –.«

»Kann er sie halten?«

»Mit Gottes Hilfe«, sagte Pedro.

Der Regen rauschte. Aus dem Dschungel drangen wilde Schreie herüber. Die Männer lagen hinter dem Felsen und erwarteten die Dunkelheit.

»Hier ist der Kamm – wie sieht's aus bei euch?«

»Hier Harper. Sobald es dunkel ist, kommen wir zurück, einzeln. Der Funker ist bewegungsunfähig. Er will hierbleiben und unseren Rückzug sichern.«

Ski winkte Harper mit der Hand und lächelte. Er spürte den hilflosen Zwiespalt, in dem sich der Offizier befand.

Der Regen hatte aufgehört, das Grau der Dämmerung stieg langsam hoch. Vorsichtig hoben sie das Federgewicht auf und setzten ihn so, daß er durch eine Spalte des Felsblocks nach vorn sehen konnte. Sie brachten das MG vor ihm in Stellung, Harper gab ihm seine Pistole und die Handgranaten.

»Du weißt, wie man mit dem Ding da schießt, Ski?«

Ski nickte. Er spürte keinen Schmerz. Harper brach eine Gewehrpatrone auf, schüttete das Pulver in das Funkgerät und verbrannte es.

Es wurde dunkel. Die Schreie aus dem Dschungel wurden lauter. Die Japaner hatten sich wieder soweit hochgeputscht, um von neuem anzugreifen.

»Hast du – noch irgendeinen Wunsch –?«

Ski öffnete die Lippen. »Hat – hat irgendeiner von euch – einen Rosenkranz?«

Pedro holte seinen Rosenkranz heraus, küßte ihn und gab ihn Ski.

»Dank dir, Pedro – sag Danny, er soll sich nicht unnötig bepinkeln. Mir macht das sowieso nichts. Susan – Susan – los, Jungens, haut endlich ab –.«

»Tut es sehr weh, Ski?«

»Nee, ich spür überhaupt nichts.« Er umklammerte den Rosenkranz. Der Schweiß trat ihm auf die Stirn.

»Los, Pedro«, sagte Harper.

»Ich gehe als letzter. Ich möchte ihm sagen, was er machen muß, wenn der Schmerz wiederkommt.«

Harper nickte Paris stumm zu. Paris schlug Ski auf die Schulter, dann warf er sich auf den Bauch, kroch ein paar Meter durch den Schlamm, sprang auf und rannte gebückt zurück zur Höhe. Die andern folgten ihm, einer nach dem andern – der SMG-Schütze, Rackley, die Gewehrschützen, McQuade.

»Die greifen gleich wieder an«, flüsterte Harper. »Verdammt – ich kann den Jungen nicht allein lassen!«

Pedro packte den Offizier bei den Schultern. »Ski hat keine Angst. Sie wollen doch jetzt nicht etwa weich werden, Harper?«

»Verdammte Scheiße«, sagte Harper. Er duckte sich und sprang nach hinten.

»Geht's, Ski?« fragte Pedro.

»Na klar.«

»Ich werde jeden Abend beten für deine Seele.«

»Bet lieber für deine eigenen Knochen. Ich weiß, wohin ich gehe.«

Pedro verschwand in das Dunkel der Nacht. Ski war allein. Jetzt müssen sie eigentlich alle schon oben sein, in Sicherheit, dachte er – mit diesem verdammten Ding da hab' ich nur ein einzigesmal bei der Ausbildung geschossen – hoffentlich fällt's mir noch ein, wie das eigentlich geht – da kommen wieder diese Schmerzen –

Das Gras vor ihm begann sich zu bewegen, sein schweißnasser Finger griff um den Abzug. Heilige Maria – Mutter Gottes – bitt für uns – jetzt und in der – Stunde – unseres Todes –

»Mariner – du sterben!«

Ich zog Pedro über den Kamm. »Nichts wie fort«, sagte Harper.

»Jetzt machen sie ihn fertig.«

»Mariner – du sterben!« hallte es zu uns herauf.

»Hoffentlich erwischen sie ihn wenigstens nicht lebend.«

Danny schnappte sich ein MG und rannte hinauf zum Kamm. Ich packte ihn und drehte ihn herum. »Wir können ihn doch nicht einfach da unten allein lassen!« schrie er. »Sind wir eigentlich lauter Scheißkerle? Ich gehe zu ihm!«

Ich schlug ihm ins Gesicht, bis er ganz weiß war. Er fiel wimmernd zu Boden. »Er hat es genau gewußt, Danny«, sagte ich. »Er wußte, daß er nicht wiederkommen würde. Du bist Mariner, Forrester – benimm dich wie ein Mariner.«

»Mariner – du sterben!«

»Los, Jungens, wollen abhauen.«

Ich drehte mich noch einmal um und sah in die Dunkelheit, die hinter und unter uns lag.

VIERTER TEIL

Prolog

Alles war vorbei und zu Ende – bis auf die Brüllerei. Meinen Jungens war allerdings nicht sonderlich nach Siegesgebrüll zumute. Nach Guadalcanar wurde es bei uns nie mehr ganz so, wie es vorher gewesen war. Sie waren keine Kinder mehr. Sie hatten es erlebt und bestanden, und sie wußten, dies war nur der Anfang.

Zunächst genossen wir jedenfalls einmal die Möglichkeit, ausgedehnte Bäder im Meer zu nehmen, um unsere müden Knochen mit neuer Energie aufzuladen. Wir lagen faul und genießerisch am Strand und ließen die Brandung Schicht um Schicht der verhärteten Kruste lösen. Und wie das Meer uns den Dreck und den Schweiß von der Haut spülte, so lockerten sich auch allmählich wieder unsere Gedanken. Wir wuschen unsere zerlumpten Uniformen, putzten uns die Zähne und ›organisierten‹ neues Zeug bei einem Kammerbullen der Army. Aber erst bei einer dampfenden Tasse Kaffee spürten wir so richtig, daß es wirklich vorbei war. Jeder von uns wäre für Sam Huxley durchs Feuer gegangen. Allerdings wurde unsere Verehrung heftig erschüttert, als Huxley die Fahrzeuge, die uns die Army geschickt hatte, wieder umkehren ließ und anordnete, daß das Bataillon die siebenundzwanzig Kilometer zum Lager marschierte.

Wir legten den Weg unter einer erbarmungslos brennenden Sonne zurück, und wir brachten es sogar noch fertig, munter auszusehen, als wir an den Unterkünften der Army vorbeimarschierten. Wir schafften es, weil wir wütend waren, wütend auf Sam Huxley, und weil wir uns geschworen hatten, so lange nicht in die Knie zu gehen, wie der Himmelhund, die lange Latte, aufrecht blieb und mitmarschierte. Als wir dann wieder im Lager waren, stellte Huxley sofort wieder militärische Zucht und Ordnung her. Mariner, die nichts zu tun haben, stellen leicht Unfug an. Wir hoben Gräben aus, sammelten die Kippen, die auf dem Antreteplatz herumlagen, hielten Zeug- und Waffenappelle ab, machten Funkübungen und taten alles mögliche, um nur ja dauernd beschäftigt zu sein. Wir hatten wie die Schweine gelebt, solange es nicht anders ging, aber jetzt ging es wieder anders.

Natürlich wucherten die Scheißhausparolen mal wieder üppig. Die Sechser seien vorgesehen für einen Angriff auf eine der anderen Inseln bei den Salomonen, hieß es; dabei sagte mir mein simpler Menschenverstand, daß wir fürs erste nicht in der Verfassung waren, einen Brückenkopf zu erobern. Es hatte uns durchaus nicht gepaßt, daß wir den Dreck wegräumen mußten, den die Erste Division und das Zweite und Achte Regiment des Marine-Korps uns hinterlassen hatten. Wir fanden, es würde uns viel besser zu Gesicht stehen, unsere eigene Insel zu erobern und die andern unseren Dreck wegräumen zu lassen. Wir waren uns auch völlig klar darüber, daß die andern Einheiten es uns spüren lassen würden, daß die Sechser bisher noch keine Landung durchgeführt hatten.

So kam endlich der neunzehnte Februar heran, und diesmal brauchte ich meine Jungens nicht aus irgendwelchen Verstecken auszubuddeln, um sie für das Arbeitskommando 'ranzukriegen. Alles war da und griff eifrig zu, als es ans Verladen ging. Die ›Unheiligen Vier‹ lagen auf Reede vor Anker, um mit uns auf die Reise zu gehen. Wir gingen an Bord und begrüßten unsere alten Freunde. Wir hörten die wunderbare Mär, daß heißes Wasser zum Duschen da war für alle Mann, und anschließend setzten wir uns zu einem Festmahl mit allem, was dazu gehört.

Ein Rumpeln ging durch das Schiff, alles lief aufgeregt durcheinander – die *Jackson* lichtete ihre Anker. Vom Signaldeck blinkte es zu den andern Schiffen des Geleitzuges hinüber. Ein kleiner Zerstörer fuhr vor uns her, mit dem komischen Zickzackkurs, den diese Nußschalen immer an sich haben. Durch den Rumpf des Schiffes ging ein Zittern, die *Jackson* schob sich sacht auf ihre Position im Geleitzug.

Ich stand mit meinen Jungens an der Reling, um einen letzten Blick auf Guadalcanar zu werfen. Die Insel lag in friedlicher Ruhe vor uns, wie an dem Tag, als wir sie das erstemal sahen. Wie eine exotische Filmkulisse. Sie hatte den Körper einer jungen Göttin und die Seele einer alten Hexe. Behüt dich Gott, du altes Mistvieh, dachte ich.

In diesem Augenblick ertönte aus der Lautsprecheranlage des Schiffes eine Stimme: »*Achtung, Achtung – alles mal herhören. Der Kapitän läßt mitteilen: Unser Bestimmungshafen ist Wellington, Neuseeland.*«

Wellington! Lauter Jubel, allgemeines Händeschütteln und Schulterklopfen. Wir kehrten zurück in das Land, das wir verehrten. Auch ich hatte eine heimliche Schwäche für dieses Land, obwohl ich doch in den Jahren beim Korps daran gewöhnt war, überall und nirgends zu Hause zu sein.

Ich ging zu Andy. Er starrte in das Meer, offenbar tief in Gedanken. Die Nachtluft kam kühl herangestrichen, während das Schiff höhere Fahrt aufnahm. »Genau, was der Onkel Doktor verschrieben hatte«, sagte ich.

»Wird kühl, Mac«, sagte er. »Will mal lieber unter Deck gehen.«

1. Kapitel

Wieder rannten wir an die Reling, aufgeregt wie eine Schulklasse auf dem Ausflug, und sahen das Land über den Horizont heraufsteigen – Neuseeland! Die sanften grünen Hügel und die anmutigen bunten Häuser – alles sah genauso aus wie damals. Und genau wie an dem Morgen, an dem wir es von unserem *Bobo* aus zum erstenmal sahen, erschien dieses Land uns auch jetzt als das schönste Land der Welt. Der Hafen mit den Hügeln rundherum erinnerte irgendwie an San Francisco – natürlich nicht ganz, aber doch ähnlich.

Der Geleitzug glitt in die Oriental-Bay hinein und näherte sich dem Hafen, von dem Musik zu unserer Begrüßung herübertönte. Ehrenwachen des Zweiten, Achten und Zehnten und Achtzehnten Regiments standen stramm, als wir am Kai festmachten. Die Divisions-Kapelle spielte ›Das Lied des Mariners‹. Die meisten von uns hatten es schon tausendmal gehört, und doch ging

205

es einem immer wieder den Rücken hinauf bis in den letzten Halswirbel. Und dann ging es los mit dem Gefrozzel.

Vom Kai: »Nanu, warum kommt ihr denn so spät? Ihr seid wohl auf einen Baumschützen gestoßen?«

Vom Schiff: »Es waren ein paar richtige Kerle dazu nötig, um das fertigzumachen, was die Hollywood-Mariner angefangen hatten.«

Vom Kai: »Die Weiber hier sind inzwischen leider schon alle besetzt. Ihr haut am besten schleunigst ab ins Camp und tröstet euch mit euren süßen Drops.«

Wir Sechser litten an einem Minderwertigkeitskomplex. Noch immer trugen wir auf der linken Schulter stolz unser besonderes Abzeichen, die ›Fourragère‹, die unser Regiment von den Franzosen für besondere Leistungen im Ersten Weltkrieg verliehen bekommen hatte; aber das Zweite und Achte Regiment waren uns um viele Monate härtesten Einsatzes an der Front voraus. Wir waren natürlich im Innersten davon überzeugt, daß unser Regiment besser war als die beiden anderen, daß die Sechser der beste Haufen vom gesamten Marine-Korps waren. Wir waren in diesem Punkt außerordentlich empfindlich. Eine ganze Menge Zähne wurden ausgeschlagen wegen des Schimpfnamens, den die andern uns nachriefen: »Süße Sechser!«

Unser altes Lager, Camp McKay, war besetzt von den Zweiern. Unser neues Lager, Camp Russel, lag nicht auf der Höhe, sondern näher am Meer in der Ebene. Als wir aus dem Zug stiegen, stellten wir fest, daß überall noch fieberhaft gearbeitet wurde, um Camp Russel fertigzustellen. Der Winter stand vor der Tür, mit antarktischen Stürmen und Regengüssen. Aber das neue Camp war prächtig angelegt, direkt wie nach Maß für unser Regiment.

Es gab viel Arbeit, und alle Hände griffen zu, um die Lastwagen abzuladen, die unsere Ausrüstung von der *Jackson* heranbrachten. Und unsere Seesäcke kamen aus dem Lagerschuppen. Es war wie ein Wiedersehen mit alten Freunden. Wir öffneten sie mit ungeduldigen Händen und begrüßten lächelnd die lang vergessenen Gegenstände, die wieder zum Vorschein kamen. Wir schlugen Zelte auf, faßten Matratzen, Bettzeug, neue Decken und stritten um die Platzverteilung in den Zelten. Es war ein wunderbares Gefühl, wieder feste Erde unter den Füßen zu haben, in einem Land, das für uns geradezu eine zweite Heimat geworden war.

Wir sammelten das umherliegende Bauholz, um etwas für unsere Öfen zu haben. Die Offiziere hatten nichts Eiligeres zu tun, als vor den Platz, wo das Brennmaterial für das Bataillon lagerte, eine Wache zu stellen. Wir waren nicht mehr an der Front, und die Offiziere wurden wieder mit Dienstgrad angeredet.

Als der Zapfenstreich ertönte, befand sich das Lager noch immer in Unordnung, doch wir waren müde und glücklich. Wir schliefen ein und träumten von zärtlich geöffneten Armen, die uns in Wellington erwarteten.

Andy öffnete die Tür zum Empfangsraum im Wohnheim der Heilsarmee. Eine Angehörige der Heilsarmee in Uniform, die hier saß, begrüßte ihn mit großer Herzlichkeit.

»Herr Andy! Wie schön, daß Sie wieder im Lande sind.«

»Hallo, Mrs. Cozzman«, sagte er.

»Wir sind ja alle so froh, daß wir unsere Sechser wieder da haben. Wie geht es Ihnen?«

»Danke, gut.«

»Dem Himmel sei Dank, daß Sie gesund geblieben sind. Du lieber Gott, die Mariner, die wir jetzt hier haben, sind wüste Burschen.«

»Sie sind lange nicht unter Menschen gewesen — es wird schon wieder besser werden mit ihnen.«

»Wenn doch bloß ein paar mehr von ihnen sich lieber Gott zuwenden wollten als dem Whisky.«

»Ja, freilich — ist eigentlich Mrs. Rogers im Haus?«

»Oh, Mrs. Rogers — die ist letzte Woche hier ausgezogen.« Andy wurde blaß. »Sie hat eine kleine Wohnung gemietet in der Dumbark-Straße. Das sind mit der Straßenbahn nur ein paar Minuten von hier. Wo habe ich denn bloß die Adresse hingelegt — da ist sie schon.«

»Besten Dank, Mrs. Cozzman.«

»Der Herr behüte Sie, Andy. Besuchen Sie uns mal.«

Der Weg die Anhöhe hinauf hatte Andy außer Atem gebracht. Er holte tief Luft, während er langsam auf ein großes Haus mit braunem Schindeldach zuging. Er blieb stehen und musterte die Namensschilder an der Tür: *Mrs. Patricia Rogers*. Ein sonderbarer Schauder überlief ihn. Er öffnete die Haustür und ging nach oben.

Leise klopfte er an der Tür zu ihrer Wohnung. Sie wurde geöffnet — vor ihm stand ein junger Neuseeländer in Matrosenuniform. Die beiden starrten sich einen Augenblick an. Andy stieg die Zornröte ins Gesicht, er drehte sich um und wollte gehen.

»Andy Hookans!« rief der Matrose hinter ihm her. Andy fuhr verblüfft herum. »Ach, natürlich, Sie haben mich nicht erkannt — in der Uniform der Königlichen Marine.«

»Ich weiß gar nicht —«

»Ich bin Henry Rogers, ein Vetter von Pat. Habe Sie vorigen Sommer auf der Farm kennengelernt. Ich bin auf Wochenendurlaub, dem letzten vorm Einsatz — aber kommen Sie doch endlich herein.«

Sie schüttelten sich die Hände. Andy hatte das Gefühl, sich wie ein Idiot benommen zu haben. Sie gingen hinein.

Pat stand auf, als er ins Zimmer kam. Sie hielt sich mit der einen Hand an der Tischkante fest. Sie stand da und sah ihn an wie eine Erscheinung. Angst und Freude stritten sich auf ihrem Gesicht, sie versuchte zu lächeln und war den Tränen nahe. Andy senkte den Blick. »Hallo, Pat«, sagte er. »Andy«, flüsterte sie.

»Grad zurück von der Reise, wie?« fragte der Matrose.

»War bestimmt kein Spaß da unten —.« Er spürte die Spannung zwischen den beiden, die sich verlegen und schweigend gegenüberstanden, und brach unvermittelt ab. »Schätze, es ist besser, ich schieße jetzt mal in den Wind — ihr kommt vielleicht zur Not auch ohne mich aus.« Er winkte Andy zu.

207

»Bleiben Sie doch«, sagte Andy. »Ich will Sie nicht vertreiben.«

»Keine Widerrede – ich muß los zu meinen Kumpels, höchste Zeit. Tschüs, Mädchen, und Dank für die gute Verpflegung. Freut mich, daß Sie wieder im Lande sind, Andy.«

»Ruf mich an, wenn du noch mal Urlaub bekommst.«

»Okay, Patty. Tschüs.«

»Tschüs.«

Henry winkte beiden noch einmal freundlich zu und ging.

»Möchten Sie sich nicht setzen, Andy?« fragte Pat. Er stützte sich unsicher und etwas verlegen auf die gepolsterte Lehne eines bequemen Sessels.

»Eine nette Wohnung haben Sie hier, Pat.«

»Gehört einer Freundin von mir aus Masterton. Ihr Mann lag hier als Soldat. Dann kam er an die Front, und sie ging wieder nach Haus.«

»Wirklich, gar nicht übel, so –«

»Möchten Sie vielleicht eine Tasse Tee?«

»Ja, danke.«

»Wie ist es Ihnen ergangen?«

»Ski ist gefallen, und Cassidy mußte das Bein abgenommen werden.«

»Oh –«

»Mir ist nichts passiert.«

»Es scheint, Sie haben ein paar Pfund abgenommen.«

»Kommt von der Hitze und dem sonstigen Kram – das hab' ich in ein paar Wochen wieder aufgeholt.«

Pat goß die Tasse voll bis zum Rand. Als er sie hochhob, zitterte seine Hand, und er verschüttete den Tee. »Mist!« sagte er ärgerlich.

»Oh – haben Sie sich verbrannt? Ich hätte die Tasse nicht so vollgießen sollen.«

»Nein, das kommt von meinem Tatterich. Das wird sich aber in ein paar Tagen gegeben haben.«

Er stellte die Tasse fort. Sie sahen einander an und wußten nicht, wie sie ihrer Erregung Herr werden sollten. »Wollen wir ein Stück gehen?« fragte er. »Ins Kino oder irgendwohin?«

»Ja«, sagte sie, »ich will nur eben meinen Mantel holen.«

Nachdem wir wieder seßhaft geworden waren, gab man uns zehn Tage Urlaub. Wie fuhren in drei Schichten, mit Reiseerlaubnis für jeden beliebigen Ort auf Neuseeland. Wir sollten uns anständig benehmen, sagte man uns, und keinen Streit anfangen.

Mit der ersten Schicht zogen Offiziersanwärter McQuade, Stabssergeant Burnside und Schütze Joe Gomez los, um gemeinsam die Kneipen von Wellington unsicher zu machen. Als dieses seltsame Dreigestirn mit unsicheren Schritten ins Camp zurückgeschwankt kam, schossen Speedy Gray, Seesack und Helles Leuchtfeuer los.

Speedy lümmelte faul auf dem bejahrten Bett und ließ eine leere Flasche auf den Fußboden fallen. Sie fiel auf eine andere leere Flasche, die bereits dort gelegen hatte. Seesack saß in einem Schaukelstuhl und schaukelte sachte hin und her. Er ließ einen Strahl Tabaksoße in Richtung auf das halboffene Fenster aus dem Mundwinkel schießen. Das Fensterbrett war braun verfärbt von Schüssen, die zu kurz gegangen waren.

»Du Sau«, sagte Speedy.

»Reg dich doch nicht auf, Alter – das mach ich am letzten Urlaubstag alles wieder sauber.«

Überall in dem Zimmer im Erdgeschoß der großen Pension in Wellington standen und lagen leere Flaschen herum. Das Bett war seit drei Tagen nicht gemacht, die beiden waren unrasiert. Das Etablissement diente als ›Heim‹ für einige zwanzig Mädchen, die in irgendwelchen kriegswichtigen Betrieben in Wellington arbeiteten. Unter Ausnutzung seiner guten Verbindung und seines einnehmenden Wesens war es Seesack gelungen, dieses Zimmer im Erdgeschoß für ihren zehntägigen Urlaub zu mieten. Sie hatten zwei Zimmer gemietet. Das andere, das genau gegenüber lag, war vorgesehen für abendliche Freizeitgestaltung mit einer oder mit mehreren der Insassinnen des Heims.

»Wirklich ein prima Urlaub«, sagte Speedy und schloß die Augen.

»Jäää.«

»Hoffentlich ist Leuchtfeuer bald wieder da mit den Flaschen. Die letzte ist grad zu Ende. Wenn er nicht bald erscheint, muß ich mich rasieren und für Nachschub sorgen.«

»Jäää.«

»Leuchtfeuer hat gesagt, daß er noch mal herkommen wollte, ehe er abhaut nach Otaki. Ich hab' der alten Meggy versprochen, ich würde ihr einen Indianer besorgen. Sie wäre furchtbar enttäuscht, wenn der jetzt nicht kommt.«

»Jäää.«

»Also Sau!«

»Reg dich doch nicht auf – mach ich alles wieder sauber.«

»Prima Mädchen, die Meggy. Ein strammer Feger.«

Helles Leuchtfeuer kam herein, schwer beladen mit neuen Flaschen. Speedy erhob sich langsam von seinem Bett und sah sich im Zimmer um nach einem freien Fleck, wo man die neue Batterie aufstellen könnte. Als er die Flaschen in das Waschbecken stellte, las er: »Manhattan-Cocktail – ist das alles, was du auftreiben konntest? Ich bin schon ganz krank von dem Zeug.«

»Das Beste, was zu haben war.«

»Macht doch mal ein bißchen Platz auf dem Fußboden, Jungens«, sagte Speedy und ließ sich wieder auf das Bett fallen.

»Wo ist das Mädchen?« fragte Leuchtfeuer ungeduldig.

»Noch nicht von der Arbeit zurück. Keine Bange, die kommt schon.«

Leuchtfeuer öffnete eine Flasche, nahm einen Schluck und gab sie weiter. »Wenn sie nicht bald kommt, hau ich ab nach Otaki«, sagte er. »Ich habe da eine Squaw sitzen, die mich für den Rest des Urlaubs erwartet, gut vorgewärmt.«

»Mann, du kannst mich doch nicht sitzenlassen«, sagte Speedy. »Ich habe der alten Meggy eine Rothaut versprochen, sie hat noch nie mit einer Rothaut im Bett gelegen.«

»Das dürfte aber auch das einzige sein, Alter, was der in ihrer Sammlung noch fehlt.«

»Na klar – und nun will sie eben unbedingt wissen, wie das mit einer Rothaut ist.«

»Okay, Jungens«, sagte Leuchtfeuer, »für euch tue ich alles.«

»Bist ein feiner Kerl, 'n richtiger Makker.«

»Wann kommt sie denn?«

»Mann Gottes, nun sei doch bloß nicht so fickrig.«

»Irgend 'ne Aussicht, sich bei der was zu holen?«

»Verdammt gute Aussichten.«

»Teufel auch – ich hab' aber gar keine Lust, in die Tripperstation zu wandern.«

»Angst, Leuchtfeuer? Das ist deiner großen Ahnen nicht würdig.«

»Meggy wird sich mächtig freuen heute abend. Sie bekommt ihren Indianer –.« Speedy hob die halbgeleerte Flasche an die Lippen und schloß die Augen.

Als Speedy und Seesack wieder mit unsicheren Schritten im Lager angewankt kamen, schossen L. Q. und Andy los.

2. Kapitel

Im Restaurant des Bahnhofs bestellte sich L. Q. Jones eine Tasse Tee. Er sah auf die Uhr; sein Zug ging in einigen Minuten. Schräg hinter sich bemerkte er einen Mann mittleren Alters, der ihn höchst interessiert betrachtete. Er trug einen adretten blauen Anzug mit schmalen, hellen Streifen, seine Schläfen und auch sein Schnurrbart waren grau. Sein Derby-Hut saß sehr gerade und korrekt, über dem Arm trug er einen schweren wollenen Überzieher und einen auf Hochglanz polierten Stock. L. Q. lächelte schließlich und nickte dem Mann zu.

»Entschuldigen Sie die neugierige Frage«, sagte der Mann, »aber was ist das für ein Abzeichen, was Sie da haben?«

»Heißt fourragère – hat das Sechste Marine-Regiment, meine Einheit, im Ersten Weltkrieg in Frankreich erworben.«

»Ach, so ist das. Da in der Gegend, wo wir wohnen, sieht man selten Amerikaner. Sie kommen von Guadalcanar?«

»Ja, Herr.«

»War 'ne üble Kiste, was?«

»Ja, Herr.«

»Mein Name ist Busby«, sagte der Mann und hielt ihm die Hand hin. »Tom Busby, Vertreter der Maschinenfabrik Dunmore Company Limited. Wir bauen eine neue Maschine zur Herstellung von Ziegelsteinen, für normale Ziegel und auch für Hohlziegel, kinderleicht zu handhaben.« Er stieß L. Q. in die Rippen. »Dürfte Sie aber kaum interessieren, was? Aber was, zum Henker, führt Sie ausgerechnet nach Waipukurau?«

»Habe zehn Tage Urlaub, Herr.«

»Nette Gegend hier, sehr nett. Wie war doch Ihr Name?«

»Lamont Jones. Meine Freunde nennen mich L. Q.«

»L. Q. – das ist gut.« Sie schüttelten sich die Hände. »Und jetzt geht's wieder zurück ins Lager?«

»Nein, ich will nach Pahiatua, habe noch fast eine Woche.«

»Nach Pahiatua? Mann, was wollen Sie denn da?«

»Mich ein bißchen amüsieren.«

»Gehen Sie sofort zum Schalter und tauschen Sie Ihr Billett um!«

»Wie?«

»Sie kommen mit uns, mein Junge. Pahiatua ist ein trostloses Nest.«

»Ja, aber –«

»Keine Widerrede, L. Q. Sagen Sie dem Mann, er soll Ihnen ein Billett nach Palmerston-Nord geben.«

»Ich kann doch nicht so einfach bei Ihnen zu Haus hereinplatzen, Mister Busby.«

»Dummes Zeug. Das wäre ja noch schöner, wenn ich einen von unseren amerikanischen Freunden nach dem trostlosen Pahiatua gehen lassen wollte. Mein Heim sei das Ihre, junger Mann.«

»Aber –«

»Nun mal los, mein Junge – in Palmerston-Nord gibt's massenhaft hübsche Mädchen, falls Sie sich etwa deswegen Sorge machen sollten.«

»Ich weiß wirklich nicht, was ich dazu sagen soll.«

»Sagen Sie doch bitte Tom zu mir, L. Q. Und jetzt setzen Sie sich endlich in Bewegung, sonst verpassen wir noch unseren Zug.«

Die beiden unterhielten sich sehr gut auf der langen Fahrt nach Palmerston-Nord. Als der Zug in den Bahnhof einfuhr, machte L. Q. ein etwas bekümmertes Gesicht.

»Keine Bange, L. Q., meine Alte ist gar nicht so übel.«

Sie wurden auf dem Bahnsteig begrüßt von einer kleinen, rundlichen Frau von etwas über vierzig und einem zarten Jungen von ungefähr zwölf Jahren. Tom und seine Frau wechselten zurückhaltende britische Küsse, und der Geschäftsmann fuhr seinem Sohn, der ihm die Mappe abnahm, durchs Haar.

»War eine gute Tour diesmal, altes Mädchen, habe eine Überraschung für dich.« Er drehte sich um zu L. Q., der verlegen hinter ihm stand. »Darf ich vorstellen – L. Q. Jones, frisch zurück von Guadalcanar. Denk dir mal – der junge Mann ist auf Urlaub und wollte ausgerechnet nach Pahiatua.«

»Ein richtiger Amerikaner!« rief der Junge. »Kommt er mit zu uns?«

»Hm, das war eigentlich die Idee deines Gemahls, Mrs. Busby.«

»Ich sage ja, ab und zu hat Mr. Busby wirklich gute Ideen. Kommt, ihr müßt ja halb verhungert sein. Der Wagen steht da drüben.«

»Tut's die alte Betsy immer noch? Wir haben mächtigen Kummer mit der alten Karre, L. Q. Keine Ersatzteile zu haben jetzt im Krieg.«

»Und wie gefällt es Ihnen in Neuseeland?« fragte Grace.

»Großartig, Mrs. Busby.«

L. Q. machte die Augen auf und sah sich um in dem hübschen, behaglichen Zimmer des kleinen Landhauses in der Parkstraße. Die helle Sonne strömte zum Fenster herein. Er setzte sich im Bett auf und reckte die Arme. Es klopfte. »Herein«, sagte er.

Grace, Tom und Ronnie Busby kamen herein. L. Q. zog die Bettdecke hoch. Grace trug ein großes Tablett vor sich her, das sie L. Q. auf den Schoß setzte.

»Was machen Sie denn da, Grace?« fragte L. Q. »Ich komme mir so komisch vor, wenn ich im Bett frühstücken soll – noch dazu im Pyjama.«

Tom Busby lachte höflich und zurückhaltend.

»Sie werden sich an Rhabarber gewöhnen müssen, L. Q., wir sind mitten in der Rhabarberzeit.«

»Nein, wirklich – ich kann am Tisch frühstücken.«

»Dummes Zeug.«

»Wie spät ist es überhaupt?«

»Gleich ein Uhr. Sie haben geschlafen wie ein Säugling.«

L. Q. betrachtete staunend die duftenden Herrlichkeiten, mit denen das Tablett beladen war, und kratzte sich am Kopf. »Ihr seid wirklich zu nette Leute«, sagte er schnuppernd.

»So, Männer«, sagte Grace, »jetzt wollen wir den Jungen allein lassen, damit er in Ruhe frühstücken kann.«

»Beeilen Sie sich ein bißchen, L. Q. Ich möchte Sie in einer Stunde mitnehmen zum Klub, wir spielen Bowling auf dem Rasen. Ein großartiger Sport, gut für die Verdauung«, sagte Tom und klopfte sich auf den Magen. »Ich hab' überall angerufen und gesagt, daß ich einen Mariner habe. Ich muß doch ein bißchen mit Ihnen angeben, L. Q.«

Die Tür schloß sich hinter den dreien. Einen Augenblick saß L. Q. Jones da und schüttelte den Kopf, dann stürzte er sich auf das Frühstück.

Etwas später sah sich L. Q. dann der versammelten Weiblichkeit des Tennisklubs von Palmerston-Nord gegenüber. Die Damen betrachteten ihn mit gespannter Aufmerksamkeit und entblößten freundlich grinsend ihre weißen Zähne. »Halten Sie mich fest, Grace«, sagte L. Q., »die sehen ja aus, als wollten sie mich fressen.«

»Sehen Sie sich die Dunkle an, da unten am Tisch. Sie heißt Gale Bond. Das ist die, die Tom für Sie ausgesucht hat. Wir haben sie für heut abend zum Essen eingeladen.«

Gale Bond und die Familie Busby standen mit ihrem Mariner auf dem Bahnsteig.

»Sie werden uns doch mal schreiben, L. Q.?«

»Bestimmt, Grace.«

»Und vergessen Sie nicht, wann immer Sie Urlaub haben – verlangen Sie eine Fahrkarte nach Palmerston-Nord. Sie brauchen nicht vorher zu telegrafieren oder anzurufen – wenn Sie kommen, sind Sie da.«

»Okay, Tom.«

»Und hoffentlich sind wir nicht gerade wieder in der Rhabarberzeit, wenn Sie das nächstemal kommen.«

»Ich werde Ihnen Tee schicken, Grace, und für dich auch, Gale. Wir haben massenhaft davon.«

»Bleiben Sie gesund, L. Q.«, sagte Grace und umarmte ihn, als der Zug einfuhr.

L. Q. schüttelte Tom die Hand. »Ich weiß gar nicht, wie ich Ihnen für alles danken soll.«

»Rede kein dummes Zeug, Junge – ja also, L. Q., Hals- und Beinbruch – und komm wieder!«

L. Q. küßte Gale Bond, und dann küßte er sie noch einmal. Dann kauerte er sich zu dem schluchzenden Knaben. »Hör mal, Ronnie, ich denke, du willst ein Mariner sein. Ein Mariner weint nicht.«

Der Zug fuhr ab. Grace Busby nahm das Taschentuch ihres Gemahls, wischte ihre eigenen und danach Ronnies Tränen ab und gab das Taschentuch dann weiter an Gale, die es nach Gebrauch zurückgab an Tom Busby, der sich mit Haltung die Nase putzte und das Taschentuch wieder in seine Tasche steckte.

Andy erhob sich halb aus seinem Sessel und drückte seine Zigarette aus. »Pat.«

»Ja?«

»Hätten Sie was dagegen, wenn wir heute abend hier bei Ihnen bleiben und uns nur ein bißchen unterhalten. Ich hab' eigentlich gar keine Lust auszugehen.«

»Sicher, wenn Ihnen das lieber ist.«

Pat kam von der Küche herein, wo sie gerade das Teegeschirr abgewaschen hatte. Sie band ihre Schürze ab und setzte sich zu Andy. »Mein Gott, Andy, Sie sehen gar nicht gut aus.«

»Na ja, ich bin so 'n bißchen flau – mein Magen ist nicht ganz in Ordnung.« Seine Augen waren glasig, auf seiner Stirn erschienen kleine Schweißtropfen.

»Sie sind krank«, sagte Pat.

Ein plötzlicher Frost schien ihn zu schütteln. Sie legte ihm die Hand auf die Stirn. »Sie haben Fieber – Sie müssen ins Lazarett. Ich werde ein Taxi für Sie bestellen.«

»Unsinn, kommt ja gar nicht in Frage, daß ich ins Lazarett gehe.«

»Aber so seien Sie doch vernünftig.«

»Das ist nur so ein kleiner Malaria-Anfall. Das hab' ich bei den andern schon oft gesehen. Sobald das Fieber vorbei ist, ist alles wieder gut.« Von neuem fuhr ein kalter Schauder durch ihn, und dann lief ihm der Schweiß über das Gesicht. »Sie haben das schon die ganze Zeit in sich gehabt, seit Sie wieder hier sind«, sagte Pat. »Ich bringe Sie ins Lazarett.«

»Pat – ich habe noch sechs Tage Urlaub. Soll ich die vielleicht im Lazarett verbringen? Kommt überhaupt nicht in Frage.«

»Sie sind doch ein entsetzlicher Dickkopf.«

Andy versuchte aufzustehen, er schwankte und hielt sich an der Wand fest.

»In meiner Jacke«, sagte er keuchend, »habe ich ein paar Chinintabletten – holen Sie mir drei davon –«

»Andy, Sie können doch nicht –«

»Rufen Sie ein Taxi, ich fahre ins Hotel. Ins Lazarett geh ich nicht.«

»Andy!« Er taumelte und fiel vornüber, sie fing ihn auf.

»Diesmal scheint es mich ja mächtig erwischt zu haben – ich bin so verdammt schwindlig. Bringen Sie mich in mein Hotel, Pat.«

Sie legte seinen schweren, schlaffen Arm über ihre Schulter und stützte ihn, so gut sie konnte. »Hören Sie – ich stecke Sie jetzt ins Bett.«

»Ich will – in mein – Hotel –«

»Ich kann Sie doch da nicht allein liegenlassen, in diesem Zustand. Seien Sie vernünftig. Sie gehören ins Lazarett.«

»Unsinn – noch sechs Tage – ich bin doch nicht verrückt.«

»Also gut – dann legen Sie sich jetzt hier hin.«

Er fiel auf das Bett, vom Fieber geschüttelt. »Zudecken – zudecken. Ich friere – zudecken – alle vier Stunden drei Tabletten – und viel Wasser –.« Sein Atem ging stoßweise, seine Augäpfel rollten hin und her unter den geschlossenen Lidern. Pat mühte sich ab, ihn möglichst schnell auszuziehen und unter die Bettdecke zu bekommen.

»Lauf, Ski, lauf! Die Frauen sind's doch gar nicht wert.« Er warf sich wild unter den Decken hin und her. »Keine Bange, Ski – ich komme wieder, Andy holt dich. Ski! Ski! Sie kommen, da vorn durch das Gras!«

Der Raum war sanft erleuchtet von der Lampe, die auf dem Nachttisch stand. Pat erhob sich halb von dem Notlager, das sie aus Stühlen und Kissen neben dem Bett errichtet hatte. Sie reckte sich und sah zu ihm hin. Er lag jetzt in ruhigem Schlaf. Sie fühlte seine Stirn an – das Fieber war vorbei. Sie setzte sich auf die Bettkante, nahm einen Lappen mit Alkohol und wischte vorsichtig über sein Gesicht, den Hals und die Schultern. Andy öffnete langsam die Augen. In seinem Kopf dröhnte es von dem Chinin, das er geschluckt hatte. Er versuchte, sich ein wenig aufzurichten, indem er sich auf den Ellbogen stützte, dann schüttelte er den Kopf und sank erschöpft wieder zurück. Er war sehr blaß. Er hob die Hand und befühlte das weiche Daunenkissen, auf dem sein Kopf lag. Seine Augen wanderten im Zimmer umher. Er schloß die Augen, atmete tief und unregelmäßig und sah wieder um sich. Er sah sie neben sich sitzen. Unter ihrem langen Morgenrock hatte sie ein Nachthemd an – und in der Hand hatte sie eine Tasse Tee, die sie ihm hinhielt. Er rieb sich die Augen. In seinem Mund spürte er eine entsetzliche Trockenheit.

»Nun, wie geht's?« fragte sie sanft.

»Wie – wie lange bin ich denn hier?«

»Beinahe drei Tage.«

Er holte tief Luft. »Da wird allerhand los gewesen sein.«

»Und wie fühlen Sie sich jetzt?« fragte sie.

»Zum Bäume ausreißen.«

»Können Sie sich aufsetzen? Trinken Sie einen Schluck Tee. Und dann mache ich Ihnen eine Fleischbrühe.«

Andy kam langsam mit dem Oberkörper hoch und schüttelte wieder den Kopf, um das lästige Brummen und Ohrensausen loszuwerden. Er griff unwillkürlich nach seiner Erkennungsmarke. Sie war nicht da.

»Wo ist denn –«

»Hab' ich Ihnen abgenommen. Ich hatte Angst, Sie könnten sich erwürgen.« Er zog die Bettdecke enger um sich.

»Ich mußte Sie ausziehen. Sie waren klatschnaß geschwitzt.« Er hob die Tasse an den Mund und sah sie an. Sie hatte dunkle Ränder unter den Augen. Man sah ihr an, daß sie nächtelang nicht geschlafen hatte.

»Es tut mir wirklich leid, Pat, daß ich Ihnen soviel Mühe gemacht habe.«

Sie lächelte. »Ich muß schon sagen, Sie haben mir einen ganz hübschen Schrecken eingejagt.«

»Hab' ich viel geredet?«

Sie nickte.

»Au verflucht, dann haben Sie jetzt bestimmt keine besonders gute Meinung von mir.«

»Ich bin froh, daß es vorbei ist, Andy. Möchten Sie eine Zigarette rauchen?«

»Ja, bitte.«

»Hier.«

»Nehmen Sie eine von meinen.«

Allmählich kam er wieder richtig zu sich. Er rauchte in tiefen Zügen. Pat saß auf der Bettkante. Keiner von beiden sagte ein Wort, schweigend sahen sie sich an. Andy drückte die Zigarette im Aschenbecher aus, den sie ihm hinhielt.

»Sie Ärmster«, sagte sie leise. »Sie haben viel Schweres durchmachen müssen.«

»Tut mir leid, Pat«, sagte er, »daß ich Sie mit dem ganzen Kram behelligt habe.«

»Ich bin froh, daß ich Sie nicht in Ihr Hotel zurückgehen ließ. Ich wäre vor Angst umgekommen.«

Andy sah die Batterie von Medizinflaschen auf dem Nachttisch und die Stühle, auf denen sie Nachtwache gehalten hatte.

»Jetzt werde ich Ihnen was zu essen machen«, sagte sie leise.

»Moment mal, Pat. Sehen Sie – noch nie in meinem ganzen Leben hat jemand etwas Ähnliches für mich getan –.«

»Aber das ist doch nicht der Rede wert, Andy.«

»Sie sehen müde aus. Haben Sie überhaupt geschlafen?«

»Doch, so zwischendurch mal. Mir geht's ganz gut.«

»Pat?«

»Ja.«

»Mir ist so, als ob ich ein paarmal zwischendurch bei Bewußtsein gewesen bin – und dann fühlte ich etwas neben mir – etwas Warmes – und ich bildete mir ein, das wären Sie. Wahrscheinlich hab' ich nur geträumt.«

»Nein, Sie haben nicht geträumt. Ich hatte Angst, weil Sie so froren.« Sie streckte den Arm aus und legte ihre Hand auf seine nackte Brust. »Ich hatte Angst um Sie.«

Er faßte nach ihrer Hand, legte sie auf seinen Mund und küßte sie. Er zog sie an sich, sie legte ihren Kopf auf seine Brust. »Liebster«, rief sie schluchzend. »Ich hatte so schreckliche Angst.«

Er faßte mit der Hand unter ihr Kinn, hob ihr Gesicht zu sich heran und küßte sie auf den Mund. Sie schloß die Augen, er strich ihr mit seinen großen Händen zärtlich über das Haar, streichelte ihre Wangen und ihren Hals.

»Oh Andy – Andy –«

Sie küßten sich wieder. Sie schlang die Arme um ihn. Er griff nach dem Gürtel ihres Morgenrocks. »Nein, Andy, nicht – du bist noch zu schwach.«

»Ich bin wieder ganz in Ordnung.«

»O Andy – Andy –«

»Pat – Pat –« Sie machte den Morgenrock auf und drängte sich in seine Arme.

Er öffnete die Augen, fühlte mit der Hand nach ihr und setzte sich mit einem Ruck im Bett auf. Dann sah er sie mit einem Tablett hereinkommen und fiel erleichtert in die Kissen zurück. Sie stopfte ihm die Kissen in den Rücken und setzte ihm das Tablett auf den Schoß.

»Jetzt mußt du aber was essen.«

Er nahm einen Löffel von der dampfenden Suppe, blies darauf und schlürfte sie langsam hinunter. Mit Behagen spürte er, wie die Wärme sich in seinem Magen ausbreitete. Sie saß auf der Bettkante und senkte den Blick zu Boden. Ihre Hand griff in sein Haar, ihre Finger fuhren durch die wirren Strähnen. Andy fuhr mit der Gabel in den Salat und schlang ihn heißhungrig hinunter.

»Ich mache mir schreckliche Vorwürfe«, sagte sie.

Andy legte die Gabel hin. »Es tut dir doch nicht etwa leid, Pat?«

Um ihre Mundwinkel spielte ein kleines Lächeln, in ihren Augen blitzte es. »Natürlich nicht, du Dummer«, sagte sie. »Ich mach mir nur Vorwürfe, weil du noch krank bist.«

Andy schob die nächste Gabel voll Salat in den Mund. »Da kannst du ganz unbesorgt sein. Wir Mariner sind zähe Burschen, und ganz besonders wir Schweden.«

Sie stand auf und drehte ihm halb den Rücken zu. »Wahrscheinlich hältst du mich jetzt für genauso eine wie – wie die Mädchen, von denen du im Fieber erzählt hast.«

»Um Gottes willen, Pat, wie kannst du nur so was sagen.«

»Das ist mir aber ganz egal, wirklich.«

»Sprich doch nicht so.«

»Nein, nein, Andy, das ist ganz in Ordnung. Du brauchst mir doch nichts vorzumachen.«

»Es paßt nicht zu dir, so zu reden, und das weißt du auch ganz genau.«

»Doch – jetzt paßt es zu mir.«

Er setzte das Glas auf das Tablett, wischte sich den Mund ab und schob das Tablett beiseite. Dann faßte er ihre Hand und zog sie zu sich heran.

»Pat, Liebes – hör mal zu.«

»Nein, wirklich, Andy, du brauchst jetzt nicht irgendwas Großartiges zu sagen, bestimmt nicht.« Sie küßte ihn auf die Wange und rückte ein Stückchen von ihm fort. »Ich weiß, wie du über die Frauen denkst. O Andy – als du damals weggingst, war mir, als ob ich zum zweitenmal sterben würde – nur war es diesmal noch schlimmer.«

»Das wußte ich ja gar nicht.«

»Natürlich nicht, Liebster. Ja, und als dann die andern Mariner zurückkamen, und ich wußte, du würdest auch bald kommen, da – da – du wirst jetzt bestimmt denken, ich sei ein ganz schlechtes Mädchen, aber das macht mir nichts aus. Da hab' ich diese Wohnung hier gemietet.« Pat Rogers machte den Rücken steif und sah zum Fenster hinaus. »Ich werde keine Lampe mehr ans Fenster stellen und auch nicht mehr darauf warten, daß irgendein Schiff in den Hafen hereinkommt. Dieser Krieg hat zuviel Schlimmes für mich gebracht. Aber du bist jetzt hier, und du wirst noch eine Weile hier sein. Ich habe keine Lust, darum herumzureden, Andy. Ich will dich haben, ganz gleich, was du von mir denkst. Es ist mir egal. Ich habe es mir genau überlegt, und mein Entschluß stand schon lange fest. Wenn du jetzt wieder an die Front gehst, dann ist sowieso alles zu Ende.« Sie fiel auf das Bett, machte die Augen zu und preßte ihre Lippen zusammen.

»Ich mag es gar nicht gern, Pat, wenn du solche Sachen sagst.«

Ihre Augen hatten einen rätselhaften Ausdruck. »Du scheinst gar nicht zu begreifen, daß ich dir eben einen Heiratsantrag gemacht habe.«

Er nahm sie in seine Arme und hielt sie fest. Pat hielt die Augen geschlossen, sie drückte ihre Lippen auf seinen Hals und warf die Arme um ihn.

»Du bedeutest für mich mehr als irgend etwas auf der Welt, Pat – das mußt du wissen.«

»Du brauchst gar keine großen Worte zu machen, Liebster. Du bist jetzt hier, bist in Sicherheit. Und für die nächste Zeit wirst du hierbleiben, werde ich dich bei mir haben. Wie lange es dauert, was danach kommt – das ist mir gleichgültig. Der heutige Tag, diese Minute – zum Teufel mit den Schiffen im Hafen, zum Teufel mit dem Warten, zum Teufel damit, sich zu sorgen und zu fürchten. Ich liebe dich und will dich ganz haben, ganz gleich, was kommt – nur dich haben, Andy.«

3. Kapitel

Hauptfeldwebel Pucchi kam in unser Zelt, begleitet von einem mittelgroßen Mariner von wenig einnehmendem Äußeren. »Das hier ist also der Funktrupp, und das ist Ihr neuer Vorgesetzter«, sagte er. »Mac, das hier ist euer neuer Funker.«

Ich stand auf, der Neue setzte seinen Seesack ab. Meine Jungens, die auf ihren Kojen saßen, Kaugummi kauten und ihr Lederzeug wienerten, sahen hoch. Es wurde für einen Augenblick auffällig still. Dann stellte der Neue sich mit lauter Stimme vor.

217

»Levin ist mein Name, Jake Levin. Und das hier wäre wohl meine neue Bleibe, was?«

»Ich heiße Mac.«

»Sehr erfreut, Sie kennenzulernen, Sergeant.« Seine Stimme klang betont jovial. »Wo soll ich denn torfen? Habt ihr 'ne Koje für mich übrig?« Er versuchte möglichst viel Mariner-Ausdrücke anzubringen, um uns zu zeigen, was für ein alter Fahrensmann er sei.

»Du kannst meine Koje haben«, sagte Speedy. »Ich ziehe um zu den Fernsprechern.« Damit verließ er das Zelt.

Levin zuckte die Achseln, dann ging er bei den Jungens herum und stellte sich vor. Marion war der einzige, der ihm freundlich die Hand schüttelte. »Herzlich willkommen bei den Funkern, Levin.«

»Besten Dank, alter Knabe.« Der Neue setzte sich auf Speedys Koje und fuhr fort, laut und wortreich zu reden.

»Wo bist'n her, Neuer?«

»Aus Brooklyn.«

»Hatt ich mir schon gedacht.«

»Die Reise hierher war kein Vergnügen. Ein übler Dampfer – wollte sagen, übler Kahn. Na was denn, sag ich mir, das Kind werden wir schon schaukeln.«

»Wann bist du eigentlich mit deiner Ausbildung fertig geworden?«

»Vor zwei Monaten. Ja also, wie gesagt, das wirste schon hinkriegen, denk ich mir. Und wenn dir was nicht schmecken sollte, sag ich mir, dann brauchst dir jedenfalls keine Vorwürfe zu machen. Ich bin ja nicht auf den Kopp gefallen.«

»Wie meinst'n das, Freundchen?«

»Na was denn – ich hab' mir doch nicht freiwillig gemeldet, zwangsrekrutiert, vastehste?«

»Ich finde, hier stinkt's«, sagte Seesack.

»Ich hau ab«, sagte Leuchtfeuer und ging nach draußen. Die andern schlossen sich an, und ich ging schließlich auch zu ihnen hinaus.

»Mann Gottes, Mac, soll dieser miese Angeber wirklich bei uns bleiben?«

»Sachte mit die jungen Pferde«, sagte ich. »Jeder, der vom Ersatzhaufen neu zu einer Fronteinheit kommt, gibt erst mal 'ne mächtige Welle an. Das ist nichts wie Verlegenheit.«

»Schon richtig – aber beim Marine-Korps hat es bisher nur Freiwillige gegeben.«

»Krieg ist eben Scheiße«, sagte ich.

»Mir gefällt dieser Judenjunge nicht«, sagte Speedy.

»Und mir gefällt nicht, was du da sagst, Speedy«, sagte ich mit Nachdruck. »Wer weiß, vielleicht ist der Junge ganz in Ordnung. Man muß jedem erst mal eine Chance geben.«

»Hat einer von euch seine Bierkarte bei sich? Ich geh' in die Kantine.«

»Jäää, ich auch. Mir ist übel.«

Ich ging zurück ins Zelt. Levin, der gerade seinen Seesack auspackte, drehte sich zu mir herum. »Was ist denn mit denen los? Eigentlich nicht gerade freundlich, daß sie alle einfach abhauen.«

»Ich will Ihnen mal was sagen, Levin. Wir sind hier bei unserem Haufen schon ziemlich lange beisammen, einige von uns sind schon seit zehn Jahren oder noch länger dabei. Das ist hier sozusagen ein alter Verein.«

»Ich versteh Sie nicht ganz.«

»Ich bin auch noch nicht ganz fertig, Levin«, sagte ich. »Unsere Jungens schimpfen manchmal ganz kräftig auf das Marine-Korps. Aber das Recht dazu, das muß man sich erst einmal verdienen. Wir sind stolz darauf, Mariner zu sein.«

»Ist ja schließlich nicht meine Schuld, daß man mich geholt hat.«

»Sie würden sich die Sache wesentlich leichter machen, wenn Sie aufhören würden, sich selbst zu bemitleiden. Und dann will ich Ihnen gratis noch einen guten Tip geben, Levin. Die Jungens hier haben sich ihre Sporen an der Front verdient, und Sie müssen sich noch mächtig am Riemen reißen. Meine Jungens sind prima Burschen und halten zusammen wie Pech und Schwefel. Sie sind hier zunächst einmal nur ein kümmerliches Würstchen. Halten Sie sich daran!«

Levin senkte kleinlaut den Kopf. »Ich wollte doch bloß nett zu den Jungens sein. Ich bin kein Angeber.«

»Und noch eins, Levin. Machen Sie keine Reklame damit, daß Sie kein Freiwilliger sind. Das würde Ihnen sehr schlecht bekommen. Ich möchte nicht gern, daß Sie sich von Anfang an alles verderben.«

»Ich werd' mir Mühe geben«, sagte er.

»Will ich hoffen. Wir werden Ihnen hier erst mal ganz gewaltig den Arsch aufreißen. Wenn Sie spuren, dann wird bestimmt einer von uns Ihr Freund sein. Wenn Sie aber nicht spuren, dann werden Sie den Tag verfluchen, an dem Ihre Mutter Sie geboren hat.« Damit ging ich und ließ Levin allein.

»Meine Fresse«, sagte Levin verzweifelt, »ich dachte, das Ausbildungslager hätt' ich hinter mir, und nun bin ich hier erst richtig bedient.«

»Laß dich bloß von Mac nicht ins Bockshorn jagen, Levin«, sagte Marion. »Außerdem – einen Freund hast du hier schon.«

»Besten Dank, Herr Unteroffizier.«

»Nun laß schon den Unsinn. Du mußt das richtig verstehen. Der, für den du jetzt zu uns gekommen bist, war ein verdammt feiner Kerl. Er hat bei einem Spähtrupp auf Guadalcanar sein Leben für die andern geopfert.«

»Ach so«, sagte Levin leise.

»Levin!«

»Herr Feldwebel?«

»Ich habe Sie eingeteilt für die Mitternachtswache am Klappenschrank.«

»Jawohl, Herr Feldwebel.«

»Und denken Sie nicht, daß Sie morgen früh etwa zwei Stunden länger pennen können. Sie treten beim Wecken mit 'raus. Wir machen eine einsatzmäßige Funkübung, und Sie werden dabei den Generator tragen. Sie werden außerdem die nächsten beiden Wochen jedesmal den Generator betätigen, wenn er gebraucht wird.«

219

»Levin!«

»Jawohl, Herr Unteroffizier.«

»Ich habe Sie eingeteilt zu einem Arbeitskommando, es müssen neue Latrinenlöcher ausgehoben werden.«

»Jawohl, Herr Unteroffizier«, sagte Levin und holte seinen Spaten.

Seesack hockte sich gemächlich neben einen Eimer mit Kresol hin und steckte sich ein Stück Kautabak zwischen die Zähne. An sich handelte es sich um eine Arbeit für zwei Mann. »Los«, sagte Seesack, »mach zu. Du wirst sonst nie mit den ganzen Latrinen fertig.«

»Es würde schneller gehen, wenn du mitmachen würdest.«

»Weißt du, was der Winkel hier bedeutet?«

»Daß du Gefreiter bist.«

»Sehr gut. Also, mach dich an die Arbeit.«

»Okay, Seesack.«

Ich war entschlossen, ihn zu schleifen, bis ihm der Arsch mit Grundeis ging. Aber Levin ließ sich durch nichts erschüttern. Nachdem der anfängliche Schock überwunden war, akzeptierten ihn die Jungens, einer nach dem andern. Für die Freundschaft von Joe Gomez mußte Levin seine Bierkarte für die Kantine opfern. Als ich ihn endlich an ein Funkgerät ließ, mußte ich feststellen, daß er ein ungewöhnlich guter Funker war, und als wir dann auch noch entdeckten, daß er ein hervorragender Friseur war, nahmen wir ihn natürlich mit offenen Armen auf. Korporal Banks von den Meldern, der uns schon seit mehr als einem Jahr die Haare schnitt, war ein miserabler Friseur und hatte außerdem jedesmal fünfundzwanzig Cents dafür verlangt. Ich machte Levin klar, daß wir als Angehörige des Funktrupps Anrecht auf kostenlosen Haarschnitt und Haarewaschen hatten.

Was das Eis dann endgültig zum Schmelzen brachte, das war Levins Einsatz im Endspiel zwischen der Stabskompanie und der K-Kompanie des Dritten Bataillons um die Regimentsmeisterschaft. Wir hatten drei Ausfälle gehabt durch Malaria, zwei weitere wurden während des Spieles verletzt, und drei wurden vom Platz verwiesen, da sie die Schiedsrichter, Huxley und Marinepfarrer Peterson beschimpft hatten wegen offensichtlicher Fehlentscheidungen. So blieb nur noch Levin übrig, um die Ehre von Huxleys Huren zu retten – ganz zu schweigen von dem Bier, das wir gewettet hatten. Er errang in einem dramatischen Endspiel den Sieg für uns – und spielte sich damit in unsere Herzen.

Nur Speedy Gray, der Texasboy, war auch dadurch noch nicht bekehrt.

Lieber Marion!

Ich freue mich, daß Du mein Paket erhalten hast. Ein zweites ist unterwegs. Du bist übrigens nicht das einzige Genie. Man war hier mit meiner Leistung als Verkäuferin so zufrieden, daß man mich als Assistentin in die Verkaufsleitung versetzt hat. Das ist eine sehr viel angenehmere Arbeit, als acht Stunden hinter dem Ladentisch zu stehen, und ein Posten mit sehr viel größerer Verantwortung – und fünf Dollar Gehaltserhöhung.

Ich habe versucht, das Buch zu lesen, von dem Du mir schriebst, aber ich muß Dir gestehen, daß es mir zu hoch ist. Vielleicht bin ich ganz einfach zu dumm — es war eben doch ganz anders, wenn wir etwas gemeinsam lasen und Du mir all das, was ich nicht verstand, erklären konntest. Wie oft wünsche ich mir, daß Du hier wärst und mir vorlesen könntest.

Ich habe mir alle Deine Platten vorgespielt, und viel davon mehrmals. Besonders gern mag ich die Ouvertüre zu ›Romeo und Julia‹. Ich hoffe so sehr, daß unsere Liebe nicht so traurig endet wie bei diesen beiden —

4. Kapitel

Das Grün unserer Uniformen mischte sich mit dem Grün des Rasens. Dreitausend Mann, das Sechste Marine-Regiment, präsentierten das Gewehr, als die Fahnenwache mit der Divisionskapelle schneidig vorbeimarschierte und Aufstellung nahm. Ein Trommelwirbel, ein Tusch — und dreitausend Mann nahmen die Hacken zusammen, als Generalmajor Bryant, der Divisionskommandeur, und Colonel Malcolm, der Regimentskommandeur, mit ihrem Stab herankamen und vor den fünfzehn Männern stehenblieben, die in der Mitte des Regiments in einer Reihe vor der Front standen. Der Adjutant verlas die Verleihungsurkunde, und der General befestigte jedem die Auszeichnung auf der Uniform, beglückwünschte ihn mit Handschlag und erwies eine Ehrenbezeigung.

Colonel-Leutnant Samuel Huxley — für hervorragende Leistungen bei der Führung seines Bataillons im Kampf gegen feindliche Streitkräfte auf Guadalcanar, wobei er vielfach Geistesgegenwart, Entschlußkraft und Mut weit über den Ruf der Pflicht hinaus bewiesen hat —

Sanitäts-Obermaat Pedro Rojas — der bei einem Spähtrupp gegen feindliche Streitkräfte auf Guadalcanar, ungeachtet seiner eigenen Verwundung, sich um einen anderen Verwundeten bemühte — und sich damit der hohen Tradition des Sanitäts-Korps der Navy würdig erwiesen hat —

— und wir ehren den Heldentod des Schützen Constantin Zvonski durch Verleihung des Navy-Kreuzes für hervorragende Tapferkeit vor dem Feind.

»Regiment stillgestanden!«

»Zum Vorbeimarsch — vorwärts marsch! Augen rechts! Präsentiert das Gewehr!«

Wir marschierten im Parademarsch an den fünfzehn vorbei, und die Bataillons- und Kompanie-Standarten neigten sich zum Gruß. Und als das Dritte Bataillon vorbeimarschierte, zackig wie eine Eins, spielte die Kapelle das Marinelied.

»Kommt«, sagte Leuchtfeuer nach dem Wegtreten, »wir wollen zu Pedro gehen und ihm gratulieren.«

»Prima Idee«, sagte Andy.

»Was soll der Unsinn«, sagte Speedy bissig.

»Er hat sich die Auszeichnung wirklich verdient«, sagte Andy.

»Natürlich, verteilt nur die ganzen Scheißorden an die Offiziere und die Sanitäter.«

»Nun meckere doch nicht, Speedy«, sagte Leuchtfeuer.

»Hat dieser verdammte Mexikaner die Auszeichnung vielleicht eher verdient als Seesack?«

»Mann Gottes«, sagte ich, »wenn die jedem einen Orden geben wollten, der es verdient hat, dann müßten sie so ziemlich jedem von unserm Regiment einen geben.«

»Na ja, das stimmt schon. Aber wenn sie dem Mexikaner einen gegeben haben, dann hätte jedenfalls Seesack auch einen kriegen müssen. Und was ist mit Cassidy?«

Seesack trat zu uns. »Los, Speedy, komm mit«, sagte er.

»Wohin willst du denn?«

»Ich will Pedro zu einem Bier einladen«, sagte er.

Es verging kaum eine Nacht, ohne daß ich lange vorm Wecken plötzlich aus der Koje hoch mußte. »Hallo, Mac«, flüsterte mir dann einer der Jungens ins Ohr, »Joe hat einen Anfall.«

»Hol den Sani.« Noch halb im Schlaf kroch ich im Dunkeln aus der Koje, steckte die Lampe an und ging damit hinüber zu dem Mann, der fiebernd in seinem Schlafsack lag. Die gleiche Szene wiederholte sich immer wieder.

»Hallo, Mac, Leuchtfeuer redet irre —«

»Hallo, Mac, Seesack hat Schüttelfrost —«

»Hallo, Mac, komm schnell. Danny hat einen üblen Anfall. Der dreht völlig durch. Brüllt irgendwas, daß er keine Lust hätte, auf Kaninchen zu schießen.«

Die Jungens lagen dann da, schweißüberströmt, mit schmerzverzerrten Gesichtern, sie warfen sich herum und stöhnten in ihren Fieberphantasien. Dann kam der Schmerz in den Eingeweiden, und sie fingen an zu zittern wie ein Hund beim Scheißen. Sie verfielen zusehends. Es war nicht schön, dabeizustehen und nicht helfen zu können. Ich konnte nichts weiter machen, als ihnen Chinin zu geben und sie liegen zu lassen, zitternd, wimmernd und phantasierend, bis das Fieber dann allmählich wieder verging. Und dann wachten sie auf, mit Gesichtern, so weiß wie die Bettlaken und schwarzen Ringen unter den Augen.

Fünfundneunzig Prozent der Zweiten Division hatten immer wieder mal einen Malaria-Anfall. Ich selbst hatte zehn Rückfälle. Fast alle hatten es wenigstens fünf- oder sechsmal.

Es gab bei jedem Regiment ein kleines Lazarett, das bald bis auf den letzten Platz belegt war, und das Lazarett der Division war nur für die schweren Fälle. Es gab ein großes Standortlazarett in Silverstream mit Krankenschwestern der Navy. Nach Silverstream kamen die schweren Fälle aus dem ganzen pazifischen Raum. Das Standortlazarett war herrlich gelegen und tipptopp eingerichtet. Aber man mußte entweder halbtot oder Offizier sein, um dorthin zu kommen. Ich schaffte es schließlich doch nach dem achten Anfall.

Im großen und ganzen waren die Navy-Schwestern nicht viel mehr als

Dekorationsstücke, gutaussehende, eingebildete Püppchen. Die Arbeit machte zu neunundneunzig Prozent das Sanitätspersonal. Die Krankenschwestern kommandierten einen schlimmer herum als die Offiziere. Aber man kann nicht alles auf einmal haben, und trotz der Impertinenz der Krankenschwestern hatte jeder von uns den Wunsch, einmal so krank zu werden, daß er nach Silverstream durfte.

Als es immer schlimmer wurde mit der Malaria, wurde bei jedem Bataillon ein Revier für leichtere Fälle eingerichtet. Aber auch hier war bald jeder Platz belegt, und so drückte man uns ein paar Chinintabletten in die Hand und schickte uns in unser Zelt zurück, um die Sache da auszuschwitzen.

Wenn man mit weit über vierzig Grad Fieber im Zelt liegt, klappernd vor Kälte und halb irre vor Schmerz, dann begreift man so recht, was Kameradschaft ist, was das Wort Makker bedeutet: einen kranken Kumpel waschen, füttern und betreuen; Männer, die einander zugetan waren in einer Liebe, von der die Frauen keine Ahnung haben; Burschen, die zusammen im übelsten Dreck gelegen hatten und die einer für den andern von einer zärtlichen Fürsorge waren, die keine Frau überbieten konnte. Manche Nacht lag ich schwer fiebernd auf meiner Koje, während L. Q. oder Danny oder Seesack meinen Kopf auf ihren Knien hielten und versuchten, mir mit sanfter Gewalt irgendeinen Fruchtsaft einzuflößen. »Los, altes Arschloch, mach endlich dein dämliches Maul auf, oder ich quetsch dir das Zeug durch die Rippen.« Wenn man in einer solchen Nacht, noch im Fieber, die Augen öffnete – im Öfchen brannte ein Feuer, wozu die Jungens das Holz geklaut hatten, und der kalte Regen pladderte auf das Zeltdach –, dann war es gut, den Blick zu heben und in ein lächelndes Gesicht zu sehen.

Wenn im Revier die Tabletten ausgegangen waren, gab man uns Chinin in Tropfenform. Es war fast unmöglich, das 'runterzukriegen. Ich dachte manchmal, es wäre besser, an Malaria zu sterben, als dieses Zeug zu schlucken.

Jeden Tag, wenn es nicht regnete, waren wir im Gelände, und oft auch bei Regen. Eines Abends bekamen Leuchtfeuer und Levin Befehl, sich vor Morgengrauen bei der Kompanie, die mit den neuen Spezialwaffen ausgerüstet war, für eine Geländeübung zu melden. Man interessierte sich bei dieser Sondereinheit für die Methode unseres Sprechfunks. Es handelte sich darum, eine feindliche Invasion zurückzuweisen, bei der das Erste Bataillon den Feind markierte.

Mißvergnügt stülpten die beiden die Regenumhänge über die Funkgeräte und machten sich in der Kälte und Nässe des noch dunklen Morgens auf den Weg zum Gelände der Spezialkompanie am äußersten Ende des Lagers.

Den ganzen Morgen hockten sie in Schützenlöchern, in denen ihnen das Wasser bis über die Knöchel stand, während ein kalter Wind über die Hügel fuhr, auf denen die 3,7-cm-Geschütze in Stellung gegangen waren, um die Invasion zurückzuschlagen. Sie hatten Befehl, wenn der Feind vorrückte, sich in eine Auffangstellung zurückzuziehen.

»Mann Gottes, ich bin heilfroh, daß diese Scheißübung zu Ende ist«, sagte

Leuchtfeuer zähneklappernd. »Ich hab' mir hier bestimmt schon was weggeholt.«

»Die Sache ist aber noch gar nicht zu Ende«, sagte Levin. »Wir sollen uns doch zurückziehen.«

»Man sieht, daß du noch nicht oft so 'ne Übung mitgemacht hast.«

»Wie meinst du das?«

»Siehst du die Höhe da?«

»Na und?«

»In ungefähr fünf Minuten wird der Angriff des Ersten Bataillons diesen Hügel erreicht haben.«

»Und dann?«

»Dann nimmst du die Hände hoch und ergibst dich. Und als Gefangener wirst du ins Camp zurückgeschickt.«

»Aber unser Auftrag lautet doch ganz anders.«

»Hör mal zu, Levin — meine Füße sind klatschnaß, und die Zähne klappern mir vor Kälte. Wenn es dir Spaß macht, hier noch stundenlang durchs Gelände zu laufen, bitte sehr. Ich jedenfalls werde gefangengenommen.«

»Nein, weißt du —«

»Ich halte dicht.«

»Nee, lieber doch nicht.«

Als der leitende Offizier dann schließlich das Zeichen zum Rückzug gab, sprang Levin auf und wäre beinahe umgefallen. Seit annähernd drei Stunden hatte er bewegungslos im eiskalten Wasser gesessen. Leuchtfeuer warf die Hände hoch und rief: »Ich ergebe mich.« Ein feindlicher Korporal legte ihm eine weiße Binde um den Arm mit den Buchstaben POW, und vergnügt trottete er als Gefangener durch den Schlamm zurück zum Lager.

Vier Stunden später kam Levin. Er schmiß sein klatschnasses Zeug hin, schnürte seine Stiefel auf und zog die völlig durchnäßten Socken aus. Seine Füße waren eiskalt und ohne jedes Gefühl. Er hielt sie dicht an den heißen Kanonenofen. Gerade in diesem Augenblick kam ich ins Zelt.

»Mensch, Levin, was, zum Teufel, machst du da?«

»Ich wärme mir die Füß', Mac. Die sind mir beinah abgefroren.«

»Nimm sie sofort weg vom Feuer, verdammter Idiot.«

»Warum denn?«

»Das gibt 'ne üble Erfrierung!«

Er fiel erschöpft auf seine Koje. Doch bald sprang er wieder auf und faßte nach seinen Füßen. »Sie jucken wie der Teufel!« rief er und krallte seine Finger in die nackten Füße, bis ihm die Tränen über die Backen liefen. Ich half ihm, seine Schuhe anzuziehen und brachte ihn ins Revier. Er war halb wahnsinnig vor Schmerz und flehte die Sanitäter an, ihn an den Füßen zu kratzen. Sie standen ratlos herum, bis schließlich Pedro lossauste, um den Arzt zu holen. »Es juckt so, es juckt so entsetzlich!« rief Levin immer wieder.

Kyser, ärgerlich, daß man ihn vom Pokern weggeholt hatte, kam eilig herein, schob die Sanitäter beiseite, ergriff Levins Füße und massierte sie kräftig, bis schließlich das Blut wieder zirkulierte. Das irrsinnige Jucken verschwand, Levin stand auf und schüttelte dem Arzt die Hand.

»Leichtere Form von Erfrierung«, sagte Kyser, »genannt Frostbeulen. Lassen Sie ihn die nächsten Tage nicht laufen, Mac. Und Sie, Levin, ziehen Sie keine gefärbten Socken an und kommen Sie morgen früh noch mal her. Und kommen Sie um Himmels willen mit diesen Füßen nicht in die Nähe eines Ofens. Die Erfrierung wird noch monatelang zu spüren sein, aber Sie brauchen die Füße nur zu massieren, wenn sie wieder anfangen zu jucken.«

Ich ging mit Levin zum Zelt zurück.

»Verdammt, Mac«, sagte er, »ich schäme mich.«

»Warum denn?«

»Daß ich mich so angestellt habe. Die Jungens werden denken, ich wäre ein Waschlappen.«

»Mach dir deswegen keine Sorgen. Du hättest besser aufpassen müssen.«

Er saß bekümmert auf seiner Koje. Ich bot ihm eine Zigarette an. »Das beste wird sein, wenn du für die nächste Zeit unseren Funkwagen fährst, bis der Doktor dich wieder gesund schreibt.«

»Ich soll das Funkgerät bedienen, das im Jeep eingebaut ist? Das – das werden die anderen aber gar nicht mögen.«

»Hör mal, Levin«, sagte ich, »falls dir das die Sache leichter macht – ich weiß genau, was für ein Ding Leuchtfeuer heute gedreht hat. Diese Burschen werden schon seit Jahren immer gefangengenommen. Wir sind hier alle recht zufrieden mit deiner Arbeit. Du wirst vermutlich sogar in ein paar Monaten einen Winkel bekommen.«

»Ja, aber – Leuchtfeuer und Joe haben doch noch nicht mal einen.«

»Die werden vermutlich auch nie einen kriegen, und wenn, dann werden sie ihn bestimmt beim ersten Urlaub bis zum Wecken wieder los.«

Er saß schweigend da und rauchte in tiefen Zügen.

»Ich will dir mal was sagen, Levin. Du hast dich verdammt am Riemen gerissen. Du kannst es jetzt bißchen sachter angehen lassen. Du hast die Prüfung bestanden.«

»Nein, das habe ich noch nicht – so lange nicht, bis ich nicht, wie die andern, an der Front war.«

»Ist das deine Meinung – oder meinst du, daß die andern das denken?«

»Ach, laß mich in Ruh, Mac.«

»Levin, warum strengst du dich eigentlich so verdammt an – etwa, weil du Jude bist?«

Er wurde blaß. Ich ging zu ihm hin und legte ihm den Arm um die Schulter. »Levin, ich wollte dir nicht weh tun. Aber wenn man jemand eine Weile kennt, dann weiß man, was mit ihm los ist. Hat Speedy dir so arg zugesetzt?«

»Ich weiß nicht, was er gegen mich hat. Ich habe getan, was ich konnte, um gut Freund mit ihm zu werden. Ich möchte nicht gern Streit anfangen, Mac, aber so wahr ich hier sitze – wenn er nicht endlich aufhört, dann schlag ich ihn zusammen. Sollen sie mich dann meinetwegen vors Kriegsgericht stellen. Bei den andern weiß ich, daß sie's nicht so schlimm meinen, wenn sie mich mal foppen. Aber bei Speedy ist das was anderes.«

225

»Speedy ist kein schlechter Kerl. Vielleicht kommt er eines Tages auch noch zur Vernunft.«

»Er sagt, die Juden wären schuld am Krieg. Er sagt, die Juden wären feige – Mac, ich schlag ihn eines Tages noch zusammen – ich habe es die ganze Zeit nur deshalb eingesteckt, weil ich nicht gern Streit anfangen wollte.«

»Levin, du kannst so was einem Menschen nicht mit Faustschlägen austreiben. Nun komm schon, wir wollen zusammen ein Bier trinken.«

Wir saßen mitten in der Bucht und hatten die Schnauze voll. Morgens, mittags und abends kletterten wir die Landungsnetze 'rauf und 'runter, um den Blaujacken beizubringen, wie man eine Invasion macht. Dreimal an jedem Tag sprangen wir aus den Landungsbooten in die Brandung und enterten die Küste. Dabei hatten wir den üblen Verdacht, daß die lange Latte, Sam Huxley, sich mit seiner Einheit für diesen Job angeboten hatte.

Am Ende des schmalen Strandes war ein Deich, und dahinter war eine Straße, die zu der Stadt Petone gehörte. Bei unseren ersten Landungsmanövern gingen wir im Angriff über den Deich und schnurstracks in die nächsten Kneipen. Wir stürzten schnell ein Bier hinunter, riefen unsere Mädchen in Wellington an, erklärten ihnen, weshalb wir nicht kommen konnten, und zogen uns dann wieder zum Strand zurück. Auf die Einwohner von Petone machte unsere Invasion mächtigen Eindruck. Am zweiten Tag war der Deich oben dicht besetzt mit Hausfrauen, Kindern und allen möglichen Schlachtenbummlern, die uns begeistert zuriefen, als wir von den Booten bis zum Bauch ins Wasser sprangen und uns den Strand hocharbeiteten.

»Bravo, Amis!« riefen sie.

»Ihr könnt uns alle mal kreuzweise«, murmelten wir in unsere Bärte, während wir nach Luft schnappten.

Außer den Eingeborenen erwartete uns an diesem zweiten Tag auf dem Deich eine geschlossene Kette der Militärpolizei, die dafür sorgte, daß unsere Invasion sich diesmal auf die Küste beschränkte.

Joe, der Spanier, knallte einen großen Bierkrug auf die Theke und rief: »Nachschub!«

Die Neuseeländer, die in der Kneipe saßen und standen, kamen neugierig näher heran. Gomez lächelte ihnen zu, daß sein weißes Gebiß in seinem dunklen Gesicht blitzte.

»Nun seht euch bloß mal an, was der Bursche da für einen Haufen Orden hat«, sagte einer von ihnen und zeigte auf Joes Feldbluse. Joe warf sich in die Brust, damit die ehrfürchtig staunenden Gäste die Ordensbänder besser sehen konnten, die er kürzlich in Mulvaneys Ausstattungsgeschäft für die Army und Navy am Lambdon-Kai gekauft hatte.

»Ihr müßt schon allerhand mitgemacht haben, Mariner, wie?«

Joe Gomez sonnte sich im Rampenlicht der allgemeinen Aufmerksamkeit. Er sah beiläufig auf seine Hände und entfernte ein wenig Dreck unter einem seiner Nägel. »Das kann man wohl sagen – ich habe mehr Seesäcke verschlissen als ihr Socken.« Sein scharfer Blick drang durch den dichten Nebel aus Tabaksqualm und Bierdunst. Er ergriff einen der Umstehenden beim Kragen. »Weißt du, was das ist?«

»Nein.«

»Der Silberne Stern für Tapferkeit vor dem Feind – Guadalcanar.«

»Junge, Junge.«

Joe öffnete ein Päckchen Zigaretten und warf es auf die Theke. »Da, raucht mal 'ne vernünftige Zigarette, Leute.« Sie griffen begierig zu, und das Päckchen war im Handumdrehen leer. »Ich war da mal auf einem Spähtrupp, da beim Kokumbona-River, nicht weit von Tassafaronga«, sagte Joe, »fünf Kilometer hinter der feindlichen Front. Ich ging dabei als Pfadfinder vorneweg, weil ich – das darf ich wohl sagen – in so Sachen ziemlich was los habe.«

Ich saß am anderen Ende der Theke und sah mich, da ich Joes Platte schon oft genug mit angehört hatte, nach Marion um. Ich entdeckte ihn, wie er allein in einer Nische saß, und ging zu ihm hinüber. »Na, Mary?« sagte ich, während ich ihm gegenüber vor Anker ging. »Joe scheint ja mal wieder ganz schön in Fahrt zu sein.« Marion legte das Buch hin, nahm die Brille ab und fuhr sich über die vom Lesen ermüdeten Augen.

»Also, was soll ich euch sagen, ich hatte die andern im Dschungel verloren und war allein, fünf Kilometer hinter der feindlichen Linie. Eine verdammte Situation. Jeder andere hätte in die Hosen geschissen. Aber was Joe ist, der alte Spanier –«

Marion lächelte. »Ja, er ist mal wieder in seinem Element. Hat sich aber in letzter Zeit eigentlich sehr gut gehalten. Ich habe es geschafft, daß er ganze zwei Wochen jeden Abend im Lager geblieben ist. Das ist ein Rekord. Davon muß er sich jetzt erst mal erholen.«

»Also, schließlich komme ich zu dieser Lichtung hier«, fuhr Joe in seiner Schilderung fort, »es ist eine mörderische Hitze, wenigstens fünfundvierzig Grad im Schatten.« Joe erzählte mit dramatischen Gesten und demonstrierte seinen Weg durch den Dschungel an Hand einer Karte aus Bierflaschen und Aschenbechern, die er auf der großen dunklen Theke aufgebaut hatte.

»Mir fällt übrigens grad ein«, sagte ich, »Joe hat mich um zehn Shilling angepumpt, und Andy hat er ein Hemd geklaut.« Marion zog sein Notizbuch und machte die entsprechenden Eintragungen.

»Gar nicht so schlecht diesen Monat«, sagte er. »Er hat nur drei Pfund und acht Shilling Schulden. Ich werde das beim nächsten Löhnungsappell in Ordnung bringen.«

»Okay«, sagte ich.

»Der Schweiß lief nur so an mir herunter. Ich war erschöpft und hatte einen solchen Kohldampf, daß ich das nördliche Ende eines Stinktieres hätte fressen können, das mit südlichem Kurs unterwegs ist – ich sehe nach links, und was sehe ich da –«

»Ja, was denn, Mann?«

»Einen Baumschützen – hat mich direkt im Visier – mir war, als hätt ich eins mit dem Vorschlaghammer gekriegt. Mir bricht heut noch der Schweiß aus, wenn ich nur dran denke.« Joe holte sein Taschentuch heraus und fuhr sich damit über die Stirn.

»Teufel auch – und was weiter?«

»Ich sehe blitzschnell nach rechts – und da«, er hob den Bierkrug und nahm einen Schluck, »am Rand des Dschungels, mit dem Lauf direkt auf meine Brust gerichtet, sehe ich ein japanisches Maschinengewehr!«

»Heiliges Kanonenrohr!«

»Joe, alter Junge, denke ich bei mir, hundert Mädchen von Chicago bis San Diego werden diesen Tag beweinen. Ich zog den Kopf ein und rannte mit aufgepflanztem Bajonett wie ein wildgewordener Stier auf die Burschen los!« Er lockerte seinen Uniformschlips, lehnte sich mit dem Rücken gegen die Theke und sah seine hingerissenen Zuhörer mit einem sonderbaren Lächeln an.

»Ja, so sag doch, Mann, was geschah weiter?«

»Was soll denn da noch weiter geschehen sein? Ich wurde erschossen, blöder Trottel!« Er warf den Kopf nach hinten und lachte schallend. »Hallo, Wirtschaft«, rief er, »ein neues Bier!«

Es war jedesmal wieder ein wunderbares Schauspiel, die Verblüffung auf den Gesichtern der Zuhörer zu sehen, wenn Joes Erzählung diesen dramatischen Höhepunkt erreicht hatte. Marion lächelte mild. »Noch etwa drei Glas, schätze ich, und Joe hat das Ziel der Klasse erreicht.«

In diesem Augenblick erkannten wir quer durch den Qualm Pedro Rojas, der eben hereingekommen war. »Hierher, Pedro!« rief ich.

Mit unsicheren Schritten steuerte Pedro um die dichtbesetzten Tische herum und kam quer durch die Kneipe auf uns zu. Er war ziemlich blau. Er ließ sich neben Marion auf einen Stuhl fallen, zog das Taschentuch heraus und wischte sich den Schweiß vom Gesicht.

»Ah, Señores Mac und Maria«, sagte er, »meine sehr guten Freunde.«

»Hallo, Pedro.«

»Mal wieder Babysitter, wie ich sehe.« Er nickte mit dem Kopf zu Joe hinüber. Er nahm einen Schluck von dem Bier, das ihm der Kellner gebracht hatte, und leckte sich die Lippen. »Ihr seid meine sehr guten Freunde. Ihr beide seid nette Burschen – gute Menschen.«

»Drückt dich irgendwas, Pedro?«

»Pedro heute abend sehr traurig, Pedro sehr traurig, weil sehr glücklich«, sagte der Sani mit schwerer Zunge.

»Pedro sehr betrunken«, sagte ich.

»Ja, mein Freund, ich bin betrunken. Aber ich bin betrunken, weil mein Herz so schwer ist.« Er warf die Hände in die Höhe, leerte das Glas und füllte es wieder aus der Flasche. »Wäre ich doch nie nach Neuseeland gekommen.«

»Ich dachte, es gefiele dir hier so gut, Pedro. Es ist doch ein wunderschönes Land.«

»Es ist zu schön, Maria, zu schön. Deshalb ist Pedro so traurig, weil er hier so glücklich ist.«

»Ich versteh dich nicht ganz, Pedro.«

Pedro Rojas seufzte und sah in sein Glas, das er langsam hin und her drehte. »Ich mag meine guten Freunde nicht belasten mit meinem Kummer, besonders nicht, wenn ich betrunken bin.« Er hob das Glas an den Mund, aber ich langte hinüber und zog seinen Arm wieder herunter.

»Wo drückt's dich eigentlich?« fragte ich. Ich gab ihm eine Zigarette und Feuer von meiner Kippe. Pedro beugte sich über den Tisch und sah uns an. »Ihr beide seid gute Menschen. Ihr habt mehr Verständnis für einen als die anderen.«

»Nun mal los, heraus damit. Hast du ein Mädchen getroffen, mit dem du gern ins Bett möchtest?«

»Nein, Mac — was mich drückt, ist nicht so einfach.« Er senkte den Kopf. »Bist du jemals in San Antone gewesen, Mac?« Ein dunkler Schatten fiel über sein Gesicht, während sein Geist sechstausend Meilen zurückkreiste. »Hast du jemals die Elendsviertel besucht, wo die Mexikaner leben?« Er sah uns an, schüttelte den Kopf und sprach mit leiser Stimme weiter. »Ja, ich bin traurig, weil ich sehe, wie es hier in diesem Lande ist. Wißt ihr, daß ich hier zum erstenmal mit einem weißen Mann zusammen in ein Restaurant oder in eine Bar gehen kann? Doch, doch, sogar in San Diego sehen die Leute mich an, als wäre ich ein Aussätziger. Aber hier, da lächeln die Leute und sagen zu mir: Hallo, Ami! Und wenn ich den Leuten erzähle, ich käme aus Texas — ja, hier erlebe ich es zum allererstenmal, daß man mich dann nicht einen dreckigen Mexikaner nennt, sondern daß man sagt, ich sei ein Texasboy. Ich bin betrunken. Hol's der Teufel.« Er zerdrückte seine Zigarette und leerte sein Glas.

»Wißt ihr, was ich heute abend erlebt habe? Pedro will es euch erzählen. Ich ging zum Tanz in den Allied-Service-Klub, da kommen ein paar farbige Matrosen herein — und die Mädchen, die tanzen einfach mit ihnen und behandeln sie genau wie jeden andern. Und dann gehen doch so ein paar verdammte Burschen aus Texas zu der Vorsteherin des Klubs und verlangen von ihr, daß sie die Farbigen 'rausschmeißen soll. Und was passiert? — sämtliche Mädchen sagen, daß sie nicht mehr mit den Texasboys tanzen wollen und gehen! O ja, es ist schön hier in Neuseeland.«

Marion und ich saßen da und schwiegen; was hätten wir auch sagen sollen. Aber Pedro war jetzt einmal im Zuge. »Wasser«, sagte er bitter zu Marion, »Sergeant Mac sagt euch immer, ihr solltet nicht soviel Wasser trinken. Ich kann niemals Wasser trinken, ohne mir vorzukommen wie ein Dieb. Seit dem Tag meiner Geburt hat man mir immer gesagt, ich soll nicht soviel Wasser trinken, Wasser sei knapp. Ihr müßt wissen, daß in Los Colonias, wo die Mexikaner in ihren armseligen Hütten hausen, jede Tonne Wasser dreißig Cent kostet. Wir seien dreckige Mexikaner, sagt man uns. O ja, sie sind gern bereit, sagen sie, eine Wasserleitung zu legen, wenn jede Hütte vierzig Dollar bezahlt. Aber wir haben keine vierzig Dollar. Meine sehr guten Freunde — in meinem ganzen Leben habe ich nie ein Badezimmer gesehen —, meine Familie teilt sich mit acht anderen Familien in ein kümmerliches, kleines Loch. Ein feines Leben, findet ihr nicht auch?«

Er ballte die Fäuste. »Tausend Dollar muß ein Mann bezahlen für eine elende Hütte aus Pappe und Leinwand. Und dafür bezahlt er zwanzig Prozent Zinsen. Und der große Schakal, der weiße Manager, sorgt dafür, daß wir bezahlen. Einmal im Jahr gibt es die einzige Arbeit für unsere Leute, schwere Arbeit auf den Feldern des weißen Mannes, für fünfundzwanzig Cent die Stunde. Und dann lassen die Farmer Tausende von Mexikanern über die Grenze kommen und sagen zu uns: Ihr müßt für zwanzig Cent die Stunde arbeiten, sonst nehmen wir die Saisonarbeiter, die machen es billiger! – Und wenn dann am Ende der Ernte so ein armes Schwein das Geld nimmt, für das er geschuftet hat, und wieder über die Grenze nach Mexiko will, dann lauern die Schakale ihm auf und töten ihn und nehmen sein Geld. Jedes Jahr ist das Wasser des Rio Grande rot vom Blut der Erschlagenen. Und viele von den Neuen gehen auch nicht wieder zurück, sondern bleiben in Texas, wo doch längst schon kein Platz mehr für sie ist. Aber der große Schakal sorgt dafür, daß die Einwanderungsbehörden die Erntearbeiter nicht wieder nach Hause schicken.« Er machte eine Pause, um einen Schluck Bier zu trinken.

»Es gibt viel Krankheit bei meinen Leuten. Die Säuglinge sterben an Tbc, an Ruhr und an Diphtherie. Sie sterben wie die Fliegen. Und der Schakal sorgt für das Begräbnis und läßt uns dafür bezahlen. Die Frauen bei uns müssen Huren werden, um leben zu können. Der Schakal hat ein Haus, da setzt er unsere Frauen hinein, und dann kommen Männer wie Joe, der Spanier. Ja, wir sind nichts weiter als dreckige, unwissende, unehrliche Latinos – wir werden im Dreck geboren, leben im Dreck und sterben im Dreck!«

»Nun mach es dir doch nicht unnötig schwer, Pedro.«

»Für die Alten gibt es keine Hoffnung mehr. Die Jungen leben, wie der weiße Mann es ihnen vorschreibt – aber was Pedro nicht aushalten kann – er kann nicht mitansehen, wie die kleinen Kinder dahinsiechen und sterben. Nein, das erträgt Pedro nicht. Papa Morales ist ein guter Mensch und ein großer Doktor. Er tut viel für unsere Kinder. Und meine geliebte Luisa ist Krankenschwester. Es war nicht leicht für sie, das zu lernen, was man wissen muß, wenn man Schwester ist. Man wollte sie nicht haben bei der Navy. Aber Papa Morales hat ihr gesagt, sie soll sich deswegen nicht grämen. Er sagt, wir in Los Colonias müssen unseren eigenen Krieg führen. Ich sage ihm: Ich gehe zur Navy und werde dort viel Medizin lernen, und dann werde ich zurückkommen und ihm dabei helfen, daß die Kinder gesund bleiben. Ich habe mich zum Marine-Korps gemeldet, um viele Dinge zu lernen, und mein guter Freund, Doktor Kyser, gibt mir seine Bücher zu lesen. Ich lerne sehr viel aus diesen Büchern. Und nun kommt Pedro nach Neuseeland und möchte nicht mehr zurück nach Texas. Er möchte viel lieber, daß seine Luisa hierherkommt, in dieses Land, wo niemand verachtet wird, weil er eine andere Haut hat.«

Er trank und schüttelte seinen Kopf, der ihm schwer zu werden begann. »Nein, ich werde nie mehr hierher zurückkommen – die heilige Mutter will, daß ich nach Texas gehe, nach Colonias, und dort die kleinen Kinder gesund mache.«

Pedro ergriff meinen Arm. »Damit du es weißt, Mac – ich bin nicht Soldat geworden, um für die Demokratie zu kämpfen. Ich bin nur Soldat geworden, um Medizin zu lernen –«

5. Kapitel

Captain Tompkins, der Nachrichten-Offizier des Regiments, ging im Sturmschritt auf die Stabsbaracke zu. Hinter ihm her sauste Leutnant Keats. »Aber, Herr Hauptmann — könnte es denn nicht auch ein Versehen gewesen sein?« fragte er.

»Versehen — von wegen! Ich habe Ihre Leute schon lange im Verdacht gehabt. Diesmal habe ich sie auf frischer Tat erwischt.«

»Ich werde den Burschen ernstlich ins Gewissen reden, Captain.«

»Nichts zu machen, Mister Keats. Damit gehe ich zu Huxley.« Er riß die Barackentür auf, ging schnurstracks auf Huxleys Dienstzimmer zu und klopfte an die Tür.

»Herein.«

»Kann ich Herrn Oberst einen Augenblick sprechen?« fragte Tompkins mit heftiger Stimme.

»Wenn ich vielleicht erklären dürfte —«

»Moment, Keats. Was kann ich für Sie tun, Captain?«

»Ich möchte Sie bitten, einige der Funksprüche zu lesen, die heute auf der Welle des Regiments durchgegeben worden sind.« Er warf ein Bündel Meldungen auf den Tisch. Huxley las:

FEINDLICHER ANGRIFF IN ZUGSTÄRKE AUF POSITION K-3. ERBITTEN UNTERSTÜTZUNG DURCH 3,7-CM-GESCHÜTZE

3,7-CM-GESCHÜTZE EINGESETZT FÜR GEGENANGRIFF AUF POSITION K-5. ENTSENDEN SOFORT VIER SMG

Huxley las noch einige weitere Meldungen und zuckte die Achseln. »Diese Meldungen scheinen mir durchaus korrekt, Captain Tompkins.«

»Sie sind auch völlig korrekt, Colonel. Es sind Funksprüche des Ersten und Dritten Bataillons. Vielleicht darf ich Sie bitten, sich jetzt einmal diese Funksprüche hier anzusehen, die von Ihren Leuten stammen.«

Diesmal las Huxley:

EIN JÜNGLING BESASS EIN PAAR KRÖTEN
UND FAND, DASS EIN AUTO VONNÖTEN.
DAS WAR ZIEMLICH KLEIN.
ZWAR SEIN ARSCH PASST GRAD REIN,
DOCH DER REST HING HERAUS UND GING FLÖTEN.

»Sie verstehen, weshalb ich gekommen bin, Colonel Huxley? Dauernd funken Ihre Leute derartiges Zeug durch die Gegend. Es ist nur gut, daß die Sprüche verschlüsselt sind.«

»Allerdings«, sagte Huxley mit todernster Miene. »Ich werde dafür sorgen, daß etwas Derartiges in Zukunft unterbleibt.«

»Ich wäre Ihnen sehr dankbar dafür, Colonel. Es wäre mir sehr unangenehm, dies der Division melden zu müssen.«

»Es wird nicht wieder vorkommen, Captain.«

»Dann darf ich mich jetzt wohl verabschieden?«

»Ja — und besten Dank, Captain, daß Sie mich auf diese Sache aufmerksam gemacht haben.«

Tompkins ging hinaus und knallte die Tür hinter sich zu.

»Puh«, sagte Keats und stieß hörbar die Luft aus.

Huxley spielte einige Augenblicke mit dem Meldezettel, dessen Inhalt er aufmerksam las. »Verdammt, Keats, das hätte ins Auge gehen können.«

»Jawohl, Herr Oberst.«

»Dieser Unfug muß unbedingt aufhören. Wir können von Glück sagen, daß Tompkins es nicht der Division gemeldet hat.«

»Jawohl, Herr Oberst.«

Huxley sah wiederum auf den Zettel in seiner Hand, und dann sah er auf Keats, der mit rotem Gesicht und tierisch ernst vor ihm stand. Dann brachen beide gleichzeitig in schallendes Gelächter aus.

»Der ist gut, was? — Ja, was ich sagen wollte — sorgen Sie um Himmels willen dafür, daß dieser Unfug unterbleibt.«

»Okay, Colonel«, sagte Keats lächelnd.

»Geben Sie den Burschen irgendein mistiges Arbeitskommando, oder streichen Sie ihnen den Urlaub.«

»Hm — Urlaub streichen, Colonel?«

»Na ja, wie Sie meinen. Machen Sie den Burschen jedenfalls die Hölle heiß.«

»Jawohl, Colonel«, sagte Keats und ging zur Tür.

»Und noch eins, Leutnant — sagen Sie den Jungens, sie sollten nicht dauernd beim Dritten Bataillon Telefonkabel organisieren. Colonel Norman war grade gestern deswegen bei mir.«

Keats drehte sich in der Tür noch einmal um. »Die Jungens sind schwer in Ordnung, Herr Oberst.«

»Ja«, sagte Huxley, »sie sind prächtig.«

Sie waren grade mal wieder bei ihrem besonderen Zeitvertreib — Levin auf die Palme zu treiben. Seesack, Danny, Speedy, Mary und ich saßen auf unseren Kojen, beschäftigt mit dem üblichen Waffenreinigen und Wienern.

»H. t du mal 'n bißchen Lederfett für mich, Levin?«

Er langte in sein Spind und reichte es herüber. »Vergiß nicht, von wem du es hast.«

»He, Levin, ich hab' gar kein Hemd mehr.«

»Ich hab' nur noch zwei saubere.«

»Ich brauch ja nur eins.«

»Da, nimm schon — aber wasch es wenigstens, eh du es mir wieder gibst.«

»Hallo, Levin — hast du Schuhwichse? Meine ist alle.«

»Bei euch Burschen ist aber auch immer alles alle.«

»Was sagst du?«

»Ich sagte, da ist die Schuhwichse, verdammt noch mal.«

»Warum brüllst du denn so, Levin? Ich bin doch nicht taub.«

»Levin, hör mal — hast du nicht ein Paar heile Socken für mich übrig?«

Levin stülpte seinen Seesack um und schüttete den Inhalt auf den Fußboden. »Da, nehmt euch, was ihr braucht! Nehmt doch alles!« Wütend stampfte er zum Ausgang, während wir hinter ihm herlachten.

»Nun werd' doch nicht gleich wild, Judenjunge«, sagte Speedy.

Levin fuhr herum und ging auf Speedy los. Dann drehte er kurz bei und ging aus dem Zelt.

»Das war eine verdammt überflüssige Bemerkung«, sagte Danny.

»Seht mich doch nicht so an«, sagte Speedy. »Ihr habt doch angefangen.«

»Wir wollten ihn nur ein bißchen auf die Schippe nehmen. Aber das hättest du nicht sagen sollen«, sagte Seesack.

»Warum denn nicht? Ich kann die Sorte nun mal nicht leiden.«

Marion legte sein Gewehr beiseite. »Mir scheint, ich muß mal ein ernstes Wörtchen mit dir reden, Speedy.«

»Nanu, was ist denn mit dir los?«

»Was hat Levin dir eigentlich getan?«

»Ich mag die Juden nicht. Bei uns in Texas haben sie nichts zu lachen.«

»Du bist hier nicht in Texas«, sagte Danny. »Levin ist ein prima Bursche.«

»Wenn du die Juden nicht magst«, sagte Seesack, »das ist deine Sache. Ich persönlich hab' weder besonders viel für sie übrig, noch hab' ich irgendwas gegen sie. Jedenfalls macht dieser Junge seine Sache sehr ordentlich und ist überhaupt in Ordnung.«

»Was ist denn auf einmal mit euch allen los?« sagte Speedy verblüfft.

»Du magst Levin nicht, weil er Jude ist. Du magst Pedro nicht, weil er Mexikaner ist. Du magst die Neuseeländer nicht, weil sie das Englisch anders sprechen als du. Du magst keine Farbigen — sag mir bloß mal, Speedy, wen magst du eigentlich?«

»Er mag nur Leute, die in Texas geboren sind, echte Texasboys.«

»Was ist bloß in euch gefahren?« sagte Speedy wütend. »Levin ist für mich weiter nichts als ein dreckiger, zwangsrekrutierter Jude.«

»Sag mal, worauf bildest du dir eigentlich so verdammt viel ein? Seit Levin bei uns ist, hast du keine Latrine mehr saubergemacht, keinen Graben ausgehoben, keinen Topp mehr geschrubbt. Alle Drecksarbeit hat er für uns gemacht.«

»Ich will euch mal was sagen«, sagte Speedy, »die Juden sind alle feige. Wenn Levin nicht feige wäre, dann brauchtet ihr ihn ja wohl nicht zu verteidigen. Der Bursche ist einfach feige.«

Ich hatte mich nicht einmischen wollen. Ich fand, bei so einer Sache war es nicht richtig, auf seinen Dienstgrad zu pochen. Aber jetzt ging ich zu Speedy hinüber, der ganz aufgebracht war.

»Na, und du, Mac?« sagte er. »Willst du mir vielleicht den dienstlichen Befehl geben, ihn zu lieben?«

»Nein«, sagte ich, »ich will dir nur den Kopf zurechtsetzen.«

»Das scheint mir bei dir nötiger als bei mir«, sagte er.

»Sachte, sachte«, sagte ich. »Weißt du eigentlich, daß Levin zwei Jahre lang Weltergewichtsmeister von New York gewesen ist? Als sie neulich Joe für die Boxmannschaft der Division haben wollten, da wollten sie Levin auch haben.«

Speedy blieb der Mund offen.

»Aber er sieht doch gar nicht aus wie ein Boxer. Und warum ist er denn nicht in die Divisionsmannschaft gegangen, wenn er so gut boxt?« fragte er.

»Na eben. Die wohnen im Windsor, reisen in der Gegend herum und leben

233

wie die Fürsten. Aber er hat abgelehnt, aus dem gleichen Grund, aus dem Marion abgelehnt hat, zur Propagandakompanie zu gehen. Er möchte bei unserm Haufen bleiben. Er ist der Meinung, daß zu viele bei uns Malaria haben und daß es hier so verdammt viel Arbeit gibt. Er hat abgelehnt, weil er ein Mariner sein will, genau wie wir andern auch.«

»Ich an seiner Stelle«, sagte Danny, »hätte dich schon längst zusammengeschlagen, Speedy.«

»Das ist für einen Meisterboxer keine Heldentat«, sagte ich. »Aber das einzustecken, was er hier bei euch eingesteckt hat, dazu muß einer ein Kerl sein. Du hättest nichts zu lachen gehabt, Speedy, wenn du dem zwischen die Fäuste gekommen wärst.«

Speedy, der Texasboy, rannte wütend aus dem Zelt, Seesack hinterher.

»Seesack«, rief ich.

»Was ist?«

»Laß ihn mal ein Weilchen mit sich allein. Und ich möchte auch nicht, daß ihr andern ihm deswegen jetzt noch weiter zusetzt. Laßt ihn in Ruhe. Er muß selbst damit zurechtkommen.«

Wir waren alle mächtig aufgeregt, als der Abend des Kompanieballs näherrückte. Die meisten Veranstaltungen dieser Art bei anderen Einheiten der Division waren fast immer gegen Ende mehr oder weniger ausgerutscht. Es schien einfach nicht möglich, daß hundert oder mehr Mariner mit einer größeren Menge Bier zusammenstießen, ohne daß die Sache schiefging.

Ein Festkomitee, mit L. Q. an der Spitze, hatte die Räume des Majestic gemietet, des besten und einzigen Nachtklubs von Wellington. Die Unkosten des Abends bestritten wir aus der Kompaniekasse, und was noch fehlte, kam durch eine Sammlung bei den Leuten und durch eine Stiftung der Offiziere zusammen. L. Q. machte seine Sache großartig. Er mietete die Kapelle des Lokals, stapelte einige hundert Kisten Bier und Coca Cola auf und richtete ein Freibüfett ein, mit Kalten Platten aus der Kompanieküche.

Es wurde ein wunderbarer Abend. Alle benahmen sich anständig, sogar Joe Gomez. Die Offiziere kreuzten auf und gingen vor Anker an Tischen, die wir für sie reserviert hatten. Meist machten die Offiziere mit ihrer Begleitung bei derartigen Festivitäten nur eine kurze Höflichkeitsvisite. Diesmal aber war alles so gut gelungen, so völlig ohne die übliche Besoffenheit und Rempelei, daß die Herren beschlossen zu bleiben.

Ich saß mit meinem Mädchen an einem Tisch, zusammen mit L. Q. und Gale Bond, die extra von Palmerston-Nord herübergekommen war, und mit Pat und mit Andy. Wir sprangen auf, als Colonel Huxley an unseren Tisch kam.

»Bitte, bleiben Sie doch sitzen. Darf ich mich einen Augenblick zu Ihnen setzen?«

Wir waren sehr stolz, daß er gerade unseren Tisch durch einen Besuch auszeichnete. Wir stellten unsere Damen vor und tranken ihm mit einem extra großen Schluck zu. »Ich möchte Ihnen meinen Dank dafür aussprechen, L. Q.«, sagte er, »daß Sie alles so großartig arrangiert haben. Ich bin auch sehr stolz, daß sich unsere Jungens alle so ordentlich benehmen.« Wir sagten ihm, daß wir den Abend auch so schön fänden. »Ja, es ist wirklich ein gelungener Abend«, sagte Huxley. »Hoffentlich stört es euch nicht, daß die Generalität hängengeblieben ist.«

»Durchaus nicht, Herr Oberst«, sagte ich. »Schließlich haben die Herren ja auch bezahlt.«

Huxley lächelte. Die Kapelle begann zu spielen. »Hm — sagen Sie mal, Andy«, sagte der Chef ein bißchen unsicher, »hätten Sie wohl etwas dagegen, wenn ich Mrs. Rogers um diesen Tanz bitten würde?«

»Aber nein, Herr Oberst«, sagte der Schwede und strahlte über das ganze Gesicht.

Huxley beugte sich mit fragendem Blick zu Pat. »Mit dem größten Vergnügen, Colonel«, sagte sie, während sich ihre Mundwinkel zu einem kleinen Lächeln verzogen.

Man sah sofort, daß Huxley wußte, wie man sich auf der Tanzfläche zu bewegen hatte. Die beiden schwebten dahin zu den Klängen des Liedes *Wenn überall die Lichter wieder brennen.*

»Sie tanzen wunderbar, Mrs. Rogers.«

»Nennen Sie mich doch Pat, Colonel. Ich bin ja nicht in Uniform — und ich werde es bestimmt auch keiner Menschenseele verraten.«

»Gern, Pat.« Er dankte ihr mit einem Lächeln für ihre Freundlichkeit, die es ihm ermöglichte, sich ungezwungen zu geben. »Ich muß Ihnen gestehen«, sagte er, »daß ich noch eine kleine Nebenabsicht dabei hatte, als ich Sie um diesen Tanz bat. Ich wollte gern Andys Mädchen kennenlernen. Man hat mir schon viel von Ihnen erzählt.«

»Sie wollen doch wohl nicht behaupten, daß Sie sich um die Herzensaffären von neunhundert Männern kümmern?«

»Das Glück eines jeden meiner Jungen liegt mir am Herzen, Pat.«

»Mir scheint, Sie kennen sie auch alle.«

»Ja, jeden einzelnen.«

»Sie sind ein erstaunlicher Mann.«

»Ich schätze Andy sehr. Er ist aus allerbestem Holz.«

»Und er verehrt Sie, Colonel — wie alle Ihre Männer.«

»Nun tragen Sie nicht allzu dick auf, Pat.« Er fühlte sich sehr wohl und völlig frei in ihrer Gegenwart. Sie hatte es verstanden, ihn zum Sprechen zu bringen, und er genoß das beschwingte Hin und Her der Rede, während er mit ihr tanzte.

»Ich möchte wetten«, sagte sie, »daß der alte Mac Ihnen gesagt hat, Sie sollten sich doch mal Andys Mädchen genauer ansehen.«

»Ich möchte wetten, daß Ihre Vermutung ziemlich richtig ist.«

»Und — wie ist das Ergebnis der gestrengen Prüfung?«

»Ich finde, der alte Schwede hat ein unverschämtes Glück entwickelt.«

Der Tanz war zu Ende. Pat hatte das Gefühl, daß Huxley gern noch weiter mit ihr gesprochen hätte. »Dürfte ich Sie wohl bitten, mir etwas zu trinken zu kaufen?« fragte sie, nahm ihn bei der Hand und führte ihn an die Bar.

»Sehr gern, nur —«

235

»Machen Sie sich keine Sorge, Colonel. Ich werde Andys Zorn schon besänftigen.«

»Man wird über uns lästern, Pat, es geht schon los.«

»Nun kommen Sie schon, Sie Held.«

Sie hob ihr Glas. »Ich trinke auf den rauhen Mann mit dem goldenen Herzen.«

»Und ich trinke auf den Mann, der — prost!« Sie stießen an. Huxley brannte sich eine Zigarette an. »Ich glaube«, sagte er nachdenklich, »die Jungens hassen mich manchmal. Ich selber übrigens manchmal auch, Pat.«

»Ich weiß, warum Sie die Jungens so hart 'rannehmen, und sicherlich haben Sie recht. Sie wollen sie zäh haben, damit sie es überleben.«

Huxley nahm einen tiefen Zug aus seiner Zigarette. »Sie müssen meine plumpe Vertraulichkeit entschuldigen. Ich bin redselig wie ein Primaner. Ich bin selbst ganz erstaunt. Das ist sonst eigentlich gar nicht meine Art, Pat.«

»Das verstehe ich gut«, sagte sie. »Auch ein Colonel muß sich gelegentlich mal was von der Seele reden können. Sie haben doch vermutlich auch schrecklich Heimweh, nicht wahr? Sie Armer. Aber Sie dürfen sich nichts davon anmerken lassen, müssen immer Haltung bewahren, Vorbild sein und so weiter — das ist bestimmt nicht einfach.« Sie sprach zu ihm wie zu einem kleinen Jungen, dem die Mutter fehlt. Er öffnete seine Brieftasche und gab sie ihr in die Hand. Sie betrachtete das Bild von Jean Huxley.

»Sie sieht wunderbar aus«, sagte Pat. »Sie müssen schrecklich Sehnsucht nach ihr haben.«

»Sie sind ein feiner und kluger Kerl, Pat. Darf ich Ihnen etwas gestehen?«

»Bitte.«

»Sie dürfen es aber nicht falsch auffassen. Es war ganz sonderbar — als ich vorhin hereinkam, fielen Sie mir sofort auf, ich sah nur Sie. Ich wünschte mir sehr, mit Ihnen tanzen zu können. Es ist lange her, seit ich mit jemandem so gesprochen habe wie mit Ihnen heute abend, und es hat mir sehr gut getan. Sie haben viel Ähnlichkeit mit meiner Frau.«

Sie lächelte ihn an. »Es ist lieb von Ihnen, Colonel Huxley, mir das zu sagen.«

Er nahm ihre Hand in seine beiden Hände. »Ich wünsche Ihnen von Herzen, Pat, daß noch alles gut wird für Sie.«

»Ich danke Ihnen«, sagte sie leise.

Huxley sah sich um und winkte Andy zu. »Ich glaube, Pat, ich bringe Sie jetzt besser wieder an Ihren Tisch. Als ich das letztemal einen Zusammenstoß mit einem Schweden hatte, ist mir das sehr schlecht bekommen.«

Der Wecker klingelte. Andy stand auf und machte Licht. Er ging ins Bad, hielt das Gesicht unter das kalte Wasser, kämmte sich und zog seinen Uniform-Schlips zurecht.

Als er ins Wohnzimmer kam, sah er, daß Pat auf war und ihn erwartete. Er küßte sie.

»Alles ist klar für Ostern. Drei Tage auf der Farm. Ich kann es kaum erwarten, Pat.«

»Andy«, sagte sie, ihre Stimme war merkwürdig rauh und trocken.

»Was ist, Liebes?«

Sie ging unruhig im Zimmer auf und ab. Dann trat sie an den Tisch und nahm eine Zigarette. »Setz dich doch bitte mal hin. Ich muß mit dir reden.«

»Ich komme zu spät zum Zug.«

»Ich habe die Uhr eine halbe Stunde vorgestellt.« Sie zog hastig an ihrer Zigarette, dann sah sie ihn an und holte tief Luft. »Wir fahren nicht auf die Farm.«

»Wieso denn nicht? Hast du Dienst?«

»Du verstehst mich nicht. Wir müssen Schluß machen.«

Er sah sie verblüfft an. »Wie bitte? Ich glaube, ich habe nicht ganz richtig verstanden.«

»Es ist aus«, sagte sie.

Andy stand auf. Er war sehr blaß. »Wovon, zum Teufel, redest du eigentlich?«

»Keine Szene, Andy, bitte.«

»Sag mal, Pat, bist du wahnsinnig geworden? Habe ich dir irgendwas getan?«

Sie bekam sich allmählich wieder in die Gewalt. Die heftigen Schläge ihres Herzens wurden ruhiger. »Ich weiß, was du jetzt von mir denkst. Ich kann nichts dagegen machen. Es ist zu spät. Aber ich kann einfach nicht mehr so weiterleben. Es war ein schrecklicher Irrtum, daß ich dachte, ich könnte es. Jetzt bist du sicher sehr böse mit mir – aber das ist ja nun alles auch gar nicht mehr wichtig.«

Der große Schwede faßte sich mit der Hand an die Stirn. Er verstand nichts mehr. »Nein, ich bin dir nicht böse«, murmelte er. Er hob den Kopf und sah sie an. In seinen Augen stand der Schmerz. »Ich kann dir doch gar nicht böse sein. Ich kann nicht mehr leben ohne dich –«

»Bitte nicht, Andy«, sagte sie leise. »Ich verlange keine großen Worte jetzt von dir.«

»Herrgott noch mal«, rief er. »Meinst du, ich könnte hier leben und wissen, daß du hier bist, ohne dich zu sehen?«

»Schrei doch nicht so.«

»Verzeih.«

»Mach doch nicht alles noch schlimmer«, bat sie. »Ich möchte nicht, daß du jetzt irgendwas sagst, was dir später leid tut. Ich habe dir weh getan. Aber wir wissen doch beide, es ist so am besten.«

»Mir tut nichts leid, und ich laß dich nicht fort.« Er nahm sie und hielt sie fest in seinen großen Armen. »Ich liebe dich, Pat.«

»O Andy – was hast du da gesagt?«

»Ich hab' gesagt, daß ich dich liebe, verdammt noch mal.«

»Liebster – wirklich? Du sagst es nicht nur gerade jetzt?«

»Natürlich liebe ich dich. Das fühlt doch ein Blinder mit dem Krückstock.«

»Ich wußte es nicht.«

»Dann weißt du es jetzt.«

»Weißt du, wir Frauen wollen doch immer, daß man uns so was auch sagt.«

Er sah in ihre Augen, die dunkel und rätselhaft waren, und wiederholte die Worte, die er eben gesagt hatte, die Worte, die schon die ganze Zeit in seinem verbitterten Herzen gelegen und gewartet hatten – und diesmal sagte er es leise und zärtlich: »Ich liebe dich, Pat. Ganz schrecklich.«

»Liebster«, rief sie unter Tränen und schloß ihn in die Arme. Der Raum drehte sich um ihn.

Er schob sie von sich und hielt sie mit ausgestreckten Armen fest. »Laß uns heiraten, Pat. Ich weiß, wie es dir ums Herz ist, aber, Teufel auch, wir Schweden sind zähe Burschen. Die Kugel ist noch nicht gegossen, die Andy Hookans treffen könnte.«

»Still, Andy, bered es nicht.«

»Wir wollen es wagen, wir müssen es. Ich werd' schon durchkommen. Jetzt habe ich ja etwas, wofür ich leben bleiben will.«

»Ich habe Angst«, sagte sie.

»Ich auch.«

»Ich habe aber gar keine Lust, nach Amerika zu gehen.«

»Wer spricht denn von Amerika? Hier bin ich zu Haus, und du bist meine Frau. Alles andre ist unwichtig. Die ganze übrige Welt kann zum Teufel gehen – ich glaube, ich brauche einen Schnaps.«

Zum erstenmal, seit er sie kannte, war die tiefe Traurigkeit verschwunden, die immer über ihr gelegen hatte. Ihre Augen waren lebhaft und übermütig. »Es ist heller Wahnsinn, Andy.«

»Natürlich. Und was sagst du?«

»Ja, Andy, ja.«

»Morgen gehe ich zu unserm Pfarrer«, sagte er. »Man wird dich auf Herz und Nieren prüfen.«

»Das können sie ruhig tun.«

»Ich bin sehr glücklich, Pat.«

»Andy«, flüsterte sie, »wenn es ein Junge wird – hättest du etwas dagegen, daß wir ihn Timothy nennen, nach meinem Bruder?«

»Willst du damit sagen, daß wir ein Kind kriegen?«

Sie nickte.

»Warum hast du mir denn nichts davon gesagt, Liebste?«

»Ich wollte nicht, daß du dich dadurch gebunden fühltest, Andy.«

Er nahm ihre Hand und küßte sie, dann legte er seinen Kopf an ihre Schulter. »Und du – du wolltest mich wegschicken?«

»Ich habe dich schon sehr lange geliebt«, flüsterte sie. Sie schlang die Arme um ihn und zog ihn an sich. Er legte den Kopf an ihre Brust und schloß die Augen. »Ich wollte etwas haben«, sagte sie, »was mir dieser Krieg nicht wieder fortnehmen könnte.«

Ich schlug Andy ermutigend auf den Rücken, als wir uns dem Zelt von Marinepfarrer Peterson näherten. Wir warfen einen Blick auf den Aushang vor der Tür. In der einen Ecke war das Bild eines prächtig gebauten nackten

Mädchens. Darunter stand: *So muß sie aussehen, sonst darfst du sie nicht heiraten. Marinepfarrer Peterson.* Es bedeutete einen ausgedehnten Papierkrieg, wenn man beim Marine-Korps heiraten wollte. Und wer heimlich heiratete, wurde schwer bestraft. Ich stieß Andy noch einmal aufmunternd in die Seite, und wir traten ein.

Der Mann mit dem runden Gesicht und dem ansteckenden Lächeln sah auf und rief: »Nanu, Mac, was machen Sie denn hier? Kommen Sie als Spion von Pater McKale?«

»Wie gehen die Geschäfte?« parierte ich die Frage meines alten Freundes.

»Hören Sie mal, Mac, Sie müssen mir helfen. Ich bin zwölf Jahre bei der Navy gewesen, aber ich habe nie auch nur annähernd etwas Ähnliches gehört wie die Sprache, die bei den Marinern üblich ist. Reden Sie den Jungens doch mal ins Gewissen. Ich denke, ich werde nächsten Sonntag darüber predigen. Und wen haben Sie mir da mitgebracht?«

»Einen von meinem Funktrupp – Andy Hookans.«

»Setzt euch, Jungens. Wie war der Name? Hookans? Es macht mir immer besondere Freude, einen guten Skandinavier zu bekehren. Sie sind Schwede, Andy?«

»Ja, Herr Pfarrer.«

»Ich auch. Schlagen Sie ein.« Sie wechselten einen kräftigen Händedruck, und Andy war bereits etwas leichter ums Herz. Der Pfarrer öffnete eine Packung Zigaretten und bot an. »Hookans«, sagte Peterson, während er in allerhand Papieren wühlte, die auf seinem Tisch lagen, »den Namen habe ich doch schon mal gehört – ach, da ist es ja.« Er sah auf das Blatt, das er gefunden hatte.

»Das Bild, das da draußen bei Ihnen hängt, Pfarrer, sieht übrigens meinem Mädchen zum Verwechseln ähnlich.«

Peterson lächelte. »Sie scheinen Ihren Besuch bei mir gut vorbereitet zu haben. In der Tat, Sie haben schweres Geschütz aufgefahren.«

»Wie meinen Sie das, Herr Pfarrer?« fragte Andy.

Peterson reichte uns das Blatt herüber.

Lieber Svend!

Ein großer Schwede namens Andy Hookans wird vermutlich in den allernächsten Tagen in Ihrem Allerheiligsten erscheinen, um mit banger Stimme die wichtige Frage an Sie zu richten. Ich habe das Mädchen kennengelernt, und sie ist viel zu gut für ihn. Sie ist ein Engel. Ich wäre Ihnen sehr verbunden, wenn Sie den beiden ohne den üblichen Papierkrieg kurz entschlossen Ihren Segen geben würden. Wenn Sie es nicht tun, werde ich dafür sorgen, daß alle meine Jungens nur noch zu Pater McKale gehen.

Besten Dank
Ihr Sam Huxley

PS: Wo waren Sie letzten Freitag? Wir vermißten Sie beim Pokern.

»Hm – die Nachschrift ist nicht zur Veröffentlichung bestimmt.«

»Natürlich nicht, Herr Pfarrer«, sagte Andy, strahlend wie ein Primeltopp.

6. Kapitel

In meiner Eigenschaft als Brautführer war ich bereits einen Tag vor der Hochzeit mit Andy nach Masterton gefahren. Die übrigen sollten unter Burnsides Führung am nächsten Tag nachkommen – mit Ausnahme von Danny, der mit einem schweren Malariaanfall in Silverstream lag.

Die Jungens waren dabei, sich landfein zu machen. Sie wollten abends nach Wellington fahren, dort übernachten und am andern Morgen mit dem ersten Zug weiterfahren nach Masterton.

Während alles aufgeregt umherlief, um die letzten Vorbereitungen für die Reise zu treffen und letzte Pumpversuche bei der Kompanie zu machen, lag Levin scheinbar unbeteiligt auf seiner Koje, vertieft in die Lektüre eines längst gelesenen Briefes.

Seesack ging zu ihm hinüber und schlug ihm kräftig auf die Fußsohlen. »Los, Levin, mach zu.«

Levin sah auf, lächelte verlegen, sagte aber nichts.

»Mann, Levin, vielleicht beeilst du dich endlich«, rief nun auch L. Q.

»Ich – ich bin gar nicht eingeladen«, sagte er unsicher.

»Wie kommst du denn darauf, du wärst nicht eingeladen?«

»Hat mir keiner was davon gesagt.«

»Na so was – brauchst du vielleicht 'ne gedruckte Einladung? Der gesamte Funktrupp ist doch eingeladen.«

»Hat mir niemand gesagt.«

Burnside griff ein und rief mit dienstlicher Stimme: »Gehörst du zum Funktrupp oder nicht? Also los, beeil dich.«

»Aber – ich hab' doch Küchendienst.«

»Dafür hab' ich schon gesorgt, deinen Dienst übernimmt einer von den Fernsprechern«, sagte Burnside.

»Meine Ausgehuniform ist nicht gebügelt.«

»Die kannst du in Wellington bügeln lassen.«

Levin richtete sich auf und sah hinüber zu Speedy Gray. Speedy sah ihn nicht an, als er sagte: »Beeil dich, Levin – wir verpassen sonst womöglich noch den Zug.«

Im Hotel des Amerikanischen Roten Kreuzes in Wellington trafen sie zu ihrer großen Freude Danny, der gerade als geheilt in Silverstream entlassen war. Joe dagegen, der mit Marion ausgeschickt worden war, um auf dem Schwarzmarkt von Wellington etwas Trinkbares für die Hochzeit aufzutreiben, ging dabei verloren und war für die nächsten drei Tage nicht mehr zu sehen.

Die Bahnfahrt nach Masterton war langweilig und ermüdend. Der Trupp, der rechts und links des Ganges ein Viererabteil besetzt hatte, versuchte, sich die Zeit mit Pokern zu vertreiben. Doch im Laufe des Morgens fielen immer mehr Blicke dahin, wo die Flaschen lagen, die Marion bewachte.

»Da fällt mir gerade ein«, sagte Seesack, während er die Karten mischte, »mit dem Zeug, was man auf dem Schwarzen Markt kauft, kann man bös 'reinfallen.«

240

»Stimmt«, sagte L. Q., »man kann davon blind werden.«

»Tja«, sagte nun auch Burnside, »mit dem Schwarzmarkt ist das so eine Sache. Da weiß man nie, was man kriegt.«

Marion blieb völlig ungerührt und betrachtete weiter aufmerksam die Landschaft vor dem Fenster. Der Zug brachte einige weitere Kilometer hinter sich.

»Da kommen sicher furchtbar viel Leute zu der Hochzeit.«

»Na klar, Alter. Hunderte.«

»Ist ja ein schrecklicher Gedanke, wenn wir die nun alle vergiften sollten.«

»Ja, das könnte ich mir nie verzeihen.«

»Wenn Joe das Zeug organisiert hat, dann ist es bestimmt nicht astrein.«

Der Zug durchfuhr die nächsten Kilometer.

»Was meinst du, Mary — ob man nicht doch eine Flasche mal aufmachen und wenigstens dran riechen sollte. Nur zur Sicherheit.«

»Nein, ganz im Ernst, Mary«, sagte Danny, »wir sollten das Zeug mal untersuchen.«

Nachdem sie länger als eine Stunde immer wieder von den Gefahren einer Vergiftung gesprochen hatten, war Marion so weit, daß auch er es für richtig hielt, sicherheitshalber einen kleinen Probeschluck zu nehmen. Er entkorkte eine Flasche Gin und eine Flasche Whisky, während die andern sich um ihn drängten. Die Flasche ging von Hand zu Hand, jeder roch daran, und jeder schüttelte mit ernster Miene den Kopf.

»Was ist denn los?« fragte Marion.

»Riecht komisch, Alter, riecht komisch. Wo hat Joe das Zeug denn her?«

»Was ist damit?« fragte Marion, der nun doch ein wenig Angst bekam.

»Nee«, sagte Leuchtfeuer und schüttelte den Kopf, »ich finde, das Zeug riecht komisch.«

»Ich weiß nicht — damit kann es allerhand Ärger geben.«

»Besser, wir schütten es weg«, sagte L. Q.

»Man könnte ja mal einen kleinen Schluck nehmen — nur, um völlig sicherzugehen.«

»Ja, wenn ihr meint —«, sagte Marion unschlüssig.

»Das beste wird sein«, meinte Burnside überlegend, »jeder von uns nimmt einen Schluck, damit wir uns dann gemeinsam ein Urteil bilden können.«

Die Flasche ging reihum, ehe Marion Protest einlegen konnte. »Man kann nicht viel sagen nach einem Schluck — wir probieren besser noch mal.«

Der Gin machte zum zweitenmal die Runde, desgleichen anschließend der Whisky.

»Ist es nun in Ordnung oder nicht?« fragte Marion.

»Moment mal, Marion, ich will den Jungens nebenan einen Schluck anbieten«, sagte Danny, indem er mit dem Kopf auf vier neuseeländische Flieger zeigte, die im Nebenabteil saßen. »Ich möchte nicht, daß sie uns für unfreundlich halten.«

»Den Rum sollte man besser auch mal probieren.«

»Jäää — ich bin da vor einiger Zeit mal an eine Flasche englischen Navy-Rum geraten und hatte eine Woche lang Dünnpfiff.«

Speedy erwischte den Rum, während Leuchtfeuer Marion ablenkte, indem er ihn auf die Landschaft aufmerksam machte. Marion, der gleichzeitig in zehn Richtungen zu sehen versuchte, verlor den Überblick. Nur durch handgreifliche Drohungen gelang es ihm schließlich, drei von den ursprünglich sieben Flaschen zu retten.

Es war eine sehr vergnügte Gesellschaft, die ich auf dem Bahnhof von Masterton in Empfang nahm. Ich verfrachtete sie schleunigst in zwei bereitstehende Taxi und fuhr mit ihnen zum Rot-Kreuz-Klub. Als wir dort ankamen, sangen sie aus vollem Hals. Sie trafen die Töne zwar noch immer richtig, dagegen waren die Texte ziemlich unpassend für ein öffentliches Lokal. Der Schnaps, den sie auf leeren Magen getrunken hatten, machte sich bemerkbar, und als sie sich gewaschen und ihren Anzug in Ordnung gebracht hatten, schleppte ich sie in die Kantine und bestellte einen starken Kaffee, damit sie wieder nüchtern wurden.

Andy kam zu uns. Es war mir gelungen, ihn bisher ruhig zu halten; aber als ich ihn allein gelassen hatte, um die Jungens von der Bahn zu holen, war seine mühsam bewahrte Fassung zusammengebrochen. Er zitterte dermaßen, daß er nicht mehr in der Lage war, sich eine Zigarette anzubrennen. Der Schweiß lief ihm über das Gesicht, er war kaum imstande, etwas zu sagen.

»Hally, Andy«, sagte L. Q., »du siehst aber gar nicht gut aus.«

»Mir ist auch nicht gut«, sagte er mit bedrückter Stimme. »Die Kirche ist gerammelt voll.«

»Kopf hoch, alter Junge – wir sind bei dir.«

»Wovor hast du denn solche Angst, Alter?«

»Weiß nicht – aber lieber würde ich jetzt in einem Landungsboot sitzen.«

»Was hast du denn – ist doch bloß 'ne Hochzeit. Hab' ich schon oft mitgemacht.«

»Hast du den Ring, Mac? Hast du ihn auch ganz bestimmt?«

»Ja«, antwortete ich zum hundertsten Male.

»Ich glaube, Andy, du brauchst 'ne kleine Stärkung.«

»Ja, das brauche ich wirklich.«

»Das halte ich nicht für gut«, sagte Marion. »Ich werde eine Tasse Tee für dich bestellen. Das ist besser für dich als Alkohol.«

»Ich brauch 'ne kleine Stärkung. Ich brauch sie wirklich – hallo, Danny, fein, daß du nun doch noch mitgekommen bist.«

»Ich muß doch dabeisein, wenn das Schwein abgestochen wird«, sagte Danny. Das gab dem Schweden den Rest.

Als der Tee kam, gelang es Leuchtfeuer, neun Zehntel des Tasseninhalts heimlich durch Gin zu ersetzen. Mit äußerster Anstrengung gelang es Andy, die Tasse an die Lippen zu bringen. Er trank sie auf einen Zug leer, holte tief Luft – und bat um noch eine Tasse.

»Ich hab' dir ja gleich gesagt, Tee ist das Richtige für dich«, sagte Marion stolz.

Nach der dritten Tasse fühlte Andy keinen Schmerz mehr. Er schlug sich mit seinen großen Händen auf die Knie und machte komische Augen. Ich sah auf die Uhr. »Ja, Andy, ich glaube, wir müssen uns in die Kirche aufmachen«, sagte ich. »Ihr andern seid in einer halben Stunde da.«

Andys Gesicht verdüsterte sich, mit ernster Miene blickte er die Kameraden an und schüttelte jedem einzelnen die Hand. Als er zu L. Q. kam, brach L. Q. zusammen. »Behüt dich Gott, alter Kumpel«, sagte er, während ihm die Tränen über die Backen liefen. Andy umarmte L. Q., und beide begannen zu weinen. Ich riß sie auseinander und beförderte Andy nach draußen, bevor man ihm noch mehr ›Tee‹ einflößen konnte.

Als das Taxi mit Mac und Andy abgefahren war, saßen die andern in stiller Trauer da.

»Armer, alter Andy –«

»Er war so ein netter Bursche.«

»Das ist nun alles vorbei.«

»Trinken wir einen Schluck«, sagte Burnside, »auf unsern guten, alten Andy.«

Nach drei weiteren Runden stiegen sie in die Taxi, fuhren zur Kirche und mischten sich unter die wartende Menge.

In diesem Augenblick kam ein Jeep in rasender Fahrt herangebraust und hielt vor der Kirche. Ihm entstiegen Leutnant Keats, Marinepfarrer Peterson, Banks, Paris, Pedro, Wellman, Dr. Kyser und der Fahrer, Sam Huxley. Sie hatten eine wilde Fahrt über das Gebirge hinter sich.

Huxley kam aufgeregt zu Burnside. »Haben wir es noch rechtzeitig geschafft?« Sein Haar war vom Winde zerzaust, seine Uniform von der langen Fahrt zerdrückt.

Den Tränen nahe, betraten die Jungens die Kirche, die mit Angehörigen jeglichen Alters der Familie Rogers und der Familie MacPherson gefüllt war, und drückten sich auf die letzte Bankreihe.

Der Organist erschien und setzte sich an die Orgel, der Vikar ging an seinen Platz vor dem Altar. Brausende Orgelklänge erfüllten die alte Kirche und fielen ergreifend auf die Magengruben der betrunkenen Mitglieder des Funktrupps. L. Q. begann hörbar zu schluchzen, als Pat Rogers langsam durch den Mittelgang geschritten kam.

Sie war angetan mit einem prächtigen Spitzenkleid, uraltem Familienbesitz der Rogers, und sah wirklich bezaubernd aus. Vater Enoch kam in einem Cut ähnlich ehrwürdigen Alters. Als der Zug bei Pats Mutter vorbeikam, während gleichzeitig die Orgeltöne anschwollen, fing auch Mrs. Rogers an, gemeinsam mit L. Q. laut zu schluchzen. Als nächster brach Danny zusammen, danach Leuchtfeuer und Speedy.

Andy war bester Laune. Er lächelte frech und übermütig und versuchte, zu Pat hinüberzukommen und sie zu küssen. Ich mußte ihn gewaltsam auf seinen Platz zurückbefördern.

Die heilige Handlung begann. Von der hintersten Bankreihe konnte man gedämpfte Stimmen hören.

»Armer alter Andy.«

»Armer alter Andy.«

243

Ich hielt den Atem an und verfluchte sie heimlich. Andy begann immer heftiger hin und her zu schwanken. Ich war heilfroh, als der anglikanische Vikar endlich so weit war, mich um den Ring zu bitten. Ich nahm ihn von dem seidenen Kissen und gab ihn Andy, der nach Pats Finger zielte, aber zu viele Finger sah. Er schloß die Augen und schlingerte in der Dünung. Der Ring fiel ihm aus der Hand und rollte hinter den Altar. Andy kroch unerschrocken auf allen vieren hinterher. Die Stimmen von der hintersten Bank wurden lauter. Andy nahm sich mächtig zusammen und fand glücklich die richtige Stelle, den Ringfinger der linken Hand.

Er stand blöd grinsend da und empfing die Küsse der zahlreichen Rogers und MacPhersons, die in langer Reihe herankamen. Pat küßte alle Mann des Funktrupps. Sie war reizend und zauberhaft. Sie war den Jungens nicht böse, obwohl sie doch die Feierlichkeit mächtig gestört hatten. Pat strahlte vor Glück und vergab ihnen lächelnd.

Als die Kirche sich allmählich leerte, bildete Sam Huxley die Nachhut. Pat zog ihn beiseite.

»Ich finde es wirklich nett von Ihnen, Colonel, daß Sie den weiten Weg hierher gemacht haben.«

»Ich freue mich mit Ihnen, Pat«, sagte er, »von ganzem Herzen.«

»Sie bleiben doch noch?«

»Leider nein«, sagte er, »wir müssen schleunigst wieder zurück. Aber wir mußten doch unbedingt bei der Trauung dabeisein.«

»Colonel.«

»Ja, Pat?«

»Wenn es ein Sohn wird, möchten wir ihm gern die Vornamen Timothy Huxley geben – hätten Sie etwas dagegen?«

Huxley nahm sie in die Arme und küßte sie auf die Wange. »Ich danke Ihnen sehr, liebe Pat.«

Die Gäste versammelten sich im großen Festsaal des Gildehauses der Farmer. Man hatte uns gesagt, in Masterton sei Alkoholverbot. Wenn das wirklich der Fall war, so hatte man jedenfalls in den Familien Rogers und MacPherson offensichtlich noch nichts davon gehört. Oder sie steckten unter einer Decke mit der örtlichen Polizei. Das große Hufeisen, der Ehrentisch oben und die beiden langen Tische rechts und links, standen voll von Flaschen jeglicher Art und Form. Es gab Wein, Bier, Whisky, Rum, alle möglichen abenteuerlichen unbekannten Mischungen, und an der Wand standen mehrere Fässer selbstgebrauten Bieres bereit für den Fall, daß die übrigen Flaschen nicht ausreichen sollten.

Der Funktrupp saß mit Pat und Andy und den nächsten Familienangehörigen oben an der Ehrentafel. Der Tisch rechts war besetzt vom Stamme MacPherson, der links vom Stamme Rogers. Unzählige Platten und Gerichte wurden aufgetragen. Noch nie in meinem Leben hatte ich soviel zu essen und zu trinken auf einem Haufen gesehen. Diese Leute schienen sich wirklich darauf zu verstehen, Feste zu feiern.

Es erhob sich Harn Rogers, das Oberhaupt der Familie, der eine wohlvorbereitete Rede über die glückliche Verbindung hinter sich brachte, während alles fraß. »Und nun bitte ich die Festversammlung«, beschloß Harn seine feierliche Ansprache, »sich zu erheben und mit mir zu trinken auf das Wohl der Braut und des Bräutigams.«

Jeder füllte sein Glas, alles erhob sich, und die versammelte Gesellschaft sang:

> »Denn sie sind so nette Leute,
> Denn sie sind so nette Leute,
> Denn sie sind so nette Leute,
> Und so rufen alle wir –
> Hipp hipp hurra!«

Es war der größte Unsinn, den ich je gehört hatte. Jeder leerte das Glas – aber wir saßen kaum wieder richtig, als die Seite der MacPhersons sich zum Wort meldete. Das Oberhaupt der Familie erhob sich und sagte: »Ich bitte die verehrten Anwesenden, ihre Gläser zu erheben –«

Es wiederholte sich die gleiche Zeremonie wie eben. Und bevor ich noch meine Zähne in eine Gänsekeule schlagen konnte, stand schon der nächste vom Stamme Rogers auf.

Aber die MacPhersons gaben nicht nach. Ich kam mir allmählich vor wie ein Lift. Das einzigemal, daß ich sitzen bleiben konnte, war ungefähr beim neunten Toast, als die Gesellschaft auf das Wohl des Brautführers trank. Ich kam mir verdammt komisch vor, als es wieder losging mit dem ›Denn sie sind so nette Leute‹, aber bei dem ›Hipp hipp hurra!‹ wurde ich ordentlich rot.

Meine Leute waren zwar schon zu Beginn schwer angeschlagen gewesen, aber sie ließen sich von den Hartsäufern aus der Familie der Braut nicht unterkriegen. Um etwas Abwechslung in das Duell zwischen den Rogers und den MacPhersons zu bringen, ließen die Mariner schließlich ihrerseits einige Trinksprüche vom Stapel.

Im Laufe der nächsten zwei Stunden tranken wir auf Pat, Andy, die Familie Rogers, die Familie MacPherson, den Funktrupp, das Marine-Korps, auf die neuseeländische Army, Navy und Luftwaffe, auf Sam Huxley, Marinepfarrer Peterson, den englischen König, die Queen, den Vikar von St. Peter, auf Präsident Roosevelt, New York, Wellington, Masterton, die Nordinsel, die Südinsel, Australien, die Zweite Division, das Sechste Regiment, auf Rita Hayworth, Stalin, sämtliche Alliierten und eine Menge weniger berühmter Leute und Ortschaften.

Als dann der Teppich zum Tanz zusammengerollt wurde, herrschte eine lärmende Heiterkeit und allgemeine Herzlichkeit, wie ich sie so noch nicht erlebt hatte.

Ich saß auf dem Platz, von dem die Autobusse abfuhren, und verfrachtete meine Leute, die einer nach dem anderen angewankt kamen, in unsern Bus. Schließlich waren alle da bis auf Marion. Vermutlich war er in der Bibliothek von Masterton oder einem anderen kulturellen Mittelpunkt der Stadt hängengeblieben, dachte ich mir.

Pat und Andy wollten von dem gleichen Platz mit einem Bus in nördlicher Richtung zu ihrer zweitägigen Hochzeitsreise starten. Ein Auto kam heran und hielt. Ihm entstiegen vier lange Kerle aus der Familie Rogers, die zwischen sich den steifen, bewußtlosen Körper von Andy Hookans trugen. Pat versuchte, ihre Mutter zu trösten, während sie gleichzeitig die ›Leichenträger‹ mit dem Gepäck und ihrem Gemahl an den richtigen Bus dirigierte. Sie legten den Schweden quer über die hintere Bank. Pat küßte mich und dankte mir für meinen Einsatz.

»Sind Sie böse, Pat?«

»Böse?«

»Na ja – die Jungens haben sich ja nicht gerade besonders gut benommen, und dann haben sie auch noch Andy so viel zu trinken gegeben.«

Sie lächelte. »Du lieber Gott, nein. Seit sechsundzwanzig Jahren habe ich eine Menge Hochzeiten in unserer Familie mitgemacht. Ich habe es noch nie erlebt, daß der Bräutigam am Ende nüchtern war.« Enoch räusperte sich, während Mrs. Rogers einen beziehungsvollen Blick in seine Richtung warf. »Ich bin viel zu glücklich, Mac, um irgend jemandem böse zu sein.«

»Alles Gute«, sagte ich, während sie den Umstehenden zum Abschied zuwinkte.

»Feiner Junge, der Andy«, sagte Enoch, »feiner Junge.«

Als Pat in den Bus stieg, kam ein Jeep angebraust mit drei Mann Militärpolizei. Zwei von ihnen hatten Schwester Mary zwischen sich. Ich rannte eilig hin, als sie Marion aus dem Wagen zogen.

»Gehört der da Ihnen?« fragte ein MP-Mann. »Er wollte im Rot-Kreuz-Klub unbedingt eine Schlägerei anfangen.«

»Ja«, sagte ich, »der da gehört mir.«

»Eigentlich hätten wir ihn ja einlochen müssen, aber weil er aus Guadalcanar kommt –«

»Nett von euch, Leute. Besten Dank.«

Marion schwankte heftig. Er zog seine Uniform glatt, rückte seinen Schlips zurecht und wandte sich Enoch und Mrs. Rogers zu. »Ich fürchte«, sagte er mit schwerer Zunge, »mein Betragen kann nicht als einwandfrei bezeichnet werden. Ich werde mir erlauben, mich morgen schriftlich bei Ihnen zu entschuldigen.« Nach dieser anstrengenden Rede fiel er bewußtlos in meine Arme. Ich verabschiedete mich einigermaßen hastig und schleppte Marion zum Bus, da der Fahrer bereits den Motor anspringen ließ. Dann beugte ich mich aus dem offenen Fenster und winkte.

»Nette Kerle alle miteinander«, sagte Enoch, als der Bus abfuhr, »wirklich nette Kerle.«

7. Kapitel

Huxley hatte seine langen Beine auf den Tisch gelegt und schaukelte mit seinem Stuhl hin und her. Er hatte ein Schriftstück in der Hand, das er aufmerksam studierte. Major Wellman brannte sich seine Pfeife an und schaute Huxley über die Schulter. Huxley sah hoch. »Haben Sie sich das Ding da mal angesehen, Wellman?«

»Also haben Sie es doch in die Finger gekriegt«, sagte Wellman.

»Sehr interessant, dieser Bericht, sehr interessant. Wie lange hat das Bataillon der Achter für die Strecke nach Foxton gebraucht?«

»Vier Tage.«

»Hmm.«

»Das ist 'ne üble Tour, Sam. Das Bataillon hat eine Menge Ausfälle gehabt.«

»Hm – zurück zu sind sie also gefahren – die Strecke ist etwas über hundert Kilometer – schweres Marschgepäck –« Er blätterte den Bericht durch. »Das beste wird sein, wir schicken Marlin los mit einem Vorkommando, um die Zeltplätze an der Strecke vorzubereiten. Glauben Sie, daß eines der andern Bataillone versuchen wird, die Zeit von Cherokee-White zu unterbieten?«

»Ja, unser Erstes und unser Drittes Bataillon.«

»Und das haben Sie die ganze Zeit gewußt, Wellman?«

»Ich wußte auch, daß Sie auf diese Sache stoßen würden«, sagte der Intendant lächelnd. »Wir brauchen übrigens kein Vorkommando. Wir können dieselben Lagerplätze benutzen wie die Achter.«

Huxley nahm die Füße vom Tisch und ließ sie auf den Fußboden knallen. »Ich bin anderer Meinung. Ich habe die Absicht, die Zeit von Cherokee-White um einen Tag zu unterbieten.«

»Das hatte ich eigentlich auch beinahe vermutet, daß Sie das versuchen würden.«

»Versuchen? Zum Teufel – ich halte jede Wette, daß wir einen Rekord aufstellen werden, bei dem kein anderes Bataillon überhaupt versuchen wird, ihn zu brechen.«

Die Sache schmeckte mir von Anfang an nicht. Aber auf so was hatte die lange Latte schon immer gewartet. Es kam ihm wie gerufen, daß eine andere Einheit ein bestimmtes Tempo vorlegte, das wir unterbieten sollten. Das war seine besondere Tour, Rekorde auf Kosten unseres Schweißes zu brechen.

Das Wetter war schlecht. Vom Ozean trieben dicke graue Wolken heran, die aussahen, als ob sie sich jeden Augenblick öffnen wollten. Als wir aus dem Lager herauskamen und uns auf die asphaltierte Autostraße nach Norden begaben, fing es bereits an zu nieseln. Es war eine tolle Wühlerei die Marschreihe entlang, als jeder den Regenumhang seines Vordermannes losschnallte und ihm hineinhalf. Als der Regen stärker wurde, hingen die großen Gummitücher uns wie ein heißer Umschlag über dem Leib und ließen uns schwitzen. Wir hatten kaum den ersten Kilometer hinter uns, als es ernstlich zu schütten begann. Huxley fluchte und gab der Spitze den Befehl, das Tempo zu beschleunigen. Ein heftiger Wind peitschte uns den Regen ins Gesicht. Die Umhänge schlugen gegen die Beine und ließen das Wasser als gesammelten Strom in unsere Knobelbecher fließen. Der Morgen verfinsterte sich zum Grau der Dämmerung, aber wir trotteten weiter. Das Wasser quietschte in meinen Stiefeln, meine dicken Socken aus neuseeländischer Wolle waren in nullkom-

247

manichts durchweicht. Das war übel. Nasse Füße und eine asphaltierte Straße ergeben keine gute Mischung. Wir hoben sie hoch und setzten sie hin, während der Wind den Regen immer heftiger über die Straße peitschte.

Kyser duckte sich unter die Zeltbahn, die Ziltch und ein anderer Mariner über Huxleys Kopf ausgespannt hielten, der dasaß und die Karte studierte. »Colonel«, sagte er, »ich möchte vorschlagen, daß wir die Sache abblasen.«

»Unser Stundendurchschnitt ist bereits wesentlich besser als der von Cherokee«, sagte Huxley strahlend. Er hatte nicht einmal gehört, was der Arzt ihm zugerufen hatte.

»Hören Sie, Colonel«, rief der Doktor, »die Malaria wird unheimliche Formen annehmen, wenn wir jetzt nicht Schluß machen.«

Huxley sah von der Karte auf. »Was sagten Sie eben, Doktor? Ich konnte Sie gar nicht richtig verstehen.«

»Ich habe gar nichts gesagt, verdammt noch mal.«

Mir schien, der Tag nahm überhaupt kein Ende. Kilometer auf Kilometer blieb zurück unter den patschnassen Stiefeln von Huxleys Huren – ein Hügel – und noch einer. Es war dunkel und naß und kalt. Weiter und weiter schob sich die lange Marschreihe voran.

Der nächste Kilometer, und wieder einer. Hatten wir bisher keinen Gedanken und keine Empfindung gehabt, so bekamen wir jetzt allmählich Appetit auf Blut: Huxleys Blut. Aber die lange Latte sah nur auf die Uhr und beschleunigte das Tempo. Ich hätte verdammt gern hingeschmissen. Doch es war wieder das alte, üble Spiel – solange Huxley nicht schlappmachte, durfte ich auch nicht schlappmachen, und er wußte das.

Die ersten Ausfälle. Der Sani-Jeep brauste die Marschreihe auf und ab, von seinen Reifen spritzte uns das Wasser ins Gesicht. Klappernde Wracks saßen im Schlamm am Rande der Straße, sie stierten trübe vor sich hin und waren viel zu benommen, um zu begreifen, was mit ihnen geschehen war. Endlich machten wir halt auf einer Wiese nicht weit von Otaki. Doch für uns gab es noch zu tun. »Funkverbindung aufnehmen zum Regiment – Fernsprechleitungen verlegen zu den Kompanien – Zelte aufschlagen – Latrinen ausheben.«

Ich hatte nicht gedacht, daß ich noch einmal in meinem Leben die Sonne sehen würde. Doch als nach sieben Stunden Schlaf am nächsten Morgen aus einem hellen, klaren Himmel ihre warmen Strahlen auf uns fielen, fühlten wir uns wie neu geboren. Das Frühstück fiel aus, statt dessen gab es die Schok ladenstangen der D-Ration, die wir uns während des Marsches einverleil... durften. Huxley wollte, daß wir uns möglichst rasch wieder in Bewegung setzten. Wir bauten in affenartige Geschwindigkeit die Funk- und Fernsprechverbindungen ab, rollten unsere Matratzen zusammen, warfen sie auf die Lastwagen und traten an.

Punkt sieben Uhr setzte sich die Kompanie Fox in Marsch und übernahm die Vorhut. Ich merkte es erst, als ich wieder auf die Asphaltstraße kam, aber

248

dann wäre ich beinahe in die Knie gegangen. In meinen Füßen meldete sich ein schneidender Schmerz. Es gibt etwas, was der Mariner nicht vernachlässigen darf – seine Füße. Ich hatte meine immer liebevoll gepflegt, und sie hatten mich auch noch nie im Stich gelassen. Der Regen des gestrigen Tages hatte mir aber doch Blasen eingebracht, und die restlichen sechzig Kilometer würden mir bestimmt noch allerhand Ärger machen. Nur gut, dachte ich, daß ich nicht in neuen Stiefeln laufen mußte, wie einige von den Jungens.

Im Lauf der nächsten Stunden wurde mir klar, daß die lange Latte diesmal wirklich aufs Ganze ging. Er schlug an der Spitze ein derartiges Tempo an, daß die Nachhut dauernd traben mußte, um dranzubleiben. Er holte das letzte aus uns heraus. Waren wir gestern naß gewesen vom Regen, heute waren wir naß vom Schweiß.

Kilometer um Kilometer blieb zurück, in einem Tempo, wie ich es bei einem Marsch von solcher Länge noch nicht erlebt hatte.

Ich hatte Sorgen mit meinen Füßen. Mit jeder Rast wurde es schlimmer. Wenn es hinterher wieder auf die Straße ging, waren die Schmerzen in den ersten zehn Minuten kaum auszuhalten. Bis dann die Füße auf dem harten Pflaster allmählich gefühllos wurden. Als es mittags warmes Essen gab, hatte ich das Gefühl, auf heißen Kohlen zu stehen.

Als es danach wieder losging, humpelte die ganze Kolonne während der ersten zwanzig Minuten. Auch Sam Huxley, und bei ihm war es besonders auffällig. Bei seiner Länge war es doppelt schlimm. Seine Füße taten ihm weh, das sah ich deutlich, und ich freute mich darüber. Aber Huxley versalzte uns das Vergnügen, indem er sofort wieder das Tempo beschleunigte.

Fluchend und wütend brachten die Männer die Kilometer hinter sich, 'rauf und 'runter schlugen ihre Füße den Takt auf der endlosen Straße. Die Schmerzen in meinen Füßen waren so stark, daß ich die Schmerzen im Rücken, in der Hüfte und im Nacken weniger deutlich spürte. Aber nach einiger Zeit ließen sich diese anderen Stellen von meinen Füßen nicht lumpen. Ich kam mir vor wie ein Stück rohe Leber, das gerade durch den Wolf gedreht wird.

Der nächste Kilometer – noch einer – und noch einer. Ich kam außer Atem, was mir eigentlich auf ebener Strecke sehr selten passierte. Ich machte die Augen zu und betete. Verdammt, ich durfte doch nicht schlappmachen! Was sollten denn meine Jungens von mir denken? Einige von ihnen waren schlimmer dran als ich und gaben doch nicht auf – nicht schlappmachen – ich darf einfach nicht schlappmachen. Jeder Schritt wurde zur Qual. Am liebsten hätte ich geschrien: Halt! Ich überdachte im stillen mein ganzes bisheriges Leben. Wie, zum Teufel, war ich eigentlich in diese Scheiße geraten? Man hat mich als Ausbilder zur Nachrichtenschule schicken wollen. Warum hatte ich es abgelehnt? – Du bist doch ein blödes Arschloch, dachte ich.

Wieder ein Kilometer – der nächste Kilometer – Manakau – Oahu – Gott sei Dank!

Wir schwenkten von der Straße ab auf ein großes Feld.

Speedy, der die erste Wache am Funkgerät hatte, kam zu mir 'ran. »Hm, Mac –«

»Na«, fragte ich, »wie geht's denn?«

»Hör mal, Mac, ich muß in ein paar Minuten auf Wache. Darf ich dir eben mal was unter vier Augen sagen?«

»Klar, ich bin vereidigter Beichtvater.«

»Ich möchte dich bitten, es nicht weiterzusagen – aber ich hab' zufällig gesehen, wie Levin seine Stiefel auszog. Seine Füße sehen übel aus. Vielleicht könntest du dich doch mal um ihn kümmern.«

»Wenn er Hilfe braucht, wird er schon zum Sani gehen«, sagte ich.

»Also, hör mal, Mac«, sagte Speedy, dem nicht sonderlich wohl dabei war, »ich hab' Pedro gefragt. Levin war nicht beim Fußappell. Vielleicht wär's doch besser, du würdest ihn morgen den Funkwagen fahren lassen. Ich will gern verzichten.«

»Er wird fahren, wenn er an der Reihe ist, und nicht länger.«

»Mann Gottes, Mac – dem Burschen läuft das Blut aus den Stiefeln. Du weißt doch, was los ist –«

»Hör mal zu, Speedy – Levin gibt bestimmt nicht auf. Er hat noch eine Rechnung klarzustellen.«

»Meinst du, meinetwegen?«

»Ich würde vorschlagen, Speedy, daß du jetzt nicht mehr dran denkst, sondern auf deine Wache gehst.«

Huxley besorgte es uns sauber. Um vier Uhr morgens wurden wir hochgepurrt. Es war stockduster, nur die schmale Mondsichel und die Sterne am Himmel leuchteten. Müde und vergrätzt brachen wir das Lager ab, und nach kaum vierzig Minuten befanden wir uns wieder auf der Straße und auf dem Marsch, mit einer Schokoladenstange in der Hand. Es war Huxleys Absicht, uns wieder in Trab zu setzen, noch ehe wir richtig wach waren, damit wir nicht so deutlich spürten, in welchem Tempo es weiterging und wie weh uns alles tat. Die Methode funktionierte.

Nur der Gedanke daran, daß wir bald am Ziel sein würden, hielt mich an diesem Tag noch aufrecht. Noch nie in meinem Leben hatte ich mich so übel gefühlt und ähnliche Schmerzen gehabt. Zum erstenmal in all den Jahren beim Marine-Korps war ich nahe daran, schlappzumachen. Ich hatte einfach keinen Mumm mehr. Huxley hatte mir den Rest gegeben.

Sollen die Idioten doch versuchen, uns zu schlagen, dachte ich, sollen sie es doch versuchen. Laßt die Hundesöhne doch versuchen, ob sie schneller marschieren können als Huxleys Huren. Wenn sie sich dabei umbringen, bitte sehr. Ich glaube, der Mensch weiß nicht, wieviel er aushält. In den Stunden, bevor es hell wurde, hatte ich oft gedacht, ich sei endgültig am Ende. Doch immer wieder ging dieser kritische Punkt vorbei, und ich trottete weiter voran in dem mörderischen Tempo – und auch die anderen waren immer noch fast alle auf den Beinen.

Levins heldenhafter Kampf gab mir immer wieder neuen Mut. Ich konnte ihm nicht befehlen, Schluß zu machen. Das Geheimnis mußte gewahrt bleiben, und wenn er dabei draufgehen sollte.

Gegen elf Uhr bekamen wir das Gefühl, daß Foxton nicht mehr weit sein konnte. Die Spitze der Marschkolonne lief los, beinahe im Laufschritt, um endlich die Stadt zu erreichen, deren Name für uns die Hölle bedeutete und den Himmel. Die Hölle, das war der Weg nach Foxton, und in Foxton zu sein, das war der Himmel. Gegen Mittag erschienen die ersten Häuser am Rande der Straße, und dann kamen wir auf den nächsten Hügel – und da lag sie vor uns, die Stadt, direkt vor unsern Augen. Die letzten drei Kilometer waren ein Kinderspiel.

Huxley lächelte von einem Ohr bis zum andern, als er auf die Uhr sah. Für uns gab es natürlich noch allerhand zu tun, aber jetzt war das alles halb so wild. Wir hatten es hinter uns, wir waren erleichtert, und wir waren mächtig stolz. Gemächlich schlugen wir das letzte Lager auf, kümmerten uns um unsere arg mitgenommenen Füße, und dann wurde Post verteilt, genau im richtigen Augenblick.

Wütend kam Doktor Kyser in das Zelt gehumpelt, in dem Huxley saß, und rief: »Sind Sie wahnsinnig geworden?«

»Treten Sie näher, Doktor. Ich hatte Ihren Besuch erwartet.«

»Hören Sie mal, Huxley – ich habe ja schon einige von Ihren Extratouren mitgemacht und nichts dazu gesagt. Aber das hier, das mach ich nicht mit!« Er beugte sich über den Tisch und fuchtelte Huxley mit dem Finger vor der Nase herum. »Sie können die Leute nicht zum Lager zurückmarschieren lassen – das ist heller Wahnsinn. Wir haben bereits zwanzig Mann auf dem Weg hierher eingebüßt – mit dem, was Sie jetzt vorhaben, machen Sie das gesamte Bataillon lazarettreif. Ich lehne jede Verantwortung ab.«

»Keine Bange, Doktor«, sagte Huxley. »Ich habe den Jungens drei Tage Urlaub versprochen, wenn es uns gelingt, unsere bisherige Zeit auf dem Rückweg zu unterbieten.«

»Das ist der Gipfel. Das ist die letzte Schinderei, die ich mir mit ansehe. Ich bringe Sie vors Kriegsgericht, Huxley, so wahr ich hier stehe.«

»Setzen Sie sich endlich, verdammt«, donnerte Huxley.

Kyser setzte sich.

»Wenn Sie die Nerven verlieren, dann verschwinden Sie gefälligst aus meinem Bataillon, Doktor. Wir sind im Krieg. Die Jungens müssen hart sein. Ja, ich werde sie schleifen und mich selber auch – und ich werde dafür sorgen, daß aus diesem Bataillon der beste, zäheste Haufen im ganzen Marine-Korps ist. Es wird beim Zweiten Bataillon keinen einzigen Lahmarsch geben, und kein einziger von meinen Jungens wird ins Gras beißen müssen, weil er schlappmacht. Lassen Sie sich versetzen, wenn Ihnen das nicht paßt, und zwar schleunigst!«

Der sanftmütige kleine Doktor ließ die Arme sinken. »Mann Gottes«, sagte er, »was sind Sie eigentlich für ein Mensch, Huxley? Sie waren also von Anfang an entschlossen, die Jungens hin und zurück marschieren zu lassen?«

»Ja.«

Kyser stand auf. »Ich hab' noch allerhand zu tun.« Er wollte gehen.

»Doktor«, sagte Huxley mit leiser Stimme. Der Arzt blieb stehen und sah zu Boden. »Ich kann mich manchmal selber nicht besonders gut leiden – so zum Beispiel jetzt. Aber es muß sein, im Interesse meiner Leute – Sie begreifen das doch, Doktor, nicht wahr?«

»Ja«, sagte Kyser.

Wir waren wie vom Blitz getroffen, als wir es hörten. Zunächst dachten wir, da hätte sich jemand einen schlechten Witz erlaubt. Doch dann begriffen wir allmählich, daß es kein Witz war. Wir sollten also den gleichen Weg, den wir bei strömendem Regen in Rekordzeit hinter uns gebracht hatten, auch wieder zurück marschieren, und Huxley wollte sogar auf dem Rückweg eine noch bessere Zeit herausholen. Diese Ankündigung ließ in jedem von uns eine verbissene Wut hochsteigen, wie ich sie noch nicht erlebt hatte. Die einzige Genugtuung dabei war der Gedanke: Huxley würde auch marschieren. Wir schworen uns, ein derartiges Tempo vorzulegen, daß selbst dieser zähe Bursche, die lange Latte, in die Knie ging. Dieses irre Verlangen, Huxley schlappmachen zu sehen, war genau das, was er wollte. Er wußte, daß er uns in Weißglut bringen mußte, um das Letzte aus uns herausholen zu können.

Am Ende des ersten Tages stellten wir fest, daß wir einen besseren Stundendurchschnitt gelaufen waren als an den Tagen vorher. Der zweite Tag sah anders aus – er war ein Alptraum. Die Wut war verraucht, und übrig blieb die rauhe Wirklichkeit: die Straße und das Wasser, das Gewicht auf dem Buckel, der Schmerz und die Füße – soweit sie noch vorhanden waren. Jeder einzelne Mann des Zweiten Bataillons mußte das letzte bißchen Energie aufbieten, das ihm zu Gebote stand. Die Marschkolonne begann auseinanderzubröckeln. Gegen Mittag krochen wir im Schneckentempo vorwärts.

Es gab weitere Ausfälle durch Malaria. Joe Gomez brach zusammen, völlig fertig. Kein Mensch sagte ein Wort, als wir während einer kurzen Rast unter den Bäumen saßen und unsere kalte Marschverpflegung aßen.

Wir hatten noch anderthalb Tage zu marschieren. Wenn es so weiterging, konnte Huxley froh sein, wenn zum Schluß noch fünfzig Mann auf den Beinen waren. Huxleys Plan war im Eimer. Nur ein Wunder hätte daran noch etwas ändern können.

Es ging weiter. Huxley lahmte wie ein Krüppel. Sein Körper hing völlig schief, er zitterte bei jedem Schritt. Die Nachricht, daß die lange Latte kurz davor sei, schlappzumachen, lief die Marschkolonne entlang. Aber die Spitze hatte nicht mehr die Kraft, ein schnelleres Tempo vorzulegen, um Huxley endgültig abzuhängen.

Der nächste Kilometer und noch einer. Wir näherten uns zum zweiten Male Otaki. Unser Tempo war annähernd Null. Fünf Mann brachen rasch hintereinander zusammen. Das Ganze halt.

Wir waren fertig, und wir wußten es. Wir würden den letzten Tag niemals mehr schaffen. Wir hatten inzwischen bereits fünfzig Mann Ausfälle, und es gab keine zweite Luft mehr. Es war kein Wunder geschehen.

Huxley hatte keinerlei Gefühl mehr in seinen langen Beinen. Er rieb und knetete sie eine Stunde lang, während er mit dem Rücken gegen einen Baum auf dem Boden hockte. Zwischendurch sah er immer wieder nervös auf seine Uhr. Der einzige Befehl, den er gab, war, die Gulaschkanone nahe bei der Straße in Stellung zu bringen – eine reichlich sinnlose Anordnung. Was hatte er eigentlich vor? Plötzlich sprang er auf und rief: »Zum Essenempfang am Straßenrand antreten, marsch marsch!«

Wir wankten die Straße entlang und stellten uns bei der Feldküche an. Achthundertfünfzig Mann, und die Offiziere am Anfang der langen Reihe. Huxley sah immer noch alle paar Sekunden auf seine Uhr. Dann ging ein Lächeln über sein Gesicht – aus der Ferne hörte man das Geräusch von motorisierten Fahrzeugen, die über die Brücke von Otaki herankamen. Huxley hatte endlich das Wunder, das er brauchte!

Lastwagen kamen herangerollt. Darin saßen die Männer von Pawnee-Blue – das Dritte Bataillon, das von Foxton zurückkam. Per Achse! Auf dem Hintern!

»Die Lahmärsche!« tönte es aus der Reihe, die am Straßenrand stand, »diese müden Mariner!« Die Männer des Dritten Bataillons bekamen rote Köpfe, sie sagten nichts, sie schämten sich. »Lahmärsche – Lahmärsche!«

»Sag mal, was ist denn das für ein Sauhaufen?«

»Was denn, Alter – das ist doch das Dritte Bataillon.«

»Wertlos wie die Titten eines Bullen.«

»Sind sie nicht schnuckelig?«

»Was ist denn los mit euch, ist die Straße zu hart für eure Füßchen?«

»Du, vielleicht sind das gar keine Mariner – vielleicht sind das dem alten Arthur seine Soldaten.«

Die Lastwagen dröhnten vorbei und entschwanden. Ich fühlte mich großartig. Ich schwoll ordentlich an. Huxley stand oben auf einem Tisch, die Arme in die Seiten gestemmt, und rief: »Na, Jungens, wie ist es – soll ich die Fahrzeuge für uns kommen lassen, oder geht das Zweite Bataillon zu Fuß?«

»Scheiß auf die warme Mahlzeit«, brüllten die Männer, »wir marschieren!«

»Und, Jungens«, brüllte Huxley durch den allgemeinen Lärm, »wenn wir zum Lager kommen, dann wollen wir den Kerlen mal zeigen, wie das beste Bataillon im Marine-Korps aussieht!«

Wie im Frühling der Saft in den Bäumen, so stieg der Stolz in uns hoch, als wir uns erneut auf den Marsch nach Süden machten. Die abenteuerliche Unternehmung vollendete sich in einer grandiosen Steigerung.

Es wurde uns klar, daß wir dabei waren, eine Leistung zu vollbringen, von der die Mariner noch in hundert Jahren reden würden, von Samoa bis San Francisco. Diesen Rekord des Zweiten Bataillons würde keine andere Einheit jemals erreichen.

Wieder brachten wir Kilometer um Kilometer hinter uns, die Landschaft wurde vertrauter, wir kamen in die Nähe des Lagers. Hinter Paraparamumu wurde von vorn durchgesagt, wir sollten uns ausrichten und einen guten Eindruck machen. Achthundertundfünfzig Mann machten den Rücken steif, und L. Q. Jones sang:

> *Hidy, tidy, Christ almighty,*
> *Leute, seht euch das mal an,*
> *Zim zam God damm*
> *Huxleys Huren, Mann für Mann.*

Es lief einem kalt die Wirbelsäule 'rauf und 'runter, wie auf einmal die ganze Kolonne anfing zu singen. Als wir zum Haupteingang des Lagers einbogen, standen rechts und links reihenweise Mariner des Zweiten und Achten Regiments, um sich die irrsinnigen Burschen anzusehen, die da anmarschiert kamen. Offiziere vom Leutnant bis zum Oberst aus allen Lagern der Division waren mit ihren Jeeps gekommen. Sie kriegten vor Staunen das Maul nicht wieder zu, als unsere Jungens zackig und lauthals singend an ihnen vorbeimarschierten.

> *Nach Foxton marschierte das Bataillon,*
> *So mal eben an einem Stück,*
> *Und weil uns die Sache so gut gefiel,*
> *Marschierten wir wieder zurück.*

Huxley saß da und hatte seine nackten Füße auf den Schreibtisch gelegt, nahe an das offene Fenster. Das Telefon klingelte.

»Hier Huxley.«

»Hallo, Sam — hier ist Colonel Malcolm. Die Leistung Ihrer Leute ist das allgemeine Tagesgespräch. General Bryant wird Ihnen persönlich seine Anerkennung aussprechen. Wirklich beachtlich, Sam, sehr beachtlich.«

»Besten Dank, Colonel Malcolm. Übrigens habe ich meinen Jungens einen dreitägigen Urlaub bewilligt.«

»Okay, Sam — und wann?«

»Ab heute.«

»Geht leider nicht, Sam. Nach dem Plan übernimmt Ihr Bataillon heute die Lagerwache.«

»Geht leider nicht, Colonel.«

»Wie bitte?«

»Die Jungens sind bereits über alle Berge.«

»Verdammt noch mal — Sie haben doch gewußt, daß Sie dran sind. Norman platzt, wenn ich sein Bataillon jetzt schon wieder für die Wache einteile.«

»Entschuldigen Sie, Colonel, das hatte ich doch tatsächlich vollkommen vergessen — zu dumm, was?«

8. Kapitel

Major Wellman, der Verwaltungsoffizier des Bataillons, kam in Huxleys Dienstzimmer. Er legte eine Mappe auf den Schreibtisch. »Da ist es«, sagte er.

Huxley nahm den umfangreichen Bericht und betrachtete mit gerunzelter Stirn die Fotografie von Captain Max Shapiro auf der ersten Seite. »Kein so ganz einfacher Fall, Wellman. Hoffentlich geht die Sache nicht schief.« Er begann, das Dokument durchzublättern, in dem berichtet wurde von Versetzungen, Degradierungen, Kriegsgerichtsverfahren, Auszeichnungen und Beförderungen. Es war eine Geschichte voller Widersprüche.

Wellman setzte sich, klopfte die Asche aus seiner Pfeife und steckte sie in die Tasche. »Dieser Shapiro ist eine geradezu legendäre Figur. Einiges, was ich über ihn gehört habe, klingt phantastisch.«

»Dennoch stimmt es vermutlich«, sagte Huxley. »Es stimmt überhaupt alles, was von diesem Mann erzählt wird.«

»Ich hoffe, Sie verübeln mir eine Frage nicht?«

»Keineswegs.«

»Dieser Shapiro ist doch ganz offensichtlich ein renitenter Bursche. Es ist so und so oft strafversetzt worden, und sein Strafregister ist so lang wie Ihr Arm. Warum haben Sie sich gerade diesen Mann herausgepickt? Das heißt, Sie brauchten ihn ja gar nicht herauszupicken – es wollte ihn sowieso niemand haben.«

Huxley lächelte. »Dieser Bericht hier erzählt nur einen Teil der Geschichte, Wellman.«

»Man nennt ihn den Zwei-Pistolen-Shapiro. Ist er Kunstschütze?«

»Im Gegenteil, er schießt miserabel. Seine Augen sind sehr schlecht.«

Wellman zuckte die Achseln. »Ich verstehe das alles nicht.«

Huxley sah zur Decke. Seine Gedanken wanderten zurück. »Das erstemal hörte ich von ihm – warten Sie mal – oh, das muß schon vor zehn Jahren gewesen sein. Sein Vater war Kellner im Offizierskasino in Chicago und brachte den Sohn als Kadetten nach West Point. Seine Leistungen waren mäßig. In einem der nächsten Jahre fuhr er in den Sommerferien mit einem Mädchen nach Europa und heiratete es. Die Eltern des Mädchens ließen die Ehe für ungültig erklären, und Shapiro wurde von der Militärakademie geschaßt. Am nächsten Tag trat er als Schütze beim Marine-Korps ein. Seine Karriere kann kaum als rühmlich bezeichnet werden. Sechs Jahre lang wurde er vom Schützen zum Gefreiten befördert und wieder zum Schützen degradiert. Er wurde eingebuchtet, saß bei Wasser und Brot, wurde vor versammelter Mannschaft heruntergekanzelt – aber das alles machte keinen sonderlichen Eindruck auf diesen unbändigen Burschen. Er war kein besonderes guter Boxer, aber wenn irgendwo dicke Luft war, dann war er dabei. Als man 1937 das Sechste Regiment nach Schanghai schickte, um das Internationale Viertel zu verteidigen, da bewies Shapiro im Kampf gegen die Japaner, daß er ein ganzer Kerl war.«

Huxley machte eine Pause.

»Die entscheidende Wendung kam zwei Jahre später, als er bei Camp Qhantico Wache schob vor dem Haus eines Generals. Die älteste Tochter des Generals verliebte sich in den stiernackigen kleinen Gefreiten, der allerdings etwas völlig anderes war als die langen, schlanken, wohlerzogenen Vorkriegsmariner, die sie ihr Leben lang um sich gehabt hatte. Was soll ich Ihnen sagen – das Unvermeidliche geschah, und einige Zeit darauf mußte sie ihrem Papa eröffnen, daß sie die Mutter eines Kindes werden würde, dessen Vater Shapiro war. Was keinem anderen Mariner gelungen war, er hatte es fertiggebracht. Natürlich tobte der alte General, tat aber das einzig Vernünftige in dieser Lage: die beiden heirateten in aller Stille, und Max Shapiro kam auf die Offiziersschule, um einen Dienstgrad zu erwerben, der dem Vater des Kindes einer Generalstochter besser zu Gesicht stand. Zwei Jahre später wurde die Ehe geschieden. Danach wurde Shapiro von Pöstchen zu Pöstchen geschoben, hinter obskuren Schreibtischen versteckt oder auf irgendwelche entlegenen Kommandos geschickt. Er hat die Angewohnheit, seine Untergebenen anzupumpen, und wird von ihnen Max genannt.«

»Das scheint ja wirklich eine Type zu sein«, sagte Wellman, der sich inzwischen in den phantastischen Inhalt des dienstlichen Schriftstückes vertieft hatte.

»Ich bin mir darüber klar, daß ich ein gewagtes Spiel spiele«, sagte Huxley mit ernstem Gesicht. »Wenn es mir gelingt, ihn in Schach zu halten, dann wird er mir eine Schützenkompanie hinstellen, die ihresgleichen sucht.«

»Wenn ich mir das hier so ansehe, dann muß ich schon sagen, Sie haben sich allerhand vorgenommen, Sam.«

»Ich werde den Burschen im Zaum halten. Wenn mir das nicht gelingt, dann dürfte es allerhand Ärger geben.«

»Wie ich hier sehe«, sagte Wellman, »hat er gerade ein zweites Navy-Kreuz für ein Spähtruppunternehmen auf Guadalcanar verliehen bekommen.«

»Es war mehr als ein Spähtrupp. Es war von entscheidender Wichtigkeit für die gesamte Operation auf Guadalcanar.«

Wellman steckte sich seine Pfeife wieder an und hörte gespannt der Erzählung Huxleys zu.

»Die Japaner drängten mit aller Macht gegen unsere Stellungen am Tenaru-River. Sie brachten zur Verstärkung Tausende von neuen Soldaten an Land. Unser Brückenkopf schien kaum noch zu halten. Coleman ging mit seinen Nahkampfleuten in der Aola-Bucht an Land, rund sechzig Kilometer östlich von unserem Brückenkopf. Sie hausten entsetzlich hinter den feindlichen Linien – zerstörten die Nachrichtenverbindungen, überfielen Verpflegungslager und Nachschubkolonnen, mordeten und würgten rechts und links, bis die Japaner vor Angst halb wahnsinnig waren.«

»Ich erinnere mich noch sehr gut daran«, sagte Wellman. »Die Männer in unserem Brückenkopf bekamen dadurch die Möglichkeit, wieder Luft zu schnappen. Aber erzählen Sie weiter – wie hängt das mit Shapiro zusammen?«

»Die Nahkampfleute entdeckten eine japanische Marschkolonne, die auf dem Weg zur Front war. Coleman schickte Shapiro mit zwanzig Mann los. Sie sollten die japanische Nachhut angreifen, während er selbst mit seinen Leuten parallel zu der marschierenden Kolonne durch den Dschungel zog. Es war Colemans berühmte Taktik, den Feind in Sicherheit zu wiegen, indem er ihn zu der Annahme brachte, er sei mit seinen Leuten hinter ihm. In Wahrheit waren aber nur ein paar Mann hinten, nämlich Shapiro mit seiner Truppe, und alle andern waren genau neben den Japanern, nur durch ein paar Meter Dschungel von ihnen getrennt. Coleman überfiel die Japaner während einer Rast und tötete innerhalb von fünfzehn Minuten sechshundert Mann. Shapiro verlor die Verbindung zu Colemans Bataillon. Statt sich zu unseren Stellungen durchzuschlagen, beschloß er, mit seiner Gruppe hinter den feindlichen Linien zu bleiben und auf eigene Faust Buschkrieg zu führen. Sie blieben fast neunzig Tage, kämpften mit japanischen Waffen und aßen japanische Verpflegung. Der Himmel mag wissen, wieviel Überfälle sie machten und wie viele Nachschublager sie zerstörten. Es heißt, daß sie annähernd fünfhundert Japaner erledigt haben sollen. Einundzwanzig Mann, wohlgemerkt.«

Die Geschichte klang wirklich phantastisch.

»Sie blieben. Malaria, Hunger, Japaner — nichts konnte sie aufhalten. Bis schließlich nur noch vier von ihnen übrig waren. Besinnen Sie sich auf den Sergeanten Seymour vom Intelligence, der zu uns an Bord kam, als wir nach Guadalcanar fuhren?«

Wellman nickte.

»Er sah die vier zurückkommen. Sie waren zu Skeletten abgemagert, abgerissen, kaum noch menschlich. Sie konnten keinen zusammenhängenden Satz mehr sagen.«

Huxley stand auf und ging ans Fenster. »Ich bin mir durchaus darüber klar, daß dieser Shapiro ein Bursche ist, den man mit der Feuerzange anfassen muß.« Er drehte sich herum. »Aber ich habe das Gefühl, daß sich das Risiko, das ich mit ihm eingehe, eines Tages bezahlt machen könnte, wenn es hart auf hart geht.«

Meine Jungens lungerten neugierig in der Nähe des Bataillons-Geschäftszimmers herum. Wir waren alle mächtig aufgeregt. Captain Max Shapiro war zum Zweiten Bataillon versetzt und sollte die Kompanie Fox übernehmen. Der berühmte und berüchtigte Zwei-Pistolen-Shapiro von Colemans Nahkampfleuten, der nach seinem ersten Einsatz das Navy-Kreuz bekommen hatte — und vors Kriegsgericht gestellt worden war. Er hatte mehr Auszeichnungen und ein umfangreicheres Strafregister, als die drei Offiziere des Marine-Korps, die ihm in dieser Hinsicht am nächsten kamen, zusammen aufzuweisen hatten. Er war eine sagenumwobene Figur. Als der Jeep mit ihm herankam, platzten wir vor Ungeduld, ihn zu Gesicht zu bekommen.

Als der Jeep hielt, blieb uns vor Verblüffung der Mund offen. Da saß ein kleiner, untersetzter Mann mit kurzgelocktem, schwarzem Haar, einem dicken Schnurrbart und einer Brille mit dicken Gläsern.

»Du lieber Gott — das soll Shapiro mit den zwei Pistolen sein.«

»Sieht eher aus wie ein Rabbi.«

»Jedenfalls sieht er nicht aus, als ob er viel auf dem Kasten hätte.«

Shapiro stieg unbeholfen aus, schief unter der Last seines Gepäcks. Er fragte nach dem Weg und ging zur Tür, wobei er über eine Stufe stolperte. Schwer enttäuscht gingen wir zurück zu unserem Zelt.

Captain Shapiro setzte vor der Tür mit der Aufschrift *Bataillons-Kommandeur* seinen Koffer ab, klopfte an und trat ein, ohne auf das ›Herein‹ zu warten. Sam Huxley sah von seinem Schreibtisch auf. Der kleine Mann ging zu ihm hin und streckte seine Hand aus. »Shapiro ist mein Name, Max Shapiro. Ich bin Ihr neuer Captain, Huxley.«

Die lange Latte war auf der Hut. Er war eben mit dem Studium des sagenhaften Berichtes fertig geworden. Er sah Max mit eisiger Miene an, der seine ausgestreckte Hand wieder an sich nahm, sich auf den Schreibtisch des Colonels setzte und eine Schachtel Zigaretten herausholte. »Stecken Sie sich eine ins Gesicht, Huxley. Wie sieht denn die Kompanie aus, die ich übernehmen soll?«

257

»Setzen Sie sich, Shapiro.«

»Ich sitze bereits. Nennen Sie mich Max.«

»Wir wollen uns ein bißchen unterhalten, Captain«, sagte Huxley. Shapiro zuckte die Achseln. »In dem Bericht, den ich hier habe, stehen allerhand nette Sachen.«

»Lassen Sie sich dadurch nicht bange machen.«

»Ganz im Gegenteil. Ich habe Sie mir extra herausgepickt. Es scheint übrigens, daß ich der einzige Interessent war – außer mir wollte niemand etwas mit Ihnen zu tun haben.«

»Nennen Sie mich Max.«

»Ich möchte, daß wir uns von Anfang an richtig verstehen. Zunächst einmal sind Sie hier nicht mehr bei den Nahkampfleuten. Niemand im Marine-Korps respektiert Coleman mehr als ich. Immerhin sind wir hier keine Räuberbande und legen Wert darauf, uns wie Mariner zu benehmen.«

»Sie wollen mir wohl Pfeffer geben, was? Ich will Ihnen mal was sagen, Huxley – ich habe nicht die Absicht, Ihnen Schwierigkeiten zu machen, wenn Sie mir keine machen. Ich denke, damit wäre alles gesagt.«

»Wir halten uns hier in diesem Bataillon an die Formen der militärischen Höflichkeit. Ich heiße für Sie Colonel Huxley. Die einzige Ausnahme, wo ich den persönlichen Vornamen zu hören wünsche, ist, wenn wir uns im Einsatz befinden, und für diesen Ernstfall wollte ich Sie in meinem Bataillon haben. Ich weiß, daß Sie aus der Kompanie Fox eine Truppe machen können, wie ich sie brauche. Aber solange Sie mir unterstehen, werden Sie alle militärischen Formen und Vorschriften genauestens befolgen. Habe ich mich deutlich genug ausgedrückt?«

»Ein scheißfeiner Haufen scheint das hier zu sein.«

»Nicht ganz. Ich bin mir durchaus darüber klar, daß wir es vermutlich nie mit Colemans Leuten aufnehmen können, aber innerhalb des Marine-Korps ist dieses Bataillon jedenfalls der beste Haufen. Wir marschieren besser, wir schießen besser, und wir werden, wenn es soweit ist, auch besser kämpfen als irgendeine andere Einheit. Außerdem legen wir aber auch Wert auf gute Manieren – also auf etwas, wofür Sie sich bisher weniger interessiert haben.«

Shapiro bekam einen roten Kopf und blies ärgerlich die Luft durch die Nase.

»Denken Sie aber nicht etwa, Captain Shapiro, daß wir hier einen furchtbaren Zirkus machen. Ich mache mir nichts daraus, daß Sie ein schwieriger Bursche sind. Sie werden die Kompanie Fox übernehmen, und Sie werden daraus die beste Schützenkompanie der Welt machen – aber unter meinem Kommando.« Huxley erhob sich zu voller Höhe und sah auf den kleinen Captain herunter. »Sollte militärische Disziplin etwas sein, was auf Sie keinen besonderen Eindruck macht, dann können wir ja gleich mal zusammen ins Gelände gehen und feststellen, wer hier der Chef ist.«

Shapiros Gesicht verzog sich zu einem breiten Grinsen. »Verdammt – das war endlich mal ein vernünftiges Wort. Wir beide werden bestimmt miteinander auskommen. Es würde mir nicht darauf ankommen, mich auf der Stelle mit Ihnen anzulegen – aber Sie haben Mumm, und das finde ich prächtig.« Der kleine Captain sah auf zu dem Gesicht, das hoch oben über ihm schwebte. »Geben Sie mir Ihre Hand, Colonel, und ich gebe Ihnen eine Kompanie, die sich gewaschen hat.« Huxley und Zwei-Pistolen-Shapiro schüttelten sich herzlich die Hände. »Ja also, Herr Oberst, dann dürfte ich mir jetzt vielleicht mal meine Leute ansehen.«

»Das dürfen Sie, Captain. Meine Ordonnanz wird Sie zu Ihrer Kompanie bringen.«

9. Kapitel

September und Frühling. Der winterliche Regen ließ nach. Die Märsche und die Geländeübungen nahmen zu. Aber nach dem Gewaltmarsch nach Foxton und zurück waren das für uns alles kleine Fische. Die periodischen Malaria-Anfälle wurden seltener und verliefen milder, und neue Waffen und Kampfmethoden wurden eingeführt und praktisch ausprobiert.

Eine allgemeine Rastlosigkeit kam über die Division, jeder von uns wünschte, daß es nun endlich losging. Jeden Tag kamen neue Schiffe in die Bucht von Wellington, und dann fing es im Kochtopf an zu brodeln. Die Dritte Marine-Division in Auckland und die Erste Marine-Division in Australien trafen die letzten Vorbereitungen, um gemeinsam mit uns die verstreuten Pünktchen auf der Karte der Südsee auf die dreizinkige Gabel zu nehmen. Von irgendwelcher Rivalität der Divisionen untereinander war keine Rede mehr. Wenn es ernst wurde, dann war es verdammt gleichgültig, zu was für einem Haufen einer gehörte – Hauptsache, er gehörte zur Marine.

Meine Jungens waren ziemlich niedergeschlagen, als der Funktrupp sein Gerümpel verpackte und alles fertigmachte zum Verladen. Es war uns allen klar, daß wir nie wieder nach Neuseeland zurückkommen würden, wo wir uns alle so verdammt wohl gefühlt hatten. Meine Jungens waren sehr eifrig dabei, die Lastwagen zu beladen, die unablässig zwischen dem Lager und dem Hafen hin und her fuhren. Jeder hatte den Wunsch, möglichst rasch fortzukommen. Sie liebten dieses Land hier – gerade deshalb wollten sie den Abschied möglichst abkürzen.

Wir brauchten nicht lange zu warten. Unser Schiff, die *J. Franklin Bell*, war nicht ganz so schlimm wie unser *Bobo*, aber längst nicht so schön wie die *Jackson*. Eine Neuerung allerdings behagte uns sehr: statt der üblen Landungsnetze hing an großen Davits eine Reihe der neuen Landungsboote, die mit voller Bemannung zu Wasser gelassen werden konnten.

Das Schiff fuhr mit halsbrecherischer Geschwindigkeit aus dem Hafen hinaus. Doch dann erfuhren wir, daß es sich nur um eine Finte handelte, um den Feind zu täuschen. In Wahrheit begaben sich die Truppentransporter mit unserer Division einige hundert Meilen die Küste entlang zur Hawke-Bay, wo wir ein Landungsmanöver durchführten.

Als wir danach in unser traurig verödetes Lager zurückkehrten, wurden wir alle sehr schlechter Laune. Die Tage dehnten sich zu Wochen, bis wir dann endlich zum zweitenmal verluden und an Bord der *J. Franklin Bell* gingen. Der Hafen von Wellington war vollgestopft mit den Kisten der Division, und die Bucht lag voll von Truppentransportern, die darauf warteten, an die Pier zu kommen. Sobald eines der Schiffe beladen war, ging es wieder in der Mitte der Bucht vor Anker, um zu warten, bis die gesamte Division verladen hatte.

Jeden Abend fuhr von der *Bell* eine Urlauber-Barkasse hinein nach Wellington. Jeden Abend opferte einer der Jungens seinen Urlaubsschein für Andy. Als die Tage kamen und gingen und wir noch immer in der Bucht lagen, fing ich an, mir Sorgen um ihn zu machen. Er machte einen gereizten und verschlossenen Eindruck. Ich konnte mir gut vorstellen, was für eine teuflische Quälerei es für ihn und Pat sein mußte, jede Nacht denken zu müssen, diese sei die letzte. Und dann nicht zu wissen, wieviel Jahre vergehen würden bis zum Wiedersehen, falls es überhaupt eins gab. Allmählich wurde es im Hafen leer. Es würde nicht mehr lange dauern, vielleicht nur noch diese Nacht, bis wir in See stachen. Die Sache mit Andy brannte mir auf der Seele. Ich hatte das dumpfe Gefühl, daß der große Schwede den Plan hatte zu desertieren. Ich beschloß, sobald ich ihn einmal unter vier Augen erwischen würde, mit ihm darüber zu reden. Ich fand ihn auf dem Achterdeck, bei Sonnenuntergang, wie er mit sehnsüchtigen Augen nach Wellington hinübersah.

Ich ging zu ihm hin und sagte: »Andy, ich brauche einen Mann für ein Arbeitskommando.«

»Ich fühle mich gar nicht gut«, antwortete er.

»Nun komm schon, Andy. Du mußt jetzt auch mal 'ran.«

Er drehte sich heftig zu mir herum. »Laß mich gefälligst in Ruh, verstanden?« sagte er mit rotem Gesicht.

»Hör mal zu, mein Junge«, sagte ich, »falls du etwa daran gedacht haben solltest zu desertieren, dann schlag dir das aus dem Sinn.«

»Versuch nicht, mich daran zu hindern«, sagte er wütend, »oder ich schlag dich tot.«

Ich ging zu Keats und bat ihn, mich mit der nächsten Barkasse an Land zu lassen. Keats fragte mich nicht nach dem Grund, aber er hatte meiner Stimme wohl angehört, daß die Sache dringend war. Als ich gerade auf die Jakobsleiter gehen wollte, klopfte mir Sam Huxley auf die Schulter.

»Mac«, sagte er.

»Huxley! – Verzeihen Sie, Herr Oberst, Sie haben mich erschreckt!«

»Mac, Sie müssen das hinkriegen. Pat ist ein zu nettes Mädchen. Es wäre mir verdammt unangenehm, wenn ich den Burschen festnehmen lassen müßte.«

Ich war in Felduniform, aber das fiel jetzt in Wellington nicht auf. Überall sah man Mariner, die genauso angezogen waren wie ich, mit ihren Mädchen beim traurig-zärtlichen Abschied. Die ganze Stadt schien in Trauer. Weinende Frauen standen am Hafen und warteten auf das letzte Urlauberboot. Ihre Mariner gingen, auf Nimmerwiedersehen. Ich klopfte an Pats Tür. Sie wurde heftig aufgerissen. Pat sah mich mit angstvoller Miene an.

»Verzeihen Sie, wenn ich Sie erschreckt habe, Pat. Ich hätte anrufen sollen.«

»Aber nein, Mac«, sagte sie, »kommen Sie doch herein.« Ich konnte sehen, wie sie zitterte, während sie mich in das Wohnzimmer führte. »Setzen Sie sich, Mac. Mögen Sie eine Tasse Tee?«

Ich überlegte, wie ich anfangen sollte. Dann ging ich zu ihr hin und legte ihr die Hand auf die Schulter. Sie ließ sich in einen Sessel fallen und flüsterte: »Was ist, Mac? Sagen Sie es mir.«

»Andy will desertieren. Er wird abends zu Ihnen kommen.«

Sie sagte nichts. Ich brannte mir eine Zigarette an und hielt ihr die Schachtel hin. »Und warum sagen Sie das mir?« fragte sie schließlich.

»Sie wissen, was Sie dabei zu tun haben.«

»Weiß ich es, Mac?« sagte sie mit rauher Stimme. »Weiß ich es denn?«

»Könnten Sie jemals mit gutem Gewissen an den andern denken, der in Kreta begraben liegt?«

»Sie haben kein Recht, mich daran zu erinnern.«

»Wollen Sie mit ansehen, wie Andy vor die Hunde geht? Es wäre kein Leben mehr für ihn, und für Sie auch nicht.«

»Aber er würde doch bei mir bleiben. O Mac, wie können Sie das von mir verlangen.« Sie stand auf. »O mein Gott – ich wußte ja, daß dieser Tag kommen würde. Warum habe ich es zugelassen? Was geht mich eigentlich der Krieg an, Mac? Sagen Sie mir das – warum muß dieser Krieg mir Andy rauben, warum?«

»Was wollen Sie jetzt von mir hören, Pat? Soll ich Ihnen vielleicht sagen, alles sei Unsinn? Soll ich Ihnen vielleicht sagen: Nehmen Sie Ihren Andy, lassen Sie ihn zum Deserteur werden – wie? Wollen Sie von mir hören, es sei höchste Zeit, daß die Menschen aufhören, sich wie die Tiere gegenseitig umzubringen?« Ich sah sie an, ihre Miene war eisig. »Er ist ein Mann. Er hat eine Aufgabe. Fragen Sie mich nicht wieso und warum. Verdammt, Pat, so wie Ihnen geht es Millionen anderer Frauen in diesem Krieg – aber meinetwegen, lauf doch davon – versteckt euch – nehmen Sie Ihren Andy und verschwinden Sie mit ihm. Zum Teufel mit euch beiden!«

Sie ging zum Fenster und krampfte ihre Hände in den Vorhang, daß die Knöchel weiß wurden.

»Pat«, sagte ich, »ich hab' mir oft gewünscht, ich hätte soviel Mumm wie ihr Frauen habt. Ich glaube, daß alles, was von uns Männern verlangt wird, letzten Endes eine Kleinigkeit ist gegen das, was ihr Frauen tragen müßt.«

Sie wandte sich zu mir herum. Ihre Augen waren geschlossen. Sie nickte mir langsam zu.

Ich stand auf und machte mich fertig.

»Mac.«

»Ja?«

»Sagen Sie den Jungens einen Gruß von mir, und ich wünsche ihnen alles Gute. Schreiben Sie mir mal – und passen Sie ein bißchen auf ihn auf.«

Ungeduldig klopfte Andy an die Tür. Pat machte auf. Sie lagen sich in den Armen.

»Halt mich, halt mich fest.«

»Vorsicht, Pat – das Kind.«

»Halt mich fest, Liebster, ganz fest.«

»Aber Mädchen, du bist ja ganz durcheinander. Jetzt bin ich doch da – ich bin hier – beruhige dich doch, Liebling.«

Sie faßte sich und ging in die Küche, um etwas zu essen zu machen. Er ging hinterher, lehnte sich an den Türrahmen und überlegte, wie er es ihr sagen sollte.

»Pat – ich gehe nicht zurück auf das Schiff.«

Sie antwortete nicht.

»Hast du gehört – ich gehe nicht zurück.«

»Ich hatte es mir gedacht.« Er ging zu ihr hin und legte seine großen Hände auf ihre Arme.

»Es ist zu machen, Pat. Ich habe mir alles genau überlegt. Ich weiß eine Stelle in Nagio, wo ich mich erst mal versteckt halten kann. Und dann hauen wir ab – erst nach der Südinsel – und dann vielleicht nach Australien. In spätestens drei oder vier Jahren können wir wieder hierher zurückkommen. Ich hab' mir alles überlegt – es ist zu machen.«

»Ja, Andy.«

»Du bist also einverstanden, Liebling? Wirklich?«

»Ja.«

Sie langte mit unsicheren Händen in die Brottrommel, legte einige Brötchen auf einen Teller und holte den Zucker aus dem Küchenschrank. Sie holte tief Luft – sie hatte Angst, daß ihr die Stimme versagen könnte. Sie konnte ihn nicht ansehen.

»Wir müssen schleunigst packen, Pat«, sagte er.

»Das Radio nehmen wir lieber nicht mit«, sagte sie.

»Warum nicht?«

»Du würdest sicher nicht gern die Nachrichten hören, wenn irgendeine Meldung über euer Bataillon kommt.«

»Pat!«

Sie drehte sich um und sah ihn an. »Wie sollen wir eigentlich unser Kind nennen, Andy? Vielleicht einfach Rogers – aber nein, das geht auch nicht. Lieber nennen wir ihn Smith – Timmy Huxley Smith. Das geht. Smith ist ein ganz unauffälliger Name.« Sie biß die Zähne aufeinander.

»Hoffentlich kommen deine Kameraden durch, Andy.«

»Du willst mich bloß aufhetzen«, sagte er wütend.

»Nein«, rief sie, »ich gehe mit dir, ich komme mit. Laß uns fliehen.«

»Verdammt, was geht uns eigentlich dieser dreckige Krieg an? Und was gehen uns die Mariner an?«

»Wir beide hätten uns sonst nie kennengelernt«, sagte sie leise.

»Dir ist das alles egal. Was aus mir wird, das kümmert dich einen Dreck – du bekommst dein Kind – das war dir ja die Hauptsache.«

»Andy – Andy, wie kannst du –«

»Verzeih, Pat – ich hab' das nicht so gemeint.«

»Ich weiß, Andy.«

»Ich bin einfach nicht mehr bei Sinnen. Ich ertrage es nicht, von dir fort zu müssen.«

»Wenn du es willst, dann gehe ich mit dir.«

Er holte mit zitternden Fingern eine Zigarette heraus. »Ich glaube, ich war verrückt, so was von dir zu verlangen. Das — das wäre ja doch nicht gegangen.«

Sie hielt sich am Spültisch fest, um nicht umzufallen.

»Ich — ich glaube, ich werde jetzt wieder auf das Schiff gehen.«

»Ich hole eben meinen Mantel.«

»Nein, ich möchte lieber allein gehen.«

Er wollte noch etwas sagen, es fiel ihm schwer, die Worte herauszubekommen. »Liebst du mich, Pat?«

»Ja, mein Liebster, sehr. Sehr.«

Er nahm sie in die Arme und fuhr mit seinen großen Händen zärtlich über ihr Haar. »Wirst du mir auch immer schreiben?«

»Jeden Tag.«

»Und mach dir keine Sorgen, wenn du mal eine Weile nichts von mir hörst. Du weißt ja, auf dem Schiff und so — und gib acht auf dich und das Kind.«

Sie nickte. Ihr Kopf lag an seiner Brust.

»Vielleicht habe ich ein bißchen Glück und komme wieder. Ich meine, wenn der Krieg zu Ende ist — ich komme wieder, sobald ich kann.«

Sie hielt die Augen geschlossen.

»Und du bereust es nicht, Pat, daß alles so mit uns gekommen ist?«

»Nein.«

»Ich auch nicht. Sag mir noch mal, daß du mich liebst.«

»Ich liebe dich, Andy.«

Dann hielt sie niemanden mehr in ihren Armen. Die Tür fiel ins Schloß.

Pat konnte nicht mehr weinen. Die ganze Nacht stand sie wachend an dem Fenster, von dem man auf die Bucht sah. Dann zog sie ihren Mantel an und wanderte in den Stunden vor Morgengrauen ziellos durch die Straßen von Wellington. Als eine fahle Sonne sich im Nebel hob, stand Pat auf dem Hügel von Tinokori, oberhalb des Hafens. Kalt wehte der Wind, sie zog den Mantel enger um ihren Leib, in dem sie die erste Regung ihres ungeborenen Kindes spürte.

Unten zeigten sich im Dämmerlicht die grauen Umrisse von Schiffen. Lautlos glitten sie aus der Bucht hinaus auf die offene See, eins nach dem andern, bis das letzte verschwunden war. Die Bucht war leer.

FÜNFTER TEIL

Prolog

Der Morgen des ersten November dämmerte. Die *J. Franklin Bell* fuhr aus dem Hafen von Wellington hinaus auf die offene See und begab sich auf ihre Position innerhalb des Geleitzuges. Das Blau des Wassers wurde tiefer von Stunde zu Stunde, und immer mehr Schiffe erschienen am Horizont. Am zweiten Tage wurde es uns endgültig klar, daß es sich diesmal nicht wieder um ein Manöver handelte. Die Luft wurde wärmer, während das Schiff sich mit nördlichem Kurs dem Äquator näherte.

Die anfängliche Aufregung legte sich, als der Geleitzug seinen Zickzackkurs aufnahm. Es wurde uns klar, daß wir eine lange und langsame Reise vor uns hatten. Am dritten Tage machte sich in den überfüllten Mannschaftsquartieren die Monotonie des Truppentransports bemerkbar. Wir exerzierten an Deck, spielten Poker, schrieben Briefe, sangen und reinigten wieder und wieder unsere Waffen und Geräte, an denen schon längst nichts mehr zu reinigen war.

Die stickige Enge in den Decks war kein Vergnügen, und wir hielten uns nur so lange wie möglich oben an Deck auf. Das Klima wurde immer tropischer und die Luft unter Deck immer unerträglicher. Die sonderbare Trägheit, die sich auf jedem Truppentransporter mit der Zeit bemerkbar macht, wurde so groß, daß wir kaum noch die Energie aufbrachten, uns zum Waschraum zu schleppen, um uns mit lauwarmem Salzwasser zu duschen und uns einer qualvollen Rasur zu unterziehen.

Es war nicht möglich, genau festzustellen, wie viele Seemeilen wir bei unserm Zuckeltrab nach Norden inzwischen hinter uns gebracht hatten. Dann wurde das Wasser wieder einmal grün, ein Anzeichen, daß Land in der Nähe war. In der Hitze eines siedenden Mittags schob sich eine Insel über den Horizont. Wir standen an der Reling, dankbar für die Unterbrechung der Langeweile dieser ziellos und endlos scheinenden Reise. Es hieß, daß wir uns den Neuen Hebriden näherten und daß das Land vor uns die Insel Efate sei. Wir fuhren die Küste dieses typischen ›Traums der Südsee‹ entlang und warfen einen Blick in den Hafen von Havannah. So was hatte ich noch nicht gesehen. In dem Hafen lagen mehr Kriegsschiffe, als mein Seesack Socken faßte. Die Matrosen auf unserm Schiff identifizierten die Schlachtschiffe *Colorado* und *Tennessee* und die Kreuzer *Mobile, Birmingham, Portland* und *Santa Fé.* Flugzeugträger lagen da, dicht bepackt mit Jägern und Sturzbombern. Und dann entdeckte ich auch Old Mary, die *U.S.S. Maryland.* Es tat meinem Herzen wohl, das alte Mädchen wiederzusehen. Vor langer Zeit war ich zwei Jahre lang auf ihr als Moses gefahren, und ich freute mich, daß sie aus ihrem feuchten Grab bei Pearl Harbour wieder auferstanden war.

Wir gingen vor Anker in der Mele-Bay. Sofort wucherten die Parolen. Es ging wie ein Lauffeuer von Schiff zu Schiff, daß wir nach Wake-Island gehen würden, um es zurückzuerobern. Auf der *J. Franklin Bell* herrschte lärmende

Freude. Wir waren fest davon überzeugt, daß das Sechste Regiment die ehrenvolle Aufgabe bekommen würde, den Brückenkopf zu bilden.

Ehe es wieder weiterging, führten wir ein Landungsmanöver durch. Es gefiel mir eigentlich gar nicht, daß die Sache völlig ohne Zwischenfälle ablief. Ein alter Aberglaube aus jenen lang vergessenen Tagen, da wir als Schuljungen Theater gespielt hatten, fiel mir wieder ein. Eine mißlungene Hauptprobe, hieß es, bedeutet eine gute Premiere.

Der Anblick, der sich uns bot, als wir von Port Efate aus wieder in See stachen, war überwältigend. Die grauen Truppentransporter waren rings umgeben von der gewaltigsten Armada, die jemals an einer Stelle versammelt war. Die alte Mary war unser Flaggschiff. Rings um sie herum bewegten sich zehntausend Kanonenrohre der Fünften Flotte unablässig nach Norden; so weit das Auge reichte — graue Boten des Todes, die sich langsam heranschoben an die Vorwerke des japanischen Reiches.

1. Kapitel

In einer langen Reihe schob sich die Stabskompanie in die Offiziersmesse, um über die bevorstehende Operation belehrt zu werden. Endlich würden wir die Bestätigung bekommen, daß es nach Wake-Island ging.

Wellman kam herein, ließ rühren und befestigte eine große Landkarte an der Wand. Wir nahmen Platz auf dem Fußboden.

»Feuer frei«, sagte Wellmann und stopfte sich seine Pfeife. Dann zeigte er mit einem Bajonett auf die Karte. Mir wurde schwach. Es war nicht Wake. Die Karte zeigte eine sonderbar geformte Insel, ungefähr wie ein Seepferdchen. Darüber stand der Deckname: *HELEN*. Auf einer zweiten, größeren Karte sahen wir eine Reihe von Inseln, teils nur einige Quadratmeter groß, teils aber auch mehrere Kilometer lang. Ich glaube, es waren fast vierzig Stück. Jede Insel hatte einen Mädchennamen: *SARAH, NELLIE, AMY, BETTY, KAREN*, und die letzte hieß *CORA*. Die meisten von uns hatten keine Ahnung, was ein Atoll war, und wir waren höchst verwundert, als wir an Hand der Karte feststellten, daß Helen nur drei Kilometer lang und rund hundert Meter breit war. Und darauf sollte eine ganze Division zum Angriff angesetzt werden?

»Ja, also, Leute«, sagte Wellman, »dieses verführerisch aussehende Mädchen hört auf den Namen Helen. Sie sieht ziemlich klein aus, aber das täuscht. Wir befinden uns hier in Mikronesien, mitten in der Südsee. Helen ist eine Koralleninsel und gehört zu dem Atoll Tarawa. Die Geologen erklären die Entstehung der Atolle so, daß größere Inseln vor langer Zeit einmal versunken sind, wobei diese härteren, kleineren Koralleninseln übriggeblieben sind.«

»Herr Major«, fragte einer der Männer, »dieses Atoll sieht aus wie eine kreisförmige Kette von Inseln. Wie tief ist das Wasser zwischen den einzelnen Inseln?«

»Bei Flut kann man von Insel zu Insel waten, und bei Ebbe macht man sich nicht einmal die Füße naß, das heißt, innerhalb der Lagune, die durch ein Korallenriff vom Ozean getrennt ist.« Wellman legte das Bajonett hin und steckte sich seine Pfeife wieder an. »Die Japaner haben auf Helen, oder auf

265

Betio, wie diese Insel richtig heißt, fünftausend Mann Elitetruppen. Die Atolle werden eingeteilt in drei verschiedene Gruppen – die Ellice-Inseln, die Gilbert-Inseln und, weiter nördlich, die Marshall-Inseln. Wie Sie wissen, haben wir die Ellice-Inseln besetzt, ohne auf feindlichen Widerstand zu stoßen, und gehen jetzt vor auf die Gilbert-Inseln, die dann das Sprungbrett zu den Marshall-Inseln sein sollen.«

Wellman ging auf die andere Seite, wobei er vorsichtig über die Männer hinwegstieg, die auf dem Fußboden saßen, zu einer Gesamtkarte des Stillen Ozeans. »Diese Inselgruppen liegen in der Mitte zwischen Hawaii und der inneren Verteidigungslinie der Japaner. Wir schneiden mehrere tausend Meilen ab, indem wir dem Gegner hier direkt auf den Leib rücken. Wie Sie sehen, haben wir da ganz unten bei den Salomonen angefangen, und jetzt landen wir hier bei den Gilbert-Inseln bereits einen sehr viel zentraleren Schlag. Damit kommen wir schon auf Reichweite an das japanische Hinterland heran: Truk, Palau und sogar die Marianen.«

»Und was ist mit Wake-Island, Herr Major?«

»Ich weiß, wir alle brennen darauf, gerade diese Inseln zurückzuerobern. Aber unsere Strategie hat offenbar die Absicht, an Wake-Island vorbeizugehen.«

»Scheiße.«

»Wake-Island ist im Augenblick verhältnismäßig unwichtig. Sehen wir uns lieber mal wieder unsere Helen an.« Wellman erläuterte den Plan, von der Lagune her anzugreifen. Er sagte uns, wir seien Mariner, wir würden also den Gegner nicht aushungern, sondern ihn angreifen und schlagen.

»Gibt's da irgendwas Weibliches – ich meine, sind da Eingeborene auf der Insel?«

»Ja, einige tausend. Polynesier, wie die Maoris. Freundliche Leute.«

»Und wie steht's mit Moskitos?«

»Gibt's auch, aber nicht die Sorte, die Malaria überträgt.«

»Gott sei Dank.«

Wellman berichtete weiter von dem geplanten mörderischen Artilleriefeuer, mit dem die Navy und die Luftwaffe unseren Angriff auf die Japaner vorbereiten würden. Ich hatte den Eindruck, daß man die Stärke des Gegners auf Betio reichlich überschätzte. Nach dem, was Wellman über die Artillerievorbereitung erzählte, mußte das ja geradezu ein Spaziergang werden. Schließlich kam der Major auf den Einsatz der einzelnen Einheiten zu sprechen.

»Für die Landung ist das Zweite Regiment des Marine-Korps vorgesehen. Es wird bei Blue-Beach Eins, Zwei und Drei angreifen. Falls sie es nicht allein schaffen sollten, wird das Achte Regiment eingesetzt, das als Divisionsreserve vorgesehen ist.«

Wellman rüstete sich für das, was nun kommen mußte.

»Und was ist mit uns, Herr Major?«

»Wir sind vorgesehen als Korpsreserve«, sagte Wellman. »Als Reserve für Betio und für Makin, wo gleichzeitig eine Division der Army angreifen wird. Wir werden dort eingesetzt werden, wo es gerade brennt.«

»Immer kriegen die verdammten Zweier die Brückenköpfe!«

»Uns haben sie mal wieder schön beschissen.«

Nach diesem Ausbruch verlief die weitere Belehrung in schweigender Erbitterung. Schwer enttäuscht und heimlich fluchend dachten wir an das monatelange harte Training – für nichts und wieder nichts. Nicht genug damit, daß die anderen Regimenter des Marine-Korps uns wieder vorgezogen worden waren, jetzt sollten wir sogar noch als Reserve dienen für die Hundeköppe der Army.

»Eine schöne Sauerei«, meinte Burnside, als wir wieder draußen waren. Wir lehnten an der Reling, brannten uns eine Zigarette an und betrachteten die Hunderte von Schiffen.

»Wenn ihr mich fragt«, sagte L. Q., »ich finde, hier wird das Geld der Steuerzahler verschwendet.«

»Da habe ich nun ein halbes Jahr lang den verdammten Funk-Jeep bemuttert, und jetzt soll ich mit einem TBX an Land gehen«, sagte Danny.

»Alles Scheiße und Korruption«, sagte Speedy.

»Was hat Wellman gesagt, wie dieses verdammte Atoll heißt?«

»Weiß nicht mehr – irgendwas mit Ta – wie war der Name noch, Mac?«

»Tarawa«, sagte ich.

»Stimmt – Tarawa.«

2. Kapitel

Langsam kroch der Geleitzug weiter nach Norden, zum Äquator. Auf die Hitze des Tages oben an Deck folgten qualvolle Nächte in den stickigen Unterkünften unter Deck. Unsere Armada mußte in ihrem Tempo Rücksicht nehmen auf die Geschwindigkeit des langsamsten Schiffes, und unser Kurs war eine Zickzacklinie.

Der neue Deckname für das Sechste Regiment war *Lincoln*, unser Bataillon war *Lincoln White*. Der Funktrupp verbrachte die meiste Zeit oben auf dem großen Signaldeck, von wo man eine wunderbare Aussicht auf die Massen von Schiffen hatte, die alle mit nördlichem Kurs unterwegs waren. Meine Jungens übten sich im Winken und lösten die Matrosen an den Blinkgeräten ab, mit denen die Nachrichtenverbindung von Schiff zu Schiff aufrechterhalten wurde. Gefunkt wurde nicht mehr, da die Gefahr bestand, daß wir abgehört wurden von japanischen Unterseebooten, die sich heimlich in der Nähe unseres Geleitzuges aufhielten. Jede Stunde gab es neue Latrinenparolen. Das neueste Gerücht vermeldete, die Japaner hätten zwanzigtausend Mann Verstärkung von den Marshall-Inseln herübergebracht. Trotzdem hatte bis zuletzt keiner von uns sonderlichen Respekt vor Helen. Wir sahen der Sache mit einer fast gleichgültigen Ruhe entgegen.

Diese Ruhe vertiefte sich zu tödlichem Schweigen, als wir allmählich in Tuchfühlung mit unserem Angriffsziel kamen. Man fühlte es geradezu am Puls der Schiffsmaschine und an der Art, wie die Männer sich bewegten, daß das Atoll Tarawa unmittelbar vor uns war.

Wir verringerten unsere Fahrt, um einen anderen Geleitzug vorbeizulassen, ebenso groß wie unserer. Es war die Division der Army, auf dem Weg zu der

267

Insel Makin. Obwohl wir überzeugt waren, daß unser Angriff auf keinerlei nennenswerten feindlichen Widerstand stoßen würde, und obwohl wir Sechser ja außerdem als Operations-Reserve vorgesehen waren, nahm dennoch jeder seine Waffe noch einmal vor, machte seinen Frieden mit Gott, schrieb einen Brief nach Hause — und wartete. Die Spannung stieg, immer wilder schwirrten die verrücktesten und gegensätzlichsten Gerüchte, und irgendwie wurde uns allen sonderbar flau beim Gedanken an die bevorstehende Operation.

Vorpostenboote des Geleitzuges gingen außerhalb der Reichweite der Küstenbatterien von Betio auf Position. Kreuzer der Fünften Flotte eröffneten das Feuer auf die Insel, die aussah wie ein Seepferdchen und mit Decknamen hieß wie eine Frau. Es war drei Tage vor dem Tage X. Die ganze erste Nacht hindurch leuchteten gelb-rote Explosionen auf. Ein Feuerstrahl schoß zu dem Korallenfelsen hinüber und brachte neue Verwüstungen in die bereits angeschlagene Bastion. Am nächsten Tag kamen zusätzlich Bombenflugzeuge heran von Phoenix, Ellice und Samoa, die gemeinsam mit den wütenden kleinen Jägern von den Flugzeugträgern die Insel beharkten.

Admiral Shibu und seine fünftausend kleinen gelben Soldaten saßen in ihren Bunkern und warteten. Eingegraben in den harten Korallenboden, verschanzt hinter drei Meter dicken Betonwänden, Panzerstahlplatten und meterdicken Schichten aus Palmenstämmen und Sandsäcken, saßen die Japaner da und lachten über die Tonnen amerikanischen Eisens, mit denen unsere Artillerie die Kokospalmen abrasierte. Die Kampflust der Japaner stieg. Sie saßen und warteten.

Levin besuchte seinen geliebten Funk-Jeep, der oben an Deck festgezurrt war. Er kontrollierte zum hundertsten Male, ob auch alles in Ordnung sei, und seufzte bei dem Gedanken, daß er den Jeep bei der Landung an Bord zurücklassen mußte. Er setzte sich auf den Lukendeckel, lehnte sich gegen den Jeep und betrachtete den Sonnenuntergang. Als er Speedy herankommen sah, stand er auf und wollte gehen.

»Levin.«

»Was ist?«

»Ich hätt gern mal einen Augenblick mit dir gesprochen.«

»Ich möchte keinen Streit haben«, sagte Levin bissig.

»Hör mal, Levin«, sagte Speedy, »wo es doch nun Ernst wird und — na ja, verdammt noch mal — da ist meine Hand. Wir wollen nicht mehr an den Quatsch denken.«

Levin begann zu strahlen. »Na klar, Speedy, her mit deiner Flosse.«

Sie schüttelten sich herzlich die Hände.

»Und, weißt du, Levin — ich hab' mit den andern drüber gesprochen, und — na ja, also — wir meinten eben alle — da, guck dir das mal an, Levin.«

Levin nahm das Blatt, das Speedy ihm hinhielt, und las im Licht des sinkenden Abends: *Dies hier ist eine unverbrüchliche Abmachung* . . .

»Das ist eine Art Verein, den wir vor langer Zeit mal gegründet haben«, sagte Speedy. »Na ja, und nun meinen wir eben, daß du sozusagen auch Mitglied geworden bist. Wir haben jeder das Ding unterschrieben. Wenn dir's recht ist, kannst du hier auf meinem mit unterschreiben.«

»Klar, Speedy. Besten Dank auch.«

Die Geschütze der Fünften Flotte mähten die Palmen vor uns ab und zerrissen die Morgendämmerung mit einer Salve nach der andern. Stunde um Stunde donnerten die Schlachtschiffe und holten über durch die Wucht der Breitseiten, mit denen sie in rascher Folge das kleine Stückchen Koralleninsel überschütteten.

»Mann Gottes«, sagte Andy leise, »da bleibt kein Schwanz leben.«

»Die ganze Insel brennt.«

Gebündelt zuckte das Mündungsfeuer aus den Rohren der Kriegsschiffe, bis aus der Dämmerung der Tag wurde. Ich sah auf meine Uhr, als wir auf Landungsposition vor Anker gingen. Das Zweite Regiment des Marine-Korps wartete auf den Befehl vom Flaggschiff *Maryland*, dessen Deckname *Rocky* war.

Der Zeitpunkt X kam immer näher. Jedes Schiff der Fünften Flotte feuerte weiter aus allen Rohren, mit Ausnahme der Zerstörer, die wachsam die Truppentransporter umkreisten, um etwaige Angriffe feindlicher Unterseeboote abzuwehren. Admiral Parks, Chef der Fünften Flotte, hatte geschworen, er würde die Insel versenken. Mir schien, er hielt Wort.

»Ich kann mir nicht helfen«, sagte Danny, »irgendwie tun mir die Japaner leid. Stellt euch mal vor, wenn wir jetzt da drüben säßen.«

Das mörderische Feuer steigerte sich noch, bis die Insel in einer Wolke von Qualm und Rauch verschwand. Dann wurde es auf einmal sehr still.

Aufgeregt kamen die Männer des Zweiten Regiments nach oben an Deck und begaben sich an ihre Landungsstationen.

»Hoffentlich hat die Navy ein paar Japaner für uns übriggelassen.«

»Mann, die haben die alte Helen ganz schön eingedeckt.«

Aus der Lautsprecheranlage ertönte die Stimme des Bootsmaaten: »*Achtung, Achtung – erste Welle in die Boote!*«

»Los, Jungens, außenbords.«

Eine Viertelstunde vor dem planmäßigen Angriff des Zweiten Regiments auf Blue Beach wurde eine Spezialtruppe vorgeschickt, Pfadfinder, Nahkampfleute und Scharfschützen in Zugstärke, um die lange Pier, die zwischen Blue Beach Zwei und Blue Beach Drei rund vierhundert Meter lang vom Land ins Meer hinauslief, vom Feind zu säubern. Die Pier führte über das Riff hinaus bis dahin, wo das Wasser tiefer wurde, und hatte den Japanern zum Löschen des Nachschubs und als Laderampe für Wasserflugzeuge gedient. Die Spezialtruppe, geführt von Leutnant Roy, einem finsteren Rauhbein, arbeitete im Einsatz ganz ähnlich wie Colemans Nahkampfleute.

Die letzten Minuten vor dem Zeitpunkt X. Die großen Schlachtschiffe zogen sich zurück. Nur noch die Zerstörer bombardierten weiter das unmittelbare Landungsgebiet. Innerhalb der Lagune waren Minenräumer an der Arbeit. Die Männer des Zweiten Regiments saßen in den Landungsfahrzeugen, sie umkreisten das Kontrollboot wie Indianer, die einen Treck von Planwagen umschwärmen. Dann begann das lebensgefährliche Umsteigen von den Landungsfahrzeugen in die Amphibienfahrzeuge, die sogenannten Alligatoren.

Die Meldung von der ersten Panne platzte in die Kommando-Zentrale auf der *Maryland,* wo General Todd B. Philips, Kommandeur der Fleet-Marine-Force und Leiter der gesamten Operation, ungeduldig an seiner Zigarre kaute: die vorgesehene Vernebelung mußte abgeblasen werden, da der Wind in der falschen Richtung wehte.

Todd Philips war wütend. Er hatte die Nebelwand unbedingt haben wollen als Schutz für die erste Welle. Er ließ die genaue Zeit feststellen; schwere Bomber von Samoa waren überfällig, die Betio abrasieren sollten mit Bomben, die schrapnellartig kurz über dem Erdboden explodierten. Es kam die Meldung der zweiten Panne: die Bomber waren zu schwer beladen gewesen und hatten umkehren müssen, da sie bereits beim Start mehrere Ausfälle gehabt hatten.

Während die Männer der ersten Welle weiterhin dabei waren, aus den Landungsbooten umzusteigen in die Alligatoren, öffnete sich der Himmel und entließ Sturzbomber und Jäger, die dicht über dem Wasser auf die Insel losrasten. Plötzlich, auf halbem Wege, machten die Flugzeuge kehrt und flogen zurück zu den Flugzeugträgern; es hatte sich als unmöglich erwiesen, die Insel wirkungsvoll zu bombardieren, da der Rauch so dicht war, daß kein Ziel mehr zu erkennen war.

Noch hatte der Feind nicht einen Schuß abgegeben – aber die Stimmung auf der *Maryland* wurde unbehaglich. Während die Flugzeuge zurückflogen, kam von dem Kontrollboot die Meldung:

*HABEN BEI ÜBERNAHME DER MÄNNER VON DEN LANDUNGSBOO-
TEN SIEBEN ALLIGATOREN MIT DER GESAMTEN BEMANNUNG VER-
LOREN.*

Philips biß seine Zigarre in der Mitte durch. Die Adjutanten sahen verwirrt zu den Generalen und zu Admiral Parks hin und erwarteten neue Befehle. »Die restlichen Alligatoren sollen in Linie auf Position gehen und den Befehl zur Landung abwarten«, befahl General Philips.

Eine seltsame Stille folgte dem dröhnenden Angriff der Bomber. Wir warteten in atemloser Spannung, während die Alligatoren mit den Männern des Zweiten Regiments in Dwarslinie dem Landungsziel zustrebten. Dann gab es plötzlich einen Ruck. Ich krachte gegen das Schott und ging zu Boden, Danny fiel auf mich. Wir standen wieder auf, erschreckt und verwirrt. Die Matrosen um uns herum hatten bleiche Gesichter.

Die Japaner schossen zurück!

Es war vorbei mit unserer selbstgefälligen Sicherheit. Wir sahen uns an und entdeckten im Auge des andern Angst und Unruhe. Die Division stand vor einem harten Kampf.

»Das ist mir unbegreiflich«, sagte Admiral Parks ungefähr gleichzeitig an Bord der *Maryland.* »Wir haben es ihnen gegeben mit allem, was gut und teuer ist.«

»Verdammter Mist, Parks«, sagte Philips laut und wütend. »Das ist Küstenartillerie Kaliber 20, womit die auf uns schießen. Bringen Sie die Batterie zum Schweigen, bevor sie einen Truppentransporter treffen.«

»Lassen Sie die *Mobile* und *Birmingham* sofort auf Gefechtsposition gehen«, sagte Parks.

»Zu Befehl, Herr Admiral.«

»Ich verstehe das nicht«, sagte Parks noch einmal.

General Bryant, der Divisionskommandeur, beugte sich über den Tisch zu Parks. »Ich kann es Ihnen erklären, Admiral. Die Schiffsartillerie schießt Flachfeuer. Damit erreichen Sie keine Wirkung in die Tiefe.«

Philips haute seine fette Faust auf den Tisch. »Heiliges Kanonenrohr − ist Ihnen klar, meine Herren, daß wir mit unserer Knallerei möglicherweise nicht einen einzigen Japaner erwischt haben?«

»Liegt schon eine Meldung von Leutnant Roy vor?«

»Nein, Herr General. Er wartet mit seinen Leuten auf den Befehl zum Angriff.«

»Es ist wohl besser«, sagte Bryant, »wenn wir erst einmal diese Küstenbatterie zum Schweigen bringen, ehe wir Roy mit seinen Leuten die Pier angreifen lassen. Das sind englische Kanonen, die die Japaner in Singapur erobert haben. Die Engländer machen gute Kanonen.«

Eine blasse, zitternde Ordonnanz näherte sich Admiral Parks. »Herr Admiral«, sagte er mit unsicherer Stimme. »Unsere Funkanlage ist durch das Bombardement ausgefallen. Wir können keine Verbindung bekommen.«

»Dann blinken Sie doch, Mann! Oder versuchen Sie's mit Funksprechgeräten, ganz egal. Stellen Sie jedenfalls die Verbindung zu dem Kontrollboot her.«

»Schöne Scheiße«, sagte Bryant leise.

»Herr Admiral, der Zerstörer *Ringgold* hat in der Lagune einen Treffer erhalten.«

»Schlimm?«

»Er hat gemeldet, daß er auf Position bleibt, bis er keine Munition mehr hat oder sinkt.«

»Gut, sagen Sie ihm, er soll weiterschießen.«

Philips wandte sich an einen der schwitzenden Adjutanten. »Lassen Sie Roy mit seinen Leuten angreifen. Sagen Sie Wilson, sie sollen sich bereithalten zur Landung.«

»Jawohl, Herr General.«

»Wir können nicht ewig mit dem Angriff warten. Ich bete zu Gott, Don, daß unsere Jungens ihre Sache heute gut machen.«

Die angestaute Wut der Japaner brach los, als Leutnant Roy mit seinen Leuten das Ende der Pier erreichte. Sie gerieten in ein mörderisches Kreuzfeuer aus den Bunkern und fielen wie die Fliegen, während sie sich unter der Pier an den Rammpfählen entlang zum Strand vorarbeiteten. Wie ein Wilder ging

271

Roy gegen den gutgedeckten Gegner vor, bis zur Hüfte im Wasser griffen seine Männer mit Handgranaten und Bajonetten die Japaner an und räucherten sie aus in ihren Verstecken hinter den Pfählen. Schließlich setzte Roy seinen Fuß auf den Strand von Blue Beach Zwei, ging in Deckung hinter dem Deich und drehte sich um zu seinem Funker.

»Sag ihnen, die Pier ist klar.«

»Sie sind verwundet«, sagte der Funker.

»Gib durch, daß die Pier klar ist«, wiederholte Roy. Er wickelte eine Binde um seinen zerschmetterten Arm und sammelte die zehn Männer um sich, die von den ursprünglich fünfundfünfzig übrig waren.

Endlich wurde das Zeichen zum Angriff gegeben. Die Alligatoren näherten sich dem Korallenriff am Ende der Pier. Sie wurden von wütendem Abwehrfeuer empfangen. Die Bemannung eines Alligators sprang auf die Pier hinauf. Innerhalb von zwei Minuten lebte keiner mehr von ihnen.

Ein Kriegsberichter stieß einen jungen Mariner an, der mit ihm im gleichen Alligator stand, und rief ihm, während das schwerfällige Fahrzeug langsam durch den Schrapnellregen zum Strand brummte, ins Ohr: »Wie heißen Sie?«

»Martini – Gefreiter Martini aus San Francisco – ich bin MG-Schütze.«

»Haben Sie Angst, Martini?«

»Angst? Ich bin Mariner!«

»Wie alt sind Sie, Martini?«

»Achtzehn.« Der Junge ergriff den Kriegsberichter am Arm. »Ich habe blödsinnige Angst, wenn Sie es genau wissen wollen, aber das kann ich doch die anderen Jungens nicht merken lassen –«

Das waren seine letzten Worte. Ein japanisches Schrapnell explodierte mitten im Alligator.

Vier andere Alligatoren stießen gleichzeitig vor in Richtung auf Blue Beach Eins und krochen über das äußere Unterwasserriff. Das eine Fahrzeug erhielt einen Volltreffer, schlug um und ließ Körper und Teile von Körpern durch die Luft wirbeln und in das kreidige Wasser sinken. Der nächste Alligator wurde getroffen, und noch einer – bis schließlich alle vier erledigt waren.

Drei Alligatoren näherten sich dem Strand von Blue Beach Zwei. Sie blieben bewegungsunfähig in den Stacheldrahthindernissen hängen, die aus dem Wasser herausragten. Die Mariner sprangen aus den Fahrzeugen ins Wasser. Sie blieben im Feuer der japanischen Maschinengewehre, ehe auch nur einer von ihnen den Strand erreicht hatte.

»Noch immer keine Meldung von Colonel Carpe?« fragte Bryant.

General Philips sah die letzten Meldungen durch, die vor ihm auf dem Tisch lagen. »Nein«, sagte er, »noch nichts.«

Eine Ordonnanz kam eilig herein und legte die letzte Meldung auf den Tisch: *Kommandeur von Wilson White gefallen.*

»Verdammt! Was macht eigentlich Carpe?«

»Herr Admiral, *Ringgold* hat erneut einen Treffer bekommen. Er war an die Küste herangegangen, um Geschütze der japanischen Artillerie zum Schweigen zu bringen.«

»Liegt eine neue Meldung von *Ringgold* vor?«

»Sie haben durchgegeben, daß sie weiterschießen.«

Brigadegeneral Snipes kam mit raschen Schritten zu Philips und drückte ihm ein Blatt in die Hand – eine Meldung von Colonel Carpe, der sich auf Blue Beach Drei befand und von dort aus den Angriff leitete.

AUSSERORDENTLICH HEFTIGER FEINDLICHER WIDERSTAND! KÖNNEN NICHT HALTEN. HABEN ACHTZIG PROZENT VERLUSTE. SITZEN FEST HINTER DEM DEICH. ERBITTEN VERSTÄRKUNG ODER ANDERE UNTERSTÜTZUNG.

»Wie viele Alligatoren haben wir noch?«

»Ungefähr fünfundzwanzig, Herr General.«

»Schicken Sie den Rest von *Wilson* an Land. Nehmen Sie zunächst die Alligatoren und dann die Fährprahme.«

»Wissen Sie, was das bedeutet?« rief Bryant. »Dann müssen die Männer einen Kilometer zu Fuß durchs Wasser.«

»Wir haben keine andere Möglichkeit«, sagte Philips.

Gefreiter Nick Mazoros, ein einsamer Funker, watete deckungsuchend von Pfahl zu Pfahl, bis zum Bauch im Wasser, unter der Pier zum Strand. Er mühte sich ab, sein Funksprechgerät nicht mit dem Salzwasser in Berührung kommen zu lassen. Um ihn herum pfiffen die Gewehrkugeln, die Einschläge ließen das Wasser hochspritzen. Eine MG-Garbe peitschte heran. Einen Augenblick überlegte er, ob er sein Funkgerät wegschmeißen und unter Wasser in Deckung gehen sollte, doch dann entschloß er sich zu dem Versuch, das Gerät heil an Land zu bringen. Erschöpft fiel er auf den Sand von Blue Beach Zwei und kroch in die schützende Deckung des niedrigen Deiches.

Der Kompanieführer fragte zu ihm hinüber: »Funktioniert deine Kiste noch?«

»Ich hoffe, ja.«

»Sergeant! Nehmen Sie drei Mann und bringen Sie den Funker da zu Colonel Carpe auf Blue Beach Drei. Bleiben Sie dicht am Wall. Das Funkgerät ist wichtig.«

»Seine Hand ist abgeschossen«, sagte der Sergeant und zeigte auf Mazoros' rechten Arm.

»Macht nichts«, sagte Mazoros, »gehen wir.«

Das Stückchen Erde, auf dem sich die erste Welle des Zweiten Marine-Regiments auf Betio festgekrallt hatte, bestand bei Blue Beach Zwei und Drei aus fünfzehn Metern Sand zwischen dem Wasser und dem Deich. Bei Blue Beach Eins hatten die Männer sich zwanzig Meter vom Wasser entfernt in den zerklüfteten Korallenboden eingegraben. Der Gefechtsstand von Carpe befand sich in einem japanischen Bunker, der unter Aufopferung des Lebens von zwanzig Marinern geknackt und erobert worden war. Der Wall, der dem versprengten Haufen im Augenblick Schutz bot, konnte ihnen ebensogut zum

273

Grab werden. Über den Wall gegen die japanischen Stellungen vorzugehen, wäre heller Wahnsinn gewesen. Jeder Fußbreit war bestrichen vom Kreuzfeuer der gegnerischen MGs. Der Angriff über den Wall bedeutete augenblicklichen Tod; hinter dem Wall liegenzubleiben, bedeutete einen Gegenangriff der Japaner. Und fünfzehn Meter hinter ihnen war das Wasser.

Carpe stützte seinen Oberkörper gegen die Wand des Bunkers und gab seine Anweisungen. Das Blut an seinem Bein war getrocknet und begann, faulig zu riechen. Er zermarterte sein Gehirn auf der Suche nach einem Ausweg aus der ausweglos scheinenden Situation. Nach menschlichem Ermessen war das Schicksal der Zweier besiegelt.

Die zweite Welle des Zweiten Marine-Regiments kam heran zur Verstärkung des bedrohten Brückenkopfes. Die Geschichte mit den Alligatoren wiederholte sich. Sie wurden im Wasser von den Schrapnellen der Japaner getroffen, sie verfingen sich im Stacheldraht, sie wurden erledigt, noch ehe sie den Strand erreichten – aber der grausame Zug ging weiter, immer neue Männer kamen herangewatet. Der Fährprahm fuhr bis an das äußere Riff heran und ließ die Rampe herunter, anderthalb Kilometer von der Küste entfernt, und die Männer des Zweiten Regiments sprangen ins Wasser, das ihnen bis an den Hals ging, und kamen herangewatet, die Gewehre hoch über ihren Köpfen.

Ein Wasserflugzeug landete neben der *Maryland*, der Pilot kletterte die Jakobsleiter hinauf an Deck. Er war wie von Sinnen. »Ich bin direkt über ihnen weggeflogen!« rief er. »Sie werden abgeknallt im Wasser, sie fallen wie die Fliegen, aber sie waten und waten auf die Küste zu, immer neue kommen heran, und die Japaner durchlöchern sie – und sie kommen durch das Wasser, die Gewehre hoch über sich.«

Sie kamen und kamen. Schweigend wateten sie die letzte Meile durch die Lagune. Einer fiel vornüber – das Wasser um ihn färbte sich dunkelrot – der Körper versank und kam wieder hoch in den Wellen – der dunkle Fleck wurde größer und verblaßte zu einem Rosa. Und sie kamen und kamen.

In der siedenden Hitze des tropischen Tages brummten die Landungsfahrzeuge hin und her zwischen den Truppentransportern und dem Riff. Sie brachten immer neue Opferlämmer zu dem erbarmungslosen Altar. Mehr und mehr Mariner sprangen weit draußen ins Wasser und wateten zum Strand, hinein in das Trommelfeuer der Japaner.

Carpe rief zu Mazoros, dem Funker, hinüber: »Verdammt noch mal, will denn das Ding gar nicht funktionieren?«

»Tut mir leid, da muß Salzwasser in die Batterie gekommen sein.«

Das Feldtelefon schnarrte, Carpe ergriff den Hörer. »Hier Violet«, sagte er.

»Hallo, Carpe, hier ist Wilson White. Die Division schickt einen Fährprahm mit Tragbahren und Plasma für Bluttransfusionen an den Pier.«

»Schön«, sagte Carpe. »Und wie sieht's bei euch aus?«

»Übel. Unser Abschnitt liegt voll von Verwundeten. Die Sanitäter tun ihr Möglichstes.«

»Wie steht's mit Munition?«

»Wird allmählich knapp.«

»Habt ihr zufällig ein paar Batterien für ein TBY-Gerät? Wir können Rocky nicht kriegen. Ich glaube, die Idioten haben keine Ahnung, was hier eigentlich los ist.«

Es blieb still am anderen Ende.

»Hallo, Wilson White, hallo – hier spricht Carpe – hallo! Verdammt noch mal.«

Er legte den Hörer hin. »Melder – gehen Sie zu Wilson White und stellen Sie fest, ob der Kommandeur verwundet worden ist oder ob die Leitung nicht mehr in Ordnung ist.«

Ein Sergeant kam zu Carpe herangerannt. »Da auf der andern Seite des Deichs liegen einige TBY-Batterien.«

»Auf der andern Seite? Wie, zum Teufel, sind die denn dahin gekommen?«

»Keine Ahnung.«

Mazoros stand auf und wollte los.

»Wohin, mein Sohn?«

»Die Batterien holen.«

»Das läßt du gefälligst bleiben. Geh in Deckung – Funker sind hier in dieser Gegend Mangelware.«

Noch ehe Carpe einen Befehl gegeben hatte, krochen sieben Mariner durch das Feuer eines japanischen Maschinengewehrs zu der Stelle, wo die Batterien lagen. Sechs davon wurden erschossen; einer kam zurück – mit den Batterien.

3. Kapitel

Wir waren eingesperrt unter Deck. Keiner von uns konnte schlafen. Flüsternd saßen die Männer in dem spärlich beleuchteten Raum auf ihren Kojen und warteten auf Nachricht vom Zweiten Regiment.

»Wir müßten hin und ihnen helfen.«

»Die armen Schweine.«

Ein Gewehr fiel von einer der oberen Kojen herunter. Alles erschrak. Ein Mariner kam mühsam über die in den Gängen aufgestapelten Kisten und das Marschgepäck herübergestiegen und wischte sich den Schweiß von seiner nackten Brust.

»Warum können wir denn keine Nachtlandung machen?«

»Diese Arschlöcher auf der *Maryland* haben ja keine Ahnung.«

»Ob die Japaner schon einen Gegenangriff gemacht haben?«

Ich ging zum Waschraum und hielt mein Gesicht unter das muffige Salzwasser. Es war keine sonderliche Erfrischung. Ich hätte gern geschlafen, aber das konnte keiner von uns. Unruhig und gespannt warteten wir auf Nachricht vom Brückenkopf.

Am Strand von Blue Beach erklärte Mazoros zum zehnten Male einem Gewehrschützen, wie das Funksprechgerät zu bedienen sei. Seine Stimme wurde schwächer. Er war schwer verwundet worden, und sein Leben verebbte.

Er rollte zur Seite, tot. Der Gewehrschütze nahm ihm die Kopfhörer ab und setzte sie sich auf.

Auf der andern Seite des Deiches ging der dreimal verwundete Leutnant Roy mit dem Rest seiner Männer von Bunker zu Bunker und sprengte sie mit Dynamit. Dann fiel er, zum viertenmal getroffen, tot zu Boden.

Ein blasser Mond hing niedrig am Himmel und beleuchtete die bange Szene. Wie ein silberner Strahl glänzte die lange Pier in der heißen, unbewegten Nacht. Langsam stieg die Flut und näherte sich dem Deich, hinter dem die Mariner hockten, bis schließlich der schmale Strand verschwunden war. Sie lagen im Wasser. Über eine Strecke von hundert Metern lagen die Verwundeten, einer neben dem andern, schweigend. Sie öffneten nur den Mund, um Hilfe abzulehnen oder ein letztes Gebet zu sprechen. Kein Schrei war zu hören. Auf der andern Seite des Deiches lagen verstreut zwischen MG-Nestern und Bunkern weitere hundert, die langsam verbluteten. Doch keiner von ihnen bewegte sich oder rief um Hilfe. Denn sie wußten, daß ein Hilferuf ein Dutzend Kameraden herbeiholen und vielleicht in den Tod führen würde. Mochte der Schmerz noch so unerträglich brennen, keiner von ihnen öffnete die Lippen. Schweigend lagen sie mit ihren Wunden und dachten an ein fernes Land. Kein Schrei war zu hören.

Fährprahme kamen an die Pier heran mit lebenspendendem Blut und todbringender Munition. Sie luden ihre Fracht am Ende der Pier ab, vierhundert Meter vom Strand entfernt. Es war nicht nötig, nach Freiwilligen zu rufen. Wortlos erhoben sich die Mariner und wateten durch den Kugelregen, um den Nachschub heranzubringen.

Im Wasser sitzend, den Rücken gegen den Wall gelehnt, hielt ein Kriegsberichter seinen Schreibblock in das Licht des Mondes und schrieb mit einem abgebrochenen Stück Bleistift:

Es scheint unglaublich, was ich hier um mich sehe. Während ich dies schreibe, weiß ich nicht, ob diese Zeilen jemals von einem anderen gelesen werden, denn ich werde morgen früh nicht mehr leben. Ich befinde mich auf der Insel Betio, die zu dem Atoll Tarawa in der Gruppe der Gilbert-Inseln gehört. Gleich den Männern um mich herum erwarte ich einen Gegenangriff der Japaner. Jeder von uns weiß, daß wir sterben werden. Dennoch ist nichts zu bemerken von irgendeiner äußeren oder inneren Unruhe. Ich wußte bis heute nicht, daß Menschen einer solchen Haltung fähig sind. Nie zuvor haben Männer, noch dazu so junge Männer, dem Tod mit so besonnenem Mut ins Auge gesehen. In die Annalen des Marine-Korps wird heute ein neuer Name eingetragen. Er heißt: TARAWA.

Die Stummel von zwanzig Zigarren lagen teils vor General Philips auf dem Tisch, teils neben ihm auf dem Fußboden. Todd Philips saß zusammengesunken in seinem Stuhl, müde, mit rotunterlaufenen Augen. Seit sechs Stunden saß er so, wartend, immer wieder auf die Uhr sehend.

»Noch immer kein Gegenangriff«, sagte er endlich. »Carpe hat ja inzwischen ein brauchbares Funkgerät.« Er griff nervös nach einer Zigarette.

»Die müssen irgend etwas ganz Besonderes vorhaben, Todd. Vielleicht schleifen sie gerade noch ein bißchen ihre Samurai-Schwerter.«

»Eine Meldung über japanische Granatwerfertätigkeit?«

»Nur ganz vereinzelt.«

Der General hob sein Haupt und sagte: »Herrgott, ich danke dir.« Das mußte ein Irrtum sein; denn es war ja General Todd B. Philips, der das sagte, und für ihn gab es nur einen Gott: das Marine-Korps.

Er stand auf und gab einen Befehl: »Stellen Sie Verbindung her zum Achten Marine-Regiment. Sie sollen Punkt sechs Uhr durch die Lagune zum Strand vorgehen. Stellen Sie außerdem Verbindung her zu Carpe. Er soll in dem Augenblick, wenn die Achter am äußeren Riff sind, mit allen seinen Leuten über den Wall vorgehen. Das ist die einzige Möglichkeit, sonst schaffen wir es nie. Snipes, Sie gehen zur ersten Welle vor und lösen Carpe ab. Erzählen Sie ihm, daß die Kongreß-Medaille für ihn fällig ist – – macht zu, Leute! Und jetzt brauch ich eine Zigarre.«

Über Blue Beach Eins lag der Geruch des Todes. Kein Wind, nicht das leiseste Lüftchen regte sich, um den Gestank zu vertreiben, den Geruch der Verwesung, brandiger Fäule und getrockneten Blutes. Die noch lebten, verschmiert und bedeckt vom Korallenstaub, blutend, verdurstend, tödlich ermattet, umklammerten ungläubig ihre Gewehre, als der erste Schein des neuen Tages sich am Horizont zeigte. Auch die Verwundeten, die schweigend dalagen, hoben ihre blutverschmierten Häupter und sahen hinaus auf die Lagune.

Die Männer des Achten Marine-Regiments kamen heran! Der anhebende Tag brachte neues Leben in die Zweier. Sie rissen ihre zerschlagenen Knochen zusammen und machten sich bereit zum Sprung über den Wall. Colonel Carpe richtete sich schwankend auf und stand. Seine Ordonnanz gab telefonisch den Befehl weiter den Strand entlang: »Bajonette aufpflanzen – fertigmachen zum Angriff.«

Die paar Geschütze, mit denen man noch schießen konnte, begannen rumpelnd ein kümmerliches Vorbereitungsfeuer.

Carpe zog die Pistole und rief den Männern hinterm Wall zu: »Los, Jungens – 'ran an die gelben Hundesöhne!«

Wie die Toten, die am Jüngsten Tag aufstehen aus ihren Gräbern, so erhoben sich die Reste des Zweiten Regiments und brachen angreifend vor über den Deich. Das Abwehrfeuer der Japaner war auf die Verstärkung konzentriert, die draußen durch die Lagune herankam. Ehe sie den bleiernen Hagel umdirigieren konnten, waren die Zweier quer über den schmalen Teil der Insel vorgegangen, der auf unsern Karten als Green Beach bezeichnet war. Mit ungeheurer Energie drangen die Mariner rund hundert Meter vor und schnitten die in diesem Abschnitt gelegenen feindlichen Befestigungen ab. Doch dann war der Schwung ihres Angriffs verbraucht, weiter konnten sie nicht mehr. Sie gruben sich ein in dem neuen Stück Erde, für das sie so viel bezahlt hatten und das von so unbezahlbarem Wert war, und warteten auf die Achter, die die Lücken in ihren schwer angeschlagenen Reihen ausfüllen sollten.

Eine zweite Verwundung warf den zähen Carpe zu Boden. Diesmal war er unfähig, sich wieder zu erheben. Er protestierte heftig, während er zurückgeschleppt wurde zum Hauptgefechtsstand. Schließlich war er damit einverstanden, daß ein Sanitäter ihn verband, unter der Bedingung, daß er vorn am Telefon bleiben konnte, um die Leitung der Operation weiter in der Hand zu behalten. In diesem Augenblick kam General Snipes bei ihm angehumpelt.

»Hallo, Carpe.«

»Hallo, Snipes. Verwundet?«

»Nee – hab' mir den Fuß verknackst. Wie sieht's aus?«

»Wir haben ein paar Meter geschafft und Green Beach in die Hand bekommen. Wie kommt die Verstärkung heran?«

»Beschissen. Kriegen wieder mächtig Dunst.«

Gegen Mittag waren die Männer des Achten Marine-Regiments, die nicht im feindlichen Abwehrfeuer geblieben waren, an Land, und nur fünfzig weitere Meter waren unter hohen Verlusten dem erbitterten feindlichen Widerstand abgerungen. Jeder Meter wurde hart umkämpft, und mit jedem Meter wurde der japanische Widerstand erbitterter. Man tötete sich gegenseitig mit der blinden Wut angeschossener Raubtiere. Schließlich gab Snipes an die *Maryland* den Funkspruch: GELINGEN DER OPERATION FRAGLICH.

Der Angriff blieb stecken, die verfügbaren Energien waren verbraucht. Snipes, der alte Nahkampf-Experte, verfluchte den erbitterten Todesmut des Gegners, hoffte aber immer noch auf eine plötzliche Wendung und stellte schließlich fest: »Wir werden darum bitten müssen, daß man uns die Sechser zu Hilfe schickt.«

»Irgendeine Meldung von Paxton, wie es auf Makin steht?« fragte Philips.

»Jawohl, Herr General. Sie rücken langsam vor gegen heftiges Feuer einzelner Gewehrschützen. Sie schätzen die Stärke des Gegners auf sechshundert Mann.«

»Kleine Fische – wir haben es hier mit sechstausend zu tun. Sagen Sie ihm, daß er allein fertig werden muß. Die Sechser brauchen wir für Betio.«

»Jawohl, Herr General.«

»Hören Sie mal, Todd«, sagte Bryant, »ich schlage vor, daß wir die Verstärkung bei Green Beach an Land gehen lassen. Ich möchte es nicht noch mal durch die Lagune versuchen.«

»Was meinen Sie, Parks?«

»Bei Green Beach sind Minenfelder, Drahthindernisse und Panzerfallen«, sagte der Admiral.

»Noch so ein Bad in der Lagune und uns geht womöglich die Puste aus«, wandte Bryant ein. »Das ist unsere letzte Reserve. Wenn wir den Angriff nicht bald ins Rollen bringen, dann sind wir erledigt. Wir dürfen nicht auf Hilfe von Paxton rechnen.«

»Sehr richtig«, sagte Philips bissig. »Die Army wird eine Woche lang auf Makin herumtrödeln. Lassen Sie Lincoln Red bei Green Beach an Land gehen und halten Sie Lincoln Blue bereit als zweite Welle.«

Eine Meldung von einem Flugzeugträger wurde vor Philips auf den Tisch gelegt: *HABEN BEOBACHTET, WIE MEHRERE HUNDERT JAPANER VON HELEN NACH SARAH HINÜBERWATETEN.*

»Ich schlage vor, wir schicken Lincoln White nach Bairiki, um die Insel feindfrei zu machen und die restliche Artillerie dort in Stellung zu bringen. Falls die beiden andern Bataillone des Sechsten Regiments auf Betio einen Durchbruch machen, könnten die Japaner möglicherweise versuchen, sich nach Bairiki zurückzuziehen. Außerdem werden wir alles an Artillerie, was wir auf die Beine bringen können, dringend benötigen.«

»Hoffentlich ist der feindliche Widerstand auf Bairiki nicht allzu groß. Wer ist eigentlich der Kommandeur von Lincoln White?«

»Huxley — Sam Huxley.«

»Ach, der verrückte Marschierer.«

»Ja, der. Stellen Sie Verbindung her zu Lincoln Red. Soll sofort bei Green Beach an Land gehen. Funken Sie Huxley, er soll Bairiki vom Feind säubern und jeden etwaigen Rückzug dorthin stoppen. Sobald die Insel klar ist, lassen Sie die gesamte restliche Artillerie dort in Stellung gehen und das Feuer auf Betio eröffnen. Ich glaube, so rollt der Laden. Don — jetzt oder nie.«

4. Kapitel

»*Achtung, Achtung — alles an Deck und in die Boote!*« Huxleys Huren kletterten die Leiter nach oben. Aufgeregtes Stimmengewirr herrschte an Deck der *J. Franklin Bell*, wo die Männer sich in der Hitze des hohen Mittags drängten.

»Nun macht schon, verdammt noch mal«, rief ich. »Antreten!«

Sam Huxley kam eilig über das stählerne Deck zu unserer Landungsstation. Ohne ein Wort zu sagen, hob er seine langen Beine über die Reling und sprang in das Landungsfahrzeug, das außenbords in den Davits hing. Ziltch, schwer bepackt mit Huxleys Kartentaschen, kletterte mit sehr viel mehr Anstrengung hinterher.

»Okay, ihr Hübschen«, sagte ich, »steigt ein und haltet euch an den Strippen da fest, bis das Boot zu Wasser gelassen ist. Tempo, Tempo!«

Wir hatten zunächst keine Ahnung, was man mit uns wollte. Eine geschlagene Stunde fuhren wir im Kreis um das Kontrollboot herum. Es dauerte bei der kappeligen See nicht lange, bis wir alle grün um die Nasen waren.

»Wenn einer kotzen muß, dann gefälligst nach innen. Wenn du nach außen kotzt, dann bläst dir der Wind den Segen wieder ins Gesicht.«

Das Landungsfahrzeug stampfte und schlingerte durch die bewegte See in die Lagune. Wir duckten uns und rückten eng zusammen, um den Spritzern zu entgehen, die über die Rampe kamen. Wir schienen uns im Schneckentempo vorwärts zu bewegen, Meile um Meile.

Ich hockte vorn im Boot und sah zu der rauchenden Insel Betio hinüber, an der wir vorbeifuhren. Und dann sah ich, als unser Kahn die Nase nach unten nahm, schräg am Horizont den Umriß der Insel Sarah oder Bairiki. Eine

279

hübsche Ansichtspostkarte, mit Palmen und einem weißen Strand – im Gegensatz zu der Hölle, an der wir eben vorbeigefahren waren.

Wie ich da so vorn hockte, schoß plötzlich ein lähmender Gedanke durch mein Hirn. Vielleicht, dachte ich, sind das jetzt deine letzten Minuten auf dieser Erde. Wer weiß, in zehn Minuten bist du vielleicht tot. Ich sah hinüber zu den Wipfeln der Palmen auf Sarah, und plötzlich sah ich im Geiste ein Kreuz auf dem Korallenboden, mit meinem Namen drauf. Mir wurde flau, und für einen Augenblick hatte ich den Wunsch, über Bord zu springen und abzuhauen. Ich spürte, wie meine Handflächen feucht wurden vom Schweiß und wischte sie gerade an meiner Feldbluse ab, als ein Brecher überkam und mir hinten zum Hals hereinlief. Wenn nun da vorn auf Bairiki tausend Japaner auf uns warteten? Wenn es uns genauso ging wie den Zweiern und den Achtern?

Immer wieder kam mir derselbe verrückte Gedanke: Ich habe mir heute morgen die Zähne nicht geputzt. Ich wollte nicht sterben mit einem schlechten Geschmack im Mund. Ich wußte nicht, warum, aber der Gedanke war mir zuwider. Ich wollte mir die Zähne putzen.

Je länger wir untätig im Landungsfahrzeug saßen und warteten, desto mehr verrauchte meine Wut, verflüchtigte sich die angestaute Spannung. Ich hatte nicht mehr den Wunsch, irgendwen oder irgendwas zu rächen. Ich wußte nur noch, daß ich Mac war und daß ich leben bleiben wollte. Ich wollte nicht im Wasser erschossen werden. Ich mußte verrückt gewesen sein, als ich mir vorhin vorstellte, da drüben warteten tausend Japaner. Ich wünschte von ganzem Herzen, es möchte kein einziger mehr da sein.

Du Feigling, sagte ich zu mir selber. Jetzt auf einmal, nach all den Jahren. Ich versuchte, die Lähmung abzuschütteln, während unsere Landungsfahrzeuge sich dem Strand von Bairiki näherten. Aber die Furcht ließ mich nicht los – eine Furcht, wie ich sie noch nie gespürt hatte. Ich meinte, jeden Augenblick müßte ich aufspringen und das Grauen aus mir hinausschreien.

Unser Fahrzeug machte einen heftigen Satz, ich fiel der Länge lang hin und rutschte über das nasse Deck. Die Landungsrampe verbeulte sich mit einem metallischen Klang. Die Japaner schossen auf uns.

Ich spürte, wie mir der Urin das Bein hinunterlief. Ich fürchtete, mich gleich übergeben zu müssen. Der rote Blitz eines Leuchtspurgeschosses pfiff über das Wasser in unsere Richtung. Der Prahm bockte und schlug krachend aufs Wasser, ich flog gegen die Rampe. Als ich mich umdrehte, sah ich, daß die Hälfte der Jungens kotzte. Und dann sah ich Huxley – er war bleich und zitterte. Wenn ich früher jemanden so gesehen hatte, dann hatte ich ihn verachtet. Doch jetzt war auch ich wehrlos der Furcht ausgeliefert – verdammt noch mal, nimm dich zusammen!

»Funken Sie zum Kontrollboot!« befahl Huxley. »Sie sollen dem Flugzeugträger Bescheid geben – das Maschinengewehr da vorn muß zum Schweigen gebracht werden.«

Es war noch keine Minute vergangen, da begann es über uns zu dröhnen. Wir sahen hoch: Flugzeuge der Navy brausten heran, aus allen Rohren spuckend. Vor uns am Strand stieg eine Rauchsäule hoch.

»Sie haben sie erwischt!«

Die Landungsrampe fiel hinunter. Ich sprang bis zum Bauch in das kalkig weiße Wasser. Ich hatte keine Angst mehr. Wir wateten auf den Strand zu. Über das Wasser pfiffen unablässig die Gewehrschüsse. In der Lagune spritzten kleine Wasserfontänen hoch. Die Japaner waren wie immer verdammt gute Schützen. Jemand vor mir fiel plötzlich vornüber, das Wasser färbte sich rot. Einen Augenblick dachte ich, es wäre Andy. Der tote Mariner kam wieder hoch und drehte sich im Wasser herum. Es war ein MG-Schütze der HW-Kompanie. Das Wasser war nur noch knietief, und ich begann im Zickzackkurs an Land zu springen. Plötzlich hatte ich keinen Boden mehr unter den Füßen, ich war in ein Loch geraten. Eine Hand ergriff mich von hinten und zog mich in die Höhe.

»Vorsicht, Mac, halt dein Pulver trocken«, rief Seesack.

Max Shapiros Leute waren bereits an Land und am Werk. Sie waren wie der Wind heran und am Feind. Der kleine Captain, der so unscheinbar aussah, hatte aus seiner Kompanie eine mörderische Mannschaft gemacht.

Ich sprang auf den Strand und sah mich um. »Los, los, verdammt noch mal! Kommt 'ran, macht das TBX klar und nehmt Verbindung auf mit Rocky.«

Joe, Danny und ich bauten in aller Eile zwischen zwei Palmen unser Gerät auf. Ein scharfer kurzer Knall, ein singender, zischender Ton – und die Rinde splitterte von einem der Bäume. Wir warfen uns flach in den Sand. Ich sah etwas über die Lichtung vor uns springen, hielt hin und schoß die Munitionskammer meines Karabiners leer. Der Japaner überschlug sich ein paarmal und blieb liegen. Danny sprang auf. »Feuerschutz«, rief er.

Er rannte ein paar Schritte vorwärts, stockte plötzlich und blieb stehen. Er sah sich wieder auf Guadalcanar über dem Japaner stehen – er hatte das Bajonett nicht herausbekommen und abgedrückt – Blut und Fetzen von Fleisch waren ihm entgegengespritzt –

»Was ist los, Danny?«

»Nichts«, rief er und lief weiter. Er beugte sich rasch zu dem Japaner, riß ihm das Gewehr aus der Hand und durchsuchte ihn. Dann winkte er uns heran.

»Er lebt noch«, sagte Danny. Joe richtete sein Gewehr auf den Verwundeten. Ich schlug ihm den Lauf mit der Hand zur Seite.

»Nicht so eilig. Vielleicht will man ihn noch befragen. Hol Kyser und LeForce her.«

Einzelne Schüsse knatterten noch durch die Gegend, während unsere Jungens weiter vorgingen und das Gelände vom Feind säuberten. Der sterbende Japaner lag flach auf dem Rücken auf dem harten, von der Sonne ausgedörrten Korallenboden, der sein verrinnendes Blut trank. Danny und ich beugten uns über ihn. Er öffnete die Augen. Er erschrak nicht, als er mit der Hand das Loch in seinem Bauch fühlte. Er sah Danny an. Er schien noch jung zu sein, so wie meine Jungens. Er hatte ein rundes und sanftes Gesicht. Er sah mich lächelnd an und gab mir durch ein Zeichen zu verstehen, daß er einen Schluck Wasser haben wollte. Danny sah ihn mit brennenden Augen an. Er nahm seine Feldflasche, schraubte sie auf und hielt sie dem Japaner an den blutenden Mund.

Er trank langsam, in kleinen Schlucken, dann hustete er, Blut und Wasser drangen aus einem halben Dutzend Löcher in seiner Brust. Er dankte mit einem matten Nicken und fragte mit seinen Händen und Augen, ob wir ihn töten würden. Ich schüttelte verneinend den Kopf, und er lächelte und zeigte, daß er gern rauchen würde. Ich brannte eine Zigarette an und hielt sie ihm an den Mund, während er daran zog. Ich hätte gern gewußt, was in ihm vorging.

Danny stand auf. Sonderbar, er fühlte keinerlei Haß gegen diesen da, obwohl er besessen gewesen war von dem Wunsch zu töten, die Kameraden zu rächen, die in der Lagune ums Leben gekommen waren. Der Japaner schien so harmlos jetzt – auch nur ein armes Schwein, einer, der genau wie die andern tat, was man ihm befohlen hatte.

Kyser, LeForce und Huxley kamen an, geführt von Joe. LeForce fing sofort an, in rasender Eile eine Menge Fragen zu stellen.

»Sachte, sachte«, sagte Kyser. »Er hat einen Kehlkopfdurchschuß. Er kann nicht sprechen, auch wenn er Sie verstehen sollte.«

»Habt ihr ihn durchsucht?«

»Ja.«

»Es ist nur ein Schütze«, sagte LeForce.

»Er hat nur noch Minuten zu leben«, sagte der Arzt.

Das Erste Bataillon des Sechsten Regiments war unter schweren Verlusten von Green Beach aus weiter vorgegangen. Sie hatten die Bunker umgangen und den Pionieren überlassen, und sie hatten den Gegner, der fanatischen Widerstand leistete, zurückgedrängt auf das schmale Ende der Insel.

Es war klar, daß sich dieser Gegner nicht ergeben würde. In schierer Verzweiflung warfen sich die kleinen, gelben Soldaten in immer neuen Wellen, geführt von ihren säbelschwingenden Offizieren, den Männern des Ersten Bataillons entgegen. Sie riefen dabei die alten Schlachtrufe: »Mariner sterben!« und »Wir trinken Marinerblut!«

Am Abend des zweiten Tages begann die Stellung des Ersten Bataillons unter den unaufhörlich wiederholten Angriffen der Japaner zu wanken. Mit jedem neuen Gegenangriff wuchs die Gefahr, die Japaner könnten durch die dünnen Linien der Mariner durchbrechen. Lincoln White gab an Violet den Funkspruch: KÖNNEN NICHT MEHR HALTEN. Violet funkte zurück: IHR MÜSST HALTEN. Das war ein klarer Befehl. Von Bairiki aus schoß die Marineartillerie Salve um Salve hinüber auf den Teil der Insel Betio, auf den die Japaner zurückgedrängt waren. Die Zerstörer erschienen erneut in der Lagune und feuerten ihre Flachbahngeschosse in den zusammengedrängten Feind.

Die Japaner waren in der Zange. Wenn sie versuchten, sich nach Bairiki zurückzuziehen, so würden sie niedergemäht werden von Huxleys Huren, die sie ungeduldig erwarteten. Die einzige Möglichkeit war, die dünnen Stellungen des Ersten Bataillons zu durchbrechen.

Die Mariner gruben sich ein und wehrten mit aller Kraft die Rammböcke aus Menschenleibern ab, die immer wieder gegen sie vorstießen. Wenn ihnen

282

die Munition ausging, pflanzten sie die Bajonette auf und hieben die andrängende Wand aus Fleisch mit der blanken Waffe zurück. Dann wurde es wieder finstere Nacht, das Feuer verstummte.

Als der Morgen des dritten Tages dämmerte, hielt die Linie der Mariner noch immer. Das erste Tageslicht brachte das Dritte Bataillon des Sechsten Regiments über Green Beach heran, Verstärkung für die ermatteten Männer in ihren Schützenlöchern, die sie sich in den harten Korallengrund gegraben hatten.

Die Japaner, die wieder und wieder mit verbissener Wut den Durchbruch zu erzwingen versuchten, stießen auf eine Reihe frischer Männer, an deren Abwehr jede neue Angriffswelle brach. Und dann stand das Dritte Bataillon auf, ging angreifend vor und trieb den Gegner zurück ins Wasser. Als die Japaner sahen, daß die Stellung, die sie für uneinnehmbar gehalten hatten, hoffnungslos fiel, begannen sie, sich mit eigener Hand das Leben zu nehmen. Die Schlacht um Betio näherte sich knapp zweiundsiebzig Stunden, nachdem sie begonnen hatte, ihrem Ende.

Die ganze Nacht waren wir in der Lagune umhergetrieben und hatten gewartet, ob man uns zur Verstärkung des schwerbedrängten Ersten Bataillons an Land schicken würde. Als der Morgen kam, fuhren wir noch immer ziellos im Wasser herum. Wir waren hundemüde. Aber als dann unsere Fahrzeuge am Ende der Pier von Betio die Landungsrampe herunterließen, waren wir mit einem Schlage hellwach.

Der Anblick, der sich uns bot, war grauenhaft. Die Lagune war voll von Leichen, die im Wasser auf und ab schwabberten. Sie schwammen da zu Hunderten, tote Mariner des Zweiten und Achten Regiments, aufgetrieben und entstellt bis zur Unkenntlichkeit. Manche lagen mit dem Gesicht nach unten, und ihr Haar schwamm in Strähnen auf dem Wasser. Andere, steif in der Starre des Todes, lagen auf dem Rücken, in den blinden, aufgerissenen Augen noch den Schrecken des Augenblicks, da die Kugel sie traf. Und manchen von ihnen hatte die salzige See die Augen weggefressen, Gallert lief über ihre Gesichter, und wo einmal Augen gewesen waren, waren Höhlen. Es war gespenstisch, lebendig zu sein und zu atmen inmitten dieses feuchten Friedhofs, wo leblose menschliche Wracks auf den Wellen tanzten.

Hunderte von Schlauchbooten bewegten sich vom Strand nach draußen zu den Fahrzeugen, die am Rande des äußeren Riffs warteten. Blutige, stöhnende Jungens lagen in den Schlauchbooten: die Verwundeten. Hinter den Schlauchbooten wateten Sanitäter und Krankenträger der Division. Als wir den Fuß auf den Sand von Blue Beach setzten, schlug uns ein entsetzlicher Gestank entgegen. Kein Windhauch bewegte die feuchte, heiße Luft. Wir sprangen auf den Deich hinauf und sahen ein Bild der Verwüstung, das jeder Beschreibung spottet, ein chaotisches, schwelendes Trümmerfeld. Bei jedem Schritt stieß man auf einen toten Mariner oder einen toten Japaner, erstarrt in wilder Bewegung, in den tollsten Verrenkungen. Ich wollte den Blick wegwenden, aber mein Fuß wäre auf menschliche Leiber getreten, wenn ich hochgesehen hätte.

283

Wir verteilten uns, um die einzelnen Bunker abzusuchen, in denen von drei bis zu dreihundert Japaner gesessen hatten, und um gemeinsam mit den Pionieren jeden etwa noch lebenden Gegner auszuräuchern.

Ich stieg auf die Sandsäcke hinauf, die einen der hohen Bunker bedeckten. Von da oben konnte ich die Insel von einem Ende bis zum andern übersehen. Es schien unvorstellbar, wie auf diesem Fleck achttausend Mann hatten sterben können. Ich hätte die Insel der Länge nach in zwanzig Minuten abschreiten können, und sie war kaum breiter als ein Steinwurf. Aus der Verwüstung ragten nur noch ein paar Kokospalmen, die sonderbar und schemenhaft gegen den Himmel standen. Unser Sieg war vollkommen. Es gab nur vier Gefangene, und drei davon waren koreanische Arbeiter.

Wir bauten ein Funkgerät auf. Keiner von uns sprach. Um uns herum saßen Männer des Zweiten und Achten Regiments und unseres Ersten Bataillons. Ich wäre gern zu ihnen hingegangen, hätte ihnen eine Zigarette angeboten oder einen Schluck Wasser, oder auch nur ein paar Worte mit ihnen gesprochen – doch es war mir nicht möglich. Auf der Rollbahn waren die Seebienen bereits dabei, mit Bulldogs das Trümmerfeld zu planieren, damit möglichst bald die Räder des ersten Flugzeuges über die Landebahn des Leutnant-Roy-Field rollen konnten.

Sam Huxley hockte da, den Helm in der Hand, mit gesenktem Haupt. Sein Gesicht war bleich, seine brennenden Augen sahen zu Boden. Colonel Malcolm, unser Regimentskommandeur, kam zu ihm.

»Hallo, Sam.«

»Hallo, Colonel.«

»Kopf hoch, alter Junge. Sie dürfen sich das nicht so zu Herzen nehmen.«

»Ich kann mir nicht helfen – ich komme mir vor wie ein Waschlappen. Vielleicht halten Sie mich für einen Sadisten –«

»Aber nein, jeder von uns wollte erste Welle sein.«

»Wahrscheinlich bin ich schon zu lange beim Marine-Korps. Ruhmsüchtig. General Pritchard hat mir ja gesagt, ich sei ruhmsüchtig. Jetzt sind wir einfach lächerliche Figuren – die verrückten Marschierer.«

»Sam, die Sechser können stolz sein. Es war unser Erstes Bataillon, das den Gegner mürbe gemacht hat –«

»Ja, während wir auf userm Hintern auf Bairiki saßen.«

»Zigarette?«

»Nein, danke.«

»Na schön – jedenfalls erwartet General Philips Sie in einer halben Stunde bei sich.«

»Zu Befehl.«

»Nun kommen Sie schon, Huxley, seien Sie vernünftig.«

»Ich kann den Jungens einfach nicht mehr ins Gesicht sehen – weder meinen eigenen noch den andern.«

Huxley, Colonel Malcolm und Colonel Norman vom Dritten Bataillon nahmen die Hacken zusammen und legten die Hand an die Mütze. General Philips bat sie, Platz zu nehmen.

»Sie können stolz sein, meine Herren«, sagte er. »Ihr Erstes Bataillon hat sich bei dem gestrigen Angriff hervorragend geschlagen. Hat einer der Herren eine Zigarre? Besten Dank.« Er zog mit Behagen an der Zigarre, die Malcolm ihm angeboten hatte. »Die beiden andern Bataillone, die einen leichteren Job hatten, werden Gelegenheit haben, das Konto auszugleichen.«

Ein Lächeln erschien auf den Gesichtern von Huxley und Norman. »Colonel Norman, Sie gehen mit Ihrem Bataillon noch heute an Bord des Truppentransporters. Sie werden sich zu dem im Süden gelegenen Atoll Apamama begeben. Ein Spähtrupp von Jasco ist bereits dorthin unterwegs. Wir wissen nicht genau, welcher Art der feindliche Widerstand ist, auf den Sie treffen, aber wir vermuten, es wird nicht allzu heftig sein.«

Philips öffnete eine große Karte des Tarawa-Atolls. »Was Sie betrifft, Huxley, so höre ich, daß Ihre Leute eine besondere Vorliebe für größere Märsche haben.« Huxley lachte höflich. »Lachen Sie nicht zu früh. Die Inseln des Atolls Tarawa erstrecken sich insgesamt über fünfundsechzig Kilometer. Sie werden zunächst wieder in Bairiki an Land gehen und von da aus den ganzen Ring abgrasen bis zur letzten Insel, Cora, und jeden etwa noch vorhandenen Feind vernichten.«

»Sehr wohl, Herr General. Ist irgend etwas bekannt über die Stärke des Gegners?«

»Schwer zu sagen, Huxley, schwer zu sagen. Die genaue Höhe der feindlichen Verluste auf Betio ist unmöglich festzustellen. Vielleicht sind nur ein paar übriggeblieben – es können aber genausogut auch tausend sein. Ihr Bataillon ist das einzige, das im Augenblick einer solchen Aufgabe gewachsen ist. Vergessen Sie bitte nicht, Sie werden ganz auf sich gestellt sein. Wir haben keinerlei Reserven. Sie können ein Dutzend Flugzeuge und einen Zerstörer zu Ihrer Unterstützung bekommen. Das Nachschublager befindet sich auf Bairiki. Wir geben Ihnen einen Alligator, der Ihnen jeden Tag Munition, Medikamente und Marschverpflegung 'ranbringen kann. Ich möchte, daß Sie diese Sache möglichst rasch durchführen. Reisen Sie mit leichtem Gepäck. Hals- und Beinbruch, meine Herren.«

5. Kapitel

Es war eine Wohltat, mit leichtem Gepäck zu reisen. Nachdem wir fast einen Monat lang an Bord der *J. Franklin Bell* gewesen waren, waren wir zunächst reichlich steif und unbeweglich. Die Tour, die uns bevorstand, erschien uns als ein aufregendes Abenteuer. Aber es zeigte sich sehr bald, daß die lange Latte keine romantische Wanderung im Sinn hatte.

Wir traten an und gingen in raschem Tempo los. Captain Harper, der kaugummikauende Chef der Kompanie George, übernahm die Vorhut. Ihm folgten Shapiros Foxe, die Stabskompanie, Major Pagan mit der HW-Kompanie, und die Nachhut bildete die Kompanie von Captain Whistler.

Der Spähtrupp von Jasco, eine Spezialtruppe, die dem Stab der Fleet-Marine-Force angegliedert war, ging als Vorausabteilung einige Inseln vor uns her.

Es war Ebbe, und das Wasser zwischen den einzelnen Inseln war in der Lagune so flach, daß es nur bis an die Knöchel ging. Harpers Kompanie watete von Bairiki nach Belle hinüber und ging dort den Weg entlang, der sich auf der Lagunenseite nah am Strand hinzog. Auf der andern Seite des Weges waren einzelne Gruppen kleinerer Palmen und lichtes Gehölz, das sich gelegentlich zum Dschungel verdichtete.

Die einzelnen Inseln waren erstaunlich klein. Sie waren meist lang und schmal, ähnlich wie das teuflische Betio, und lagen wie Glieder einer Kette nebeneinander. Im Gegensatz zu dem sanften Strand der Lagune schlug auf der anderen Seite der Ozean mit schwerer Brandung gegen die scharfen Korallenfelsen.

Die Sonne war ebenso mörderisch wie Huxleys Tempo. Der Übergang von einer Insel zur andern wurde noch leichter, als bei völliger Ebbe die Lagune trockenfiel und zu einer glänzenden Schicht feuchten Sandes wurde, bedeckt von zahllosen Muscheln und Quallen. Fluchend marschierten wir durch die teuflische Hitze. Warum, zum Teufel, mußte ausgerechnet das Zweite Bataillon diesen üblen Job erwischen? Natürlich – die verrückten Marschierer, Huxleys Huren.

Am späten Nachmittag stießen wir auf das erste Anzeichen dafür, daß Japaner dagewesen waren. Auf dem Weg von einer Insel zur nächsten fanden wir einen japanischen Lastwagen, der in dem weichen Sand steckengeblieben war. »Hände weg – das Ding ist vermutlich vermint.« Huxley beschleunigte das Tempo. Wir befanden uns inzwischen auf der Insel Karen. Sie war ziemlich lang, rund zehn Kilometer. Als es dunkel wurde, hatten wir das Gefühl, als stießen wir bei unserer Jagd nach den Resten des fliehenden Feindes ins Leere. Wir hatten noch immer keine Ahnung von der Stärke des Gegners. Die Japaner mußten in einem höllischen Tempo vor uns herlaufen. Das war kein besonderer Trost für uns, denn die letzte Insel des Atolls war immer noch gut vierzig Kilometer entfernt. Auf dieser letzten Insel sollte sich, wie wir hörten, eine Lepra-Kolonie befinden.

Am nächsten Tag standen wir plötzlich vor einem verlassenen japanischen Camp. Die Kompanie George ging ein Stück voraus und stellte Wachen aus, während der Rest in das Camp hineinging und es durchsuchte.

Überall waren deutliche Zeichen des hastigen Aufbruchs. Die Unterkünfte bestanden eigentlich nur aus langen, schrägen Dächern, die auf kurzen, dicken Pfählen ruhten und fast bis auf die Erde reichten. Diese Hütten waren an allen Seiten offen, aber die Öffnungen waren so niedrig, daß wir hineinkriechen mußten. Am Boden lagen gewebte Matten und kleine Kissen, vermutlich Erzeugnisse der Eingeborenen. Es war wenig zu entdecken, was Aufschluß über den Gegner gegeben hätte. Ein paar japanische Pin-up-Girls fanden wir noch vor, darunter zu unserer Überraschung mehrere Fotos von Hollywood-Filmstars. Offenbar war Betty Grable bei den kaiserlich-japanischen Marinern ebenso beliebt wie bei uns.

Ein paar abgerissene Stücke von Lederriemen, ein einsamer, muffig riechender Stahlhelm – das war eigentlich alles. Joe Gomez entdeckte einen seidenen weiblichen Pyjama. Wir schlossen daraus, daß der Kommandeur ein höherer Offizier gewesen sein mußte, der seine Mätresse bei sich gehabt hatte. Wir zählten die Anzahl der Hütten, um danach die ungefähre Stärke des Gegners abschätzen zu können. Das Ergebnis des Rechenexempels gefiel uns nicht sonderlich – es ergab mehrere hundert.

Als wir auf der Insel Karen, die in ihrer Mitte eine Biegung machte, in nordwestlicher Richtung weitergingen, begann es dunkel zu werden. Die Kompanie George stellte Wachen aus und wir machten ermüdet halt. Sobald wir Verbindung aufgenommen hatten zu den Leuten von Jasco und zu dem Alligator, der Nachschub zu uns herankam, begaben wir uns für ein kurzes Bad zum Ozean. Das Wasser war eiskalt, aber sehr erfrischend.

Blaugefroren und zähneklappernd rannten wir nackt herum, um trocken zu werden. Der Alligator kam heran und löschte seine Ladung. Die Marschverpflegung wurde verteilt.

»Mensch, ich werd' verrückt – die haben uns K-Rationen geschickt.«

»Haben uns bestimmt verwechselt mit der Army auf Makin.«

»Hah.«

»Seht euch bloß mal die Etiketten an – drei Büchsen – Frühstück, Lunch, Dinner.«

»Das alte Marine-Korps fährt Erster Klasse.«

»Wißt ihr eigentlich, was für ein Tag heute ist?«

»Na klar – Donnerstag.«

»Nein, ich meine, was das für ein Tag heute ist.«

»Na, was soll es schon für ein Tag sein.«

»Thanksgiving-Day.«

»Jetzt wird der Hund in der Pfanne verrückt – Thanksgiving-Day – Mary, laß uns beten.«

»Ach, geh doch zum Teufel.«

Wir wurden alle sehr still, als wir unsere Büchsen öffneten und uns das Festessen zu Ehren des Thanksgiving-Tages einverleibten. Jeder hing den ganz besonderen Erinnerungen nach, die für ihn mit diesem Tag verbunden waren.

»He, ihr Funker«, rief einer der Wachtposten, »macht das Feuer aus und hört auf zu rauchen.«

»Was meint ihr, wieviel Japaner mögen noch da sein – und wo wir sie wohl erwischen?«

»Ist mir scheißegal, wie viele da sind, und wo wir sie erwischen.«

Es wurde dunkel. Wir tranken unseren Kaffee kalt, brannten uns eine Festtagszigarette aus der K-Ration an und versteckten die Glut in der hohlen Hand.

Weit hinten am Horizont stiegen Rauchfahnen in den rötlichen Himmel; die Schiffe, die mit dem Zweiten und Achten Marineregiment davonfuhren. Auch die Sechser waren nicht mehr da, nur noch Huxleys Huren. Die Kriegsschiffe und die Flugzeuge waren unterwegs zu einem neuen Ziel. Wir waren allein, allein mit einem unbekannten Gegner. Ich spürte einen unbe-

haglichen Schauder. Da saßen wir mit unserm Bataillon am Ende der Welt
— was würde der morgige Tag uns bringen?

Müde fiel ich in mein Schützenloch und zog meinen Regenumhang über
mich. Ein Bett im Waldorf-Astoria konnte nicht herrlicher sein. Ich hatte
tagelang nicht geschlafen, viele Tage lang.

»Psst, Mac.«

Ich sprang auf und griff nach meinem Gewehr.

»Sachte — ich bin's, Marion.«

»Was ist los?«

»Ich habe Funkverbindung mit dem Spähtrupp. Sie haben Japaner vor sich
festgestellt.«

Ich kroch aus meinem Loch heraus. Die Nacht war pechschwarz. Ich faßte
Marion bei der Hand, der mich zum Funkgerät hinführte. Danny, der sein
Loch neben dem Generator hatte, war bereits hoch und hatte die Kopfhörer
auf. Ich leuchtete mit einer abgeblendeten Taschenlampe auf sein Blatt, während er schrieb:

*Jasco an Lincoln White: Zurückgehende Japaner vor uns an der Nordspitze
von Nellie. Ende.*

»Frag sie, wie viele es sind. Marion, weck du den Chef.«

Lincoln White an Jasco: Wie viele? Ende.

Jasco an Lincoln White: Anscheinend mehrere hundert. Ende.

Marion kam zurück mit Huxley. »Was liegt an?« fragte er.

»Die Japaner gehen über Nellie zurück, meldete Jasco. Sollen mehrere hundert sein.«

Inzwischen waren auch die andern wach geworden und hoch, so müde wie
sie waren.

»Sagt ihnen, sie sollen in Deckung bleiben und nichts riskieren«, sagte
Huxley.

»Gib dem Generator Gas, Mac«, sagte Danny.

Lincoln White an Jasco: Vermeidet Feindberührung. Ende.

Danny schaltete das Gerät auf Empfang, während Marion die Taschenlampe dicht über den Meldeblock hielt. Es war totenstill in der finsteren Nacht.
Danny versuchte, die Antwort hereinzubekommen. Dann sah er zu mir hoch.

»Sende lieber den Spruch von eben noch mal«, sagte ich und drehte den
Generator.

Lincoln White an Jasco: Hört ihr uns, hört ihr uns? Ende, Ende, Ende.

»Vielleicht müssen sie erst mal 'ne Weile still sein. Das Geräusch des
Generators könnte die Aufmerksamkeit der Japaner auf sie lenken«, sagte ich.

»Da sind sie!« sagte Danny und beugte sich über den Block.

Jasco an Lincoln White: Wir sind —

Der Funkspruch brach ab. Danny warf den Bleistift hin, und wir alle holten
tief Luft.

»Sie sind angegriffen worden«, sagte Marion leise.

»Wir können nichts machen«, sagte Huxley. »Legt euch wieder schlafen.«

Am nächsten Morgen erwachte ich steif und zerschlagen, aber doch ausgeschlafen. Ich mühte mich ab, in meine Socken zu kommen, die noch naß waren von gestern. Ich hatte keine zum Wechseln mit.

Der Funktrupp hockte sich rund um das Gerät zum Frühstück hin. Es war keine Zeit, Feuer zu machen, und wir mußten den schwarzen Dynamit kalt hinunterschlucken.

»Dem Spähtrupp von Jasco soll es heute nacht an den Kragen gegangen sein«, sagte Andy.

»Wir konnten heute früh keine Verbindung zu ihnen bekommen. Sieht schlecht aus.«

»Mir schmeckt die ganze Sache hier nicht so richtig. Nichts hindert die Japaner, von den Marshall-Inseln aus hier auf dieses Atoll zu kommen und uns in die Mangel zu nehmen.«

»Was hältst du davon, Marion?«

»Ein Gegenangriff scheint mir sehr unwahrscheinlich, aber unmöglich ist es natürlich nicht.«

»Na, was hab' ich gesagt? Marion hält es auch für möglich.«

»Ich glaube nicht«, sagte Marion, »daß die Japaner es sich leisten können, einen Gegenangriff hier zu machen. Dafür werden sie von uns jetzt an zu vielen Stellen gleichzeitig angegriffen.«

»Nein, was bist du klug. Wo hast du das bloß alles her?«

»Ich habe lesen gelernt«, sagte Marion.

Burnside kam heran und unterbrach rauh die gemütliche Sitzung. »He, Mac, wollt ihr vielleicht den ganzen Tag hier sitzen? Baut die Kiste ab. Whistler ist schon mit seiner Kompanie losgezogen.«

Levin stand auf und fing an, das Funkgerät abzubauen. »Wir sollen heute auf Siedlungen der Eingeborenen stoßen, hab' ich gehört.«

»Das wird sicherlich sehr förderlich im Sinne der Allgemeinbildung«, sagte Marion.

»Was meint ihr, ob die Weiber hier es gern mögen?«

»Die Unterhaltung scheint wieder das übliche hohe geistige Niveau zu erreichen«, sagte Marion und ging zu Levin, um ihm zu helfen.

»Moment mal, Mary – kannst du uns nicht bißchen was über diese Kannibalen hier erzählen?«

»Das Lexikon berichtet«, begann Marion, »daß die Mikronesier große Fischer sind. Sie leben praktisch nur von dem, was der Ozean ihnen bietet, und von den Kokospalmen. Sie haben ein paar Hühner und Schweine für festliche Gelegenheiten, aber der Boden ist, wie figura zeigt, unfruchtbar.«

»Mann Gottes, Mary, stell dich doch nicht so an – tun die Mädchen es hier gern oder nicht?«

»Von den jüngeren sprechen viele ganz gut Englisch, da seit vielen Jahren hier englische Missionare tätig waren.«

»Hör mal, Mary, ich wollte nur eine Antwort auf eine ganz einfache Frage. Ob die Mädchen hier – ach, leck mich doch am Arsch.«

»Kommt, Leute, wir müssen uns beeilen«, sagte ich und unterbrach den Geographieunterricht.

»Mensch, guck mal da!«

Whistler und einige seiner Leute kamen heran mit vier Eingeborenen. Sie schienen ein Mittelding zu sein zwischen den helleren Polynesiern, wie zum Beispiel den Maoris, und den tiefschwarzen Melanesiern von Guadalcanar. Es waren hübsche Burschen, auffällig hübsch sogar im Vergleich mit den meisten andern Eingeborenen, denen ich überall sonst im Orient begegnet war. Sie waren mittelgroß, gut gebaut, mit schmalen Hüften und breiten Schultern. Bekleidet waren sie mit bunten Tüchern, die eng um die Taille gewickelt waren und annähernd bis zu den Knien hinunterfielen.

»Diese drei Burschen fand ich heute früh, wie sie um das Lager herumlungerten, Colonel«, sagte Captain Whistler.

»Sie scheinen mir durchaus gutartig zu sein«, sagte Wellman. »Sprecht ihr Englisch?«

»O ja«, sagte einer von ihnen, während er uns mit kindlicher Neugier anstaunte. »Ich heißen Lancelot. Ich sein guter katholischer Christ. Stille Nacht, heilige Nacht – ich soll singen?«

»Später, Lancelot«, sagte Huxley, »nicht jetzt. Im Augenblick interessieren wir uns mehr für die Japaner. Du wissen, wo Japaner?«

»Japaner böse Menschen, sehr böse Menschen.«

»Weißt du, wo sie sind?«

»Sie laufen, wenn ihr Britisch kommen.« Er zeigte in nördlicher Richtung die Kette der Inseln entlang. Die drei anderen zeigten in die gleiche Richtung und nickten eifrig mit den Köpfen.

»Wie viele Japaner?« fragte Wellman.

»Japaner nix gut. Böse Menschen. Nehmen Hühner.«

»Wie viele?«

Lancelot wandte sich ratlos an seine Genossen. Sie sprachen eifrig durcheinander in ihrer unverständlichen Sprache.

»Was du fragen?«

»Wie viele. Eins, zwei, drei, vier – wie viele Japaner?«

»Oh – viele tausend.«

»Keine Aufregung, Wellman«, sagte Huxley. »Diese Burschen scheinen auch nicht viel mehr zu wissen als wir.«

»Wir sehr froh, daß Britisch wieder da«, sagte Lancelot.

»Wir nicht Britisch, Lancelot, wir Amerikanisch.«

»Nix Britisch?« sagte der junge Mann und machte ein langes Gesicht.

»Nix Britisch?« sagten auch die andern drei.

»Wir gute Freunde von Britisch – Amerikanisch und Britisch sehr gute Freunde«, sagte Huxley und machte die Gebärde des Händeschüttelns.

»Von wegen – gute Freunde«, brummte Whistler in seinen Bart.

»God save King?« fragte Lancelot, um ganz sicherzugehen.

»Ja, God save King, God save King«, beteuerte Huxley.

Die vier lächelten.

»Wir kommen mit euch, ja? Helfen böse Japaner finden.«

Huxley zog Wellman beiseite. »Was halten Sie davon?«

»Ich glaube, die Burschen sind okay.«

»Gut, Lancelot«, sagte Huxley, »ihr könnt mitkommen. Aber ihr müßt gute Boys sein, sonst schicke ich euch zurück in euer Dorf. Verstanden?«

»Wir holen Kokosnüsse für Merikanisch. Wir tragen Kisten. Japaner böse Menschen.«

»Ich glaube wirklich«, sagte Wellman, »daß sie uns im Dschungel und bei Hochwasser nützlich sein könnten.«

Die vier sahen sich eifrig in der Runde um und nickten uns lächelnd zu. Man mußte sie gern haben. Ich freute mich, daß wir die Japaner von ihrem Atoll vertreiben würden.

»Los, Leute, verdammt noch mal. Setzt euch endlich in Trab, aber ein bißchen plötzlich.«

6. Kapitel

Die Szenerie war eigentlich die gleiche wie am ersten Tag, nur stießen wir jetzt immer häufiger auf deutliche Spuren des fliehenden Gegners. Alle paar hundert Meter entdeckten wir in den Lichtungen neben unserem Weg verlassene japanische Lagerstellen. Wir nahmen uns jetzt aber nicht mehr die Zeit, sie zu durchsuchen. Die lange Latte legte mal wieder ein typisches Huxley-Tempo vor. Der Schweiß begann zu fließen.

Immer mehr von Lancelots Kumpeln tauchten am Rand des Weges auf, wie aus dem Boden gewachsen, und schlossen sich uns an. Einzeln oder in kleinen Gruppen kamen sie heran, bis wir schließlich mehr als fünfzig Kiebitze hatten, die voller Eifer neben unserer Marschkolonne herliefen, freundlich schnatternd, begeistert von dem großartigen Abenteuer. Mit den Eingeborenen kamen auch streunende Hunde. Sie sahen mager und verhungert aus, die Rippen standen ihnen durch das Fell. Sie hatten einen guten Tag, denn die gutmütigen Mariner warfen ihnen bei jeder Rast allerhand leckere Bissen zu.

Wir marschierten zwar mit leichtem Gepäck, aber immerhin hatten wir zwei Feldflaschen zu tragen, ein Verbandspäckchen, ein Buschmesser, ein Bajonett, einen ˉ ˉ ˉ einen Regenumhang, einen Kompaß, zweihundert Schuß Munition und vier Handgranaten. Außerdem hatten wir noch die Funkgeräte, die wir alle Viertelstunde von Rücken zu Rücken wandern ließen, um mit dem Tempo Huxleys mitzukommen.

Endlich kam Captain Whistler, dessen Kompanie die Vorausabteilung bildete, angerannt. Wir machten halt, hockten uns am Straßenrand hin und schnappten erschöpft nach Luft.

Whistler, Huxley, Wellman und Marlin wischten sich den Schweiß vom Gesicht, nahmen die Helme ab und steckten sich eine Zigarette an. »Vielleicht ist es besser, Chef«, sagte Whistler, »Sie sehen sich die Sache mal an. Wir sind am Ende der Insel, und bis zur nächsten sind reichlich fünfzig Meter Wasser.«

»Haben Sie schon Leute von Ihrer Kompanie hinübergeschickt?«

»Nein, ich habe halten lassen.«

»Hoffentlich ist es nicht zu tief. Wir haben jetzt eine ganze Reihe solcher Übergänge vor uns. Die Inseln, die jetzt kommen, sind größtenteils nicht länger als einen Kilometer. Wir müssen noch wenigstens fünfzehn davon heute hinter uns bringen.« Huxley sah sich nach Lancelot um. »Hallo, du — komm mal mit.«

»Ja, Herr«, sagte Lancelot, »ja, Herr.« Ziltch ging eifersüchtig hinter Huxley und Lancelot her und wartete nur auf den geeigneten Moment, um dem Eingeborenen klarzumachen, daß er, Ziltch, Nummer Eins bei Huxley war.

Huxley watete vorsichtig, geführt von Lancelot, zu der nächsten Insel hinüber und steckte den günstigsten Weg mit langen Ruten ab. Zwei Maschinengewehre waren auf unserer Seite aufgebaut, bereit, nach der gegenüberliegenden Küste hinüberzuschießen.

Das Wasser zwischen den beiden Inseln war stellenweise so tief, daß die größeren von uns gerade noch mit dem Kopf heraussahen und die kleineren schwimmen mußten. Ich kam bis an den Hals ins Wasser und fluchte gottsjämmerlich, als mir einfiel, daß ich meine Zigaretten in der Tasche stecken gelassen hatte. Dann hielt ich mit der linken Hand das Gewehr und die Munition hoch und schwamm mit dem andern Arm verzweifelt gegen die Strömung an. Endlich kam ich, schwindlig vor Erschöpfung, drüben an Land. Das Ganze war kein Spaß. Die Jungens kamen atemlos den Strand herauf und schüttelten das Wasser von sich wie die jungen Hunde, teils kalt von dem Bad, teils heiß von der Anstrengung und der tropischen Sonne.

Es dauerte fast eine Stunde, bis das ganze Bataillon drüben war, und klatschnaß und unbehaglich marschierten wir weiter den Weg am Rande der Lagune entlang, der kein Ende zu nehmen schien. Fast jede Stunde wiederholte sich das anstrengende Bad, bis wir schließlich sieben Übergänge von Insel zu Insel hinter uns hatten.

Der hohe Mittag fand uns klatschnaß, reichlich erschöpft und in ziemlich übler Verfassung. Die Blasen an unseren Füßen wucherten üppig. Huxley war der Meinung, daß der Eilmarsch für die kleineren Japaner noch sehr viel härter sein müsse, und wollte ihnen auf den Fersen bleiben. Sie sollten keine Gelegenheit haben, sich zu verschanzen.

»Hallo! Wo sind wir denn hier?«

Die Straße bog von der Lagune ab nach der Mitte der Insel, und plötzlich marschierten wir durch die erste bewohnte Ansiedlung. Der erste Blick auf die Frauen ließ uns das Wasser im Munde zusammenschießen. Seit einem Monat hatten wir keinerlei weibliche Wesen mehr gesehen, und auf den Anblick, der sich hier unseren Augen bot, waren wir gar nicht vorbereitet. Sie waren ebenso groß wie die Männer, mit hohen Hüften und stämmigen Beinen, und trugen gleichfalls nur farbige Tücher um die Hüften. Neugierig kamen sie an den Rand der Straße, während wir vorbeimarschierten. Jeder Mann in der Kolonne starrte fasziniert zu ihnen hin. Nie in meinem Leben hatte ich eine solche Ansammlung nackter Brüste gesehen, voll, fest und schwellend wie Tropenfrüchte.

»Mann Gottes!«

»Müßte schön sein, da einen Kilometer lang barfuß darüberzulaufen.«

Die Mädchen kicherten und winkten, und wir winkten und glotzten.

»Teufel auch, ich hatte schon gedacht, der Feigling wäre gar nicht mehr da. Scheint aber, als wäre ich doch noch ein Mann.«

Hätten die mikronesischen Mädchen geahnt, welchen Aufruhr sie in unseren Reihen verursachten, sie wären bestimmt ängstlich und verschämt davongelaufen. So aber trotteten wir an ihnen vorbei und betrachteten jede von ihnen ausgiebig und genau. Ein Glück, daß sie nicht Englisch verstanden.

Die größte Aufregung verursachten die vierzehn- bis sechzehnjährigen Exemplare, während offenbar die Zwanzigjährigen infolge der tropischen Hitze über die beste Zeit bereits hinaus waren. Auch ein paar alte Weiblein standen da, faltig wie die Rhinozerosse, mit Hängebäuchen und schneeweißem Haar.

Während wir durch die Ortschaft hindurchmarschierten, schlossen sich weitere zwanzig Eingeborene uns an. Der heftige Eilmarsch fiel uns nun nicht mehr ganz so sauer bei dem Gedanken, daß wir ja vermutlich bald durch das nächste Dorf kommen würden. Wir marschierten durch weitere Siedlungen, die teils nur aus einem Dutzend, teils aus über hundert Hütten bestanden. Überall kamen die Eingeborenen an den Straßenrand gelaufen, winkten und riefen uns zu und tauschten freundliches Lächeln und Kokosnüsse gegen Zigaretten und Kaugummi. Mehr als einmal nahm einer der älteren Männer die Hacken zusammen, machte eine britische Ehrenbezeigung und blieb in strammer Haltung stehen, bis das ganze Bataillon vorbei war. Bei jedem neuen Übergang von Insel zu Insel war das Wasser etwas mehr gefallen, bis es uns am späten Nachmittag nur noch bis zum Bauch ging.

Am Rande einer größeren Ansiedlung machten wir endlich halt. Es wurde uns eingeschärft, wir sollten keine der Hütten betreten und die Finger von den Mädchen lassen.

Vor einer kleinen Baumgruppe hockte ein Mann am Strand, neben sich ein paar Fische, die er abschuppte. Er sah anders aus als die Eingeborenen, mehr wie ein Mulatte, hellbraun, dünn und sommersprossig. Seine Haarfarbe war ein unentschiedenes Mittelding zwischen Rot und Schwarz. Er trug ein Khakihemd, ausgeblichene Shorts und Sandalen. Aus seinem Mund hing eine krumme Pfeife herunter auf einen gepflegten Existentialistenbart. Ich ging mit Marion zu ihm hin.

»Dürfen wir uns hier ein bißchen hersetzen? Du sprechen Englisch, ja?« fragte ich und begleitete meine Rede mit entsprechenden Handbewegungen.

»Bitte sehr«, sagte er. »Die Insel gehört ja jetzt Ihnen, und Englisch spreche ich übrigens auch ganz gut.« Er sagte das ziemlich scharf, ohne aufzusehen, und ich kam mir mit meiner idiotischen Frage reichlich blöde vor.

»Hm – wir wollten Sie nicht stören«, sagte ich. »Wir warten hier nur auf einen Alligator.«

»Da werden Sie vergeblich warten«, sagte er. »Es gibt hier keine Alligatoren.«

»Es handelt sich um ein Boot – na ja, so was Ähnliches wie ein Boot. Es fährt auf dem Land und auch im Wasser. Wir nennen diese Boote Alligatoren.« Ich setzte mich und machte eine Ration auf.

»Mein Name ist Hodgkiss, Marion Hodgkiss. Ich bin aus Kansas. Das ist ein Staat in Amerika.«

»Mir bekannt, produziert eine ganze Menge Weizen.« Der Mann legte, ohne seine hockende Stellung zu verändern, den Fisch hin, wischte sich die Hand an seinen Shorts ab und streckte sie Marion hin. »Mein Name ist Calvin MacIntosh«, sagte er, klopfte seine Pfeife aus und steckte sie in seine Brusttasche.

»Freut mich, Sie kennenzulernen, Mister MacIntosh«, sagte Marion.

»Ich heiße auch Mac«, sagte ich. »Möchten Sie ein Stück Schiffszwieback mit Schinken probieren?«

»Nein, besten Dank«, sagte der Mann, sehr reserviert.

Ich beschloß, mich nicht mehr um ihn zu kümmern. Marion dagegen, den der Fall interessierte, versuchte eine Unterhaltung in Gang zu bringen. »Ich möchte annehmen«, sagte er, »die Leute hier sind sehr froh, daß wir gekommen sind.«

Der Mann sagte nichts.

»Die Japaner haben euch doch vermutlich ziemlich schlecht behandelt«, sagte Marion.

»Ganz im Gegenteil«, sagte MacIntosh, der dabei war, den nächsten Fisch abzuschuppen. »Die Soldaten Admiral Shibus haben sich sehr korrekt benommen. Gewiß, sie nahmen unsere Schweine und Hühner und meine Bücher, aber abgesehen von ein bis zwei Zwischenfällen war die Disziplin einwandfrei.«

»Erstaunlich«, sagte Marion. »Ich hatte gedacht, die Japaner hätten hier schrecklich gehaust.«

»Man darf nicht alles glauben, was in den Zeitungen steht«, sagte ich.

Ich machte einen erneuten Versuch, Mister MacIntosh aus seiner ablehnenden Zurückhaltung herauszulocken, indem ich ihm eine Zigarette anbot. Er zog die Augenbrauen hoch und sah mich von der Seite an. Es fiel ihm offenbar schwer, zu widerstehen, aber er hatte seinen Stolz. Ich hielt ihm das Päckchen unter die Nase, und sein Verlangen nach etwas Rauchbarem trug den Sieg über seinen Stolz davon. Als die Zigarette brannte, schien er ein bißchen freundlicher zu werden.

»Diese amerikanischen Zigaretten sind hervorragend«, sagte er. »Ich habe schon früher gelegentlich welche geraucht.«

»Halten Sie mich bitte nicht für allzu neugierig, Mister MacIntosh«, sagte Marion, »aber Sie sagten vorhin etwas von Ihren Büchern.«

»Marion ist Schriftsteller«, sagte ich. »Es sind schon vier Erzählungen von ihm gedruckt worden.«

MacIntosh sah auf seinen blassen, dünnen Arm und sagte: »Wie Sie sehen, bin ich ein Mischling. Meine Mutter wohnt hier im Ort. Ich bin verheiratet und habe vier Kinder. Die Kinder sehen aus wie ich.«

»Und Ihr Vater?«

»Ist ein Schotte. Ein Seemann. Vor dem Krieg kamen häufig Schiffe hierher, um Kokosnüsse zu holen. Sie brachten uns dafür Fischereigeräte, Textilien und dergleichen. Es ist nicht viel hier bei uns zu holen, wir brauchen aber auch nicht viel. Es war jedesmal ein Fest, wenn ein Schiff kam. Es war gar nichts Ungewöhnliches, daß ein Seemann einfach hierblieb und sich eine Eingeborene zur Frau nahm.«

»Ihr Vater lebt noch?«

»Ich weiß es nicht. Als die Japaner kamen, brachten sie die Europäer fort. Ich weiß nicht, ob er noch lebt.«

»Vielleicht ist ihm gar nichts passiert.«

»Mein Vater war ein kluger Mann, ein studierter Mann. Er war ein Sonderling und fand sich in der Welt nicht zurecht. Als Schriftsteller, Mr. Hodgkiss, ist Ihnen dieser Typ vielleicht bekannt. Es soll ja eine ganze Reihe Bücher geben, in denen beschrieben wird, wie einer auf und davon geht, um ein Paradies in der Südsee zu suchen, eine Ecke der Welt, wo er nichts mehr mit der Zivilisation zu tun hat.«

»Ihr Vater hat sich keinen schlechten Fleck ausgesucht«, sagte ich. »Ich kenne die Welt so ziemlich und wüßte nicht, wo es schöner wäre.«

»Mein Vater sagte immer, wir hier wären die einzigen zivilisierten Menschen auf der ganzen Welt. Mir scheint, die letzten zwei Wochen haben ihm recht gegeben.«

Ich mußte lächeln. Das heißt, eigentlich hatte er doch recht. Schließlich waren wir mit unseren Gewehren auf seine friedliche Insel gekommen und waren hier auf der Jagd nach anderen Fremden, während er einfach dasaß und Fische putzte.

»Haben Sie jemals den Wunsch gehabt, zu reisen? Etwa nach Schottland?«

Der kleine Mann mit dem gepflegten Bärtchen sah zu Boden. »Mein Vater hat mir gesagt, ich sollte nie fortgehen von Tarawa. Aber er hat mir oft von seiner Heimat erzählt, und ich habe viel darüber gelesen.« Er legte seine Hand auf die Erde, im Sand blieb der Abdruck seiner schmalen Finger zurück. »Hier bin ich geborgen. Ich weiß, daß so einer wie ich anderswo nicht gern gesehen wird. Hier auf Tarawa – nun ja, die Eingeborenen haben nichts gegen mich, solange ich ihnen nicht zur Last falle. Ich gebe englischen Unterricht in der Missionsschule, und ich fische ein wenig. Als die Engländer herkamen, verstand ich zunächst nicht, weshalb sie sich mir gegenüber so ablehnend verhielten. Sie behandelten mich, als sei ich ein Aussätziger. Mein Vater sagte einmal zu mir, er bedaure es, mich in die Welt gesetzt zu haben – mich, einen Mischling. Dabei bin ich eigentlich ganz zufrieden. Ich lebe glücklich mit meiner Frau. Was braucht man mehr?«

»Sie wissen gar nicht, wie glücklich Sie sind«, sagte ich.

»Das hat mein Vater auch immer gesagt. Nur, wenn er betrunken war, dann erzählte er vom schottischen Hochland und von den Dudelsackpfeifern, und dann ging er fort und weinte. Blieb irgendwo allein, viele Tage lang. Ich hoffe, daß ich meine Bücher eines Tages wiederbekomme. Ich werde darin lesen und wieder in die weite Welt reisen.«

»Ich habe einige Bücher mit, nicht hier, aber auf Helen.«

»Helen?«

»Ja, auf der Hauptinsel.«

»Sie heißt Betio«, verbesserte er. »Hier sind wir auf Aboaroko.«

»Wenn ich kann, werde ich Ihnen ein paar Bücher bringen. Ich würde Sie gern wiedersehen, wenn wir hierbleiben. Vielleicht könnte ich Ihnen später von zu Hause regelmäßig Bücher schicken.«

Sein Gesicht leuchtete auf. »Ach, wirklich – wollen Sie das wirklich tun?«

»Was möchten Sie denn gern haben?« fragte Marion.

»Das ist ganz gleich, wenn ich nur was zu lesen habe. Ich lese auch deutsche und französische Bücher.«

Leuchtfeuer kam atemlos heran. »He, Mac, du sollst zu Keats kommen. Er kommt nicht klar mit dem Alligator. Andy scheint mal wieder mit den Füßen zu funken.«

Marion und ich standen auf und schüttelten Mr. MacIntosh die Hand. »Hätten Sie Lust, sich mal mit unserem Colonel zu unterhalten?« fragte ich. »Vielleicht könnten Sie uns einige Angaben über die Japaner machen.«

»Ich werde Ihnen da kaum sonderlich helfen können«, sagte er. »Als die Japaner hier durchkamen, schlief ich gerade. Ich möchte mich auch in diese Auseinandersetzung nicht einschalten.«

Wir gingen zurück über die Straße und bahnten uns durch die Eingeborenen, die in Massen herumstanden, den Weg zu unserem Funkgerät. Keats war auf Achtzig. »Die Funksprüche vom Alligator sind nicht zu verstehen!« sagte er.

»Das kommt wahrscheinlich daher«, sagte ich, »weil der verdammte Karren ganz aus Metall ist.«

Keats kratzte sich am Kopf. »Das Bataillon rückt gleich wieder ab. Mac, Sie und Marion müssen mit dem Funkgerät hierbleiben und versuchen, Kontakt mit dem Alligator zu bekommen. Wenn der Alligator 'ran ist, dann geht ihr an Bord und kommt damit nach zur nächsten Insel.«

Kurze Zeit darauf war das Bataillon abmarschiert. Mary und ich waren allein mit den Eingeborenen, die neugierig um uns herumstanden. Wir versuchten, Funkverbindung zum Alligator zu bekommen. Der Empfang war sehr schlecht, und Andy bat dauernd, wir möchten uns wieder melden. Ich sagte einem der Eingeborenen, er solle den Generator betätigen. Es machte ihnen solchen Spaß, an dem Ding zu drehen, daß Marion die Freiwilligen in einer Reihe antreten lassen mußte, damit jeder mal drankam.

Endlich meldete sich der Alligator deutlicher, und ich konnte durchgeben, welchen Kurs ich steuern sollte. Er war noch mehrere Kilometer von uns entfernt und würde mindestens noch eine Stunde brauchen. Wir bauten unser Gerät ab, verpackten es und warteten.

Ungefähr eine Viertelstunde später drängte sich ein kleiner Junge durch die Reihen der Eingeborenen, die um uns herumstanden. Er war mächtig aufgeregt, zeigte zum Meer und rief immer wieder: »Japaner! – Japaner!« Wir sprangen auf, ergriffen unsere Karabiner und bedeuteten den Eingeborenen dazubleiben. Wir rannten durch das Unterholz quer über die schmale Insel hinter dem Jungen her, der eilig vorauslief. Auf einer kleinen Lichtung machte er halt und zeigte wieder mit der Hand vor sich.

Umringt von einer wütenden Meute Eingeborener, die Knüppel und große Steine in den Händen hielten, standen da drei Japaner. Sie waren unbewaffnet und bluteten von den Schlägen, die ihnen die empörten Eingeborenen verabreicht hatten. Marion und ich schoben uns durch die Menge und versuchten, den steigenden Zorn der Inselbewohner zu beschwichtigen. Einer von ihnen hatte schon den Arm gehoben, um einen Stein nach den Japanern zu werfen. Ich hielt ihm den Lauf meines Karabiners unter die Nase, und endlich schienen die Leutchen zu begreifen, daß es uns ernst war. Sie schrien zwar noch immer und schwangen drohend ihre Knüppel, machten uns allmählich aber ein bißchen Platz. Wir sahen uns die drei Japaner an. Einer von ihnen hatte ein glattes, rundes Gesicht, die beiden anderen hatten wüste Stoppelbärte. Sie waren alle drei abgerissen und offenbar sehr erschöpft, durstig und hungrig. Sie verneigten sich mehrmals vor uns, zwei von ihnen mit freundlichem Grinsen, der dritte mit unbewegtem Gesicht.

»Versteht einer von euch Englisch?« fragte ich.

Die Antwort bestand in einer erneuten Verbeugung.

»Nehmt die Hände auf den Kopf!« befahl ich mit einer entsprechenden Handbewegung. »Beide Hände. Mary, geh in Anschlag, ich will die Burschen mal durchsuchen.«

Während ich ihre Taschen durchsuchte, sah ich mit einem halben Blick, wie einer der Eingeborenen an einem japanischen Gewehr herumhantierte, als ob er auf die drei schießen wollte.

»Schnapp dir mal das Gewehr von diesem Knaben da, Marion«, sagte ich. Marion ging zu dem Eingeborenen hin, während er gleichzeitig den Lauf seines Karabiners schußbereit auf die drei Japaner gerichtet hielt, und sagte ihm, er solle das Gewehr hergeben. Der Eingeborene protestierte heftig, und Marion riß ihm die Waffe aus der Hand.

»Diese drei Japaner sind unsere Kriegsgefangenen«, rief ich der Meute zu. »Wir nehmen sie mit, um sie zu verhören.« Einige der Eingeborenen, die offenbar Englisch verstanden, nickten mit den Köpfen und erklärten es den anderen.

»Du, Mary — der hier mit dem sauren Gesicht ist ein Offizier. Ich hab' ein paar Generalstabskarten bei ihm gefunden.«

»Das ist gut. Hoffentlich haben wir keinen Ärger mit ihnen, bis Danny und Andy mit dem Alligator hier sind.«

»Laß dir mal ein paar handfeste Stricke geben.«

Zwei kleine Jungens liefen ins Dorf, um das Gewünschte zu holen.

»Okay«, schnauzte ich, »ihr dürft wieder aufstehen. Aber behaltet die Hände auf dem Kopf. Und ihr da, macht jetzt mal ein bißchen Platz.«

Wir nahmen die Gefangenen in unsere Mitte, ich ging vorneweg und bahnte mir möglichst vorsichtig, um jeden Zusammenstoß zu vermeiden, eine Gasse durch die Menge. Plötzlich kam ein junges Mädchen auf mich zugestürzt. Ich versuchte, sie aufzuhalten, aber sie drängte sich an mir vorbei und warf ihre Arme um den japanischen Offizier.

Ich riß sie heftig von ihm los. Sie fiel zu Boden und fing an zu weinen und hysterische Schreie auszustoßen. Die Wut der Eingeborenen, die erst den Japanern gegolten hatte, richtete sich jetzt gegen das Mädchen. Sie stießen

Schmährufe aus und stimmten einen Gesang an, der nichts Gutes bedeutete. Mehrere von ihnen kamen herangelaufen und stießen mit den Stöcken nach ihr. Marion wollte ihr zu Hilfe kommen.

»Laß die Finger davon, Mary«, sagte ich. »Das ist eine Sache, die uns nichts angeht.«

»Wir können doch nicht einfach zusehen, wenn sie das Mädchen totschlagen wollen.«

Ich griff mir einen der Eingeborenen, der nahe bei mir stand. »Du sprechen Englisch?«

»Yes.«

»Weißt du, wo die Schwestern von der Mission sind? Leben sie noch?«

»Schwestern leben, Pater tot.«

»Wo sind sie?«

Er zeigte in nördlicher Richtung zur Insel Taratei.

»Du holst die Schwestern. Bring sie schnell her, oder ich schneide dir die Zunge ab, verstanden?«

»Yes.«

»Also los, beeil dich!« Er schwirrte ab. Ich griff mir aus dem Haufen die beiden größten Burschen, die ich finden konnte. »Sprecht ihr Englisch?« Der eine nickte bestätigend.

»Ihr nehmt das Mädchen und bewacht sie, bis die Schwestern kommen.« Die beiden wollten nicht so recht.

»Wenn ihr nicht tut, wie ich sage, dann gibt es schrecklichen Ärger.« Ich gab einen Schuß ab in die Luft. Bei dem plötzlichen Knall wurden die Burschen, die das Mädchen lynchen wollten, erst mal still.

»Sie nix gut. Sie leben mit Japaner. Sie nix gut.«

»Ihr tut, was ich euch gesagt habe. Morgen komme ich wieder. Wehe euch, wenn sie nicht mehr lebt.«

Widerwillig nahmen sie das Mädchen, das noch immer angstvolle Schreie ausstieß, und schleppten sie fort.

Ich atmete erleichtert auf, als wir mit unserer Beute am Strand angekommen waren. Die beiden Jungens kamen mit Stricken aus dem Dorf zurück; wir banden den Japanern Hände und Füße zusammen und legten sie nahe beim Wasser in den Sand. Dann entdeckte ich den Alligator, der einige hundert Meter südlich durch das Wasser herankam.

»Mary, hol mal die Morselampe her, die beim Funkgerät liegt, und dirigiere den Alligator hierher.«

Marion lief los, um die Lampe zu holen. Der japanische Offizier drehte den Kopf zu mir herum.

»Sie sind Sergeant, nicht wahr?« sagte er.

»Nanu, sprechen Sie Englisch?«

»Ich bitte Sie von Soldat zu Soldat – geben Sie mir Ihr Messer.«

»Fällt Ihnen reichlich spät ein, finden Sie nicht auch? Sie haben eine ganze Woche Zeit gehabt, Harakiri zu machen.«

»Ich bin nur dem Mädchen zuliebe am Leben geblieben. Wenn Sie mir das Messer nicht geben wollen – dann bitte ich Sie, erschießen Sie mich.«

298

Ich schüttelte den Kopf. Es wäre mir sehr viel lieber gewesen, wenn ich mit dieser ganzen traurigen Geschichte nichts zu tun gehabt hätte.

Das eiserne Monstrum hielt scharf auf die Küste zu. Der Motor heulte auf, während der Alligator sich aus dem Wasser hob und mit seinen scharfen Gleitflächen über den Korallenboden rumpelte.

»Mensch, guck dir bloß mal die Weiber hier an«, rief Andy, als der Fahrer den Motor abstellte.

»Mac, du Schuft«, sagte Danny, »du bist doch tatsächlich den ganzen Tag an solchen Sachen vorbeispaziert, und uns hast du in diesem Knatterkasten fahren lassen.«

»Habt ihr Burschen was zu rauchen mit?« fragte ich.

»Hier, Mac«, sagte Danny und sprang an Land. »Wir haben eine ganze Kiste mit, genug für das Bataillon. Für den Funktrupp haben wir gleich zwei Päckchen pro Mann beiseite gelegt. Nanu, was habt ihr denn da?«

»Kriegsgefangene. Die Eingeborenen wollten sie gerade steinigen.«

»Der eine ist ein Offizier«, sagte Marion.

Ich schnitt die Stricke durch, mit denen wir ihnen die Füße zusammengebunden hatten, und sagte ihnen, sie sollten in den Alligator einsteigen. »Legt euch da auf den Boden hin. Falls ihr versuchen solltet, über Bord zu springen, dann werde ich euch nicht etwa erschießen, sondern ich werde euch k. o. schlagen. Also benehmt euch lieber anständig, damit wir eine nette Fahrt haben.«

Nachdem sie drin waren, luden wir das Funkgerät ein, und Marion und ich kletterten an Bord. »Bleiben Sie dicht an der Küste«, sagte ich zu dem Fahrer. »Das Bataillon ist auf der nächsten Insel. Danny, du gehst auf Funkwache.«

Der Motor heulte auf, der Alligator machte auf der Hinterhand kehrt.

»Hör mal, Mac«, sagte Danny zu mir, »steck mich bloß morgen nicht noch mal in diesen verdammten Apparat. Das Ding schüttelt einem die Seele aus dem Leib.«

Ich hatte schon manche üble Fahrt hinter mir, ich war sogar mal, als ich in Oregon besoffen war, bei einem Rodeo auf ein wildes Pferd gestiegen. Aber das alles war gar nichts gegen diese Tour auf dem Alligator. Das ungefederte Monstrum bockte wie der Teufel, während die Gleitflächen langsam über die Felsen zum Wasser rumpelten. Endlich fing es an zu schwimmen und schnurrte langsam nach Norden.

An der Küste, einige zweihundert Meter entfernt, standen die Einwohner der Ortschaft und winkten uns zu. Wir fuhren so nah wie möglich an die Küste heran und tauschten freundliche Grüße mit ihnen aus. Dann fuhren wir wieder nach draußen und ratterten weiter.

Als die Sonne gerade unterging, sah ich ein Blinklicht an der Küste, das uns heransignalisierte. Huxley war mit dem Bataillon nicht eine, sondern drei Inseln weitermarschiert. Der Alligator ratterte an Land und machte halt. Als ich ausstieg, wäre ich beinah in die Knie gegangen. Ich fühlte mich nach der Fahrt in diesem Starmix wie ein Schüssel Schlagsahne.

»Los, Verpflegung ausladen«, begrüßte uns Huxley.

299

»Herr Oberst«, sagte der Fahrer, »wir haben nur C-Rationen mitbekommen, zwei pro Mann für morgen. Für heute abend wird es leider nicht reichen.«

»Was denken sich die Kerle auf Bairiki eigentlich?« sagte Huxley wütend.

»Tut mir leid, Herr Oberst«, meinte der Fahrer.

»Sie können ja nichts dafür, mein Junge. Mac, sagen Sie mir Bescheid, sobald Sie Funkverbindung mit Sarah haben. Ich möchte mit den Leuten mal ein Wörtchen reden.«

»Zu Befehl, Herr Oberst.« Ich übergab LeForce unsere Gefangenen, schleppte die beiden Geräte aus dem Alligator an Land und machte mich auf die Suche nach dem Funktrupp.

Der Gefechtsstand befand sich in zwei kleinen Hütten, die direkt unten am Wasser standen. In der einen saßen die Funker, die Melder und der Sani, die andere beherbergte Huxley und seinen Stab. Als ich hinkam, sah ich, daß Joe Gomez bereits Verbindung mit Sarah aufgenommen hatte. Da wir direkt unten am Wasser waren und nach Bairiki hinüber klare Sicht hatten, war der Empfang beiderseits einwandfrei.

Huxley kam auf den Knien unter dem niedrigen Dach herein, hinter ihm her kamen der Fahrer des Alligators und LeForce.

»Aus den Gefangenen war leider nichts herauszubekommen«, sagte LeForce.

»Ich schätze die Stärke des Gegners auf etwa dreihundert Mann«, sagte Huxley.

»Morgen werden wir es wissen«, sagte LeForce.

Huxley wandte sich an Joe Gomez, der am Funkgerät saß. »Haben Sie Verbindung mit Sarah?«

»Jawohl, Herr Oberst.«

»Glauben Sie, daß wir auf Sprechverbindung übergehen können?«

»Doch«, sagte ich, »ich denke, das wird klappen.«

»Sagen Sie ihnen, sie möchten den Inselkommandanten ans Funkgerät holen.«

Gomez nahm die Kopfhörer ab und gab sie Huxley, der sie sich aufsetzte. »Geben Sie uns ein Zeichen, wenn Sie sprechen wollen«, sagte Joe.

»Hallo Sarah – ist dort der Kommandant? Hier spricht Huxley, Lincoln White. Was ist eigentlich los mit euch? Ich habe für heute Munition und Plasma angefordert, aber nicht bekommen.«

»Tut mir leid, Huxley. Es ist ein ziemliches Durcheinander hier. Das Zeug für Sie ist irrtümlich nach Helen gegangen. Wie sieht's denn aus bei Ihnen? Seid ihr schon auf irgend etwas gestoßen?«

»Wir werden voraussichtlich morgen gegen Abend Cora erreichen. Ich möchte den Alligator heute abend zu Ihnen zurückschicken, damit das Zeug morgen bei uns ist, wenn wir Feindberührung haben.«

»Hallo, Lincoln White – Sie werden mit Ihrem Angriff warten müssen, bis wir den Nachschub 'rangebracht haben.«

Huxley stieß einen unterdrückten Fluch aus. Dann gab er uns ein Zeichen, den Generator zu betätigen. »Hallo, Sarah – Ich werde eine Liste aufstellen von dem, was wir brauchen, und sie Ihnen durch Funk übermitteln. Ich wünsche, daß die Sachen bereitstehen, wenn der Alligator bei Ihnen ankommt, und ich möchte Ihnen raten, dafür zu sorgen, daß es diesmal klappt. Verstanden?«

»Hallo, Lincoln White – Sagen Sie mal, Huxley, was denken Sie eigentlich, wen Sie vor sich haben?«

»Hallo, Sarah – Das ist mir scheißegal, mit wem ich rede, von mir aus mit dem alten Arthur. Sorgen Sie gefälligst dafür, daß die angeforderten Sachen bereitstehen. Ende.« Huxley nahm die Kopfhörer ab und gab sie zurück an Gomez.

In diesem Augenblick kam Sergeant Paris atemlos zu uns herein. »Herr Oberst, wir haben die zehn Mann von Jasco gefunden.«

»Tot?«

»Ja, alle.« Wir rannten hinter Paris her über die Lichtung und über das Geröll hinunter zum Ozean. Dann kamen wir an ein Gehölz, und da sahen wir sie. Es sah aus wie in einem Wachsfigurenkabinett. Sie lagen, saßen und standen genau in der Haltung des Augenblicks, in dem die Kugel sie traf. Da saß der Funker, die Kopfhörer über den Ohren und die Hand auf der Taste des zerschmetterten Geräts. Der Mann, der den Generator gedreht hatte, stand mit dem Rücken gegen einen Baum gelehnt, die Hand noch immer verkrampft um den Griff des Generators. Schweigend gingen wir von einem zum andern.

»Wenigstens haben die Japaner sie nicht verstümmelt«, sagte Huxley leise. »LeForce, organisieren Sie ein Arbeitskommando, um die Leute zu beerdigen. Graben Sie sie am Rande der Lichtung ein. Stellen Sie die genauen Personalien fest. Sammeln Sie ein, was jeder an persönlichen Sachen bei sich hat, und bringen Sie es mir zusammen mit einer Namensliste.«

»Zu Befehl, Herr Oberst«, sagte LeForce mit tonloser Stimme.

Ich verließ den Ort. Eigentlich hätte ich ja immun sein müssen gegen einen derartigen Anblick, nach so vielen Jahren beim Marine-Korps. Aber mir wurde jedesmal schwach, wenn ich Tote sah, noch dazu einen Mariner. Ich holte tief Luft und fluchte ein paarmal vor mich hin, um Herr zu werden über die wilden Schläge in meiner Brust. Ich mußte an die Leute denken, die irgendwo in einem Wohnzimmer saßen, weinend und jammernd. So ging mir das jedesmal.

Ich sah auf zum Himmel. Vom Meer draußen kam eine riesige schwarze Wolke herangetrieben, und ein heftiger Wind begann zu wehen. Und dann öffnete sich der Himmel, als ob jemand einen Gartenschlauch aufgedreht hätte.

»Sagen Sie Captain Whistler, er soll die Wachen verdoppeln«, sagte Huxley. »Das ist Japaner-Wetter.«

7. Kapitel

Am nächsten Morgen kamen Captain Shapiro und Offiziersanwärter McQuade an der Spitze der Kompanie Fox bei uns vorbei.

»He, du Lahmarsch«, rief McQuade zu Burnside herüber, »ich sag dir Bescheid, wenn wir die Japaner fertiggemacht haben.«

»Gib bloß nicht so an«, rief Burnside zurück.

Wenige Minuten später war die Vorhut auf dem Weg durch die Lagune zur nächsten Insel. Ich humpelte zu meinen Klamotten, heilfroh bei dem Gedanken, daß dieser Marsch bald zu Ende sein würde.

Die Eingeborenen, die sich am Abend vorher rechtzeitig vor Beginn des Wolkenbruchs verflüchtigt und unter Dach begeben hatten, tauchten in größerer Anzahl wieder auf, als sich die Kolonne in Marsch setzte. Es war nicht schlecht, sie dabei zu haben. Dieser letzte Tag würde noch einmal ganz hart werden. Das untätige Herumsitzen an Bord des Truppentransporters, das Herumfahren von Insel zu Insel während der Schlacht um Betio und jetzt dieser Spaziergang im Huxley-Tempo – das alles zusammen hatte uns den Rest gegeben. In gespanntem Schweigen marschierte das Bataillon weiter die Lagune entlang nach Norden.

Wir kamen wieder an Ansiedlungen der Eingeborenen vorbei, aber die Sache mit den nackten Brüsten war inzwischen weit weniger aufregend geworden. Wir dachten zu sehr an das, was unmittelbar vor uns lag.

Am späten Nachmittag erreichten wir die Mitte von Molly – der Insel Taratai. Hier trafen wir die Schwestern des Herz-Jesu-Ordens. Huxley ließ gerade lange genug halten, daß wir die Segenswünsche der Schwestern in Empfang nehmen und ihnen sagen konnten, an welcher Stelle wir die Leute vom Jasco-Spähtrupp beerdigt hatten.

Als wir danach weiter über Molly vorrückten, sahen wir zum erstenmal unser Ziel vor uns: Cora, oder Muariki, die letzte Insel des Atolls Tarawa, schon ganz nahe, nur noch zwei Inseln vor uns. Shapiros Kompanie war bereits an die vorletzte Insel herangekommen. Schweigend und verbissen lehnten Huxleys Huren sich vornüber und beschleunigten das Tempo. Wir schleppten und schwitzten, nicht anders als an den Tagen vorher. Doch jeder Schritt brachte uns jetzt näher an den fliehenden Gegner heran, während die Palmen immer rascher an uns vorbeitrieben. Wir waren mittlerweile zu einer kleinen Armee geworden, die zur Hälfte aus Marinern und zur Hälfte aus Eingeborenen bestand. Beim Gedanken an die unmittelbar bevorstehende Berührung mit dem Feind wurden mir die Handflächen klamm, während ich durch das Wasser watete, an dessen anderem Ende wir am Ziel unserer Reise angelangt sein würden.

Ein Melder der Kompanie Fox kam atemlos die Marschreihe entlang zu Huxley gelaufen. »Herr Oberst, Cora liegt unmittelbar vor uns!« Uns war, als hätten wir einen elektrischen Leitungsdraht angefaßt.

Huxley hielt die Hand hoch und ließ halten. »Sagen Sie Captain Shapiro, er soll sich sofort bei mir melden.«

»Er ist bereits mit der Kompanie Fox nach Cora hinübergegangen, Herr

Oberst. Sie haben sich in Schützenkette entwickelt und warten auf Ihre Befehle.«

Huxley wurde rot vor Wut. »Ich habe ihm doch gesagt, er sollte nicht hinübergehen!«

»Sie haben genau gewußt, daß er es trotzdem tun würde«, sagte Wellman lächelnd.

»Okay, Männer – jetzt geht's los.«

Wir wateten nach Cora hinüber, als ob wir über glühende Kohlen gingen. Mit sehr gemischten Gefühlen betraten wir endlich diese letzte Insel, auf der die Aussätzigen saßen und die Japaner. Noch war kein Schuß gefallen. Vielleicht hatten sie es vorgezogen davonzuschwimmen, oder ein U-Boot war gekommen und hatte sie abgeholt. Wir warteten aufgeregt, während die Kompanie Fox einen Spähtrupp zur Mitte der Insel vorschickte.

Es war keine Spur vom Feind zu finden. Die Sache gefiel mir nicht. Ich traute Cora nicht über den Weg. Rasch und lautlos gingen wir über den schmalen Teil der Insel vor. Es war hier kaum mehr als hundert Meter von der Lagune bis zum Ozean. Das Unterholz war sehr dicht, man sah, daß hier jahrelang kein Mensch gewesen war. Die paar Hütten, auf die wir stießen, waren verfallen und rochen vermodert. Hinter der Mitte erweiterte die Insel sich plötzlich fächerförmig bis zur Breite eines Kilometers. Dieser breitere Teil vor uns erinnerte an den Dschungel auf Guadalcanar. Es war inzwischen später Abend geworden, wir machten halt und schlugen das Lager auf.

Die Kompanie Fox ging noch einige hundert Meter vor, entfaltete sich in Schützenkette quer über die Insel und grub sich ein.

Wir setzten unsere drei Funkgeräte ein, nahmen Verbindung auf mit Sarah und dem Alligator, mit dem Zerstörer und mit den Flugzeugen, die zu unserer Unterstützung bereitstanden. Wir richteten die Funkstation nahe am Rand der Lagune ein. Sarah lag fast genau südlich, rund vierzig Kilometer in Luftlinie von uns entfernt. Das Bataillon hatte auf dem Weg über fünfundzwanzig Inseln siebzig Kilometer hinter sich gebracht. Und noch immer keine Japaner.

Nervös aßen wir eine Büchse Bohnen mit Schweinefleisch, dazu harten Schiffszwieback und kalten Kaffee. Shapiro, McQuade und Paris kamen heran und gingen zum Bataillonsgefechtsstand.

»Wie sieht es aus da vorn, Max?« fragte Huxley.

»Ich werd' nicht schlau draus. Nichts zu entdecken.«

»Gefällt mir nicht«, sagte Wellman, »gefällt mir gar nicht.«

»Es war nicht das geringste zu finden, nicht einmal Fußspuren«, sagte Paris.

Huxley rauchte in tiefen, hastigen Zügen und dachte angestrengt nach. »Wie ist Ihre Stellung, Max?«

»Wir haben uns quer über die ganze Insel entwickelt, von der Lagune bis zum Ozean. Da, wo wir liegen, ist die Insel kaum fünfundsiebzig Meter breit, wird aber unmittelbar vor uns breiter.«

»Wir wollen kein unnötiges Risiko eingehen. Ich werde die gesamten MGs des Bataillons zu Ihrer Stellung vorschicken, für den Fall, daß die Japaner heute nacht irgend etwas versuchen sollten. Marlin, sagen Sie Captain Harper,

303

er soll mit der Kompanie George unmittelbar hinter Fox in Stellung gehen. Sobald es dunkel ist, Max, schicken Sie einen Spähtrupp auf den breiteren Teil der Insel vor.«

»Wie weit sollen wir vorgehen?«

»Nicht ›wir‹. Sie gehen heute nacht nicht mit, Max.«

»Scheiße, Colonel.«

»Übertragen Sie Leutnant Rackley die Führung des Spähtrupps, der hat ja nicht nur vorn, sondern auch hinten Augen. Sie beide, McQuade und Paris, gehen auch mit. Gehen Sie so weit vor wie möglich. Erkunden Sie das Gelände genau. Sobald Sie Feindberührung haben, machen Sie auf der Hinterhand kehrt und kommen wie die geölten Blitze zurück.«

»Zu Befehl, Herr Oberst«, sagten McQuade und Paris.

»Es dürfte sich empfehlen, für heute nacht eine Parole auszugeben.«

»Wie wäre es mit Helen?« fragte Wellman.

»Sehr gut. Geben Sie durch: Parole ist Helen.«

Die MG-Schützen der anderen Kompanien kamen bereits einzeln an uns vorbei auf dem Weg nach vorn. Shapiro stülpte sich den Helm über seine kurzen, krausen Locken, die allmählich aussahen wie eine Kombination von Dauerwelle und Schlammpackung. »Wenn Sie Feindberührung haben, werden Sie die Kompanie Fox nicht ohne meinen ausdrücklichen Befehl angreifen lassen«, befahl Huxley. »Haben Sie verstanden, Max?« Shapiro nickte.

»Keats, lassen Sie ein Fernsprechkabel nach vorn legen.«

»Jawohl, Colonel.«

Es wurde rasch dunkel. Wir nahmen uns, um ganz sicherzugehen, unsere Waffen noch ein letztesmal vor. Wie aus dem Nichts tauchten plötzlich Eingeborene auf, Frauen und Kinder, die scheu und langsam näher zu unserem Lager herankamen. Wir erschraken zunächst ein wenig bei dem Gedanken, es könnten vielleicht Lepra-Kranke sein, erfuhren dann aber, daß es hier bereits seit mehreren Jahren keine Lepra-Kolonie mehr gegeben hatte.

Die Eingeborenen machten einen sehr freundlichen Eindruck. Es war das erstemal an diesem Abend, daß wir Zeit hatten, gemütlich dazusitzen und uns ein bißchen mit ihnen zu unterhalten. Unter den wachsamen Augen der Offiziere beschränkten wir uns für diesmal auf die Unterhaltung. Es dauerte gar nicht lange, da fingen einige von ihnen an zu singen, und das ganze Lager kam herum, um zuzuhören. Ein großer, weißer Mond hing niedrig über der Lagune und beleuchtete die frühe Nacht. Es war ein uraltes Lied, das die stämmigen, hübschen Mädchen da sangen, vielleicht so alt wie die Welt. Wir klatschten und trampelten begeistert, als sie geendet hatten, und wollten mehr hören. Wir gaben ihnen Kaugummi und Zigaretten, sie nahmen dankend an und sangen weiter, immer neue Gesänge von eigenartiger Schönheit. Der volle Klang ihrer weichen Stimmen trieb hinaus auf das spiegelglatte Wasser, während die verdreckten und verschwitzten Mariner dasaßen und andächtig lauschten.

Ich hörte unterdrückte Stimmen aus der Richtung, in der die Front lag, ergriff meinen Karabiner und sprang auf. Burnside neben mir kam gleichfalls hoch, mit einem Messer in der Hand. Es gelang mir nur mit größter

304

Anstrengung, die Augen aufzubekommen, die vollkommen verschwollen waren von Moskitostichen. Durch einen schmalen Sehschlitz erkannte ich Pedro und Kyser, die auf der Straße herankamen. Hinter ihnen McQuade und drei Tragbahren, auf denen Verwundete lagen. Einer der Verwundeten stöhnte. Huxley kam heran, ihm auf den Fersen, wie immer, Ziltch.

»Der Spähtrupp«, flüsterte Burnside.

»Der eine Verwundete ist Paris«, sagte ich.

»Setzt die Verwundeten dort drüben ab«, sagte der Arzt. »Pedro, holen Sie das Plasma.« Pedro beugte sich über den stöhnenden Mariner und holte die Hundemarke heraus.

»Blutgruppe Null – wir haben ein oder zwei Ampullen da.«

»Okay.«

»Nehmen Sie Sulfa und machen Sie die beiden anderen fertig für die Bluttransfusion!« befahl Kyser einem der Sanitäter.

Ich erkannte den, der da lag und stöhnte. Es war ein Korporal, ein Junge aus Alabama. Er hatte ein Loch im Bauch und war übel dran. Kyser ließ ihn an eine Stelle tragen, wo genügend Licht war für die Bluttransfusion. »Hoffentlich geht uns das Plasma nicht aus, ehe wir die Blutung gestillt haben«, murmelte der Arzt.

Paris und der dritte Verwundete ließen sich verbinden, ohne mit der Wimper zu zucken. Der Sergeant vom Intelligence setzte sich auf und lächelte mit zitternden Lippen. Pedro gab ihm einen Cognac.

»Wo hat's dich denn erwischt?« fragte ich.

Er hielt die rechte Hand hoch. Vier Finger waren weg. »Heimatschuß«, sagte er. »Endlich geschafft.«

»Können Sie sprechen, Paris?« fragte Huxley.

»Ich bin okay, Herr Oberst.« Die lange Latte kniete sich neben die Tragbahre, und Paris berichtete. »Ja, wir gingen also los, ungefähr zweihundert Meter weit, bis dahin, wo die Insel breiter wird. Genau in der Mitte ist eine Lichtung, auf der sich ein großes Lager befindet. Dreißig Hütten und ein Beobachtungsturm. Um das Lager herum liegen massenhaft große Steinblöcke, die eine gute Deckung abgeben werden. Wir gingen durch das Lager hindurch, das leer war. Dahinter sind noch etwa fünfzig Meter offenes Gelände, und dann kommt ein lausig dichtes Gehölz. Da drin saßen die Japaner und erwarteten uns. Gesehen haben wir keinen von den Burschen.« Paris schnitt eine Fratze, als Pedro das Ende der Binde um sein Handgelenk befestigte. Er hob den Arm, um sich mit den Stummeln der abgeschossenen Finger am Bart zu kratzen.

»Ihr habt eure Sache gut gemacht«, sagte Huxley. »Nehmen Sie es nicht zu schwer, mein Junge.«

»Besten Dank, Herr Oberst.«

»Und wo ist Leutnant Rackley?«

»Tot«, sagte McQuade, »Kopfschuß. Wir mußten ihn liegenlassen, um die drei Verwundeten zurückzubringen.«

»Tut mir leid um den Burschen. Wie beurteilen Sie das feindliche Feuer, McQuade?«

»Ich hatte den Eindruck, daß sie in Schützenkette im Gehölz liegen. Es waren wenigstens zwei Maschinengewehre dabei, und sie schossen, als ob sie Munition im Überfluß hätten.«

Huxley stieß einen leisen Pfiff aus. »Wie breit ist die Insel da vorn?«

»Oh, vielleicht fünfhundert Meter. Das Lager erstreckt sich von der Mitte der Insel bis an den Ozean. Nach der Lagune hin ist dichter Dschungel.«

Huxley wandte sich an seinen Stab. »Wellman, lassen Sie Shapiro an den Apparat kommen. Sagen Sie ihm, er soll Punkt fünf Uhr mit der Kompanie Fox in das verlassene Lager vorrücken und in Deckung gehen. Setzen Sie sich in Verbindung mit Harper, er soll mit der Kompanie George auf der Seite zur Lagune hin langsam vorrücken und sich eingraben, sobald er die Verbindung zur Kompanie Fox hergestellt hat. Sagen Sie ihm, daß das Gelände dichter Dschungel ist.«

»Ob die Japaner einen Gegenangriff machen?«

»Das halte ich für unwahrscheinlich. Sie werden unseren Angriff in dem dichten Gehölz am Ende der Lichtung abwarten, auf der sich das Lager befindet. Ich möchte annehmen, daß wir einigermaßen sicher bis dorthin vorgehen können.«

»Haben Sie schon Pläne für den weiteren Angriff?«

»Das werden wir uns morgen überlegen. Ich muß mir die Sache mal bei Tag ansehen.« Huxley drehte sich herum zu McQuade. »Sie bleiben heute nacht wohl besser hier.«

»Ich möchte lieber zurück zu Max — wollte sagen zu Captain Shapiro. Wenn ich ihm nicht gut zurede, ist der imstande und geht heute nacht noch auf die Japaner los.«

Huxley lächelte, während der Dicke sich das Koppel über den Bierbauch schnallte und wieder losging zur Kompanie Fox.

»Keats.«

»Herr Oberst?«

»Funken Sie zu dem Zerstörer. Er soll sich in die Lagune begeben und so dicht wie möglich an die Küste herangehen. Und funken Sie den Leuten auf Bairiki, sie möchten einige Landungsfahrzeuge herschicken, die unsere Verwundeten abholen und sie zum Zerstörer bringen.«

»Zu Befehl, Herr Oberst.«

Im Laufe der Nacht wurde ich immer wieder wach, weil die Stiche der Moskitos so entsetzlich juckten. Meine Hände waren dick verschwollen von hundert Stichen. Jedesmal, wenn ich wach wurde und hochkam, sah ich die Gestalt unseres Chefs. Seit Stunden hockte er da, nah am Wasser, die Arme um die hochgezogenen Knie gelegt, während ihm der Kopf immer wieder halb vornüberfiel. Gegen Morgen kroch ich aus meinem Loch heraus und ging zu ihm hin. Bis auf den Mann von der Funkwache und den Sani schlief noch alles im Camp.

»Darf man sich ein bißchen zu Ihnen setzen, Herr Oberst?«

»Hallo, Mac.« Ich sah mich um. Zehn Meter weiter saß Ziltch, den Rücken gegen einen Baum gelehnt, und paßte wie immer auf seinen Chef auf.

»Wie ist es denn mit dem Jungen geworden, der den Bauchschuß hatte, Herr Oberst?«

»Er ist tot. Wir hatten nicht genug Plasma da. Seine Mutter ist eine Witwe, die außer ihm noch drei Söhne bei den Waffen hat. Einer davon ist mit der *Saratoga* untergegangen.«

Das ist doch sonderbar, dachte ich. Er hat die Verantwortung für achthundert Mann, und der Verlust eines einzigen geht ihm so nahe.

»Einen feinen Platz haben wir uns hier ausgesucht. Diese Moskitos sind heute nacht mal wieder einfach teuflisch, Herr Oberst.«

»Wollen Sie sich nicht lieber hinlegen, Mac?«

»Ich konnte nicht so richtig schlafen. Ich sah, daß Sie wach waren, und dachte, ob Sie sich vielleicht nicht gut fühlten.«

»Ich hab' ja immer gesagt, Sie würden einen guten Marinepfarrer abgeben. Aber jetzt gehen Sie mal lieber schlafen.«

»Jawohl, Herr Oberst.« Ich ging zu meinem moskitoverseuchten Loch zurück und kroch dicht an Burnside heran. Zum erstenmal tat mir Sam Huxley leid.

Lebhaftes Gewehrfeuer war von der Front her zu hören, als die Kompanien Fox und George vorgingen.

Vier Verwundete, die laufen konnten, kamen zurück und fragten nach dem Verbandsplatz.

»Wie sieht's denn da vorn aus?« fragte Andy.

»Übel.«

Kurz danach kam ein halbes Dutzend Tragbahren, auf denen blutende Mariner lagen.

»Sieht aus, als ob wir hier eine ganz hübsche Verlustliste zusammenbekommen.«

Eine weißgekleidete Nonne trat auf Doktor Kyser zu. »Sind Sie hier der leitende Arzt?« fragte sie.

»Ja, Schwester, mein Name ist Kyser.«

»Ich bin Schwester Joan Claude, Oberin von der Mission. Ich möchte Ihnen unsere Hilfe für die Verwundeten anbieten.«

Der schwerbedrängte Arzt atmete erleichtert auf. »Sie kommen als rettender Engel, Schwester. Aber verstehen Sie und die anderen Nonnen denn etwas von Medizin?«

»Die Krankenpflege ist eine der Aufgaben der Missionsschwestern, Herr Doktor.«

»Wieviel sind Sie?«

»Zehn.«

»Sehr gut. Dann werden unsere Sanitäter frei für die Front. Pedro!«

»Ja, Herr Doktor.«

»Sagen Sie allen Sanitätern, sie sollen sofort hierherkommen, damit ich sie neu einteilen kann. Ich bin Ihnen außerordentlich dankbar, Schwester.«

»Wir freuen uns, daß wir Ihnen helfen können.«

Huxley, Marlin und Ziltch gingen hinter einigen Bäumen in Deckung, als sie das Gelände erreichten, wo die Kompanie Fox lag. Die Männer hatten sich quer durch das verlassene japanische Camp verteilt und waren in Deckung gegangen hinter Felsblöcken, Stämmen und einzelnen festeren Unterkünften. Es schwirrte in der Luft von Gewehrkugeln, die vom Camp zu dem dichten Gehölz und aus dem Gehölz zum Camp pfiffen.

»Melder!« rief Huxley. Sein Ruf wurde von Mann zu Mann weitergegeben, hinter einem Felsblock erhob sich ein Mariner und lief im Zickzack von Deckung zu Deckung, bis er bei Huxley ankam und sich hinwarf. Eine MG-Garbe wühlte den Sand hinter ihm auf.

»Wo ist Shapiro?«

»Verdammt schwer zu sagen«, sagte der Melder. »Der ist überall.«

»Bringen Sie uns zum Kompanie-Gefechtsstand«, sagte Huxley. Der Melder fiel auf den Bauch und kroch vor zur nächsten Deckung, dann winkte er die drei zu sich heran. Einer nach dem anderen krochen sie zu ihm hin. Der Melder spritzte zum nächsten größeren Felsblock, während die Japaner drüben aus dem Dickicht wie wild nach ihm schossen. In langen Sätzen spurtete die lange Latte vor zur neuen Deckung. Sie mußten eine Weile warten, ehe sie Ziltch und Marlin heranwinken konnten. Ziltch stolperte und fiel hin, und Huxley schoß wie der Blitz hinter dem Felsblock hervor und schleifte ihn in die sichere Deckung.

»Teufel auch«, bullerte Marlin, »ganz schön munter hier.«

»Das Gehölz da vorn steckt voll von Japanern«, sagte Huxley. Der Melder zeigte auf eine strohgedeckte Hütte, ungefähr fünfzig Meter vom Ozean entfernt. Davor standen mehrere Bäume, die einen natürlichen Schutz gegen die Japaner boten. Hinter den Stämmen hockte eine Gruppe von Gewehrschützen, um den Feuerschutz für den Gefechtsstand zu übernehmen. Huxley, der Melder und die beiden anderen erhoben sich zum letzten Sprung, schossen quer über die Lichtung und stolperten atemlos in den Gefechtsstand. In der Hütte stießen sie auf Offiziersanwärter McQuade, der auf dem Rücken lag, die Beine übereinander, und mit Genuß eine Zigarette rauchte, während er an die Decke starrte.

»Tut mir leid, daß ich Sie bei Ihrer Siesta störe, McQuade«, sagte Huxley atemlos.

»Hallo, Sam«, sagte McQuade.

»Wo ist Shapiro?«

»Er geht die Stellung ab, wird aber gleich wieder da sein.«

Huxley fauchte ungeduldig, als er von der Hütte aus zu dem Gebüsch hinübersah. Die Kompanie Fox war festgenagelt. Bei einem Angriff auf den Gegner, von dem kein Schwanz zu sehen war, konnte unter Umständen die ganze Kompanie draufgehen. Ein Melder kam zum Gefechtsstand gelaufen, fiel hin, stand wieder auf und kam mit weichen Knien herein. Er hielt sich das Gesicht.

»Mann, hab' ich Schwein gehabt. Nur ein Streifschuß. Wir verlegen grad das Fernsprechkabel«, sagte er keuchend.

»Feuerschutz«, brüllte Huxley nach draußen. »Gebt's den Japanern, daß sie die Nase in den Dreck nehmen. Ein Mann vom Fernsprechtrupp versucht, mit dem Kabel hierherzukommen. Habt ihr eigentlich keine Granatwerfer hier, McQuade?«

»Wir hatten nach einer Stunde keine Munition mehr dafür.«

»Verdammte Schweinerei!« sagte Huxley.

Der Mann vom Fernsprechtrupp wartete geduckt hinter einem Stein, die Kabeltrommel in der Hand, auf das Zeichen, zum Gefechtsstand herüberzukommen. Die ringsumliegenden Gewehrschützen eröffneten das Deckungsfeuer, und Huxley winkte den Fernsprecher heran. Wie ein Windhund schoß der Mann quer über die Lichtung, während das Kabel hinter ihm abrollte. Er kam unversehrt in die Hütte, schnitt mit zitternden Händen den Draht von der Rolle und nahm das Fernsprechgerät ab, das er um den Hals hängen hatte. Rasch und fachmännisch drehte er das Ende des Kabels auf und schraubte die beiden Drähte am Apparat fest. Dann drehte er am Handgriff.

»Hallo, Lincoln White – hier ist der Kompaniegefechtsstand von Fox.«

»Hallo Fox – hier Lincoln White.« Der Fernsprechmann lächelte erleichtert und übergab Huxley den Hörer.

»Hallo, Wellman – hier ist Huxley. Wie sieht es aus bei Ihnen?«

»Hallo, Sam – Kompanie George bekommt mächtigen Zunder, haben schon allerhand Verluste. Auf dem Verbandsplatz hier sind bereits vierzig oder fünfzig Verwundete. Harper meldet, daß er bis zum Arsch im Dschungel steckt und die Verbindung zur Kompanie Fox herzustellen versucht. Aber er befindet sich in einer ziemlich üblen Lage. Kann Fox die Japaner nicht aus diesem Gestrüpp da vertreiben? Sonst kann Harper schlecht weiter.«

»Ein Angriff hier wäre Selbstmord. Wir haben offenes Gelände vor uns, und vom Gegner ist nichts zu sehen.«

»Bleiben Sie mal einen Augenblick am Apparat, Sam, hier kommt gerade ein Melder von der Kompanie George.«

»Wo, zum Teufel, bleibt bloß Shapiro?« brummte Huxley, während er am Apparat auf Wellman wartete.

»Hallo, Sam – sind Sie noch da?«

»Ja, sprechen Sie.«

»Die Kompanie George sitzt in einer üblen Klemme. Die Japaner knallen einen nach dem andern ab. Soll ich Whistler mit der Kompanie Easy an irgendeinen bestimmten Punkt schicken?«

»Nein, er soll sich auf Abruf bereithalten. Sagen Sie Harper, er soll in Stellung gehen und sich eingraben, so gut er kann. Sie hören wieder von mir, sobald wir uns darüber klargeworden sind, wie wir am besten die Burschen aus ihrem Versteck da herauskriegen. Hat sich übrigens der Alligator gemeldet?«

»Ja, dauert aber noch eine Stunde, bis er 'ran ist.«

»Wie geht es mit den Verwundeten?«

»Die Jungens halten sich wunderbar. Die Nonnen von der Mission betätigen sich als Krankenschwestern. Machen ihre Sache sehr gut unter den erschwerten Verhältnissen.«

Huxley legte gerade den Hörer hin, als er einige Meter vom Kompaniege-

309

fechtsstand entfernt einen kleinen, stämmigen Mann herankommen sah, unverkennbar Max Shapiro.

»Dieser verdammte Idiot«, sagte Marlin, »der will wohl unbedingt eins verpaßt kriegen.«

»Deckung, Max!« brüllte Huxley.

Alle, die im Gefechtsstand versammelt waren, starrten staunend nach draußen. Max Shapiro bewegte sich durch den Geschoßhagel mit einer so unbekümmerten Gelassenheit, als befände er sich auf einem Sonntagnachmittagsspaziergang. Huxley rieb sich die Augen, als hielt er das, was er da sah, für eine Sinnestäuschung. Der kleine Captain erschien wie ein Sinnbild der Unverletzlichkeit. Die sagenhaften Geschichten, die man sich über Shapiro mit den zwei Pistolen erzählte, waren kein Kantinengewäsch, sondern die reine Wahrheit. Es lag etwas Magisches in seiner Erscheinung, und sein Anblick gab den Männern, die er im Kampf führte, ein Gefühl unerschütterlicher Sicherheit. Er ging von Block zu Block und von Baum zu Baum und klopfte seinen Jungens auf den Rücken, wie ein Trainer, der seiner Mannschaft bei einem Fußballspiel gut zuredet. Seine kurzsichtigen Augen hinter den dicken Brillengläsern waren plötzlich scharf und voller Leben. Huxley wußte nicht, ob er ihn für übermenschlich oder irrsinnig halten sollte. Jedenfalls konnte ein normaler Mensch nicht so völlig furchtlos sein. Huxley beobachtete ihn, wie er gemächlich quer über die Lichtung schritt, während die Kugeln um ihn herumpfiffen.

»He, du da drüben«, rief Shapiro. »Hast du Sehnsucht nach einem kalten Hintern?«

»Zum Teufel, nein, Max.«

»Dann beweg dich gefälligst ein bißchen – da in dem Baum fünfzehn Meter von dir sitzt nämlich ein Baumschütze. Aber sieh zu, daß du ihn ordentlich ins Visier bekommst, mein Sohn, wir haben keine Munition zu verschwenden.«

»Okay, Max.«

Shapiro kam in den Gefechtsstand hereingeschlendert, wischte sich den Schweiß vom Gesicht und langte sich aus McQuades Brusttasche eine Zigarette. Er nahm McQuade die brennende Zigarette aus dem Mund und brannte sich seine eigene damit an. »Hallo, Sam«, sagte er.

»Sie sind natürlich davon überzeugt, daß Sie ein großartiger Kerl sind, Max. Aber wenn ich noch einmal höre, daß Sie sich derartig aufführen, dann werde ich –«

»Nun mal halblang, Sam. Diese Schlitzaugen treffen ja nicht mal einen Ochsen.«

»Waren Sie bei Harper?«

»Ja«, sagte Shapiro und wischte seine Brillengläser blank. »Irgend jemand sollte ihm mal ein neues Päckchen Kaugummi bringen. Auf dem Ding, das er jetzt im Mund hat, kaut er schon seit einer Woche. Wenn da nicht bald was geschieht, beißt er sich noch die Zähne aus.«

Seine unverschämte Gelassenheit wirkte geradezu ansteckend. »Ja also«, sagte Huxley, »wie sieht es denn nun eigentlich aus?«

»Schlecht. Wir können die Flankenverbindung zur Kompanie George nicht herstellen, und die Japaner machen Kleinholz aus ihnen. Sie sitzen da im Dschungel wie die Fliegen, Sam, vielleicht in Bataillonsstärke. Und sie spucken aus allen Rohren, als ob sie ein Munitionslager da hätten. Die Sache gefällt mir nicht. Wenn wir uns weiter auf diese gegenseitige Abknallerei einlassen, dann geht uns die Puste aus.«

»Verdammte Scheiße«, sagte Huxley. »Wir haben nicht genug Munition, um das durchzuhalten.«

»Vielleicht sollten wir dem Zerstörer einen Funkspruch übermitteln und um Artillerieunterstützung bitten«, schlug Marlin vor.

»Nein«, sagte Huxley, »dazu sitzen wir uns bereits zu dicht auf der Pelle. Es braucht nur eine Salve etwas zu kurz liegen, und wir sind im Eimer. Luftunterstützung wäre noch riskanter.«

Shapiro steckte seinen Kopf nach draußen. »He, ihr Burschen«, rief er den Gewehrschützen zu, die hinter den Bäumen vor dem Gefechtsstand lagen, »merkt ihr eigentlich gar nicht, wenn ihr Zunder von oben kriegt? Beharkt mal die Spitzen der Bäume schräg rechts vor euch.« Er nahm den Kopf wieder herein und wandte sich an Huxley. »Hören Sie mal, Chef, ich hab' den Eindruck, das Gestrüpp, in dem die Japaner sitzen, ist höchstens fünfzig Meter tief. Wenn wir da durchstoßen, könnten wir sie zurücktreiben auf die nächste Lichtung. Dann bekäme Harper Luft, und wir könnten die Verbindung zu seiner Kompanie herstellen.«

»Wie wollen Sie das machen?« sagte Huxley. »Wir können doch hier nicht angreifen.«

»Sam«, sagte Marlin aufgeregt, »warum wollen wir uns nicht bis morgen zurückziehen? Dann könnte der Zerstörer es ihnen erst mal ordentlich geben. Vielleicht geht den Japanern in zwei bis drei Tagen die Puste aus, und wenn sie der Zerstörer fertiggemacht hat, können wir sie dann einfach gefangennehmen.«

Huxley lief dunkelrot an. Er sah einen Augenblick aus, als ob er Marlin anspucken wollte.

»Die Schlitzaugen sind genauso am Ende wie wir«, sagte Shapiro. »Vielleicht könnten wir sie dazu bringen, daß sie uns angreifen.«

»Die werden uns kaum auf den Leim gehen.«

»Wir könnten es doch auch mal auf die Tour versuchen, mit der sie uns dauernd in diesem verdammten Krieg 'reingelegt haben. Wenn wir keinen Schuß mehr abgeben und anfangen zu brüllen, kriegen wir sie vielleicht dermaßen auf achtzig, daß sie auf uns losgehen. Wenn wir so weitermachen wie jetzt, dann haben wir bald nicht mehr genug Munition und Leute, um anzugreifen. Wir müssen uns irgend etwas einfallen lassen, und zwar bald.«

Huxley überlegte. Seine Stellung war schwach, und die Verluste waren hoch. Wenn es nicht gelang, den Gegner vor Einbruch der Dunkelheit aus dem Dickicht zu vertreiben, würden die Japaner in der Nacht angreifen. Sie versuchten jetzt ganz einfach, ihn hinzuhalten, da sie sich in der besseren Position befanden. Shapiro hatte recht, man mußte sich etwas einfallen lassen.

»Okay, Max, wir wollen es mal probieren.«

311

Er kurbelte und nahm den Hörer hoch. »Hallo, Wellman – hier ist Sam. Sagen Sie Harper, er soll die Stellung halten, koste es, was es wolle. Wir versuchen jetzt hier, die Japaner auf die Lichtung herauszulocken. Wenn sie kommen, soll Whistler mit seiner Kompanie direkt an uns vorbei in das Dickicht vorgehen. Er soll also nicht etwa der Kompanie Fox zu Hilfe kommen, sondern schlankweg an uns vorbeigehen und den Angriff weiter vortragen, verstanden?«

»Ja, Sam. Hals- und Beinbruch.«

»Komisch«, sagte Shapiro nachdenklich, »genauso hätte Coleman das auch gemacht. Ich habe Sie wohl doch unterschätzt, Sam.«

Huxley wehrte das Kompliment mit einer Handbewegung ab. »Melder.«

»Herr Oberst.«

»Gehen Sie zu den Männern und lassen Sie durchsagen: Feuer einstellen, nur noch auf erkannte Ziele schießen. Die Jungens sollen einfach dasitzen und den Japanern unfeine Sachen zurufen, möglichst laut und deutlich. Wenn die Japaner angreifen, sollen sie sie herankommen lassen und dann mit dem Bajonett erledigen.«

»Zu Befehl, Herr Oberst.« Der Melder stülpte sich den Helm auf und schoß davon. Rasch ging der neue Befehl von Mund zu Mund weiter. Die Männer der Kompanie Fox, die hinter den Steinblöcken und den Bäumen hockten, pflanzten in aller Ruhe ihre Bajonette auf. Das Feuer verstummte. Die Hände umklammerten die Gewehre, die Augen starrten auf das grüne Dickicht. Auch bei den Japanern verstummte das Gewehrfeuer. Der plötzliche Wechsel hatte sie durcheinandergebracht, sie wußten nicht, was sie davon halten sollten. Man konnte hören, wie sie aufgeregt palaverten. Max Shapiro ging vor den Gefechtsstand und hielt die Hände an den Mund.

»He, ihr Schlitzaugen!« rief er. »Ihr trefft ja nicht, ihr Burschen. Sieht ganz so aus, als ob die Aasgeier sich heute nacht an Japanerfleisch mästen würden!«

»Zeigt euch doch, ihr Memmen!«

»Kleine Erfrischung gefällig?« Eine einzelne Kokosnuß flog in das Dickicht hinüber, eine Masse Kokosnüsse hinterher.

»Mal schießen, der Herr?« Ein Mariner steckte seinen Kopf hinter einem Felsblock hervor. Ein Schuß pfiff vorbei. »He, Gelber, drei Schuß für'n Sechser.«

Huxley wartete in geduldiger Spannung, während die aufreizenden Zurufe zu den Japanern hinüberdrangen. Dann wurde es plötzlich sehr still. Nur noch der Rauch einer Zigarette war zu sehen. Ein Windhauch strich durch das Camp. Zehn Minuten lang hielt die unheimliche Stille an. Dann stieg aus den Reihen der Mariner ein Lied auf:

> *Wenn ein Sarg an dir vorüberfährt*
> *Auf dem schwarzen Leichenwagen,*
> *Denk daran, daß vielleicht morgen schon,*
> *Du es bist, den sie zum Acker tragen.*

Es waren keine fröhlichen Stimmen, die sich zu dem Gesang vereinten, der durch die schwüle Hitze des Nachmittags drang. Die Männer, die da wie Klapperschlangen wartend in ihrer Deckung hockten, sangen mit zitternden Lippen, auf denen der Schweiß stand.

Die Würmer kriechen
Herein und heraus —

Captain Shapiro ging nach draußen und winkte das Singen ab. Einzelne japanische Baumschützen schossen nach ihm. Er brannte sich eine Zigarette an, spuckte aus in Richtung auf die Japaner und ging zurück in den Gefechtsstand.

»Was halten Sie davon?« fragte Marlin.

»Ich weiß nicht recht«, sagte Huxley. »Sie sind offenbar unsicher geworden. Mir scheint, sie erwarten einen Angriff aus einer anderen Richtung und denken, wir wollten sie nur hinhalten.«

Von drüben war plötzlich lautes Palaver zu hören; die Japaner, die Whistlers Kompanie zum Camp vorrücken sahen, schienen aufgeregt miteinander zu diskutieren. Die Stimmen wurden immer lauter, sie wußten offenbar nicht mehr, woran sie waren.

Die Männer der Kompanie Fox gaben den Befehl durch: »Feuer einstellen.«

Drüben bewegten sich die Büsche, ein japanischer Offizier trat aus dem Dickicht heraus auf die Lichtung, torkelnd wie ein Betrunkener. Vorsichtig ging er zwei Schritte auf die Mariner zu.

»Er hat sich mit Saki vollaufen lassen«, flüsterte Marlin. »Prima.«

Der kleine Asiate sah mit seinen schmalen Augen um sich wie eine Ratte. Er schrie gegen die lautlose Stille an, um sich Mut zu machen. »Mariner sterben!« brüllte er und schüttelte die Faust. Keine Antwort. »Mariner sterben!« rief er noch lauter. Er riß sein Samuraischwert heraus und schwang es wirbelnd über seinem Kopf. Er fluchte und sprang mit beiden Beinen in die Höhe. Shapiro warf einen Stein nach ihm, und der Japaner sprang zurück in das Dickicht. Das Stimmengewirr drüben wurde immer lauter. Ganz offensichtlich steigerte sich die Wut des aufgebrachten Gegners zur Weißglut.

»Gleich kocht bei denen die Scheiße im Hintern — jetzt geht's los. Melder, gehen Sie zurück zu Captain Whistler, er soll sich fertigmachen zum Angriff.«

Ein vielstimmiges wildes Geschrei drang aus dem Dickicht, der wütende Gegner brach endlich los und kam heraus auf die Lichtung. Erst die Flucht, dann die Furcht und jetzt noch die Folter der Ungewißheit — das war zuviel für sie gewesen. Sie griffen an, geführt von ihren Offizieren, die langen Gewehre, auf denen die Bajonette blitzten, nach unten gerichtet, wilde Schreie auf ihren verzweifelten Lippen und Mordlust in den Augen.

Wie der Blitz war Shapiro vor seiner Kompanie. Er ließ den Gegner bis auf wenige Meter herankommen. Dann brüllte er: »Los, Jungens — auf ihn!« und feuerte seine sagenumwobenen zwei Pistolen blindlings in den wildgewordenen Haufen vor ihm.

Die Japaner, die seit einer Woche den unerbittlichen Würgegriff des Todes immer näher an ihrer Kehle gespürt hatten, waren zu Amokläufern geworden.

Die Mariner, auch sie mit Schreien auf den Lippen, erhoben sich aus ihrer Deckung und stürzten kopfüber dem Feind entgegen. Blutrünstiges Gebrüll erfüllte die Luft, als die Reihen zum tödlichen Kampf Mann gegen Mann aufeinanderstießen. Schrei stieß gegen Schrei, Stahl klirrte gegen Stahl, und Fleisch schlug dumpf gegen Fleisch.

Die Männer der Kompanie Fox arbeiteten in Teams, ein Mann suchte sich einen Gegner, und der zweite hielt ihm den Rücken frei. Die beiden Reihen der Angreifer schwankten einen Augenblick unter der Wucht des Anpralls Mann gegen Mann. Todesschreie und dumpfes Röcheln stiegen auf, als die Bajonette ihren mörderischen Weg fanden. Mit dumpfem Knall landeten Gewehrkolben auf Schädeln. Die Wut der Kämpfer stieg.

Whistlers Kompanie ging an dem wilden Handgemenge vorbei und stieß vor ins Dickicht. Die Japaner, die dort noch saßen, schossen in ihrer Verwirrung nicht nur auf die Mariner, sondern auch auf die eigenen Leute.

»Achtung, Sam!« brüllte Ziltch.

Ein desperater Einzelgänger sprang mit gezücktem Messer Huxley auf den Rücken. Die lange Latte ging zu Boden und schüttelte den Japaner ab. Im gleichen Augenblick war der kleine Ziltch wie eine Katze über ihm. Er wälzte sich mit ihm auf dem Korallenboden und hielt krampfhaft die Hand mit dem Messer fest. Huxley nahm seine Pistole und schlug damit wieder und wieder in das Gesicht des Japaners, bis der Körper des erbitterten Gegners erschlaffte. Mit zitternden Händen half Huxley seinem Burschen auf die Füße.

»Bist du verletzt, mein Junge?«

»Nein, Chef, ich bin okay.«

»Bist ein feiner Kerl.«

Das Gebrüll der Japaner, die eben noch mit dem Mut der Verzweiflung angegriffen hatten, verebbte zum Gewimmer. Sie waren keine Gegner mehr für Shapiro und seine Foxe. Sie wurden erbarmungslos niedergemacht. Das Kampffeld war übersät mit Toten, wo noch einer stöhnte, bekam er den Fangschuß, bis kein Japaner mehr lebte.

Meine Jungens hatten die Kopfhörer auf und spannten auf jedes Wort Major Wellmans, der das Kommando im rückwärtigen Operationsgebiet hatte. Die HW-Kompanie, die als Reserve in Schützengruppen eingeteilt war, wartete nahe bei uns auf den Einsatzbefehl. Sobald ein abgerissener Melder von vorn angespritzt kam, um Verstärkung anzufordern, setzte sich eine Gruppe in Bewegung.

»Der Durchbruch ist gelungen!« rief Wellman in das Mikrophon. »Verlegen Sie den Bataillonsgefechtsstand vor ins Camp.«

»Baut das Funkgerät ab, Tempo, Tempo!« brüllte Keats. Bevor er den nächsten Satz sagen konnte, hatte bereits ein Mann vom Fernsprechtrupp das Kabel losgeschnitten, um die Leitung nach vorn zu verlegen. Wir verfrachteten eiligst unsere Geräte in ihren unhandlichen Kästen. Freiwillige der Eingeborenen belagerten uns, die uns tragen helfen wollten. »Tut mir leid«, sagte Keats, »ihr könnt nicht mit. Da vorn ist zuviel peng-peng.«

Keuchend unter unserer Last gingen wir vor und kamen an die Stelle, wo eben erst die Kompanie Fox ihren Gegner erledigt hatte. Wir schleppten uns zu dem bisherigen Gefechtsstand der Kompanie und bauten dort den Bataillonsgefechtsstand auf.

Unter den Toten, über die wir hinwegstiegen, war kein einziger Mariner, nur Japaner lagen da. Unsere eigenen Verwundeten waren bereits alle nach hinten gebracht worden. Man hörte das Geknatter von Gewehrschüssen und explodierenden Handgranaten, während die Kompanie Easy und Kompanie George durch den Dschungel vordrangen, um den letzten feindlichen Widerstand auszuräuchern.

»Baut eure Kiste auf und stellt Verbindung her zu Sarah und dem Alligator!« rief Keats.

In weniger als zwei Minuten hatten wir das Gerät aufgebaut, und ich winkte Leuchtfeuer zu, den Generator zu betätigen.

»Scheiße«, rief der rote Häuptling, »der Generator tut's nicht.«

»Dann müßt ihr einen anderen aufbauen, und zwar möglichst plötzlich.«

»Burnside«, brüllte ich, »hau die beiden anderen Geräte auseinander. Wir müssen versuchen, aus den Einzelteilen ein Gerät zusammenzubauen, das funktioniert.«

»Macht hin, Leute, verdammt noch mal, Tempo, Tempo!«

»Leuchtfeuer, Levin, Andy und Danny – geht 'raus und haltet uns die Baumschützen vom Hals. Mary, faß hier mal mit an.«

Zusammen mit Burnside und Marion haute ich die Kisten auseinander und schraubte Röhren, Batterien und Spulen heraus in dem verzweifelten Versuch, aus den Bestandteilen der drei Funkgeräte eins zusammenzubauen, das funktionierte. Keats raste wie ein Irrer von der Meldezentrale zum Klappschrank und wieder zurück zu uns. Es ging ihm alles nicht schnell genug. Endlich war es so weit, daß ich mir die Kopfhörer aufsetzen und den anderen das Zeichen für den Kontrollruf geben konnte. Ich murmelte ein Stoßgebet, während Burnside mit aller Macht den Generator drehte, und funkte zu Seesack.

Ich drehte nach rechts und nach links und versuchte, durch das gleichbleibende Zischen in den Kopfhörern ein Rufzeichen hereinzubekommen. Endlich hörte ich es ganz dünn und fern. Es war nichts zu entziffern, aber am Tempo der Punkte und Striche erkannte ich die Pranke von Seesack.

»Hören Sie mal, Keats, ich kann sie nur ganz schwach 'reinkriegen. Ich weiß nicht, ob sie uns hören.«

»Volle Deckung!«

Ich knallte das Gerät flach an Deck und warf mich der Länge nach darüber. Im selben Augenblick detonierte ganz in der Nähe prasselnd eine Handgranate.

»Haut ab hier mit dem Funkgerät!« brüllte Huxley.

»Wir verziehen uns an die Lagune«, rief ich zurück und schnappte mir den Kasten mit der Batterie. »Sobald wir Verbindung haben, schicke ich einen Melder zurück. Los Männer – macht hin.« Die Jungens rissen das Gerät vom Untersatz los, klemmten sich die Teile unter den Arm und rannten hinter mir her, während die Schüsse japanischer Baumschützen uns um die Ohren pfiffen.

Im rückwärtigen Frontabschnitt der Kompanie George bauten wir nahe am

315

Wasser das Gerät wieder zusammen und funkten den Alligator an. Er war schon ziemlich nahe heran, und die Verständigung war einwandfrei.

Kyser kam in höchster Aufregung angerannt. »Wo ist der Alligator, Mac?«

»Kann ich nicht genau sagen, Doktor, zu sehen ist er noch nicht.«

»Wenn ich nicht bald neues Plasma kriege, gehen mir die Schwerverwundeten alle drauf. Wir haben schon fast zweihundert Verwundete da.«

»Wir tun, was wir können«, sagte ich.

»Mir sind die Hände gebunden! Ich kann die Jungens doch nicht einfach sterben lassen!«

»Ruhe, verdammt noch mal!« sagte ich. Levin, der am Gerät saß, hatte gerade einen Spruch von Seesack hereinbekommen.

»Wir sollen ihnen unsere genaue Position durchgeben«, rief Levin. »Sie sind nur noch ein paar Meilen südlich von uns.«

»Leuchtfeuer!«

»Ja, Mac.«

»Lauf zum Bataillonsgefechtsstand und laß dir die genaue Position geben.«

»Okay.« Er sauste los.

Wellman, der uns gesichtet hatte, kam eilig über die Straße herüber. »Schon irgendeine Meldung vom Alligator?« fragte er. »Die Japaner gehen in völliger Auflösung zurück, aber wir können nicht nachstoßen, weil wir fast keine Munition mehr haben.«

»Der Alligator kann in einer knappen Stunde hier sein.«

»Schneller nicht?« sagte Wellman.

»So lange kann ich nicht mehr warten«, rief Kyser.

»Ich muß Sie bitten, uns hier jetzt gefälligst allein zu lassen«, rief ich mit unmißverständlicher Schärfe. »Wir haben im Augenblick alle Hände voll zu tun mit der Funkerei, und wenn wir dauernd in den Arsch getreten werden, dann geht überhaupt nichts voran, verstanden?« Die beiden Offiziere waren einen Augenblick ziemlich verblüfft, verschwanden dann aber schweigend von der Bildfläche, während Levin, die Kopfhörer über den Ohren, sich bemühte, die Punkte und Striche von Seesack hereinzubekommen.

»Da – der Alligator!«

Ich riß Burnside das Glas aus der Hand und richtete es auf die Lagune. Endlich sah ich ihn, so schwer beladen, daß er kaum noch aus dem Wasser herausragte, nur noch ein schmaler, grauer Strich, der sich langsam durch das Wasser bewegte. Ich schätzte, daß er rund drei Knoten machte und etwa zwei Meilen von uns entfernt war.

»Melder!« rief Wellman. »Gehen Sie zu Major Pagan. Sagen Sie ihm, er soll alle noch verfügbaren Männer der HW-Kompanie bereithalten als Arbeitskommando. Die Hälfte davon soll den Alligator entladen, die andere Hälfte soll sofort mit der Munition nach vorn gehen. Die Krankenträger sollen sich bereithalten für die Überführung der Verwundeten zum Fährprahm, der draußen am Unterwasserriff wartet. Kyser, machen Sie die schweren Fälle fertig zur Überführung auf den Zerstörer. Mac!«

»Herr Major.«

»Funken Sie dem Zerstörer, sie sollen sich bereitmachen, die Verwundeten zu übernehmen. Die Landungsfahrzeuge sollen so nahe wie irgend möglich an die Küste herankommen.«

»Zu Befehl, Herr Major.« Ich schrieb die Meldung aus, und Levin sendete sie, während Speedy und Marion mit aller Kraft den Generator drehten.

»Ruhe mal«, rief Levin. Er schrieb den Funkspruch auf und rief mir zu: »Der Alligator fordert nochmals unsere Position an.«

»Verdammt, wo bleibt denn die Rothaut?«

Bei dem eiligen Stellungswechsel vom Bataillonsgefechtsstand zu einem Punkt, von wo aus wir möglichst schnell Funkverbindung mit dem Alligator herstellen konnten, hatte ich keine Zeit gehabt, mir die Gegend genauer anzusehen. Wir saßen am Strand, nicht weit von einem kleinen Gehölz. Ich war der Meinung gewesen, daß wir uns zweihundert Meter hinter der Stellung der Kompanie George befanden und daß hier die Luft rein war. Ich hatte mich geirrt.

Ich fuhr hoch, als es plötzlich aus dem Gehölz in unserer Nähe knallte. Das Gehäuse des Sendegeräts zersprang und fiel um, und der Generator krachte von dem Baum, an dem wir ihn befestigt hatten, zu Boden. Die Japaner verschossen einen ganzen Munitionsgurt blindlings in unsere Richtung. Wir hauten uns alle flach auf die Erde und knallten wild drauflos in das Dickicht.

»Levin, mach, daß du da wegkommst!« Er sprang in Deckung. Das Funkgerät war hin. Ich sah auf die Lagune hinaus. Der Alligator war schon ziemlich nahe, er schien bessere Fahrt zu machen, als ich angenommen hatte. Vielleicht war auch gerade Flut, das wußte man hier nie genau. Wir schossen weiter, obwohl wir keinen von den Burschen da drüben sehen konnten. Levin sprang plötzlich auf und haute ab. Verdammter Feigling, dachte ich. Aber ich hatte im Augenblick keine Zeit, mich darum zu kümmern.

»Häuptling! Volle Deckung!« rief Danny Leuchtfeuer zu, der vom Bataillonsgefechtsstand angerannt kam.

Leuchtfeuer warf sich da, wo er war, hinter einem umgestürzten Baumstamm zu Boden. »Nenn mich bloß nicht Häuptling«, rief er.

Burnside kroch zu mir heran und füllte sein leergeschossenes Magazin. »Das war das letzte Funkgerät, mit dem noch was anzufangen war«, sagte er.

»Wem sagst du das!« antwortete ich.

»Und was machen wir jetzt?«

»Ich könnte dir ja eine Rakete in den Hintern stecken und dich nach drüben schießen.«

»Laß doch deine blöden Witze. Wir fahren Scheiße.«

»Das sind bestimmt nicht mehr als ein halbes Dutzend. Wir können im Augenblick weiter nichts machen, als hier liegenbleiben und aufpassen, daß sie nicht durchkommen zu den Verwundeten.«

In der Pause zwischen zwei Feuerstößen der Japaner kam Speedy Gray heran und warf sich direkt auf uns drauf.

»Was soll denn das heißen, du Trottel«, sagte ich wütend. »Denkst du vielleicht, hier ist der Hauptbahnhof?«

»Hör mal, Mac — der Alligator hält zu weit nach Norden. Er steuert direkt auf die japanischen Stellungen los.«

»Um Gottes willen!«

»Burnside, was machen wir jetzt?«

»Drück ein Auge zu und laß einen fahren.«

»Köppe weg!«

»Da kommt er – er ist nur noch ein paar hundert Meter von der Küste entfernt.«

»Schnell – wo sind die Signalflaggen?«

»Im Bataillonsgefechtsstand.«

»Gebt mir Feuerschutz, ich mache einen Sprung zum Wasser«, sagte ich und zog schnell mein Hemd aus. »Ich will versuchen, sie einzuwinken.«

»Das sehen sie doch nicht.«

»Aber es muß doch etwas geschehen. Die fahren ja direkt auf die Japaner zu!«

»Feuerschutz!« hörte ich jemanden hinter mir rufen. Es war Levin. Er war zum Bataillonsgefechtsstand gelaufen und hatte ein Blinkgerät geholt, als er sah, daß unser Funkgerät unbrauchbar geworden war. Er hatte also schneller kombiniert als wir, und ich hatte ihn für einen Feigling gehalten! Ich schämte mich so, daß ich für einen Augenblick die Augen zumachen mußte.

»Levin kommt über die Straße!«

»Gebt ihm Feuerschutz.«

Levin rannte geduckt unter der Feuergarbe, die wir in das Gestrüpp hinüberschossen, zum Strand hinunter. Direkt am Wasser kniete er sich in den Sand, richtete das Blinkgerät auf den Alligator und blinkte verzweifelt Punkte und Striche hinüber. Er schwenkte dabei das Blinkgerät hin und her und schrie laut, um die Aufmerksamkeit der Besatzung des Alligators auf sich zu lenken.

Pulverdampf stieg aus dem Gebüsch vor uns auf. Die Japaner hatten ihn entdeckt.

»Levin!«

Er fiel vornüber, aber er blinkte weiter. Er lag flach auf dem Bauch, mit blutüberströmten Gesicht, und blinkte noch immer, während die Einschüsse ihn durchlöcherten.

Der Alligator wendete! Er nahm die Nase scharf herum. Seesack hatte die Morsezeichen gelesen.

Burnside, Speedy und ich sprangen auf und rannten zu Levin hin, der halb im Wasser lag. Während Burnside aufrecht dastand und Handgranaten zu den Japanern hinüberwarf, schleppten Speedy und ich Levin hinter die nächste Deckung. Ich beugte mich über ihn und riß sein Hemd auf.

»O Gott!« schrie Speedy und drehte das Gesicht weg von dem, was er da sah.

»Sanitäter! Sanitäter!«

Speedy hörte auf zu kotzen. »Ich bring ihn nach hinten«, sagte er. Er hob Levin hoch und trug ihn vor sich her, wobei er versuchte, nicht auf den grauenhaft zerfetzten Bauch zu sehen.

»Los«, schrie ich, »auf ihn!« Der Funktrupp kam hinter mir her, und wie die Rasenden brachen wir in das Gebüsch, besessen von dem Wunsch zu töten.

Speedy ging dorthin, wo in einer langen Reihe die Verwundeten nebenein-anderlagen. Ein Arbeitskommando war gerade dabei, das lebenspendende Plasma, das der Alligator mitgebracht hatte, auszuladen und heranzubringen. Hundert Bluttransfusionen wurden fachmännisch ausgeführt. Ein anderes Arbeitskommando rannte zur Front, keuchend und gebückt unter der Last der Munitionsgurte, der Kisten mit Granatwerfer-Munition und Handgrana-ten. Eine blutbespritzte Nonne half Speedy, Levin auf eine Zeltbahn an Deck zu legen.

»Holen Sie den Arzt, schnell«, sagte sie.

Als Speedy mit Doktor Kyser zurückkam, kniete die Nonne neben Levin und betete. Kyser sah mit einem Blick, was los war, nickte einmal langsam mit dem Kopf und ging weiter mit einer Nonne, die ihn zu einem anderen Verwundeten rief.

»Leider, mein Sohn«, sagte die Nonne mit tröstender Stimme.

»Ist er —«

»Nein, aber er hat nur noch wenige Augenblicke zu leben.«

»Sehen Sie, Schwester — er — er ist ein Kumpel von mir. Kann ich bei ihm bleiben?«

»Gern, mein Sohn.«

Speedy nahm den Helm ab und setzte sich neben Levin. Er schüttete den Rest aus seiner Feldflasche auf ein zerlumptes Taschentuch und wischte Levin den Schweiß von der Stirn. Der Sterbende spürte das kühle Tuch und schlug langsam die Augen auf.

»Hallo, Speedy«, flüsterte er mit schwacher Stimme.

»Hast du arge Schmerzen?«

»Nein — spüre überhaupt nichts. Ist — ist der Alligator richtig angekom-men?«

»Ja.«

»Gut — das ist gut.«

»Gleich bringen sie dich auf den Zerstörer«, sagte Speedy.

Levin lächelte. Mühsam hob er ein wenig seinen Arm, und der Boy aus Texas nahm seine Hand. »Halt meine Hand fest — ja, Speedy?«

»Klar.«

»Du, Speedy —«

»Hm?«

Levin zog Speedy zu sich heran, bis sein Mund fast das Ohr des Texasboys berührte. »Du — die sollen mir nicht — ich möchte gern einen Davidstern — meinen Alten trifft der Schlag, wenn er hört, daß sie mir ein Kreuz aufs Grab gesetzt haben.«

Ich ging zu Speedy hin. Er saß noch immer da und hielt Levins Hand, obwohl man Levins Gesicht längst zugedeckt hatte. »Wir haben sie erledigt«, sagte ich leise zu ihm. Ich versuchte, ihm eine Zigarette anzubieten. Er sah hoch zu mir, es schien, als ob er etwas sagen wollte. In seinem Gesicht stand ein schwerer Kummer. »Er war dir nicht böse«, sagte ich, »von Anfang an nicht — ihr beiden wart doch Kumpels.«

319

Speedy zitterte am ganzen Leib. »Schon gut, mein Junge. Geh jetzt, dir wird schon wieder besser werden.« Er lief davon und verkroch sich in einer leeren Hütte.

Auf der Straße kam eine Tragbahre heran. Es war Burnside, der darauf lag. Er hatte die Augen weit offen.

»Burny«, flüsterte ich.

»Er sein tot«, sagte der eine der eingeborenen Träger, während er keuchend an mir vorbeiging.

Knapp vierundzwanzig Stunden, nachdem der erste Schuß auf der Insel Cora gefallen war, hatte das Bataillon den Kampf um Tarawa siegreich beendet.

Ich hockte mich auf die Erde, viel zu erschöpft, um noch zu denken. Um mich herum saßen die Männer des Bataillons, nichts war zu hören außer gedämpften Stimmen, genau wie bei den Jungens, die vor einer Woche auf Betio gesessen hatten. Ich kam mir vor, als ob ich auf einer Wolke schwebte, irgendwo mitten in der Luft. Ich hörte alles, aber merkwürdig entfernt, wie durch eine Nebelwand. Ich hörte das Arbeitskommando, das die Toten bestattete. Erst das helle, harte Geräusch, wenn die Schaufeln auf den harten Korallenboden stießen, und dann das dumpfe Geräusch des fallenden Sandes, wenn sie die Grube wieder zuschütteten — die nächste — und noch eine. Ich hörte, wie der Alligator hin und her zu dem Korallenriff brummte, wo der Fährprahm wartete, um die Verwundeten zu übernehmen und zum Zerstörer zu bringen.

Wie durch einen Schleier sah ich Huxley und Kyser, die mit einer der Nonnen sprachen.

»Wir können Ihnen gar nicht sagen, wie dankbar wir sind.«

»Wir freuen uns, Colonel, daß wir helfen konnten.«

»Ich weiß nicht, wie wir ohne Sie fertig geworden wären.«

»Die Eingeborenen werden einen schönen Friedhof für Ihre tapferen Männer bauen, und wir werden dafür Sorge tragen, daß er ordentlich gepflegt wird, das verspreche ich Ihnen. Und wir werden für die Seelen der Gefallenen beten.«

»Ich danke Ihnen, Schwester Joan. Und was können wir für Sie tun? Was fehlt Ihnen hier besonders? Wir werden Ihnen gern alles schicken lassen, was Sie brauchen.«

»Machen Sie sich jetzt darüber keine Gedanken, mein Sohn. Sie sind sehr müde.«

»Sie werden bestimmt von uns hören, Schwester.«

»Colonel Huxley.«

»Ja, Schwester?«

»Ich frage wegen der toten Japaner. Könnten Ihre Leute —«

»Ich fürchte, ich muß Sie da enttäuschen. Ich verstehe durchaus Ihre Einstellung, aber wir befinden uns im Krieg, Schwester, das müssen Sie auch verstehen.«

»Gewiß. Die Eingeborenen werden sie bestatten.«

Ich sah die Straße hinunter und sah die Reste der Kompanie Fox herankommen. Voran Shapiro, eine Zigarre zwischen die Zähne geklemmt. Mit triumphierender Miene ging er zu Huxley, um ihm Meldung zu erstatten von der völligen Vernichtung des Feindes. Neben ihm kam McQuade heran. Sein Hemd hing in Fetzen um ihn herum, und sein mächtiger Bierbauch quoll über seine Pistolentasche.

»Wo steckt er denn, dieser Lahmarsch, der Burnside?« rief er mit dröhnender Stimme. »Sagt ihm, er kann wieder herauskommen aus seinem Loch, es wird nicht mehr geschossen.« Leutnant Keats ging zu ihm hin, legte ihm den Arm um die Schulter, führte ihn beiseite und sprach leise zu ihm. McQuade blieb plötzlich stehen und drehte sich heftig herum. Einen Augenblick stand er verständnislos. Keats klopfte ihm sacht auf den Rücken, dann nahm er den Helm ab und ging langsam dorthin, wo das Bestattungskommando dabei war, die Gruben auszuheben, zu der langen Reihe stummer Mariner, die da nebeneinander lagen und auf ihre letzte Koje warteten.

»Mac.«

Ich erhob mich schwankend. »Herr Oberst?«

»Ist noch irgendeins der Funkgeräte betriebsfähig?«

»Ja, das auf dem Alligator.«

»Übermitteln Sie diesen Funkspruch, wenn der Alligator das nächstemal hereinkommt.«

»Zu Befehl, Herr Oberst.«

HABEN HEUTE AUF CORA DIE LETZTEN FEINDLICHEN KRÄFTE ANGEGRIFFEN UND VERNICHTET. VERLUSTE DER JAPANER: VIERHUNDERTDREIUNDZWANZIG GEFALLENE. KEINE VERWUNDETEN. KEINE GEFANGENEN. EIGENE VERLUSTE: ACHTUNDNEUNZIG GEFALLENE. ZWEIHUNDERTDREIZEHN VERWUNDETE. DAS ATOLL TARAWA IST FEINDFREI. GEZEICHNET SAMUEL HUXLEY, LT. COLONEL, KOMMANDEUR DES ZWEITEN BATAILLONS, SECHSTES REGIMENT DES MARINE-KORPS.

8. Kapitel

Huxleys Huren waren wieder eine Einheit in der Etappe. Kaum waren wir auf Bairiki, bisher Sarah genannt, wieder angelangt, als Huxley uns daran erinnerte, daß wir Mariner waren. Nach wenigen Tagen bereits hatte er ein einwandfreies Camp hingestellt. Wir sammelten wieder die Kippen auf dem Antreteplatz, hoben vorschriftsmäßig Gräben für die Latrinen aus, traten an zum Löhnungsempfang, zum Essenfassen, wurden eingeteilt für Arbeitskommandos, wuschen unsere Klamotten, reinigten unsere Waffen und Geräte und hielten Appelle ab. Wir rasierten uns, badeten und sahen allmählich wieder aus wie Menschen.

Als das Gepäck herankam, das wir auf Helen zurückgelassen hatten, feierten wir ein gerührtes Wiedersehen wie mit alten Freunden. Wir waren die einzige Marineeinheit, die auf Tarawa geblieben war, und es gab für uns keine Zeugkammer, wo wir unsere zerlumpten Uniformen hätten eintau-

321

schen können. Wir nähten die Risse zusammen, so gut wir konnten. Es erging
Befehl, daß jeder Mann jederzeit vollständig bekleidet zu sein hatte, da die
Mücken und Fliegen eine neue, bösartige Krankheit übertrugen, das Den-
guefieber.

Wir hoben einen tiefen Splittergraben aus für ein neues Funkgerät, stellten
Fußballmannschaften auf, L. Q. gab an Hand des Wehrmachtsfunks eine
Tageszeitung heraus, und so versuchten wir uns auf alle mögliche Weise
davor zu schützen, vom Schimmelpilz der Untätigkeit befallen zu werden.

Das Atoll Tarawa wurde mit erstaunlicher Geschwindigkeit zu einem
Stützpunkt ausgebaut. Die Rollbahn auf Betio war von fieberhafter Tätigkeit
erfüllt, und täglich entstanden auf den einzelnen Inseln des Atolls neue militärische Anlagen.

Für einen Mann von geringerem Format als die lange Latte wäre es verdammt schwierig gewesen, die militärische Disziplin bei uns aufrechtzuer-
halten. Allerdings saßen wir auf der Insel Sarah ziemlich isoliert und konnten
nicht viel anderes tun, als uns das Maul zu zerreißen über den beschissenen
Fraß, unsere zerlumpten Uniformen und unsere harten Korallenbetten.

Für die Kompanie Fox lag ein anderer Kurs an. Shapiro saß mit seinen
Leuten mehrere Inseln weiter nördlich, in der Nähe einer Küstenbatterie und
ganz nah an dem neuen Rollfeld, dem Zentrum des Betriebs. Hier, wo der
gestrenge Huxley sie nicht dauernd unter Augen hatte, entwickelte sich das
Camp der Kompanie Fox zu einem Etablissement, das mehr Ähnlichkeit mit
dem Erholungsheim eines Sportklubs als mit einem Feldlager der Marine
hatte. Das Wort Captain war nur bei ganz seltenen Gelegenheiten zu hören;
meistens nannten die Männer ihren Kompaniechef mit dem Ton herzlicher
Verehrung ihren Skipper oder einfach nur Max. Der Dienstplan bestand aus
einem Maximum an Freizeit und einem Minimum an Dienst. Es wurde nicht
mehr getan, als unbedingt notwendig war, um das Lager in Schuß zu halten
und die Männer nicht verkommen zu lassen. Shapiro, der eine ausgesprochene
Schwäche für Funker hatte, nahm einen Teil des Funktrupps mit offenen
Armen auf. Er organisierte prima Kojen bei den Seebienen, klaute bei der
Army ein Zelt und richtete den Jungens nahe bei der Lagune eine geradezu
luxuriöse Funkbude ein. Und als Shapiro spitzbekam, daß man mit dem
Funkgerät das amerikanische Kurzwellenprogramm hereinbekommen konnte,
schickte er seine fähigsten Männer aus, um eine Lautsprecheranlage zu orga-
nisieren, damit jedermann im Lager die Sendungen mithören konnte.

Der gesamte Nachschub für sämtliche Einheiten auf dem Atoll wurde durch
ein Fährprahm-Depot der Navy besorgt. Die Männer in diesem Depot waren,
genau wie Huxleys Huren, Leute, die man vergessen hatte. Von jedem
Truppentransporter waren einige Landungsfahrzeuge abgestellt worden, um
nach Abschluß der Invasion den Nachschub von den Frachtdampfern zu holen
und zu den verschiedenen Dienststellen zu bringen. Die Bootsmaaten, die mit
diesen Fahrzeugen herumfuhren, waren Männer, die nirgends hingehörten.
Max Shapiro nahm auch sie mit offenen Armen bei sich auf.

Er schickte noch einmal einen Trupp seiner Leute aus, die einige Zelte und
die notwendigen Kojen organisierten, und gab den unbehausten Matrosen

eine ordentliche Bleibe. Hier war auch die einzige Stelle, wo man ihnen etwas Warmes zu essen gab. Die Steuerleute der Nachschubfahrzeuge ließen sich nicht lumpen und sorgten dafür, daß die Kompanie Fox von all den guten Sachen, die für die Camps der Seebienen und der Army bestimmt waren, einen entsprechend reichlichen Anteil bekamen.

Der Nachschub war so vielfältig und reichhaltig, daß man bei der Kompanie Fox bald nicht mehr wußte, wie und wo man alles unterbringen sollte. Der Schwund auf dem Wege vom Depot zu den verschiedenen Dienststellen wurde von Tag zu Tag auffälliger. Der Kommandant des Atolls sah sich schließlich vor die Notwendigkeit gestellt, die Fahrzeuge mit bewaffneten Wachen zu versehen, damit die Ladung ordnungsgemäß ihr Ziel erreichte. Shapiro erbot sich sofort freiwillig, mit den Leuten seiner Kompanie diese Aufgabe zu übernehmen, um die unverschämten Diebstähle zu verhindern. Sonderbarerweise verringerte sich dadurch, daß schwerbewaffnete Mariner auf den Fahrzeugen mitfuhren, der Schwund nicht, er stieg im Gegenteil sogar noch an. Als die Sache so stand, strich der Kommandeur der Army die Mariner diskret von der Liste der Einheiten, welche die Wachen zu stellen hatten.

Das hinderte aber die Bootsmaaten des Depots keineswegs, Max weiterhin zu informieren, was sie gerade wohin zu befördern hatten. Wenn der übliche nächtliche Fliegeralarm kam und alle braven Soldaten und Matrosen sich in die Luftschutzräume begaben, dann holte die Kompanie Fox ihre gestohlenen Jeeps aus dem gutgetarnten Versteck heraus und brauste damit zu dem Verpflegungslagern der anderen Camps.

Das alles nahmen die anderen Dienststellen noch mit ziemlicher Gelassenheit hin. Als aber zehntausend Kisten amerikanisches Bier für die Army und die Seebienen ankamen, da verstand man keinen Spaß mehr. Verpflegung und Bekleidung, das mochte noch angehen, aber wo es um Bier ging, da hatte die Freundschaft ihr Ende.

Es war nicht weiter schwer, festzustellen, wenn so eine Ladung Bier herankam. Denn die Fahrzeuge des Depots fuhren dann merkwürdige Kurven durch die Lagune, wobei sie sich gelegentlich auch gegenseitig rammten und in den Grund bohrten, weil die Steuerleute völlig besoffen waren.

Da es unmöglich war, zehntausend Kisten Bier unsichtbar zu verstecken, errichteten die Seebienen einen Stacheldrahtverhau und stellten Tag und Nacht eine Wache davor auf. Das ergab für die Kompanie Fox eine völlig ungewohnte Situation. Sie mußten jetzt das Bier entweder gegen Bargeld kaufen oder gegen andere Sachen eintauschen, die sie organisiert hatten. Die einzige Möglichkeit, sich wie bisher zu versorgen, war in der Zeit des Fliegeralarms.

Sobald die Sirene ertönte, entwickelte sich bei der Kompanie Fox eine fieberhafte Tätigkeit. Der Alligator, den sie gestohlen hatten, brummte quer durch die Lagune nach Lulu, zum Verpflegungslager der Seebienen, während gleichzeitig die vier gestohlenen Jeeps aus ihrem Versteck herauskamen und mit halsbrecherischer Geschwindigkeit durch die pechschwarze Nacht zum Rollfeld rasten. Da das Rollfeld das bevorzugte Ziel für feindliche Bombenabwürfe war, bestand kaum die Gefahr, hier auf irgendwelche Angehörigen der Seebienen oder der Army zu stoßen. Shapiros organisatorisches Talent entfaltete sich im Verlauf des Fliegeralarms immer mehr. Die Jeeps brausten vom Bierdepot zum Alligator und zurück mit einer Präzision, wie sie kein Arbeitskommando der Marine seit hundertundfünfzig Jahren aufzuweisen gehabt hatte. Wenn dann die Sirene Entwarnung gab, nahm der Alligator die Nase herum und brummte ab nach Buota zum Camp der Kompanie Fox, und die vier Jeeps brausten mit der letzten Ladung ab. Und gleich darauf war weder von den Jeeps noch vom Bier die geringste Spur zu entdecken.

Die Seebienen standen vor einem Rätsel. Die diversen Lagerkommandanten wandten sich an Zwei-Pistolen-Shapiro mit der Bitte, den Diebstahl von soundsoviel hundert Bierkisten zur Kenntnis zu nehmen. Shapiro zeigte sich dann jedesmal außerordentlich bestürzt und war gleichfalls durchaus der Meinung, daß hier unbedingt eingeschritten werden müsse. Er holte tief Luft, schüttelte entrüstet den Kopf und schimpfte gräßlich auf die frechen Wegelagerer. Er schlug vor, die Hütten der Eingeborenen zu durchsuchen, die doch offenbar einzig und allein als Täter in Frage kamen. Der betreffende Lagerkommandant schielte im Laufe der Unterhaltung gelegentlich mißtrauisch zum Luftschutzbunker der Kompanie Fox hinüber, vor dem Tag und Nacht eine Wache am Maschinengewehr stand. Natürlich konnte man eine zarte Andeutung machen, aus der hervorging, daß man die Mariner für die Schuldigen hielt. Etwas anderes war es schon, den Luftschutzbunker inspizieren zu wollen, denn dann mußte man sich auf offene Feindseligkeit gefaßt machen. Infolgedessen wurden die Luftschutzräume der Kompanie Fox auch niemals durchsucht.

Als die Seebienen gar nicht mehr weiter wußten, schickten sie ihren Pfarrer zur Kompanie Fox, der mit dem kurzgelockten Max eine längere Unterhaltung von Mann zu Mann führte und an seine besseren Instinkte appellierte. Unglücklicherweise hatte der Herr Pfarrer den Zündschlüssel steckenlassen, als er seinen Jeep am Strand abstellte. So blieb ihm nichts weiter übrig, als zu Fuß nach Lulu zurückzugehen und für die sündigen Seelen der Mariner zu beten.

Shapiros Unersättlichkeit brachte schließlich das Faß zum Überlaufen. Er war versessen auf eine ›Ente‹, ein Fahrzeug, das ähnlich wie der Alligator sich sowohl auf dem Land als auch im Wasser vorwärts bewegen konnte und als Transportmittel von Insel zu Insel sehr beliebt war. Er gestand McQuade und einigen seiner Getreuen eines Abends beim Pokern sein heimliches Verlangen. Nun waren die Jungens der Meinung, daß für ihren Skipper das Beste gerade gut genug sei, und zogen los, um ihm eine Ente zu besorgen. Sie schnappten sich die beste, die auf dem ganzen Atoll zu finden war. Sie gehörte eigentlich Kommodore Perkins, dem stellvertretenden Atoll-Kommandanten. Mit Tränen in den Augen nahm Zwei-Pistolen-Shapiro seine Ente in Empfang und fuhr sie stolz in die hierfür vorbereitete getarnte Garage.

Kommodore Perkins war über den Verlust seines privaten Fahrzeugs derartig aufgebracht, daß er der Kompanie Fox den Zutritt zum Kino untersagte. Das machte den Jungens aber fast gar nichts aus, da sie ohnehin reichlich

324

damit ausgelastet waren, Bier zu trinken, das Rundfunkprogramm der Army abzuhören, zu pokern und hinter den eingeborenen Mädchen her zu sein. Die abendlichen Kinovorführungen fanden fast ausschließlich vor eingeborenen Zuschauern statt. Perkins, dem endgültig der Kragen platzte, ordnete an, daß eine Abteilung seiner Leute unter seiner persönlichen Führung das Lager der Kompanie Fox umstellen und durchsuchen sollte, einschließlich des berüchtigten Luftschutzbunkers.

Nun hatte allerdings Shapiro seine besondere Abwehrorganisation. Da er in außerordentlich freizügiger Weise seinen Nachschub mit den Einwohnern der nächsten Ortschaften teilte, fiel es ihm nicht schwer, ein halbes Dutzend Eingeborene als Intelligence-Service anzuheuern. Diese Agenten, die natürlich englisch sprachen, lungerten an den verschiedenen strategisch wichtigen Punkten herum, um Informationen aufzuschnappen. Wenn einer von ihnen von einem Soldaten der Army oder einem Matrosen der Navy angesprochen wurde, sagte er jedesmal mit freundlichem Grinsen: »Nix sprechen Englisch.«

Der fähigste dieser Agenten war ein sechzehnjähriger Bursche mit Spitznamen MacArthur. Er brachte auch die Meldung von der bevorstehenden Durchsuchung. Mit Hilfe der Eingeborenen schaffte die Kompanie Fox ihre gesamte Beute in die benachbarte Ortschaft. Gleichzeitig schrieb McQuade in fieberhafter Eile mit der Schreibmaschine Befehle aus und heftete sie überall im Lager an. Da hieß es zum Beispiel:

Warnung! Wer beim Diebstahl von Ausrüstung oder Verpflegung gleich welcher Art erwischt wird, kommt vors Kriegsgericht. Max Shapiro, Captain, US-Marine-Corps.

Ein anderer Ukas hieß:

Wie mir berichtet worden ist, sind bei den Verpflegungslagern der umliegenden Camps größere Diebstähle vorgekommen. Wer irgendwelche Angaben machen kann, die zur Feststellung der Täter führen, wird gebeten, sie unverzüglich dem Lagerkommandanten mitzuteilen.

Als Kommodore Perkins in aller Herrgottsfrühe mit seinem Überfallkommando angerückt kam, fürchtete er, möglicherweise auf bewaffneten Widerstand zu stoßen. Zu seiner größten Überraschung fand er ein kleines, friedliches Lager vor, in dem offenbar eine hervorragende militärische Disziplin herrschte. Die Kompanie Fox war gerade dabei, zackig wie auf dem Kasernenhof zu exerzieren und Gewehrappell abzuhalten. Leise fluchend zog Perkins wieder ab. MacArthur wurde zum Korporal befördert und bekam von Shapiro ein funkelnagelneues Buschmesser überreicht. Das hatte er sich schon immer gewünscht wegen der Kokosnüsse.

Marion erforschte inzwischen in seinen dienstfreien Stunden das Atoll unter mehr kulturellen Gesichtspunkten. Oft machte er die lange Reise nach Aboakoro, bei uns Nellie genannt, wo sich die größte Eingeborenenstadt befand. Er erforschte die Wunder der Natur, studierte Sitten und Gebräuche der Eingeborenen und versuchte sogar, die Sprache der Mikronesier zu erlernen.

Gelegentlich fuhr er auch mit den Eingeborenen in ihren schmalen Kanus zum Fischen, und er vertiefte seine freundschaftliche Beziehung zu Mr. MacIntosh, dem Mischling. Er brachte ihm alle Bücher, die er erwischen konnte.

Auch die Männer der Kompanie Fox setzten sich großzügig über das Fraternisierungsverbot hinweg und unterhielten enge freundschaftliche Beziehungen zu den Bewohnern des Nachbarortes. Shapiro paßte allerdings genau auf, daß keiner der Jungens dabei über die Stränge schlug. Abend für Abend pilgerten mehrere Angehörige der Kompanie zu den Hütten der Eingeborenen. Sie brachten Geschenke mit, klönten mit den Leuten, sangen oder spielten Casino, das Kartenspiel, das auch die Eingeborenen gut beherrschten. Die Mariner hatten dabei immer furchtbares Pech, bis sie endlich dahinterkamen, daß der Grund dafür nicht ihre schlechten Karten waren, sondern die kleinen Knirpse, die so zutraulich zu ihnen herangekrochen kamen. Wenn sie die Karten gesehen hatten, schoben sie freundlich plappernd und winkend wieder los und informierten ihre Väter oder älteren Brüder. Als die Foxe endlich begriffen, daß sie sich nicht in die Karten sehen lassen durften, hatten sie schon allerhand Päckchen Zigaretten verloren.

Es war wunderbar, als endlich die erste Feldpost ankam mit Stößen alter Briefe. Aber gleichzeitig wurde uns damit erst richtig klar, wie weit wir fort und wie verlassen wir waren, und wie lange es noch dauern würde, ehe wir wieder nach Hause konnten. Wir alle bekamen schwere Sehnsucht, die alte Krankheit des Mariners, und zwar in ganz besonders heftiger Form.

Und da lagen die Stöße von Briefen, sauber gebündelt und mit dem Stempel ›Gefallen‹, die uns daran erinnerten, wie viele von unseren Kumpels ins Gras gebissen hatten. Von Levin oder Burnside wurde möglichst nicht gesprochen, höchstens meinte einer von uns gelegentlich, daß beide ein Navy-Kreuz verdient hätten.

Die miserable Verpflegung, die allerdings etwas aufgebessert wurde durch Zuwendungen aus den Beständen der Kompanie Fox, war nicht sonderlich dazu angetan, uns wieder zu Kräften kommen zu lassen. Die Hitze, die Eintönigkeit und die Untätigkeit war nichts für Huxleys Huren. Wir waren gewöhnt an Leben und Bewegung, und dieses Herumsitzen auf einem Stückchen Insel machte uns völlig fertig. Da wir nichts zu tun hatten, wurden wir krank. Diesmal hieß es nicht Malaria, sondern Denguefieber.

Sam Huxley sah ein, daß etwas geschehen müsse. Er gab sich die größte Mühe, eine Demoralisation seiner Männer zu verhüten, obwohl die Moral bei der Marine eigentlich nie ein besonderes Problem war. Er entschloß sich, das Außenkommando der Kompanie Fox zu vergrößern, indem er jeweils fünfzig Mann für vier Tage nach Buota abkommandierte. Hier konnte man sich einmal ordentlich mit Bier vollaufen lassen, konnte sich die Mädchen ansehen – und es gab sogar Urlaub bis zum Wecken. Es war eine Wunderkur. Die Männer kamen nach den vier Tagen auf Buota geradezu verjüngt zurück.

9. Kapitel

»Pedro! Wach auf, Pedro.«

Schlaftrunken sprang der Sanitäter auf und stand schwankend hinter seinem Moskitonetz, ein Messer in der Hand.

»Sachte, Pedro – ich bin's. L. Q.«

»Was ist los?«

»Danny ist sehr krank. Du mußt sofort mitkommen.«

Pedro nahm seine Tasche unter den Arm und ging mit L. Q. durch das dunkle, schlafende Camp zum Zelt der Funker.

Als sie hereinkamen, pumpte Marion die Spirituslampe hoch, bis sie einen hellen Schein um sich warf. Andy beugte sich über Danny, der auf seiner Koje lag, und wischte ihm die Stirn mit einem feuchten Tuch ab. Er machte Platz, als Pedro sich dem Kranken näherte, der stöhnte und sich unruhig hin und her warf. Pedro fühlte Danny den Puls und steckte ihm ein Thermometer in den Mund.

»Was hat er denn, Pedro – Denguefieber?«

»Ja, es scheint ihn sogar besonders schlimm erwischt zu haben.«

»Er hat sich schon die ganze letzte Woche nicht gut gefühlt.«

»Er hätte sich krank melden sollen, ich hatte es ihm doch gesagt, verdammt noch mal.«

Pedro zog Danny das Thermometer zwischen den verkrampften Zähnen heraus und sah ungläubig darauf, als er es an die Lampe hielt. »Mein Gott – wir müssen sofort einen Arzt holen.«

»Was hat er denn?«

»Vierzig fünf.«

»Mann Gottes.«

»Zieht ihm ein trockenes Hemd an und deckt ihn ordentlich zu, wenn er Schüttelfrost bekommt.« Die drei hoben die Moskitonetze an ihren Kojen hoch und holten ihre Decken.

»L. Q., hol mal den Chef her, schnell.«

Shapiro kam ins Zelt. »Was liegt an, Pedro?« fragte er.

»Sieht schlecht aus, Max, sehr schlecht. Dengue. So schlimm, wie ich es noch nie gesehen habe.«

»Wir müssen ihn mit dem Alligator zum Arzt bringen.«

»Nein, sein Zustand ist zu schlecht. Er ist nicht transportfähig.« Der entsetzliche Frost schüttelte den Kranken unter all seinen Decken. Auf Dannys Gesicht stand der Schweiß in dicken Tropfen. Er bäumte sich auf, warf sich hin und her und schrie vor Schmerz.

»Verdammt«, sagte Max leise, »das sieht übel aus. Gibt es auf Lulu einen Arzt?«

»Nein, die sitzen alle auf Helen. Kyser ist der nächste.«

»Dann nehmt einen Jeep und braust hin.«

»Wir haben Hochwasser, man kommt jetzt nicht von einer Insel zur andern.«

»Dann nehmt meine Ente.«

327

»Aber Max, wir kommen ja alle vors Kriegsgericht.«

»Das ist mir scheißegal – ich übernehme die volle Verantwortung.«

»Auch das würde zu lange dauern«, sagte Pedro. »Aber ihr könnt doch mit Sarah in Funksprechverbindung treten, schnell.«

Alle hingen an Pedros Lippen, dessen Stimme die Kette der Inseln entlangfuhr, während der Generator wimmerte.

Ich hatte gerade Funkwache auf Sarah, als der Spruch durchkam, und schickte einen Melder los, der Kyser holen sollte. Als er kam, gab ich ihm das Mikrophon und die Kopfhörer.

»Wie hoch ist das Fieber?« fragte er.

»Etwas über vierzig Komma fünf«, sagte Pedro.

»Seit wann ist er krank?«

»Mehrere Tage.«

»Hat er Rücken- und Magenschmerzen?«

»Scheint entsetzliche Schmerzen zu haben. Er phantasiert, Doktor.«

»Klarer Fall von Dengue. Nichts zu machen.«

»Was?«

»Ja, Pedro, wir sind da leider völlig machtlos. Wir wissen nicht das geringste über diese Krankheit.«

»Ja aber, Doktor, kann man denn gar nichts –«

»Geben Sie ihm Aspirin und machen Sie das übliche. Und dann muß man eben abwarten.«

»Können Sie nicht mal herkommen?«

»Ich habe fünfzig schwere Fälle von Dengue hier im Augenblick. Ich werde sehen, ob ich morgen mal hinkommen kann. Tut mir leid.«

Pedro gab die Kopfhörer zurück an L. Q., setzte sich auf Dannys Koje und sagte den anderen, sie sollten sich schlafen legen. Aber Andy, L. Q. und Marion konnten nicht schlafen. Zusammen mit dem Sanitäter hielten sie abwechselnd die Nacht hindurch Wache bei dem Kranken. Sie nickten immer wieder ein, und ihre Köpfe fielen vornüber, aber bei jedem Stöhnen oder schmerzlichen Aufschrei von Danny waren sie sofort wieder hellwach. Immer wieder rief der Kranke den Namen seiner Frau, mit Lippen, die ausgedörrt waren vom Fieber und naß vom Schweiß. Allmählich wurde das Stöhnen schwächer. Dann warf er sich wieder hin und her, fuhr mit einem plötzlichen Aufschrei hoch und starrte mit glasigen Augen um sich, ohne etwas zu sehen. Pedro drückte ihn wieder auf die Koje und versuchte, ihm den Schweiß abzuwischen, ehe der nächste Schüttelfrost kam. Gegen Morgen sank Danny in einen erschöpften Schlummer. Pedro schob ihm noch einmal das Thermometer zwischen die Lippen. Die drei Kumpels warteten in angespanntem Schweigen, als Pedro die Temperatur ablas.

»Gut«, sagte er. »Er ist herunter auf vierzig zwei.«

McQuade kam herein, barfuß und noch halb im Schlaf. »Pedro, kannst du mal eben mit 'rüberkommen? Einer meiner Jungens liegt mit Dengue. Sieht aus, als wollte er grad seinen Frieden mit Gott machen.«

Pedro stand schwankend auf und packte seine Tasche zusammen.

»Vielen Dank auch«, sagte Marion.

»Wenn er zu sich kommt, flößt ihm möglichst viel Limonade ein. Er ist jetzt völlig ausgetrocknet. Gleich nach dem Krankenappell komme ich wieder her.«

»Das scheint ja eine richtige Epidemie zu werden«, sagte McQuade, während er mit Pedro hinausging.

Danny öffnete die Augen. Alles drehte sich. Er wollte sprechen, aber seine Kehle schien völlig zugeschwollen. Er hob mühsam die Hand, da fühlte er auch schon, wie starke Hände seinen Kopf hoben und wie etwas Kaltes in seinen Mund floß. Er sah auf und erkannte Andys breite Gestalt. Er sah ihn wie durch einen Schleier. Danny wimmerte, griff sich an die Seite und kämpfte gegen die Tränen an, die der stechende Schmerz aus ihm herauspreßte.

»Na, Danny, wie geht's denn?«

Er antwortete mit einem schwachen Kopfschütteln.

»Trink noch ein bißchen«, sagte Andy, drehte Dannys Kopf vorsichtig herum und versuchte, ihm wenigstens noch ein paar Schlucke einzuflößen.

Danny griff mit zitternden Fingern nach dem Aufschlag von Andys Feldbluse. »Du – ich glaube, ich muß sterben.«

»Unsinn.«

»Doch, Andy, ich sterbe.«

L. Q. erschrak, als er sah, was aus Danny geworden war.

»Das ist auch nicht schlimmer, als es damals in Neuseeland war, als du die Malaria hattest und sie dich ins Hospital nach Silverstream bringen mußten«, sagte er.

L. Q. gefiel der starre Ausdruck in den Augen seines Kumpels nicht. Danny war ein prima Bursche, genau das, was man bei einem Trupp haben mußte. Er lag immer richtig. Und man fühlte sich immer richtig, wenn er dabei war.

Danny fing an zu weinen.

Verdammt noch mal. Sie hatten ihn ja schon früher krank gesehen, völlig von Sinnen vor Malaria. Sie hatten den einsamen Kampf seines verzweifelt sich wehrenden Herzens gemeinsam mit ihm durchlebt. Aber er hatte noch nie nachgegeben. Und jetzt lag er einfach da und weinte? Ein hilfloses, stöhnendes Wrack, wimmernd vor Schmerz wie ein getretener Hund?

»Ich sterbe. So hab' ich es nie gehabt – jeder Knochen im Leibe tut mir weh.«

Ratlos standen sie vor seiner Koje und suchten nach Worten, um ihm gut zuzureden.

»Ich will nach Hause – ich hab' keine Lust mehr. Noch mal ein neuer Einsatz, und noch mal – wir kommen nie mehr nach Hause – nie mehr.«

»Er hat ja recht, verdammt noch mal!« rief Andy. »Denkt ihr vielleicht, die schicken uns noch mal nach Hause? Ja, vielleicht in einer Kiste!«

»Sei doch ruhig«, sagte L. Q.

»Erst Ski, und jetzt Levin und Burnside. Denkt ihr, damit wäre es genug? Nein, zum Teufel! Die machen uns alle noch fertig. Wenn du nicht das

329

Schwein hast, eins verpaßt zu kriegen, dann erwischt es dich eben anders –
Malaria, Ruhr, Dengue.«

»Mir scheint, du tust dir selber leid«, sagte Marion.

»Na und?« brüllte Andy. »Darf man das vielleicht nicht als Mariner? Darf
ein Mariner etwa kein Heimweh haben?«

»Laß dir einen Beichtschein ausschreiben und wein dich aus an der Brust
des Marinepfarrers«, sagte L. Q. höhnisch.

»Natürlich, der Mac hat uns ganz schön dußlig gequatscht. Das sind hier
überhaupt alles mächtige Klugscheißer.«

»Geh doch nach Lulu und setz dich mit den Hundeköppen hin und heule.
Die bei der Army tun sich auch alle selber leid.«

Danny knirschte mit den Zähnen, während der Schmerz von neuem durch
ihn hindurchfuhr.

»Nun mal los, Mary, erzähl ihm doch mal irgend so was Kluges, was da
in den verdammten Büchern steht, die du dauernd liest.«

»Hau schon endlich ab, Andy.«

»Seht ihn euch doch mal an, das arme Schwein – macht euch das vielleicht
Spaß, einen Burschen wie Danny heulen zu sehen?«

»Mann, hau doch ab mit einem Frachter nach Neuseeland. Du hast ja keinen
Mumm mehr, Andy.«

»Hört auf, ihr beiden«, sagte Marion heftig. »Wir sitzen alle im selben
Boot. Habt ihr vielleicht nicht gewußt, was anliegt, als ihr euch freiwillig zum
Marine-Korps gemeldet habt?«

»Natürlich – Semper Fidelis, alter Kumpel«, sagte Andy mit böser Stimme
und verließ das Zelt.

Drei Tage lang wachten sie Tag und Nacht bei Danny. Das Fieber schien nicht
nachzulassen. Doktor Kyser kam und sah nach den Kranken im Lager der
Kompanie Fox. Die leichteren Fälle wurden ins Lazarett nach Sarah überführt.
Bei den schweren Fällen wie Danny fürchtete der Arzt, daß die entzündeten
und gelockerten Gelenke durch die Erschütterung der langen Fahrt Schaden
leiden könnten. Man wußte so gut wie nichts über den Erreger dieser
Krankheit, der von den Fliegen und Moskitos übertragen wurde.

Dannys Temperatur schwankte zwischen vierzig zwei und vierzig vier.
Wenn das Fieber stieg, begann er zu phantasieren und rief immer wieder nach
Kathy. Er verfiel zusehends. Das Fieber wurde immer häufiger und gab
Huxleys Huren, die ohnehin schon durch das untätige Herumsitzen ange-
schlagen waren, den Rest.

Am Tag vor Weihnachten war das Bataillon in einer so üblen Verfassung,
wie ich es noch nie erlebt hatte. Das Camp auf Sarah glich einem Friedhof.
Wir waren alle gereizt und deprimiert. Keiner lachte, wenn jemand einen
Witz machte, und auch die Köche, die ein Festessen mit allem Drum und Dran
vorbereiteten, kamen gegen die allgemeine Verbitterung nicht an. Es wurde
nicht mal mehr gemeckert. Wenn ein Mariner sich wohl fühlt, dann meckert
er. Wenn er aber einfach die Schnauze hält, dann ist das ein ganz übles
Zeichen.

330

Da Leuchtfeuer und Joe Gomez wieder dienstfähig waren, legte Leutnant Keats mir dringend nahe, ein paar Tage nach Buota zur Kompanie Fox zu gehen. Ich nahm dankend an, da ich unbedingt mal nach Danny sehen wollte.

Auch bei den Foxen, von denen man sich bei uns immer so wüste Geschichten erzählt hatte, herrschte eine geradezu beängstigende Stille. Überall sah man deutliche Anzeichen der Dengue-Epidemie. Von den Eskapaden, mit denen die Foxe sich sonst die Zeit vertrieben hatten, war unter dem strengen Regiment von Wellman und Marlin keine Rede mehr.

Schwester Mary begrüßte mich wie einen Sohn, der seinen Vater nach langer Zeit wiedertrifft, und brachte mich zur Funkbude. Ich ging zu Danny, der mit dem Gesicht zur Wand lag, und setzte mich auf den Rand seiner Koje. Danny stöhnte und warf sich herum, als die Matratze sich bewegte. Ich erschrak. Ich hatte ihn seit fünf Wochen nicht gesehen. Er war nur noch Haut und Knochen. Er hatte tiefe, schwarze Ränder unter den Augen, und die Backenknochen stachen spitz aus dem kalkweißen Gesicht. Seine Augen unter dem langen, wirren Haar hatten den Ausdruck eines wilden Tieres. Daß er krank war, das hatte ich ja gewußt, aber so hatte ich es mir doch nicht vorgestellt. Ich hätte heulen mögen.

»Mac«, sagte er mit schwacher Stimme.

Ich beugte mich zu ihm hinunter und fragte: »Wie geht's dir denn?«

»Ziemlich mies.«

Pedro kam herein und begrüßte mich. Die vielen Fieberkranken hielten ihn Tag und Nacht auf den Beinen, und man sah ihm an, wie erschöpft er war. »Na, wie geht's uns denn heute?« sagte er, rammte Danny ein Thermometer in den Mund und inspizierte den Kanister mit Fruchtsaft, den er am Morgen gebracht hatte. »Kerl, du hast ja überhaupt nichts davon getrunken. Dann kannst du auch nicht erwarten, daß du wieder gesund wirst.«

»Ich – ich kann nicht – kommt alles wieder hoch.«

»Wie steht es eigentlich mit ihm?« fragte ich.

»Der Hund simuliert ja nur«, sagte Pedro und ging wieder hinaus.

Ich ging mit ihm vor das Zelt. »Was liegt denn nun wirklich an, Pedro?«

»Du kannst mich totschlagen, Mac, ich weiß es nicht. Das Fieber geht 'rauf und 'runter. Der Junge ißt ja nichts. Er hat seit einer Woche keine feste Nahrung mehr zu sich genommen.«

»Und kann Doktor Kyser da gar nichts machen?«

Pedro schüttelte den Kopf. »Wenn er wüßte, daß er irgendwann wieder nach Hause könnte, dann würde es ihm schon bessergehen, ihm und den andern auch.« Er lächelte traurig und trottete müde zum nächsten Zelt.

Seesack kam zu mir heran, das Eßgeschirr angefüllt mit dem Weihnachts-Dinner: Puter, lauter weißes Fleisch, glasierte Kartoffeln, Preiselbeersoße, Pfirsiche, Eiscreme und einen Becher voll Eierlikör. »Hallo, Mac, seit wann bist du denn hier?«

»Ich bleib ein paar Tage«, sagte ich. »Der Danny sieht ja verdammt übel aus.«

»Ja, das kann man wohl sagen. Er müßte was essen. Vielleicht kannst du ihm mal gut zureden.«

»Nimm mein Eßgeschirr und stell dich noch mal an«, sagte ich. »Ich will sehen, ob ich ihm was eintrichtern kann.«

Ich ging mit Seesacks Eßgeschirr ins Zelt. »He, Danny, hier hab' ich was für dich. Lauter weißes Fleisch.«

Er drehte sich wieder zur Wand. »Hör mal zu, du Hundesohn«, sagte ich, »das wird jetzt gegessen, oder ich ramme dir das Zeug in den Hintern.«

Er zwang sich mühsam zu einem Lächeln. Ich half ihm, sich aufzusetzen, und zwei qualvolle Stunden lang zwang ich ihn, noch ein Häppchen zu nehmen und noch eins, bis das Eßgeschirr halb leer war. Schließlich legte er sich wieder lang, strich sich den Bauch und bat um eine Zigarette.

»Das war gut. Hoffentlich kommt es nicht wieder hoch.«

»Das möchte ich dir nicht raten, dann fangen wir nämlich die ganze Tour noch mal von vorn an, ohne Spaß.«

»Fein, daß du da bist, Mac. Bleibst du eine Weile hier?«

»Ja, ich bleibe.«

Danny schloß die Augen und biß die Zähne zusammen. »Ich weiß nicht mehr weiter, Mac – ich weiß einfach nicht mehr weiter.«

Ich aß, was Danny übriggelassen hatte, und steckte mir eine Zigarette an. Marion, Seesack und Speedy kamen zurück, lange saßen wir da und waren sehr still. Die letzten Weihnachten hatten wir in einem Schuppen im Hafen von Wellington gefeiert. Dieses Jahr – mitten im Nirgendwo. Wo würden wir die nächsten Weihnachten sein? Und wer von uns würde dann noch dabeisein? Ich starrte auf das Wasser hinter der Lagune. Der Ozean war groß, und die Vereinigten Staaten schienen mit jedem Tag in immer weitere Ferne zu rücken. Speedy sah seine Gitarre an, aber ihm war nicht nach Singen.

Da hörten wir auf einmal Gesang. Erst fern und leise, dann immer lauter. Ich sah aus dem Zelt hinaus, die Straße entlang. Es klang so unwirklich. Ein Schein wie von Kerzen kam heran, und der Gesang klang so schön, als ob es Engel wären, die da sangen: »Stille, Nacht, heilige Nacht –«

Die Einwohner der nächsten Ortschaft kamen heran, sie trugen die Kerzen in ihren braunen Händen, und sie brachten Geschenke, handgeflochtene und gewebte Kissen und Matten.

»Schlaf in himmlischer Ruh' –« Die müden Mariner der Kompanie Fox gingen ihren Freunden entgegen, um sie zu begrüßen, und kamen Arm in Arm mit ihnen zum Lager herein.

Marion führte einen jungen und einen alten Eingeborenen in unser Zelt. Ich wurde bekannt gemacht mit MacArthur und seinem Vater Alexander, dem alten Stammeshäuptling. Wir schüttelten uns die Hände und gingen zu Dannys Koje. MacArthur schob Danny ein paar Kissen, die er mitgebracht hatte, unter den Kopf und sagte: »Häuptling Alexander fragen, warum Freund Danny nicht mehr kommen?«

»Danny krank, sehr krank«, sagte Marion. MacArthur berichtete seinem Vater, und der alte Häuptling nickte verständnisvoll. Er beugte sich zu Danny und befühlte den Rücken und den Magen des Kranken, der dabei vor Schmerz wimmerte. Er legte ihm die Hand auf die Stirn und erteilte MacArthur in dem unverständlichen Geschnatter der Eingeborenen einen Befehl. MacArthur brauste eiligst ab, zurück zum Dorf.

Kurze Zeit darauf kam MacArthur atemlos wieder zurück. Er brachte eine ausgehöhlte Kokosnuß, die irgendeine gelbliche Flüssigkeit enthielt.

»Danny trinken«, sagte er.

Danny kam hoch und sah das Zeug mißtrauisch an. Alexander nickte ihm zu und versuchte, ihm mit entsprechenden Handbewegungen klarzumachen, daß er es unbesorgt trinken könne.

»Du besser, wenn trinken«, sagte MacArthur.

Das Zeug schien scheußlich zu schmecken. Danny verzog das Gesicht, während er es hinunterschluckte. Dann fiel er zurück auf seine Koje. Er schlief.

Es wurde dunkel; in der Mitte des Lagers wurde ein Feuer angezündet. Die Eingeborenen und die Mariner bildeten einen großen Kreis, und Ost und West sangen gemeinsam Weihnachtslieder.

Dann begannen die männlichen Eingeborenen auf ihren hölzernen Trommeln einen Rhythmus zu schlagen, und die Mitte des Kreises füllte sich mit Tänzerinnen in Baströcken. Alles klatschte im Rhythmus der Trommeln in die Hände, während die bronzefarbenen Körper der gutgebauten Mädchen sich in vollendetem Gleichmaß drehten und bogen. Dann trat ein noch sehr junges Mädchen, zart und schmal, in die Mitte, während die anderen an den Rand des Kreises zurückwichen. MacArthur erklärte uns, sie sei die ›Stammestänzerin‹, die Repräsentantin der Sippe Alexanders. Er erklärte uns auch, daß nur ein Mädchen, das in direkter Linie vom Häuptling abstammte, diese ehrenvolle Aufgabe übertragen bekomme. Sie war seit frühester Jugend in ihrer Kunst sorgfältig ausgebildet worden, und die anderen Mädchen waren nur der Rahmen für sie. Sie begann ihren Tanz mit einer langsamen, kreisenden Bewegung ihrer Hüften, während gleichzeitig ein Kaugummi in ihrem Mund hin und her wanderte. Die junge Dame war offenbar bei Salome in die Schule gegangen, mußte ich denken. Der Rhythmus der Trommeln wurde schneller und wilder, die Tänzerin glitt am Rande des Kreises entlang, als ob sie Schlittschuhe an den Füßen hätte, und schwang aufreizend ihre Hüften. Sie bewegte sich wieder zur Mitte, immer schneller wurde der Rhythmus der Trommeln, und die Tänzerin sah aus, als wollte sie sich nach zehn verschiedenen Richtungen zugleich bewegen.

»Sie tanzen Huhn«, flüsterte MacArthur.

Sie warf die Schultern vor und zurück, ihr Körper begann rhythmisch zu zucken, daß ihre Brüste zitterten. Sie machte kurze, heftige Sprünge, wobei sie ihre Hinterfront rechtwinklig herausstreckte. Ihr Bastrock flog wild um sie herum. Schneller und schneller schlugen die Männer ihre Trommeln, immer heftiger und rascher wurden die Bewegungen der Tänzerin, bis man nur noch ein wildes Wirbeln im Schein des Feuers sah. Ich dachte schon, sie müßte in Stücke gehen bei der wilden Schüttelei, doch sie gab im Gegenteil noch einen Zahn drauf, während die Trommeln immer lauter und schneller wurden und die Männer anfeuernde Schreie ausstießen. Sie tanzte, bis sie schließlich erschöpft zu Boden sank. Die Mariner fühlten sich nicht mehr so einsam.

333

Das Fest erreichte einen grotesken Höhepunkt, als McQuade die Mitte des Kreises betrat. Um die Brust trug er drei konfiszierte Büstenhalter, die er aneinandergebunden hatte, damit sie um seinen Speck herumreichten. Sein ungeheurer Bauch quoll über einen Bastrock, er hatte Knobelbecher an den Beinen und eine dicke, schwarze Zigarre zwischen den Zähnen. Gemeinsam mit der Stammestänzerin, die wieder zu sich gekommen war, legte er einen Hulahula aufs Parkett, wie ihn kein Sterblicher je zuvor gesehen hatte.

Plötzlich merkte ich, wie sich jemand durch die Menge schob und an die Stelle kam, wo ich mit meinen Jungens saß. Ich drehte mich um und sah Danny, der neben mir in Stellung ging. Seine Augen waren klar, und sein Gesicht hatte schon wieder ein bißchen Farbe bekommen.

»Frohe Weihnachten, Mac!« rief er laut. »Hat einer von euch eine Flasche Bier für mich?«

SECHSTER TEIL

Prolog

Unser Transporter fuhr in die Lagune hinein. Wir machten eine Stippvisite auf der Insel Cora, um Levin und Burnside adieu zu sagen, und packten unseren Kram zusammen.

Die *Prince George*, ein Liberty-Schiff, hatte nichts im Bauch außer Huxleys Huren, und Seesack hatte diesmal guten Grund, seekrank zu werden. Der ›Kaisersarg‹ dümpelte wie ein Korken auf dem Wasser, während er sich eine Woche lang mit einer Geschwindigkeit von sieben Knoten mühsam vorwärts bewegte. Wenn er hinten hochging, kam die Schraube aus dem Wasser, und wenn es wieder 'runterging, zitterte und ächzte der Kahn in allen Fugen, als ob er im nächsten Augenblick auseinanderfallen wollte.

Kurz nach Neujahr machte *Prince George* auf der Insel Hawaii im Hafen von Hilo fest. Wie damals auf Guadalcanar, hatten Huxleys Huren auch diesmal wieder das Nachsehen gehabt. Es war einmal, da hatten wir uns eingebildet, die Sechser würden ihrer Tradition entsprechend eingesetzt werden. Inzwischen waren zwei Jahre vergangen, wir hatten zwei Feldzüge hinter uns, und immer noch räumten wir den Dreck weg, den andere gemacht hatten.

Das Camp war Scheiße. Nachts war es lausig kalt, am Tage heiß. Das Wasser war knapp und rationiert. Die Verpflegung war eintönig. Statt der guten Sachen, die wir in Neuseeland bekommen hatten, mästete man uns hier mit Ananas.

Das Schlimmste war der Staub. Er machte einem Tag und Nacht zu schaffen. Wenn man eben die Geräte und die Waffen gereinigt hatte, dann wirbelte fünf Minuten später der Wind den uralten Lavastaub auf, und alles war wieder dreckig.

Wir bekamen Urlaub bis zum Wecken, aber damit war in Hilo wenig anzufangen. Die Einwohner waren vorwiegend Amerikaner japanischer Abstammung. Man hatte ihnen erzählt, die Männer der Zweiten Division seien berufsmäßige Killer, und der Empfang war dementsprechend kühl. Es gab ein paar Puffs in der Stadt, vor denen die Landser Schlange standen, während die Militärpolizei als Verkehrsordner fungierte. Also eine verdammt nüchterne Angelegenheit, und eigentlich nicht das, was wir uns unter Liebe vorstellten.

Das Schlimmste war, den Staaten so nahe zu sein, daß man die Heimat geradezu spüren und riechen konnte. Es machte uns fast wahnsinnig, im Radio amerikanische Stimmen zu hören, amerikanische Zeitungen zu lesen und uns mit den amerikanischen Wehrmachtshelferinnen zu unterhalten. Aber wir waren der Heimat deshalb nicht näher, vielleicht lag sie für uns sogar in weiterer Ferne als je. Denn das Korps hatte seine Zelte bestimmt nicht ohne triftigen Grund in dieser gottverlassenen Ecke aufgeschlagen.

Bald ging es wieder los mit dem Marschieren, dem Drill, den Appellen, den Geländeübungen, also mit allem, was nun mal zum Metier des Soldaten

335

gehört. Es wimmelte von neuen Gesichtern; junge Burschen, die frisch vom Ersatzhaufen kamen, grüne Knaben mit großen Schnauzen. Wir konnten es uns jetzt allerdings sparen, die Neuen erst mal zur Sau zu machen, denn sie hatten mächtigen Respekt vor den Frontkämpfern von Guadalcanar und Tarawa, die inzwischen alte, hartgesottene Veteranen von Zwanzig und Einundzwanzig waren. Wir bekamen neue Ausrüstung, und unser Bestand an schweren Waffen wurde verstärkt.

Aber die Männer der Zweiten Division waren nicht mehr mit der alten Lust und Liebe dabei. Wir hatten die Schnauze voll, wir wollten nach Haus zu Muttern, da war nun mal nicht dran zu tippen. Und doch war jeder von uns wie ein Hund, der seinen Knochen nicht hergeben will. Wir wußten, daß es noch nicht zu Ende war, und wir wußten auch, daß wir es durchstehen würden. Wir rissen die Kilometer herunter, genau wie früher, aber es war jetzt alles die reine Routine. Wir waren alte Landsknechte, ausgekocht und kaltschnäuzig. Ja, sogar Sam Huxley schien die Sache jetzt rein mechanisch und routinemäßig zu betreiben.

So kamen und gingen die Wochen, und wieder einmal hofften wir, die kommende Invasion könnte die letzte sein, und vielleicht würden sie diesmal endlich die Sechser den Brückenkopf bilden lassen. Es war nicht mehr das alte Feuer der Begeisterung, was in uns brannte, sondern Mordlust. Die Zweite Division, die da vergessen in den Bergen von Hawaii saß, lud sich auf mit neuer Kraft und Energie. Wir waren wild entschlossen, die berufsmäßigen Killer zu werden, für die man uns in Hilo hielt.

Dann kam die Nachricht, daß die Vierte Division des Marine-Korps den Weg über Tarawa fortgesetzt hatte und auf den Marshall-Inseln gelandet war. Außerdem hörten wir, daß man dabei sei, eine fünfte Division aufzustellen.

1. Kapitel

Mein inniggeliebter Sam!

Ich bin schrecklich aufgeregt. Ich komme gerade von Colonel Malcolm. Wir haben zusammen im Offiziersklub gegessen, und er hat mir alles von Dir erzählt. Ach, Liebster, ich bin ja so stolz auf Dich. Malcolm hat mir ausführlich berichtet, was für eine großartige Leistung Du mit Deinem Bataillon vollbracht hast, und daß Du schon wieder einen Orden bekommen sollst. Er sagte mir auch, daß Du sein Nachfolger als Regimentskommandeur werden würdest, wenn es soweit ist. Aber sag mal, Liebster, hätten Deine Jungens sich nicht einen besseren Spitznamen für Euer Bataillon ausdenken können? Diesen finde ich gar nicht schön.

Ich weiß, es soll nicht sein, aber Colonel Malcolm hat mir erzählt, daß Du in Hawaii bist. Ich habe versucht, mir die Sache vernünftig zu überlegen, aber das ging nicht. Der Gedanke, daß Du so nahe bist, ist stärker als alle Vernunft, die ich vielleicht aufbringen könnte.

Besinnst Du Dich auf den alten Colonel Drake, der sich vor einigen Jahren pensionieren ließ? Er hat ein Landhaus auf Maui, und er hat uns immer wieder eingeladen, ihn doch dort mal zu besuchen. Es ist gar nicht weit von

336

*Hawaii, gleich die nächste Insel, und ich könnte doch irgendwie dorthin-
kommen.*

*Darling, diesmal darfst Du es mir nicht abschlagen. Ich habe so lange
versucht, mich damit abzufinden, daß ich die Frau eines Mariners bin, aber
diesmal bin ich egoistisch – so egoistisch, wie eine Frau ist, die Sehnsucht hat
nach ihrem Mann. Du hast in den letzten Jahren so selten für mich Zeit
gehabt. Als Du damals von Island zurückkamst, sind wir die paar Tage, bis
Du wieder fort mußtest, vorgekommen wie Monate. Ich muß Dich sehen, Sam,
und wenn es auch nur für Stunden sein sollte. Ich hatte mir fest vorgenommen, tapfer zu sein und nicht ungeduldig zu werden, und ich habe mich nie
beklagt, aber als ich jetzt erfuhr, daß Du so nahe bist, da war es vorbei mit
meiner Fassung.*

*Ich liebe Dich unendlich, und Du fehlst mir so sehr, und ich denke immer
an Dich. Die Hoffnung, bei Dir sein zu können, macht mich schwindlig vor
Glück. Die ganze Welt sieht plötzlich anders aus.*

*Deine Dich liebende
Jean*

Jean Huxley machte die Tür ihres Zimmers hinter sich zu. Ihre Hand zitterte,
als sie den Umschlag aufriß, der seinen Antwortbrief enthielt.

Mein Liebes!

*Wie Du am Poststempel schon sehen wirst, kommt dieser Brief nicht auf
normalem Weg zu dir. Ich gebe ihn einem Flieger mit, einem Freund von mir,
der ihn in den Staaten zur Post geben soll.*

*Liebstes, wenn es mir jemals in meinem Leben schwer geworden ist, eine
Entscheidung zu treffen, wenn ich jemals nach Worten gesucht habe, um etwas
zu sagen, was mir nicht über die Lippen will – dann jetzt.*

*Als Dein Brief kam, konnte ich es zunächst einfach nicht fassen. Der Ge-
danke, Dich wieder in meinen Armen zu halten, Dich lieben zu können, und
sei es auch nur für Stunden – es war wie die Erhörung eines Gebets, das mein
hungriges Herz seit zwei Jahren Abend für Abend sprach.*

*Und doch, mein Liebes, muß ich Dich wieder einmal bitten, geduldig zu
sein und zu warten. Du kannst nicht nach Hawaii kommen. Jean, als man mich
damals nach der Rückkehr von Island zum Kommandeur dieses Bataillons
machte, da stand ich vor der Aufgabe, aus halben Kindern Mariner zu
machen. Das war nicht leicht. Aber jetzt sind meine Jungens Mariner, und
zwar die besten, die man sich denken kann. Ich weiß nicht, ob sie mich
mögen, vielleicht hassen sie mich sogar, aber ich weiß, daß sie gemeinsam mit
mir durch allerhand Höllen gegangen sind. Dabei sind diese Jungens im
Gegensatz zu mir keine Berufssoldaten. Wir sind daran gewöhnt, immer
wieder Abschied zu nehmen, diese Jungens nicht, und es fällt ihnen viel
schwerer. Sie sehnen sich nach ihren Frauen und ihren Müttern genauso stark,
wie wir uns nacheinander sehnen. Aber sie haben nicht die Möglichkeit, die
wir vielleicht hätten. Sie müssen bei der Stange bleiben und ihre Pflicht tun.
Ich könnte ihnen nicht mehr ins Gesicht sehen bei dem Gedanken, mir ein
Glück erschlichen zu haben, auf das sie verzichten müssen. Ich bin ihr Skip-*

per, ich bin für sie verantwortlich und darf sie nicht im Stich lassen. Das mußt Du verstehen, Darling.

Und jetzt muß ich Dir etwas sagen, was ich Dir bisher noch nie gesagt habe: Wir waren beide noch halbe Kinder, damals in Ohio, als ich Dich fragte und Du bereit warst, meine Frau zu werden. Du wirst inzwischen begriffen haben, daß ich zweimal verheiratet bin: einmal mit Dir, und außerdem mit dem Marine-Korps. Wie oft hast Du dem Korps zuliebe verzichten müssen; Du hast es hingenommen, ohne zu klagen. Wie oft schon habe ich Dir sagen wollen, was für ein tapferer Soldat Du immer gewesen bist.

Und wie oft habe ich mir bittere Vorwürfe gemacht, daß ich Dir ein solches Leben zugemutet habe. Deine Sehnsucht nach einem Heim und nach Kindern habe ich Dir all die Jahre noch nicht erfüllen können. Immer wieder hörtest Du mich sagen: »Mach's gut, bleib gesund, auf bald.« Ich hätte das alles nie ertragen, wenn Du nicht so mutig gewesen wärst.

Wohin die Pflicht mich rufen mag, immer und überall, auch in den schwierigsten Augenblicken, finde ich Trost in dem Gedanken, daß fern in der Heimat eine Frau auf mich wartet. Eine Frau, die so wunderbar ist, wie ich sie bestimmt nicht verdient habe. Aber ich weiß, daß sie da ist, und alles andere ist daneben unwichtig.

Und ich habe mit Sehnsucht dem Tage entgegengesehen, an dem ich endlich wieder bei Dir bin, um Dich nie mehr zu verlassen. Und dann werde ich mein ganzes Leben lang mich bemühen, Dich zu entschädigen für die vielen Tage und die vielen Nächte, die Du einsam verbringen mußtest.

Doch es ist noch nicht soweit, noch gehören wir uns nicht selbst, und wir müssen uns vorderhand begnügen mit dem Vorschuß auf unser künftiges Glück, den man uns gelegentlich gewährt. Ich bin gern Soldat und beklage mich nicht; schwer wird mir nur, daß Du durch mich so viel Schweres ertragen mußt.

Und so bitte ich Dich noch einmal, geduldig zu sein; nur noch einmal, Liebstes, bald ist es überstanden.

Ich bete Dich an.
Sam

Der Brief fiel zu Boden. Jean Huxley starrte blicklos zum Fenster hinaus. Sie würde ihn nicht wiedersehen, das wußte sie.

Für die Sechser war irgend etwas ganz Besonderes im Busch. Das zeigte sich bei den Manövern, bei denen dem Regiment der ›Buffalo‹ vorgestellt wurde. Das war ein Amphibienfahrzeug mit Raupen, ähnlich wie der Alligator, aber größer, schneller und stärker gepanzert. Während die Zweier und Achter in den Bergen übten, wurden die Sechser am Buffalo ausgebildet. Damit war klar, daß wir dafür vorgesehen waren, als erste Welle zu landen und den Brückenkopf zu bilden. Die Hauptprobe wurde, wie üblich, ein grandioses Schlamassel.

Wir bereiteten uns auf den kommenden Einsatz vor, froh bei dem Gedanken, daß dies der letzte Feldzug sein würde. Wir waren begierig, an den Feind zu kommen. Die Spannung stieg, als es ans Packen und Verladen ging und ein Bataillon nach dem anderen sich auf den langen mühsamen Marsch von den Bergen zum Hafen von Hilo machten.

Dann kamen bestürzende Nachrichten. Fünf Landungsschiffe waren bei Pearl Harbour versenkt worden. Im letzten Augenblick kam der Befehl, wir hätten in Hawaii, im Camp Tarawa zu bleiben und auf Abruf zu warten. Es war ganz klar: Huxleys Huren hätten ursprünglich mit einem der versenkten Schiffe an die Front gehen sollen. Während wir einsam und verlassen in den kalten Bergen saßen, flog Huxley mit dem nächsten Flugzeug nach Honolulu.

Die zackige Ordonnanz des Generalmajors Merle Snipes öffnete die Tür des Dienstzimmers in Pearl Harbour.

»Colonel Huxley, Herr General.« Die Tür schloß sich hinter Sam, der sich vor dem Schreibtisch des Generals aufbaute. Snipes war kürzlich Kommandeur der Zweiten Division geworden. Es hieß, niemand habe ihn jemals lächeln sehen, und es gab niemanden, der dieser Behauptung widersprochen hätte.

»Sie hatten gebeten, mich sprechen zu dürfen, Huxley«, sagte Snipes. »Sie haben es ziemlich eilig gehabt, wie ich sehe.« Der General war stets kurz und sachlich, ganz gleich, ob er mit einem Untergebenen oder mit einem Vorgesetzten sprach.

»Mein Bataillon sitzt immer noch auf einem Berg in Hawaii, Herr General.«

»Nicht mehr lange.«

»Herr General – ich bin mir klar darüber, daß ich gegen das Reglement verstoße, aber ich muß Sie etwas fragen. Stimmt es, daß wir ursprünglich vorgesehen waren für den Einsatz mit einem der Landungsschiffe, die versenkt worden sind?«

»Sie haben recht, Ihre Frage ist völlig unzulässig.«

»Darf ich die Vermutung äußern, Herr General, daß diese Landungsschiffe dazu bestimmt waren, bei der geplanten Invasion die erste Welle an Land zu bringen, und daß unser Bataillon zu den Einheiten gehörte, die den Brückenkopf bilden sollten?«

»Ich habe nicht die Absicht, diese Unterhaltung fortzusetzen.«

»Aber ich.«

»Wie bitte?«

»Darf ich weiter die Vermutung äußern, daß meine Einheit, entgegen dem ursprünglich vorgesehenen Einsatz, jetzt mit einem Truppentransporter verschifft werden soll, da man die versenkten Landungsschiffe nicht zu ersetzen vermochte?«

»Dafür, daß Sie nicht zum Generalstab gehören, kombinieren Sie allerhand, Huxley.«

»Also doch! Wir waren vorgesehen als erste Welle, und jetzt haben Sie uns anders eingeteilt.«

Die Stimme des Generals war eisig, als er antwortete: »Überlassen Sie das bitte uns. Wie Sie eingesetzt werden, bestimmen wir, und Sie haben zu

339

gehorchen. Und jetzt verschwinden Sie hier, ehe ich Sie vors Kriegsgericht bringe.«

Snipes vertiefte sich wieder in die Schriftstücke, die auf seinem Schreibtisch lagen. Doch die hohe Gestalt vor ihm blieb unbeweglich stehen. Snipes hob langsam den Kopf. In seinem vereisten Gesicht standen die Augen wie Schlitze. Seine schmalen Lippen entblößten die vom Tabak braungefärbten Zähne.

»Verdammt noch mal, Herr General, wir gehen in die letzte Runde«, sagte Huxley. »Wir sind den Japanern bereits dicht auf dem Pelz. Nachdem das Marine-Korps jetzt fünf Divisionen hat, kommen wir nie mehr zum Zuge.«

Snipes griff nach dem Hörer.

»Rufen Sie ruhig die Militärpolizei. Wir Sechser lassen uns von Ihnen und Ihresgleichen nicht mehr abschieben – ihr habt ja bloß Angst, uns an den Drücker zu lassen.«

Snipes betrachtete aufmerksam den grobknochigen Offizier, der vor ihm stand. »Es ist allgemein bekannt, daß Sie sich auf Guadalcanar mit General Pritchard angelegt haben. Sie gelten allmählich als notorischer Stänkerer.«

»Das ist eine glatte Verleumdung, das wissen Sie sehr gut. Sie wissen auch genausogut wie ich, daß wir das beste Regiment des gesamten Marine-Korps sind und daß wir uns das verdammt was haben kosten lassen.«

»Schon gut, Huxley. Setzen Sie sich und kommen Sie wieder 'runter von der Palme. Ich will Ihnen mal was zeigen.« Der General ging zum Panzerschrank, stellte die Kennziffer ein, holte ein dickes Aktenbündel heraus und warf es auf den Schreibtisch.

»So was schon mal gesehen?«

»Nein, Herr General«, sagte Huxley. Er las auf dem Deckel die Aufschrift: *Aktion Kingpin, Geheime Kommandosache.*

»Zweitausend Seiten, Huxley. Ebbe und Flut, Windrichtung, voraussichtliche Verluste, benötigte Munition, Benzin, Topographie, Sitten und Gebräuche der Eingeborenen, Lebenslauf des gegnerischen Kommandeurs, Position der japanischen Flotten, voraussichtlicher Bedarf an Klosettpapier – es gibt einfach nichts, was Sie hierin nicht finden würden.«

Er beugte sich über seinen Schreibtisch hinüber. »Drei Divisionen sind für die Landung vorgesehen, Huxley. Das sind sechzigtausend Mann. Es handelt sich darum, eine Insel zu erobern, von der aus wir mit unseren Flugzeugen Tokio Tag und Nacht bombardieren können. Ist Ihnen klar, was das bedeutet? Und da kommen Sie und wollen die gesamte Planung umschmeißen – Tausende von Menschenleben und eine Million Dollar aufs Spiel setzen? Was bilden Sie sich eigentlich ein, Huxley?«

Das Blut wich aus Huxleys Gesicht. »Herr General«, sagte er langsam, »von mir aus können Sie den Schinken da nehmen – na, Sie wissen schon, wohin Sie sich den stecken können. Sobald der erste Schuß gefallen ist, ist die ganze Schwarte keinen Pfifferling mehr wert, das wissen Sie so gut wie ich. Hat etwa der Papierkrieg die Schlacht um Guadalcanar gewonnen? Woher nahmen denn die Jungens den Mumm, bei Tarawa durch die Lagune zum Strand zu waten, immer noch und immer noch, ohne Rücksicht auf Verluste – vielleicht aus so einem Aktenbündel? Und bei der Aktion Kingpin ist das genau nicht anders. Es sind die armen Schweine, der Schütze Arsch mit dem Gewehr und dem Bajonett, der seine Haut zu Markte trägt – diese Burschen sind es, die euern Krieg gewinnen. Und weiß der Himmel, Herr General, meine Jungens sind der beste Haufen im ganzen Marine-Korps, und ich will mit ihnen einen Brückenkopf erobern.«

»Früher mal, Huxley, da hielten wir Sie für einen vielversprechenden jungen Mann, der eine glänzende Karriere beim Korps vor sich hatte. Sie werden nach diesem Krieg Ihr ferneres Leben damit verbringen können, nachzusehen, ob die Nachttöpfe vorschriftsmäßig beschriftet sind. Ich dulde keinen Ungehorsam!«

Huxleys Gesicht bekam wieder Farbe, und seine geballten Fäuste lockerten sich. »Herr General«, sagte er mit ruhiger Stimme, »ich war mir darüber klar, als ich zu Ihnen kam, daß ich diesen Raum entweder verlassen würde, um in den Knast zu wandern oder um mich an die Spitze meines Bataillons zu begeben. Herr General, ich bitte um meine Entlassung. Und ich bitte Sie, mich mit sofortiger Wirkung zu einer anderen Einheit zu versetzen, bis meine Entlassung durchkommt. Falls Sie damit nicht einverstanden sein sollten, werden Sie mich vors Kriegsgericht stellen müssen. Ich habe nicht die Absicht, zu meiner Einheit zurückzukehren, nachdem ich weiß, daß wir wieder einmal andern Leuten den Dreck wegräumen sollen.«

Huxley holte tief Luft. Snipes setzte sich, rückte seine Brille zurecht und schlug das dicke Aktenbündel mit der Aufschrift *Aktion Kingpin* auf. Er blätterte darin, bis er die Seite gefunden hatte, die er suchte. »Wir haben keinen Ersatz für das fünfte der versenkten Landungsschiffe. Es war ursprünglich vorgesehen, daß diese Landungsschiffe fünf Tage vor dem übrigen Geleitzug losfahren. Diese Landungsschiffe führen ihre eigenen Buffalos mit, und die Truppentransporter kommen nach, sobald der Brückenkopf gebildet ist. Ein Landungsschiff habe ich für Sie nicht, Huxley. Da ist aber ein kleineres Schiff, das gleichzeitig mit den Landungsschiffen in See sticht. Es befördert den notwendigen Nachschub, und es führt eine genügende Anzahl von Buffalos mit, daß Ihr Bataillon damit landen kann. Hören Sie, Huxley, Sie werden es in einem Monat verdammt bereuen, daß Sie zu mir gekommen sind, denn Sie werden dann mit Ihrem Bataillon in der dicksten Scheiße sitzen. Sie werden also mit der ersten Welle an Land gehen, und zwar schicke ich Sie an die exponierte linke Flanke. Genauere Befehle gehen Ihnen noch zu, sobald mein Vorschlag von oben genehmigt ist.«

Sam Huxley wollte etwas sagen, aber er brachte kein Wort heraus.

»Sie wußten, Huxley, als Sie hierherkamen, daß ich das gemeinste Aas im ganzen Korps bin. Sie haben erreicht, was Sie wollten. Vielleicht werden Sie sich jetzt fragen: Warum habe ich das eigentlich getan, und warum hat Snipes sich breitschlagen lassen? Die erste Frage können Sie selbst beantworten. Die Antwort auf die zweite Frage will ich Ihnen geben: Weil es die verrückten Hunde Ihres Schlages sind, die das Marine-Korps zu dem machen, was es ist. Sie können stolz sein auf Ihren Erfolg.«

»So stolz, wie man sein kann, wenn man dreihundert Jungens das Grab gegraben hat.«

341

»Sie werden Ihrem Herrgott auf den Knien danken, wenn es nur dreihundert sind. So, und jetzt verschwinden Sie.«

Huxley ging mit hängenden Schultern zur Tür. Er legte die Hand auf die Klinke. Snipes hatte recht, er fragte sich jetzt wirklich, warum er eigentlich hierhergekommen war. Er wußte nur so viel, daß er es hatte tun müssen!

»Sam.«

Huxley drehte sich um. Was er sah, schmiß alles über den Haufen, was die Leute von diesem Mann erzählten. Es war nur ein ganz leises Lächeln, das sich auf den Lippen von Snipes zeigte, aber der Ausdruck seiner Augen war warm und menschlich.

»Sam«, sagte er, »manchmal muß ich denken, was für ein beschissener Beruf das doch ist, den unsereins hat.«

Huxley machte die Tür hinter sich zu und ging.

2. Kapitel

Auf dem Achterdeck wurde ein protestantischer Gottesdienst abgehalten. Ich war gerade dabei, meinen Karabiner einzuölen, als Ziltch ankam und sagte, ich sollte zu Huxley kommen. Ich ging nach oben und sah die Flotte – Hunderte von Schiffen, so weit das Auge reichte, die sich langsam und drohend vorwärts bewegten.

Ich spürte, wie sich das Schiff hob und senkte in der mählichen Dünung, und ich hörte die Stimmen, die achtern sangen:

Voran, Ihr Gottesstreiter
als ginge es zur Schlacht –

Vor der Tür zu Huxleys Kabine stieß ich auf Keats. »Was liegt eigentlich an?« fragte ich.

»Keine Ahnung, Mac«, antwortete Keats und klopfte.

Die lange Latte stand mit dem Rücken zur Tür, er sah durch das Bullauge hinaus auf die mächtige Armada, die sich majestätisch ihrem blutigen Ziel entgegenbewegte. Er drehte sich langsam zu uns herum, bat uns, Platz zu nehmen, und brannte sich mit dem Rest seiner Zigarette eine neue an. Der Mann, der sich nie etwas anmerken ließ, sah sonderbar verstört aus, während er seine Generalstabskarte auf dem Tisch ausbreitete. Er rieb sich einen Augenblick das Kinn.

»Mac«, sagte er, fast ein bißchen verlegen, »und Sie, Leutnant – ich habe Sie beide kommen lassen, weil – na ja, weil wir sozusagen alte Kameraden sind. Sie sind über die morgen stattfindende Aktion belehrt worden?«

»Jawohl, Herr Oberst.«

Huxley hatte dunkle Ränder unter den Augen, man sah ihm an, daß er die letzten Nächte nicht geschlafen hatte. Er zeigte mit dem Bleistift auf die Karte. »Da ist es. Red-Beach-Eins, die heißeste Ecke der gesamten Unternehmung.« Er ging zum Bullauge und schnippte die Zigarette nach draußen. »Wie Sie sehen, bildet unser Bataillon bei der Landung die äußerste linke Flanke. Unmittelbar vor uns, bei der Stadt Garapan, befindet sich die stärkste

Massierung der feindlichen Kräfte. Es ist so sicher wie das Amen in der Kirche, daß die Japaner uns angreifen werden und daß wir dabei den Segen aus erster Hand bekommen.«

Keats und ich nickten. Huxley kam zurück zum Tisch und beugte sich wieder über die Karte. »Und hier, uns direkt vor der Nase, ist der Mount Topotchau, eine geradezu ideale Beobachtungsstelle.« Er knallte die Faust in seine offene Hand. »Wir stoßen da auf Unterwasserriffe und Flutströmungen, die uns allerhand zu schaffen machen werden. Es ist möglich oder sogar ziemlich sicher, daß die benachbarten Einheiten der ersten Welle zu weit südlich an Land kommen. Dann wären wir zunächst einmal isoliert, das heißt also, daß wir auf uns allein angewiesen sind, bis die Flankenverbindung hergestellt ist. Und die Japaner werden mit allen Mitteln versuchen, das zu verhindern.«

Er ließ sich in einen Stuhl fallen und brannte sich eine neue Zigarette an. »Mac«, sagte er, »der Funkbetrieb muß morgen unter allen Umständen aufrechterhalten werden.«

Er lehnte sich mit halbgeschlossenen Augen in seinen Stuhl zurück. »Wie haben Sie Ihre Leute eingeteilt?«

»Seesack, L. Q., Leuchtfeuer und Andy sind bei den Schützenkompanien. Korporal Hodgkiss bedient das Funksprechgerät beim Bataillonsgefechtsstand.«

»Wie geht es eigentlich mit der Rothaut?«

»Morsen ist nicht gerade seine Stärke, aber mit dem TBY-Gerät kommt er in den unmöglichsten Situationen klar«, versicherte ich ihm.

»Und die übrigen?«

»Gomez, Gray und Forrester werden zusammen mit mir die Funkverbindungen zum Regiment und zum Flaggschiff herstellen.«

»Der Regimentsstab geht mit Tulsa Blue rechts von uns an Land. Wir müssen wenigstens in Funkverbindung mit ihnen bleiben, falls sie durch die Strömung südlich abgetrieben werden.«

»Jawohl, Herr Oberst.«

»Und vor allen Dingen: Bleiben Sie in Verbindung mit dem Flaggschiff.«

»Ich wollte dafür den Funkjeep verwenden.«

»Gut.« Er faltete die Karte zusammen und lächelte halb entschuldigend. »Wie wäre es mit einem Schluck?«

Ich wäre fast vom Stuhl gefallen! Huxley machte den Schreibtisch auf und holte eine halbe Flasche Whisky heraus.

»Diese Flasche schleppe ich schon ein halbes Jahr mit mir herum, für eine ganz besondere Gelegenheit. Ich denke, der geeignete Anlaß wäre jetzt da.« Er hob die Flasche an die Lippen. »Hals- und Beinbruch, Leute.« Er trank und reichte die Flasche Keats.

»Auf den nächsten, die – hemm, Hals- und Beinbruch, wollte ich sagen.«

Ich hielt die Flasche einen Augenblick vor mich hin. »Nichts für ungut, Herr Oberst, aber ich möchte auf das Wohl von Huxleys Huren trinken, den besten Haufen des ganzen Korps.«

Als ich mit Keats wieder draußen war, gingen wir zum Promenadendeck und lehnten uns gegen die Reling. Die Sonne ging flammend rot unter, ein riesiger Feuerball, der das Wasser des Pazifischen Ozeans, auf dem der Tod spazierenfuhr, in sattem Orange erglühen ließ. Von achtern hörte man durch die abendliche Stille die Stimmen der Frommen. Sie sangen stockend, laut und falsch:

> *Näher, mein Gott, zu dir,*
> *Näher zu dir —*

»Scheint 'ne üble Kiste zu werden, Mac. Der Huxley war ja mächtig durcheinander.«

»Ja, eigentlich komisch«, sagte ich. »Dabei hat er sich doch zwei Jahre lang darum gerissen, als erste Welle eingesetzt zu werden.«

»Wo er's nun endlich erreicht hat, scheint's ihm nicht mehr zu schmecken«, sagte Keats.

Ich schlug ihm auf den Rücken. »Die Kirche scheint aus zu sein. Ich will mal lieber wieder 'runter und meine Schäfchen einsammeln. Also dann — bis morgen früh, Jack.«

Der Kahn, auf dem wir schipperten, hatte wenig Ähnlichkeit mit einem Truppentransporter. Ich hielt mir die Nase zu und kletterte mühsam über ein Gebirge von Ausrüstung und Marschgepäck. Seesack verrieb gerade hingebungsvoll einen letzten Öltropfen auf seinem Gewehr und streichelte es zärtlich. Danny lag in seiner Koje auf dem Rücken und starrte auf das Foto von Kathy. Andy, L. Q. und Leuchtfeuer spielten Karten und quatschten Hausnummern. Mary hatte eine klassische Platte aufgelegt. Seltsamerweise beschimpfte ihn niemand. Die Musik klang irgendwie beruhigend. Ich kletterte zu meiner Koje im dritten Quergang.

»Nette Musik — was ist es denn?«

»Hast du es immer noch nicht behalten? Die erste Sinfonie von Brahms«, sagte Marion und legte den Brief beiseite, an dem er gerade schrieb.

»Rae mag es auch so gern.«

»Ist der Brief an sie?«

»Hm.«

»Wirklich ein nettes Mädchen, die Rae. Du bist zu beneiden.«

»Das hab' ich ihr auch gerade geschrieben — Mac?«

»Na?«

»Bist du aufgeregt?«

»Nee, ich hab' bloß einen schauderhaften Bammel.«

»Hast du 'ne Zigarette für mich?«

»Seit wann rauchst du denn?«

»Seit eben.«

Aus dem Knatterkasten drang die Pfeife des Bootsmaaten: »*Achtung, Achtung — alles herhören. Die Gefechtsstationen werden morgen früh Punkt vier Uhr bemannt. Bis dahin bleiben alle Angehörigen des Marine-Korps unter Deck.*«

Dann ertönte nochmals ein Pfiff, und man verlas allerhand schöne Worte der Kommandeure des Regiments, der Division und des Flottenbefehlshabers. Es war die Rede von der glorreichen Tradition des Marine-Korps, der wir ein neues Ruhmesblatt zufügen sollten. Als man uns denselben Schmonzes auf dem Weg nach Guadalcanar erzählte, hatten wir vor Begeisterung geschrien wie die Rekruten; vor dem Einsatz auf Tarawa hatten wir es uns bereits ziemlich skeptisch angehört, und jetzt lachten wir höchstens noch darüber.

»Ich habe den Kasten angestellt, weil im Programm steht, daß Josephine Baker singt, und jetzt bringen sie so was«, sagte L. Q.

»Du redest zuviel, weißer Mann, spiel lieber aus.«

»Dreh den Quatsch doch ab.«

Ich legte mich lang und versuchte, die Augen zuzumachen – an Schlaf war sowieso nicht zu denken.

Das Licht ging aus, nur in den Durchgängen brannten noch ein paar matte Lampen. Ich drehte mich auf die Seite und zog mein Unterhemd aus. Es war klatschnaß geschwitzt. Ich legte mir mein Gepäck als Kopfkissen unter den Kopf. Es war still, eine Stille voller Unruhe. Ich spürte eine rhythmische Erschütterung. Sie rührte von Seesack, der über mir lag und mit seinem Fuß gegen die Kette stieß, an der seine Koje aufgehängt war. Ich hätte gern gewußt, woran er in diesem Augenblick gerade dachte.

Seesack schwitzte am ganzen Körper. Anfang Juli, dachte er, da geht einem bei uns zu Hause in Iowa das Getreide schon bis zur Hüfte. Vielleicht ist es heute abend noch mal kühl, ehe es dann richtig Sommer wird. Wenn es warm ist, kann man das Korn wachsen hören – man geht durch die Felder und hört, wie es knistert. Mein Gott, ich würde was drum geben, wenn ich jetzt in sauberen Jeans und einem bunten Hemd dort durch die Felder gehen könnte. Oder vielleicht würde ich beim Tanz sein und eine Quadrille tanzen. Davon haben diese Burschen hier gar keine Ahnung – die halten das für altmodisch – die wissen ja gar nicht, was schön ist –

Seesack stieß im Rhythmus des Tanzes mit dem Fuß gegen die Kette seiner Koje, während er leise die einzelnen Kommandos der Quadrille murmelte.

Er beugte sich zu mir herunter. Ich langte hoch und faßte ihn an der Schulter. »Was ist los, Seesack?«

»Ich glaube, ich muß mal zu Pedro und mir was gegen Seekrankheit geben lassen.«

Pedro Rojas saß an seinem Tisch im Krankenrevier. Der Kopf sank ihm vornüber. Die Glut seiner Zigarette, die er in der Hand hielt, erreichte seine Finger, und er fuhr erschrocken wieder hoch. Er faßte nach seiner Brieftasche und holte das abgegriffene Foto eines Mädchens heraus. Er sah es an, dann drückte er es an seinen Mund und küßte es.

Jetzt bin ich nicht mehr so unglücklich, wenn ich wieder nach Texas komme, dachte er. Ich bin ein guter Sanitäter – ich habe viel gelernt bei Doktor Kyser. Meine sehr guten Freunde hier werden den alten Pedro nicht mehr kennen wollen, wenn er wieder in San Antone ist. Aber sie sind doch nette Kerle. Ich will gut auf sie aufpassen.

»Pedro.«

»Ho, Seesack. Kommt da so ein großer starker Mariner zum alten Pedro – wo drückt es dich denn?«

»Na, du weißt doch, mein altes Leiden – die Seekrankheit.«

»Aber Seesack! Ich habe dir schon eine ganze Schiffsladung von dem Zeug eingetrichtert.«

»Nu mach schon – halt mir keine Predigt. Ich muß gleich wieder kotzen.«

»Heilige Mutter Gottes! Okay, von mir aus. Hoffentlich schicken sie dich im Flugzeug nach Haus.«

»Lieber nicht.«

Er schluckte die Medizin hinunter und schüttelte sich.

»So, Seesack, und jetzt garantiere ich dir, daß du morgen mit gutem Appetit frühstücken wirst – hast du gehört?«

»Ja, ich hab's gehört.« Er setzte das Glas hin. »Ich – ich glaub', jetzt werd ich mal versuchen, noch ein bißchen zu schlafen.«

»Okay, schlaf gut.«

»Sag mal, Pedro – hast du jemals eine Quadrille getanzt?«

»Nein, aber dafür kann ich wunderbare mexikanische Tänze.«

»Ja?«

»Ho, Pedro ist ein großer Tänzer – da, setz dich mal hin – ich werde dir mal was zeigen. Ich werde dir einen Schritt zeigen – wenn du den nachmachen kannst, dann kriegst du von mir eine Flasche reinen Alkohol.«

Marion lehnte an einem Waschbecken und hielt das Pocketbook dicht unter die matte Birne. Seine Lippen bewegten sich, während er leise die Worte sprach, die er las.

»Hallo, Mary«, sagte Danny, der in den Waschraum kam. Er ging zu Marion hin.

»Hallo, Danny.«

»Ich kann nicht schlafen, ich schwitze wie eine Sau. Was liest du denn da?« Marion gab ihm das Bändchen, es waren Gedichte. Danny las:

> *Freunde, ich bitt euch, das Grab mir bestellt*
> *Unter den Sternen auf freiem Feld,*
> *Dort legt mich hin, deckt mit Erde mich zu,*
> *Schön war der Tag, und gut wird die Ruh' –*

Danny hob den Kopf und sah Marion erschrocken an. Dann las er das Gedicht weiter, das mit den Worten schloß:

> *Heim kam der Seemann, heim von der See,*
> *Und der Jäger kam heim von der Jagd.*

Er gab Marion das Buch nachdenklich zurück. »Und so was liest du ausgerechnet jetzt?« sagte er leise.

»Diese Verse waren mir dauernd durch den Kopf gegangen«, sagte Marion. *»Heim kam der Seemann, heim von der See, und der Jäger kam heim von der Jagd.* Paßt irgendwie, was?«

»Ja.«

»Man fragt sich doch immer wieder, was es eigentlich soll. Das ist nun unser dritter Einsatz in knapp zwei Jahren.«

»Was soll man da sagen, Danny. Es gibt auf diese Frage so viel verschiedene Antworten, wie Männer auf diesem Schiff sind. Jeder denkt an das Fleckchen Erde, wo er zu Hause ist, oder an die Frau, die er liebt; jeder hat seinen ganz bestimmten Ehrgeiz und seine ureigenste Sehnsucht. Jeder, den du fragst, wird dir eine andere Antwort geben.«

»Aber man muß doch wissen, woran man ist. Man kann sich schließlich nicht dauernd an der Nase herumführen lassen.«

»Mit einer Patentlösung kann ich dir auch nicht dienen, Danny. Aber so viel weiß ich: Niemand soll mir erzählen, daß man einfach Schindluder mit uns treibt. Natürlich, wir werden übel herumgepufft, und hinterher werden die Leute kommen und uns erzählen, es sei alles für die Katz gewesen. Aber das kann nicht sein. Auch hier muß irgendein Sinn dahinterstecken. Was wir hier erleben, ist nur ein kleiner Ausschnitt eines sehr viel größeren Kampfes. Daran muß man immer denken, Danny.«

Danny nickte mit dem Kopf, blieb noch einen Augenblick nachdenklich stehen und ging hinaus.

3. Kapitel

Prasselnd zerriß die bange Stille, aus dem Lautsprecher schrillte die Pfeife des Bootsmaaten: »*Alle Mann an Deck.*«

Wir hörten über uns das Geräusch eiliger Füße, die Matrosen begaben sich an ihre Gefechtsstationen. Ich sah auf meine Uhr, es war zwei Stunden nach Mitternacht.

»Seht euch bloß mal an, wie wunderschön die Sonne aufgeht«, sagte L. Q.

»Macht endlich das verdammte Licht an.«

»Licht!«

Ich schnürte mir die Stiefel und schüttelte den Kopf hin und her, um die dumpfe Betäubung loszuwerden. *Wumm, wumm.* Schwere Schiffsartillerie, die bereits seit vier Tagen unser Angriffsziel beharkte.

»Mann, das ist Kaliber vierzig.«

»Hoffentlich schießen sie diesmal nicht wieder nur die Kokospalmen um.«

»Wartet nur, wenn ich hier erst mal an Land bin«, rief Joe Gomez. »Hoffentlich sind die Weiber hier auch so entgegenkommend wie auf Tarawa. Halt dich nur immer an mich, Marion, alter Kumpel, dann kann dir nichts passieren.«

In dem verrammelten Loch war es heiß wie in einem Treibhaus. Im trüben Licht der traurigen Funzeln stieg die schwitzende Masse Mensch in ihre Klamotten.

Wummm, wummm. Ein dumpfes Dröhnen, das langsam näher kam.

»Schwere Bomber.«

Es knatterte in der Lautsprecheranlage. »*Achtung, Achtung — alles herhören. Zum Backen und Banken in die Messe, Frühstück.*«

WUMMM — WUMMM.

Die Zeit vergeht langsam, wenn man alle halbe Minuten auf die Uhr sieht.

»Diesmal geben sie es ihnen aber ordentlich. Vielleicht lebt da kein Schwanz mehr, wenn wir an Land gehen.«

Speedy fing an zu singen:

> *Schreib mir doch ein liebes Briefchen,*
> *Denn ich sehn mich so nach dir;*
> *Als Adresse schreibst du einfach*
> *Staatsgefängnis, Zelle vier.*

Die Rothaut sang mit, allerdings sang er ein anderes Lied.

»Hab' ich euch eigentlich erzählt, wie ich im Zoo mal dabei war, als sie gerade die Pythonschlange füttern wollten?« fragte L. Q. »Also, was soll ich euch sagen, sie wollten es für beide Teile ein bißchen leichter machen, und da schmierten sie das Schwein mit Bohnerwachs ein und gaben der Schlange zwei Liter kohlensaures Natron zu saufen. Ich seh sie noch vor mir, diese alte ekelhafte Schlange.«

WUMMM – WUMMM.

Halt! Was war das? Wir sahen an die Decke. Wir konnten hören, wie das Wasser draußen gegen die Schiffswand schlug, und wir hörten den hohen, singenden Ton der Sturzbomber, die wie bösartige Hornissen angeschwirrt kamen.

»Jetzt dauert's nicht mehr lange.«

Ich sah auf die Uhr – *WUMMM – WUMMM.*

»Habt ihr die Klamotten alle klar?«

»Alles klar.«

WUMMM – WUMMM.

Ich hielt Leuchtfeuer die Hand fest, damit er sich seine Zigarette anbrennen konnte. L. Q. ging von einem zum anderen, schlug den Jungens auf die Schulter und machte seine Witzchen. Sein Blick begegnete meinem. Er war sehr blaß, aber er lächelte.

»Ich muß gleich kotzen, Mac«, sagte Andy leise zu mir.

»Paß mal auf, das gibt sich, sobald es losgeht. Sag mal, ist das mit Pat nicht bald soweit?«

»Mann Gottes, das hatte ich ja ganz vergessen. He, Leute, ich werde Vater – hatte ganz vergessen, euch das zu sagen.«

»Hätt ich dir gar nicht zugetraut, Andy.«

»Und da wird behauptet, durch die Malaria würde man impotent.«

WUMMM – WUMMM.

»Woran denkst du denn gerade, Marion?« sagte ich in aller Ruhe.

»Wie? Ach, ich – mußte grad an das Federgewicht denken.«

»Laß gefälligst den Unsinn!«

»Sei mir nicht böse, Mac.«

»*Achtung, Achtung – alles sofort an Deck und zu den Booten.*«

»Vier Stunden sitzen wir hier 'rum und warten, und jetzt haben sie es plötzlich eilig.«

Rasch die Leiter hoch. Die frische Luft trifft gegen dein Gesicht, beinahe wärst du im ersten Augenblick in die Knie gegangen. Und jetzt siehst du es. Saipan! Da liegt sie, die Insel, rauchend und blutend im Morgengrauen, wie ein angeschossenes Raubtier, das sich die Pranke leckt und darauf wartet, zurückschlagen zu können nach seinem Peiniger.

Ich ließ die Männer des Bataillonsgefechtsstandes an der Reling antreten und stellte fest, ob alle da waren. Vor uns her fuhren die Zerstörer nahe an die Küste heran. Sie schossen aus allen Rohren auf das brennende Ziel.

Marion trat plötzlich aus dem Glied und kam auf mich zu. »Bestelle Rae einen Gruß von mir«, sagte er.

Ich starrte ihn an. »Okay, Marion«, sagte ich, »wird besorgt.« Wie kam ich dazu, ihm diese Antwort zu geben? Ich weiß es bis heute nicht. Vielleicht, weil in seinem Gesicht genau derselbe sonderbare Ausdruck war, den ich bei Ski gesehen hatte, als er damals bei dem Spähtrupp auf Guadalcanar über den Kamm nach unten ging.

»Bataillonsgefechtsstand – in die Boote«, sagte Keats.

Die Japaner saßen auf dem Gipfel des Mount Topotchau und hatten Red-Beach-Eins genau im Visier. Das Bataillon wurde überschüttet vom Hagel der feindlichen Schrapnelle. Die anderen Bataillone blieben auf den Riffs hängen und gerieten in das Abwehrfeuer der Japaner, lange bevor sie ihr Angriffsziel erreicht hatten. Der Tod hielt rasche und reiche Ernte unter Huxleys Huren. Der Strand färbte sich rot unter Strömen von Blut, während die schweren Brocken heranorgelten und Fontänen aus Sand, Fleisch und glühendem Eisen aufspringen ließen. Die Überlebenden gruben sich ein, während sich der Strand um sie herum in einem makabren Tanz hob und senkte.

Marion kauerte gebückt in einer flachen Mulde am Funkgerät. *Tulsa White an Fox: Habt Ihr eure Ausgangsstellung erreicht? Ende.* Eine Granate fauchte heran und fuhr in den Sand der Küste, die schutzlos dem Feuer des Gegners ausgesetzt war.

Fox an Tulsa White – ich höre dich nur schwach. Wiederhole den letzten Spruch. Ende. Fox an Tulsa White – ich höre dich überhaupt nicht mehr. Fox an Tulsa White – hörst du mich –

»He, Marion, laß doch das Gequatsche.«

Marion drehte sich um sich selbst, als ob er in einen Strudel geraten sei, wurde hochgerissen und in den Sand geschmettert. Sein linkes Bein hing an ihm wie ein Stück Holz, nur noch durch ein paar Sehnen gehalten.

Joe Gomez lag fünfzig Meter weiter. Er hörte zwischen zwei Detonationen den Schrei. Er hob den Kopf hinter der Deckung hervor. Eine Granate heulte heran und detonierte mit ohrenbetäubendem Lärm. Er warf sich wieder flach auf die Erde.

»Joe, hilf mir – ich bin's, Marion.«

Fox an Easy: Wir brauchen dringend einen Sanitäter – könnt Ihr uns einen schicken? Ende. Dieser Spruch kam auch durch Marions Kopfhörer.

In immer kürzeren Abständen orgelten die Geschosse heran, schlugen ein und wirbelten die Leiber durch die Luft. Joe Gomez kroch in die Deckung zurück, der Schweiß brach ihm aus allen Poren. Er krallte sich mit den Händen an den Fels, daß ihm das Blut aus den Fingern spritzte.

»Hilfe, Joe – Hilfe! O Gott.«

Joe Gomez preßte seinen Körper noch enger an den Felsen, er zitterte am ganzen Leib. In seinen Augen stand die blanke Angst, während er hinübersah zu der Stelle, wo Marion lag. Das feindliche Feuer wurde immer heftiger.

Easy an Fox: Kann im Augenblick keine Verbindung zu George bekommen. Ende.

»O mein Gott – ich sterbe – Joe – Joe!« Die Stimme wurde schwächer. Gomez schlug die Hände vors Gesicht. Das kalte Grauen schüttelte ihn.

»He, Mac!«

»Was ist?«

»Das TBX-Gerät hier tut's nicht mehr«, sagte Danny. »Wo ist denn Joe mit den Ersatzteilen?«

»Der krumme Hund – keine Ahnung.«

»Mac!« rief eine Stimme vom Meldekopf zu mir herüber.

»Ja, was ist?«

»Wir bekommen keine Verbindung zu irgendeiner der Schützenkompanien.«

»Dann schickt Melder los, bis die Burschen mit den Fernsprechkabeln 'ran sind. Barry!« brüllte ich.

Der Führer des Fernsprechtrupps kam im Laufschritt bei mir an und warf sich hin. »Hör mal, Barry – das TBX tut's nicht mehr, wir haben keine Funkverbindung zum Regiment. Ihr müßt ein Fernsprechkabel dahin verlegen.«

»Mac, die sitzen anderthalb Kilometer von hier, die ganze Strecke ist vom Feind eingesehen. Gerade dieses Stück des Strandes beharken die Japaner mit allem, was gut und teuer ist. Da hindurchzukommen, ist fast unmöglich –«

»Volle Deckung!«

WISSSSSSSCHSCH

»Ich hab' nicht mehr genug Leute dafür, Mac«, sagte Barry. »Sie sind alle los, um die Fernsprechkabel zu den Schützenkompanien zu verlegen.«

»Melder! Gehen Sie zur HW-Kompanie, sie sollen uns zwei Fernsprechleute herschicken, sofort – Speedy!«

»Ja, Mac.«

»Hast du was von Marion oder Joe gesehen?«

»Wo Mary ist, weiß ich nicht. Joe soll wild geworden sein. Hat sich ein MG geschnappt und ist losgezogen zur Kompanie Fox.«

»Okay, Speedy – die Funksprechverbindung ist im Eimer. Geh zu den Kompanien und sag unseren Jungens, sie sollen hierher zum Bataillonsgefechtsstand kommen.«

»Klarer Fall«, sagte Speedy. »Tschüs so lange.« Er schnappte sich einen Karabiner und haute ab.

»Danny.«

»Ja, Mac?«

»Setz dich in den Jeep und paß auf, ob was durchkommt von Kingpin.«

»Und was ist mit der Funkverbindung zum Regiment?«

»Weiß ich im Augenblick auch nicht, wie wir das machen. Ich will mal sehen, ob ich Huxley irgendwo finde. Barry, sobald welche von deinen Leuten zurückkommen, dann schick sie los, um das Kabel zum Regiment hier am Strand entlang zu verlegen. Kannst ihnen sagen, es wäre ein Silberstern fällig, wenn sie es schaffen.«

Barry lachte und schlug mir auf die Schulter. Ich rannte hinunter ans Wasser, um unseren Skipper zu suchen. Die Erde erzitterte noch immer von den dauernden Einschlägen des Artilleriefeuers, das die Japaner vom Mount Topotchau auf uns richteten.

Ich mußte eine Weile suchen. Dann sah ich ihn. Er saß da und hielt irgendwas im Arm. Er heulte wie ein kleines Kind. Es war sein Bursche, der kleine Ziltch, den er in den Armen hielt. Er war tot, blutüberströmt und grauenhaft zerfetzt. Huxley wiegte den Toten in seinen Armen wie einen Säugling. Über sein Gesicht hatte er das verblichene rote Taschentuch gedeckt, das er als eine Art Talisman immer bei sich trug, mit dem eingestickten Namenszug: Sam Huxley, Ohio.

»Deckung, Chef!« rief ich laut. Er hörte nicht. Ich packte ihn und schleppte ihn mit Gewalt hinter einen Stein.

»Er hat sich auf eine Handgranate geworfen!« schrie Huxley. »Die bringen meine Jungens um, Mac! Meine Jungens!« Er war völlig von Sinnen. Ich setzte ihn auf und schlug ihm die Faust ins Gesicht. Der Schlag warf ihn um. Er kam mühsam mit dem Oberkörper wieder hoch, schüttelte den Kopf und blinzelte mit den Augen. Ein japanisches Schrapnell kam herangezwitschert. Ich warf mich auf Huxley und drückte ihn flach an die Erde. Das Schrapnell flog vorbei.

»Besten Dank, Mac.«

»Hoffentlich hab' ich Ihnen nicht weh getan, Chef.«

»Mir scheint, ich hatte —« Er war plötzlich wieder ganz da. »Wie sieht es aus?« fragte er.

»Nicht gut. Die andern Einheiten der ersten Welle sind anderthalb Kilometer von uns entfernt, und wir haben keine Verbindung zu ihnen. Die Funkverbindung zu den Schützenkompanien ist im Eimer. Das einzige, was noch funktioniert, ist der Funkverkehr mit dem Flaggschiff.«

»Wo ist Keats? Sagen Sie ihm, er soll sofort zu mir kommen.«

»Ich hab' seinen Job zunächst mal übernommen«, sagte ich. »Er kam nicht einmal dazu, aus dem Buffalo auszusteigen.«

»Was haben Sie jetzt vor?«

»Die Fernsprechverbindung zu den Kompanien müßte eigentlich in kurzer Zeit hergestellt sein. Ich habe angeordnet, daß alle Funker zum Bataillonsgefechtsstand zurückkommen. Wir werden versuchen, die Verbindung zum Regiment herzustellen, indem wir ein Fernsprechkabel am Strand entlang verlegen. Die Japaner bepflastern allerdings gerade diesen Abschnitt nach Strich und Faden, um uns daran zu hindern, die seitliche Verbindung herzustellen.«

»Das haben Sie gut gemacht, Mac. Ich spreche Ihnen meine Anerkennung aus, Herr Leutnant.«

»Über die Beförderung können wir hinterher reden.«

»Die Hauptsache ist, daß wir in Funkverbindung mit Kingpin bleiben, sonst sind wir restlos im Eimer. Wenn uns die Japaner von Garapan aus angreifen, müssen wir Unterstützung durch Schiffsartillerie haben. Gehen Sie zurück zum Bataillonsgefechtsstand. Ich will eben nur zum Verbandsplatz, um festzustellen, wie hoch unsere bisherigen Verluste sind. Ich komme dann gleich zu Ihnen.«

»Jawohl, Chef.« Ich sprang aus der Deckung und rannte über den Sand. Irgendwas fauchte über mir, der Luftdruck warf mich zu Boden. Die Erde bebte, und dann hatte ich ein sonderbar dumpfes Gefühl, als ob mich jemand ins Kreuz treten würde. Ich warf mich herum. Es war ein Bein!

»Skipper!«

Als ich zu Huxley kam, war er bereits dabei, eine Binde um den Stumpf zu wickeln. »Scheren Sie sich zum Bataillonsgefechtsstand, Mac. Sie sind jetzt Bataillons-Nachrichtenführer. Wenn ich in zehn Minuten nicht da bin, dann sagen Sie Wellman, er sei Bataillonskommandeur geworden.«

»Ich kann Sie doch so nicht allein lassen!« rief ich. Ich beugte mich zu ihm, der Sand war naß von seinem Blut. Und dann sah ich plötzlich in den Lauf einer Maschinenpistole.

»Scheren Sie sich an Ihren Posten, Mariner«, sagte Huxley mit schneidender Stimme und entsicherte seine Waffe.

Atemlos kam Speedy Gray bei der HW-Kompanie an. Er ließ sich auf die Knie fallen und schnappte nach Luft.

»Melder!« brüllte der Mann am Fernsprecher. »Suchen Sie Major Pagan. Sagen Sie ihm, er soll zum Bataillonsgefechtsstand gehen und das Kommando übernehmen. Huxley ist tot, und Major Wellman ist verwundet.«

»Unser Skipper!« sagte Speedy, »o Gott. – Wo ist der Funker hier?«

»Der liegt da drüben, zusammen mit den anderen Verwundeten.«

»Hallo, Alter«, sagte Seesack mit schwacher Stimme, als Speedy sich neben ihn hinkniete.

»Na, hör mal – was machst du denn für Witze?«

»Pech gehabt – hast du vielleicht 'n Kaugummi dabei?«

»Nee, leider.«

»Schade.«

»Hör mal, Seesack – vielleicht kann ich dich 'runterbringen an den Strand, und Doktor Kyser –«

»Laß man, Speedy – mir brauchst du nichts vorzumachen. Das Loch, das ich im Bauch habe, ist groß genug, um beide Hände 'reinzustecken.«

»Mensch, Seesack –«

»Du, hör mal –«

»Ja?«

»Hast du eigentlich deine alte Gitarre heil an Land gekriegt?«

»Ja.«

Seesack lachte und mußte husten. Speedy setzte ihm die Feldflasche an die Lippen.

»Besinnst du dich noch auf diesen Schmachtfetzen von Film, den wir in Hawaii gesehen haben? Klingt vielleicht auch 'n bißchen kitschig, was ich dich bitten möchte – aber hör mal, Alter, könntest du nicht das Lied vom ›Red River Valley‹ noch mal an meinem Grab singen – das mocht ich immer so gern, wenn du das sangst –«

Das feindliche Feuer war schwächer geworden. Ich stellte den Lautsprecher des Geräts im Funkjeep an, damit ich hören konnte, falls ein Ruf ankam, und ging wieder zum Bataillonsgefechtsstand, wo Major Pagan nervös auf und ab ging.

»Nun, wie steht es?« fuhr er mich an.

»Sobald die Schiffe auf Position gegangen sind, wird Kingpin anfragen, ob wir Artillerieunterstützung benötigen.«

Ein Melder kam heran. »Alle Schützenkompanien haben gegenseitige Flankenverbindung hergestellt und sind dabei, sich einzugraben.«

»Sehr gut. Wie steht es mit der Fernsprechleitung zum Regiment?«

»Wir haben bei dem Versuch, das Kabel am Strand entlang zu verlegen, vier Leute eingebüßt, Herr Major. Die Lücke zwischen uns und dem Regiment ist inzwischen von Japanern besetzt.«

»Können Sie mit dem zweiten Funkgerät die Verbindung zum Regiment aufnehmen, Mac?«

»Da ist ein Schrapnellsplitter 'reingegangen. Das kriegen wir nicht wieder hin.«

»Sieht aus, als ob wir hier vorläufig weiter allein bleiben«, sagte Pagan leise.

Ich ging wieder zum Funkjeep, setzte mich hinein und wartete auf Speedy. Er hätte eigentlich längst mit den Jungens hier sein müssen. Danny kam auf mich zu, fiel plötzlich vornüber und schlug lang hin in den Sand. Er kam mit letzter Kraft herangekrochen, lehnte sich gegen den Reifen des Vorderrades und nahm einen Schluck aus seiner Feldflasche. Er hatte tiefe Ringe unter den Augen und war völlig erschöpft. Er nahm den Stahlhelm ab, sein Kinn sank auf die Brust.

»Hast du Mary und Joe gefunden?« fragte ich.

»Marion ist gefallen«, sagte er. »Joe treibt sich irgendwo in der Stellung der Kompanie Fox herum – er soll Amok laufen mit einem Maschinengewehr. Man versucht, die Verwundeten vom Strand wegzuschaffen. Es muß so ziemlich das halbe Bataillon sein, was da nebeneinanderliegt.«

Eine Weile saßen wir beide da und sagten nichts. Major Pagan gab den Befehl, alles sollte sich bereithalten, um den Bataillonsgefechtsstand an eine geschütztere Stelle zu verlegen.

Da kam Speedy angewankt. Er starrte ausdruckslos vor sich hin. Er stieg in den Jeep, legte den Arm auf das Steuer und ließ den Kopf darauf sinken. Ich hatte Angst, ihn anzusprechen. Ich mochte ihn nicht fragen, weil ich die Antwort fürchtete. Das war doch nicht möglich – nein, das konnte nicht sein!

353

»Speedy«, fragte ich endlich, »wo sind denn die andern?«

Keine Antwort.

»Andy – wo ist Andy?«

»Weiß nicht«, sagte Speedy tonlos.

»Leuchtfeuer?«

»Weiß nicht.«

»Seesack?«

»Tot.«

»Und L. Q. – hast du L. Q. nicht gesehen?«

»Hör doch auf! Ich weiß es nicht!«

»Doktor, da werden schon wieder vier Leute auf Tragbahren herangebracht.«

»Müssen noch einen Augenblick warten, bis wir hier Platz geschafft haben.«

Das lange Sanitätszelt war voll von Verwundeten, die noch laufen konnten. Sie saßen da und warteten geduldig, bis sie an die Reihe kamen. Die anderen auf den Tragbahren gingen vor. Manche von denen, die da saßen, waren kurz davor, ohnmächtig zu werden. Sie hatten entsetzliche Schmerzen, aber jeder von ihnen behauptete steif und fest, seine Verwundung sei ganz geringfügig. Auf dem Boden lagen in einer langen Reihe die nebeneinander, die schon halb tot waren.

Kyser trank hastig eine Tasse kalten Kaffees. »Bringt die vier neuen 'rein – legt sie da hin.« Er ging rasch von einem zum andern. »Diese zwei hier sind tot. Nehmt ihnen die Erkennungsmarke ab und bringt sie 'raus.« Er ging zu dem dritten und nahm die Zeltbahn hoch, mit der er zugedeckt war. »Mein Gott – was ist denn mit dem los?«

»Es ist Joe Gomez, Herr Doktor. Er ist auf einen japanischen Panzer gesprungen und hat eine Handgranate durch die Schießscharte hineingeworfen. Als er wieder heruntersprang, ist der Panzer über ihn weggefahren.«

Der Arzt untersuchte ihn und schüttelte langsam den Kopf. »Innere Verblutung – nichts zu machen. Bringt ihn hinaus.« Dann ging der Arzt zu dem letzten Verwundeten. »Den hat es im Gesicht und am Bein erwischt«, sagte der Sanitäter.

»Tupfer.« Vorsichtig entfernte der Arzt die Kruste aus Blut und Dreck. »Ach, der schwedische Holzfäller – ich war dabei, als er getraut wurde.« Er hob das Lid von Andys Auge und leuchtete mit einer Taschenlampe hinein. »Stark erweitert – Puls schwach. Schneiden Sie die Hose auf, ich muß mir das Bein mal ansehen.« Er untersuchte den völlig zerschmetterten Unterschenkel und prüfte nochmals den Puls. »Morphium.« Er holte die Erkennungsmarke heraus, wischte sie ab und sah nach der Blutgruppe. »Pedro, bereiten Sie tausend Kubikzentimeter Gruppe Null zur Transfusion vor. Wir müssen das Bein oberhalb des Knies amputieren. Verdammt noch mal, Pedro, warum antworten Sie nicht! Nanu, wo steckt er denn? Ich habe ihn vor einer halben Stunde schon weggeschickt.«

»Er ist auf eine Mine getreten, Herr Doktor.«

»Wie? Ach so. Ja, also – machen Sie alles fertig für die Operation. Bluttransfusion – Amputation –«

354

»Volle Deckung!«

Divito, der Fahrer des Funkjeeps, kam hereingestürzt.

»Am Strand ist wieder ein Buffalo angekommen, Doktor.«

»Alle Verwundeten, die noch einigermaßen laufen können, helfen beim Transport der Schwerverwundeten. Ihr andern laßt euch eure Nummern geben und begebt euch an Bord des Buffalo.«

»Bitte, Herr Doktor, lassen Sie mich hierbleiben – ich werde Ihnen helfen.«

»Ihr Arm ist böse zugerichtet, mein Sohn. Sehen Sie lieber zu, daß Sie mit fortkommen.«

»Ich möchte aber lieber hierbleiben. Sie brauchen doch Hilfe.«

»Verdammt noch mal, macht, daß ihr fortkommt! Ihr nehmt uns hier nur den Platz weg.«

»Ich geh' wieder nach vorn.«

»Sie gehen an den Strand und begeben sich auf den Buffalo! Das ist ein dienstlicher Befehl, Mariner, verstanden?«

»Doktor, es geht wieder los mit der Schießerei.«

»Los, Leute, macht, daß ihr fortkommt. Vorsicht mit den Schwerverwundeten. So, und nun macht zu mit dem Schweden, damit wir fertig sind, wenn die nächsten kommen.«

Andy lag auf dem Operationstisch. Kyser zog sich seine Gummihandschuhe über. Da hörte er schon vom Eingang des Zeltes her den Ruf, den er in den letzten Stunden immer wieder hatte hören müssen. »He, Sani – hier ist einer, den hat's bös erwischt.« Die Träger setzten die Tragbahre ab. Es war Danny Forrester, der darauf lag.

Kathy machte den Kühlschrank auf und holte die Flasche mit dem kalten Wasser heraus. Ein Schatten fiel auf die Wand, und Kathy drehte sich hastig um.

»Habe ich dich erschreckt, mein Kind?« sagte ihre Mutter »Ich sah Licht in der Küche und wollte nur mal nachsehen, was los ist.« Sybil Walker band sich den Morgenrock zu, dann langte sie über den Tisch und faßte nach dem Fläschchen mit dem Tablett. »Sag mal, seit wann nimmst du das denn?«

»Ach – ich war vor einigen Wochen beim Arzt, und der hat mir das verschrieben. Er sagte, es sei ein ganz unschädliches Mittel.«

»Aber, Kathleen, warum hast du mir denn gar nichts davon erzählt?«

»Ich wollte dich nicht unnötig beunruhigen, Mama.«

Kathy starrte durch das Fenster in die dunkle Nacht hinaus. »Sie haben wieder eine Landung gemacht. Ich spüre es jedesmal, wenn es soweit ist.«

»Ach, Kind, das bildest du dir nur ein.«

»Nein, Mutter, ich spüre es ganz deutlich.«

Sybil ging zu ihrer Tochter und legte ihr die Hand auf die Schulter. Das Mädchen fiel der Mutter um den Hals. »Ich habe mir solche Mühe gegeben, tapfer zu sein«, sagte sie schluchzend.

»Aber, aber«, sagte die Mutter begütigend.

»Wenn Danny stirbt, will ich auch nicht mehr leben.«

»Aber Kind, nun beruhige dich doch. Komm, setz dich mal zu mir, und wir sprechen vernünftig miteinander.«

»Ich lasse mich doch sonst nicht so gehen«, sagte Kathy und trocknete sich die Augen. »Aber wenn ich spüre, daß er im Einsatz ist, dann – dann hab' ich schrecklich Angst. Ich sehe ihn vor mir, über und über voll Blut – er versucht, die Hand nach mir auszustrecken –«

»Warum hast du mir denn davon nie etwas gesagt?«

»Danny und ich, wir hatten uns gegenseitig versprochen – wir wollten es mit uns allein abmachen.«

»Aber weißt du denn nicht, daß wir dich liebhaben, daß wir uns genau solche Sorgen machen wie du? Sag mal, wie wäre es denn, wenn ich dir jetzt eine schöne Tasse heiße Schokolade machte?«

»Doch, ich glaube, das wäre gut.«

»Ist dir schon ein bißchen leichter, mein Kind?«

»Ich weiß nicht.«

»Möchtest du vielleicht, daß ich bei dir schlafe?«

»O ja, Mama – bitte.«

4. Kapitel

Diesmal würde sich das Wunder nicht wiederholen, das auf Tarawa die Mariner vor dem Angriff der Japaner bewahrt hatte. Der Gegner, der seine Kräfte bei Garapan zusammengezogen hatte, wartete nur darauf, die vom Artilleriefeuer schwer angeschlagenen Amerikaner auf Red-Beach-Eins zu überrennen.

Die Reste des Zweiten Bataillons gingen längs der Küste in Stellung, mit Front gegen Garapan. Die Stellung der Kompanie Fox, die vom Gehölz jenseits der Straße bis hinunter ans Wasser lief, war eine dünne, weit auseinandergezogene Schützenkette, die durch die schweren Verluste des ersten Tages gefährlich gelichtet war.

Langsam senkte sich der Vorhang der Nacht, in deren Schwärze das Verderben wartete. Huxleys Huren bissen die Zähne aufeinander, befahlen mit einem kurzen Stoßgebet ihre Seele dem Herrn – und warteten. Shapiro, dem man einmütig und spontan das Kommando über die vier Kompanien des Bataillons übertragen hatte, schritt unermüdlich die Stellungen ab und sprach seinen Leuten Mut zu. McQuade, der mit einem Spähtrupp vorgegangen war, kam zurück und begab sich zu seinem Captain, um ihm Meldung zu erstatten.

»Na, McQuade«, begrüßte ihn Shapiro, »was liegt an?«

McQuade setzte sich, holte tief Luft und wischte sich den Schweiß vom Gesicht. »Ich werde allmählich zu alt für solche Touren, das ist mir bei dem Spähtrupp heute abend klargeworden. Was anliegt? Max, wir fahren ohne Kahn auf der Scheiße. Wir sind vorgegangen in Richtung Garapan, immer dicht neben der Straße, ungefähr bis zur Hälfte. Die Schlitzaugen sind offenbar wild entschlossen, uns den Arsch bis zum Maul aufzureißen. Wir haben vier Panzer festgestellt, der Gegner ist schätzungsweise zwei- bis dreitausend Mann stark, mit Trompeten, Fahnen und Samuraischwertern.« McQuade betrachtete nachdenklich die dünnbesetzten Stellungen des Bataillons und schüttelte den Kopf. »Mit den paar Männeken ist das eine hoffnungslose Sache. Wir müssen beim Regiment wenigstens noch ein Bataillon anfordern.«

»Wissen Sie übrigens das Neueste?« sagte Shapiro. »Wir haben keine Verbindung mehr zum Regiment.«

McQuade versuchte, sich nichts anmerken zu lassen. »Geben Sie mir eine Zigarette«, sagte er.

Shapiro ging zum Apparat und kurbelte. Am anderen Ende meldete sich Major Marlin, der inzwischen Bataillonskommandeur geworden war. »Hallo, Marlin – hier ist Max. Eben ist der Spähtrupp zurückgekommen, den ich losgeschickt hatte. Wir müssen uns auf einen ganz dicken japanischen Angriff gefaßt machen. Zwei- bis dreitausend Mann mit Panzern. Könnt ihr irgendwas für uns tun?«

»Großartig«, sagte Marlin. »Wäre Ihnen vielleicht mit ein paar Gummischleudern gedient? Hören Sie, Max, Sie sind jetzt nach mir der Rangälteste. Sollte ich morgen nicht mehr leben, sind Sie Bataillonskommandeur. Hoffentlich verfügen Sie dann noch über genügend Leute, um ein Poker zu vieren zusammenzukriegen.«

»Sieht es so schlimm aus?«

»Noch schlimmer. Schlimmer als in der ersten Nacht bei Tarawa, schlimmer als irgendwann in der Geschichte des Korps. Max, ich werde jeden Verwundeten, der noch laufen kann, jedes Rohr und jede Kugel, die wir haben, zu Ihnen schicken. Ich werde alles tun, was in meinen Kräften steht. Wir versuchen, Unterstützung durch die Navy zu bekommen, aber mir wird gerade berichtet, die japanische Flotte sei im Anmarsch.«

Ein bleicher Mond stieg aus der sinkenden Nacht. Die Minuten dehnten sich zu Ewigkeiten. Die Männer in den Schützenlöchern umklammerten ihre Gewehre und starrten mit brennenden Augen in die Dunkelheit.

Max Shapiro versammelte die Offiziere und Stabssergeanten der vier Kompanien um sich. »Ich habe nicht die Absicht, eine große Rede zu halten, mit Semper fidelis und so. Wir werden den Angriff abschlagen oder sterben. Jeder Mariner bleibt auf seinem Posten. Wer weicht, wird erschossen. Irgendwelche Fragen?«

Nein, keine Fragen. Grimmig entschlossen begaben sich die Männer zu ihren Kompanien. Dann machte Shapiro etwas sehr Sonderbares. Er breitete seinen Regenumhang auf der Erde aus, legte sich der Länge nach darauf und nahm sich den Stahlhelm als Kopfkissen unter den Kopf.

»Teufel auch, was soll denn das werden?« fragte McQuade.

»Was das werden soll? Ich will mal eben ein Nickerchen machen. Wecken Sie mich, wenn die Vorstellung beginnt.«

Jeder, der den kleinen Skipper da liegen sah, mußte lachen. Er machte seine Sache großartig, es sah wirklich aus, als würde er ganz friedlich schlafen. Der Anblick gab den erschöpften Männern neuen Mut.

Japanische Drommeten schmetterten durch die Nacht. Hundert blanke Schwerter funkelten im Licht des Mondes. Mordgierig stieß der Gegner vor zum Angriff auf Huxleys Huren.

Diesmal gerieten die Japaner in eine Falle. Im Schutze der Nacht hatten sie sich zu einem dichten Keil formiert, um die Amerikaner aus ihrer Stellung auf Red-Beach-Eins herauszutreiben. Doch die Nacht wurde plötzlich heller, als zwei Zerstörer der Navy, die vor der Küste auf Position lagen, tausend Leuchtraketen in den Himmel schossen. In der blendenden Helle bot der Gegner, der völlig ungedeckt herankam, ein ideales Ziel. Die Zerstörer gingen so dicht unter die Küste, daß es aussah, als ob sie auf den Strand heraufkriechen wollten. Sie schmetterten Salve auf Salve in die dichten Reihen des Gegners. Unter dem kaltblütigen Kommando Shapiros, der unermüdlich die Front abschritt, ließen die Mariner den Feind bis auf wenige Meter herankommen und empfingen ihn dann mit einem gesammelten Feuerstoß. Im Licht der Raketen wurden die angreifenden Japaner reihenweise niedergemäht. Der Angriff stockte, und die zurückweichenden Japaner stürzten über die eigenen Toten, die zu Hunderten den Boden bedeckten. Drei Sherman-Panzer kamen von hinten herangedröhnt, nahmen die Verfolgung der fliehenden feindlichen Panzer auf und vernichteten sie.

Im Morgengrauen griffen die Japaner erneut an. Der Gegner war offenbar entschlossen, unter allen Umständen den Durchbruch durch die Stellungen des isolierten Bataillons auf Red-Beach-Eins zu erzwingen und war bereit, fünftausend Mann für diesen Versuch zu opfern. Diesmal griffen die Japaner in Wellen an, um nicht wieder in das Feuer der Zerstörer zu geraten. Das gezielte Feuer der Mariner und der blanke Stahl ihrer Bajonette hielten reiche Ernte, doch damit konnten sie den Gegner nicht aufhalten. Die in immer neuen Wellen herandrängenden Japaner brachen schließlich in die Stellungen ein, und Gelbe und Weiße rangen in erbittertem Kampf Mann gegen Mann.

Der japanische Rammbock hatte sein Ziel erreicht, der Einbruch war gelungen, und das Zweite Bataillon mußte fünfzig Meter des mit Blut erkämpften Bodens aufgeben. Der Rammbock stieß ein zweitesmal vor, um die geschaffene Lücke zu erweitern. Die Lage schien hoffnungslos.

Die Mariner machten sich nichts vor. Sie wußten, was kam, und machten sich bereit, dem sicheren Tod ins Auge zu sehen. Max Shapiro stand vor der Front, seine legendären zwei Pistolen rauchten. Er drehte sich herum zu seinen Männern, und seinem Mund entstieg ein Schrei, der den Lärm der Schlacht übertönte und das Blut in den Adern der Mariner erstarren ließ. »Blut!« schrie er gellend.

Max Shapiro sank in die Knie. Er warf seine leergeschossenen Pistolen dem Feind entgegen. »Blut!« schrie er, »Blut!«

Entsetzt starrten die Männer auf ihren Captain, den sie für unverwundbar gehalten hatten. Da lag ihr Abgott und wand sich im Todeskampf genau wie jeder andere. Blut strömte ihm aus dem Mund, Ohren und Nase, wild warf er sich herum, als wollte er mit bloßer Hand dem Gegner an die Kehle, denselben grauenhaften Schrei noch immer auf den Lippen.

War er also doch nur ein Mensch? Wußte er denn nicht, daß nur ein Halbgott seine Männer zu einer übermenschlichen Leistung anstacheln konnte? War es sein Gott, der ihm befahl, sich aufzuopfern? Oder war Max Shapiro einfach nur ein tollwütiger Hund, berauscht vom Ehrgeiz?

Huxleys Huren erhoben sich zu der Größe ihres gefallenen Captains. Sie hörten auf, normale Sterbliche zu sein. »Blut!« schrien sie und sprangen auf, rasend vor Zorn und wild nach Blut.

»BLUT!« – »BLUT!«

Die ergrimmten Halbgötter stießen auf einen Gegner, der aus sterblichen Menschen bestand. Die Japaner wichen zurück.

Hallo, Tulsa White – Hier ist McQuade, Kompanie Fox. Der Angriff ist abgewiesen.

Hallo, McQuade – Eben kommt die Verstärkung für euch hier an Land.

Wir hatten Red-Beach-Eins genommen und die Stellung gegen alle Gegenangriffe der Japaner gehalten. Den Rest der Schlacht um Saipan mußten wir danach allerdings anderen Leuten überlassen. Das Zweite Bataillon war in den ersten vierundzwanzig Stunden der Invasion zu einem so kümmerlichen Häufchen zusammengeschmolzen, daß sich damit nichts mehr aufstellen ließ. Aber auch die anderen Einheiten unseres Regiments mußten verdammt herhalten. So hatten die Sechser endlich erreicht, was sie immer wollten, das Schicksal hatte die Herausforderung angenommen, und die Toten von Saipan brauchten sich nicht mehr zu schämen vor den Helden von Belleau-Wood, Guadalcanar und Tarawa.

Nachdem Saipan gefallen war, faßte die Dritte Marinedivision nach und eroberte die weiter südlich gelegene Insel Guam zurück. Dann landeten wir auf der Insel Tinian, gleich neben Saipan gelegen. Man bezeichnete die Eroberung von Tinian als eine geradezu vorbildlich durchgeführte Aktion. So vorbildlich war sie nun auch wieder nicht. Ich wurde dabei verwundet und mußte ins Lazarett nach Saipan, um mir ein bißchen Blut einverleiben zu lassen.

Ich ging zu Marinepfarrer Peterson. Als ich in sein Zelt kam, stand Peterson auf und ging mit ausgestreckter Hand auf mich zu. »Na, wie geht es unserm alten Fahrensmann?«

»Scheint doch noch so zu werden, daß ich mich nach dreißig Dienstjahren pensionieren lasse«, sagte ich.

»Freut mich. Ich habe Ihre Bitte an Pater McKale weitergeleitet. Er wird Pedros Nachlaß hierherschicken.«

»Ich werde wohl schon in den nächsten Tagen auf die Reise nach den Staaten gehen. Wenn ich die Adresse der Angehörigen von Joe Gomez hätte, wäre ich auch bei ihnen gern 'rangegangen.«

»Ich finde es wirklich sehr schön, daß Sie Ihren Urlaub opfern wollen, um die Eltern Ihrer Jungens zu besuchen.«

»Na, das ist doch wohl selbstverständlich.«

»Ich werde dann also die Sachen zu Ihnen bringen lassen.«

»Sagen Sie, Herr Pfarrer – wie sieht es eigentlich mit Andy aus?«

Der Geistliche schüttelte sein kahles Haupt. »Nur die Zeit kann diese Wunden heilen. Ich habe versucht, mit ihm zu reden, genau wie Sie. Mit seinem Gesicht, das wird mit der Zeit wieder werden, aber –«

»Ein neues Bein können sie ihm nicht geben.«

»Ja, es ist wirklich ein Jammer. Dabei hätte er allen Grund, dankbar zu sein. Seine Frau ist ein großartiger Kerl. Ich habe ihm diesen Brief von ihr vorgelesen. Er hat ihn mir vor die Füße geworfen.«

Er gab mir den Brief. Er begann mit den Worten: »*Liebster, Du hast einen Sohn –*«

Ich hob den Kopf und sah Peterson an. »Geboren an dem Tag, an dem er verwundet wurde, Mac«, sagte er.

Wie er eigentlich aussieht, läßt sich schwer sagen. Armer kleiner Timmy! Er ist aber auch eine tolle Mischung – Neuseeland und Amerika, schottisch und schwedisch. Jedenfalls hat er eine Stimme wie ein Mariner und den Appetit eines Holzfällers. Ich denke, ich werde ihn wohl doch behalten. Du weißt, wie glücklich ich bin.

Andy, wir wissen, wo ihr seid. Unsere bittenden Gedanken sind unablässig bei euch. Ich weiß auch, daß es noch sehr lange dauern wird, bis Du wieder bei uns bist, aber Du sollst wissen, daß Timmy und ich immer nur in der Erwartung des Tages leben, an dem Du zurückkommst, um nie mehr fortzugehen.

Darling, ich kann es gar nicht erwarten, bis Timmy so weit ist, daß er laufen kann. Ich werde mit ihm zu dem Stück Land gehen, das uns gehört, und ich werde ihm erzählen, daß eines Tages sein Vater zurückkommen wird, daß er dieses Land urbar machen und ein kleines Haus für uns bauen wird, in dem wir wohnen und glücklich sein werden bis ans Ende unserer Tage.

Der Winter kommt, doch bald wird es wieder Frühling, wie in jedem Jahr, und wir werden hier sein, wie immer.

Ich liebe dich,
Deine Pat

Ich gab Peterson den Brief zurück. »Er wird zu ihr zurückfinden«, sagte er. »Wenn man so liebt wie diese Frau, dann ist man unüberwindlich.«

Draußen sah ich Speedy auf mich zukommen. »Mac, morgen geht die Reise los. Ich hab' eben Bescheid bekommen.«

»Was, nach Hause?«

»Ja.«

»Ich muß schnell noch ins Lazarett und Andy adieu sagen.«

»Ich war grad bei ihm«, sagte Speedy. »Er hat mir gesagt, ich sollte mich zum Teufel scheren.«

Ich ging die Reihe der Betten entlang, in denen die Männer ohne Beine und ohne Arme lagen, bis ich am Ende des langen Ganges angelangt war. Ich holte mir einen Stuhl und setzte mich neben sein Bett. Andy lag flach auf dem

Rücken, von seinem Gesicht waren nur die Augen und der Mund unter dem dicken Verband zu sehen.

»Na, du alter Dickschädel«, sagte ich, »was haben sie denn mit dir angestellt?« Er schwieg. »Ich war eben bei Peterson.«

»Wenn du den Seelsorger spielen willst, dann such dir jemand anders aus.«

»Ich wollte mich nur von dir verabschieden, Andy. Speedy und ich fahren nach Hause.«

»Dann macht's man gut.«

»Mensch, deine blöde Fresse haben sie in einem Jahr wieder so hingekriegt, daß nicht mal mehr eine Narbe zu sehen ist. Ich hab' mit dem Arzt gesprochen –«

»Klar, die bauen mir eine prima neue Visage – und ein schickes neues Bein krieg ich auch. Da kann man alles mitmachen. Bäume fällen, pflügen – vielleicht kann man damit sogar im Zirkus auftreten.«

»Nun bleib mal hübsch auf dem Teppich. Schließlich hast du doch ein Zuhause, du hast eine Frau und einen Sohn.«

»Laß gefälligst Pat aus dem Spiel! Nichts hab' ich, überhaupt nichts. Hab' nie was gehabt! Und jetzt verschwinde hier!«

»Wie du willst. Aber erst muß ich dir noch sagen, was für ein elender Feigling du bist. Du bist es ja gar nicht wert, daß du noch lebst. Wenn ich an unseren Skipper denke und die Jungens von unserem Trupp, die den Arsch zugekniffen haben, das waren andere Kerle als du. Denen kannst du nicht mal das Wasser reichen.«

Während ich ihn anschnauzte, hätte ich ihn am liebsten in die Arme genommen und ihm gesagt, daß ich es ja gar nicht so meinte. Er hob unsicher den Arm und suchte nach meiner Hand.

»Mac, ich hab' das nicht so gemeint – du weißt doch, daß ich dir nicht böse bin.«

»Andy«, sagte ich und nahm seine Hand, »das stimmt ja alles gar nicht, was ich da eben gesagt habe.«

»Reden wir nicht mehr davon. Leb wohl, Mac, ich wünsche dir alles Gute. Und sag Speedy noch einen schönen Gruß von mir, und er soll mir nicht böse sein.«

»Ja, Andy, alsdann – mach's gut!«

»Danke gleichfalls, Mac. Und – falls du zufällig bei Pfarrer Peterson vorbeikommen solltest, dann könntest du ihn eigentlich fragen, ob er mir die Briefe von Pat nicht noch mal vorlesen wollte – und vielleicht auch einen für mich schreiben – wenn's ihm nicht zuviel Umstände macht.«

Auf dem Weg zum Camp begegnete ich Speedy. Mir fiel auf, daß er seine Gitarre bei sich hatte. »Was meinst du«, sagte er, »eigentlich könnten wir doch zum Abschied noch mal auf den Friedhof gehen, was?«

Wir gingen durch das weiße hölzerne Tor mit der Aufschrift: *Friedhof der Zweiten Marinedivision.* Er sah wahrscheinlich genauso aus wie jeder andere Kriegerfriedhof, nur für Speedy und mich hatte dieser hier etwas ganz Besonderes. Wir gingen dahin, wo die Angehörigen des Sechsten Regiments lagen, und wanderten langsam zwischen den dunklen Hügeln mit den weißen Kreuzen umher. Bei jedem Grab blieben wir einen Augenblick stehen und dachten für die Dauer dieses Augenblicks an den, der da lag, an irgendeine komische Kleinigkeit, wie sie einem so einfällt, wenn man sich an einen alten Kumpel erinnert: *JONES, L. Q. – ROJAS, PEDRO – HODGKISS, MARION – GOMEZ, JOSEPH – HUXLEY, SAMUEL – MCQUADE, KEVIN – SHAPIRO, MAX – KEATS, JACK – BROWN, CYRIL.*

Speedy trat an das Grab von Seesack heran und öffnete den Mund, um zu sprechen. »Ich hab' ihm sozusagen was versprochen, Mac«, sagte er. Er griff einen Akkord auf der Gitarre, aber er brachte keinen Ton aus der Kehle.

Unter uns erschütterte die Erde, und der Himmel über uns erdröhnte vom donnernden Lärm der Motoren. Wir sahen nach oben, und da kamen sie heran, ein endloser Zug großer silbergrauer Vögel, die hoch über uns durch den Himmel flogen auf ihrem Weg nach Tokio.

»Komm, Mac, laß uns lieber gehen – sonst fange ich womöglich noch an, über diese gottverdammten Yankees hier zu heulen.«

5. Kapitel

Wir standen an der Reling der *Blomfontein*. Keiner von uns sagte etwas. Wir standen da und starrten nach vorn, während das Schiff lautlos durch den dichten Nebel glitt. Und dann hoben sich die beiden Türme der Brücke aus dem grauen Dunst.

»Das Goldene Tor!«

Der kleine Lotsendampfer vor uns tutete, die U-Boot-Sperre öffnete sich, um uns hereinzulassen. Die Luft war kühl.

Es war eigentlich alles ganz anders, als wir es uns ausgemalt hatten. Die Männer, die da an der Reling standen, waren krank vor Sehnsucht und müde nach einer langen Reise, die endlich, endlich ihrem Ende zuging. Dort, wo wir herkamen, kämpften die Mariner noch immer. Die Erste Division war inzwischen auf den Palau-Inseln gelandet. Es wurde weitergekämpft und weitergestorben. Ich mußte daran denken, wie ich mir die Heimkehr immer vorgestellt hatte, den Tag, an dem ich stolz mit meinen Jungens zurückkommen würde. Aber bei so einem Krieg geht alles ganz anders aus, als man sich das gedacht hatte. Müde und traurig kamen wir heim, und da draußen kämpften die Mariner noch immer an fremden Küsten.

Die Jungens von meinem Trupp hatten gute Stimmen, es klang richtig schön, wenn sie sangen. Ich hatte es noch genau im Ohr, wie es geklungen hatte.

»He, Mac.«

»Ach – hallo, Speedy.«

»Hast wohl grad' dran denken müssen, wie?«

»Ja.«

»Ich auch. Ist eigentlich gar nicht, als ob man nach Hause kommt.«

Die große Brücke glitt näher und näher heran, und dann riß der Nebel auf, und sie sahen es vor sich: San Francisco – die Staaten.

»Komisch«, sagte Speedy, »diese blöde Brücke ist ja gar nicht golden. Die ist einfach gelb.«

»Ja«, sagte ich, »da hast du wirklich recht.«

»Übrigens, Mac, du hast ja allerhand Besuche zu machen in deinem Urlaub. Gib mir doch das Zeug von Pedro, und ich geh da mal hin. Ich bin ganz in der Nähe zu Hause.«

»Aber hör mal, Speedy, das war doch ein Mexikaner, und du kommst jetzt wieder nach Texas.«

»Er war mein Kumpel«, sagte Speedy leise.

Er holte aus seiner Brieftasche ein vergilbtes Blatt Papier.

22. Dezember 1942. Das hier ist eine unverbrüchliche Abmachung. Wir, die verrückten Funker von Huxleys Huren, beschließen hiermit, daß wir uns genau ein Jahr nach Kriegsende treffen wollen in —

Speedy zerriß das Blatt und sah den Fetzen nach, die langsam durch die Luft segelten und ins Wasser fielen.

Sam Huxleys Frau, bei der ich zwei Tage in San Diego verbrachte, war wunderbar. Hinterher war mein Herz so schwer, daß ich das Gefühl hatte, noch trauriger könnte ich nun nicht mehr werden. Ich besuchte die Angehörigen meiner Jungens; das war zunächst nicht ganz leicht, aber die Menschen kamen mir mit so viel Herzlichkeit entgegen, daß ich mich bald bei ihnen wie zu Hause fühlte. Und ich mußte ihnen immer wieder alles ganz genau erzählen.

Ich wollte es möglichst bald hinter mir haben. Als ich in Kansas zu Marions Leuten kam, erfuhr ich, daß Rae nicht mehr da sei. Aber ich hatte das sichere Gefühl, daß ich ihr schon noch mal irgendwo über den Weg laufen würde, um das Versprechen einzulösen, das ich Marion gegeben hatte.

Endlich stieg ich in Chicago in den Zug nach Baltimore. Mir war leichter bei dem Gedanken, daß ich nur noch einen solchen Besuch vor mir hatte. Als sich der Zug Baltimore näherte, kam mir die Gegend irgendwie bekannt vor. Danny hatte ja immer wieder davon erzählt.

Draußen regnete es. Ich lehnte mich zurück und machte die Augen zu. Das gleichmäßige Geräusch der rollenden Räder machte mich ganz schläfrig, ich träumte halb und dachte an meine Jungens und an Huxleys Huren. Ich hörte Huxleys Stimme, wie er uns damals gesagt hatte: »Machen Sie Mariner aus ihnen —«

Draußen glitt eine breite Straße mit Grünstreifen vorbei, der Gebäudekomplex dahinter mußte das John-Hopkins-Krankenhaus sein. Und dann fuhr der Zug in einen langen Tunnel hinein.

»Baltimore! Zehn Minuten Aufenthalt.«

Ich rüttelte den Schlafenden neben mir. »Aufwachen, Danny, wir sind da.«

Er öffnete die Augen und stand auf. Ich half ihm, den Uniformschlips zurechtzurücken und seine Feldbluse zuzuknöpfen.

»Wie seh ich denn aus?«

»Puppig.«

Der Zug hielt mit kreischenden Bremsen. Ich konnte Danny, der beinahe

363

umgefallen wäre, gerade noch erwischen. Er unterdrückte einen Schrei.
»Weh getan?« fragte ich.

»Nein.«

»Wie fühlst du dich denn, alte Fußballkanone?«

Danny verzog das Gesicht zu einem Grinsen. »Mit Fußball wird wohl nicht
mehr viel sein. Der Arzt hat mir gesagt, daß sie mir noch zehn Jahre lang
Schrapnellsplitter aus dem Rücken holen werden.«

Der Zug hielt. Ich holte Dannys Gepäck aus dem Netz und schob mich
langsam zur Tür. Wir stiegen aus. Ich rief einen Gepäckträger, übergab ihm
unsere Klamotten und drückte ihm einen Geldschein in die Hand.

Danny und ich standen eine ganze Weile da und sahen uns an. Jeder von
uns wollte dem andern irgend etwas sagen, aber wir fanden beide nicht die
richtigen Worte. Wir spürten, daß hier etwas zu Ende ging, was es so für uns
nie wieder geben würde. So wichtig wir beide einer für den anderen einst auch
gewesen waren, von nun an ging jeder wieder seinen eigenen Weg, und schon
in diesem Augenblick, das fühlten wir genau, waren diese Wege weit von-
einander getrennt.

»Und du willst also wirklich nicht ein paar Tage bei uns bleiben, Mac?«

»Nee, ich würde doch nur stören, und das weißt du selbst auch ganz genau.
Außerdem muß ich noch nach New York zu Levins Alten und dann wieder
zurück nach San Diego. Ich hab' gar keine Zeit mehr.«

An uns vorbei drängte sich die Menge in den bereits überfüllten Zug.
Hinter uns auf dem Bahnsteig standen ein paar Milchbärte mit ihren Köfferchen in einer Reihe. Ein Marinesergeant in Ausgehuniform paradierte vor
ihnen auf und ab. »Ihr habt noch fünf Minuten Zeit«, bellte er im Kom-
mandoton. Hinter uns wurde es laut.

»Paß auf dich auf, mein Sohn.«

»Bring mir einen Japaner mit, ja?«

»Und vergiß auch nicht zu schreiben.«

»Brauchst dir keine Sorgen zu machen, Mammi.«

»Für die ersten Wochen kommen wir in ein Ausbildungslager.«

»Euch wird's noch leid tun«, rief ein Mariner in Uniform, als er an den
Rekruten in Zivil vorbeikam.

Danny und ich umarmten uns. »Mach's gut, altes Arschloch.«

»Mach's gut, Mariner.«

Danny drehte sich um und ging den Bahnsteig entlang zu der Treppe, die
nach oben führte.

Ein Zeitungsverkäufer neben mir rief laut die neueste Meldung aus, die in
dicken roten Buchstaben auf der ersten Seite stand: »Surabatchi auf der Insel
Iwo Jima von Einheiten des Marine-Korps erobert! Kaufen Sie die zweite Mit-
tagsausgabe. Mariner auf Iwo Jima!«

Danny erstieg mühsam Stufe um Stufe der langen Treppe. Plötzlich blieb
er stehen und sah nach oben. Da stand sie, anzusehen wie ein Engel. Genauso,
wie ich sie mir für ihn immer gewünscht hatte.

»Danny!« rief sie laut durch den Lärm des Bahnhofs.

»Kathy – Kathy!« Sie drängten sich durch die hastende Menge und fielen sich in die Arme.

Ich sah, wie sie Arm in Arm die letzten Stufen nach oben schritten. Am Ende der Treppe stand ein älterer Herr mit einem Jungen neben sich. Ich sah, wie er den Mund zum Sprechen öffnete. »Hallo, Danny – willkommen daheim.«

Die vier Menschen verschwanden im Dämmerlicht der riesigen Bahnhofshalle. Am Ausgang drehte Danny sich noch einmal um und hob die Hand. »Mach's gut, Mac.«

Und die vier gingen aus dem Bahnhof hinaus.

»Zug nach Wilmington, Philadelphia, New York hat Einfahrt auf Gleis zweiundzwanzig.«

Ich ging die Treppe hinunter zum Bahnsteig.

Und ich mußte an die beiden rotunterstrichenen Verse in dem Buch denken, das ich bei dem toten Marion gefunden hatte.

Heim kam der Seemann, heim von der See,
Und der Jäger kam heim von der Jagd . . .

ENDE

Zeitgeschichtliche Romane und Tatsachenberichte

Zeitgeschichtliche Romane

Karl A. Schenzinger
Metall
5094 / DM 5,80

Pierre La Mure
Sinfonie einer Leidenschaft
5114 / DM 6,80

Taylor Caldwell
Einst wird kommen der Tag
5121 / DM 7,80

Eine Säule aus Erz
5161 / DM 6,80 (Juni '75)

Zsolt Harsany
Und sie bewegt sich doch
5122 / DM 7,80

Hervey Allen
Antonio Adverso
5129 / DM 8,80

E. G. Stahl
Die Mücke im Bernstein
5137 / DM 5,80

C. C. Bergius
Das Medaillon
5144 / DM 5,80

Igor von Percha
Ludwig II. – Der König soll sterben
5150 / DM 4,80 (April '75)

Paul J. Wellmann
Das Weib
5151 / DM 6,80 (April '75)

(Harsany)
Das herrliche Leben
5156 / DM 7,80 (Mai '75)

Horst W. Geißler
Der ewige Hochzeiter
5172 / DM 3,80 (Juli '75)

Tatsachenberichte

C. C. Bergius
Die Straße der Piloten
5021 / DM 7,80

Hans Herlin
Der Teufelsflieger
5032 / DM 4,80

PSI-Fälle
5104 / DM 3,80

Bernt Engelmann
Die vergoldeten Bräute
5073 / DM 4,80

Wolfgang W. Parth
Vorwärts Kameraden, wir müssen zurück
5085 / DM 5,80

Hans H. Kirst
Die Wölfe
5111 / DM 6,80

Aufstand der Soldaten
5137 / DM 5,80

Fabrik der Offiziere
5163 / DM 7,80

Alfred Coppel
Um jeden Preis
5113 / DM 4,80

Clay Blair jr.
Denn sie wollten überleben
5118 / DM 2,80

Jochen Brennecke
Gespensterkreuzer HK 33
5130 / DM 4,80

Hans Blickensdörfer
Die Baskenmütze
5142 / DM 6,80

John Knittel
Abd el Kadar
5170 / DM 5,80 (Juli '75)

Nutzen Sie den Heyne-Informationsdienst

Denn bei Heyne weiß man: Leser wollen informiert sein. Und das ist nicht einfach bei einem Programm, das jeden Monat fast 30 neue Taschenbücher bringt, die in der ganzen Welt gelesen werden. Füllen Sie einfach den untenstehenden Coupon aus. (Bitte in Blockschrift.) Ausschneiden, auf Postkarte kleben oder in Briefumschlag stecken. Und tun Sie das noch heute!*) Dann haben Sie in wenigen Tagen das neueste, ausführliche Gesamtverzeichnis der Heyne-Taschenbücher, wie Tausende treuer Freunde der Heyne-Taschenbücher. Kostenlos und unverbindlich, versteht sich.

Coupon

**An den Wilhelm Heyne Verlag
8 München 2, Postfach 20 12 04**

Bitte senden Sie mir kostenlos und unverbindlich das Gesamtverzeichnis der Heyne-Taschenbücher.

Name ....

Vorname ....

Postleitzahl ....

Ort ....

Straße ....

*) Es genügt auch, wenn Sie auf eine Postkarte das Stichwort »Information« schreiben.

Romane für Männer

Ronald Hardy:
Gnadenlos ist meine Rache
996 / DM 4,80

Henry Jaeger:
Die Schwestern
5042 / DM 2,80

Richard Matheson:
Das Höllenhaus
5076 / DM 2,80

Wolfgang Ott:
Haie und kleine Fische
5079 / DM 5,80

Hans Hellmut Kirst
Die Wölfe
5111 / DM 5,80

Michael Burk
**Ich bin der Boß,
und der Boß irrt nie**
5084 / DM 2,80

Wolfgang W. Parth
**Vorwärts Kameraden,
wir müssen zurück**
5085 / DM 5,80

Rudolf Braunburg
Piratenkurs
5093 / DM 4,80

Kurt Singer
Horror IV
5096 / DM 2,80

Hans G. Bentz
**Kriminaldirektor Türks
schwerster Fall**
5102 / DM 2,80

Alfred Coppel
Um jeden Preis
5113 / DM 4,80

Alistair MacLean
Geheimkommando Zenica
5120 / DM 3,80

Anthony Burgess
Das Uhrwerk Testament
5124 / DM 3,80

Isaac Asimov
Lunatico
5126 / DM 5,80

Jochen Brennecke
Gespensterkreuzer HK 33
5130 / DM 4,80

William Peter Blatty
Der Exorzist
5132 / DM 6,80

Herbert Reinecker
Taiga
5134 / DM 4,80

R. H. Greenan
Die Königin von Amerika
5141 / DM 3,80

Wilhelm
Heyne Verlag
München